〔清〕张應昌 編

清詩鐸

下册

中華書局

清詩鐸卷十五

水災 海嘯 湖翻 江溢 河決 淮決 潮災

陶澂淮水溢。汪懋麟河決。見河防門。

湖翻行 康熙庚戌六月十二日

朱鶴齡

太湖西來天目源。七十二溪波濤奔。震蕩有時溢原野。未聞浩瀚迷乾坤。五月稻秧齊插蒔。三旬霖雨水澎濞。方憂漏天移澤國。忽駭狂瀾卷平地。颶風猛發神鬼愁。火龍擲火驅潮頭。漂砂礐石失垠岸。發屋拔樹蟠蛟蚪。聲如列缺鬭霹靂。勢如共工傾不周。乘陵城郭塔欲倒。千廬萬竈均洪流。巨浪翻騰高屋過。大魚潑刺平衢游。更憐人畜死無數。浮轊塞港漂難求。百歲老翁驚歎久。此災邑志從未有。乘船入市何足云。地軸翻天浸星斗。我時惶遽無竄逃。急上高樓守甕瓿。竟日魚釜無炊烟。澆愁何處沽村酒。變不虛生豈偶然。撫時感事心欲嘔。盛時蠲賑久不聞。長吏敲搒肯停否。欲訴眞宰天茫茫。九關虎豹猙獰守。吁嗟蒼生爾奈何。但見號咷走童叟。

濟上水災歎

沈名蓀

濟上淫霖連七日。河漢倒傾江海溢。麥尚存場禾在田。盡付波臣不留一。州官聽事行小舟。州城將備棲城頭。民悲餓死事猶緩。屋壓牆埋只旦晚。白頭老父活一生。未見此災災獨慘。男啼女號聲未已。州門告示催徵比。

悲淮民

張永銓

悲淮民。淮民大半作波臣。千載神宮巨浸沒。百年祖墓深淵沈。壞我室廬魚游釜。野老策堤勤畚土。脚穿手爛不辭勞。泥水齊腰草沒肚。以車戽水水未出。一夜平添四五尺。乍喜禾苗簇簇青。旋驚波浪皚皚白。嗚呼河伯何不仁。矯首呼天天冥冥。不願俟河清。但願堤無傾。河臣之績勒貞珉。

海嘯行

又

康熙丙子六月朔。陽侯肆橫風濤作。暴雨須臾沒野田。怒潮頃刻盈溝壑。沈沈不止到黃昏。天威慘禍驚難度。滬瀆兩邑及崇沙。鄉民半傍海爲家。時過夜半海波嘯。生靈百萬作魚蝦。夫妻子母方宴息。水漲牀前五六尺。起來奔竄已無門。家家盡向洪波沒。最憐瀕死還相親。數口同將繩繫身。猶冀相依或相挈。那知同泛竟同沈。或鑽屋頂求身脫。身隨茅屋偕飄泊。或抱棟梁任所之。風來衝激東西撤。或攀樹杪得暫浮。蛇亦怖死緣樹頭。人怕蛇傷手自釋。人蛇俱已赴滄洲。官軍官馬死無算。牛羊犬豕總無留。黎明雨息風不定。未沒人家歡相慶。遙見波中有一沙。千人沙上呼救命。潮來一捲半云亡。再捲沙沈人已竟。兒童婦女死成團。寸絲不挂浮江干。一日二日面目在。浮尸塡積如丘山。三日四日皮肉爛。臭聞百里眞心酸。五日六日至十日。骨沈水底血成瀾。腎腸半飫江魚腹。肝腦徒供鳥啄殘。半月海塘人裹足。天昏地黑驚心目。子夜時聞怨鬼號。日中還聽游魂哭。嘗考邑乘紀災祥。嘉隆曁萬海波揚。人畜淹沒稱無數。百年未滿復遭殃。嗚呼海民獨何辜。賢愚老幼忽同徂。天吳海若何殘暴。布此虐令傷太和。我聞異變心悲憐。人命拉朽須臾間。擬把羣尸一埋瘞。探囊羞澀慚無錢。爲疏沿途乞相助。同心無幾徒盤旋。算來尸腐難盛載。隨撈隨地埋方全。疏成徒作紙上語。欲行利濟竟無權。嗟哉閭里遭顚連。越瘠秦視人胡然。自古陰陽憑燮理。漫將刦數諉蒼天。

大水歎五首

沈樹本

戊子春徂夏。時若雨暘風。種苗行方徧。鋪田漸芃芃。農夫顧之喜。謂今歲其豐。如何忽遘患。霪雨無終窮。西吳百萬畝。化作黿鼉宮。災殃其數然。詎敢怨蒼穹。所嗟民無食。何以及歲終。作詩維告哀。聲比寒號蟲。

溪水日夜長。莫辨蘆荻洲。橋面撐巨筏。門內維行舟。鄰家有破竈。來往紛游鯈。望中見屋脊。簸蕩如浮漚。下田不可救。沈沒無一留。高田築版牐。全力保甌窶。須臾仍潰決。一槪成洪流。誰繪洚洞圖。爲民陳龍樓。帝堯方咨儆。應切懷襄憂。

米船隔江左。米價騰浙西。五斗踰千錢。長飢痛烝黎。困空突無煙。食盡秕與稊。秋成望更絕。四顧惟荒畦。東家投水死。西家棄其妻。歸來仰屋歎。兒餓牽衣啼。兒愼勿再啼。今夜猶同栖。明當入城市。鬻汝如犬雞。回顧墮血淚。寸腸若刀刲。徘徊出門看。曠野愁雲低。

去年旱魃虐。焦卷苗無根。今歲商羊舞。沈浸連千村。水旱適洊至。何策甦元元。吾聞上古時。備患有本原。三年則餘一。倉廩常高屯。縱遇天災至。民力堪自存。救荒於既荒。所濟何足論。而況併無策。蒿目空憂煩。

吾皇仁如天。湛恩垂渙汗。舊稅與新租。全蠲豈惟半。小民一歲間。縣門踪跡斷。奈何奉行者。天語敢輕玩。公然肆追呼。不顧人焚歎。況此遭凶荒。豈能免逋竄。長歌春陵行。千載思浪漫。元結稱浪叟。亦稱漫叟。有春陵行。

江南潮災歎 恭和聖製

周長發

吳淞巨浸黿鼉國。一夕颶風勢未息。波臣肆虐民罹災。欲障百川手無力。吹沙激浪竟滔天。赤子何辜阨又值。嗚呼一歌兮歌苦辭。民其魚矣疇可咨。

一潮一汐日夕來。孟秋既望遭奇災。怒蛟排空東澥起。乘龍跋浪重淵迴。民葬魚腹十八九。澤鴻餘亦鳴哀哀。嗚呼二歌兮歌具陳。黎元軫念含酸辛。

清者期河晏期海。詎意沈淪甚癘瘵。九年堯水聞懷襄。此夕天吳驕特最。施賑拯災廑聖憂。稻粱萬舶紛交會。嗚呼三歌兮歌無言。怒濤汩沒悲游魂。

巨浪倒立翻長風。盪潏洚水連天洪。蜺虹噴噭無雌雄。海鱷飢腹以民充。室廬捲盡如飄蓬。四野絕少半畝宮。嗚呼四歌兮歌幾疊。陰厓尸積如堆葉。

積尸堆葉吁可傷。彼蒼何酷此一方。萬點燐隨黑水滅。千郊月照白骨涼。即未死者亦啾啾。哀號夜哭桐棺旁。嗚呼五歌兮歌詎闌。誰爲砥柱安狂瀾。

腐胔成丘絕堪憫。縱有慈航苦難引。是時銜命到江南。聞此顛連生不忍。大臣疏奏活無算。何止殘黎救奇窘。嗚呼六歌兮歌不已。聖心饑溺皆由己。

海潮捍禦急無策。惟知上損斯下益。截漕發粟療飢民。仰體天恩在臣職。陽春旋見起凋殘。荒鄉不復悲蕭索。嗚呼七歌兮歌告終。哀此煢獨思無窮。

青溪歎　厲鶚

七月三日天沈沈。海風吹作三日霖。黟山妖蛟最得意。夜拔潭穴漂嶔崟。水來青溪十丈許。鼓怒直使胥濤痻。胥濤氣短退三舍。人如白蘋蔽江下。屋材家具滿江汊。嗚虖。青溪之人何辜於蒼穹。人人盡在秋夢中。不知魂游龍伯宮。

踏大棚　程穆衡

踏大棚者。崑山民俗桔槔翻水之名也。唯崑西北逼近陽城、巴城諸湖。東接戚浦海潮地窪下者復十九。外堰捍水高於內塘。塘水復高於中田。淫霖洊碌。翻水入塘。勢如捧澍。葦棚蔽日。男婦雜糅。伊軋之聲。沿村亙里。入夏大雨匝旬。秧稺水盛。疾戽不救。閱秋屆冬。民有捐瘠者。詩以哀之。

雲䨴山尖山裹帽、憑空雨點天飛瀑。湖波瀰漫海波長。平田秧頂巀游櫂。曳柴負扇拄洪流。農民禦水如禦盜。橛頭船子烏鵶飛。一甌茶熟三通報。嗚鑼鍈鍈集壩間。水聲不敵呼聲鬧。黃昏雲濬雨初停。繞舍譊然聞急譟。百口喧傳壩已坍。叢聒鄰家求一犒。塘外水高三尺強。桔槔翻瀉連村墺。中男小婦裸下裳。脛骹紛拏呼疾蹈。三日纔消一寸餘。髁瘇腰酸腳起皰。雨陣當頭潑墨來。苗沈波底兼沈竈。滿望秧鞭嗟大無。惟有鰋鮍可理罩。三冬已過魚負冰。尙見渟瀦盈膝靿。

愁霖歎 有前後兩詩。此乃後作。　沈德潛

前年赤地千餘里。去年三吳傷大水。今年霪雨仍不休。波濤滾滾通平疇。魚鼈出沒蛟龍遊。田家有麥刈不得。對此嗷嗷歎無食。

吾家老屋牆垣圮。堂階泥深沒屐齒。中宵簷漏鳴奔湍。牀牀屋漏無時乾。風吹燈昏四壁寒。曉聞鄰家壓茅屋。風雨聲中一家哭。

比歲柴荒價無比。況今菜麥淹欲死。百斤三百青銅錢。鄉村日高無爨煙。窮民忍飢伐林木。帶雨擔向豪家鬻。鬻之豪家爛魚肉。

觸目行　夢麟

宿遷桃源土不毛。清河而下皆洪濤。高寶村戶半坍塌。存者牆趾庭生蒿。下河東望浩無際。積潦乃與天爭遙。聞昔少伯堤壩決。埽落不敵天吳驕。湖漲沒河河倒鬪。中間弗辨橫堤高。眼見田廬肆衝突。不別貧富齊飄搖。淮陽所屬作藪澤。一任河伯恣貪饕。田禾漂蕩倉廪沒。妻臥竈下夫出逃。洪澤水溢憊已甚。黃流況乃乘其凋。前已截漕四十萬。川湖米石來輕舠。皇仁憂惻念蓬戶。廟堂擘畫心焦勞。天災原非力可塞。人事須慰哀鴻嘈。仁恩如海民弗及。費而不惠空嗷嗷。豈必官吏肆吞噬。偏全極次分纖毫。我歷徐淮逮高寶。觸目未免中忉忉。敢因所見道余意。作歌聊當陳風謠。

江寧蔡邑侯救圩歌　秦大士

蔡侯治行時少雙。頌聲日日聞此邦。攝篆三月百務舉。士民遠邇咸心降。昨聞父老歌且謠。神君救圩多賢勞。寸忱能格高天高。一手驅將萬頃濤。今年江濤勢莫比。諺語早憂船入市。腴田十萬付波臣。僅有存者沙洲耳。無何蟻漏潰大堤。奔騰涌出千鯨鯢。滄海倒注大聲發。怒勢直欲無遺黎。萬人竄避棄南畝。覆巢之鳥喪家狗。齊向縣門拜稽首。疾痛會應呼父母。侯聞倉皇出郭視。浮天一望連江汜。野水不通舟檝行。菱盆撐入煙波裏。萬民見侯來。望救情孔哀。侯爲掩面泣。下令如風雷。鳴金聲高振江上。指撝夫役如將將。老民提筥幼荷鉏。堵禦邪許走丁壯。須臾負土成城墉。巨篺小筏供保障。蛟龍戢角不敢前。陽侯卷旆不敢抗。十日雨沐兼風餐。捍衞田廬得無恙。無恙已欣戴二天。金錢滿船廉俸蠲。排門計口散摩肩。溼突破竈一一噓炊煙。仁人之政利實多。感人爲作救圩歌。願侯長涖茲土兮。召年豐而時和。

荊州述事詩治水災事。十首選五

畢沅

渚宮重見小滄田。湘怨酸吟哀郢篇。慈筏津迷無彼岸。濫觴勢蹶竟滔天。不知骨化泥塗內。祗道身經降劄前。此去江流分九派。魂歸何處識窮泉。

涼飆日暮暗淒其。棺㯳縱橫滿路岐。飢鼠伏倉餐腐粟。亂魚吹浪逐浮屍。神燈示現天開網。水患前數日江上有神燈來往。熄壤難堙坤絕維。那料存亡關頃刻。萬家骨肉痛流離。

浪頭高壓望江樓。眷屬都羈水府囚。人鬼黃泉爭路出。蛟龍白日上城遊。悲哉極目秋爲氣。逝者傷心淚迸流。不是乘桴便升屋。此生始信卽浮漚。

手勑親封遣上公。勤民堂陛一心通。金錢內府催加賑。版築冬官記考工。直欲犀然窮罔象。肯教鶉結哭鴻濛。宵衣五夜批章奏。飢溺真如一己同。

大工重議築方城。免使蚩氓祝癸庚。涼月千家嫠婦淚。淸霜萬杵役夫聲。蟻生漸整新槐穴。虎旅重開舊柳營。我有孝侯三尺劍。誓將踏浪斬長鯨。

海嘯　祝德麟

縣城東門去海不百步。壬午七月十三日泊舟於此。天方旱。二更風雨大作。一晝夜未止。嘯聲震撼山谷。居民遷避入城。余舟繫纜桑本。明日視之。桑已沒其杪。舟子以篙量橋門。水漲一丈八尺。又明日乃定。

乾隆壬午秋七月。祝子省親返家室。維舟縣郭大東門。倒注銀河雨不歇。自昏達旦歷昳晡。曾見城根堤岸沒。晚來海嘯更可畏。砰砰峪峪定何物。初疑六鼇翻身地極頹。又疑雷公失足天根摧。石頭路滑萬轂擊。昆陽城小千軍來。鼉龍憤怒窟宅徙。虎豹咆吼山厓開。陽侯拜。天吳舞。駭狀殊形不可數。伍胥前。文種後。江濤助勢挾奔走。赭龕搖動三亹掀。颶母來往揚旌旃。風聲潮聲亦不辨。但覺萬竅噫氣鬱勃無由宣。此時性命鴻毛輕。居民避災盡入城。我欲從之沒岸登。一點漂泊波心萍。世間何路平如砥。去家咫尺且遭此。隱隱天鼓空中鳴。五更餘怒猶未止。

飢婦歎　毛上炱

天公抉滄海。洩入箕尾間。拏舟四十里。斷絕人與煙。仰看日色慘。俯訝地軸穿。蘆中聞哭聲。老婦牽一船。大兒膝下啼。小兒乳下眠。曰婦夫免乎。撈禾骨在田。曰婦兒免乎。肉飽蛟鼉涎。昨聞鄰家尸。各各飄前村。一語千滴淚。哽咽氣不申。新婦病牀蓐。屋折霾風翻。伶仃兩黄口。粒絕衣無褌。牽衣死道上。魂魄還團欒。號咷拍短楫。哀鳴叫皇天。誰當叩閶闔。黔黎救深淵。

下河民

張鏐

去年雨苦少。今年雨苦多。春山無麥秋無禾。下河之民遷上河。上河水淺纔過腹。濁浪時時打人屋。小家賣兒女。大家賣黃犢。村村閉戶水中哭。食盡粃糠況饘粥。撐船入市何所睹。但見波光不見土。朝下雨。暮下雨。官府賑濟來。有米不能煮。

浙東大水行

秦瀛

黑風摧山怒蛟立。霹靂車纏電火急。共工頭觸不周傾。蹴起崩濤高百級。半空瓦石隨雲飛。千村萬戶無完扉。須臾赤子變蛙黽。嗟爾性命何其微。縣官登城城欲頹。水突城闕聲喧豗。城中居民上高阜。縣堂滾滾排天來。縣官下鄉喚鄉保。如行羅刹人蹟掃。四鄰雞犬寂無聲。窮谷惟聞惡鴟叫。婺州迤南連括州。到處俱有懷襄憂。路上死人不知數。殘骸掛樹如獼猴。死者已矣生更苦。寡妻哭夫子呼父。絕粒分作溝中瘠。身無短褐居無宇。我也聞之淚滂沱。五行沴氣乖天和。吾曹涼德據民上。民兮民兮奈若何。

河溢

凌廷堪

甲午八月十九日。鐵牛岸崩河水溢。黃流浩汗訇如雷。淮壖盡作蛟龍室。黑風吹水相鬬爭。濤聲撼天天爲驚。可憐黔天走無路。咄嗟人命鴻毛輕。傳說瀕淮百餘里。居民皆逐洪波徙。號呼望救聲入雲。富強登舟貧弱死。死者骨肉爲塵泥。生者俱上長淮堤。淮堤無米不得食。惟見日暮風淒淒。垂頭枵腹但枯坐。編葦棲身忍寒餓。溼薪爇釜冷不煙。婦子無聲淚交墮。作詩寄語淮之民。九重惻瘝同一身。指日恩綸下天府。河堤使者加拊循。補偏救弊聖王政。坐令蔀屋生陽春。

江北大水歎

陳文述

西北泝江源。東南竟江委。巴蜀積雪深。併作大江水。今年楚雨多。東下三千里。邗江入海處。處處堤岸毁。汪洋成巨浸。地水本相比。兼之潮汐盛。浩瀚不可止。屋廬與墳墓。在在水中沚。舟行不見岸。惟見樹梢耳。林鳥遠棲塔。海魚近入市。洚洞疑洪荒。人民可知矣。胥徒亟四出。恤之錢及米。紅船夾雙櫓。渡人若渡蟻。貧家葬近岸。岸圮墳亦圮。上下隨波流。櫬槥相纍纍。捐金爲瘞埋。積棺若積几。子孫悉流亡。悲啼雜人鬼。老人八九旬。自言未見此。哀鴻徧中澤。耳目忍聞視。無德致災沴。責躬惟自矢。賑貸與蠲輸。次第行就理。更虞來年水。奔騰復如是。未雨須綢繆。修防何日始。更期種來麰。春熟聊救死。三復靡盬詩。潸然獨揮涕。

雜吟

顧蒓

雷霆怒擊蛟龍徙。九十州縣波濤裏。縱橫一片天模糊。桑乾水接滹沱水。數萬愁魂聚於此。二十餘日雨不止。天子悼歎民死亡。大吏飛章稱吉祥。

河邊築堤高數丈。蘆葦轇轕相依傍。遍種高粱兼雜蔬。胥吏導民民樂往。租不入官利可攘。土脈日疏水衝盪。民遭衝盪民自愚。昔飽胥吏今飽魚。

九重日念民疾苦。急遣重臣視三輔。鮮衣怒馬從天來。四望茫茫去何所。撲人況是風兼雨。回首歸來報聖主。如天之福民不殘。陳陳麥麇安如山。

設廠煮粥府撥銀。寧濫勿隘言如綸。仁風扇處人樂喜。達官富商咸指囷。飢黎騰喜使者瞋。禁之勿偕官賑陳。官賑給民憑紙易。一紙吏索小錢百。

哀新塔　查揆

飢民走喫官廠粥。烏鳶下攫樹上肉。樹上者誰民之族。挂髮撐腸拄胸腹。去年水來高過屋。不死沈淵死喬木。其餘乃趨城西隅。城西隅有僧浮圖。紀年傳是吳赤烏。赤烏不見見水鳧。鬼燐熒熒白日逋。怪風哀叡聞叫呼。舟人指謂予。庚申歲六月。其日二十四。是夕塔遂折。君不見圉圉塔下魚。纍纍道傍骨。

淮河歎　潘際雲

淮河四月風怒號。捲起白浪翻塘坳。老蛟噴沫天吳驕。一堤如線居民逃。夜半黑雲壓城濠。翻空白雨尤蕭騷。石岸迸裂流滔滔。河流漫溢十丈高。瞥如弩箭離弓鞘。駛如萬馬相騰儦。砉如疋練飛層霄。轟如礮車摧塵囂。魚龍瀺灂遊平皋。哭聲殷天民居漂。峨峨高塔浸及腰。老樹露頂同蓬蒿。何況草舍依荒郊。流民蕩析容顏憔。擕妻抱子泥沒骹。提筐乞食髮垂髫。夜半古廟懸簞瓢。見客流涕聲嘵嘵。爲言頻歲凶荒遭。去年首夏騰江潮。瀰瀰千里成銀濤。欲避無楫居無巢。中田徒種黍與苗。今年更值狂瀾漻。轉徙不復知昏朝。賣得子女供餔糟。我言朝廷沛恩膏。勅下少府頒錢刀。設糜散賑宣告條。繕修堤堰完且牢。招集流亡撫瘵凋。會看水涸秋冬交。爾其歸耕葺衡茅。吁嗟鴻雁毋嗷嗷。

開倉謠

胡敬

雨聲浪浪打屋瓦。高田水向低田瀉。浪浪晝夜無時休。低田水接高田流。田高田低水一片。農夫把鋤淚滿面。五日雨無麥。十日雨無禾。無麥食不足。無禾將奈何。縣官勘災下鄉里。里胥迎官跽田裏。道言多雨稼不傷。縣官聞言色爲喜。府符昨下來。火速催倉開。待開不開視鄰邑。各各顧望相遲挨。吁嗟乎。身家事大民命小。卽使開倉吏中飽。明歲催科書上考。

題鄒鍾泉（鳴鶴）開封治水記略

林則徐

狂瀾橫決趁汴城。城中萬戶皆哭聲。孤城障水城垂傾。危哉公以赤手擎。是時在官同震驚。民謂非公吾不生。撫部牛公洞輿情。授公郡符安編氓。公所自信惟一誠。死守誓與陽侯爭。肝膽披瀝通幽明。億兆命重身家輕。禦水難於禦暴兵。四圍激齧鋒莫攖。城頭白日遊赤鯨。麗譙夜聽蛟鼉鳴。公親鼛鼓喧軍鉦。衣不解帶巡嚴更。始焉搴茭刈榛荊。繼下塼石聲訇訇。連旬苦雨不肯晴。上淋下潦溝澮盈。萬難之際殫專精。焚香告天心自盟。峭陂斜堰高崢嶸。逼走急溜開中泓。歷伏秋汛及霜清。寢食於城城可嬰。渡民避水舟筏迎。濟飢餺飥兼粥餳。全活老穉蘇鰥惸。是冬鳩工依定程。河由地中順軌行。奈何羣議紛縱橫。欲遷洛邑重經營。咄哉此論乘輿評。三詰奚必同盤庚。斯城仍恃衆志成。汴民困久茲乃亨。

劉珊插秧詞。見田家門。

悲河決

王蔭槐

淮瀆野人閉茅屋。夜枕啾啾聞鬼哭。起看流屍積滿淮。洶傳堤決黃河曲。蘭陽七月風怒號。如山捲起黃河濤。累卵之勢久所慮。百丈一落波天滔。蕩潏陳留沒汝潁。哀哉十萬驚魂漂。我聞招信舟人女湖宿。撈得兒死在空櫝。懷中粔籹謂所遺。可憐尚望人收育。又聞阜陽漁人晨汲水。水中救得雙鬟起。泣言家世本清門。有兄赴試開封裏。夜半洪流沒滿村。倉皇託命車箱底。雖蒙拯死出波濤。滔滔何處存鄉里。吁嗟乎。天吳肆虐民何辜。我欲上排閶闔呼。君不見曹滑壕邊髑髏滿。往歲賊亂民遭屠。殘魂墮魄冤未散。天陰頸血汚模糊。豫州瘡痍猶在眼。那堪復此悲淪胥。方今聖人憂旰食。發帑屢下司農敕。保障誰能旦夕功。催輸恐盡東南力。日暮喧呼報急來。更驚袁浦防堤驛。湖波澒洞聲如雷。愁見妖星吐芒黑。

武義道中　吳文照

肩輿出城隅。山色輿前繞。春田犖确堆欲平。居民疏於樹頭鳥。去年秋七月。水決江之東。婺州八屬邑。武義尤當衝。雨聲如注江聲吼。波力撼山山欲走。可憐山下萬人家。雞犬無聲化烏有。高原老樹露鵲巢。下者盡宅黿鼉蛟。沿厓屋共流沙徙。蔽水屍如斷梗漂。春波轉眼流三月。漲痕消盡山原闊。夕陽破屋幾災黎。性命俱從魚腹奪。側聞大吏賢。封章達宸聽。散利與緩征。詔下拯民命。民命雖存家已空。歸來那不歎哀鴻。只有無知閒草木。春來依舊照人紅。

黃梅大水行　張維屏

東去連鄱湖。西來通蜀江。浩浩江湖間。波浪相衝撞。邑當吳楚交。其南卽潯陽。由春以及夏。恆雨無時暘。陰霾壓四野。道路成陂塘。始慮損禾稼。未料傷堤防。何期雨不止。江漲非尋常。堤圩夜走報。水長三丈強。銜泥急奔赴。寢食不暇遑。濱江皆可虞。迎溜尤難搪。捐貲集畚築。千夫相扶匡。豈知盡人力。未克回天殃。一決數千尺。頃刻成汪洋。馮夷舞澎湃。魚鼈爭跳踉。富人預綢繆。舉室遷高岡。窮民無所之。結茅傍菰蔣。棚棲與露宿。藉草以爲牀。魂魄驚乍定。飢餓病欲僵。賤子愧邑宰。憂勞職所當。小舟犯駭浪。沿堤散乾糧。飛書報大吏。章奏陳天閶。皇心廑赤子。恩膏逮窮氓。發帑拯彫瘵。蠲賦蘇痍瘡。大小四十員。治事誠周詳。至梅邑辦災。自方伯以下凡四十員。青蚨按戶口。白粲盈筥筐。災黎十八萬。庶幾免流亡。賤子筋力盡。艱苦躬備嘗。轉憶始涉險。堤潰水若狂。是時夜將半。月黑星無光。急流衝一葉。力挽逢枯椿。舟幸不破碎。死生判毫芒。余勘災。舟爲急水衝去。力抱枯木乃免溺。一身詎足惜。萬戶良可傷。比聞川漲盛。汎濫及湖湘。又聞江浙間。淫潦淹村莊。下流既瀰漫。上流益縱橫。昔爲爽塏地。今亦卑溼鄉。天公憫黎庶。蛟鼉敢鴟張。所望千里流。早注百谷王。哀嗷雁澤聚。修築鳩工良。會看鼛鼓集。復見虹堤長。

雷鴨行　朱緒曾

癸巳秋。江水大漲。農田漫沒水中。有水鳥蔽日而飛。聲如雷。落田中。禾無孑遺。村人謂之雷鴨。按羅願爾雅翼云。夜聞有聲類暴雨。詢其甿。曰鳧鷖也。蔽天而來。必竭禾穗。是也。

白晝雷轟日光黑。合村面上無人色。老幼喧呼雷鴨來。枉矢陰弓驅不得。千百羣飛江之涯。陡驚風雨聲沙沙。須臾禾禿鴨未飫。東村霹靂西村去。

癸未大水行

王之佐

迎梅送梅何連緜。大雨廿日成漏天。天瓢翻時兼雨雹。窗櫺擊斷屋瓦穿。一宵海風又暴起。倒挾海潮怒不已。百年老樹拔其根。排牆又見橋梁圮。我家正在堰上村。硼砰白浪來打門。下牀淫淫水一尺。蛟龍入室驅雞豚。田禾盡沒苦營救。救之遠近鳴鉦喧。連朝堤岸復崩潰。老農無計空聲吞。我時登樓起四顧。平野茫茫失村路。陰霾翳空黑於霧。野櫬漂來慘無數。我其魚乎益驚怖。朝不保暮草頭露。民力告疲賦緩輸。里正徒傳長官諭。可憐十室已九空。炊煙斷盡斜陽紅。兒女求鬻來市中。仳離乞食嗟奇窮。何人慷慨解施澤。大吏還宜籌善策。眼前火急請發棠。先慰災黎造災册。

水災紀事圖詩 和王硯農之佐○硯農有紀癸未水災詩。見繪聲集。

蔣寶齡

朝呼雨晴。暮呼雨晴。晴鳩轂轂苦不靈。淙淙簷漏仍作聲。君不見鄰翁乞火涉水行。緜雨。

低田歎瀰瀰。高田半淹沒。戽水倒置車。咿啞晝連夕。溼雲屯空雨未歇。退不盈寸長一尺。踏車。

風吹雪浪狂作堆。前村後村圩岸頹。急流洶洶灌戶來。此時老農猝無計。釘竹爲防大非易。且脫門樞殺其勢。築壩。

貸錢買新秧。補種且努力。茁乎得早秀。償我十之一。補種。

雨淫未已又風暴。倒海翻江疾雷到。千年老木拔根起。疑有乖龍半空嘯。田塍盡與江湖通。海鄉木棉一掃空。君不見癸未七月二日風。千里以內無不同。風暴。

破船搖雨爭入城。告災曷能待雨晴。里正勿辭苦。先煩到官府。漂盡田禾難救補。須憫嗷嗷十萬戶。報荒。

雨淋浪。水嗚咽。野櫓無數漂。杉皮或破裂。兩頭無和莫辨別。誰其創義駕小舠。東來西往逐一撈。叢葬待覓隙地高。啾啾勿更悲中宵。撈棺。

窮民盼已久。長官來何遲。長官辛苦氓豈知。連日下鄉肯告疲。荒塍遍歷增歔欷。回船颯颯風吹旗。勘災。

堂皇曉諭偏村市。賑濟來朝給官米。老弱奄奄蹶然起。市梢設高廠。侵曉來踉蹌。君不聞帑緡百萬布四鄉。卽今先發常平倉。茅屋便有炊煙香。大賑。

助賑繼平糶。是亦鄉里責。指囷幸不乏。所乏陳陳積。哀鴻日益多。詎有萬全策。助賑。

癸未水災雜感十首　趙奎昌

江村五月暮。田疇秧齊青。溼雲凝不散。天色常冥冥。急雨勢澎湃。十日猶未停。載土築圩岸。周帀如圍屏。隨築水隨長。一望連滄溟。老農坐檐底。歎此從未經。晚來水風冷。啓戶聞魚腥。

濃陰忽吹散。屋角斜陽明。迴風向東北。水勢徐徐行。踏車二三百。徹夜無停聲。倒捲出溝澮。萬派皆逆行。水退患秧少。鄰里羣相爭。秧值日以貴。一錢買一莖。農貧少蓄貯。典質家盡傾。綠雲徧原野。膏血無餘贏。

怱忙兩三日。補種將已齊。油雲復忽合。雨急風更淒。一日漲一尺。三日高於堤。堤平急修護。無處可買泥。水深過牀榻。駕木牆頭栖。上漏復下溼。破席遮頭低。欲炊不得火。飢眼神悽迷。夜深望昏黑。處處聞悲啼。

野浪拍天起。岸樹如風檣。狂飆忽吼怒。水勢搖屋梁。一舟出天際。激水高帆張。大聲急號救。附載來高鄉。高鄉去年熟。積稭遮圍牆。結伴入村落。乞食塡飢腸。飢腸不易塡。沿戶徒悲傷。流離一月久。雨氣終不暘。豆苗爛已盡。木棉亦萎黄。莫言高鄉熟。亦似低鄉荒。倀倀復何之。相對徒徬徨。日暮飢火灼。咽草充芻糧。

老民泣相約。詣縣同陳辭。行年近百歲。奇災從未罹。一雨四十日。水漲飄屋茨。欲炊那得竈。況復無米炊。矜恤苟稍緩。顚沛靡孑遺。邑令聽不樂。中心甚懷疑。身是中州人。初未悉土宜。好言各慰藉。爾民勿憂思。高粱與蕎麥。本與民充飢。水退應種此。收成應未遲。

吾虞海濱地。東望皆沮洳。水利久不講。白茅浦已淤。宣洩失故道。衝激壞田廬。請以工代賑。刻日開深渠。深渠不易開。兩岸皆民居。必當具疏請。始敢動帑儲。何不捐廉俸。廉俸偏無餘。繪圖進方略。議論何紛如。遷延雨日久。水勢仍如初。昨日見官牒。責令一里胥。里胥不敢任。進退形趑趄。

水次何擾擾。荒市森人煙。問是何貴官。奉檄勘水田。水田不易勘。一望波連天。對之發浩歎。憂思中心煎。徒憂亦無益。翦燭開綺筵。紅袖兩行列。玉手彈冰絃。琵琶聲切切。雨晦風淒然。朝朝復暮暮。幾日酣流連。鄉民告荒來。遙望疑神仙。

積水久不退。城頭北風號。窮民尙露處。遮體無敝袍。乞食入城市。載路聞號咷。何不煮白粥。分給日一遭。巨室屹相望。有米如山高。平時賤黄金。揮霍鬭富豪。誰知內慳吝。不肯拔一毫。廣陳因果說。此念仍堅牢。古人不復作。那得齊黔敖。

村婦罷紡績。入市無木棉。木棉連年熟。所積盈萬千。居之若奇貨。貪壑誠難塡。米價復騰貴。斗米五百錢。縣官出告示。合市皆譁傳。責令書供狀。按戶將名編。愈禁愈騰貴。其勢所必然。不見州塘上。偸漏仍如前。木棉與米豆。滿載商人船。

數行寬大詔。百萬窮飢民。按籍書戶口。戶戶沾皇仁。計口授以米。計屋授以銀。俾民勿流散。耕鑿歸其身。歡呼夾道路。帝澤眞無垠。一月賑一次。闔邑無窮人。平疇水亦退。菜麥郊原新。旭日照檐底。破屋皆生春。

農謠 朱綬

風吹東。雨灑空。風吹西。雨灌谿。風吹南以北。孟冬一月雨不歇。東西南北風皆雨。何日原間有乾土。祈龍走拜社公祠。擲珓乞晴神弗許。刈禾雖了穀未收。田主佃農同一愁。今年收成十之六。莫教爛盡堆場穀。

朝見堆場穀。穀蒸生有芽。暮見堆場穀。眼酸淚如麻。雨中走告里正家。室無居人戶不楗。檐欹雨大吹溼面。鄉鄰爲言早逃竄。歸來牆角看紡車。今年欲紡無棉花。天明入城告田主。腹中少飯天又雨。田主視天不得語。明日官倉開。嗚呼奈何吾與汝。

曹楙堅愍災詩六篇。見災荒總。

水村新樂府四首 柳樹芳

揠豆食

雨緜緜。淹此一頃田。一頃之田種不得。豆貴如珠勿浪擲。無米揠豆猶可餐。呼兒搜索叢莽間。衝風出。冒雨入。抱薪然。烘衣溼。歸來且聽釜中泣。

喫麥種

頓頓思炊粥。無米吞聲哭。倒盡瓶中幾粒粟。瓶無粟。甕有麥。盡此種。將何食。隴頭有水不得下。且過今冬休論夏。

斸水稻

飢火燒腸淚欲迸。入水終依稻爲命。犯霜力呼子婦起。攫米氣與蛟龍競。斸一半。架在竹。束一半。曬在屋。水多地少何處堆。不見雲頭漠漠雨又來。

倒撐船

鼃頭縮。鴉尾續。什什伍伍泊水宿。以水爲田船作屋。水無賦。船無租。魚鹽利。爭驩呼。爾曹無事日酣睡。夜中出入何爲乎。

樹芳又有大水行一篇。見水利門。

上江災　　夏之盛

滂沱雨。三月餘。蛟卵庬庬爭徙居。風雷爲擁護。騰波溢河渠。一解。

上江歙婺間。四縣蕩廬舍。欲構橧巢木未架。漂者紛紛蔽江下。二解。

死者亦已矣。生者莫安撫。淒絕水濱諸雁戶。伐蛟法未亡。誰爲告官府。三解。

潤州風潮紀事 道光癸未六月。風潮大作。洲田盡沒。屋宇漂沈。潤州紳士設賑焦山。

清恆

年年五月江潮大。來如作客去無害。今年五月江潮奇。來如不速歸無期。潮來高一尺。潮退只五寸。一月一丈五。水高不可問。最愁六月初三潮。東風忽作天吳驕。大江南北洲盡失。狂濤勢欲吞金焦。金焦上下三百里。青山出沒煙波裏。人家飄蕩若輕鷗。處處江澄天作底。東洲直與還沙連。江流浩淼如無田。南圩衝斷北圩破。男呼女哭聲誰憐。潤州縉紳勇爲善。疾呼船救奚能緩。紅船去卽米船來。一時飢渴稍能免。吾年六十歲有七。大旱大水經非一。從來未見海門潮。石上水痕高八尺。

大梁霪雨吟

閨媛 馬士琪

淫雲壓風風無力。白日茫茫光閉塞。老龍怒吸江水渾。三春霪霖足三月。蛟龍得志走高堤。濤翻浪湧蒼天低。大河南北皆澤國。郊原一望空田畦。梁園改革盡貧窶。比戶曾無三斗穀。春麥秋禾委巨波。井煙處處聞啼哭。哭之淚盡繼以血。有司敲扑還摧裂。憂國惟知督賦租。餓莩誰傷靡遺子。吁嗟吁嗟眞可哀。驅車無計鬻嬰孩。一女千錢男五百。逢人便售敢求益。兒女悲號不肯行。阿母含愁佯加責。兒去母孤悲不止。強持兒價糴珠米。無何米盡復思兒。將身自經綠楊裏。早知兒失母難存。悔不當時一處死。我聞此語心痛酸。監門思得鄭公官。救民重繪當年像。多恐君王不忍看。

旱災 禱雨喜雨附

禱雨詞

徐倬

火雲突兀燒枯柘。陽田龜坼裂大罅。西江田有陰陽之别。陽田最苦旱。早稻中乾晚稻萎。民間愁絶斷穲稏。小兒手執青楊枝。攔街齊唱呪龍詞。門前瓶甒貯淸水。借與天工作雨施。吹螺擊鼓聲鼕鼕。大令傳呼拜社公。白袷麻鞋走烈日。緇衲黄冠滿路中。早晨燒香紅睒睒。暮行升堂催急斂。新租舊賦並時征。虎檄飛符如雨點。傳聞長安春旱乾。皇仁特放金雞竿。積逋盡蠲輕繫釋。黄麻宣處萬人歡。有司不能揚帝澤。禁宰屠沽亦何益。蟪蛄千里鬧空山。欲乞天和求蜥蜴。

攻魃篇

顧景星

大名八里莊民郭虎報村人打旱骨。將本莊新葬黄長運之屍開壙打爛。按西域有屍殍(同殭)。輒殺一黑驢。取頭蹄分臠。今北路遇旱。或指野冢是魃。擊鼓聚衆。發而戮之。謂之打旱骨。雖冢主子孫不得問。得毋稚埋報怨。騁兹藉口歟。詩以紀異。

夏杪劇旱乾。涑雨僅濡瓦。秋穀行欲焦。深溝土膏赭。椎埋攻旱魃。讙擊鼓聲啞。異俗本西羌。何時入中夏。凶奸動無賴。扇亂驚四野。朝聞開封劫。夜伏南塘馬。譌言壞風化。律令安可假。刑政倘不修。徒然望霑灑。

憫旱

吴震方

三吳賦税區。本富之所藏。厥土稱沃壤。價畝十金昂。雨暘幸時若。耕稼猶足償。上以供天庾。下以充糗糧。少缺糞溉資。豐年亦徬徨。不幸遭水旱。八口難支撑。歲在癸酉夏。百日逢亢陽。雲立山嶽聳。風燋爐鞴煬。嘉種不得植。土脈如石强。婦女歎於室。丁叟號彼蒼。富豪競藏蓄。都市閉囷倉。令宰失撫循。洶洶忽披猖。上官憫災黎。祈澤薰壇場。步禱一何虔。懇款惻中腸。蟄靈閟幽潛。豐隆戢景光。符師層臺峙。桃梗列五方。逢逢雷鼓鳴。靈文持木郎。勅借江湖水。鞭起眠龍雙。禁呪術已窮。幾欲焚巫尪。節當大暑後。始得聞淙淙。小雨難霢霂。未肯翻湖江。補種日夕苦。又復鮮禾秧。大吏目擊之。痛哭陳災荒。勘災官府來。心亦爲憂惇。但畏法令嚴。逡巡費審量。無寧隱不達。忍使功名阬。天高聽實卑。萬里通堂皇。聖主憂民切。如傷過文王。往者三秦饑。賑粥招流亡。牛種及籽粒。一一爲經營。不揣蒙昧意。欲救眼前瘡。預一轉移間。恩惠尤非常。或者折漕粟。緩作三年征。范公嘗奏請。前例猶煌煌。康熙九年折漕。十一年白糧。十二年地丁。均三歲帶征。出前撫范公承謨之請。苟遂二者願。如執熱得涼。我思告九閽。無路陳愚盲。誰能采風詩。貢之黼座旁。是秋張中丞請借鐲三十三年漕米。奉旨允行。

憫旱　沈名蓀

旱乾最苦山東田。水無轉輸單靠天。自春不雨至六月。土焦盡作龜紋穿。從來旱蝗相倚伏。早有老農知幾先。言無數日蝗大起。直衝西北從南邊。薨薨戢戢密排比。碎於白雨濃於煙。慘悽得無鬼呼嘯。整疾似有神笞鞭。里巷倉皇競喧逐。翁媼涕泣成淪漣。長驅闊陣五晝夜。幸聞北去無留延。譬如兵過小鹵掠。屠劫者半餘猶全。兒童打撲所俘馘。矜裹百十囊盛千。湯煮火炙醃且曝。盡入枵腹塡飢咽。其奈望雨雨竟絕。赤輪天半高懸懸。泰山無雲變頑石。海瀆斷脈成枯涎。黑霞接日徒黯黮。紅蜻點草空蹁躚。市糴一日一騰踊。斗米四百青銅錢。柳條竹枝圈在首。泥神木佛擡盈肩。呪龍禁蟆法未得。焚尪斬魃方徒傳。昨聞官府點食簿。收盡蟲蝗窮腥羶。今朝朱僉大告諭。禁斷屠宰明齋虔。

焚僧魚聲響若沸。道士符筆粗如椽。挽回天意心已盡。爾民又何多求焉。遷逃賣鬻兩皆可。安意守待來豐年。

胡慶豫臨江道中篇。見催科門。

陸晟拆車行。見田家門。

祈雨詩

鄭世元

維月在修相。地下蟣蝨臣。爲我民旱故。願天聽臣元。天心本仁愛。豈忍殘吾民。民亦呼籲久。天聽豈不聞。我民誠何辜。罰乃降自天。縱曰民有罪。民罪終須原。天曰民何辜。厥辜在爾官。旱固民就死。不旱命亦殫。旱死民可哀。不旱官獨全。況旱豈天旱。此旱實有因。衆怨壅不散。結爲酷暑瘟。是之謂人旱。人旱海亦乾。上久屯其膏。官則熯爾氓。是之謂官旱。官旱不可言。若徒歲爲旱。此災弭不難。歲旱縱爲暴。詎抵官旱殘。歲旱禾黍盡。官旱骨髓完。官旱致人旱。因致陰陽姦。爾欲弭此災。去求爾官人。下有府縣尹。上有封疆臣。反己各修省。恤刑復施仁。解澤先自沛。一洗怨氣煩。官能不爲旱。民旱亦和暄。霖雨自然致。五穀自然蕃。百物各咸若。草木亦欣欣。此理爾不知。怨天亦徒然。臣聞再拜退。天命殊諄諄。徬徨空庭中。敎我向誰云。

禱雨行

諸錦

六月不雨吹炎風。撫軍步禱玄妙宮。屠門下令收肉籠。里胥得錢不上通。瞥然仰見雲童童。龍尾下垂日腳紅。有司祈雨甚焚灼。下令屠門勤捕索。丙夜磨刀聲霍霍。

旱

沈德潛

日出未出如血紅。火雲燒天蒸毒風。下田亦作十字坼。上田禾苗等枯蓬。去年荒旱苦乏食。縣令嗜血鞭耕農。愚民可懲亦可閔。仁者終願全哀鴻。今年旱魃復爲虐。天高難問眞夢夢。傳聞金壇溧水間。蝗蝻過處田俱空。義興百里染沴氣。老者憔悴連兒童。往者湛恩下南國。截漕十萬防災凶。出陳易新有良法。要令江左無疲癃。黠吏飽死窮檐餓。官長何必皆痞聾。仰首穹蒼誦雲漢。忍令彫敝丁吾躬。

禱雨歎

吳霽

六月不雨禾將枯。大官禱雨特禁屠。黠隸受約晨入市。攘魚攫肉紛未已。須臾大官拜佛來。楊枝淨水青雲罍。擂鐘伐鼓何喤喤。上山入廟焚丹香。香氣入雲雲不雨。日出雲中汗如煮。大官去。黠吏聚。飽羶魚肉醉清醑。醉歸且宿倡婦樓。明日還探禁屠不。

祈雨詞

龔景瀚

吹金螺。擊田鼓。男巫歌。女巫舞。迎龍王。祈甘雨。其雨其雨日杲杲。土坼田乾傷禾稻。女巫執鞭鞭乖龍。乖龍鬔鬔雙耳聾。帝閽迢遞不知處。稽首焚香對神語。惟民之命屬諸神。神不爲令當爲民。令也不德宜罪令。勿以一令輕民命。吉凶禍福神所司。或臧或否神監之。民有天災神不恤。是曠其官罪當黜。再拜稽首祝神畢。神像泚泚汗欲出。乃召風伯策雨師。雲與雨霈雷電馳。決江河。下霡霂。萬民歡。四野足。來賽神。唱新曲。

禱雨謠　李鑾宣

轅門鑼鼓聲諠譁。神旗搖搖奔向衙。頭戴竹葉口吁嗟。鑼聲震耳鼓聲急。四天無雲日輪赤。雨師失職老蛟匿。我聞春秋繁露董子書。縈絲伐鼓雩且吁。又聞道家禱雨恃符呪。龍虎眞人術相受。東山築壇高接天。開元寺裏鐘磬宣。長官拜跪父老踊。壇上壇下羅香煙。童男十十鞭蛇醫。蛇醫欲死童男疲。三日不雨至五日。長官惶惑民憂泣。長官無狀民太苦。以哀籲天淚如雨。淚如雨。民不知。天無言。神格思。詰朝雨脚墮江水。一聲霹靂傾城喜。

踏車行　祝咸章

朝踏水。暮踏水。踏折水車趼生趾。纔得田閒溝水流。已看河底翻成溝。東家脫衣質。西家持券出。三車高田。雙車下田。只論有水寧論錢。可憐貧家空兩手。竟日徘徊復何有。有女宛轉顏勝花。傷心忍鬻豪富家。賣來賣去苦錢少。僱人踏水無昏曉。失時溉田田已枯。水滿田溝苗不蘇。晝哭田疇夜哭女。門外徵租來里胥。

憂旱謠　方于穀

東家買黄牛。西家借種子。只期早季得安科。吾儕大家餓不死。小滿已過又芒種。十家盤水九家空。明朝五月近端陽。嬌兒竈下啼索糭。老妻怒兒眞嬌癡。年過八九猶無知。年荒性命且莫保。焉得棗栗供汝嬉。勸妻詈駡且休歇。隔鄰恐被聞交謫。牀頭尙收十斛麥。

山頭一片殘陽紅。林巒倒射光曈曈。忽然清籟吹長松。烏雲卷日飛向空。雨在西南八九峯。老農歡喜出戶走。十步倉皇九回首。爲喊長楊陰裏人。此際桔槔宜歇手。桔槔歇。聲欲絕。呼兒緊塞田間缺。土乾雨急防埂裂。雨聲將近風聲來。林谷震蕩相吞排。猛如萬騎屯高臺。霎時風定雲頭開。一點兩點清塵埃。隴頭曳杖嗟空回。天公於我何有哉。夜闌不寐還織屨。仰見明星落高樹。

水澤澤。車格格。趕車日夜牛駕軛。疾如長虹飲巨川。渴如怒馬奔乾泉。倒挽銀河傾向天。滿地噴作眞珠涎。赤日當空日卓午。旁人那識牛力苦。請看犬牯汗滿身。一毛一孔落如雨。吁嗟乎。爾生不遇丙丞相。爾縱喘死誰問狀。

蔣家山。山頭曉日紅斑斑。陶沖驛。驛前流水無點滴。高高下下各成村。村村夜夜聞哭聲。一升一合不得插。秋來那得有收成。哭聲未歇人聲鬧。火光一片當門照。腰間抽出硃紅票。聲聲只道縣官叫。縣官差派須立辦。明朝大吏過夜站。

苦旱二首　程虞卿

田疇既失秋。民生日窘蹙。塊壂不受犁。那能布豆穀。東家賣烏犍。西家賣黃犢。荒原赤如焚。嗟嗟何處牧。轉瞬春雨緐。欲耕手空束。眼前流離民。遑計明歲熟。

十里共一井。百家來汲水。汲多井水枯。入筒半泥滓。一人甕未盈。十人坐而俟。自朝至日昃。來者尙邐迤。候水不得水。腸鳴飢欲死。日夕抱甕歸。飢夢猶呼葵。

祈雨行　曹楙堅

靑龍不鬬白額虎。千家萬家守焦土。打石牛。問石姥。吁嗟求兮雩之舞。街東街西走擊鼓。鼓皮裂。

太陽熱。曬出老農眼中血。寧使眼枯苗勿枯。寧使皮膚灼爛日日暴。但願沛然一雨苗皆蘇。天乎天乎。哀我農夫。農夫上有父母。下有妻子。一粒不收一家死。上天好生不至此。

鞭龍行

朱珊元

入秋不雨六十日。官吏皆言龍曠職。嗟哉民物誰實司。歸咎於龍龍何辭。縛芻繪紙龍體具。鱗甲離披廓然亘。手持柳條三尺來。神物忽遘無妄災。一鞭雷聲起。再鞭雷聲止。三鞭黑雲聚復散。但有愁風吼殘紙。噫吁嘻。世事薄。天罰深。作威不服神龍心。其雨其雨雨何有。明日龍潭又殺狗。

苦旱吟五首〇嘉慶甲戌

柳樹芳

斷屠

官府多好生。胥吏偏好殺。斷屠有明文。反中吏奸猾。橫索屠門錢。否則有大罰。屠門盡恐惶。奉吏如奉佛。欲藉他苞苴。何惜我膏血。酒醴爲爾陳。鸞刀爲爾割。可憐觳觫形。依舊不生活。堂階終懸殊。復命吏有說。

淨河

漁人魚爲生。不漁將何恃。昨聞號召聲。淨河暫停止。網船數千雙。一一稽姓氏。給發官府錢。愛民眞如子。那知射利徒。尅減從此始。所得本無多。所剩僅餘幾。既難贍身家。豈盡安閭里。嗚呼萑苻中。若箇無廉恥。

平糶

社倉久空虚。官府紛籌畫。藏富多在民。平糶眞良策。飛符下鄉來。勸捐幾百石。減去一兩金。增出萬家食。里長會計工。戶口先定額。可憐貧家兒。無錢那得糴。哀鴻口嗷嗷。飢雀聲唧唧。寄語素封家。毋將升斗刻。

傳車

岸高水漸低。一落千丈勢。傳車如傳舍。彼此互更遞。長作鳧脛連。牢爲蛇尾繫。進若魚貫柳。退似猿引臂。如挽上水舟。如困峻坂驥。徒聞聲咿啞。不見水滂湃。頭頂火傘張。脚底血痕漬。安得天見憐。霎時甘雨沛。

疫火

歲豐人氣旺。歲歉人氣餒。沴氣乘其虚。往往逞奇詭。列炬環作城。陰火欲然海。如放江都螢。萬點落在水。如逢赤壁燒。齊著明光鎧。村人環視駭。誤作萑苻揣。細思陰陽爭。物理宜有是。去年歲不登。愁歎徧閭里。人飢鬼亦飢。羣作若敖氏。時當寒食寒。誰燒紙錢紙。飢火灼中腸。幻相有如此。不聞餓鬼道。烈焰口中起。吾爲縛柳車。送出苦海裏。

樹芳又有苦旱行。見水利門。

水車謠　褚逢椿

犖犖确确。咿咿呀呀。蜕骨屈曲盤靈蛇。漸漸汩汩濺水花。蛒蛒蛤蛤鳴青蛙。子婦饁餉農夫嗟。烈日曝背天無霞。安得黑雲壓屋。萬里驅雷車。子婦哺兒農歸家。

拜水行 台州久不雨。土人禱雨者。祠龍取水。謂之拜水。俗頗妖異。爲詩紀之。

孫衣言

今年台州旱魃虐。土人禱雨兼戲嬉。萬人齊出從土偶。鐲鐃鉦鼓十丈旗。兵械雜沓矜與戟。亦有披髮行麻衣。山僧道士口嗢呷。小兒圈頭楊柳枝。云假神力取龍子。龍王睡熟呼不知。深林幽暗窟穴露。坐列瓶罌苦死祈。靈物變化不可得。或致蛙蛤兼蛇醫。捧歸舞蹈謂神降。五步一拜聲嘻嘻。遂呼太守來屈膝。令丞汗背紛奔馳。旁人腹誹不敢議。爲俗既久忘其非。我初聞說心然疑。乃今目睹還嗟咨。焚巫暴尪古或有。於禮未合聖所譏。恆暘恆雨有感召。此乃變譴非龍司。齊心默禱理當驗。兒戲豈足希天慈。況復裝束貌獰惡。長槍白木肩相隨。有時中路相要遮。云奪雨工分雲師。章安俗強本鬭狠。竊恐倉卒爲亂機。禳災救患自有道。此弗禁止須何時。君不見一朝奪取河伯婦。西河太守能滑稽。

快哉行 附喜雨

杜濬

江東自從大麥黃。乾風吹塵十丈強。高田低田徧龜坼。焦土何處容鍼秧。我行江北耳輿論。旱魃安得災滁陽。太守憂民若赤子。斯民戴守如爺娘。快哉五月十三雨堪紀。城隍廟中鼓聲起。步禱剛傳太守來。香煙未斷翻盆似。倒捲黃河定是誰。知是龍池老龍子。六鄉三市何所聞。歌聲笑聲雨聲裏。霑足滂沱自此州。橫被迷溝與頓丘。錢鎛勻泥古塍復。桔槔洩水方塘收。掃括倉箱待子粒。抖擻蓑笠驅黃牛。老農相顧得有此。感格豈不繇仁侯。君不見太守謝壇民擁足。相賀吾侯今日可食肉。

後快哉行

又

今年竹醉之日得好雨。原田水深非小補。潺潺瀧瀧流浹旬。惰農遲種仍乾土。北風之圖不我涼。雲漢之詩亦何苦。或言龍挂三日前。火雲騎日殊茫然。或言屬邑有大雨。來者亦復云虛傳。或言四鄉雨不絕。太守疑信終憂煎。寸忱積禱見靈貺。祝版往祭豐山巔。誰知飲福猶未終。雹掣雷轟三百里。分明舊雨不如今。舊雨三尺今半咫。舊雨當時已足奇。今雨回天良有以。君不見大河南來十三盜。磈礧項領猙獰貌。八盜八馬皆肥驃。一朝穿鼻擒之到。刀脊猶殷乂潤血。箭鋒忽折仙居道。觀者傾城如堵牆。駢肩疊跡惟知笑。維時太守獨沈思。城中巢穴誰得知。矧有兩梟猶未得。寧無三窟當窮治。大之城池小府庫。豈獨編戶關安危。宏羊不烹天不雨。何況此物容留遺。果然一鞫得賊首。市中童謠天上口。明臺懸鏡光熊熊。賊智焉能廋某某。向者兇徒皆虎豹。此時囚繫同豬狗。快哉眞賊盡得株累寬。廓清不獨滁陽安。是日密雲方布濩。列缺吐火豐隆讙。金蛇出沒銀箭攢。絕奇雨點大如盤。東塘放溜西堰滿。古井亦復生波瀾。除民之害天心歡。噫嘻彼焚巫覡誠何干。

雨金行　　先　著

皇天震怒牛斗墟。連歲降殃民爲魚。今年火災被建業。不雨始自三月除。先焚府治次井邑。官失廨舍民無居。此時畏罪走鼈鼉。迎神召符下甘澤。皇天視民如嬰孩。暫加譴責心實哀。果然大旱不過十三日。俗謂大旱不過五月十三。黑雲奔突從西來。飆風鼓檐作虛勢。入夜滂沱沛然至。傾盆一日猶未休。深流數尺少平地。歡呼頓使米價平。喧天插秧聞鼓聲。我雖無田切望歲。不禁喜作雨金行。頗聞淮陽之水今仍前。死亡百姓誠可憐。天公有意赦此國。何不鞭龍退水爲良田。皇天冥冥苦無語。長吏正攫官私錢。

風災

風霾行　丁澎

今上御曆十三載。三月旬日風晝晦。詔問有司災異狀。法部郎臣昧死對。臣聞漢帝除肉刑。醴泉溢出芝草生。秦時赭衣常塞路。日蝕星移失恆度。古來祥眚信有諸。劉向李尋數上書。丞相席藁請避位。帝曰咨爾言非虛。方今陽和布大澤。雌蜺晝見飛沙赤。馮夷擊鼓蚩尤爭。太乙靈壇詛風伯。秦川地震三輔霜。郡邑不敢追流亡。宿舂未給縣官稅。更煩徵調徙燉煌。鈎考參連不知數。譴責稍遲督郵怒。司空歲滿城旦書。廷尉門塡桁楊路。商王解網舜好生。聖朝尚德復緩刑。黄麻如飛赦書下。父老涕泣祈昇平。帝省齋宮天可變。風不鳴條世清宴。蒼鷹乳虎投遠裔。赤烏應集靈和殿。臣等披瀝惶恐言。陛下聖明制曰善。 沈歸愚曰。時秋官濫刑。故因風霾之變而極言之。○胡菊潭曰。絶似一封陳災異疏。可稱詩諫。○施愚山曰。紀年之作。有禆史闕。白樂天元和歲在卯。六年春三月。月晦寒食天。天陰夜飛雪。韓退之元和六年春。寒甚不肯歸。河南二月末。雪花一尺圍。起手與此詩同。

彭城風災行　沈名蓀

奔騰倒瀉黄河水。澒洞淮流下陪尾。不則怒走支巫祁。掣鎖不甘潭底死。天柱幾崩地軸折。高臥敢云堅不起。披裘出戶仰天望。亂雲壓黑雜赬紫。城東河北譆出妖。秦炬烘天近在咫。風聲火聲人號聲。不忍聞之欲塞耳。不知明日檢焦土。掃幾民廛盡幾市。災祥莫問只憐民。蝸脫殼廬燕失壘。草棲露宿迸何所。慰恤不聞騰一紙。詰朝打鼓升公堂。比較催科稱刺史。

台州勘災紀事　謝啓昆

嘉慶二載秋七月。耿耿銀河出復沒。牛女之次台階旁。有風鼓自土囊穴。初從大塊發噫氣。旋翻員嶠鬱蓬勃。舸艦如山浸黑洋。魚龍奮鬣驕白日。飛廉布陣鳴喧豗。天瓢覆雨灑倉猝。排山萬馬驅潮來。嘉禾盡偃木斯拔。豈惟茅茨捲三重。但見屋瓦飄百室。保抱攜持哀老稚。鬼哭啾啾及枯骨。牢盆失利空白波。竈戶無炊剩黔突。太守飛牒告大吏。敷奏于帝語皆實。我職旬宣敢命駕。星言不辭道路躓。周巡回浦歷章安。甌國村墟一覽畢。爰頒帑藏載後車。分遣掾屬勤撫恤。萬間未暇庇廣廈。一椽可補當慈筏。載以舟楫資糗餌。死者掩骼濟仁術。耕不餘三民乃咨。征緩其一政有秩。方今聖人大澤施。勿使方隅一夫失。租賦屢荷蠲萬億。粟帛況又頒耄耋。太倉有積因陳陳。升斗何曾計屑屑。海壖地瘠鮮蓋藏。民生苦窳謀竭蹶。上則下則有等差。忍令斥鹵納穗秸。祇宣上德布仁風。匪博羣黎誦生佛。

颶變　孫衣言

月在丙申日丁酉。大風夜拔山石走。雌蜺助虐驅雨師。海水倒立長鯨吼。白日不出光冥冥。雷公遁匿安敢爭。黑雲墮地作昏夜。空中似有蛟龍行。野人婦女走且號。驚絕屋角生波濤。南山萬樹高十丈。一一拔去如秋蒿。眼見室廬作飛瓦。竊恐性命隨鴻毛。嘉慶始年風折木。父老猶言無此酷。一夕欲瀉銀河乾。萬里恐成地維覆。我聞自古聖明朝。五日十日風雨調。卽今舜禹鳴簫韶。雨工颶母爾何驕。得無有司自失職。坐使萬室遭流漂。去年少饑民乏食。已有搶掠禁未得。今者禾頭一尺沒。柑園芋田百無一。貧民盡出歸無家。或縛溼茅棲木末。坐視窮餓眞可憐。竊慮流徙生戈鋌。擬借官米百萬斛。旦暮解此哀鴻艱。幸完妻子無遠去。忍待麰麥看明年。嗚呼。安得有司眞仁賢。爲汝入言天子前。

雹災

雹異丙辰四月澤州紀災

朱樟

陵陂麥欲黃。微浪蕩秋影。妖巫報食新。雪信到炊餅。煽熱陽旣舒。蘖冰陰乃凝。駭雲閃青紅。厥勢實狂逞。擘山雷軸掀。擺磨電旛整。龍君縮氣迎。珠粒走無脛。撒菽同貫輈。過樹漸滅頂。蹂躪萬馬奔。狠藉只俄頃。遺穗無一存。火照阡陌冷。倉皇走嗇夫。舌禿指盧井。方圓記尋丈。怒不及鄰境。沴氣襲蕉河。殃路判葦町。蕉河、葦町皆地名。時方陰陽爭。去夏至十日。燒夏失炎秉。得毋人事乖。未可苛政猛。瓣香乞霽威。掃倉拜掠剩。法苑珠林。雷部有掠剩司。寡婦利幾何。殘粒拾芒穎。絕飧飢始驅。儉腹食欲併。殺盛行小懲。罪歲有新警。還笑浙臉兒。諱災呼雨硬。宋紹興中。臨安雨雹。太學瓦碎。官請修葺。諱雹。呼爲硬雨。

雹災行

張衍懿

玉龍鼓鬣雷霆奔。大珠小珠歷亂噴。浮雲塞空天地晦。狂飆捲石波濤渾。老翁仰天呼不得。眼看田野聲暗吞。豆苗糜爛麥苗盡。一家何以供饔飧。由來帝心最仁愛。奚使萬物遭迍邅。妖祲横行害氣盛。數逢陽九難具論。我欲排雲叫閶闔。猙獰虎豹阻九閽。磨牙奮爪肆吞噬。飛沙吐火驚人魂。抱頭戢翼且靜俟。玄黄戰罷宇宙存。桑榆杲杲日漸出。川原濯濯樹已髠。須臾明月照西極。晶光晃耀如白日。遥聽鄉村起哭聲。坐對冰輪三歎息。

雪災

十一月五日紀災 道光辛丑

閨媛楊素書

沈陰五日天地閉。萬徑蒼茫鏖玉戲。冷龍鬬敗鱗甲拋。愁挾罡風作威勢。樓臺傾覆垣棟摧。苦無雙翮能逃避。東鄰西鄰盡哭聲。兒覓阿翁昆呼季。明晨里正徧報災。五百餘人遭壓斃。就中頗有未覆屋。危如累卵一絲繫。凍痕迸裂瓦縫坼。屋溜淋漓横莫制。牀檐溼黦睡無所。終宵兀坐頻驚悸。人民觥脆至斯極。禳災到處窮牲幣。或者天公抵兵劫。讖語分明徵白地。或教滕六先告凶。肅殺西方兆金氣。集澤哀鴻未盡還。自秋徂冬更加厲。擁衾卧聽風霰聲。獨對寒燈心惴惴。

前題同作

沈蘭

風鏖萬片大於葉。亂撲紅塵五尺雪。平川浩浩白上天。南北峯高望愁絕。千家鍵戶斷炊煙。冷魂凍裹兜羅緜。編茅小屋陡傾圮。妻孥號夜無安眠。得逃一息尚百幸。何況枕尸相接連。上蓋墮瓦下冰墊。中有血肉無人憐。玉川屋老危岌嶪。門闌半蹶楣半偏。便欲手把千尺帚。掃開萬里頑雲頑。嗚呼。天災疊見人[illegible]脆。卻憶年年徵瑞日。安得日輪高捧雲衢彩。大地陽回龍戰解。

雷異

施閏章冬雷行。見歲時門。

日食

日食詩

張文瑞

是歲乙未春。四月丙寅朔。完完白日縈圓靈。光華爛熳如新浴。予時羈居育才坊。獨騎款段恣遊矚。入門下馬還茅齋。惠風飄飄吹我服。坐見階前一扇塵。歘地捲上東家屋。萬里邊庭雲氣生。紛紛蒼狗爭相逐。黑風夜叉扛海來。何論傾盆與拔木。須臾虹見雨忽收。纖纖西日如鉤曲。何物凶蝦蟆。無忌恣口腹。二十八宿無寸鐵。空張旗幟搖川嶽。日有急難不能赴。左龍右虎徒牙角。皇帝清問欲弭變。百官屏氣皆俯伏。草莽賤臣上書言。修刑不如修德速。九重徹樂減玉食。大臣無敢作威福。東閣進賢才。西曹出冤獄。瞽者鼓汝鼓。庶人嗇夫馳走無縮縮。諸陰縱者閉。一陽剝而復。天人交感如影響。此理可悟不可告。春秋二百四十二年中。備書日食月不錄。此間輕重有權衡。聖人萬古一明燭。

地震

地震行用龔芝麓韻　陳維崧

六月十七風滿天。帷屏盃椀大劇顛。都門簸盪猶未甚。齊魯消息紛喧闐。山東大吏羽書至。急裝快馬相鉤連。相傳日入星未起。可憐人命薄如紙。瑯琊城外千村盡。李家莊上萬人死。我昨揚鞭跨驢背。一路村墟記其概。夜火常從餅師乞。晨蔬或向園官貸。詎知瞬息遭風雷。震霆一擊坤維開。久嗟民力亦已竭。頗怪天怒殊難回。我生未習天官書。誰從薄蝕占盈虛。五行妖沴干皇極。一片寒芒射帝車。是日白日爲之昏。海天澒洞波濤奔。泰山坼裂井泉溢。變故難以恆情論。塡谿塞阬須臾耳。蒿里何從辨妻子。長平之阬四十萬。積屍未必甚於此。骸骨撐拄如山高。陰陰鬼伯求其曹。天吳紫鳳有底急。以人爲戲爭雄豪。我向司天驗箕柳。寒燈一夜成白首。都亭訛言日數至。三市居人悉狂走。或云彰義門下水拍天。其勢竟欲衝甘泉。或云七月大地復將震。雞狗驚竄如秋煙。我時作客望眼枯。家書何日來天衢。欲歸未歸不稱意。攫翅學作飢鷹呼。秋月如珪復如玦。不爲愁人洗煩熱。已分殘年飽亂離。那得他鄉暫歡悅。嗟嗟我生已後時。祁寒暑雨常相隨。宵旰已知聖主意。燮理終藉羣公爲。誅求江左尙官府。詬租胥隸打門怒。君不見吳越家飛三伏雪。江淮田漲一春雨。

地震行　邵長蘅

涒灘之歲月在未。鼓妖中夜西北至。砰訇只愁坤軸翻。倉皇詎識眞宰意。牀頭兒女爭啼號。屋瓦砉睹紛墜地。須臾惡飆揚塵沙。簸蕩十日奔雷車。傳聞山東禍尤烈。郯城平原屍如麻。前月經天垂太白。爾來白毛生一尺。閭門童謠眞有無。妖氣從來不勝德。野夫覓紙書時日。彼蒼回斡君相力。

平陽地震聞邸報作

金德嘉

嗚呼陵谷變。平陽乃倉卒。一郡逮四縣。元元同奄忽。乙亥夏四月。丁酉罹厥罰。城或復于隍。裂土似耕垡。潭潭公府居。不能庇袍笏。婢子殉夫人。狼藉溷齒髮。多錢倚頓翁。賣餅兒俱窟。有谷量馬牛。何曾瘞雙韈。生平睚眦仇。邂逅瞑一堨。菜色僵路隅。猶是穴旁窣。長平四十萬。往者從征伐。伍籍隸司馬。例書死事骨。乃若災沴終。名氏誰昭揭。縣官軫戶口。宵旰咨不歇。馳驛遣侍從。往哉輕裝發。逝者覆釜封。存者予糠麧。比屋經延燒。蓋藏一以竭。封疆有大吏。職司扶顛蹶。拊循苟亡狀。何以稱官閥。九卿奉詔旨。修救意矻矻。蠲復惠子遺。可以奠其臲。皇哉汪濊恩。用補坤維闕。

哀平陽

姜宸英

世間萬事多翻覆。康熙乙亥四月六。撼動坤維霹靂聲。燕秦魯衞聲相逐。平陽四縣慘獨遭。簸掀平地如波濤。十人糜爛一人活。手足斷折肢撐交。須臾火起徧熠熱。活者爬沙少得出。唐風耕鑿三十年。周餘黎民靡有孑。零丁官長亦可哀。無罪身創門戶絕。四面腥風破鼻聞。獨背殘陽哭瓦礫。疏聞當宁知其由。當時遣勘無停留。帑金齎恤逾十萬。萬鬼感泣聲啾啾。聖人憂爲百辟先。下詔般勤思直言。何爲至今少建白。大小塞默同寒蟬。羣公鎮靜會有意。見怪不怪怪自避。此邦陽九數合逢。金木爲災水火沴。勸君莫作杞人憂。杞人憂天不憂地。

紀異　楊錫恆

地乃天之配。其道宜安貞。胡然此一方。震動無時停。欻若颶風過。殷若雷車鳴。耳目盡駭眩。魂魄爲之驚。一椽本如寄。欹仄勞支撐。不已勢將壓。性命毫毛輕。聞諸古史册。其變在五行。迂儒守章句。白黑聚訟爭。方今聖明世。災祲何由生。此理不可曉。閒居細推評。每當地震後。厥占應玄冥。陰氣盤地軸。欲奮難遽騰。小震則小澍。大震斯盆傾。屢試不可爽。歷久信有徵。艾河地庳下。谿谷流縱橫。積潦成巨浸。勢欲排丘陵。二麥既黃萎。稗穇類寸莛。惟菽稍有實。又恐秋霜零。謀生艱一飽。寸心憂屏營。皇天本仁愛。視聽非懵懵。萬方悉在宥。豈獨遺邊氓。願奪箕畢好。長放羲娥晴。庶使職載者。亦得安坤寧。艾河亦名艾渾。即黑龍江。

火災

杭州大火行 順治辛丑　沈紹姬

朔風怒號牀欲顛。祝融一炬光燭天。城中廬舍若鱗次。蕩然一洗如浮煙。健兒持兵夜乘屋。朱顏少婦河干宿。紛紛爛額與焦頭。顛倒裳衣跣雙足。臨安富人治亭園。往往牆壁被錦繡。養馬嘗築黃金埒。庖廚亦用錦石甃。由來暴殄干天怒。巫祝雖虔神不佑。居民檐下多蓄水。一杯能救輿薪否。安得東海老龍忽怒騰。雨師一挽河漢傾。無使地維焚絕天柱崩。

後大火行　又

臨安城中竹織壁。五日不雨竹燥裂。城中居民受火患。十里五里延不滅。千門萬戶一瞬息。朝爲亭臺暮瓦礫。昨夜西風捲地來。吹入蓬門灰滿席。我見此灰愁拂拭。原是當年舊金碧。君不見貧兒一夜致千金。富人三徙無容膝。世間翻覆何事無。吾亦何爲長戚戚。

臨安災

汪由敦

譆譆出出妖鳥呼。融風簸蕩炎官趨。絳旂朱纛轟雷車。祝融下視紛栩榆。古杭之會吾其徂。古杭之會南宋都。煙火十萬環闉闍。魚鱗鱗次排蝸廬。雄哉夏屋何渠渠。繚垣潦草何其愚。飾以堊粉中編蘆。小人乘墉日闞闞。乘間竊發吁難遁。欻赫欻若揚洪爐。頃刻鎔冶黃金鋪。倉皇列隊奔水夫。長吏廣輿塞周衢。轆轤長綆翻斗斞。豪門甲第富所儲。帳前銀蒜垂流蘇。妖姬驚起不及扶。顛倒紫鳳繡羅襦。藥欄蹙折雙春趺。蓬頭露坐那暇梳。更有寡母泣且吁。洴澼絖供旦夕糈。旬月不滿千青蚨。上奉老姑下藐孤。連緣罹禍殃池魚。祝融又瞰軍門幮。堂皇深迴安且羭。神明似昧貴殘殊。折壁乃悞平頭奴。罘罳鬱攸延欂櫨。兵校左右吏胥徒。拱護印紱節與鈇。燭龍之而擲頷珠。烏嗓不已側柏枯。河伯縮伏愁天吳。使相行臺俄已墟。簠簋碎雜瓴甗瓿。中丞惴恐持官符。望風角崩禱且膜。東偏傑閣庋賜書。其幸勿燼蒙濟濡。祝融用命迴前驅。頭焦額爛嘻少甦。或云麗譙巀嶭形齟齬。或云拱辰嶠圯城北阪。鎮壓其令灰封祛。形家者言諒不誣。上章交議公曰諏。長虹一道金錢輸。或者又云吳山廟貌蒿萊蕪。庀之丹雘新前除。傴僂紛若用史巫。賄以椒醑神或娛。我聞鶉火粲白榆。火房灼灼心之虛。出納有政王者模。丁壬午酉夫婦需。重離之明文象敷。麗於巽木陽乃舒。會城自昔形勝區。

磅礴鬱積鍾扶輿。況乏埏埴供墍塗。徒薪無乃求良圖。五行災異言紛拏。地形雜占粗而迂。神遠人邇捷鼓桴。神豈好諛胡獻諛。公孫不作子服殂。瓘斝玉瓚何爲乎。

火災行　袁枚

七日融風吹不止。烏聲嘻嘻吁滿市。縣官此際如沙禽。中夜時時驚欲起。出門四顧心慘裂。天地爛如黃金色。文武一色皆戎妝。奔前滅火如滅賊。金陵太守氣尤雄。獨領一隊當先鋒。出沒黑煙人不見。但聞促水聲朦朧。水龍百道橫空射。倒卷黃河向天瀉。蚩尤妖霧青山崩。黑連蒸土白石化。須臾半空飛霹靂。赭瓦頹垣如擲戟。不聞知命避巖牆。但見橫屍委道旁。春風雨滌新焦土。夜月霜淒古戰場。我聞爲政無近名。水懦火烈調其平。行火所焮表火道。書其焚室寬其征。此外姝姝皆小惠。禁民夜作徒紛更。從來心如焚。不必額盡爛。果然曲突有周防。何至衣冠坐塗炭。白日青天莫放懷。朽株枯木能爲難。

哀沙面　癸酉正月夜沙面災。焚蜑人寮數百椽。斃男婦數十口。　韓崶

蜑人生長沙面居。居人不許岸旁廬。魚蝦作糧竹編屋。穴處不異獺與狙。涵淹卵育日蕃衍。居然此戶成丘墟。人間踏地出賦租。不如蜑人浮空虛。魚姊蜆妹十五六。倚門一笑人盡夫。五陵少年游俠客。纏頭十萬輕如無。西洋有草凝如酥。醉倒同入巫山隅。花田花月珠江珠。是中樂死忘其軀。夜半忽聞聲霍霍。祝融憑威勢將作。初驚照蟹春星攢。旋訝燎蚊夏電爍。驪山諸姨爛紅裙。井陘萬馬皆朱鞹。是時月午潮正落。逋逃無路可著腳。岸旁吏卒號且呀。欲濟無梁空頸縮。坐看飛燼滿長空。十

里笙歌歸冥漠。天明猶見落點殘。檢點死傷淚盈掬。就中白面誰家郎。殘縑裂素羅綺香。子夜清歌醉錦瑟。五更枯骨橫劫場。豈伊腥穢觸上蒼。六丁蕩滌懲輕狂。哀哉蜑人何咎殃。生亦地獄死火湯。

丙辰十一月十六日記災　朱彭

太歲在柔兆。支神屬龍德。仲冬月既望。是夜逢月食。蝦蟆何貪饕。張吻伺蟾魄。當空撥煤炲。雲壓半輪黑。陡驚狂飆翻。焚輪勢難抑。砯砰屋瓦飛。軳軛地軸坼。俄聞呼號聲。喧轟來巷陌。須臾火光騰。翕赫天宇赤。回祿肆碭駭。旋轉若電激。我家四條街。地祗百武隔。烈焰挾風威。如箭著鄰壁。旋見燃籬笆。即恐及庖湢。倉皇喚家人。亡命出門閾。子婦與少女。十步九傾踣。兩孫倒裳衣。襟袖不遑搤。走避黃瓊居。炎氛復見迫。大兒攜妻孥。播遷竟何適。老妻失中途。路歧不我即。我奔鐵冶嶺。季子僅在側。骨肉悵分離。更往覓消息。燎原四望空。憑高一身隻。但聞棟榱崩。到處響淵渹。嗚鉦申號令。運水徒絡繹。風猛火益驕。束手苦無策。二更記始災。日出猶未熄。週遭二三里。已燬四千室。平生廣廈心。覆庇尙嫌窄。萬姓遭焚如。能勿中心惄。而我復被災。命蹇更何惜。況聞過客言。前途死傷積。苟延亦堪矜。焦頭與爛額。鄰婦護夫棺。攜兒路塡塞。前者擁不行。後者相陵轢。哀哉母子亡。血肉共狼藉。義烈殉阽危。念此更悽惻。鄰婦朱王氏。攜二幼子扶夫柩出避。行至中途。壞簷下壓。柩將被焚。婦泣伏柩上。遭踐踏。母子俱死。我家幸生全。相聚淚交拭。今雖失故巢。團欒實天錫。書畫及玩好。雲煙娛瞬息。藉令能長存。畢竟付一擲。惟憐所著書。一炬難再得。

神燈引　查揆

十一月十六夜月有食之。熒惑與木星同度躔于牛女之次。夜半吳山火燬四千餘家。煙焰中雙燈皎然如月。火勢所至。燈輒左右之。死於火者百數十人。是有神也。作神燈引。

北風驅雲雲盡墨。老梟夜嘯山月黑。沈沈寒柝靜無聲。獨脚山魈捧燈出。吳山蒼蒼成劫灰。碧芙蓉作紅玫瑰。蟾蜍爬沙太陰死。熒惑墮地聲如雷。一燈出樹復上樹。疑有幽修暗中語。可憐四千七百家。不照朱門照蓬戶。北方玄武橫鉤陳。燭龍搖搖銜蒼旻。迴光入海海水赤。榑桑老榦摧爲薪。天雞叫曙煙氛沒。猶見長虹射城闕。長官夜譙籠燈回。照見道旁燒死骨。

救火行　褚華

元宵絲竹聲玲瓏。春燈影裏人作叢。月斜有客乘醉出。不知耳畔生融風。市懸煙火趁燈鬧。金錢爭買誇精工。硫黄硝石性殊燥。何得以火投其中。火投藥中藥即火。飛起千道如長虹。穿墉已透復繞棟。儼持亘斧開山通。須臾火勢徧閭里。騰光迴上天爲紅。呼聲動地哭聲沸。嗚鉦者誰媪與翁。官軍撲救競奔走。水龍飛出當其衝。一龍昂首忽噴水。兩龍背面來相攻。火光虩虩水灖灖。驅之使西還向東。水營大帥心何雄。一躍登屋離花驄。揮戈著屋屋傾倒。但見火滅煙朦朧。焦頭爛額是誰子。今夕投宿如猿窮。

武林樂府　捉火頭　陳春曉

歎閭閻。不戒火。頃刻間。無完卵。焦土無餘家破休。官人火急捉火頭。捉火頭。不須憂。有錢釋放無錢囚。鐵鎖鋃鐺涕泗流。亦有東鄰。殃及西戶。東鄰無可求。西家尚可取。捨東而捉西。是非顛倒舞。

今歲何來賢宰官。懸書惻怛道路觀。窮黎无妄罹災眚。曲突徙薪但中警。火頭堪懲終堪憫。令下胥徒莫敢逞。

七星缸

設於杭州南城外育王山。象北斗以鎮火患。朔望委員查視貯水。

曹德馨

天河乾。斗姥醉。玉繩紐解七星墜。眞武夜喚阿育王。手攀日柄承天漿。寶缸厭勝位北方。山鬼喜攝錢江水。銅毬冷浸熒惑紫。鵂鶹腊飼火龍死。

官水盎

夏之盛

東山蜿蜒走火龍。爨煙井井燒天紅。會城雲屯百萬戶。竹垣木壁魚鱗重。鵂鶹乾叫日光紫。封姨揚袂招祝融。家家爭喚擔水來。製桶標字牆陰埋。大官傳令等兒戲。桶底脫盡乾莓苔。廣場晝市羣貨集。朱戶夜飲華筵開。鬱攸氣挾人喧呶。風聲怒雜陰鬼號。獰然鼠盜兩目豎。沸騰橫刦如秋潮。東鄰西鄰忍不救。黑煙噤口頭顱焦。電蛇幾道風中明。紅標直上屋瓦傾。火巷偪仄火山矗。煙飛十里黃埃腥。官人車馬紛來趨。呪泉無術井眼枯。令輿桶水桶久破。毒氣壓作純陽罏。呼號蒼穹願救濟。白日慘澹灰模糊。桶縱不破成沸湯。闤闠倏變沙礫場。萬間安得庇大廈。計口兼給貧民糧。不然我欲跨龍子。吸取西江千斛水。

紀災篇

又

銷金窩暖藏歌舞。鵂鶹一呪成焦土。雙宿鴛鴦夢正酣。塌翎妖鴞飛無所。比鄰豔傍紅樓住。荼毘誤認奢靡路。八口枯骸无妄災。譆譆夜半吳回怒。君不見湘管依然地下横。銀荷葉小賸燈檠。禁煙時節渾無忌。天意昭昭示火坑。灰燼而鴉片煙具有完物不燬者。

蟲災 鴨食禾附

蟲異　陸世楷

蟲自靖州天柱而來。入清境。大小不一類。飛集穀倉。或全食。或半食。穀有針孔少許。中已空矣。村民禳之。即可獲免。因紀其異。

仲冬之月百蟲蟄。忽有異物從空來。細如狗蚤大蟞蝨。所至輒爲倉廪災。蟲本化生亦由溼。假之羽翼恣飛集。輕於塵霧遠忽踰。銳若針芒堅已入。昨年亢旱良可哀。蓋藏竭矣租賦催。幸今有收又侵耗。害同雀鼠尤壯哉。或云降罰皆凶人。空中驅遣如有神。師巫祈禳頗能驗。訛言或亦由愚民。古來物變不勝窮。穆王軍士成沙蟲。干戈連歲多暴骨。得無怨魄成鬼雄。此蟲曾未見經史。紛紛臆說從茲起。上天休咎豈易知。勤修人事災應弭。有虎勿捕蝗勿驅。至誠所感異類孚。彼蒼降鑒神亦聽。區區禱祀何爲乎。

刈稻行 壬子　朱鶴齡

老農腰鐮趁晴穫。短禾滿把歎聲作。今年暘雨頗失調。飛蝗雖過未爲虐。苗莖苗葉無損傷。臭蟲潛生根底蠹。臭蟲名負蟠。見爾雅注。芒粒稀疏穗不垂。禾根浥爛氣殊惡。田家無望困粟登。終歲辛勤空錢鎛。兼之縣官急索租。簿吏登堂恣烏攫。脫粟一飯抵玉炊。敢希春杵得精鑿。老農切切陳哀辭。問我何法充朝飢。我聞此言再三歎。由來荒歉非一貫。大無麥禾紀春秋。其年無水亦無旱。土膏不發穀不成。魯史特書關治亂。三國孫吳亦有之。沈約宋志文可按。民生三代後。性命全倚天。天若不憐徒顚連。我曹槁餓不足道。恐兆兵氣心焦然。明年果有滇南之變。

蟲食苗

程穆衡

黃鸝穀穀花濛濛。衡茅曉色光曈曨。木棉抽苗豆初甲。平疇淺畝何青葱。去冬無雪不殺厲。陳屍腊壤流膏膿。三春瘴陽氣盜洩。醖釀惡物災畦隴。兩首歧行儵進退。黃牙黑吻身如弓。滋生豈特有種族。氣類感化來無蹤。撲緣根荄徧節葉。翕張銳喙捷若風。朝曦初升露猒浥。如桑飼蠶聲鬆鬆。田家質衣貿種歸。三種三食嗟成空。我讀洪範志蟲孽。螟螣蜚蝝蟊賊蝥。揣形比種悉非是。殃由造物非人功。羊齕鬼血化飛蟲。頗聞此語傳先農。殺雞裂紙祀田祖。勿添翅股變爲武官蟲。

驅螣詞

朱仕玠

東風吹雨雨更晴。高田下田螣蟲生。螣蟲分窠似蠶繭。低垂腸斷禾頭捲。五月六月無青禾。七月八月將奈何。編竹梳蟲蟲滿田。驅鳧食蟲老鳧先。蟲行蠕蠕鳧唼唼。蟲頭呷盡禾舒葉。底用低頭拜田祖。炎火之焚笑前古。

低田謠

黃安濤

低田稻苦寒不收。溪水漫入溝塍流。何來野鴨羣。覓食鳴啾啾。黃雲疾風捲。一霎空平疇。老農嗷嗷向田哭。塞爾饑腸枵我腹。誰道有秋仍不熟。嗚呼。野鴨之毒毒於蝗。安得四圍羅網張。爾肉詎足充餱糧。

清詩鐸卷十六

捕蝗

捕蝗謠 壬子夏作

嚴我斯

飛蝗爾何來。薨薨如風雨。朝飛蔽雲天。夜聚漫江滸。江北諸州人苦飢。千村萬落少耕犂。高原如焚下江湖。半爲魚鼈半焦枯。天生羽孽復蠶食。此邦之人嗟何辜。官司倉皇無良策。下令捕蝗較斗石。斗蝗斗粟何人爲。我聞其事良嗟咨。或云豐荒有數咎在歲。天災不可以人制。或云妖不勝德昔可鑒。驅雖不盡勝養患。吁嗟乎。蝗食民苗。吏食民膏。蝗食民苗誠可憂。吏食民膏何時瘳。捕蝗不如捕虐吏。寬租停扑蝗何尤。君不見昔日中牟魯恭化。飛蝗不敢傷禾稼。

驅蝗

顏光敏

夏蝗乘南風。蠶食逼鄰邑。百里互傳警。崇朝徧原隰。側聽風濤湧。豐凶變呼吸。比屋爭喧豗。婦子列伍什。攘袂或暫休。斷穗紛爭拾。浹旬逢暵乾。子孫復蟄蟄。田祖空有神。忍見薦瘥泣。乾隆十七八兩年。直隸大蝗。嚴旨督捕。復准州縣以米易蝗。作正報銷。蝗積如山。禾無大損。附記於此。

諭蝗

吳震方

物性害於人。厥彙亦頗殊。巨細雖不同。避之則無虞。爾蝗乃何來。羣飛蔽天衢。忽然落田野。千頃如剝膚。北盡掠南畝。西罄延東區。哀哀有寡婦。抱子哭路隅。或云汝之來。非由汝之辜。人孽釀乖尤。因此行天誅。抑亦長民者。撫字無良圖。遂謂天不仁。皇天寧可誣。嗟汝類實繁。一身百其孥。春温蟄蟲出。萬億生蠕蠕。傳聞一尺雪。一丈埋黃壚。去冬臘雪盛。高將齊城郛。爾子重泉間。孚育何須臾。吾欲張罝羅。盡掩可令無。敢告賢守令。亟捕休緩迂。詩後載預滅蝗種法曰。蝻子又名魚子。生低溼水草蘆蕩中。若冬雪春雨霑足。則不生。冬少寒雪。春雨愆期。最易生發。其生發時。聚在一片。初時細如蚊蚋。滚聚成團。色皆純黑。不數日成形。左右跳動。是時。宜急捕。須於堅蕪溼土或蘆葦中。逐細尋覓。如見蚊蚋黑團及跳動之蟲。急就其處掘成長溝。用響竹掃箒之類敲扑震驚。逐入溝中。加土築埋。用火燒滅。爲力甚易。此蟲自生發之日至十八日生翅。又十八日成蝗。倘不蚤除。羽翼長成。數畝之蝻。散爲一縣之蝗。一頃之蝻。散爲一郡之蝗。爲害不小。故捕蝗不如捕蝻之力省功倍也。

捕蝗代作

周正

三年兩年旱。使我常惻惻。苗枯心如焚。還憂在螟螣。物生各有子。物理固難測。水浸化爲魚。水涸蝗爲賊。康熙三十年。夏月茂黍稷。我行課農桑。田疇增氣色。俯視忽如蟻。睇久生惶惑。玆非蝮蝻子。蠕蠕未生翼。胡爲出我郊。欲害我稼穡。纍纍數十疊。行行如不及。但聞唼喋聲。所過無留植。仰面呼鷙鳥。蔽空千萬億。飛來盡啄之。庶快我胸臆。蝗害亦時有。休哉境不入。悠悠彼蒼天。自是吏溺職。孰頭黑身赤。孰頭赤身黑。下隰及高原。誰復能辨識。籲天不我聽。入地詎可得。獨有古捕法。能救當前急。捕得但來獻。捐粟賞格立。斗粟易斗蝗。庶幾捕之力。

斸蝗子　劉青藜

蝗蟲一產九十九。穴深三寸形如臼。上有白蟲當其口。十八日出子隨後。老蝗來。穀苗禿。老蝗去。蕃爾族。斸盈斛。聊作粥。爾食穀。我食肉。

驅蝗詞　顧文淵

山田旱稻憂殘暑。蝗飛陣陣來何許。叢祠老巫欺里氓。佯以坏坆身傴僂。曰此蟲神能主。與神弭災非漫舉。東塍西壠請徧巡。急整旗纛動簫鼓。神之靈。威且武。獻紙錢。陳酒脯。老巫歌。小巫舞。豈知賽罷神進祠。蔽天蝗又如風雨。里氓望稻空頓足。爛醉老巫無一語。

鴨捕蝗　陳梓

三月。上元縣沿江產蝗。或獻策。募捕坊鴨百千。食之殆盡。鴨亦隨死。作鴨捕蝗。

江頭產蝗地無縫。老農披蓑驚曉夢。謀夫孔多策誰貢。鴨來鴨來百千鬨。五日腹半果。十日蝗盡呿。鴨肥田亦肥。捕蝗此良法。綠頭能言笑而謔。周公制禮禮不周。迎虎迎猫不迎鴨。

蝗自滅行　張錫爵

夏月亢旱民心忙。屬吏四出紛捕蝗。詔書惻怛邁前古。甘雨既雨涼風涼。吏歸復命中丞喜。抱草蝗蟲今自死。惟德召和民所荷。曉拜封章報天子。

紀蝗行　郭起元

乾隆九年夏六月。有蝗自昭陽湖經山陽而來。遮蔽天日。適訥公同督湖二憲入境目擊。諭以撲捕爲急。余率隸氓徧歷四鄉。五鼓乘露翅未起撲捉。計升給錢。匝月而蝗淨。未幾蝻子復生。復同心協捕。周流無間。撲滅如法。數年來。茲歲稱大有爲。

水族散魚子。孽化爲羽蟲。產自昭陽湖。羣蜚蔽高空。塵合淮楚鄉。飆轉鍾離封。使星乘傳來。諭令扼其鋒。叫呼千夫力。丁壯及兒童。日入不遑息。晨光氣冥濛。及此翅尙濡。翦撲露草叢。升斗積丘山。秉畀炎火功。作勞予所諳。奚分吏與農。如何蝝子生。蠕動畝南東。去惡務淨盡。捐糜復相從。剝復轉瞬間。黍苗已芃芃。報賽操豚蹄。蜡臘慶年豐。躋堂一樽酒。快澆壘塊胸。

捕蝗行

裘曰修

捕蝗先須捕蝻子。出土成團黑於蟻。淸晨露下尤分明。蠕蠕欲動從茲起。稍至跳踊名搭鞍。散走十步五步間。是當下風掘長塹。勢同卻月微彎環。廣場四面人夫集。三面驅之勿太急。漸行漸進分數層。呼聲殷地圍方密。須臾盡逼入塹中。實之以土加杵舂。還防健者或逸出。外圍巡徼煩兒童。大抵捕蝗應及早。奮飛之後難施巧。飛蛾赴燄蠢蠢同。末著惟餘火攻好。今年入夏天久晴。河邊魚子化未成。更兼蒲深葦草盛。往往此物時萌生。聖人勤民默致禱。北至大祀昭精誠。甘雨已沛遠近足。農夫額慶堪深耕。豆穀應候齊下種。蟊賊何得仍交橫。除惡務盡古有訓。我共長吏宜關情。

驅蝗行

錢維喬

我來驅車過下邳。羣蝗徧地走且飛。借問道旁叟。此有長吏不。何不撲殺之。令其跳躍患不休。叟向前致辭。此物不足怒。官府遣吏來。吏復責我捕。驅蝗蝗未盡。乃更添衆蠹。君不見城濠邊。水乾鵝鴨飛在田。鴨能搜蝗啄蝗子。鴨肥可食相公喜。

捕蝗行

趙萬里

捕蝻不早捕蝗難。民捕不了官捕攢。大吏驅蝗如驅盜。小民籲天勝籲官。初時見蝻便疾捉。齊坎田塍曳長索。風馳雲捲納深溝。水漬土埋大蒴撲。遺孽詎知羽翼成。漫天蔽日聲轟轟。忽然壓隴赤一片。村村駭逐喧金鉦。幾家頓足哭無稻。幾家天幸尚完好。叩祈田祖速有靈。蔓延明日官知道。

捕蝗謠

何綸錦

介蟲敗穀世有之。防之不早捕已遲。但見羣飛蔽空下。安識萌蘖由地滋。詵詵育子動盈百。跳躍經旬傳雙翼。秉畀炎火古有經。始不撲除繼無及。東村西舍奔走忙。喧傳縣吏來捕蝗。殺雞置酒款縣吏。醉飽之後行披猖。驅民入野供役使。踏徧田頭及田尾。蝗孽未除十二三。蝗食餘禾盡踐死。蝗驚起向他處飛。縣吏怒逐如合圍。田中父老眼流血。敬告縣吏牽吏衣。天災未可人力勝。願勿捕蝗聽民命。縣吏怒詈豎目瞋。何物敢違縣官令。父老殷勤重致詞。爲君醵錢作酒資。家科戶斂入囊橐。按籍徵收無一遺。縣吏笑入城中去。父老回首捕蝗處。仰天太息不忍歸。又見飛蝗下如雨。

驅蝗

楊琯

歲在戊午七月秋。寧隆邑中蝗滿疇。捕之不勝幾束手。蔽野頃刻殘來牟。上官馳檄急如火。下令未雨須綢繆。縣中老翁心戰慄。壯夫鬱鬱眉鎖愁。上下促迫心事惡。此事畢竟誰能籌。昔聞潮州有鱷魚。盤踞害民無時休。昌黎一言肝膽裂。三日東徙隨波流。又讀漢史循吏傳。勞心撫字推龔侯。名邦獨仗使君力。飛蝗不敢來神州。可知民牧患不誠。一誠自足邀神庥。古來捕蝗雖有法。人謀安得回天謀。我推物理洵不妄。臨事要在探源頭。寄語諸君莫煩惱。天事人事期交修。天人於我兩無憾。蝗兮蝗兮何足憂。

高陽捕蝗曲

梁道免

鳴鑼轎馬紛成行。高陽縣令出捕蝗。傳令村中起夫役。地保鄉約走且僵。有夫出夫無夫錢。一夫百錢例有常。父老聞聲競來迓。大呼爺爺跪路旁。願求爺爺別地捕。蝻蝗不到我村莊。黑鞭前導叱之起。恣意蹂躪足踏將。愈捕愈有有且多。羣蝗之勢何猖狂。官去蝗死十二三。周視田稼成空場。小民呑聲不敢言。歸斂夫價繳公堂。十日五日錢已齊。文書捏報上官忙。宰猪殺羊謝蝗神。鑱費演戲樂洋洋。嗚呼。蝗神蝗神如有靈。胡爲享縣令之牲醴而不食縣令之肺腸。

蝗不食禾謠呈徐稚蘭太守

陶譽相

蝗之神。人不敢侮。蝗之食。人不能阻。奇哉道光丙申秋。蝗不食禾。滁州眞樂土。一解。

滁州雨暘歲時和。今年黃稻如雲多。忽有飛蝗。自西北來過。在天遮日月。在地蓋山河。官曰奈何。民曰奈何。二解。

官曰奈何。率屬奔波。南山擬縱火。北山欲張羅。出俸錢以收買。禱神祇於鄉儺。滅此朝食而毋傷我民禾。三解。

民曰奈何。滿簣滿車。勞我使君。捕此么麽。自朝至暮。行百里以撫摩。飢不遑食泥滿鞾。四解。

官盡心。民盡力。仁者之疆。禾不敢食。過山則停。遇岡斯集。繞卻田塍抱榛棘。君不見昨日尺深今日無。東飛入海蒼波黑五解。

公曰嘻。吾民淳良天佑之。民曰嘻。吾官清廉天佑之。是乃至聖在位。大賢爲治。一人有慶。萬姓恬熙。蝗不曰蝗。而乃盛世之螽斯。六解。

捕蝗謡爲攝安徽懷寧縣事楊君曉春作

魏謙升

一冬無雪夏無雨。蝗孽萌生遍江滸。瀕江三面磨上洲名洲。葭葦彌望魚蝦稠。魚蝦遺子發生易。飛蝗蔽天還撲地。有民父母關西楊。往來馳逐爲捕蝗。自云捕蝗守土職。不德所致敢不力。晝不張蓋烈日焦。夜則露坐看焚燒。爲民請命仰天哭。食苗何如食吾肉。憂勞成疾當彌留。喃喃絮問蝗盡不。一朝騎箕向天訴。風馬雲車自來去。大府飛章達九重。以風有位員靖共。煌煌卹典死勤事。若楊侯者庶無愧。

人面蝗江西夏秋水旱。蝗蝻蔽野。頭如人面。愴然而作。

郭儀霄

人面蝗過江。災徧江西荒。江西頻年苦水旱。今年水旱復蝗患。蝗初過江人不識。彌天際野堆幾尺。官欲捕蝗蝗入地。子又生子蝗轉熾。嗟爾蝗兮何不仁。人面蝗心賊我民。驅蝗之神亦不神。我民瘏苦惟空囷。草根食盡食人肉。有小孩走入亂蝗中。爲蝗吮斃。農夫田婦對蝗哭。對蝗哭。聲慘哀。嗚呼。人心不蝗蝗不來。蝗今人面傷我懷。

欒城官舍紀事之一

桂超萬

白日天無光。南風吹飛蝗。率衆搖旌旗。驅之回風翔。翔者間遺墜。俄頃青疇黃。火攻不能盡。網密不能張。巧女從天來。啄膺刳其腸。去秋飛蝗過境。有墜南宮安樂兩村者。正撲捕間。有黑蟲似飛螞蟻而大。食蝗殆盡。鄉人名爲巧女。敢云德政孚。仁慈酬上蒼。冬雪幸盈尺。餘孽凍且僵。只恐人蝗多。蠆毒尤難防。

蝗災行

高望曾

春前但得連番雪。遺蝗入地已千尺。去冬不雪蝗孽生。經春蠕動災遂成。蝗飛蔽天日。啣尾羣相接。千頭萬頭如雨集。鳴鉦擊礮衆爭逐。東村散去西村伏。村人控官萬聲哭。官符捕蝗下村落。捕蝗之人勝蝗毒。蝗食民田民無穀。官食民膏民日蹙。

伐蛟

愁霖篇

汪師韓

環湖高下民緣田。田肥租闊屢有年。今春霖潦歷長夏。江氛嶺祲無光鮮。蛟官秋拆桂陽郡。白嬰卵迸生洪瀾。驚霆玈玈助狂暴。決流抑隊人畜連。官持金錢急處業。要令巢窟迴歡顏。古者伐蛟有專掌。陰獸蹴縮夏令宣。又聞閩越嗜蛟箔。望氣掘煎供傳餐。或云窮冬雪不積。識取纔似鰍鱔然。後人所怖古所玩。漁師失職斯可歎。

伐蛟行皖山多蛟患。雍正間。權總督魏公廷珍曾刊行伐蛟說。茲重刊頒各屬。余爲詩紀之。

王汝璧

是何神獸非土塬。天龍遺卵胎鴻厖。贔屓黃宮積歲紀。庚泥含嚼滋脺肛。厥土赤墳氣纁黑。衡星貫月淩天江。產蛟地色赤。氣朝黃暮黑。夜沖霄。素娥散花不著地。句芒瑟縮無荄椿。鴻鵠驚飛睍欲墮。離哉翻起時雙雙。幾番雷雨忽蠁蠢。夜深往往吟蟬蛖。又如醉者語嗑嗒。讙呶狎洽聲聾聾。其地冬不積雪。草木不生。飛鳥不敢集。欲出時。在遠聽之。或如蟬在手鳴。或如醉人語。是時上地尺有咫。劈山忽爾騰空窓。吁嗟富媼自鯱害。平地噴欲翻濤瀧。陊崖走石莽滅沒。田廬蕩潏連牀杠。由來弭患貴早辨。玄黃氛色明陰黕。制之在氣機在目。多其金鼓懸鐙幢。蛟畏金鼓火光。鳩夫集械趣杷扣。其施七尺非耕耰。及泉霍忽動光怪。肥白如瓠圍如瓨。一臠軟美老饕笑。奚翅朋酒分羊羫。皖山巉嵒水沈墆。老蛟聚族非一邦。年年伏雨肆毒虐。高浪白勃如飛艭。昔賢捍禦有良法。垂之令典傳非哤。亟詔山農理銚鍵。慎斯術也心無愯。嗟我赤子本忠信。豚魚可孚百怪降。莫教墨吏猛如虎。豈獨蛟水憂洪洚。善哉人害一時去。荆溪父老非愚憃。

起蛟行

李鑾宣

地輪欲折天柱搖。海岳震盪洪濤漂。括州婺州十八縣。忽起穿山入海無數之長蛟。蛟初起。水一線。天乃疾風甚雨大雷電。驟衝廬井成江湖。徧裂丘陵作溪澗。得意鼉鼉共擲波。噬人龍鬼來酣戰。烏聲懽譟人聲哭。日夜滔天波一片。嗟哉民命委波臣。滄海桑田眼中變。古者季夏伐蛟有王章。月令紀之文特詳。今人不行古人法。遂使深山窮谷怪物潛萌藏。雷公震震不殛死。反助風雨恣猖狂。民命乃以微蟲易。坐令無辜赤子罹凶殃。天乎天乎我心傷。

行武義縣山中所見起蛟處

查　揆

去年被蛟患。蛟起處。山輒破裂數十丈。其下民廬皆漂沒。官賑半年。流亡未盡復也。

治縣亦有譜。伐蛟亦有書　蛇與雉交卵入地。憑生乃爲海大魚。捕蛟亦猶捕蝗耳。雪所不灑下卽是。季夏之政在月令。毋使雷動驚蟄起。篠輿昨日婺州來。瘡痍滿目肝腸摧。谽谺大壑莽崩裂。想見鱗鬣拏空迴。客行日午人聲靜。不見炊煙見雲影。溪頭水碓閒自舂。牆內梨花嬌獨靚。荒荒野渡風。嗷嗷中澤鴻。白頭盲婦出留客。爲言衰老無主翁。有婦去就娘家食。有兒去作他鄉傭。一孫甫周晬。抱寄東陽東。流離日給官廠粥。麥苗未肯青芃芃。君不見某戶某口某鄉里。通衢之榜紅押尾。

蛟水行　潘際雲

月令記伐蛟。王政在除害。蛇雉交爲蟳。小正注所載。殲之苟不盡。爲患乃滋大。此政何時廢。潛蛟多種類。今秋有客皖江來。五月雷雨常喧豗。灊山霍山怒蛟發。湧水直溢滄江隈。漂屋發石恣衝激。平地十丈如奔雷。夜半昏黑廬舍沒。覓衣不及啼聲哀。洶洶下注洪澤湖。湖與淮水合幷趨。高堰誌椿沒丈九。衹隔一綫黃河隅。百子塘前忽衝溢。淮關上游。生民戢戢皆爲魚。我欲入水揮寶刀。斬此八尺横行蛟。毀壁澹臺恃忠信。涉川周處平波濤。

起蛟歎　郭麐

連山處處聞蛟起。江北江南幾千里。横被東西浙數州。撥刺魚蝦來屋裏。腥涎入海海不受。老龍呼風障海口。忽然十日雨不住。傳說起蛟又幾處。先王伐蛟責漁師。今人失職懵不知。到處尸骸相撑拄。江魚大腹飽如鼓。老蛟騰擲莫喜歡。安知世無旌陽許。

書異　朱綬

閼逢紀年建申月。其日丁亥秋風生。調調刁刁木葉捲。淒淒切切陰蟲鳴。須臾雨腳下如注。琤瑽金鐵檐漏聲。我方抱病臥齋閣。稍息枕簟喧蚊蠅。黃昏聽雨雨正急。燈花澀燄搖長檠。三更已過四更近。潺潺屋漏銀河傾。移牀避漏耿不寐。偶一闔眼神魂驚。危牆欲塌瓦欲墮。疑有百怪相轟爭。晨光熹微亟開戶。大波汩汩翻軒楹。一炊黍頃沒至股。几榻高下縈浮萍。家人廚竈不可爨。累板作架支釜鋣。吾居無樓又卑隘。鴟鶹叫屋魚游庭。禺中風定雨漸歇。仰睎穹宇求開晴。濃雲黯黮積愈厚。又聞急點敲鉦砰。電光照壁疾雷奮。行空百萬銜枚兵。陽威一振陰翳散。病骨若御扶搖征。朝來傳聞咄哉怪。有蛟破窟頭角獰。蛟非一處出同夜。排山撼海水滿盈。千鈞巨石齏粉碎。十圍大樹根株崩。厚輿忽裂丘墓陷。異事詫倒西山僧。嗚呼。郭西諸山少峭崪。何年雉媾遺蛇精。水從山腹漫山頂。浸滅古佛長明鐙。寒山一蛟最猛鷙。盡拔廬舍無留甍。穴山爲潭深且闊。發洪先駭句吳氓。木棉已鈴稻初秀。那堪積水充溝塍。比年無年苦望稔。高叫閶闔疇能應。始知伐蛟備王政。古后用意通神明。牧令之官盡厥職。閭閻庶以歌豐登。

蛟水歎戊子五月。徽嚴諸州起蛟大水。　　吳世涵

地軸折。歙城裂。海藏翻。越山沒。三更蛟起天深黑。萬家悲哭聲嗚咽。雷鼓不敢鳴。連眉一吼山訇訇。電光不敢照。毒霧閉盡混沌竅。人人號泣呼天公。天方暴雨兼狂風。老蛟喜得風雨助。簸蕩屋舍如捲蓬。大屋城上浮。小屋江中流。江中城上去如箭。一鐙猶閃誰家樓。君不見七里灘頭富春渡。流屍滿江骸滿路。黿鼉噬肉跳狂波。烏鳶啄腸挂枯樹。古者季夏伐蛟命老漁。物爲民害必剪除。後世

傳流失其法。遂使深山大澤得潛居。伏時不識起不誅。往往爲害徧邑閭。令我駭歎心煩紆。

捕虎

虎患息

傅維橒

靈壽之地多山。有虎爲害。程邑侯爲文虔禱山祠。忽覩異獸。文身鋭角。如古所稱酋耳者。搏虎啖之。自是患息。因書其事。

王畿右下擁太行。千峯百峯駐恆陽。恆陽西鄙爲靈邑。險峭窈窅稱山鄉。朱山房山相對峙。祁林慈水羅修篁。巨松森挺溪草茂。羣虎因得穴其旁。山中人畜罹斯害。磨牙吮血心爲傷。山東程侯作邑牧。遠詣山祠爲祈禳。忽有異獸應時至。滿身鋪錦角卓槍。古稱酋耳能食虎。果見搏虎如搏羊。恣噉血肉須臾盡。委骨林麓皚如霜。自茲虎患爲衰止。山氓仍得安農桑。前此春旱土出蝻。入夏生羽成飛蝗。竟有細蜂來蔽野。羣飛齧蝗蝗盡僵。出境之蝗渡河虎。大書異績史册光。中牟傳美或無二。侯與先後相頡頏。邑民感此互傳述。士傳其語作頌章。觀風使者采入告。用備樂什升明堂。

殪虎行

商盤

震天鳴鑼動地鼓。十里牌前人搏虎。此虎公然白晝行。不踞岡巒出林莽。奮威初恃爪牙利。失勢漸看神氣沮。農人攘臂無戈矛。一夫當衝百夫拒。咆哮一聲虎就戮。血點斑斑濺沙土。弭災除患賽神靈。割肉留皮獻官府。國家綏靖百餘年。豈少藏兕同猰貐。殘軀貳負生可械。毅魄刑天死猶舞。王公設險爲防奸。文武和衷能禦侮。屯兵衞民民養兵。厥制駸駸漸非古。出車準賦本良模。農隙還宜敎軍旅。請看殪虎太平民。倉猝耰鋤勝弓弩。作歌聊備采輶軒。弩力崇文莫輕武。

捕虎行

吴慈鶴

夏夜雷雨。暢春園圈虎逸其一。平明。有三人觀荷液池。虎起斃一人。蒙古部校某刺殺之。

太液荷花淨於雪。三人曉起看花出。涼風吹鬢襟袖香。突起於菟半空裂。兩人駭躍清池裏。一人已爲虎所餌。黑河勇士行如風。翻身一刺穿其胸。萬夫舌撟軍吏賀。此勇眞能不膚撓。方今期門佽飛盡如此。欃槍太白安敢起。

勘災查戸口

奉命勘荒畿輔感賦十首

李振裕

上章敦牂歲。如月當芳春。于役燕趙間。策馬行踆踆。風塵滿袍袴。奔走及五旬。所歷非一狀。艱苦難具陳。繪圖所不及。到處懷悲辛。天行亦何酷。使我涕霑巾。

東南傷白波。西北苦熯旱。火雲燒碧天。燿如九日爛。黄塵撲面來。極目吁可悍。縱欲焚巫尫。詎能紓此難。伊予飽天祿。束手徒浩歎。安得淩青雲。手自決雲漢。挂流灑遠空。原野溥浩瀚。庶幾慰我民。復得事耕爨。

蕘茨掘已盡。雀鷇捕亦稀。燕南千里地。道殣民命微。東風二三月。百卉揚芳菲。感彼翳桑人。盡室恆苦飢。流亡滿道路。破屋生蛜蝛。蒿目不忍觀。攬轡情歔欷。

短柳覆土垣。炊煙冷荒縣。驛館暫停驂。馳驅未云倦。烝黎實孔疚。不飽藜與莧。遮拜迎馬首。鳩鵠無顏面。餘生寄溝壑。踉蹌手足戰。余懷爲酸辛。朝餐不忍嚥。

州里固蕭颯。村落尤荒涼。曠野日空虛。囷簏無蓋藏。賣牛還鬻女。獖首歎牂羊。堪憐弱齡女。乞食大道旁。豈不知禮義。飢餓情倉皇。面黧兩足胼。百結無衣裳。

跉竮立老翁。襤褸走村嫗。滿目皆瘡痍。匍匐繞童稺。飢寒不能耐。徒倚陌頭樹。顧影不自持。前行每傴仆。乞歸藜藿羹。覥面那相顧。昔時朱陳村。羊酒歡嫁娶。今日聚道旁。相視如陌路。

西連井陘道。北與醫閭接。長路多野殍。飢烏啄其脅。敗屋儼枯槎。殘黎如病葉。渾河一綫來。悲風爲颯沓。中有凍餒魂。飢腸苦疲苶。我馬亦已頹。殘陽空蹀躞。

恤荒載周禮。祭肺古所諫。二穀偶不登。尚方撤鳧雁。一從畿輔災。宮中罷歡宴。吾皇重民瘼。齋心屢減膳。咨儆日臨軒。温語出三殿。寒沍曾幾時。佇待陽春轉。

聖皇廑宵旰。羣工宜戰慄。獄訟關民生。毋令紊法律。徵斂有科條。毋令誅求亟。豪家賤牢醴。毋令驕且溢。貧民易長偷。毋令陷盜賊。數者一不平。天災何由息。敢告百有位。敬慎憂厥職。

災沴雖流行。補救藉聖主。詔下屢蠲租。湛恩非小補。大農頒玉粒。筐筥出天庾。長吏絡繹來。分給有部伍。無使滋中飽。長吏吾勗汝。盜胥衆螟蠓。官長大雀鼠。汝曹慎奉行。霑霶恩宜溥。

勸災吏　　張篤慶

火雲何烈烈。千里無寸苗。狂飆黯白晝。赤日纏山腰。一解。

無食昔所歎。憂旱多辛艱。願言告令尹。爲我達上官。二解。

令尹一何恚。父老不解事。催租令如雷。昨日黄符至。三解。

六詔雖已平。萬里餉戍兵。恐觸上官怒。告哀終何成。四解。

父老前致辭。十室九不炊。逃亡無家別。辛苦五流離。五解。

黽勉報災旱。小字達中丞。曰遣鄰邑吏。勘災到荒城。六解。

亦不聞省郊。亦不聞履畝。張皇飭廚傳。殷勤接盃酒。七解。

亦知上官意。塞責來相過。客吏顧主吏。此事當云何。八解。

旦夕儌天澤。雨露將在茲。良苗競懷新。下吏翻成欺。九解。

爲我謝父老。努力竇爾田。辦租奉公上。皇天應見憐。十解。

檢田篇

輟耕錄載袁可潛檢田吏一篇。去年吳中大水。余身役賤吏。其事頗類。感而賦此。

吳祖修

去年妖孛亂玄冥。天公夢夢醉不醒。一雨百日船入市。眼見官租沈水底。六月颶風復作惡。江潮幷漲淹城郭。府帖下縣催勘災。竹簽連出風火雷。縣官不肯下鄉去。倉皇具報災分數。文字盡出老吏牘。遂把荒田批作熟。煌煌黄紙免官糧。戶戶燒香祝聖皇。誰知我田不得上。開倉不把毫釐放。無米難教布春種。況復冤喫公庭棒。囊空拚不愛肌膚。但恨無肉塡鳶烏。

排門行

楊泰

縣中吏持府帖下。里正抱册前迎馬。核戶算口幷搜粟。極貧次貧門上寫。飢民欲增吏欲減。里正匍伏長官罵。讙譁叫呶婦子號。風雪空村淚盈把。

沔陽道中夜聞鄰船語

彭淑

夜聞鄰船語。使我中心悲。去年歲大旱。十室九家飢。痌瘝廑宵旰。哀此萬瘡痍。金錢百餘萬。縣縣有賑施。府帖連夜至。州官下鄉來。里正察煙戶。胥吏造册書。民戶分上下。下者得給支。闌牢有牛豕。甕盎有粃糠。堂下有几案。室中有簾帷。不得爲下戶。違者罪當笞。十室九吞聲。咨嗟涕漣洏。踰月下敎令。佈告放賑期。窮民大懽喜。忍待餔糜時。至日紛絡繹。流離色慘悽。皆鳩形鵠面。雜殘疾癃疲。顚倒扶翁嫗。藍縷裹嬰兒。遠近數百里。孤獨耄與齯。呻吟滿衢巷。延頸相盱睢。州官又下令。不得濫施爲。戶惟準一口。放錢二百餘。於中雜鐵沙。其人索例規。成錢不滿百。可作一頓糜。其時數萬人。仰天哭聲哀。巳是枵腹來。仍敎空手歸。有力或逃散。無命死路逵。散者爲雲煙。死者爲塗泥。州官方宴樂。百戲供豪嬉。奴隸侍俊邁。犬馬饜甘肥。能聲遂特起。奬借共提攜。昨已擢五馬。前程無時衰。誰知一揮霍。血肉皆烝黎。疇能警官邪。尙其採口碑。

畿南行

管世銘

畿南積旱今尤酷。乞食車前常滿目。我來寂不見一人。身凍魂僵難出屋。大發神倉六十萬。湛恩足滿羸黎願。長吏如能善奉行。窮檐自免生咨怨。一語還當告憲司。不須查濫只查遺。官糧有放毋遲放。如此天寒最畏飢。

靈壁查災

陶譽相

捧檄出西門。蒼茫不識路。小艇蕩欲飛。天水接煙霧。災黎聞我來。聚向泥中訴。前年水在門。去年水在樹。今秋勢更兇。傾房如破瓠。生者少安居。死者失墳墓。當此沍寒時。十家九無袴。聞言淚欲濟。研朱記名數。

胥役如鬼蜮。保甲若蛇神。報名有定費。造册須丁緡。委吏下鄉來。供應多羶葷。爾糧豈易食。坐索聲紛紜。村翁叩頭泣。老婦無完裙。三日未得食。昨夜嚼菜根。若待給糧時。皮骨知何存。願言不食賑。請君勿上門。里長置不顧。入室搜雞豚。

哀哀澤畔鴻。棄雛空桑中。豈無顧復意。飢來焉得從。與其相看死。不如分飛生。離雛鳴宛轉。四野生悲風。啼號委道路。見之摧心胸。

水退孤村出。路小深淤填。跙踏偶失足。一落遂九泉。前日放鴨人。墜死没及肩。旁觀不敢救。狼藉飽烏鳶。我來歎途窮。十步九留連。回頭見痡僕。泥淖悲跼蹐。

胡敬開倉謠。見水災門。

勘災三絶句　屠倬

不分高下總山田。蕭索秋光到眼前。蕎麥花開豆苗長。可能草草度殘年。

圩田一角占東南。約計收成十二三。熟地無多荒地徧。細排戶口算丁男。

霜白風尖徹骨酸。全無襦袴況朝餐。活民心事無多字。只作家人父子看。

報災謠　陸坊

雨師不管鞭陰石。下田焦卷高田赤。府檄如聞委吏胥。被災分別登災册。縣前接迹疲氓來。三百錢報一畝災。無錢痛哭仍空回。君不見農日瘠。吏日飽。是災非災忞顛倒。更望來年旱尤好。

勘災行　姚鎮

聞官來勘災。飢民馬頭立。官曰爾飢否。胥曰此富邑。民曰已絕糧。隸曰有餘粒。官聽左右言。掉頭不肯入。饑飽在胥隸。官惟簿手執。未勘民或飽。餘米前臘積。勘後民皆飢。官過錢盡納。官去報勤勞。飢民夜相泣。

彭兆蓀偏災行。曹楙堅查災行。見災荒總。

報災　吳世涵

遇災雖無異。所報有不同。大郡常報歉。小郡常報豐。大郡歉不報。薦紳不肯從。小郡若報歉。官長不相容。連年天降災。旱暵徧浙東。今歲旱尤甚。烈日焦秠穜。昨聞鄰邑人。報災縣庭中。並遭官長罵。謂汝何欺蒙。此郡數十年。不曾報災凶。今年雖小旱。未必害耕農。高田或稍歉。低田仍芃芃。自可相裒益。豈遂原野空。汝輩還鄉里。可告諸老翁。救荒吾有術。報災甚無庸。明日官下鄉。騶從何雍雍。非爲勘災至。催科驚耆童。

踏災行　薛時雨

鄉民洶洶莽且鹵。走向公庭訴疾苦。萬口嘈雜不成聲。手持枯苗淚如雨。長官鳴鼓急升堂。災狀一一親端詳。疾苦豈待爾民訴。長官旦夕心徬徨。下堂重向爾民道。車戹宜勤救宜早。長官本自田間來。痌瘝爲爾縈懷抱。爾今速歸勤灌培。我今出城親勘災。鄉民稽首魚貫去。長官獨棹扁舟來。舟行十里河流塞。斷港絕流行不得。僕夫褰足愁炎蒸。道旁有蔭爭休息。長官一見心則嗔。爾輩憚暑何逡巡。眼前車戽苦十倍。此苦我欲分斯民。舍舟登岸腰脚健。東阡西陌循行遍。鄉民傳說長官來。黃童白叟爭相見。自家疾苦忽不知。冒暑轉爲長官嘻。茶湯瓜藕各進獻。一甌受爾慚且悲。歸途烈烈炎風吹。父老送我涕沾頤。寄聲父老且勿痛。我歸爲爾謀賑饑。

賑饑平糶

發倉穀　顧壽開

發倉穀。賑飢民。飢民鶩瘠形非人。苜蓿無根樹皮盡。荒村破甑生埃塵。去歲三冬稀雨雪。今春入夏風霾烈。燕齊秦晉同亢暘。二麥乾枯土膏絕。紛紛州縣動呈祥。踏勘災成例報荒。司農覆奏獲俞旨。戶給升斗充飢腸。乍見文書皆色喜。家家望領常平米。不知册籍造如山。盡坐虛名混張李。發倉穀。賑飢民。多入私囊少濟貧。千囷萬廩化烏有。窮黎粒粟難沾脣。救荒誰謂無良策。畢竟今人不如昔。若教食肉只謀身。良法雖多復何益。滄海誰如谿壑深。長沙涕淚一沾襟。可憐照徹逃亡屋。虛費君王化燭心。

賑饑謠　方授

官令寺院各煮粥。聊充三日飢民腹。扶親抱子或攜妻。我悲欲繪圖一幅。繪此圖。亦何爲。民雖飢。

當告誰。於今不飢之人總不知。君不見黃堂夜夜羅歌舞。賑饑粥米民間取。自謂能拔飢民苦。刻石收之德政譜。

捐粟行　　王澤宏

澤州歲饑。魚山陳太公捐賑粟百萬石。來歲豐。競輦粟以償。公不受。州人泐石載德。有司聞于撫軍。請入告。太公力止之。作捐粟行。

澤州有鉅族。奕葉盛蕃滋。系出太丘後。冠蓋盈軒墀。我公眞長者。鄉黨稱仁慈。寧辭金紫貴。願與松桂期。州郡忽歲祲。億姓恆苦饑。捐粟百萬斛。里閭起瘡痍。來年慶有秋。酬恩允在茲。公復再遜謝。脫贈寧自私。有司上其事。將奏天子知。市義非所爲。褒名請固辭。三晉稱我公。樂善且好施。利濟非一端。隱德莫能窺。我聞三歎息。斯人實我師。我后軫愛養。所重在羣黎。大吏剝民膏。小吏斮民脂。災祲罔入告。疾苦誰復思。相將委溝壑。秦晉多流離。使公秉化權。赤子當含飴。寧煩聖主慮。蠲賑使屢馳。國賴良臣濟。家仗善士持。夐哉仰高風。永爲後世規。

哀淮人　　嚴允肇

驅車適海岱。日暮行人愁。餓夫相枕藉。老弱羅道周。揮涕前致辭。淮楚是吾州。渠穿廣陵道。水納黃河流。舳艫來吳會。東北通咽喉。一朝河岸決。漫衍東南陬。百萬爲魚鼈。何論田與疇。竄身來此方。苟活同蜉蝣。此方又荒旱。赤地誰耡耰。官吏責富戶。浚削如仇讎。財賦一以空。猗頓皆黔婁。兩地總困阨。一死夫何尤。聽此腸寸結。淚下不可收。寄語當路子。閉糴非良謀。自注。時鄰邦有閉糴之令。

昔聞富鄭公。勸民貯乾餱。所在發廩給。去住俱自由。公私雖兩困。危急庶有瘳。萬邦苦飢溺。安飽亦足羞。何時災沴息。躬耕樂行休。沈歸愚曰。當路救災無術。惟浚富戶。不知周官先重保富。蓋富戶乃貧民生活之源也。但爲富戶者。亦須量力施仁。不可擁財自豐耳。若猗頓皆黔婁。則同盡矣。

道旁歎　周宏

三月四月麥未熟。餓夫扶攜頒官粟。得粟村墟起爨煙。嫠婦何爲道旁哭。自言幼本名閨姝。父母衣我紅羅襦。十七嫁作儒家婦。足跡不出門中樞。夫亡十指難餬口。連歲凶荒斷升斗。縣帖紛紛催樂輸。大兒枵腹披枷杻。小兒呱呱懷抱中。身死奚恤愁兒從。昨聞詔書發粟賑。匍匐哀告含羞容。安得有錢買胥吏。賑籍無名長官詈。躑躅中路不得歸。以此悲傷灑血淚。我聞斯語愁心神。彼司牧者獨何人。方看嫠婦泣東陌。又聽悲怨來西鄰。沈歸愚曰。賑荒之弊。自昔而然。

散米謠　尤侗

一叟扶杖拄。一嫗倚門佇。一夫趨簷楹。一婦隱庭柱。手中提一男。懷中襁一女。一農又一工。一商又一旅。一漁又一樵。一衲又一羽。跛者步蹣跚。駝者立傴僂。喑者呼嗚嗚。瞽者行踽踽。尪者貌玄黃。裸者身襤褸。寡妻逐鰥夫。孤兒隨獨父。或操簞與瓢。或攜筐與筥。或以破帽盛。或以敝衣取。或挈瓶托鉢。或將雙手舉。左去右復來。前推後還阻。丁男四千餘。丁女三千數。小吏在傍立。往往識爾汝。某也田舍翁。某也市門賈。某也弓之子。某也裼之父。某裙而某釵。蕭孃及呂姥。疇昔大有年。各能立門戶。飢則食肉糜。寒亦被紈紵。一旦遭凶荒。死亡十去五。壯者走四方。弱者守此土。

聞有發粟令。百里爭趨府。可憐良家子。乃與乞丐伍。性命且不保。廉恥何足語。朝幸有米炊。暮尙無薪煮。甲哺不及乙。辰飽不待午。今日更明日。卻愁空廩庾。予顧太守歎。大無豈小補。雖竭尙方租。難噓寒谷黍。欲繪飢民圖。獻之上帝所。大發萬千倉。散爲天下雨。

紀賑　　又

朝驅北平東。暮馳北平西。問君何所行。奉詔賑災黎。使者上頭來。千騎壓城隄。箕踞高堂上。意氣呑虹霓。金盤羅几席。椎牛烹黃羝。官長左右立。指揮似童奚。百工盡奔走。執役到鳴雞。鑿銀細如粟。權衡愼毫釐。赫蹄重封裹。筐篋與山齊。大示張通衢。遠近爭扶攜。一口散丁夫。二口散丁妻。子女三四口。半口及孩提。七十賜疋布。老人學兒啼。前行旣匍匐。後至還推擠。號哭塡街巷。穢臭聞堂基。哀哉餓鬼道。形狀同牢狴。握紙不盈掬。珍重如琉璃。此行良不易。跋涉更山谿。昨日至今日。明日候期期。供作數日糧。空手歸田畦。吏呼方咄咄。婦歎仍淒淒。烏虖小民苦。堯舜病難醫。閭閻分芥子。內府破須彌。後宮減紈綺。至尊徹鹹醯。巖巖廊廟臣。爲爾徧輪蹄。大吏口舌敝。小吏筋骨疲。櫛沐風雨中。面目等黃泥。豈敢辭況瘁。但願慰調飢。使者乘傳還。戶口滿箱齎。入朝告天子。咨嗟歎靡遺。祈穀籲上帝。努力勤耕犂。

煮粥行　　又

去年散米數千人。今年煮粥纔數百。去年領米有完衣。今年啜粥見皮骨。去年人壯今年老。去年人衆今年少。爺孃餓死葬荒郊。妻兒賣去遼陽道。小人原有數畝田。前歲盡被豪強圈。身與莊頭爲客作。里長尙索人丁錢。莊頭水澇家亦苦。驅逐傭工出門戶。今朝有粥且充飢。那得年年靠官府。商量欲向異鄉投。攜男抱女無車牛。縱然跋涉經千里。恐是逃人不肯收。

發粟行　唐孫華

去年丁亥逢旱災。良田坼裂成荒萊。芋羹豆飯苦不給。紛紛塡壑眞堪哀。聖慈蠲賑恩邁古。詔下歡涌聲如雷。江南歲漕減半額。我州得留三萬石。假令給散盡飢民。何難立起溝中瘠。無如鼠雀會分肥。官吏交通恣侵食。胥徒里長喜揚揚。挨戶排門寫飢册。青錢入手始書名。大半空名點鬼籍。官符火急催租忙。鞭笞流血盡成瘡。大斛徵收小斛出。強半已自歸私囊。村民持票踏城闕。扶攜百里支官糧。十日五日不得發。忍飢垂橐仍還鄉。空使黔婁盡僵路。誰知汲黯便開倉。卽有窮民沾斗粟。尅減餘存無好穀。官侵逾萬吏累千。無限奸豪各滿欲。盡奪飢民餬口饘。飽充若輩燃臍腹。可憐賑富不賑貧。官吏歡呼窮戶哭。初聞恩命盡欣欣。詔書挂壁徒空文。嗚呼。煢民有苦向誰訴。天門詄蕩何由聞。

糴官米　景星杓

雞鳴風淒淒。餓夫悲語妻。侵星糴官米。歸來雞還棲。此去夕不返。應恐魂來歸。不見鄰家老。頭裂緣鞭笞。又聞寡婦兒。踐成足下虀。始貪官米賤可食。何知浥爛攙穅秕。況復臨險難。畏如虎穴躋。還期相守分餓死。何復就爾官倉爲。

散粥行代雄縣　周正

嗷嗷將奈何。救荒無長策。蹙蹙同饑民。皇皇不安席。捐米鬻作糜。聊以救倉猝。鄰民卽吾民。恣食何所擇。計口日日增。頓頓盈千百。或二三爲羣。或跉竮影隻。無可蔽裸體。肌膚爲枯腊。婦女尤可矜。一身無完襞。大兒牽懸結。小兒挾左腋。哀哉無少壯。瘦形硉矹骨。見粥勢欲奔。足若有所畫。行如兒始步。趑趄乃屈蹠。語如鬼彪聲。謉謉在喉嗌。乍見驚非人。視之心如刺。汝餒忍我飽。吾存忍汝歿。分俸共食之。活汝於旦夕。吾鄉亦薦饑。民不足糠籺。有司謀設粥。粥米按戶索。上不遺薦紳。士庶均見迫。能破守錢慳。理得情不逆。中人幾何產。吭乃遭其搤。吾恐捐粟人。行作溝中瘠。

賑饑謠　查愼行

官倉徵去粒粒珠。兩斛米充一斛輸。官倉發來半粞穀。一石纔舂五斗粟。然粺雜秕煮淖糜。役胥自飽民自飢。吁嗟乎。眼前豈無樂國與樂土。不如成羣去作倉中鼠。

關中民　顧嗣立

關中三年旱風起。大麥焦黃小麥死。兒哭耶孃妻覓夫。雜踏飢民如集市。官家蠲租詔發棠。煮糜調粥療飢腸。長吏公私多扣尅。一斗止合三升糧。攜囊挈瓶爭領牒。口飢打手踵相接。縣官三日不開倉。十八八九僵路傍。

賑饑二首　黃裳

飢民載道奔如蟻。去入城中領官米。皇恩浩蕩昔未逢。現漕留截賑哀鴻。哀鴻嗷嗷冀一飽。未發倉糧先發票。歸家執票相對泣。恐塡溝壑不得食。

東家老翁更歔欷。無食無兒常苦飢。縣胥里正各需勒。艱難得入飢民册。可憐生成體素豐。皮肉消盡骨幹雄。昨朝點視遭官罵。不得將名飢册挂。

飢民謠　楊士凝

村村屋頭鴉亂飛。塵封爨火炊煙微。鄰人乞食縣門去。羨殺鼠食官倉肥。江南今年星在罶。青錢二百米一斗。詔令減價更賑荒。里老奉行開戶口。縣令踏勘初入村。萬戶盡望天家恩。饑民無錢吏胥怒。有名不上官家簿。沈歸愚曰。勘災之弊。自昔已然。

官賑謠　鄭世元

黃鬚大吏駿馬肥。朱旗前導來賑饑。飢民腹未飽。城中一月擾。飢民一簞粥。吏胥兩石穀。我皇聖德仁蒼生。官吏愼勿張虛聲。沈歸愚曰。中間四語。古今一轍。付之無可奈何而已。

私賑謠　又

昨聞飛檄來幽燕。官家漕米都回船。吾鄉急公且好善。富人大戶羣助錢。樂輸執簿沿門走。點簿挨家米一斗。此雖善事何勞勸。多寡亦要隨人願。富家十石爾道多。貧家一斗將奈何。富家陳陳堆滿屋。貧家一斗剜其肉。

煮粥歌　癸巳歲饑。廣州煮粥以賑。扶老挈幼就食。陳子過而哀焉。　陳份

颶風爲暴歲阻饑。將軍入告銀章飛。天子曰嗟民其饑。尚書欽哉宣朕意。四月驄馬抵粵濱。艖艥輸挽走江雲。飛檄十郡榜鄉曲。傳出天語令煮粥。東門煮粥在較場。白骨纍纍青冢荒。西門煮粥開僧

舍。紅蠻駕瓦晶晶射。南近大海北枕山。煮粥無地就市間。南北東西路坎坷。十萬人家待舉火。不因增竈壯行營。已歎積薪委曠野。煮粥吏。監粥官。吏侵米。法不寬。官侵米。吏無權。侵米一斛十萬錢。初煮粥以米。再煮粥以白泥。三煮粥以樹皮。嚼泥泥充腸。嚙皮皮有香。嚼泥嚙皮緩一死。今日趁粥明日鬼

姚世鈺糴官米篇。見米穀門。

嗟來行　楊泰

老持幼。寡攜孤。挈瓶擔桶羣將扶。酸風寒雨雪凍塗。手皸足裂無完膚。婦無裙布男無襦。推擠拉雜仆復蘇。夜行早伺至日晡。輾轉往往死路隅。吁嗟乎。城中兩邑分賑設官廠。城西纍纍埋邱莽。

袁枚苦災行。見災荒總。

賑粥謠　阮葵生

殘月照蘆柵。餓夫披衣起。持盌詣官倉。十街走迤邐。晨出暮告歸。竟日廢生理。可憐一勺漿。泥沙雜糠粃。上瘵父與母。下逮妻與子。今朝去不返。舉室倉皇俟。俄聞鄰家哭。爭訴鄰翁死。衆足踐如虀。肉血飽螻蟻。又聞寡婦兒。腦裂緣鞭箠。長官戒擁擠。杖下多新鬼。嗟乎誰司牧。坐擁天庾米。空文報上官。金錢化流水。戶口棼無稽。斗石濫誰紀。朝廷重民命。賑卹下明旨。撫字成何心。因之以爲市。是心清夜捫。忍此溝中髓。登城望北邙。荒墳若棋累。白楊風蕭蕭。路絕烏鳶喜。

糴米吟　方杓

亢旱經三時。嘆歎遍大塊。高原坼龜文。下隰艱灌溉。晝夜響桔槔。喧呼雜詬誶。富室雖減租。得半價增倍。倉庾矧素豐。旱澇詎能害。歲儉益居奇。蓋藏抵珠貝。以致糴米人。有貲亦狼狽。易粟且不得。遑言及稱貸。坐視桑梓民。半作道旁丐。嗷嗷側目者。長飢焉能耐。我亦糴米食。激昂生慷慨。安得千畝田。豐凶長有賴。二鬴幸自給。波及身以外。先饜戚屬需。次救鄉鄰瘵。有求靡不應。誓除鄙俗態。明知此願賒。放言聊一快。

賑廠行　淮商輸粟賑饑。泰州兩廠。日給十萬餘人。余奉檄來。作此。

湯禮祥

東方未明門大開。饑民如潮入廠來。婦人在右男在左。左右有門門有鎖。商人約束居上頭。人滿門啓給以籌。持籌易粟出門去。淒淒切切篷中住。篷中住。愁雨雪。林暗風悲泣幽咽。況聞冰凍饑民船。船中不少凍死骨。安得一冬無苦寒。饑民勿悲行路難。

勸糶

楊殿梓

人時有貧乏。歲不皆豐穰。今年雨澤愆。穀貴民轉傷。昨經平市值。生計籌久長。而何告諭出。靳兹升斗糧。嗷嗷衆赤子。典質罄衣裝。攜錢覓朝炊。四顧空皇皇。樹皮與草根。豈充饑餒腸。惻隱苟同具。見此泣道旁。勸爾爲富者。回心從善良。乘時急糶賣。勿謀價高昂。古者黄承事。積穀待饑荒。糶時不增價。其後遂蕃昌。抑聞連處士。平糶濟一鄉。二子陟科第。表述宜歐陽。利人實自利。專利怨無方。人饑己獨飽。多藏必厚亡。行事判淳薄。居家餘慶殃。況嚴閉糶禁。憲典尤彰彰。

彭淑沔陽道中篇。見前勘災門。

開河謠　吳蔚光

急開河。急開河。開河不第可防旱。救活飢民三十萬。飢民爭聚河上頭。操畚持揭㩜鋤鍬。戽水三日事已畢。挑泥一月工始訖。三日二百四十錢。一月將近錢三千。三千錢換六斗米。得緩飢民兩月死。東鄉貴涇塘竟開。差牌官票日夜催。計工七千五百丈。肩摩踵接歡如雷。西鄉六河開尙未。三支三幹大闕費。費闕只須富戶充。盡推田荒錢米空。富戶一升粟。可作飢民轂兩斛。富戶一兩銀。可作飢民金半斤。靑黃不接沒生路。飢民仍舊喫富戶。急開河。急開河。君不見捐金發賑無奈何。一賑兩賑都已過。西鄉飢民四十九圖多。大口一賑得錢一百三十幾。小口一賑纔到七十耳。

糶官米　王夢篆

官府開倉糶官米。吏胥倉皇市估喜。貧民日糴米五升。販夫夜載如流水。官價平。市米藏。官米盡。估價昂。官倉米少糶三日。大戶私倉齊遏糴。侵晨匍匐向市門。亭午依然垂橐入。赤腳赬肩日力窮。斸薺作羹無粒食。

行賑湖州示官士　阮元

天下有好官。絕無好胥吏。政入胥吏手。必作害民事。士與民同心。多有愛民意。分以賑民事。庶不謀其利。吳興水災後。饘粥良不易。日聚數萬人。煮糜以爲食。士之任事者。致力不忍避。與官共手足。民乃受所賜。

粹代賑嘉慶癸酉六月　又

鴻雁年年飛。所謀在江湖。閒民無聊賴。慣作牽船夫。粟米四百萬。轉運達帝都。南漕五千船。船與廿夫俱。牽夫十萬輩。歲歲相挽輸。南牽來瓜州。北牽過長蘆。負縴面撲地。蹴踏聲齊呼。前船呼邪許。後船唱喁喁。當暑無笠蓋。逢寒無袴襦。陰雨沐毛髮。烈日炙肌膚。岸宿犯霜露。川涉陷泥塗。或爲頒白叟。或爲鬑鬑鬚。兵吏促行程。執朴相逐驅。戀船如戀家。孰肯爲逃逋。問伊何所樂。問伊何所圖。一飯何所樂。一身何所圖。所累惟此口。藉船相爲餬。有時力衰盡。溝壑在路隅。年豐尙謀食。歲荒食更無。今年春夏旱。山東二麥枯。農民無收穫。握粟如珍珠。俯首掘草根。煮及薺與荼。仰首剝樹皮。屑及柳與楡。魯宋數萬民。貿易來川途。川途亦無麥。守死能須臾。饑民爾勿死。爲我牽舳艫。一船加廿人。數萬抵飛芻。加夫不得力。不慣相曳婁。不慣嗚欸乃。不慣合步趨。雖不合步趨。聊使相挽扶。才牽牖河船。便得飯數盂。何嘗說相賑。與賑實無殊。方今太平世。爾曹壯而愚。得食卽帝恩。無食良可虞。自古食爲天。一飯眞區區。

粥廠

陳文述

災區集饑民。縣官設粥廠。城闉路康莊。寺觀地平敞。增竈師虞詡。運米賚韓滉。疲癃紛扶藜。孀嫠遠負襁。伶俜走鳩鵠。躑躅聚夔魍。各各攜筐筥。紛紛挾盆盎。植木固壁壘。剖竹合笶簜。魚貫集晨熹。鷹至趁昧爽。道殣尪賴哺。溝瘠瘦待養。惟聞當事憒。頗任胥役罔。鍛石充楚糜。屑楡冒葛饟。滯腹劇肝胃。澀口扼咽吭。定致釀疫癘。行見斃塵坱。實政頗有人。良法近可仿。秣陵吏治賢。京口士氣慷。道在均貧富。事先周里黨。戶籍旣羅胸。姓氏咸指掌。平糶貸釜鍾。散錢俵緡繦。旣可避寒凍。

鎌亦息勞攘。姑蘇刉蕃庶。媪耋夙豐穰。如何謀不臧。致令民無仰。纖嗇始亙室。謬誤由官長。夏統拘蠨蛾。杜陵拾梠橡。凶札天所畀。安危人是仗。煌煌名公卿。歷歷豪儈駔。祇解較錙銖。遑復念草莽。聾耳雁鳴哀。關心鼠憂痒。翦燭擁寒爐。一盂慚獨享。

胡敬林中丞新政詩。見善政門。

賑丐行　劉嗣綰

寺門千人堵牆立。鵠面鳩形相對泣。一人出門給百錢。丐之歡聲行動天。丐兮免流亡。丐兮覓棲止。叩頭謝官敢言恥。丐之妻孥父母子。扶老攜幼歸故墟。願丐常作良民居。他年丐亦施錢者。感泣還聞徧四野。

冬舂行　黄安濤

臘中舂米塡倉箱。出囤粒粒如金黃。幾家有米望貴售。客船載去錢充囊。春來市頭無客船。冬米一石錢二千。欲糶慮賤賣。不糶愁無錢。欲糶不糶心煩煎。勸君勿煩煎。且試聽我歌。一囤米供千飯糴。糶者錢患少。糴者愁不飽。與其千家愁。何如一夫惱。君不見道光三年遭水荒。秋收苦無穀登場。捐米那有升斗藏。是時平糶誰爲倡。今茲指囷有餘糧。不須剜肉更補瘡。以彼絜此孰短長。況乃物價低昂本無定。請君心握酬機稱。釋德清詩。酬機但用無心稱。

賑饑謠　劉珊

商賑饑。縣官肥。官米糶。胥吏飽。男婦迤邐各襁負。侵晨擁擠直至酉。垂死始得粥一簞。踏斃老稚十二三。吁嗟飢民猶菜色。縣官乃報時雨得。

官賑謠　徐謙

女號母。夫號婦。強牽弱。稚隨耇。瞽循牆。跛昂首。或提囊。或執甑。打鼓升堂官點牌。皂隸怒呼聲如豺。行遲鞭見血。官倉飛塵霾。走百里。領升米。腹餒而行遲。念父母兄弟。少婦抱兒來南鄉。酷日血汗揮如漿。嬰兒死懷中。拋棄歧路旁。路旁兒死不足惜。喧傳官倉閉明日。

打粥婦　祁嶲藻

貧民領粥。俗謂之打粥。有少婦懷垂死兒打粥。悲之作此。

長椿寺前打粥婦。兒生六月孃十九。官家施粥但計口。有口不論年長幼。兒食孃乳孃食粥。一日兩盂免枵腹。朝風餐。夕露宿。兒在雙。兒亡獨。兒病斷乳孃淚續。兒且勿死。爲孃今日趁一粥。掩懷拭淚不敢哭。

開倉謠　陳裴之

通衢告示文煌煌。七月廿八開官倉。開官倉。糶積穀。出有餘。補不足。每升廿七八三升。無侵無冒無虛登。左倉持籌右斛米。人影蹴踏聲喧騰。暮遇老翁道旁哭。家住横塘都十六。妻病經年臥牀蓐。兩日朝炊斷饘粥。敝襦質錢苦不足。求向官倉糴官粟。忍飢半夜行入城。左廠右廠門早扃。官因穀少難濟衆。欲拒來者愁無名。四更開倉五更閉。我來已及東方明。飢腸雷鳴不能住。行履龍鍾不能去。悔不挈妻同入城。我死今朝還一處。里胥語翁且莫哀。指日新穀揚州來。

平糴行　孫燮

平糶不予市儈權。計口大小但給錢。大口十日給錢百。糴米衹救兩日活。小口五十更可憐。枵腹應將草根掘。侵晨古廟何纍纍。鳩形鵠面行相隨。官頒竹籤當符節。唱名對簿關防施。或作晉鄙兵符竊。李代桃僵難究詰。或如告身易一醉。妻兒無糧但聚泣。東風吹雨行路溼。易米歸來煮糜食。中田又見菜麥壞。盼到秋成那可得。吁嗟乎。豐年錢多盛賽會。凶年錢賴富民貸。富民錢盡賑不長。茫茫來日憂方大。

官米謡　　王嘉福

昨日糴官米。市估吞聲吏胥喜。今朝官米糶。饑民垂淚吏胥笑。長官中坐吏兩邊。東門驗票西收錢。一升米入饑民手。册上開除報一斗。何來鄉愚慘顔色。卻道糠秕不堪食。吏怒告官官笞民。吏言官聽稱官仁。日午官歸吏分粟。運取公然論釜斛。年豐那得身家肥。但願來年再賑饑。

粥廠謡　　又

賑饑民。官煮粥。半杓石灰一杓粥。熬作泥漿果人腹。北風森寒肌起粟。胥吏重裘飽酒肉。長官排衙開册讀。兩邊唱籌以次續。弱者趦趄遭詈辱。強者提筐往而復。路旁老翁形瑟縮。鼻觀聞香遥注目。飢餒中燒直前掬。官怒擒前命鞭扑。老翁仆地吞聲哭。昨朝里正點村屋。老翁無錢名不録。今晨橫被官刑酷。忍飢歸醫杖瘡毒。嗚呼。此是賑飢民。官煮粥。

官賑謡　　姚鎮

飢民半死賑始聞。縣官運米縣吏分。飢民如麂吏如虎。麂欲飽食虎大怒。紅旂驅入圈牢中。分米點籌何悤悤。吾君半石穀。吾民一簞粥。飢民腹未飽。縣吏食不了。至尊九重那得知。活我百姓良有司。有司不救塡壑死。壑中亦有官家子。

永康謠　朱綬

吾郡張蒔塘先生吉安宰浙中。歿祀名宦祠。在永康正災事尤美。作永康謠。浙中偏災。向不議賑。自先生令永康始正之。

儒有致用實。莫如善爲令。腰組徑寸銅。乃繫萬人命。賑災格成例。民死令所穽。救民生死地。令敢上官諍。此令彊項哉。上官悚生敬。一邑便宜事。一省布爲政。偏災有時有。缺賑苦億姓。令祗盡厥心。豈自謂予聖。民今尸祝之。激感亦恆性。令昔播文敎。誦言法孔孟。令昔整風俗。除惡殛梟獍。令移大縣去。桑麻四郊盛。令歸田野間。頌禱無疾病。愛留奉祠朱。功偉鑿渠鄭。我歌永康謠。采之在輿評。

平糶　吳世涵

往年秋既穫。米賤農不傷。今年秋既穫。米價益以昂。農田既無得。穀貴殊非常。鄉民請平糶。百十登公堂。縣官從其請。方謂此法良。詎知四鄰邑。今歲盡凶荒。處處米騰貴。平價策非長。富民既不樂。閉糶匿餱糧。用威强出之。又以利奸商。糴賤入私橐。販貴向他方。不及數月間。家家空倉箱。噫嘻糶盡後。饑黎復何望。獨荒糶可平。衆荒不同量。寄語賢牧令。平糶且勿忙。

公米　又

昔人制井邑。安民有深意。比閭使保賙。族黨相拯濟。善哉公米糶。猶能敦古誼。鄰里遭凶年。市米日踴貴。村村自爲保。減價以相畀。計口日給之。升合逮孩穉。倉箱苟不足。遠糴以爲繼。富者旣以安。貧者得所賴。救荒有常平。良法安敢議。開倉必上請。官吏多顧忌。社倉聽之民。收放似無害。良莠不能齊。亦復滋流弊。唯此自賙恤。厚意可徧逮。所慮窮僻鄉。居人盡貧匱。不然通有無。安得餓莩輩。此事良可風。守之庶勿墜。

官粥謠

謝元淮

東舍絜男西攜女。齊領官粥向官府。日高十丈官未來。粥香撲鼻腸鳴苦。忽聞籠街呵殿高。萬目睽睽萬口囂。一吏執旗廠前招。男東女西分其曹。授以粥籤揮之去。去向官棚施粥處。投籤受粥行勿遲。遲遲便遭官長怒。虬髯老吏攔前門。手秉長杓色如瞋。大口一杓小口半。須知點滴皆官恩。阿孃呼女兒呼耶。官廠已收催還家。片蓆爲廬蔽霜雪。嚴寒只有風難遮。道逢老叟呑聲哭。窮老病足行不速。口不能言惟指腹。三日未得食官粥。

書賈雲階荒賑謠後

王慶勳

救荒無善策。古人曾議此。堯水與湯旱。不聞民飢死。所貴籌平時。備豫有可恃。自漢常平廢。貽患久不止。金華社倉記。弊亦陳朱子。今但存其名。畫餠徒滿紙。一遇災荒來。袖手惟相視。周官保富條。立意有深旨。元氣藏於民。卽以衞鄉里。無已議捐輸。於理未應訾。所慮立法疏。弊卽從此起。立法意云何。其權不在官。卽以各戶捐。使博鄉里歡。都鄙劃然判。量力拯飢寒。更恐倉廩匱。掣肘多所難。計口散青蚨。俾自謀一餐。不濫亦不擾。或可紓凋殘。

蠲免

蠲租行用元次山舂陵行韻

龔鼎孳

皇帝將改元。制書詔所司。方春重民事。王政務急施。水旱兼盜賊。人氣誠傷悲。萬方惟正供。悉索亦已疲。新餉五百萬。剜肉療飢羸。國計在本根。毛附先存皮。民困必失所。拯溺焉能遲。丞相下郡國。一切蠲除之。先是加賦意。豈不哀窮黎。水衡算金錢。橋陵方告期。滇閩各用兵。軍行糧輒隨。朝廷尚恭儉。大事須藉資。痌瘝上帝心。四海寧盡知。況復州邑吏。鞭撻到孑遺。御史大夫言。陛下眞聖慈。元元樂寬大。生息理可爲。民貧不獨富。斯義古所持。流離與死亡。號呼欲向誰。固知非得已。久大難權宜。我皇本堯舜。天聽頃刻移。諫行膏澤下。千載明良時。煌煌社稷寄。輔導良不虧。君仁則臣直。拜手陳古辭。

海坍謠爲王明府賦

張雲章

縣境瀕海。民田圮於海濤者久。而猶科其糧。王明府樸下車問民所苦。覈得其實。請之中丞。具題豁其籍。邑人爭爲謠以美之。

膠邑斥鹵瀕海水。具區東注一何駛。馮夷鼓浪海若驕。隤沙落岸何時已。室廬爲瀦田疇洿。淪入蛟宮百丈底。征輸有籍履畝無。誅求到骨多轉徙。賢侯鳧舄來翩翩。痌瘝視爾眞如子。天門蕩蕩呼籲通。蠲除仁惠浹肌髓。當今吏治有如公。譬搆大廈須文梓。廊廟需材更達聰。忍使大賢淹百里。

紀事

胡旭

田賦江南最。輸將次第寬。上諭各省以次蠲賦。歲己卯輪值浙之杭湖。人心游浩蕩。天意憫艱難。淪浹皇仁徧。辛勤歲事殫。降康良不易。宵旰詎能安。

清詩鐸卷十七

流民

遇災遇兵者逃租者所詠各篇。其詠僞以逃荒爲業者。附錄於後。

戈陸明逃亡屋篇。見災荒總。

投河歎

甲午春。流民南走如蟻。有夫婦至滹沱河。欲渡。舟子索值。無以應。遂挈子女赴河死。

魏裔介

望望棄故里。蹩躠度層阿。積雪愁未盡。寒雨漫長坡。豈不念鄉閭。命也嬰禍羅。行期計匝月。遙望見滹沱。滹沱何澎湃。春風增白波。對此心怵惕。四顧空延俄。飢夫前致詞。亦欲度此河。離鄉日已遠。無食一身多。況今襤褸婦。黃口一肩馱。但獲渡濟去。冥報豈有他。舟子瞠目視。笑爲船上歌。飢夫語飢婦。我當葬蛟鼉。爾挾懷中雛。丐食行逶迤。飢婦更無語。長號赴奔渦。飢夫投其雛。捐命同飛蛾。是時天地黯。慘色起嵯峨。飢民岸林立。哽咽共跌蹉。哀哉今之人。而不如鴛鵝。

彭孫遹貧婦歎。見科派門。

嚴允肇哀淮人。見賑饑門。

河邊行

梁祉

河邊日暮野風起。搖漾愁生寒波裏。河上行人哭道旁。淚灑河干成河水。去時出門嗟無家。今年還鄉苦無倚。無家寧作異地魂。無倚此身長已矣。身經太平不識兵。獼猴跳梁禍之始。比年爭戰日相尋。村落邱墟廬舍圮。延及東南被賊圍。阿男生離阿女死。朝不見生悲斷腸。夜還夢死痛入髓。懷中白璧掌上珠。可憐骨肉塡溝壘。重來河上問河西。烟水蕭涼夕影低。深巷狐狸學鬼語。古牆鼪鼠避人啼。春風野馬生陰室。井臼苔寒鳴蟋蟀。羨爾微蟲不識愁。潛藏寂處無相失。離亂頻仍可奈何。江山極目擾干戈。滔滔河水流無盡。不及行人涕淚多。

哀流民　申　頲

朔風吹枯蓬。數里聞號呼。行行見流民。狼狽紛路衢。面上多塵土。身上無完襦。逢人跪告訴。欲語淚連珠。豈不懷鄉土。恐懼急征輸。頻年遭旱魃。原野盡焦枯。卽欲鬻男女。無人能養奴。盜賊食生人。官司笞瘦膚。性命無由保。何暇念田廬。棄絕祖父墳。扶持兼妻孥。所過州與縣。貧苦略無殊。年荒禁令嚴。不許入城郛。白日食草根。黑夜臥榛蕪。老稚不耐苦。沿途死溝渠。到此十餘一。充腸半粟無。自然死不免。或可緩斯須。言久氣力絕。伏地但欷歔。令我摧肺肝。欲去更躊躕。所愧書生囊。能得幾青蚨。人各給數文。聊爲一食需。食已還復饑。更將之何都。樂土知無地。流離徒崎嶇。不見吾鄉民。亦多遠逃逋。聖人握至治。備荒足倉儲。賑濟行天仁。詔下萬彙蘇。請爲歌帝德。相勸返鄉閭。

陳恭尹乞食翁篇。見稅斂門。

流民行　劉儀恕

風颼颼。雨潺潺。流民如蟻牽破船。船中何所有。瓦盆蓑笠與敗氈。問民何所資。道旁野菜路人錢。耶孃妻子同哀叫。哀聲迸淚如流泉。淚流欲訴先痛心。苦道年前遭水沈。二州五縣同時沒。千里霜寒絕杵砧。至今水去已無家。盡室漂流逐白沙。況是軍興役賦急。都長里正窮紛拏。破船何處堪停泊。已拚飢餓塡溝壑。嗚呼。縱使饑餓塡溝壑。不敢歸農受吏索。

流民行

吳世杰

纍纍陌上子。飢軀無寧晷。驚聞鄉語一相訊。云住甓湖湖畔東阿里。殷勤語流民。愼勿他鄉徙。他鄉雖云樂。不如還鄉力耕作。飛鳥思故林。遊魚思故淵。況有他鄉疫癘相烹煎。流民流民歸來許。會有慈母來哺汝。

箄船謠

朱樟

湘南逃租戶。汎宅齊入川。柁樓坐男女。樵爨來江邊。衣食問諸水。雞犬各在船。競言蜀土滿。陸海行可塡。團結立保社。親串連陌阡。趾舉若雷動。蟻聚如附羶。州縣苦憧擾。訟牒多袤延。風俗輕去鄉。棄若敝屣焉。長吏下飛檄。木榜令甲刊。圖版限脣齒。盤詰同陰奸。紅篆驗官符。不許舴艋牽。旅食遂無所。號呼皆喪天。一停夔州口。勿計日月年。聯舟貼危岸。晨朝絕炊煙。苦菜口不茹。好女裙無完。骨肉誓相捨。賣兒勿論錢。遂成中道廢。忍痛甘棄捐。我見心惻惻。落淚迸流泉。聖朝重戶口。乃以尺籍編。譬如十二野。卯酉判度躔。血脈不聯絡。手足成拘攣。何仇復何親。視若吳越然。下情末由達。上德何以宣。烝黎爾無罪。樂土誰與遷。碩鼠食我苗。封豕侵我田。但使廬井存。何至離邱園。疾呼震聾瞽。代彼流民言。秋江多怒濤。無恙捍索懸。掬水照烏面。客死誰哀憐。

劉青藜乞兒行。見催科門。

賑粥行

陳章

飢寒交迫流民苦。此身不計還鄉土。懷中兒死隨地埋。哭向青天淚如雨。夫喚妻前無氣力。子負母行三步息。聞道揚州粥廠開。匍匐就食聊爾來。官清商義得一飽。幸可百日支殘骸。殘骸略支愁轉多。田廬猶是在洪波。勸爾不須回首望。人家多少餵黿鼉。

葑門渡

朱炎

丙子春至吳會。由葑門泛閶門。見待賑飢民。沿城舟不絕。人面如鬼。愁聲沈雨。穢氣蒸煙。悽然有感。

葑門渡老弱。啼飢滿河路。老翁有子不得哺。弱兒有母出無袴。一家離散慘誰訴。官粥三升度朝暮。去年那復計今年。今年難種去年田。遠來就食苟緩死。亦知緩死須臾耳。得生還仗官吏賢。今日敢信命在天。蕭蕭月落照愁苦。縣官鼕鼕打衙鼓。

湯禮祥飢民船篇。見災荒總。

張雲璈淮上流民歎。見河防門。

逃荒民

范來宗

朝出平江路。路逢逃荒民。云自淮揚來。河伯降虐頻。老少結爲隊。男婦雜作羣。或集日中市。或叩富兒門。應之肆貪索。卻之動怒嗔。其初窮無告。其繼凶莫馴。似有導引者。當前駭見聞。居人畏如虎。掩關日未曛。孰無矜憫意。變作防禦般。憲府大張示。賑卹蒙皇仁。爲爾具舟楫。傳送歸榆枌。榆枌在何所。微茫辨荒村。雖無生還樂。猶勝客死魂。

逃荒行

陳聲和

老翁負擔力不勝。老婦攜女頭鬅鬙。擔頭何所有。一釜生塵一瓦缶。一兒牙牙尙黃口。坐以敗絮一尺厚。其女十數齡。與娘更換提籃行。顏色各憔悴。含淚不下先吞聲。問翁胡爲至於此。云在高郵住鄉里。頻歲災荒米減收。種食芋魁賴不死。今年田沒屋漂流。不幸有身累妻子。朝來求乞向前村。百結鶉衣體不溫。朔風淒淒白日暮。可憐投宿還無門。縱有人家許留住。四口晚糧出何處。婦女傷心止勿言。聽者躊躇不能去。此時行路盡生憐。有客來投數十錢。道旁勸借茅檐宿。明日流離又惘然。

流丐行

劉汝器

流丐來何方。攔街奪市爭披猖。縣吏聞之赫然怒。亟檄武弁整行伍。整行伍。具火兵。流丐悉縮不敢迎。相與揮擲釜甑聲錚錚。流丐深走藏。縣吏翻驚惶。流丐身無甲。裳囊無餱糧。饑餓弗能忍。昧死來殊方。請吏勿驚惶。驚惶當上訴。馳告上司兮給斗斛。流丐雖愚頑兮歸故土。

流民歎 沂州道中作

楊倫

長途倦行役。日日馳輪蹄。但見鶉衣人。夾路向我啼。冷風入鼻觀。哀叫聲酸嘶。一飯苦難得。面貌病黑黧。去年決淮東。今年決濟西。田廬半蕩析。極目皆災黎。問之咽不言。語及更慘悽。寡妻並稚子。不得相提攜。漂泊止一身。溝壑愁顛擠。近聞明詔下。發帑修金堤。賑卹務實惠。守令不敢稽。佇見水患退。春田得鋤犂。流亡盡復業。鴻雁期安棲。

流民歎　　尤興詩

流民來。勢喧豗。十室九閉門弗開。東索物。西索財。一口詈。百口咍。一臂奮。百臂推。其情洶湧鋒莫摧。嗟爾流民良可哀。性命苦被鬼伯催。四方行乞例不禁。胡爲乎如丐如盜令我心驚猜。胡爲乎歡娛醉飽背馱橐載纔肯回。東溼固憂急召變。養癰亦恐終成災。用仁以煦用義裁。讀書長懷撫馭才。

顧敏恆江北飢民詩。見災荒總。

推車謠　　李鑾宣

隻輪車。雙足趼。夫爲推。婦爲挽。老嫗稚子坐兩頭。黃土滿身淚滿眼。問從何處來。曰從山東來。問從何處去。乞食遠方去。車上何所有。破氈裹敝帚。車中何所施。草根兼樹皮。欲行不行行蹣跚。累日並無粒米餐。長跽乞憐。求施一錢。一錢不救君饑寒。隻輪車。車轉轂。老嫗嗚嗚抱兒哭。賣汝難抛一塊肉。不如老嫗經溝瀆。

即目書感　　吳金蕙

漂零雁戶滿郊村。就食蒲嬴不可論。歎惜畫圖無好手。西風愁殺鄭監門。

任爾朱門臭粱肉。一錢不捨待如何。富兒飽飯門前看。但道今朝餓死多。

我亦年年乞食頻。羹殘炙冷最酸辛。呼兒鄭重將杯箸。恐有嗟來卻饋人。

逃荒行

陶譽相

秋風獵獵天將霜。長途隊隊懷餱糧。淮徐大水鳳潁旱。千人萬人爭逃荒。逃荒卻欲往何處。聞道江南多富庶。鎖門擔釜辭親鄰。全家都上黃泥路。黃泥深淺沒髁寒。十步九步行蹣跚。少婦負兒肩背折。老親含涕心肝酸。無錢旅店不肯歇。且向山凹宿明月。背風敲火支破鍋。汲水和泥炊落葉。夜深恐惹虎豹猜。幾次兒啼驚夢回。涼颸刺骨屢伸蹜。妻呻母嗽良可哀。天明早起滿身露。道遇行人過前渡。報說江南逃荒多。斗米換兒人不顧。聞言半晌淚欲吞。前途如此愁難存。進固維艱退不易。全家環泣天黃昏。天黃昏。更斷魂。強顏乞食投豪門。豪門簫管多車馬。一曲纏頭珠盈把。

流民歎

張學仁

黃水淤泥深。湖水決堤怒。堤危剩三版。相顧驚失措。官書火急保揚州。挑泥塞斷城邊路。五壩倉皇一夜開。橫流決向下河去。下河居民十萬家。夢中風雨聲奔注。田廬畜牧盡漂流。攜家齊上揚州訴。揚州城門晝不開。僱船催向鎮江來。鎮江頻年饑。米貴人艱食。突聞流民來。閉戶皆不出。塡街塞巷聞號呼。奔走三日至五日。大戶輸千錢。中戶輸五百。小戶無餘糧。亦輸二三十。秋風蕭瑟天氣涼。掩骭苦無單衣裳。夜深餓倒古廟裏。急炊糠覈充飢腸。縣官清貧坐無策。張蓋出視心皇皇。沿街那敢禁人臥。但勸明日趨丹陽。吁嗟乎。揚州土壤稱膏腴。鹽筴富甲東南隅。豪門一日酒肉費。可救萬姓瘡痍蘇。盍不爲粥拯餓者。莫使監門繪作圖。

流民謠東平東阿道中

吳慈鶴

山行盡日何所見。婦歎兒啼淚洗面。小車鴉軋千百轉。乞食焉能守鄉縣。車上何有一束槀。破缶長罌亦家寶。腹中久無麥與菽。何怪形容盡枯槁。行千百里將安從。壯者但恃能爲傭。爲傭妻子亦奴隸。受人唾罵不敢恥。祇愁老稚無筋力。輾轉溝中仍已矣。問子來何自。答云東郡東。吾鄉去秋苦無雨。今春白日頻黑風。十家種麥只五家。一寸二寸如亂麻。偶然得雨種禾黍。幾日又已埋風沙。前村賣屋拆屋盡。後村賣驢不留牝。質庫閉門富閉糴。性命窮黎等蒿菣。甘心遠去求樂土。雞亦無家犬無主。縣官雖已免催科。流民無食將奈何。

流民歎

馮詢

咿啞嘲哳雜笑談。赤髮嫗婦黧面男。少壯肩頳走負擔。不能走者擔以籃。忍寒寂似銜蘆雁。救餒喧於食葉蠶。嗟爾流民胡至此。云是漢江遭大水。走遍天涯非得已。塡城溢郭入村里。我見流民倍悽惻。十年忽感飄流跡。記從樊城下漢口。一日水長一百尺。蒼黃入夜變漆黑。明月亦沈星斗溼。隱隱孤屋欲投船。譁道危樓泊不得。移船縛纜挂樹顛。破曉開船樓已失。吁嗟此景如昨日。

鴉村記所見

蕭掄

蕭蕭北風吹。颯颯飛蓬鶩。淒淒寒蟲號。肅肅哀鴻征。此聲從何來。令我心怦怦。須臾人塞途。鵠面而鳩形。一叟前致詞。欲語聲仍吞。自言住淮南。家有田可耕。今年河水決。濁浪高於城。千村盡漂沒。白骨何縱横。存者半流亡。我亦相隨行。村中三百口。雪虐風饕幷。稚男與碎女。病者尤伶仃。死者既已死。生者何由生。乞食非得已。強顔難爲情。我聞淮徐災。洚洞信可驚。帝心念飢渴。恩詔頒分明。出金百餘萬。大吏是責成。守令親民官。檢覈周鄉亭。惟恐一民飢。撫字俾咸寧。胡此尙嗷嗷。海畔悲飄零。誰繪鄭俠圖。持以獻彤廷。

流民歎　姚鎮

少婦走千里。有家不能歸。負兒復扶媪。涕泣沾麻衣。駐馬問少婦。少婦增嘘唏。前年淮大水。夫死身無依。姑也年八十。形影難相離。薄田傷秋旱。無以供甘肥。遠行可乞食。寧憚筋力疲。妾亦良家女。何以遠行爲。妾死姑亦死。妾生姑不飢。忍辱非苟活。此意無人知。

乞兒行　許乃穀

風如虎。車如雷。黄昏獨自山中回。哭聲隱隱來山麓。迴腸似與車輪逐。點燈呼問何所哀。道是百里飢驅來。來時五口。駈驢相負。旬日之閒。僅存老母。母兮道旁臥欲僵。提籃入市求壺漿。歸來視母母不起。求食不得母先死。

流民歎　楊鑄

黄河倒灌淮河流。下河千里無平疇。子負母兮父曳女。呼號震動青天愁。回頭顧同伴。飄蕩如輕鷗。登高望鄉里。水壓鄰家樓。瘦犢肥豚水中走。屋上炊煙臬堤柳。懷藏麥餅聊忍飢。父分女兮子分母。晝夜無他求。惟恐水相逐。耕田不識路。枵腹仰天哭。道旁借問何處行。行人但指揚州城。揚州富鹽筴。酒肉朱門盈。邗溝一夕萬人聚。大吏議賑多經營。沿河捉船戶。再點巡河兵。給錢逐一列名册。

迫之使進江南程。昔聞江南好。大江茫茫風色早。江南頃刻居人擾。視汝流亡似秋草。縣官捐俸施困窮。給錢差與揚州同。曉發丹陽暮無錫。滸關不許流民通。吞聲回向江頭泣。天災爾民亦何極。十人逃難幾人存。家園猶報洪濤溢。

鴻雁篇

褚逢椿

哀鴻雁。飛連翩。十十五五大道邊。敝車軋軋聲相連。大兒啼飢奔向前。小兒尙抱懷中眠。老婦臥車上。垂白身拘攣。老翁向人道。災旱逢今年。大麥不死數寸耳。甚者赤地皆荒田。市中二升粟。三百青銅錢。今日賣犢。明日賣屋。賣牛賣屋不得數日飽。不如他鄉樂土樂。吁嗟乎。他鄉雖云樂。道路死亡相繼續。女作人婢男作奴。爲婢爲奴不得贖。鴻雁哀鳴何處宿。

悲流民四首

朱綬

一幫十數船。一船十餘人。面目黧且瘠。百結衣懸鶉。有翁背痀瘻。坐起轉側頻。有婦髮不櫛。乳兒自吟呻。問渠何方來。云是淮南民。淮南患湖漲。廬舍波渾渾。浮屍蔽江下。我屬幸苟存。苟存亦須臾。東西安所奔。同船相託命。謂如骨肉親。昨有抱病者。呼號慘難聞。病亦未即死。委棄荒江濱。豈不共悲歎。急難先顧身。官府大仁慈。送我資我緡。去去定何適。皇皇益煩冤。生當永漂泊。死爲異鄉魂。

少年稍白晳。哭聲一何酸。言有母與妻。家足供酏饘。夜中水大至。全家陷崩湍。倉黄不能救。獨竄危樹端。鄰翁挐舟及。此身尙人間。死者失骸骨。思之摧肺肝。一叟起長慟。家亦淪于淵。祇有最幼子。攜上逃荒船。船中大風雨。三日飢腸煎。聚則兩死餓。賣之冀稍延。晨到京口驛。插標官路邊。莫遇山西賈。得價千銅錢。去當爲人奴。即受笞與鞭。我身不自保。我後安能憐。

蘇州有閶門。閶門在天上。富兒列屋居。不識寒餓狀。登門告哀苦。弗應耳塞纊。亦知人數多。未敢肆笞搒。八月聖壽節。綵棚排晝仗。初七至十五。歌吹溢衢巷。曷不輟此費。義賑資以放。皇仁軫飢溺。益體恩浩蕩。我願鄉搢紳。勸諭言闓亮。勿偸目前安。而謂姑無妨。彼亦平世民。所遭可矜諒。旦夕得幸全。造福即無量。

朝來十數船。暮來十數船。船船集河滸。朝暮聲喧喧。支竈扳岸石。或拔牆上甎。刈薪及墳樹。松柏多摧殘。有時結成隊。手挈壺與簞。入市強求索。非理橫相干。人多勢易張。彈壓事實難。矧今流民中。桀黠非一端。而此桀黠徒。兹日皆飢寒。既爲飢寒迫。等作哀鴻看。吾郡號殷賑。眼熱百貨廛。官私急賙卹。恣戾庶一蠲。毋俾捨軀命。横決如潰川。敬告司牧者。患來防未然。

哀流民　寧化道中○道光戊申　　江湜

寒風颯颯溪聲哀。山日下地城門開。居人婦子走相避。云有湖北流民來。流民來街衢。暗慘飛塵埃。負者負。拎者拎。破鍋敝席肩挑輕。寒者鼻涕長垂膺。餒者瘦骨高崢嶸。病者喘息喉作聲。老者足蹇兒扶行。前男後婦同伶俜。探懷更哺啼飢嬰。中一老生行來前。曰我襄漢之今年。秋霖十日江呑天。三十州縣空人煙。吾屬幸脫蛟龍涎。吁嗟乎。田園閭井村塢莊。門扉廚竈几案牀。種成桑麻黍稻粱。養得鵝鴨雞豬羊。是皆付水非吾有。獨辦兩肩持一口。萬水千山挈羣走。昨者天子施恩膏。疆吏散賑招亡逃。恨身不如水歸壑。還望鄉國仍嗷嗷。我聞去年秋。枯旱徧河雒。水旱連年氣參錯。烏虖。安得青山爲銅高嵯峨。大錢一鑄百萬多。賚爾歸去毋奔波。

附錄 逃荒民

陳登泰

有田胡不耕。有宅胡弗居。甘心棄顏面。踉蹌走塵途。如何齊魯風。彷彿鳳與廬。其始由凶歲。其漸逮豐年。豈不樂故土。習慣成自然。高秋八九月。禾黍既登場。麥田亦已種。綢繆裹餱糧。扃我白板門。輂我隻輪車。約略挈家具。鍪鐺雜杈杷。大婦苦藍縷。小婦整衣裳。中男隨母走。小兒坐車箱。片席卽行窩。兩甎支土銼。拾薪道旁炊。倚樹煙邊臥。山石穿屝屨。雪霜冰涕唾。借問何所往。樂國卽所就。或在蒙之北。或在江之南。強者事力役。弱者空咨嗟。咨嗟復何益。沿門唱蓮花。蓮花落可憐。四月歸爾田。未必無溝壑。居然作貿遷。我願天地慈。歲歲降康穰。春田登來牟。秋田足稻粱。逋課完征輸。餘積備凶荒。枌榆樂鄉社。酒食羅雞豚。嫁娶皆及時。卒歲不出門。甘爲首邱死。勿爲他鄉存。又願賢大夫。誥誡心力殫。必挽頹敗風。無爲積重難。激之以廉恥。溫之以陽春。水旱一見告。汲汲爲拊循。飢者爲之食。寒者給衣褌。游惰懲以法。柔懦加之恩。三年或不效。十年當還淳。嗟爾羣蚩氓。逐逐亦何愚。有田不肯耕。有宅不肯居。輕去其鄉里。勞瘁於旅塗。心滅土物愛。早上和親書。

流丐

吳世涵

居民已嗷嗷。流丐復四集。百十成其羣。布滿鄉與邑。借問從何來。滁鳳與宣歙。連年遭水旱。少壯俱失業。逃荒遂至此。冀得賑窮乏。其中有良家。逢人掩面泣。自云不願來。無奈衆迫脅。流離誠可憫。男女何宂雜。尤多黠猾徒。獷悍不知法。藉兹逃荒衆。遂以逞姦俠。荒野及窮村。往往肆行刦。吾邑久被災。民食百不給。那堪此輩至。取求日紛沓。寄語長民者。廑心善撫輯。速爲遣之去。留我烝民粒。

鬻兒女

鬻婦附○皆詠爲饑荒迫呼而鬻者。其詠民俗鬻女爲妾妓之篇附錄於後。

牽兒衣

方授

牽兒衣。執兒手。賣兒天涯牛馬走。不及黃泉得見否。囑兒悲啼勿在口。有兒可易米一斗。卽此以報汝父母。只恐新穀未升斗米完。無兒可賣又賣婦。

臨頓兒

臨頓。吳時館名。在蘇州府城東。

吳偉業

臨頓誰家兒。生小矜白皙。阿爺負官錢。棄置何倉卒。給我適誰家。朱門臨廣陌。囑儂且好住。跳弄無知識。獨怪臨去時。摩首加憐惜。三年教歌舞。萬里離親戚。絕伎逢侯王。寵異施恩澤。高堂紅氍毹。華鐙布瑤席。授以紫檀槽。吹以白玉笛。文錦縫我衣。珍珠裝我額。瑟瑟珊瑚枝。曲罷恣狼藉。我本貧家子。邂逅遭抛擲。一身被驅使。兩口無消息。縱賞千黃金。莫救餓死骨。歡樂居他鄉。骨肉誠何益。

堇山兒

又

堇山兒。兒生不識亂與離。父言急去牽兒衣。母言乞火爲兒炊作糜。父母忽不見。但見長風白浪高崔嵬。將軍下一令。軍中那得聞兒啼。樓船何高高。沙岸多崩摧。榜人不能移。舉手推墮之。上有蒲與萑。下有濘與泥。十步九倒迷東西。身無袴襦。足穿蒺藜。叩頭指口惟言飢。將船送兒去。問以鄉里記憶還依稀。父兮母兮哭相認。聲音雖是形骸非。傍有一老翁。羨兒獨來歸。不知我兒何處餵游魚。或經略賣遭鞭笞。垂頭涕下何纍纍。吾欲竟此曲。此曲哀且悲。茫茫海內風塵飛。一身不自保。生兒欲何爲。君不見蓳山兒。

田家女兒行

顏鼎受

田家女兒年十六。賣作青衣向人哭。自言數世居南村。紡績爲生治杼軸。去歲田荒稼不登。一春八口無饘粥。今年官稅急難供。東西叫號驚里族。隸胥門外呼一聲。雞犬倉皇上牆屋。小兒聞之走牀下。老人見之徒側目。向前哀告且莫嗔。朝來女兒還枵腹。本欲留君無一錢。脫粟不能況酒肉。白頭老翁筋力衰。此去何堪受鞭扑。願鬻此女爲人奴。老人幸免捐溝瀆。託身無過錢千貫。待價豈期珠百斛。提籠采藥憶昔時。短髮未許施膏沐。歎息此夜朱門深。老父不知何處宿。

賣子行

郭鳳喈

歎息重歎息。朔風吹荆棘。路旁何婦人。掩袂行且泣。歲暮攻閩安。符牒選丁男。丈夫從役去。身死鼓山南。家貧子尚幼。戰場痛暴骸。賣子鑲旗下。欲往自負埋。豈意命重乖。道逢追呼吏。田荒賦頻加。人亡徭猶在。攫金盡賠官。我子空抛棄。夫歿長不歸。子去復萬里。死別與生離。此苦誰所使。黃泉易尋夫。何時能見子。朝聞溪水聲。思子哭幽咽。暮聽蘆笳吹。念子腸摧裂。我本傷離人。聞言悲何已。爲歌賣子行。泪下如流水。

鄰家婢

景星杓

鄰家婢。衣蝨攢生玉肌膩。早夜力作不敢息。背面泫泫墮悲涕。當時飢餓聲爲吞。糠籺不足齧草根。人生骨肉豈不戀。官糧追呼下遠村。鬻此愛子免溝壑。子錢未收吏到門。剜肉救瘡親恩絕。小男未贖忍再論。一朝棄作人奴賤。日受鞭撻盈血痕。境窮愼毋鬻子孫。爲人奴婢不忍言。但觀此婢懷煩冤。彼亦人子當可憐。吁嗟彼亦人子當可憐。奈何豪家不肯相顧恤。高堂肉食驕自尊。

草標泣

倪蛻

旱潦不常畿輔饑。流民乞食來京師。草標插頭淚滿眼。凍餓迫人行賣兒。阿兒向父言。人家生兒望成立。父今棄兒又奚爲。阿父向兒言。兒年猶小兒不知。凶荒不得保軀命。安能望爾成立時。貴家大宅有衣食。兒去得飽父有貲。兒住同死去同活。事勢至此將何之。阿兒乃大哭。委擲草標當路歧。同活不相見。不如同死還相隨。草標泣。眞可悲。

丁未紀事

何夢瑶

暮從竹徑歸。行經深灣側。村老四五人。對語淚垂臆。飢婦棄兒去。從朝以至夕。呱呱叢薄中。半日聲漸寂。未知生與死。欲視不敢逼。荒歲命難存。十室九乏食。恐當及此兒。同作溝中瘠。聞言亟往觀。奄奄餘一息。見人急欲就。匍匐苦無力。遽前抱之起。如卵得覆翼。畏我復捨去。牽衣不肯釋。以指納其口。吮咂聲唧唧。爲乞薄糜至。三哺乃下嗌。其母居鄰村。物色因便得。抱兒往見母。僵臥面向壁。轉身持兒號。已判死牀席。期汝有人收。豈料更相覓。終當抱兒死。忍再相抛擲。母哭兒更啼。四鄰盡悲惻。哀哉母勿悲。周急敢吝嗇。青蚨三百文。斗米聊可易。西江尚當借。先用資涓滴。作詩告仁人。釜庾應勿惜。安得天雨粟。珠粒徧蒼赤。

鬻子行

褚廷璋

百錢鬻一男。千錢鬻一女。十十與五五。道路自儔侶。牽衣或頓足。大者三尺許。其小尤零丁。未斷懷中乳。父母謂子女。鬻汝亦痛汝。割肉與他人。豈不創深鉅。父母謂子女。鬻汝亦愛汝。鬻爲豪家奴。顧盼得所主。遠鬻去閭里。浩蕩脱拘圉。鬻汝以生離。不鬻以死聚。苟能全性命。恨不插毛羽。蕭條悲風寒。野曠日不煦。河橋永訣別。淚眼血如縷。寡婦與鰥夫。飢寒獨延佇。

賣女詞

張雲璈

八歲小女兒。生長在茅屋。去年阿耶死。有母不能育。賣女錢十千。聊以繼饘粥。得卻手中錢。失卻心頭肉。女淚盈一把。母錢盈一匊。阿女淚未乾。阿母錢已足。

賣女謠（寧夏采風）

楊芳燦

昔聞有林回。投璧負嬰孩。所重骨肉恩。千金何爲哉。云何蚩蚩輩。自絶其根荄。不見買奴婢。都向寧郡來。幼女齒方齔。稚兒髮覆眉。父母牽就市。相望何纍纍。借問若干值。一緡三歲奇。兒啼父不念。兒去母不思。但云紇干雀。從爾好處飛。好處竟何處。此離定長離。別有市儈徒。剽販轉東西。兒身已無蒂。兒命當屬誰。憶昨設粥日。有婦老且耋。自言身有子。典鬻無孑遺。只今一身在。微命如懸絲。回頭賣兒錢。撒手風雨馳。溫飽能幾許。不死仍苦飢。余旣感斯語。已乃喩遣之。不聞蛩負蟨。啣將甘草貽。不聞烏母慈。仍有反哺兒。微物心尚爾。爾當轉自嗤。徒令桓山曲。終古爲酸嘶。

賣兒女行　錢世錫

楚楚小女子。夜夜隨母眠。撫養辛勤費幾許。賤賣纔得五千錢。女價賤猶好。男賤更如草。賣男持得千錢歸。糴米能得幾日飽。也知賣男鬻女錢無多。明朝錢盡仍餓當如何。天寒土室風蕭索。夫婦終難免溝壑。不如早將兒女賣他鄉。望到他鄉生處樂。揮涕不顧抛卻雛。兒女遙望啼呱呱。峨峨大艑乘風去。不知耶孃再見能得無。嗚呼杜母與召父。不望家家徧哺乳。但稍霑潤亦甘雨。免敎百姓賣兒女。

賣女行　李驤元

西安饑。鬻女者以斤計值。一斤十錢。百斤者每斤減兩錢。

秦女饑饉時。賤同石與瓦。一斤鬻十錢。百斤價還下。老翁怨兒肥。持權淚盈把。老婦不忍離。嬌兒呼平野。虎猛子不食。鳩慈子難捨。骨肉奚無情。歲儉衣食寡。卻窺大吏門。珠玉別眞假。十金買奇花。百金買良馬。

賣子謠　李鑾宣

百錢買一兒。千錢買一女。小者五六歲。大者三尺許。十十五五沿堤來。彳彳亍亍黃塵霾。老姆謂兒女。賣汝實痛汝。懷中一塊肉。棄作路旁土。老父謂兒女。賣汝乃愛汝。朱門酒肉臭。但去無所苦。癡兒癡女不知離別難。從人路賣衣襌單。衣單單。心悒悒。兒長爲奴女爲妾。竈前竈後背人泣。

鬻女詞　楊城書

田無禾。室無廬。里胥持帖怒如虎。枯魚索肆難久存。死別何如生離苦。有女甫弱齡。病骨支伶仃。翁攜出門去。相顧涕泗零。愁雲漠漠江干起。含悲來入朱門裏。主人見之心骨傷。慷慨給錢書片紙。老翁顧兒不忍行。女挽翁裾淚如水。朔風吹雪雪滿衣。急納官賦公衙歸。歸來痛女長太息。恨不身作溝中瘠。

棄兒行

畢憲曾

客投村店商丘縣。道路經行駭聞見。入門一老攜一兒。手挽鶉衣拭兒面。自言困苦迫凶年。愧爲人父誠可憐。將恐無食致夭折。但願隨身不取錢。人生最苦是生離。差勝吞聲作死別。一朝遠隔天之涯。何異死生兩訣絕。小兒十三已解事。亦知去去療寒飢。貧家生小不離膝。挽父牽衣心苦悲。烏虖。誰非人子誰無父。老牛舐犢尚有情。獨聽哀鴻淚如雨。

插草吟 丙午春。饑甚。有以草插婦女首鬻之者。

蔣世焕

月淒淒。風嫋嫋。大婦小姑頭插草。街南巷北行人多。呼天但乞生離早。剜肉可醫。骨斷難治。耶孃夫妻揮手別。眼中無血身存皮。君不見官府連朝讌僚屬。千金新買人如玉。

新隄婦

毛國翰

長風吹積陰。荒草蔓新隄。堤旁倚破屋。有婦掩面啼。借問何所悲。欲語神慘悽。沔陽膏腴地。自昔形勢卑。頻年水爲患。不得把鋤犂。食貧妾有夫。力耕三歲饑。家具既賣盡。天寒無蒿藜。昨欲賣兒女。言發心魂癡。懷中七歲女。忍痛離母幃。女在兒難全。安能兩相依。但得暫存活。猶勝死別離。嗟此餓莩骨。何處埋沙泥。

鬻孫謠　盛大士

淮濱老翁髮垂耳。凍瘢黧黑飢欲死。傭耕兒子慣作苦。忽遘時疫竟不起。兩孫大者八九歲。幼者尙在襁褓裹。可憐逋債逐歲增。終日叩門聞厲聲。幼孫乳哺不忍棄。攜其大者來入城。兒婦牽衣攔路哭。翁亦垂垂淚盈目。論價無心較重輕。但求少貸鞭笞酷。臨行回首重提攜。餉以餅飽聊充飢。分衢南北望不極。彼此一去無消息。荒郊日夕下牛羊。淮流嗚咽斷人腸。仰視飛禽舉雙翼。安得引孫置翁旁。歸來鄰舍訴悽惻。掩淚相看問價直。卻因同病更相憐。燈火黃昏少顏色。東家鬻女錢數千。西家鬻男錢數百。煢煢骨肉不相保。生男不如生女好。鬻女可支一月糧。鬻男只供幾日飽。如翁衰病面枯槁。卒歲何能免餓殍。搖手噤口毋多談。門外追呼又奔擾。

鬻兒行　王雨春

兒掘草根。母斫樹皮。草寒不生。樹枯無枝。兒告阿母。兒在母飢。鬻兒母生。畜兒何爲。濈濈原獸。顧犢而嘶。翩翩林烏。引雛共飛。椎心仰天。誰不傷悲。

鬻女謠　岳鴻振

富家賣米貴如珠。貧家鬻女賤如土。米價日增女價賤。鬻女救得幾時苦。道逢債主急索錢。歸來依舊空腰纏。餘錢入市換升斗。煮米作粥且糊口。君不見城中足穀翁。銖錙較算何其工。米價未足米倉閉。縱遇至戚無通融。勸君賣米休論價。世事循環眞可怕。今日蓬頭垢面鬻女者。當時積米如山辦昏嫁。

娘難見

馮詢

辛亥壬子間。河決淮徐。飢民載路。時余北上。道出是間。有老婦攜八歲女追及余船。求收養作婢。委兒徑去。兒隨諸婢伺應。不敢悲泣。惟時倚船窗愁苦作小語。察之。無他詞。但曰娘難見。聞之慘然。作五解誌歎。

娘難見。娘在山巔。兒在水面。山水亦天。胡爲使我娘兒割斷。一解。

兒在水面。貴人之船。娘在山巔。窮無一椽。窮無一椽。飢餓難並存。低首語兒。娘今將兒送貴人。兒聰明。必得貴人憐。兒飽矣。娘涕淚漣漣。二解。

貴人富足。恩及婢僕。飲食衣服。勝父母鞠育。三解。

鬟翠衣青。侍側兢兢。仰視貴人。貂蟬何榮。貂蟬雖榮。不如我父母鵠面鳩形。呼娘娘不應。恐貴人嗔。忍淚吞聲。四解。

娘難見。日倚船窗苦。千山萬水排無數。中有一條隱愁霧。是娘送我來時路。五解。

賣兒行

陳偕燦

阿娘臥地無人色。阿爺牽兒長太息。兒留同作一門殍。兒賣尙支三日食。出門語兒兒勿傷。兒行得食兼衣裳。兒値活爾爺與娘。兒聞此語心酸悲。哭聲不出飢腸飢。臨歧戀戀牽爺衣。阿爺撒手作嗔怒。回頭淚雨紛傾注。歸語阿娘歡笑去。明朝買米炊作羹。釜中煎泣如兒聲。

姚東之翁無妻篇。見災荒總。

買人船

嘉慶丙寅紀荒詩略之一篇。○有以販人爲買賣者。鄉人傷之。名其船曰買人船。

顧仙根

荒歲市不通。來有買人船。船不上馬頭。常泊野水邊。買女不買男。口不惜多錢。似賈卻非賈。時亦著衣冠。兩三共爲侶。去來若閒閒。見人不直視。白日有暗顔。忽然類相逐。男婦爲後先。出門復入門。言談大有緣。日月豈不照。詭譎事多端。誰憐方幼子。鵠面辨媸妍。豈無許嫁者。亦已及笄年。至愛豈能割。好語爲纏綿。遂忘鞠育勞。寧顧禮義愆。所得分他人。骨肉已不全。吁嗟父母心。不如金石堅。

鬻女歎

謝元淮

夫擔男。婦負女。乞食廣陵淚如雨。垢面蓬頭衣不完。逢人哀訴饑寒苦。自言家住高郵鄉。去此百里珠湖傍。有田三十畝。夫耕婦蠶桑。雞棲豚柵穀盈倉。東鄰西舍歡豐穰。去年春夏雨不止。二麥無收秧爛死。橫流突過馬棚灣。千人萬人漂浪底。奪得性命出洪濤。全家丐食來江皋。誰知此邦同蕭索。飢驅早向他方逃。鄉村無人到城市。可憐困苦存皮毛。亦知凍餓難久活。會須旦暮埋蓬蒿。一女方六齡。一兒未離乳。抱中不忍死前抛。賣女求易升斗黍。兒呱呱。女喤喤。蹙額呼天天蒼蒼。母禁女號捉女臂。女不肯前母揮涕。此女驕癡未長成。捧箒堂前能掃地。回頭忽向女兒啼。憶昔養汝藏深閨。今日窮途棄汝去。未得梳裹親提攜。汝往朱門飽喫飯。毋須念我爺孃飢。女聞母語牽母衣。哭聲嘈雜悲分離。我聽前言已歎息。更覩此情心惻惻。問婦賣女錢幾何。婦云一緡應非多。儂今與錢不索女。使爾骨肉長相聚。夫婦感泣齊下拜。受錢率女不復賣。日暮西風冷砭肌。歸來償債典春衣。吁嗟乎。世上何人不可憐。況茲饑饉遭顛連。安得有錢千萬緡。盡贖天下兒女使團圓。家家鼓腹遊堯天。

棄兒謠　朱　綬

往年饑荒鬻兒女。今年兒女鬻無所。草間啼兒母不乳。生年月日書在楮。旁有一翁歎息語。我無兒女當育汝。桁無完衣瓮無黍。躑躅街頭淚如雨。

賣女辭　胡光輔

貧富固有命。勤惰在自爲。斯言不我信。請聽賣女辭。賣女誰家婦。年可三十餘。欲進頗羞抑。未語先欷歔。自言暨陽人。苧羅村畔居。雖非名門匹。終與下賤殊。阿翁善生計。操算窮毫釐。夫壻三五年。翩翩誇容儀。賤妾初嫁時。盈門生光輝。頭上何所有。雙鬟翕葉垂。腳下何所有。七寶羅裙披。約腕金跳脫。懸耳眞珠璣。豈不嫺鍼黹。所恃嫁時衣。豈不念貧窶。所恃篋中貲。夫壻恣游冶。揮金不自知。朝從牧豬戲。夜逐青樓嬉。朝朝復暮暮。蕩然無孑遺。昔日富阡陌。今不得立錐。昔日饜粱肉。今不得粥糜。顧茲膝下女。嗷嗷啼朝飢。妾命且難保。女飢將誰依。欲忍須臾活。賣此七歲兒。吁嗟乎。玉樓金戶春復春。西家乍富東家貧。請看今日賣女者。即是當年買婢人。

棄兒行　閨媛黃克巽

棄兒不得賣兒金。賣兒不識棄兒心。賣兒母得三日飽。棄兒但望兒得生。去年憐兒不忍賣。今年欲賣路無人。昨夜良人死空屋。阿翁今日塡深谷。枯樹無皮草根盡。兒啼無食母亦哭。棄兒與君君勿辭。但得兒生死亦足。毒哉遭此凶年苦。皇天殺人不用斧。吁嗟乎。當年得兒如黃金。今朝棄兒如糞土。

吳趨吟　鬻女以下附選　邵長蘅

吳人重生女。不望爲門楣。桃花靧女面。祝女豔容儀。十二弄脂粉。十三調箏絲。十五髮披肩。姚冶好蛾眉。阿母大歡笑。價直千金爲。上客來何方。揮金買吳娃。聞有此好女。登門前致辭。女出跪拜客。媒媼相扶持。拂裙露纖趾。約腕呈冰肌。問女好絃索。整柱彈烏栖。問女好臨池。衍波寫新詞。問女好手談。對面試圍棋。客喜語阿母。千金詎爲多。叶今夕定情夕。跳脫壓金釵。合歡紅羅帳。四角流蘇垂。都梁自有香。兔絲自有枝。今夕就郎宿。明日與母辭。女兒不戀母。阿母亦不啼。蓬去迷故科。雛成各東西。重利輕骨肉。念之令人悲。

崇州樂府　連珠池　憫如皋人之鬻女爲伎也。　趙懷玉

連珠池。珠藏川自媚。池邊女兒顏如花。心性聰明肌細膩。生女未長成。得錢便輕鬻。謂他人作爺與孃。授以琵琶教以曲。琵琶學就曲亦成。當筵又使工逢迎。初猶靦覥語微澀。後漸放誕姿橫生。秋月春風幾回賞。老嫁商人與斷養。就中亦有花飄茵。多少落英沾糞壤。君不見連珠池水聲琮琤。照影年年長自清。女身報親不足惜。獨念父母難爲情。

貧女別　太原人以鬻女爲利。割慈忍愛。終身不得見。當其生離。已成死別。風俗之偷。可慨也。　王省山

生女各有歸。別離固其宜。奈何成永訣。一去無還期。晨起畫雙蛾。攬鏡涕垂頤。脫卻舊時服。易著新羅衣。椎心血數斗。慟哭聲益悲。有女甘棄絕。爺娘胡不慈。忍將心頭肉。換作釜中糜。臨行拜雙親。小妹牽衣啼。不知是死別。猶欲強相隨。出門更掩泣。日瘦風慘悽。傷哉貧女別。痛恨無已時。

清詩鐸卷十八

用人

黄子雲葵誠向詩舉賢篇。見政術門。

讀史

蔣士銓

我讀唐虞書。命官各有專。子孫世厥職。家學承其先。一事不易任。兼攝何能全。後來分途科。借求天下賢。人各有不能。忝竊眞強顏。不學而備位。倉卒難免旃。黠吏上下手。每每操微權。宋明兵戈際。用人尤可憐。一將當八面。調遣如循環。人才一何少。庸豎錙其間。豈無遯世翁。山中掩柴關。斧斤旣莫及。朽爛同曲拳。徒令論世者。讀史輿長歎。

堂官歎　慨大吏不能御下也

應　澧

君不見。衞靑給事漢公主。渾瑊給事郭汾陽。風雲每與時際會。沙蟲變易爲侯王。千古斷養爲吐氣。堂官聞之目睥睨。出入惟思據要津。貪殘豺虎恣橫噬。盡諾全欺懵懂官。假威先懾昏庸吏。囊金腰玉富且多。重臺役使加嗤呵。行省官高奴視主。私橐分肥忘爾汝。明年納粟許得官。大車小車捆載還。倐忽魚龍成變化。峨峨頭上切雲冠。昔日傴僂侍貴人。今日傳呼步後塵。昔日求金託私覿。今日貢金謀改秩。官場面目盡如君。傅粉男兒愧巾幗。吁嗟乎。衞青渾瑊世已寡。不用賢才用廝養。漢唐功名出古下。

讀書所見　汪大經

慈義皆美德。才濟德乃該。慈不使掌兵。義不使掌財。器使苟違用。每恐致事乖。或云優於德。不若優於才。執者才德兼。其人果難哉。

書杭大宗詞科掌錄後　蕭掄

先朝求俊乂。徵辟徧林泉。一代風雲會。千秋姓氏傳。編摩成故事。文采數諸賢。世豈人材少。遭逢感昔年。

惟昔仁皇帝。翹材典不磨。徵書何鄭重。遺老盡搜羅。盛事還重見。詞臣記此科。從來太平業。原在得人多。

掄又有詠古詩選舉篇。見政術門。

雜詩　吳世涵

取人以貌言。尼父猶有失。如何操鑑者。沾沾持斯術。絳侯固吶吶。嗇夫乃無實。子房不魁梧。江充有奇質。斯人苟並列。誰進當誰黜。卓哉張廷尉。舉錯論密勿。巧令固鮮仁。懼君未識察。

士生三代後。才質多所偏。用之在節取。責備焉能全。漢代雜王霸。高論常舍旃。有才卽見錄。牧隸皆能賢。宋人拘繩尺。往往多苛論。事功罕所見。豪傑每棄捐。全才固難得。舉錯有微權。容物道在廣。收效途宜寬。責人必賢聖。固哉難與言。

古者建百官。公卿卽連帥。下至黨閭長。一一皆軍吏。人材多英俊。文事兼武備。漢廷重辟舉。亦頗得此意。卿相出治軍。類能集厥事。後世科目設。途乃判然異。書生不知兵。埋頭習文藝。粹然文武資。百中無一二。得非途太分。人才日以萎。險易固有時。得人乃克濟。積重非一朝。奚術祛斯弊。

讀國史館列傳十六章　魏源

按林昌彝射鷹樓詩話云。國家之所賴乎臣者有三。曰將臣。曰相臣。曰督撫臣。邵陽魏默深司馬讀國史列傳君不見十六章。可謂善於比例。詩亦雄浩流轉。爲古樂府之遺。

君不見海關一戰奔蚩尤睿親王。荆湖一戰陳豨謀安親王。烏闌布通走虜酋裕親王。執戟執鉞冕執劉。孰非榮散畢召周。從龍從虎風雲秋。英飆颯颯長城下。禮烈墓前嘶戰馬國初將兵諸王。

君不見朔風高。天馬號。追兵夜至天驕逃。杭愛山。坤河道。狹途殺賊如殺草。沙漠閒氣人中龍。北斗回望哥舒弓額駙超勇親王。

君不見王家父子闞虓虎王進寶。趙家父子如周處趙良棟。深入百戰不回頭。手挈川滇歸聖主。整頓乾坤要英武。那見蕘蒿作干櫓。岳家父子最後雄。雪夜走禽青海戎。岳鍾琪之父岳昇龍。亦名將。

君不見長鯨鏖戰海水立。夜颶震天轟霹靂。澎湖蕩潏蛟宮岌。劇賊飛將兩勁敵。那數昆陽與赤壁。溟嶠天吳日橫吸。安得六丁重下擊。靖海侯施琅。

君不見伊犂河。巴里坤。轉戰萬里回孤軍。黑水營。葉城畔。四百騎破賊三萬。風聲雪聲甲馬聲。援兵夜半渾河營。飲馬昆侖銘月窟。漢家天兵信雷電。萬夫特。萬鈞重。末年惟有海超勇。武毅謀勇公兆惠也。兼及超勇公海蘭察。

君不見猰貐楚蜀妖氛惡。節制如山額經略。血戰西川斬京觀。望旗爭避德參贊。百戰天生戡難材。賊平身死屯雲雷。東海長鯨作人立。神弩射潮安在哉。廟堂此日思鼙鼓。時危慘淡天風來。威勇侯額勒登保。繼勇侯德楞泰。右將臣六章。

君不見萇弘碧血東周涴。解謝諸侯彌尾大。家令朝衣赴東市。馳詔何曾濞兵止。萇鼂寧必命世才。漢周須要尊風雷。直壯曲老星昭回。名其爲賊氣乃摧。康熙不翻撤藩案。莫洛明珠米思翰。肯爲武庚罪姬旦。從來濟國猶濟川。中流風颶楫須專。令人慷慨康熙年。中和殿大學士圖海。

君不見鄂公銳闢西南氏。欲令夜郎邛筰游皞熙。欲令幽谷赤子蒙春曦。非常之事驚羣兒。英顏毅色無危疑。左張右哈供頤麾。渡瀘五月觸瘴痱。刊木擣穴山嶇崎。功成入相書常旂。一朝銅鼓五溪西。諸軍觀望稽合圍。中山篋滿揚南箕。跋前疐後功幾隳。任度惟斷平淮夷。創始圖成自古希。保和殿大學士鄂爾泰。

君不見傅公誓軍金川震。屢詔班師不奉命。議功議能議貴親。訥張竟殉三軍令。伊犂議起憂西顧。舉朝贊決惟一度。力排羣疑擴漢疆。廟堂戰勝憑疏附。商必應宮俘應鼓。從古風雲扈龍虎。姚崇若在賊早平。幾時間氣嵩嶽生。保和殿大學士傅恒。

君不見金川一夕猿鶴驚。一軍獨整阿文成。百戰歸來相英主。寧知相業超常武。黃河改道竟東趨。

名糧百萬籌天府。王商正色匈奴憚。欽若不敢侮王旦。天生方召佐宣王。百世猶興微管歎。武英殿大學士阿桂。

君不見天亶天縱乾隆聖。漢相獨重劉文正。邊才不足相才足。汲黯宋璟嵩華峻。進退百吏無私門。造次陳謀必堯舜。中公亦是瑚璉器。尙少温公剛大氣。阿況衣鉢傳中庸。抃讓禹光經術貴。東閣大學士劉統勳。右相臣五章。

君不見黃河決汴自勝朝。國初卅載黿鼉驕。百川手障回狂濤。賴有伯益逢唐堯。入疏前後如沃焦。中河創闢通千艘。當其未就羣詠謠。尾翹羽儵音嘵嘵。賈魯被議爲衆撓。自古駿烈無逍遙。魚龍歲游汴泗郊。黃流幾作鍋金銷。河底日隆堤日高。黃河竟是天上濤。靳文襄督兩河。

君不見八閩發難浙東靡。提督頓足將軍痿。長城賴有書生李。疾扼常山衝。突壓蚩尤壘。左提印。右提劍。賊兵愕眙滿兵歎。斷餉塡壕夜擣堅。竟走猰貐完浙岸。擇帥先擇節度使。從古長城恃屏翰。天吳跋浪鯨崔嵬。浙民再望長城來。李文襄督浙江。

君不見燕薊建都仰東南。提封千里惟潦乾。虞徐汪左徒咨歎。奏功惟有朱高安。撫晉督冀疏導殫。四河分釃四局完。天津雄霸禾芃芃。歲收百萬裨民官。翻疑冀北成江南。若非聖主賢藩翰端。南漕嫁禍北人寒。早見鹽鐵攻桓寬。朱文端佐怡賢親王治直隸水利也。

君不見八旗圈田徧三輔。生聚承平百萬戶。又不見邊外土都千里沃。插漢故疆供坰牧。人滿土滿兩堪患。何不移人墾土兩得算。賈生籌漢旋乾坤。奏議我欽文定孫。開平興和萬頃屯。徙實八旗兼漢軍。三冬射獵三時勤。三邊拱衞皇畿尊。有客撫掌笑脫幘。此是漢唐徙民術。今日鵰鴞行不得。孫文定督直隸。籌八旗生計也。

君不見南漕歲歲三百萬。漕費倍之至無算。銀價歲高費增半。民除抗租抗賦無飽啗。吏雖横征猶啜羹。丁雖横索橐不盈。惟肥倉胥與鬧兵。衣垢必澣絃必撤。天運有旋道有捷。何必內河受要挾。英公海運陶公節。萬艘溟渤如褰涉。官民歌舞海商悅。只少未飽倉胥饞。海運不舉海防多。水犀樓船方荷戈。小東大東當若何。陶文毅撫江蘇。行海運也。相國英和主其議。右督撫臣五章。

察吏

察吏行

張雲璈

朝察吏。暮察吏。察吏應從州縣始。其人賢否在平時。何事頻將耳目寄。耳目之寄亦有方。察於所屬言無荒。太守觀察本切近。豈肯信口生雌黃。孰爲才能爲選懦。孰爲貪暴爲循良。大府總成賚攷覈。一一坐致相平章。又或察之於同列。片語單辭參衆說。彼此政事可互觀。即是趙家鉤距訣。又或察之於細民。此曹日與官相親。不將恩怨生讕語。即此可知風俗醇。察吏之法不過此。先要澄懷如水止。物來畢照我無心。以察爲明亦徒爾。今且察之在吏胥。純以風聞迎意旨。竟使一路專城官。若輩公然動臧否。所察愈下察已淆。所察既淆察何裨。不但輕墮志士心。直教大損朝廷體。牧令有重任。畀以墨綬紆。民命寄百里。豈僅効走趨。天子引之見。且復煩都俞。如何束縛之。竟與簿尉俱。況復貝錦言。大抵胥小之唾餘。善善惡惡兩無益。徒使識者扼腕生長吁。君不見煌煌攷績有良法。何用陰探密刺爲令甲。

雲璈又有雜感詩大吏一篇。見守令門。

官箴 附幕箴

吳震方哀巧宦篇。見仕宦門。

有感　于成龍

書生終日苦求官。及做官時步步難。窗下許多懷抱事。何曾行得與人看。

附術句〇福山鹿木公林松雪樵集。示兒澤長宰政和詩。爲令年猶少。家傳祇守貧。喜事無循吏。好名非愛民。此二語。林昌彝詩話以爲至言。又澤兒之官嘉義詩。捧檄之官日。羣生待命時。況經新戰伐。恐有舊瘡痍。謂林爽文之變。又贈李明府詩。一官如處士。名姓少人稱。止足心常泰。飢來飯一升。福州王子符大令祐慶述德堂詩。去任古田寫懷詩。亦知強項增多口。祇是眞鋼鍊不柔。歸安楊炳堃刺史句。每施鞭外心常惻。不事苞苴夢亦清。

有感明季黨事　唐孫華

明季當神廟。人情逐黨同。清流殊挺拔。僚寀失和衷。三案喧脣齒。千章聒耳聾。邊防談笑外。國議是非中。誰使緘防口。姑令瑱塞聽。羣言皆寢閣。萬事益荒叢。氣概門牆峻。交遊寰海通。聲名驥尾附。假竊虎皮蒙。璜愔權方授。膺滂道轉窮。鄭朋翻媚顯。郄慮早讒融。羽翼東林廣。鴟張北寺雄。驍騰多宋鵲。指嗾聽梅蟲。斥堠頻傳警。宮鄰祗内訌。關城各解甲。朝署尙彎弓。勢急猱升木。防疏雉羅罿。源流復社接。壁壘浙人攻。變態分離合。相傾竟始終。蜩螗音響歇。蠻觸戰場空。各自飛飜手。其誰念匪躬。廟堂曾誤國。溝瀆枉埋忠。矯激誠何濟。煩言豈論功。汗青何日就。珥筆待虛公。

書戒石 宋太宗戒石四語太簡。衍爲六章。　袁枚

戒爾縣尹。爾亦生民。服官而仕。於民獨親。朝食其地。暮稅其人。曰由我生死。由我富貧。垂髫戴白。爛其盈門。靜言思之。如之何勿仁。

唐虞既遠。象刑不作。周官既亡。府胥無祿。承符手力。眈眈虎目。官能用吏。吏如手足。吏能用官。官爲荼毒。制之有道。豈曰笞扑。

其道維何。太阿在己。衡定物呈。水平浪止。不察淵魚。但除蠆尾。初或毀之。繼而自喜。彼君子兮。惠我鄰里。吾儕小人。殺人有禮。

莫高爾門。門閉則昏。莫多爾符。符出吏呼。莫厭訟堂。吾將以爲房。莫畏絲棼。作德莫如勤。不自以爲聰。終無大聾。常自覺其廉。滿而沾沾。

立政勿異。求名勿專。虎不渡河。古稱偶然。兩稅無差。撫字賴焉。五聽得宜。敎化在焉。八頌扇和。六箴崇厚。仁在義先。理居情後。

何以寫心。單父鳴琴。無以爲家。河陽種花。莞爾而笑。前有桑麻。民既信我。無所不可。我既愛民。

民皆子孫。淮陽召耶。官爵大矣。桐鄉祀耶。死遺愛矣。

枚又有卮言二篇。見政術門。

德政碑

趙懷玉

車行經郡縣。碑碣所在有。大都紀德政。居十之八九。鋪張炫衆目。文字儼一手。上言封疆吏。下及令與守。或僅書爵里。姓氏誌某某。是爲巧藏身。藉以塞謗口。豈無良有司。㝠然百城首。魚目混珠璣。嘉苗雜稂莠。吾聞今仕宦。大都結習狃。閭閻製帷蓋。祖道列漿酒。貲皆剝民生。力或藉僚友。遂礱十丈碑。役使千夫負。名存實則亡。石在人已朽。泰山東南高。河水日夜走。猛虎與長蛟。往往盤踞久。安能去祟朝。隙地廣萬畝。遍栽萊公柏。盡種蘇堤柳。大書靡愧辭。永保金石壽。

讀循吏傳

蔣湘垣

人言吏道雜。盛衰竟何常。赫赫張廷尉。始自貲爲郎。次公困馮翊。卒以廉平將。古人重功名。作吏蓋偶嘗。何爲若貪賈。倍稱取相償。以我考課最。奪彼衣食資。請告司牧者。慘惻活窮黎。一夫饑不耕。吏不敢以糜。一女寒不織。吏不敢以衣。撫字與催科。懿哉古人詞。蕭曹載清靜。畫一以興歌。徒聞恥百里。刀筆其如何。政擾非止沸。法深滋犯科。去蠹如去莠。養民如養禾。俗薄競錐刀。嗟嗟生網羅。峨峨去思碑。郡縣悉如林。史起風流遠。國僑遺愛深。惟昔韓與趙。聲華流到今。惜其鉤距才。乃愧儒者心。戴星令渺矣。況乃問鳴琴。

吳中吟 路旁碑　周瀛

黄泉好諛諂。不畏鬼揶揄。三者何不朽。豐碑植路隅。大書深刻之。名實太厚誣。秉筆伊何人。得無内愧乎。吾聞甘棠舍。謳思愛不渝。又聞峴山巔。流連淚與俱。可傳復可法。萬口載道塗。下馬拂拭看。當辨賢與愚。

官箴四章　劉思詔

聽言

芻蕘亦可詢。狂夫亦有得。悻悻鄙夫懷。予智令人默。奸人工揣摩。君子矢剛直。逆我固當思。順我尤須詰。多疑事難成。偏信久必失。衆口攻一心。明哲且搖惑。所以古之人。清源在平日。

處事

處難不可驚。驚則搖衆志。處易不可忽。忽則多輕試。時勢各有宜。拘古未必利。沈幾運一心。經權不妨異。持重慮乃周。見到行當鋭。詢謀集衆思。果斷而神智。諸葛一生慎。鞠躬盡其瘁。

守己

衆趨達者避。雷同志士羞。才智兩不見。落落凡庸儔。芳蘭伍蓬艾。不采夫何尤。喬松飽霜雪。貞固良有由。伐檀寘河干。何不老林丘。長歌從所好。風月相與游。豈無吐握人。山河隔悠悠。

宅心

心爲五官主。莫爲萬物役。利欲來相攻。憧擾無休息。操舍兩不知。存亡失其宅。至人虛此中。淸氣在旦夕。有如月在天。塵翳盡消釋。有如鏡於人。光明而澄澈。世故任紛紜。固應有獨獲。

附錄 家言寄兒子從幕滇南 時入郭撫軍幕府　　諸省三

苜蓿一書生。爲人謀軍國。得失繫千鈞。鄭重毫端墨。

苗女身半裙。倮人氈裹膝。習俗不易馴。撫馭非法術。

饑者悅以餐。渴者解以飲。五味在調和。薑桂豈純品。

一往不可收。肆行終窘步。譬諸上迷樓。入門思出路。

張維屏。國朝詩人徵略。高西園鳳翰詩摘句。愛民勿使驕。驕則長戾氣。束吏勿使苦。苦則少生意。王再陸世錦摘句。當思官作民之母。莫信人誇吏是仙。

大吏

三中丞詩 故宗伯湯公斌。冢宰宋公犖。今制府張公伯行。　　唐孫華

豫州擅中區。和氣陰陽萃。河洛貢苞符。崧嶽蘊靈異。故多產名賢。芳蕤播往記。吾吳俗呰窳。撫循需大吏。屈指三中丞。皆出梁宋地。湯公實鳳麟。一出爲時瑞。讀書蘇門山。脫略名與位。學探濂閩宗。氣含曾閔粹。秉鉞來江南。誠求惟撫字。頑獷皆革心。聲色初不試。淫祠一掃除。山鬼斥非類。正氣盪妖氛。本敎崇民義。迄今民不忘。談者猶拭淚。宋公宰相門。扶輿鍾間氣。黃瓊練臺閣。蘇頲

備德器。歷任典方州。惠澤必霑被。坐鎮資老成。近人總平易。條教初不煩。鈴閣靜無事。政餘想滄浪。碧雲動詩思。似無赫赫功。萬物陰受賜。張公學道人。根原辨義利。方輪不解轉。孤立行一意。清水映冰壺。屏絕絲粟餽。大法自小廉。墨吏心膽悸。盡力驅猰貐。百城得鼾睡。騎虎與握蛇。仁勇心不惴。去職民哀號。此涕豈容僞。洞察賴聖明。百擠不一墜。三公皆大賢。中州稟淳懿。歲星偏照吳。半壁叨覆庇。江左尊夷吾。公等眞無愧。奮此直如筆。千秋待公議。

吳嘉洤堯言。見政術門。

寄林少穆督部　朱綬

五年撫江南。屢活萬人命。一夫偶失所。夙夜心怲怲。偏災急補救。振卹多實政。尤勤稼穡艱。雨暘課時令。東南賦額重。民力困供應。緩徵與休息。仰籲天子聖。當公草疏時。容端志氣正。涕淚千百言。積誠動宸聽。公於此邦民。愛育若子姓。熟爲度支籌。旦暮起癃病。楚中移節早。設施未遑竟。殷殷饑渴懷。在遠亦甄孕。下士依幕府。眞見涖官敬。宜留去思碑。棠歌采輿評。

哀大吏 紀事樂府錄入　高學沅

哀大吏。哀大吏。大吏哀民哀。民事何以治。大吏亦自哀。國事何敢置。兵食兩不足。災害或並至。來日一身。敝舌焦脣。氣不得抗。眉不得伸。劬勞慘慘復畏咎。中夜徬徨遶室走。絕筆大書告僚友。上國下民呼負負。嗚呼。誰非全軀保妻子之臣。鞠躬盡瘁當世能幾人。

奉使

張雲璈雜感詩皇華使一篇。桂起萬欒城紀事關城一篇。見守令門。管世銘乘驛謠。見迎送伺應門。

守令

誡兒 親民莫如守令。而令於民吏親。鳳兒將之沁水任。特書示之。

趙申喬

書生筮仕儼臨民。端氏城邊望澤新。饑歲瘡痍憐未起。勞心撫字可無人。四馬銜寒驛路賒。丁寧囑爾重咨嗟。保民若子方成子。治邑如家莫爲家。

曲周雜詩 六首錄二

袁守定

整駕臨大邑。矻矻不遑栖。譬彼力田事。日夜有所思。所思復何許。要與斯民宜。撫摩之不暇。曷爲云治之。下車諮所苦。將以除其疵。春風不澤物。安用青陽爲。

侵星出縣門。紅旭倏已逼。晨氣靜川原。流塵不我即。南陌禾油油。東菑稷翼翼。南陌復東菑。辛勤弗遑息。停驂問土風。聊以稱吾職。府帖每下來。瞿然念民力。民力任用之。余懷正默默。服食民之膏。君子有懼色。

有司

不爲已甚是良箴。近學模棱頗用心。投鼠誠甘須忌器。從禽良快怕焚林。事方掣肘科條縛。人倘吹毛翻覆尋。佛法依來都餓死。有司讀律莫教深。諺云。依佛法都餓煞。依律法都打煞。

袁枚書戒石六章。見官箴門。

雜感官楚南時作　張雲璈

謂官爲有權。舉動觸功令。謂官爲無權。適又持其柄。有權無權間。頗不易爲政。我意欲有爲。難動大府聽。我意不欲爲。又承大府命。百里古諸侯。居位亦云正。如何束縛之。先自違厥性。設施既不可。何以言利病。一身不自持。强顏對百姓。

與人以百金。其惠亦云至。與人以千金。感德應無地。究其持贈心。是必有大義。苟非所應予。豈肯遽輕置。如何仕宦途。不復論交際。生未一刺通。緣鮮半面睇。公帑無所償。輒以他人替。大則數逾千。小亦以百計。受者不知感。與者幾成例。若謂出於私。其力安可繼。若仍移諸公。又貽後來累。本以爲大局。大局竟何濟。

公孫令洛陽。路與中尉爭。叱縛陽胡奴。更聞葦少平。當時一邑宰。威令在必行。强禦既不懼。姦宄安得生。如何今從政。其說多調停。稍徑行其意。駁斥所必攖。稍或濟以猛。必被酷吏名。君看堂階上。多作戴帽鍚。官恃朝廷法。每爲法所阻。民畏朝廷法。即以法爲忤。究其所以然。民健官不武。雖然無蒼鷹。亦復無臥虎。

大吏居崇高。所任在臂指。小吏效奔走。所承在意旨。平時有耳目。往往寄於此。不信專城官。反藉相察視。奉命忽四出。征途滿行李。今日問錢穀。明日問兵刑。文檄密如蝟。冠蓋遙相傾。此輩所至地。誅求無厭生。誅求或不遂。威福信口成。留意事供帳。親身管送迎。庶幾青蠅譏。止樊無營營。計彼所得受。囊橐亦未盈。挹彼而注茲。傷惠已不輕。

出仕寡糈祿。本以養廉隅。給之有定數。不容稍有餘。非所入而入。科罪計錙銖。非所出而出。不復問有無。一則曰捐廉。所捐已拮据。再則曰捐廉。所捐數更逾。其跡類雜派。其名爲樂輸。其苦如補瘡。其災等剝膚。其供若正賦。其追甚亡逋。權宜一時計。張皇爲補苴。裒多寡未益。彼盈此更虛。朝廷憐其病。屢頒寬大書。大吏無他術。疊下蕭公符。

軒軒皇華使。天子寄耳目。所至察利弊。君命期不辱。如何輶軒來。專事擅威福。但願一身肥。不顧一家哭。僮奴珊瑚鞭。侍從黃金軸。氣燄熱可炙。道路皆頻蹙。不敢出諸口。未免誹以腹。驅民如驅羊。使官如使僕。中丞畏其威。餽贐陳金玉。監司畏其威。拜獻恐不足。牧令畏其威。供帳盛華縟。但博使者懽。敢拂使者欲。下及輿儓輩。無不飽囊橐。忽然黃紙收。使者就囚服。傲色對僚吏。低首赴岸獄。有司籍其家。一一入簿錄。輦金雖如山。一死詎能贖。當時獻媚人。同日遭斥逐。聞者心爲寒。談者頸爲縮。豈知局中人。仍復循舊局。

即事錄二首　又

整衣坐堂皇。視事勞兩眸。環庭來聽訟。有牘不敢留。忽然文檄下。如火蕭監州。敦迫使就道。無許少逗遛。百事不得理。遽爾問程郵。行李命僮僕。日吉不暇諏。是時天霖雨。滑澾輿夫愁。奔馳惟恐後。晨夕不得休。七日達會城。三日謁上游。上游了無語。千里面一謀。我生安愚拙。空然無所求。一笑姑置之。方寸涼如秋。

朝來府中趨。一一手版赴。自應肅清風。豈敢畏多露。同行跡爭先。相戒期必預。列坐但縱言。靜對或欠㰦。未見多旁皇。既見又忽遽。性情詎盡識。面目尚嫌誤。昔日蘇長公。謁入不得去。客位假寐詩。似爲公弼賦。司閽傳謝客。一去不復顧。欣同散塾兒。快勝脫網兎。起問日早晚。已過中庭樹。多少匍匐人。延望頸如鷺。

王蘇一點朱篇。見擾累門。

讀書所見　汪大經

守令親民官。和易民乃親。有官則有役。而役常病民。民也我子姓。役以奴僕論。咎司牧不察。天下無是人。知易行之難。吏治何由循。

縣令　戴殿泗

縣令古攸重。實惟民之師。老幼視厥養。良莠兼所治。環境越百里。舉手全畀之。一千三百縣。足盡宇宙規。豈惟督租賦。豈惟威鞭笞。屹然備文武。保障非繭絲。不見三縣令。殺賊無孑遺。夔州有奉節。利川及恩施。桓桓尹英圖陳春波周景福。姓氏九重知。何曾學干楯。忠義奮發爲。親民民所倚。勵士士所毘。一戰掃蜂蟻。再進滌險巇。坐令川湖間。三縣先平釐。治縣皆若此。賢十萬虎貔。何民非縣屬。何縣非民彝。建牙或避賊。請歌縣令詩。

丹徒贈萬廉山明府

吳嵩梁

丹徒與丹陽。相距不百里。其地爲海門。夏秋多暴水。怒潮從天來。勢若萬馬駛。可憐膏腴田。盡汨泥沙底。屢歉儻一豐。收穫已無幾。建閘扼其衝。議自前歲始。君實董厥成。詎細有條理。蓄洩既以時。官民病良已。田禾俱懷新。糧艘去銜尾。峨峨遺愛祠。其榮媲青史。縣令官豈崇。貴行其志耳。實惠及斯民。權乃卿相比。寄語親民官。素心當自矢。廉吏不可爲。君亦廉吏子。

治邑

潘際雲

治邑無他術。首在還淳風。淳風何以漓。巧詐時相攻。我思以巧勝。厥弊與彼同。道在淸其源。易知則易從。詩書與禮樂。坐彼春風中。多一絃誦民。能化百愚蒙。古人如可作。吾欲師文翁。

教條縣門懸。利害縷析陳。讀而奉行者。百祇一二人。官未踐其言。安能責之民。所爭在錐刀。厥端非無因。懸玆庭中魚。好尙昭然明。勵我氷雪操。化彼雀鼠紛。行之苟無效。吾未之前聞。

囚在獄中哭。此生今已矣。彼囚誠犯法。陷於不知耳。我欲脫其罪。科律嚴若此。所當誡於先。執法則必死。煌煌有聖訓。開讀暢厥旨。畫地以爲牢。彼民亦知恥。非惟囹圄空。兼令風俗美。

追呼不可廢。廢則國課遲。追呼不可迫。迫則民難支。豈惟民難支。胥吏侵蝕之。我有催科法。不在徵收時。每當鞫庶獄。愷切詢鄉耆。頻年沛膏澤。爾民豈不知。及玆大有年。庶幾報恩慈。鄉老勸如法。勞以酒一卮。欲免小民累。勿徒胥隸笞。

我從田間來。頗識田間苦。鄉民怕入城。畏吏如畏虎。訟事一牽繫。動輒一年許。所嗟久羈留。衣食貸無所。黃紬一被眠。朱票百弊舞。吾欲勸同僚。訟獄結爲主。

儀徵令 紀屠琴隖明府治績

朱綬

眞州瀕江滸。民俗鮮蓋藏。奸人利魚鹽。急之乃鴟張。昨逢眞州人。語我官府清。下車敦節儉。以身爲民坊。教民用桔橰。江田始墾荒。教民習蠶織。蔀屋燈火光。初時民知衣。今乃知有桑。初時民知飯。今乃知有耕。耕桑各勤力。不登官府堂。瘠土一朝沃。莠民亦成良。但唱眞州歌。歡樂不可當。令牧如屠公。父母庶以名。

欒城官舍紀事 八首之四

桂超萬

憶昔初奉檄。離家廿里餘。羣樵指我言。好官福何區。少壯苦貧賤。無德加鄉閭。邂逅預推崇。斯譽誠不虞。涓涓半溪泉。就下流通渠。桔橰激之轉。滋潤到高畬。當官不濟物。寶山空回車。永懷父老言。深恐期望孤。

下車告羣神。焚疏明己意。撰句懸公庭。賣法腦塗地。懸聯句公堂云。我如賣法腦塗地。爾敢欺心頭有天。潔己敢銜名。巧詐防胥吏。薄俗輕彝倫。蠅頭角微利。布教愧無方。得情忍自熹。素絲化爲緇。就染由漸漬。生鐵鑄成杵。磨鍼良不易。

闗城壤褊小。通衢冠蓋交。傳檄旁午至。梯山九譯朝。卑官非所羞。敢辭迎候勞。事上分應爾。奈何傔從驕。供億匪云薄。愧玆土地墝。饔人告斷炊。行人責饋牢。酒池而肉林。餘者遺坑壕。出車告成法。征求下四郊。明知民力艱。不能寬其徭。征盡到鄰車。僱之索價高。煎金既無術。挂冠馬能逃。前途飛騎來。又報臨星軺。

莠草害及苗。莠言害及政。去莠鋤其根。民興務經正。往時邪說行。徒黨一何盛。飛蛾撲燈光。殘灰墮萬命。邑風豈盡淳。頗乏奇衺徑。要使主先入。客來不能勝。士者民之表。爲我宣禁令。人生元氣充。庶無寒暑病。

官誡贈陳子瑞宰西安 錄十首

朱琦

曩聞爲縣官。首在能親民。譬如一家中。兒女或吟呻。父母往撫摩。呴勃不汝嗔。官果能愛民。民自與我親。有寃向官訴。疾苦得縷陳。日日上公堂。不知有官尊。官亦笑顏開。桑麻課劬勤。陳說孝與弟。禮教得漸敦。

士爲四民首。教養最爲亟。我輩起側微。艱苦由目擊。秀才苦寒餓。挾書往謀食。豈無豪傑士。志氣半銷蝕。干謁誰獨恥。流弊亦已極。長吏雖甚賢。謂此非吾職。學校委冷官。風化不得力。文章日頹壞。人材從何出。

簿書苦牽掣。奔走事塵鞅。縣官所得爲。獨有理獄訟。奸宄嚴爲懲。執法敢疏縱。特恐善良輩。鞭蒲遽輕用。務在養恥心。平情究輕重。一夫構疑獄。數家廢耕種。虎狼縱需索。破產忍飢凍。刻木期不對。念此能無慟。

百里彈丸耳。周知頗不易。奸胥與蠹役。往往巧爲伺。閽人司橐籥。竊柄尤縱恣。若輩本闒宂。要亦皆人類。苟能善用之。亦可集吾事。毋偏聽生奸。毋歆法滋弊。開誠令其感。嚴明使其畏。官書我自治。安用汝識字。

捕役爲盜囮。縱盜盜乃橫。逋逃不復追。緝牒徒奉行。坐視而保奸。齎糧資所營。薄責遽散遣。告者反怒嗔。鼠竊置不問。嘯聚將難馴。不觀漢杜張。犯者必通懲。構線密爲訪。懸賞重以繩。枹鼓亦漸稀。坐擅神明稱。

藏富務在民。兩稅有定額。有司凛成憲。徵課敢乾沒。獨虞吏胥輩。宿弊未盡革。得錢飽私槖。雞犬肆驅嚇。租稅本多門。勾稽難徧覈。所冀恤民瘼。節費減差役。牧羊去其擾。按地編鱗册。時軫流亡憂。毋令脂膏竭。

治法無百全。利弊恆相因。興利毋過急。積弊難驟更。勿云礙成例。棘手空屏營。征徭閔疾苦。荒墾勸耨耕。義倉備荒災。糴糶籌虛盈。保甲與牧馬。鞭迫虞擾紛。良法難具詳。神明存乎人。廢之不克舉。彌縫成空文。舉之或不當。弊竇將叢生。

疾惡患太猛。去奸患太柔。閭左多頑民。大半緣惰游。梟盧與擲博。往往藏姦偷。縱飲逞睚眦。殺人快恩讐。此風北爲甚。獷悍貽隱憂。牧馬去其害。芟草薙其蕕。督責詎不嚴。犯者紛相投。官舍多摴蒱。蚩氓復何尤。治疾貴求本。瞑眩終能瘳。

鴟鸞不同類。貪廉性則殊。達人爲我言。聽我歌兩途。昔日豪華子。擁貲出上都。流輝耀裘馬。負債忘積逋。子孫既習奢。浮雲不斯須。回顧悃愊吏。守拙仍如初。清風抗來葉。教子惟讀書。善人天必昌。古語良非迂。貪者富不足。儉者貧有餘。

周孔去已遠。大道久陵夷。百家相披猖。學僞治益歧。憬然緬前型。猶幸存遺規。致用不在多。仕學原兼資。君於退食暇。一一參考之。其源在正己。其要歸無欺。讀史擴其識。讀律究所宜。由是宏遠謨。仁政以次施。行矣君勉旃。努力佐良時。

吏胥差役

錢澄之催糧行。見催科門。

民謠 尤侗

多打吏。少簽書。眞明府。古有諸。官今差票何紛如。滿堂皁隸塞街衢。高門巨室肆恣睢。路逢鄉民縶而驅。鄉民入城糶新穀。持錢上櫃苦不足。卻奉牌頭買酒肉。空手上堂受敲扑。反負杖錢脫衣贖。公差醉飽衙前宿。鄉民下鄉一家哭。

王昊鹿城吏篇。見擾累門。

朱樟催租行。見催科門。

馬駿里胥歎。見力役門。

悍吏 鄭燮

縣官編丁著圖甲。悍吏入村捉鵝鴨。縣官養老賜帛肉。悍吏沿村括稻穀。豺狠到處無虛過。不斷人喉抉人目。長官好善民已愁。況以不善司民牧。山田苦旱生草菅。水田浪闊聲潺潺。聖主深仁發天庚。悍吏貪勒爲刁奸。索逋洶洶虎而翼。前村後村咸屏息。嗚呼長吏定不知。知而故縱非人爲。

虎差詩　羅天尺

順邑多虎差。殺民官不知。康熙年間事。紳士上陳詞。樹石縣門前。可名酸鼻碑。一事奉差去。雞犬屋上飛。鋃鐺拘禁來。未即見官師。酷受諸苦刑。法外名多奇。有名簫引鳳。鐵笛口中吹。有名女照鏡。穢物滿盤巵。有名地拋毬。四爪伏如獅。有名鴆點水。一足立如夔。士民睊睊視。誰敢奈何爲。新任王令公。之正。入境能察眉。謂豈止蜂毒。人欲寢其皮。動即加刑責。好還天豈非。茲事快人心。婦孺爭傳奇。後宰斯土者。請讀虎差詩。

莊保吟　謝啓昆

我行禦兒鄉。父老訴荼苦。云曾充地保。不得安樂土。本非在官人。終日赴官府。朝納上頭錢。夕爲東道主。吏胥下鄉來。面赬怒如虎。催科惟我貸。酒食惟我取。不敢籍富豪。大都點愚魯。中人十家產。般戶變貧戶。浙東曰莊長。名異實則同。僉名及雋秀。流禍尤無窮。青衿弟子員。不得居黌宮。縣令來勸事。應役聽晨鐘。興徒築水利。鼛鼓催鼕鼕。春夏廢絃誦。豈但荒耕農。聆汝言娓娓。感我心惻惻。我自田間來。每歲防蟊賊。蟊賊偶一逢。此患何時息。由單用滾催。且不煩追迫。何況有業民。安能走阡陌。府史胥徒外。伊誰創此役。俗吏狃因循。孰肯破成格。申章告大吏。同心賴同德。中丞曰盡哉。是宜永禁革。牧馬去其害。養木除其棘。春風吹萬屋。如病袪肝膈。蠹吏聞之懼。令下復藏匿。良民喜且憂。官遷恐變易。治術著成規。懸象登簡册。作詩告後來。大書鐫樂石。

寧夏采風 堡渠長　楊芳燦

周禮置六鄉。治具何其縟。州閭族比鄰。一一備官屬。漢時鄉亭職。三老最尊宿。其他斗食員。頗亦資教督。自從保甲行。無復在齒錄。徒有奔走勞。而無儋石祿。官既賤其人。人亦恥其役。朔方屯戍地。四塞兼水陸。一堡置一長。渠長爲之副。厥初在得人。明信堅約束。比來日流失。抏敝寖爲俗。額缺更承充。充者半貪黷。往往征調時。花名若星簇。公庭持手教。寄之爲耳目。謂可制吏胥。吏反緣爲壑。一差蔓十家。以次相魚肉。卻署逃亡籍。株累試鞭扑。豈知民脂膏。狠藉飽其腹。更兼絲與粒。國計關錢穀。坐令百年間。積逋不可復。此輩相依倚。善幻如轉軸。絲失紝者紊。弓離檠者曲。莫待薰灌窮。始勘狐鼠獄。

施州樂府 敲釘椎 嚴胥吏也。地棍與衙蠹借端串詐鄉愚。謂之敲釘椎。　詹應甲

雷椎不向空中鑿。坐視羣鬼相擊搏。有聲硍硍釘鍔鍔。受者不知何處落。眼中有刺。腦後無鍼。見利忘害。寸鐵皆金。一敲不中再敲中。筆刀下手分輕重。椎柄有人能運用。釘長易拔。椎大難收。除弊要先自蠹始。然後蠍藏其尾蛇埋頭。不見斬釘慧劍懸吳鉤。金剛飛杵碎髑髏。

贈刑胥方峯　黃安濤

牙吏事趨走。卑冗等廝役。魯者苦遲頓。巧者患姦慝。守法兼用聽。若曹頗難得。嶺南風土殊。鳥言同磔格。聽訟吾猶人。所慮下情匿。傳宣有佳吏。形語罔差忒。辯詰數百言。如泉流汩汩。聲諧吏神和。快吐我胸臆。上意靡不宣。民隱無或隔。官吏相與成。案牘少塵積。憶從視事來。盼睞每加飾。几

案爾最親。對爾無愧色。閱人爾已多。我去何足惜。憐才一寸心。惘惘劇難釋。

老太公寧都小樂府之一　郭儀霄

一差徒侶百人從。差頭羣稱老太公。長官雖長猶可語。老太公來孰敢侮。士民見官如見父。州人見差如見虎。虎倀虎子何牙牙。事未到官已破家。

縣吏尊　陳偕燦

一官高坐儒者氣。旁立一官若可畏。鄉民從未入官衙。不畏縣官畏縣吏。縣吏大索鄉民錢。俯首瑟縮來乞憐。嗟爾乞憐何太愚。若輩出入身輕肥。但願得錢快心志。何惜竭爾膏與脂。膏脂竭。不敢言。堂廉遠。縣吏尊。

里胥苦　朱綬

往時里胥猛於虎。官倉開日拘花戶。殺雞屠豕意猶怒。今時里胥弱於鼠。官倉閉日杖在股。賣男鬻女心自苦。借問里胥何爾爲。往無民欠今有之。縣官不肯見花戶。里胥皮肉供鞭笞。官中與限限三日。前限未過後限迫。遍體瘡瘢醫不得。扶瘡走乞花戶憐。花戶昨朝求賣田。田無人要休論錢。上堂即遭縣官罵。口不能言杖交下。總知微命盡須臾。甚悔生身充里胥。卻言父母在時好。身充里胥粱肉飽。嗚呼皇天胡不仁。歲事屢瘠民日貧。君不見往時臘月完租賦。今時暑月同追呼叶。里胥十九臀無膚。晚鼓聲中縣堂去。

雜詩　吳世涵

先聖制久湮。法令滋流弊。世無封建官。獨有封建吏。官長如過客。去來無定地。吏職如家業。傳及子孫世。坐是吏益奸。舞文習故智。官長日怱怱。無從究情僞。欲令官稱職。久任著威德。一職可終身。吏易官不易。欲使吏無欺。科條删繁辭。有如三章約。吏知官亦知。

葉蘭紀事樂府。見漕政門。

循良歌頌

鹽官令行爲許西山作　丁澎

皇帝御極。十有二載。鹽官令許君。本自相州以甲科高第宏才博學著聞。單車就道。來涖吾寧。一解。

問民所疾苦。興善除弊毋覆案。不急以妨民。裒仁獎孝。男耕婦織。風俗以淳。二解。

更有探丸技擊。咸伏草間屏息。萑苻不驚。室家穰穰。市中無鬻子。井閭睦親。三解。

穿渠以灌鹵田。溝澮攸溉。仿治鄴西門。勸農講讀。舉孝廉公明。盡得其人。昔有文翁。今有神君。四解。

邑僻處海濱。馮夷斯怒。我氓其墊昏。探龍威册。刑白馬於神。海水蕩蕩歸崑崙。五解。

時而旱麓。甘澍大降。黍苗蓁蓁。故秋非我秋。春非我春。僉曰我候之德所臻。六解。

賢哉我邑許君。民安其業。吏守其職。三年而政成。謠於衢。歌於巷。朋酒具陳。上有滄浪天。下有黃口小兒。莫不鑑白我侯之貞忱。七解。

皇鑑茂宰。褒嘉治行第一。畀之大亩文纛。入爲卿士。允備咨詢。古之循良。無如我君。敢告史氏。以垂法後昆。八解。

使君哭爲權伯亮邑侯賦也。公下車條具十痛哭。爲孑遺請命於上臺。因相傳以爲謠云。

陶之典

君不見鶉衣百結子。追租縣門裏。君不見轉粟上西山。丁壯去田間。一解。

饔飧輟盡斂不輟。紛紛胥吏心如鐵。崇臺大府邈在天。溝中疾痛何由徹。二解。

幸哉天不絕栟櫳。單車遠駕來權公。三解

公下車兮淚滿胸。與胞事在繪圖中。哭開重霧回春風。四解。

昔時嗷澤今絃聲。昔時肉鼓今壤鳴。公十哭兮民更生。五解。

瞜水謠爲陸令君稼書作

嚴我斯

瞜之水兮清且漣。使君堂上坐鳴絃。瞜之水兮清且漪。使君郊外多耕犂。使君官庖食無肉。長鬚編籬種野蔌。使君侵晨寒無衣。老婢當窗織布機。使君寒。民五袴。使君饑。民含哺。升君之堂進君酒。有酒盈巵。有蔬盈豆。長老在前。稚子在後。俚語歌呼爲君壽。清畏人知兮。何人弗知。吁嗟今之人兮。廉吏可爲而不爲。

禹城行

韓菼

香谷許先生令禹城三年。縣大治。世言縣難爲。上官難事。例難破。令一搖手不得。香谷爲之。綽綽有餘裕。令而盡香谷若也。民其有瘳乎。余欲爲作傳。而其事皆可愛。筆不忍割。乃櫽括而託於民間歡謠之義。爲作禹城行。

聖皇御極久。民牧簡循良。濟南之禹城。令賢聞四方。借問賢令誰。許君系高陽。其貌和而柔。其人清且明。南方風氣弱。嬌哉君子強。見義乃必爲。大勇不可當。愛護我人民。冬日與秋霜。柔風倘有聽。請聽禹城行。言言皆實錄。一一民所詳。始令下車時。威稜整紀綱。邑有豪黠奴。高李最彊梁。高士偉。李重榮事。詳禹城事略。乘馬入富家。無端索金償。不者輒縶去。拷掠徧瘢瘡。書契獻田宅。攫取如盜囊。令聞而大怒。抵几髯戟張。歲除霹靂箋。掩捕無走藏。高旣斃杖下。李亦尸路旁。歡呼咸往觀。桓東少年場。主人謝受教。嚄唶更稱揚。其餘大猾徒。根斷無芽萌。往往彌尾青。大枷名。見北史。不虛設南牆。嘉穀待膏雨。必除莠與稂。一時民歡謠。菩薩是金剛。有菩薩變金剛之語。嗚呼民命重。吏窟穴其中。日月淹縶久。兩辭俱敗傷。令到不勾攝。立往決其平。生者得有家。死者得埋葬。往還祗半天。胥役無奔忙。有隨到隨審只半天之謠。其或連婦女。一筆與勾將。何來六曲屛。閨人咸稱觴。爲妾護嬌羞。除是爹與娘。詞中牽連婦女者。盡勾去不問。涉命案。亦在家候審。壽日。里民製錦幛。另一屛是婦女名。詡之。乃皆詞訟免到官者。戶口稽以實。成丁必一牀。蠲除皆凍梨。更豁小而黃。寧甘耗減罪。毋乃增羨坊。禹城人丁。前次增報二十有奇。悉核實減除。墾田亦如之。勸耕杏與菖。催科卽撫字。亭午退堂皇。農民輸賦歸。墟落猶日光。比較日中而畢。民無暮夜守候之苦。里正與衙前。不須雇錢充。小邑日奔命。徭役無勞攘。所過一切辦。而不破積倉。前年翠華來。萬馬天騰驤。百姓但縱觀。不知有糗糧。往昔苦逋逃。鄰里罹禍殃。至今斷株連。荒閭無一亡。往昔苦盜賊。裹足賈與商。至今夜行臥。付與使君裝。水旱之不時。祝寧丁我躬。蟲乃不爲災。境亦不入蝗。猶恐疫癘作。給藥味自嘗。視事或牽衣。苦問飮何湯。亟命與善藥。多起羸與尪。

比較日。常有牽衣求藥者。暇時興學校。所拔必才英。春秋行鄉飲。禮讓何煌煌。山東大秀才。突而恂且莊。往時威夏楚。今可鼓笙簧。山東諸生挾制官府者。名大秀才。申請褫其尤者。俗一變。治化一以孚。小大咸悅康。當令懸弧日。爭願殺羔羊。勞苦諸父老。義不受篚筐。樹木如樹人。厚意當無忘。一時獻壽柳。春色滿林塘。所植柳。人稱壽柳。植之樂釆亭。亭新建泮池南。以課士。勝似永豐坊。大道萬千株。暍者蔭清涼。風流眞可愛。人似比甘棠。年未及懸車。丘壑思徜徉。上官留至再。谷園詩琳瑯。上官同僚各贈詩。有谷園唱和集。父老聞令去。啞啼如兒嬰。少年聞令去。牽裾如父兄。婦姑聞令去。掩泣不施妝。自悲命何苦。仍恐到公堂。去矣可奈何。空村出遮行。爭跪前致辭。明府徹底淸。在縣惟飲水。民今進酒漿。滴滴皆恩波。以祝身無疆。在縣常布褐。民今製衣裳。絲絲結去思。尺寸民自量。一路臨江南。花枝曳紅長。漯河小西湖。豐碑傍石梁。西門外三里爲漯河。稱小西湖。石橋久圮。修復以利涉。民建去思碑於此。石闊不得語。但攀新垂楊。漯河旁亦栽柳。歲時走祠下。國人翻若狂。誰言懷輒俗。鴞音食我桑。誰言作吏難。百里直粃糠。彈琴久絕絃。製錦爛成章。歌以貢民情。枳棘此鸞凰。他日並千秋。安陽與桐鄉。

唐孫華三中丞詩。見大吏門。

吳歙爲陳滄洲太守作　唐孫華

我行適吳會。散步城東隅。道旁數老叟。相聚羣嗟吁。問叟何所苦。言出涕淚俱。皆言太守去。誰與活煢孤。吾吳實呰窳。謬稱財賦區。民風競華靡。外充中固癯。太守躬儉約。牲魚絕庖廚。屬吏咸畏法。毋敢輒恣睢。太守未來時。戈鋋伏萑苻。自從太守來。大澤無鳴狐。太守未來時。虓勇擅相屠。自從太守來。椎埋散奸徒。吳俗好爭訟。投匭工詆誣。自從太守來。水蜮潛亡遁。吳俗尚飲博。繞牀叫梟盧。自從太守來。閭巷息摴蒱。吳俗喜淫祀。靈談舞陳珠。自從太守來。祭賽斷妖巫。前此府帖下。遣吏督征輸。太守緩征斂。州縣稀尺符。吏胥作蠹賊。公帑任穿窬。太守嫉奸蠹。宿弊剗根株。太守多微行。清夜穿街衢。競傳太守至。滅燭掩門樞。搖手相禁戒。汝莫逞狂圖。遂疑一太守。化作百千軀。白下昔罷官。攀號沸通都。徵拜起徒中。歡呼溢吳趨。忠信達上下。撫軍亦醇儒。從容論民瘼。指臂交相須。不知坐何事。解組忽須臾。嬰兒奪慈母。誰憐泣呱呱。我聞父老言。惆悵心煩紆。安得百賢守。遍使窮民蘇。終望太守還。永願嬉含餔。一朝嘿嘿去。叫天眞無辜。誰能叩九閽。天聽通吳歈。

張雲章海坍謠。見蠲免門。

姚世鈺吳興太守篇。見善政門。

沈德潛題于清端紀績圖。見盜賊門。

秦大士蔡侯救圩歌。見水災門。

清豐賢宰篇　湯禮祥

吾師顧涑園太守。曾宰清豐。有惠政。今且五十年矣。其邑中父老禮天竺大士至杭。相率三十餘人。登公堂羅拜而去。余目睹其事。作是篇。

山雞愛毛羽。志士重修名。況乃爲民牧。毀譽尤易成。清豐有賢宰。吾鄉推耆英。憶昔漳衞水。一決連魏城。哀哉城下骨。尙帶蛟龍腥。賑恤招流亡。零丁復零丁。三上河渠書。議格終不行。紀災淚盈紙。鴻雁同哀鳴。公有勘災吟四章。距今五十載。父老來西冷。自言清豐民。我曹皆侯生。侯今喜健在。侯昔何賢能。中有年少子。傳聞自父兄。今幸覩侯面。恨未竹馬迎。或者跽不起。或稽首階庭。或起焚鑪香。或笑或涕零。何以獻我侯。紫棗雜黃橙。何以頌我侯。壽考而康寧。我公前致辭。小惠何足稱。無端念衰朽。而我愧益增。願爾爲良民。願不負太平。手摩父老頂。歡愛如孩嬰。出門尚回顧。觀者塡柴荆。允矣古遺愛。亦足驗民情。民情有如此。願共惜賢聲。

題趙恭毅公頌德遺册

顧敏恆

余少居楚。楚人爲余言毘陵趙恭毅公遺事。公撫楚時。嘗微服偕藩臬之市肆中。問政得失。市人盛稱公而詆兩人。兩人愧汗不敢出一語。公偕藩臬去。頃復還。呼其人謂之曰。若言兩人過。兩人必怒者。然有我在。無恐。因以所攜扇貽之曰。持此謁藩司。則無事矣。明日藩司以扇還公。公徐語曰。人言可畏也。其後藩臬亦奉法。屬縣水災。公與一僕操小舟抵城下。晨輿。坐縣堂。令驚起伏謁。公索米。飲一甌。啜巳卽去。其他所述略與史傳同。後十餘年。獲交公之元孫德生。以公頌德遺册示余。蓋撫浙時。錢唐項君溶所作。噫。公之功。於楚視浙尤大。而楚南無人紀述功德。余因掇拾所聞。敍之以詩。以補楚人之闕。

昔余居楚南。周旋歲時久。時時談軼事。傳自楚中叟。叟云恭毅公。距今百年後。甘棠思召伯。遺愛在耆者。公爲沅撫時。微服暨僚友。從容坐市肆。得失試研剖。人言大中丞。清節世無有。旁及諸在位。如鏡別姸醜。其時藩與臬。愧汗浹衣垢。又言屬縣災。小艇具糧糗。侵晨坐縣庭。階下拜墨綬。但詢民疾苦。供億無所取。槃弧蔓餘種。篁箐逋逃藪。孱黎賴安全。不復困陵蹂。惟公我同郡。跬步及門口。頃交公元孫。益悉先澤厚。出公頌德册。傳世等圭卣。煌煌一千字。文儷與嗣手。撫浙如撫楚。身爲風化首。官方尚廉平。士俗躋康阜。公當聖祖朝。寵遇出人右。史臣譔行事。威烈垂不朽。傳聞頗瑣屑。挂一遺八九。慚無瓊琚詞。詎足比齏臼。

别固原 固原樂府

志去思也 爲固原吏目張傳心作

周有聲

三月十五日。張公去固原。固原人家幾萬口。傾城出餞張公酒。餞公酒。送公行。願公不惜盡一升。平生酒力過大戶。一人一盞公不勝。到瓦亭。到隆德。百姓依依行不得。州官亦有酒如澠。不如村醪傾一滴。百姓且去公勿留。萬人淚作長河流。力田藝黍教孝弟。公去還如公在州。吁嗟乎。官民相視本父子。奈何官去民翻喜。皇皇大吏不得民。張公纔一吏目耳。

吳嵩梁贈丹徒萬明府詩。見守令門。

朱實發頌林令前溪樂府。胡敬林中丞新政。徐寶善泰安徐令樂府。並見善政門。

屠公布

琴塢宰儀徵。教民種木棉。頒織具。民始知織。名曰屠公布。

李方湛

儀之民。男不知耕女不織。縣官憫爾寒。親製繅車頒紡式。一朝吉貝花。開滿東阡與西陌。三日織成布一匹。軋軋機聲燈照壁。縣官誰。令詩翁。經綸小試製錦功。昔曾簪筆明光宫。有客江西販鹽去。道逢鄉人羞紈袴。何似儂家衣織素。君不見。屠公布。

牆下桑

儀徵民習於販私。懶於種植。琴塢課令栽桑。而教之蠶。

又

墻下桑。枝短短。春風吹。綠雲滿。縣官來。一何晚。早知栽桑利績紡。何苦販私罹法網。曉起提筐來江邊。儂家箔上蠶初眠。今年衣定裝新綿。

欒城謠爲故邑令朱承澧作　梅曾亮

朝亦空齋坐。暮亦空齋宿。右詩左書與案牘。時有里正來叩頭。鄉民僕僕。直出直入。閽者蹲躅。有鬬傷案。縣官來看。午時里正報。未時縣官來。縣官入城去。父老始驚猜。從縣官者何。一車一騾。一刑招房一仵作。

時時掘深溝。時時填官路。溝流湯湯。我黍奮張。溝深路高。行人不苦。

溝欲深。柳欲密。中間大路如繩直。此法起自張桐城。劫盜之馬不旁逸。

朱綬永康謠。見賑糶門。

又儀徵令篇。見守令門。

聞楚人述漢陽司馬趙靜山事　馬壽齡

洶洶水勢連人聲。江水欲與城門平。出錢卹民庫已竭。三日暫停命幾絕。萬衆圍官官受訶。不知其意將云何。大府遣民民掩耳。謂爾支吾吾死矣。太守以下善説辭。胥吏駭汗遭鞭笞。司馬聞知飛轎來。民攀轎簾親揭開。衆目端詳一聲好。爛額焦頭都拜倒。道是當年漢陽令。惟所命之吾聽命。爭換輿夫馳到局。長官後隨徒僕僕。司馬呼民民我兒。我能乞米兒不饑。兒命在我兒無違。定以錢數約以期。期較長官所約遠。民反欣欣諾而返。晝夜經營不告勞。哀鴻中澤無嗷嗷。烏虖。民心歸仁在求瘼。欺民朘民徒愧怍。君不見趙青天。已別漢陽將十年。漢南口碑江南傳。

酷吏

葉燮湖天霜篇。見刑獄門。

南山虎刺司牧之貪酷也。

劉文培

南山虎。蹲踞山巔大如牯。眼光射日夜不眠。威勢揚風喜亦怒。食人那管人亂號。君山轉使山爲罟。商賈聞聲斷踪跡。居民忍餓關門戶。嗟爾南山虎。豺狼亦足飽爾肚。爾偏引作爪牙伍。狐狸借爾弄威福。虺蝎仗爾聚林莽。更有倀鬼巧心計。驅爾如羊爾首頫。鼷鼠飲河祗滿腹。血肉淋漓變腥腐。爾止一身爾從多。毒流四境爾豈睹。天民天愛不爾容。明有網羅暗弓弩。肆惡幾時爾何苦。

王環封令化虎行。見果報門。

陳文述苧衣篇。見刑獄門。

清廉

典裘歌

錢澄之

江南開府駐東吳。門冷如冰自昔無。舉家盡食江船米。吳中水外無所需。錦衣珍饌久寂寞。閒卻驌驦裘不著。有時典錢贈故人。官高衣服寧嫌惡。中丞意氣舊豪華。特惡吳中風俗奢。表率樸素自身始。一時民吏爭咨嗟。卽今著出大布好。閭閻競羡儉爲寶。過市羶貂殊足羞。不衷妖服迹如掃。一裘價重値幾金。典裘務慚墨吏心。卽使裘去還堪贖。典裘爲挽奢淫俗。不然羔羊素絲節亦小。區區潔身何足道。吳人言此一裘關係多。邀余爲作典裘歌。

賣船行 爲施愚山參議作

程可則

湖西使君淸無比。一官但飲湖西水。湖西之水淸粼粼。照見使君亦如此。使君初到湖西時。千里百里紛瘡痍。使君掌上作霖雨。調和二郡無嗟咨。幾年教訓兼生聚。只有官貧尙如故。政成不牋買山錢。曰歸且賣扁舟去。君不見世人作吏徒碌碌。衣馬輕肥及僮僕。管取千航捆載歸。那知一路呑聲哭。歸來治湖還治山。山水全移几案間。藏春屋傍芙蓉塢。載酒人過楊柳灣。轉眼桑田不相假。荒臺絕磴哀湍瀉。父老徒傳虎政名。兒孫半是鶉衣者。羨君官貧百不憂。愛君身閒能遠游。卽今惠聲滿江楚。賣船豈曰非良謀。重尋一葉垂竿去。與爾散髮凌滄洲。

嚴我斯嵺水謠。見循良歌頌門。

惡溪漁父行

顧景星

昔有漁父賢。鼓枻湘江邊。今有漁父賢。辭金惡水川。惡溪信自惡。白浪翻蒼天。行估泣相弔。櫓楫漂雲煙。釣竿罥籯簏。幐帶相鉤連。長跪白府主。府主仁且廉。封題竟如故。持付司庫員。明歲粵賈來。捧籯涕漣漣。中有雞昧犀。翡翠鋪金鈿。名珠勝果核。一一珠絨穿。何以報府主。鍼角雙屈卷。何以報漁父。絲繩貫青錢。府主謝不有。漁父辭亦堅。淸風化饕餮。此事甌人傳。繡衣按部至。彰癉職所專。蘆中樹棹楔。菰影來旌旃。我歌漁父引。遠繼雁門篇。借問府主誰。松江周茂源。

張南山聽松廬詩話。淸乃居官分內事。淸而不勤。其弊有不可勝言者。陸麟度詩云。黄昏縱謝四知金。白日虛縻五斗粟。此語足爲廉吏而素餐者儆。

貪黷

井金行

邢昉

趙文室者。奸相馬氏之書役也。官至左都督。氣燄赫赫。丙戌春。於其宅井中淘金不可數計。入于官。方坦庵先生作井金行。余亦繼作。

石欄斑駁苔生井。井上轆轤尺百綆。轆轤汲盡井中水。纍纍黄金出井底。百人荷擔萬人觀。皮冠豹舄多大官。擔夫流汗官嘖嘖。馬蹄爛熳光成團。入井出井剛一載。炙手熏天氣安在。白玉橫纏斷養身。黄金那不委埃塵。井旁側近西宮路。憶昨六龍從此去。丞相虛傳匽蹕行。輿臺爭指淘金處。

孤兒行

田茂遇

孤兒啼聲何淒然。問汝啼何爲。長跪答言。父爲南海太守。淸廉不枉取一錢。嗚騶吹角。大吏巡邊。前導到部喧然。晨報謁不得前。夕報謁不得前。急從販繒者貰縑百聯。獻之幕府大不歡。曰此邦舊有百斛珍珠船。大吏朝去境。夕拜餞。守此海邦。另擇名賢。烏白鷺黑。上下茫然。父羈南海不得旋。客死歸黄泉。兒負嫠母。跋涉山川。乞食路間。望見大吏。嗚騶吹角仍巡邊。猗嗟父骨歸何年。

擬秦中吟素絲 儆墨吏也

張英

我聞壽春令。始駕牛車來。三年報政去。仍駕牛車回。一犢且不攜。留置清池隈。于今入仕何草草。橫將民社營温飽。眞謂五色石。可以補蒼昊。眞謂精衞力。可以塡浩渺。向使貪吏長子孫。負郭千頃高於門。饜額不受鬼神瞰。車中薏苡今常存。胡爲乎昔人祇自苦。萊蕪釜內無饔飧。君不見鸕鷀十百魚舟上。日日爲人涉風浪。長喙徒勞腹苦饑。幾曾飽食還飛颺。何如白鶴遊青田。少飲少啄全天然。

效樂天體詩　劉青藜

富家衣綺羅。貧家衣布素。綺羅不自織。布素手親作。朝朝采棉花。夜夜擘破絮。紡車札札鳴。兒啼不暇乳。待到機杼登。辛勤知幾度。可憐釜甑空。嗷嗷嗟四顧。眼前饑欲死。遑恤襦與袴。抱布易斗粟。八口且沾飫。白望巧相逢。揚言收官布。値十不償一。欲語恐嗔怒。獻公分所甘。枵腹將安措。官本千金軀。此物寧堪御。似聞載還鄉。奇貨從此寓。吁嗟胡威絹。吁嗟沈香渡。此風久寥落。已矣將誰訴。

坐賈囊無錢。力耕村無土。窮民何所業。餬口資網罟。悉索雖多門。誰知到水滸。輪日輸官庖。簽名爲漁戶。官久厭雞豚。鮮鱠登盤俎。日日攜網去。泝沿徧浦漵。絕流澤已竭。喁噞息水府。大魚騰波去。蝦蟄歸何許。徒手詣縣門。再拜聲酸楚。怒發如迅霆。白梃落如雨。

石韞玉雙旌謠。見權奸門。

金穴行 按此是紀嘉慶初元誅和珅事　蕭掄

步障四十里。珊瑚六七尺。黄紫千萬標。胡椒八百石。好官不過多得錢。君家望近尺五天。但願聖王千萬歲。臣亦富貴終天年。富貴君已極。風波詎可測。一朝鼎湖龍上天。欲作富家翁不得。銅山崩。化作浪。金穴成。還自葬。當時理財由相君。得寶比龍藏。一州蒲桃酒。一郡金蛇餉。金珠十瓶吴越來。女樂二八鄭人貺。金吾吏士來入門。一一簿錄歸天上。法吏嘵嘵言。汝何帝恩忘。汝本羽林一衞士。超拜侍中郎。一年登九列。十載中書堂。謂將倚汝作股肱心膂。而何惟似商賈之多藏。錢愚一篇論。冰練三尺強。可憐鄧通一簪不著體。依然窮似黔婁亡。

權奸

雜興

趙賓

我歸自關西。驅馬北邙山。山上貴人墳。縱横盡成田。上有樵牧歌。下有狐狸眠。翁仲纏蔓草。贔屭冪寒煙。斯人昔未沒。出入帝王前。片言能死人。隻手可障天。寧知千百載。零落草壤間。

魯曾煜跋扈行。見將帥門。

感事三首

胡雋年

煌煌太阿劍。隻手乃獨把。庶司百執事。材盡出其下。胡爲寵賂章。忍以名器假。苟非際盛世。且指鹿爲馬。失勢不崇朝。傾家同裂瓦。早誦都盧篇。能弗淚如瀉。

多藏者厚亡。天道猶轉轂。理財而專利。鼎已折其足。能聚不能散。曷貴金與玉。身家日以肥。民命日以蹙。豈惟怨之府。實乃禍所伏。鄙哉齊慶封。天富非爲福。虎踞山之陽。羣狐伺其側。藉虎狐假威。藉狐虎添翼。虎斃羣狐奔。伏莽畏見日。倚託權要門。良由寡達識。趨利適賈害。尋枉無尺直。何如勵清操。碩果終不食。

雙旋謠

石韞玉

雙旋搖搖辟路人。白面少年乘朱輪。道旁觀者屏氣立。云是中朝執法臣。去年治獄河南道。太守郊迎先進寶。河堤使者禮貌輕。一紙封章達天表。財入縣官身戍邊。草索牽連及襁褓。今年星軺臨濟北。守令聞聲齒先擊。但願使君勿作威。不惜兼金萬千鎰。城西車馬喧如雷。騶卒傳呼使節來。肥甘充庖馬盈廄。百官旦夕趨行臺。守令入門望塵拜。小大之獄評價賣。大獄論萬小論千。聽者遵依不敢懈。執法之臣善弄法。睚眦必報心始快。濟上人家閥閱門。仙李千年子姓繁。富者守財貧者怨。訟牘到臺達九閽。米鹽淩雜家人事。曲直亦煩使者論。使者巡方訪風俗。心知此家頗饒足。弟兄通籍在金閨。庫有金銀倉有粟。事權在手令便行。兩造鋃鐺同坐獄。膏粱子弟習宴安。誰料一朝遭僇辱。人道使君折獄明。使君獄憑金重輕。匹夫無罪懷璧罪。至此須令谿壑盈。谿壑雖深塡尚易。使君大慾殊難遂。十萬不足五萬餘。方保兩家各無事。兩家無事各無言。使者歸朝報至尊。封疆大吏多闒茸。微臣所讞民無寃。天子臨軒賜顏色。舉朝若箇如卿直。宮中府中積弊多。百事皆資卿整飭。從古強梁有盡時。高高上天聽則卑。譖人在位千夫指。中外藉藉多微詞。禍機一發不可避。露雷無私待時至。時至回天技亦窮。百口流離五刑備。緹騎到門妻子散。狼藉金繒堆滿地。內而臧獲外田園。一物以上皆入官。哆囉呢積一千版。他物稱是不待言。天子臨軒親決問。問汝譸張實可恨。平時歷詆衆公卿。汝身何自干國憲。褫去朝衣赴東市。朝士咨嗟國人喜。乃兄乃父皆賢良。何緣出此不才子。十載君恩忍負心。家破身亡竟如此。

世祿

雜詩二十首之一

朱彝尊

男兒一墮地。弧矢射四方。家有驥千里。豈戀苜蓿場。威鳳鳴啾啾。千仞肆翱翔。覽輝一以下。百鳥生儀光。圈牢有養物。毛鬣分柔剛。受豢施刀俎。逸欲乃見殃。馳景殉易馳。安樂不可常。奈何當盛年。白晝處帷房。

少年行

孫枝蔚

少年不讀書。父兄佩金印。子弟乘高車。少年不學稼。朝出烏衣巷。暮飲青樓下。豈知樹上花。委地不如蓬與麻。可憐樓中梯。枯爛誰論高與低。爾父爾兄歸黄土。爾今獨自立門戶。爾亦不辨畝東西。爾亦不能學商賈。時衰運去繁華歇。年年大水傷禾黍。舊時諸青衣。散去知何所。簿吏忽升堂。催租聲最怒。相傳新使君。憐才頗重文。爾曹不識字。張口無所云。鬻田田不售。哭上城東墳。昔日少年今如此。地下貴人聞不聞。孫鋐曰。此詩可爲紈袴子作傳。

時世公子行

唐孫華

昔聞承平貴公子。軟裘寶馬誇遊敖。翠蛾十樣流蘇帳。綠蟻千盃琥珀醪。呼盧博簺窮晝夜。百萬一擲同秋毫。門下養客獻諂笑。共沾殘瀝餔餘糟。當時物論重文士。白癡紈誇紛訾謷。於今此輩那復得。豈非濁世眞賢豪。今時公子生貴甚。意氣欲逼青雯高。家藏金穴自封閉。仰食俯取仍貪饕。銅山恨不移屋底。錙銖計算爭錐刀。摸金厚地富媼泣。探珠滄海鮫人號。爪牙四路布倀鬼。白晝攘攫窮搜牢。桑間欲奪靈輒食。寒食思褫范叔袍。一錢仍望還蚨母。半李亦欲分蠐螬。幸舍窮賓冀餘潤。妄想欲刮僂句毛。僂句。龜名。見左傳。蘇詩。刮毛龜背上。何時得成氈。王符到門驕不起。狡童入戶掘迎勞。粗涉兔園弄筆墨。便薄沈謝輕劉曹。生獰面目驕橫色。如睹魑魅逢山魈。嗚呼。往時公子不可見。江河日下流滔滔。

公子行　陳　章

未登仕版籍門資。玉筆丰儀正少時。下直朝官多拱揖。出營裨將半追隨。百花堤上嘶金勒。萬燭堂中列翠眉。可惜一丁全不識。他年何以佐雍熙

驕癡子　趙嘉程

懵懂驕癡兒。所務衣裝好。不識世路難。不恤人心惱。但圖己適性。那管行違道。苟挾富貴資。復立榮名早。反觀多昧昧。視物殊草草。利欲既熏心。是非盡顛倒。習慣不可移。知非難自澡。一旦失所憑。將恐身不保。

公子行　銘　岳

紫貂裘輭壓金韉。青絲倒控珊瑚鞭。翩翩公子長安市。隨宦當時正妙年。朝馳白玉坊。暮宿青樓邊。青樓妙伎豔歌舞。翠管銀笙列綺筵。一宵拚醉三百錢。一曲常拋十萬錢。座上有狎客。客中多博徒。錙銖分燕雀。呼喝成梟盧。四緋弄色轉銀盌。雙燭搖光照繡襦。美人纖手數籌馬。輕挑慢撥盤中珠。盤中珠落美人笑。夜半但聞公子輸。黃金供客無賓主。金盡牀頭揮似土。誰從別院買芳春。仰視晴空過卓午。向年公子豪且癡。今年公子寒且饑。滿竈但煨新榾柮。一冠徒整高接䍦。妻孥聚泣苦無奈。窮愁不死生何爲。吁嗟乎。我爲此歌心骨悲。座中長老咸噫嘻。但言公子初貧日。甚似而翁未宦時。

題劉彥清莎廳課經圖　陳來泰

我老閱人多。習見紈袴郎。經史束高閣。絲竹鳴便房。握手到廝僕。背面笑老蒼。白腹了不愧。青眼非所望。問胡遽如許。家世多輝煌。翩翩作公子。裘馬宜清狂。及時好行樂。佔畢曾未遑。我聞悲作吏。碌碌多怱忙。不暇課子讀。況遣斯民康。劉公古循吏。溧水留甘棠。令子弱而文。課讀聲琅琅。治習眼不挂。古意胸乃藏。劫來感風木。莎廳成滄桑。繪圖寄我題。發我時世傷。願君紹清芬。治經日擇剛。勉爲循吏子。華國蔚文章。

張南山國朝詩人徵略。番禺李秋浦鱗摘句。東鄰紈袴子。謂富可長據。珠玉飾轡鞍。綺羅賜僕御。鳴鞭入章臺。千金買一顧。烹庖滿珍錯。猶謂無下箸。物力不愛惜。天地亦震怒。一朝勢運衰。親戚等行路。見人自赧顏。乞食墦間去。當其祖父時。辛苦歷霜露。可憐陰雨夜。啾啾哭墳墓。

仕宦

誚讀書

吳震方

古人重讀書。貴不問生產。今人亦讀書。生事不可緩。貲簿爲卷帙。會計當編纂。不惜捐黄金。立可登仕版。獲利相什伯。千萬心未滿。層累更急公。紫綬僚蚤綰。子弟又爲卿。骨肉少閒散。立賢固無方。何必資料揀。貨殖走通都。甲第起華館。懷清財自衞。天衢亨且坦。短檠讀書人。眵澀昏兩眼。欲叩閶闔門。趦趄淚潸潸。

哀巧宦

又

朝廷設官位。掄才到寒微。下者司民社。上者筦樞機。苟受祿養恩。敢與初心違。奈何宦達者。竟爲高賢譏。取民若狼虎。任事若脂韋。一朝謝朝請。解組懸高車。金貲溢府庫。僮僕皆輕肥。高居鬼神若。故人相見希。豈無貧賤交。肯恤寒與饑。逢人輒患貧。不知衆論非。朝言乞米去。暮道典衣歸。一聞乞假言。怒發不可磯。己身錙銖惜。子孫泥沙揮。百禍集其門。朝露見晛晞。哀哉宦達者。無人爲歔欷。

罷官行

繆嗣寅

九重詔下收印綬。身離公府不敢後。部曲散盡還其家。皁司誰復來趨走。相逢盡道不相識。半是平生膠漆友。街吏傳呼導騎馳。煌煌飛蓋生光輝。新官銜命赴官所。行人斂足避路歧。舊官去年初到日。曾似新官今日時。

長安富人行　　沈名蓀

長安富人多似昔。九陌三衢馬連跡。不爲大賈非行商。謁選銓曹新貴客。往來氣概終粗豪。衣冠炫人僮僕驕。那須幾日相馳逐。金水橋邊掣籤速。名州太守大邑宰。腐儒小生敢相觸。擔夫觀者弛擔驚。多金遂成仕宦名。腰下破囊勤積貯。行看我亦爲官去。

應澧堂官歎。見用人門。

飛過海　　王蘇

挂官籍。浮宦海。登科者。蠶甫解。入貲者。寶未采。承蔭者。張帆快。求薦者。艤船待。惟有吏員官可買。姓名鄉里無庸改。不須著役滿三載。從朝至暮飛過海。飛過海。到彼岸。岸上上官青眼看。一旦脫身簿尉間。飛入城來毛骨換。人海中閒據高坐。鞭撻平民索財貨。青蚨欲飛飛不過。

需次吟　　李春

我聞子輿言。士爲貧而仕。仕可以療貧。貧豈能困士。今也仕爲貧。仕久貧無止。典宅賣良田。養親乏甘旨。負累及弟兄。俯仰愧妻子。豈惟詠無魚。脫粟雜穅秕。亦且歎無衣。縕袍與敝屣。車馬門前稀。寅僚淡若水。今年似去年。明年復如此。亦有得意人。腰金復拖紫。夏葛而冬裘。錦繡雜羅綺。貧富每相形。交情由之起。奔走向權門。用盡逢迎技。既見百拜求。未見鞠躬俟。但得邀垂青。片語千金抵。何者是官方。何者曰廉恥。忽然操事權。捧檄津津喜。變態萬千端。秃管莫能擬。不如安我命。

舉步循其理。不如待我時。中立而不倚。藉免齷齪名。笑罵傳鄉里。

丞簿歎　吳振棫

丞耶簿耶滿街走。安得車前馬如狗。臺參大吏排作行。頷之不能辨誰某。一翁坊西住廿年。坊東一翁來在前。妻孥信斷童僕散。三旬九食廚無烟。幾回曠蕩推恩例。多少豪家起投袂。朝來謁客名刺新。璘瑞雜佩穩稱身。卻思廿載前頭事。翁亦珍裘寶帶人。

聽松廬詩話。李介夫如筠與漆雲窩先生同賦宦海詩。李云。長風萬里思宗慤。寄語書生莫膽寒。漆詩則云。中流成敗知多少。都在漁翁冷眼看。

附錄 人海歌　張興烈

車如雞棲馬如狗。街前撲朔達官走。折腰可憐米五斗。脚韈手版塵土厚。正平懷刺翩然來。毛生捧檄非其才。羊頭羊胃半侯尉。招賢不用黃金臺。在山泉清出山濁。大海枯魚悲刺促。斗量車載恥無名。入座應歌貂不足。座中有客心慨慷。聞雞起舞夜未央。封侯豈必盡豪傑。立身矮屋徒自傷。狗監知己安可得。長卿餓死羞貲郎。拚飛未免墮枳棘。當道況復多豺狼。吁嗟乎。雲路升沈困飛躍。流涕窮途拚寂寞。餌朮餐精如可樂。北山移文不復作。

清詩鐸卷十九

考試

試院述懷奉同事諸君子　鄂爾泰

乾隆歲壬戌。二月舉賓薦。再命領春闈。惕息彌驚憚。白惟荒落姿。學植無偏擅。況乃衰病牽。心搖目昏眩。聚奎仰高堂。旁求殷祕殿。特此衡量才。奚翅憂咎譴。所願同事賢。深感皇情眷。分校十八人。一一瀛洲彥。學優行尤方。力充才不炫。流派窮淵源。元音審正變。從來科目場。功過常居半。毦飾風標。鹵莽矜月旦。論文貌雌雄。憎命形歡歎。文章品類殊。穢潔各眞贗。拙樸合離奇。穠華並孤幹。或瘦而溫腴。或短而精悍。但令氣味存。妍醜皆生面。凡有瑕與疵。吹求自躬先。惟虛明斯生。惟明公斯現。虛明兩或虧。一公詎能判。無心以爲心。見見原非見。勗哉熨貼平。庶以答恩眄。

己酉福建闈中閱卷示同考諸君　陳浩

校文同靜夜。不覺漏聲沈。官燭三條影。寒窗十載心。秋風多健翮。流水待知音。政恐泥沙底。玄珠未易尋。

考棚儆宮吏　周霱

有妄希貪緣者。私諷家奴。余憫其愚。思曲宥而善全之。然不可不明示懲儆也。乃於覆試諸生日。設瓷盌公案上。注水滿之。令其人捧而擲諸堂下。彼則愕然。余謂曰。爾惜之乎。爾身弗惜。而惜此區區者乎。卒使擲之。復謂曰。一經敗壞。能復全乎。吾與爾猶是也。忘身徇賄。直鴆酒止渴耳。其人免冠謝。涕泣悔罪。遂宥之而作是詩儆之。

美瓷擬玉石。清泉表潔白。注泉盈瓷盌。捧持防顛越。無心或偶誤。有心誰棄擲。情事所必無。智昏竟荒惑。棄擲爾奚疑。爾身且弗惜。吁嗟乎。爾身弗惜余心憂。爾不見瓦裂不復全。水覆不復收。爾身弗惜余心憂。

庚辰春闈聚奎堂用壁間明人韻錄二　蔣溥

槐陰九席正春深。肅肅高瞻儼帝臨。勉以虛公酬主遇。誓將辛苦選儒林。燭華尙憶三條跋。漏點徐聽五夜沈。舒眼敢云眞賞在。但無成見即平心。

運際重熙雅化深。賢關曾荷聖人臨。從今不薄邀天語。乾隆九年十月。上幸貢院。御製詩四章。有從今不薄讀書人之句。今恭刊於至公堂。振古爲昭式藝林。一世功名歸理數。片時得失聽升沈。請看案上糊名卷。盡是風簷寸晷心。

按袁枚隨園詩話載。蔣苕生分校禮闈。作詩云。再然犀炬照波心。恐有遺珠碧海沈。記得當時含木石。十年辛苦作寃禽。朱香南子年有句云。寄語羣公高著眼。靑衫明日淚痕多。余甲子分校。亦有句云。帶入秋闈示同作。當時落第淚痕衫。趙懷玉亦有生齋筆談。記常熟汪東山修撰繹闈中分校三絕句。曰。三更獨自卷簾坐。皓月靑天見此心。曰。敢恃平生粗意氣。誤他燈火又三年。曰。不知爨尾留多少。待遇中郎已半焦。人傳誦之。

又按。張文和公廷玉澄懷園語。記丙戌分校春闈。有同事人以微詞探余者。余逆知其意。因作闈中對月絕句四首。中有云。簾前月色明如晝。莫作人間暮夜看。其人覽之。懷慚而退。士林頗傳誦焉。（以上二條皆摘句。非全詩。故附錄之。）

貢院蓬號詩呈觀風使焦公　　羅天尺

雍正十年秋。是歲爲壬子。岐西鳴鳳皇。山東產麟趾。德與至聖孚。卿雲生闕里。泰運兆文明。甌駱亦蔚起。粵地位南離。萬人應大比。號舍不能容。編篷竹爲壘。上自至公堂。下至龍門止。甬道分東西。三千尙餘幾。士子魚貫進。執卷細諦視。吏人曰瓦號。不啻千金市。我也逐隊來。任運無希企。乃坐甬道東。位列龍門尾。掌管導我前。揮旗遙相指。丈室爲一區。區列五十几。几外路旁行。短籬界疆理。通望數十區。蜂房略相似。有如居肆客。喧豗列筆紙。不則發童蒙。包書共觸抵。席外環火爐。雜沓呼湯水。鄰生偶動觸。墨漬滿行裏。相戒勿橫肱。三年一望此。況罹水火災。兩端靡所底。天陰虞雨漏。燭炎防風駛。捫腓蝨舐膚。伸頭竹集矢。救死尙不遑。作文餘事耳。因思聖朝恩。惠愛被多士。廣額復加科。增費弗云靡。豈惜屋數間。大庇寒士體。毋乃九重高。未悉此原委。因作篷廠篇。上備輶軒采。

分校　　袁枚

沈沈棘院華堂開。戰酣萬蟻鱗甲來。主司峨冠南面坐。簾官綈几東西排。一十八人眼如漆。一十八枝筆植鐵。硃字迷離照眼紅。疑是諸生心上血。披沙揀金金未收。暗中默禱心中求。榜後但聞舉子怨。此時誰識簾官愁。百鳥叢中一鶚見。再拜親標某官薦。朱衣可得點頭無。偷眼還看主司面。孫山以外雖漫漫。我誓加墨心才安。紅勒欲下不輕下。訓誨還當子弟看。可惜一卷文超羣。五經紛綸井大春。主司搖手道額滿。怪我推輓何殷勤。明知額滿例難破。額內如渠有幾個。獄底生將寶劍埋。掌中空見明珠過。吁嗟乎。科名有命文無功。君不見李方叔。蘇文忠。

南闈揭曉日示多士

裘曰修

門外青袍如立鵠。十年前記此間過。自維舊業成荒落。端藉新知與琢磨。卷裏蟲魚催我老。榜中龍虎得人多。只愁結就珊瑚網。別有遺珠可奈何。

和貢院詩

竇光鼐

三條漏盡夜深沈。嚼徵含宮費苦吟。誰似賈生能策治。漫希揚子好思深。圭璋有價諧都市。粱棟須才訪鄧林。自古人文關國運。虛公端合體皇心。

乾隆甲子。上幸貢院號舍。聖製七律四章。有志聖賢志須當立。言孔孟言大是難句。一時館閣大臣競和難字。相國史貽直云。漏殘蠟淚終宵易。筆走蠶聲得意難。于敏中云。若論觀國非容易。語到知人哲最難。嵇璜云。五色賦成迷目易。三條燭燼稱心難。尙書汪由敦云。披沙不道求金易。抱璞應憐獻玉難。侍郞勵宗萬云。盡除積弊持衡重。特命新題剏說難。見李調元雨村詩話。

涖楚訓多士作擬香山新樂府九首錄五

鮑桂星

苜蓿盤　勵學官也

苜蓿盤。何闌干。廣文先生對之起長歎。先生勿歎聽我語。一粟一絲君賜予。俸錢雖薄官稍卑。道德自尊貧亦膴。紛紛銅墨謁上官。起居曲跽誰敢愆。先生長揖告就坐。師儒之體猶幸存。青青子衿在城闕。佻兮達兮莫敢遏。先生呼來夏楚之。俛首何辭受嚴罰。朝廷待先生。置之籩豆磬鼓間。不使鸞刀漫腥羶。士子於先生。無異父兄耆長然。要須儀範自我端。儀範端來師道立。弓就排檠繩縮直。種成桃李芟荆棘。夕聽絃歌夢亦清。朝吟詩句饑忘食。饑可忘。食何有。苜蓿味長君憶否。君不見湖州教授胡先生。經義治事兩齋千載垂令名。

鳴講鼓　儆多士也

鳴講鼓。升講堂。圜冠方領紛濟蹌。列聖謨訓何洋洋。論孟四子存篇章。次第進講語焉詳。講罷揖退趨負牆。使者呼來前。諸生吾語汝。汝聽講書作何語。煌煌臥碑與聖訓。洙泗鄒嶧心同苦。百五十載貽哲孫。又十六年教澤新。曰正人心厚風俗。於爾多士尤諄諄。總以闡揚聖祖神宗金玉言。金玉言。君聽取。聽取以心勿以耳。植品須教砥璧圭。讀書豈爲榮簪組。根源孝弟醇行百。糾殫夙夜嚴刑五。掘井及泉山覆土。拙不能巧將勤補。不爾何勞鳴講鼓。

雀角　憫獄訟紛而士習斁也

雀角穿我屋。鼠牙穿我墉。周時南國偶有此。奈何今日士子沿成風。使者下車纔幾日。紛紛積牘堆成帙。使者弭節不數旬。每出必有遮輿人。一張訴牒輕如羽。朝入縣衙暮開府。未曾讞鞫先遁逃。不然上擊登聞鼓。就中豈無覆盆冤。冤者不如僞者繁。嗟爾書生何事逞刀筆。可憐只爲身饑寒。饑寒未除先僇辱。脫去青袍著囚服。抛棄交親離骨肉。使者吞聲爲一哭。

坐堂皇　嚴扃試也

坐堂皇。堅坐不動形枯僵。自從四更點名籍。東旭坐到西斜陽。旁人語使者。何不暫入房。何不偃在牀。使者答言君不曉。君看堂下坐者人多少。叉手成文有替人。隔牆傳信憑飛鳥。不坐堂皇可奈何。坐來猶恐疏防多。昔年豫州堂皇坐。摘奸發伏紛如麻。饘於是。粥於是。甲乙丹黃悉於是。一心兩眼坐忘勞。剔除百弊當自此。百弊何能不一藏。畢竟此法嚴關防。自今勿憚坐堂皇。

鎖院燭　述衡校之苦心也

鎖院燭。光熒熒。膏銷燄短翦復明。中夜千卷披縱橫。縱橫千卷往而復。沈吟未肯投廢簏。不是沈吟不肯投。我祖曾爲閩嶠遊。歸來一臥三十載。我乃七踏金陵秋。金陵三條鎖院燭。燭淚爇乾人淚續。人有升與沈。淚無昔與今。昔淚泣我掌中硯。用范喬事今淚悲君爨下琴。零珠斷璧不忍棄。況乃全篇錦繡佳文字。佳文一卷不入眸。誓教雙眼成枯翳。烏虖。此情那許他人知。惟有鎖院之燭能喻之。燭花灺盡榜花發。是我抽毫覓句時。

寄蕭史樓殿撰錦忠　楊彝珍

時好日以頗。科法因之弊。下品置晁董。上第擢鍾衞。繆種滋流傳。波點競姸媚。不知筆吏徒。奚贊休明治。

林昌彝詩話曰。道光庚戌歲。御史戴絅孫奏。殿試策以條對剴切爲主。宜刪去繁聯。不拘定字數。且勿專尙楷法。奉旨允行。楊性農庶常此詩。可謂切中時弊。

訓士愛士

粵西城中創立義學十七處

陳元龍

始余入粵城。寂不聞書聲。今余巡粵城。絃誦聲已盈。彷彿身遊鄒魯間。不似灕江與桂山。問云一十七處之義塾。童冠濟濟講讀無時閒。文翁化蜀蜀士盛。常衮教閩閩俗正。人材不擇地而生。願爾家家師孔孟。

學校歎

徐昂發

先王制禮樂。學校惟宏綱。四代學固殊。數亦冬春更。擇賢以教士。柔養使自臧。笙匏歙雅頌。盤辟執籩筐。磨揉速躁心。優游俟其成。周衰王道缺。聖教罕翼匡。學官與弟子。器習義則亡。有識隱山澤。六經自擕將。諸生就習禮。絃歌滿廡廊。當時稱極盛。鄒嶧西河鄉。永平置辟雍。番夷爭受經。太平飾美觀。庠序卒未宏。文皇崇先聖。闕里專祭祊。皇族及郡國。横舍增千廂。七營飛騎衛。生徒列成行。開元毁先典。道舉歎雜龐。宋世學具設。熠然文治昌。師嚴道迺尊。立法蘇湖良。廣内賜九經。睢嶽廬嵩陽。耆儒隱不仕。若揚孫潁常。舉命教本州。薰德多才英。沿流逮有元。餘韻猶錚錚。書院山長設。壹以德行揚。斯風漸漸滅。擇師弗審詳。博士空倚席。弟子徒面牆。矧乃資格破。敝笱懸魚梁。皋比設講座。三揖升黌郎。用頑以治哲。用闇以訓明。譬如飾瓦甓。而欲琢球璋。其號稱職者。帖括爲士程。亂似蛙蛤吠。細若蟈蚓鳴。豈知咸莖奏。拊翼交鸞皇。在昔立學初。陳義何深長。德藝爲種耨。棘寄爲隄防。制度久淪墜。禮意多愆忘。明堂高峨峨。辟雍水洸洸。誰定太常議。三古追頡頏。

敷文書院示諸生　金甡

古人重德器。學問徵威儀。威儀以定命。爰繫身安危。衣冠貴整飭。敬慎惟福基。乍慕子衿盛。短後俄肩差。急裝從役便。故非逢掖宜。今來日初上。廣廈延清飀。按籍授之卷。禮度期矜持。白袍疑立鵠。帽脫襟已披。我方抗顏坐。詫爾還自嗤。正如演村劇。參軍踞牀癡。聚觀無體貌。掩骭羣兒嬉。吾鄉擅文雅。修飾多溫其。云何禮法地。喬野忽至斯。三朝勤樂育。謨訓長昭垂。章身蚤屏棄。相鼠忘歌詩。他年青雲上。隨方擁皋比。諸生有如此。能勿指瑕疵。自反務進德。介福神所司。

題盱江書院壁　翁方綱

我再來盱江。重借琴城宿。淵源千載意。寤寐籌之熟。此邦富秀良。天意栽植篤。山川含粹精。人文聚清淑。所貴於經術。非爲炫巾簏。必有眞光芒。貫串汗青竹。古人破萬卷。所以日三復。緬惟直講公。類槀編更續。況乎集隆平。何減校天祿。上接匡劉揚。司徒掾所錄。一稟於儒林。陳常樹之轂。後賢當如何。崑嶠日剖玉。中和樂職詩。侁侁徧閭族。風暄講堂側。日聽絃歌肅。西江第一郡。陶冶深卷軸。質厚以爲本。箴銘誦山谷。

書學署批詳存稿後　褚廷璋

州縣於事涉生監功名者。例申三院。學政亦得察核。分別准駁。舊由稿房吏擬批。大半依樣葫蘆。仍候督撫示繳而已。余閱招册不盡得當。逐細指究。期無枉縱。另文咨督撫。幸慮懷共濟。事多平反。作是詩。○視學湖南作。

學政持文衡。敎養責兼舉。懷刑君子素。速獄愼雀鼠。讞成待稽閱。經心幾迎距。出入輕重間。慮中戒莽鹵。於義有未安。模稜亦何取。孰精律例旨。詞不憚覼縷。親民父母官。堂下託咮怙。求伸反得屈。語激或逢怒。每以瑣細因。被斥過難補。原情示矜宥。勿使魚入罟。般般樹人意。所幸衆咸覩。回頭語多士。束修其自努。鈞金凜前塗。愼勿恃恩撫。

書學署批呈存稿後　又

學政按臨。試前例得放告。每棚呈狀約數十紙。凡關涉生監行止宜究辦者。批交提調官查報。其大較也。余思學政於諸生如父兄於子弟。有敎化之責。遇案涉倫常事。每於批究外。躬親傳訊。委曲譬曉。俾無終訟。幸諸生能覺悟聽從。多感泣悔罪全倫者。立取遵依銷案。是知人無不可敎。在司敎者盡心爾。作是詩。

三年多士師。瓜期卽受代。怱怱馳試節。丹黃勞殿最。初當釋菜辰。後及簪花會。駢肩或企踵。次第受諄誨。所嫌日力短。過此少酬對。家庭始倫紀。姱修或滋纇。展轉煩兩辭。將毋拊衷愧。招來函丈間。開示首敬愛。惟蘄理明切。不厭辭瑣碎。心輸淚與俱。芒刺疑在背。誓當勉蓋愆。終身佩箴誡。忠言固易入。曠若發蒙瞶。卓哉至人訓。有敎自無類。矯首堂額懸。余心庶常在。

示諸生　劉錫五

居處不衣冠。人道而牛馬。國儉示以禮。責亦在儒者。我偶乘輿出。有人避道左。短衣不掩骭。跡類叢笑裸。顧我爲咥然。非他秀才也。書生多苦寒。豈必服瑳瑳。三澣固無傷。巾帶關風雅。焉有儒行儒。甘效野人野。

示高安諸生高安卽遠安縣

詹應甲

俗儒誤講章。俗吏困塵案。所言與所行。精神皆不貫。讀書如讀律。有本非武斷。不學同面牆。違道必越畔。諸生守章句。經史涉河漢。强之始作文。其文多腐爛。修辭不立誠。何以樹骨榦。三復昌黎言。陳言去其半。

阮元行賑示官士詩。見賑饑門。

鮑桂星示楚士詩。見考試門。

士囚歎

錢師曾

可殺不可辱。士氣固要伸。所以懷刑者。凜凜保其身。昨日過府治。鞫囚鐍中門。敲扑聲徹外。哀苦不忍聞。借問訊何盜。云是庠序人。哀哉蹈非辜。道路語或眞。川潰不可遏。冰堅不可溫。士林鬱然歎。相顧恥冠巾。國家恤刑意。累朝養士恩。甚知長官恕。甚戴長官仁。長官坐臺府。讀書致青雲。一息同氣愛。豈無惻隱存。我聞古治獄。福祿流子孫。往事旣已遠。毋貽來者寃。作詩告有位。倘鑒無罪言。

贈宋小茗學博

王　槐

吾聞一命士。其力足及物。而況聖人官。教化所從出。廉恥立大防。詞章已微末。今來士風衰。往往本實撥。先生秉鐸往。規戒首宜揭。春風化雨敷。生意已勃勃。文風一丕變。先民自炳蔚。勿嫌冷官冷。終勝熱手熱。

胡敬林中丞新政詩第五篇。見善政門。

冠蓋里 勗士子也 襄陽吟

周凱

峴山南接羅川水。華蓋朱軒連迤邐。經明行修重漢科。中多卿士及刺史。荆州行部歎羨之。豐碑大書冠蓋里。忠孝芳名直筆留。節義崇坊行路指。英雄已説王仲宣。耆舊又傳習鑿齒。我朝聲教邁前朝。入學莘莘歌胄子。襄陽文章淵藪稱。休説令難往古比。願修爾行明爾經。讀書豈爲科名起。科名之貴亦在人。大端忠孝節義耳。不須攻錯借他山。以古爲鑑鑑桑梓。君不見冠蓋里。

學箴六首示諸生

張履

先哲有言。志存高遠。躋聖軼賢。夫孰能限。奈何吾徒。而安卑近。淹忽此生。草木同盡。何窮何通。何得何喪。獨有千秋。斯志必抗。抗志。

天之賦命。乃在汝心。厥心不心。匪人而禽。胸中誠正。泰然天地。苟或懷邪。俯怍仰愧。惟邪與正。所動在幾。植心於此。危乎其危。植心。

士之守身。如在室子。苟有疵瑕。見棄鄉里。世士不悟。苟且其爲。及其既敗。雖悔曷追。厲爾介節。復爾明性。粹然瑩然。是曰砥行。砥行。

聖人之道。備於六經。不稽於經。譬彼冥行。稽經之要。實事求是。門戶不分。爭端奚起。經史子集。循致精微。逮其既久。源流貫之。稽經。

坐談理高。行之事闕。儒效迂疏。曷以宰物。在昔聖門。兵農禮樂。因時濟用。各有經略。亦有湖州。

治事名齋。時務之練。爲國儲材。練務。號爲文人。恐藝是囿。不能屬文。亦儒之陋。文有能事。取精貴多。原本經術。鎔式百家。以陳大法。以闡要義。是乃至文。載道之器。屬文。

新樂府 士可辱

柳樹芳

士可辱。聲欲哭。士不可辱官辱之。四民之首今可笞。國家養士數百年。誰將鞭撻開其先。烏虖官何不自視。出身也自秀才始。

勸民

四誡歌

秦鏞

勸君勿作賊。作賊非良圖。疋布與斗粟。所得亦錙銖。奈何惑且狂。以之喪其軀。從今好爲善。明朝有赦書。勸君勿爲盜。赤子塗肝腦。黠捕利可啖。廉吏恩終少。天網故自寬。雷電欲相繞。一朝法鏡臨。頭顱卒難保。右誡竊盜。

江濱有奇俗。積習傷雅化。生男事他人。生女不出嫁。男去離膝前。壻來寄廡下。如登傀儡場。骨肉緣皆假。兒亦自有父。兒亦自有母。一朝兩決絕。斑衣向誰舞。力田供子職。責逐逢彼怒。迴念生我恩。泣涕淚如雨。兄亦自有弟。弟亦自有兄。云何陌路人。肩隨且徐行。本非共樹花。安有棠棣情。一朝相殘賊。方知恩義輕。哀哉父與母。何忍棄其子。財帛重丘山。骨肉輕敝屣。荏苒向衰暮。莫敖鬼將餒。生子棄路旁。胡不念宗祀。生女願有家。爲作嫁衣裳。鼓樂相導送。上堂拜㝵嫜。云胡今不然。贅壻稱東牀。止抱衾與裯。中饋靡所將。妾身已生子。未識姑舅龐。更有未亡人。撫孤不下堂。忽有髯如戟。來窺舊時妝。兒女呼阿翁。親族舉賀觴。倫理殆滅絶。夷俗眞可傷。恩男與贅壻。舉國皆如狂。願言一丕變。醇俗臻羲皇。右誡恩子贅壻。

風人刺雀角。大易戒終凶。薄俗好相競。蝸角爭雌雄。無情忿羅列。掉舌鼓凶鋒。不念鷸蚌持。傍有漁家翁。衙胥羅網張。市猾智計工。唆食衆皆飽。贖鍰又輸公。相顧各悔禍。囊槖亦已空。訟理未得直。驅納網罟中。勞擾復何益。不如歸課農。右誡訟。

古人亦有言。一死輕重殊。喪元固勇士。溝瀆祇匹夫。强者挾眦怨。瞋目語大呼。因之陷刑辟。駢首伏法誅。弱者受侵辱。憤惋氣不舒。不惜赴溝壑。魂魄飛幽都。嗟彼仇家子。不諳官刑書。憾言欲相抵。載鬼遂一車。願告蚩蚩氓。輕生一何愚。隸籍枉死城。招魂北山隅。當念親生我。身體與髮膚。此生雖貧賤。愼保七尺軀。右誡輕生

喻邑勸諭歌

張景蒼

我來四載無一長。才疏未能挽頹俗。無乃空有良鄉名。化不能淸秀不擢。淸化。擢秀。喻邑最頑之鄉。尙欠官家九歲糧。羽書絡繹交相促。慶逢大有年。衣食家家足。更邀賦稅輕。三九餘陳粟。胡爲國儲抗不輸。得樂之處不知樂。可免囹圄拘。可免妻兒哭。耳不聞差吏呼。眼不見蒲鞭辱。腊酒園蔬樂境抛。匍匐公庭受敲扑。爾盍上體朝廷憂。下全有司之催督。逋欠淸完且踴躍。不負數年予教育。

留別南匯士民

欽璉

雲間古名郡。煩劇初分疆。申浦隔東西。煙波渺上洋。邑界卽此劃。攘賦皆相當。余本樗櫟材。策蹇來此方。相地城北吉。誅茅樹堂皇。淺流艱輸輓。築倉依浦塘。立政學校先。經營備典常。壇壝次第建。修浚壍城隍。規模幸粗具。獨力敢自量。嗣直吳淞役。奔命疲不遑。春潮決河堤。吏議附末行。蒙恩赴北闕。父老攀道旁。依依增繾綣。佇立轉傍徨。貧吏無長物。贈言抵珮璜。東溟尙質朴。習俗猶淳良。幸生聖王世。敦本務農桑。古聖亦有言。土物愛心臧。木棉備織作。禾稻供秋糧。勤儉絕奢惰。豈復懼凶荒。升斗周比鄰。守望互隄防。婣睦成仁里。奸宄何由藏。健訟終必凶。釁隙起豆觴。退讓甘守雌。先民庶頡頏。正供及早輸。鼓腹任徜徉。愼勿假手人。谿壑仍爾償。呼盧與鼠竊。事覺徙他鄉。凍餒害妻子。離別悲高堂。拳勇諸少年。血氣恃方剛。結黨弄刀劍。往往身命戕。魚鹽海上業。新令頒煌煌。法豈止城旦。罪不遺提筐。凡此皆剝膚。改業宜亟商。遷延戀舊業。勢必罹奇殃。乃若詩書胄。世共欽圭璋。尤宜自珍惜。莫便學矜張。公庭非福地。匍匐體統傷。刀筆遭陰譴。追呼羞膠庠。矧吾新造邑。泮水青芹香。瞬眼秋風起。鹿鳴吹笙簧。潛修裕經濟。飛騰佐時康。豈惟邦家賴。實爲吾道光。至於在官者。惠逆更昭彰。壞法自貽戚。奉公知克昌。余忝涖茲土。性迂德更涼。三載兩被黜。擧邑奔若狂。爲我償逋累。爲我束行裝。感茲愛戴意。夢寐何能忘。我行日已遠。我思日以長。數語指梗概。所恨未周詳。草此謹布告。聊以寫衷腸。

光州勸民詩錄四首

楊殿梓

裕儲蓄

朝廷社倉法。爲民權緩急。治法無治人。侵挪弊斯集。市賈又營利。負販越他邑。今歲儲已空。來歲計何及。

戒賭博

由來飲博徒。弗顧家計罄。高燭夜呼盧。一唱百十應。嗟嗟良子弟。失足入陷阱。窘計效穿窬。忘身釀人命。

懲匪竊

狗偸效羣小。雞鳴利孳孳。迫以饑寒心。卒至靡不爲。及其蹈法網。後悔亦已遲。勸爾循爾分。不義當鄙夷。

嚴牌甲

匿匪村落中。腥風必宣播。知情不舉報。十家例連坐。勸爾左右鄰。莫爲人受過。外戶犬無吠。房櫳任高臥。

諭農詞

嚴如熤

民生在勤儉。山農愚不知。凶荒實可畏。聽我諭農詞。南山古陸海。地腴五種宜。上農不須糞。收穫多逢時。種一收屢百。堆積如梁茨。則輕國賦少。荒墾佃租微。以此輕嘉穀。往往生淫思。燒鍋滿村落。成羣酣酒卮。社火與影戲。徹夜事遊嬉。或者呼盧梟。一擲判家貲。又或爭牙角。百金搆訟辭。若乃山土薄。石骨本巉巇。雨暘偶失節。顆粒難預期。平川人飽食。山民傷阻飢。東鄰絕朝糗。西家斷暮炊。迴思歲方富。肥甘供朵頤。何知遘此閔。柴立骨難支。先民崇淳樸。儉者福之基。倉箱雖盈積。服食無敢糜。餘三至餘九。旱潦能撐持。有豐必有嗇。當安常念危。爾不勤與儉。酸心更怨誰。

諭民詩　阮文藻

生民如殖禾。禾生稗亦產。治民如藝蘭。蘭滋榛必剪。厚薄泯心存。是非憑理遣。本無覆日寃。何用談天辯。東塢一枯株。西溪一破筧。調停里正忙。勾攝衙胥跰。所得僅毫毛。所防猶疥癬。城狐飽橐囊。田鼠盜畦畎。坐告誠含羞。優寬亦幸免。用諭偵訟人。公庭勿輕踐。老僧頻說法。階下虎心善。壯士虬紫鬚。剚刃入仇腹。誓天許頭顱。斫地雜歌哭。矯節魏軍椎。懷忿秦殿筑。仇深爲國家。恩重輕骨肉。後世猶盜書。當時第奴畜。汝何慕俠游。相率欺煢弱。鬭狗每呼朋。放鷹還嘯族。屠沽雜叫囂。酒食相徵逐。嘲謔隨揕胸。睚眦遂矐目。用諭鬭狠人。誰曾逃訊鞫。有田且力耕。何必佩刀犢。麴蘖實亂性。摴蒱不救飢。百觚更十榼。醉夢醒何時。五梟又六雉。狂呼迷若癡。祖宗事纖悉。子孫恣娛嬉。今歲田書券。明年地立錐。謀生荒畚鍤。炊爨冷門扅。酤債無從貰。骰場空作師。全家口怨誶。百孔身瘡痍。掩面羞欲死。低頭訴向誰。用諭飲博人。十金八口貲。豪華豈不快。凍餒切膚肌。

勸農擬古　周際華

來。汝農民。予告汝以耕。汝不聞天子祈穀於上辛。親三推。以示勤。惟暨乃僚。罔敢不欽。矧惟司牧。敢不是循。矧惟汝農民。敢不是遵。汝毋逸乃身。毋自惰汝形。汝有慈親。菽水其何承。汝有妻兒。啼號其何禁。汝有媚娙。周恤其何能。賦於汝征。役於汝興。游惰之不懲。罔克胥匡以生。我惟時其閔汝耕。耕何不深。閔汝於耘。稂莠不分。不爲非種之鋤。而荑稗是拚。越其罔有西成。汝能無悔於厥心。予姑不汝刑。爲汝課雨。與汝求晴。汝熱欲飲。予酌汝以尊。汝饑欲食。予飼汝以餳。惠汝泉刀。雖無補於汝貧。聊以見屬勸之殷殷。

屠倬周凱勸蠶織詩。見蠶桑門。

勸戒詞

楊豫成

勸我民。宜孝弟。孝弟非異事。乃是天之經。地之義。爾亦有子。爾先不子。爾子奚所視。爾若爲兄。爾弟不弟。爾何以爲情。烏反哺。羊跪乳。雁行肅肅齊其羽。而況身爲萬物之靈。本非禽獸伍。何至甘爲梟獍與豺虎。曷不奉爾盤匜。吹爾塤篪。天倫一室樂怡怡。和氣致祥允在茲。

勸我民。須勤儉。勤則知所先。儉則知所斂。鑿井耕田。開兩大之不足。飯糗茹草。留百產之有餘。一夫之靡靡。雖衆人省約。亦或受其累矣。終歲之孳孳。但一日宴安。且並從而墮之。豐爾食。鮮爾衣。而勿用其力也。如水之流。其將何所極也。惰農懶婦游民。所以爲斯民之賊也。

勸我民。好誦讀。人生不讀書。行屍而走肉。況乎書中之理無或遺。讀書之人無弗宜。鉅而綱常倫紀。細及日用之所資。任人見仁見知。識大識小。開卷一一會悟之。爾窮爾理。爾自立爾體。爾博爾文。爾自擴爾聞。志在聖賢。豈惟科目之云云。究之讀書非科目所能畢。科目要爲讀書所能必。不見腰金衣紫。爾鄉儘有鄉先達。

勸我民。完國課。周官九賦備農桑。洪範八政首食貨。經費所重無則那。勿謂出爾民日用。所餘累萬千。以爲內府捐輸。勿謂奪爾民耕穫。所有盈億秭。以供太倉紅朽。試問匪其保爾。何有於隄防城池。匪其治爾衞爾。何有於官師。凡修築俸餉之所資。一一非錢漕而何有度支。爲官乎。爲私乎。思之思之。應自知之。又況徵於爾者。未嘗不於爾乎資矣。得於爾者。未嘗不於爾乎貸矣。休祥之錫予。災荒之蠲賑。榜於通衢者煌煌具在矣。嗟乎。爾民日受胥吏之呼號。笞杖之敲扑。而何不自愛矣。

戒我民。勿械鬬。械鬬閩廣由來舊。爾民相染故習狃。豈眞有不可解之深仇。不得已之苦衷。不過錢債細故口舌中。雞蟲得失馬牛風。村族飲賽辯起蜂。遂乃羊狠狼貪鴟張豨突各呼醜類爭雌雄。不思四海皆兄弟。天涯若比鄰。矧在枌榆之社桑梓人。朱陳許史多姻親。何不相賙相救而爲拔刀推刃之狺狺。烏虖。殺一命。償一命。殺人以衆償亦衆。頂兇一節弊尤重。以命博錢愚可痛。身亡家破兩無用。大聲疾呼爲爾醒此不醒之惡夢。

戒我民。勿齋匪。青蓮白蓮諸名目。譆譆出出幾如鬼。黠者唱其先。譸張爲幻在斂錢。愚者墮其局。匍匐皈依思求福。亦有良懦迫於勢。孤立無助動遭忌。屈從苟爲自安計。夜聚曉散。情形叵測。男女混雜。奸淫盜賊。一朝瘈狗亡猿恣跳梁。聚族駢誅堪太息。吁嗟乎。斂錢而得匪名。彼或有所利而爲之。破錢而得匪名。爾又何所樂而隨之。蜂蠆自毒也。梟獍自戮也。胡勿遵夷易之軌則。食德服疇以同鼓太平之腹也。

戒我民。勿唆訟。薄物細故偶相爭。一言渙釋有妙用。奈何造有自無。以曲爲直。輾轉引牽。紛紜羅織。輕則廢人事。重則破人家。謂雀有角鼠有牙。鬼蜮伺影巧含沙。獨不見天水違行險而健。易象昭垂觀其變。士紳列衣冠。非訟何至褫其鞶。蚩氓樂妻孥。非訟何至歸而逋。我願爾民不入畫地牢。不對刻木吏。爾宅爾田安生計。

戒我民。勿賭博。擲骰推牌么六喝。花會標場名紛錯。無晝無夜。雜坐叫呼。抽頭設局。實繁有徒。能破吝者慳。能奪智者明。盈千累萬爭輸贏。金穴條毀銅山崩。孤注一擲家可傾。窮無復之氣忿獰。殺人及盜由此生。吁嗟乎。博進而失侯。富貴何爲此包羞。博徒爲上客。古今幾箇毛與薛。況乎人果多材而多藝。儘有書畫琴棋諸雅事。何至況而愈下。爲此牧豬奴之戲。

戒我民。勿鴉片。島夷詭計取人財。禍伏隱微人不見。和罌粟汁入膏脂。毒痛四海中國徧。淫朋暱友偶燕集。息偃在牀共呼吸。一燈相對促其膝。曲而不伸如蟲蟄。左右互易役遞執。久久酣迷成結習。面目黧黑軀骨立。氣喘聲嘶言語澀。身死家破嗟何及。君不見毒有鴆。器有兵。傷人之物孰敢攖。何爲甘此如飴忘其生。徒以鴉片之鬼成其名。嗚呼。豈特鴉片之鬼名非名。法所不宥且將加爾刑。

戒我民。勿盜賊。物各有其主。人貴食其力。翳獨胡爲於此極。小則爲穿窬。探囊胠篋擾村墟。大則爲搶劫。以梃與刃肆剽掠。局騙之流術愈工。白晝攘財都市中。方其取人之物以爲己。得意沾沾良自喜。豈知得與失相連。喜與憂相因。爾雖深自匿。相爾室者豈無天地與鬼神。爾即巧於飾。發爾覆者豈無族黨與鄉鄰。一朝捉搦來老捕。私刑官刑叢爾身。到此悔不爲良民。嗚呼。爾果悔不爲良民。

國法亦許人自新。不見甘寧李勣古何人。

奉聖諭勸民以忠孝勤儉讓五言敬衍爲里語刊之石俾民誦之五首　徐榮

君門勿言遠。率土皆王臣。惟王日萬幾。宵旰勤吾民。王法苟不設。豪强恣兼幷。盗賊危苦汝。有田不得耕。汝耕況王土。暘雨皆王仁。如何不急公。甘受追呼頻。盍爲康衢民。清夜夢不驚。

屬毛離裏本天親。因何世有不孝人。或緣溺愛或責善。妻子生心兄弟怨。反脣德色漸不恭。誰知已墮禽獸中。烏反哺。羊跪乳。禽獸知恩猶勝汝。汝知禮佛與求天。豈知活佛在堂前。靦然人面不孝弟。天譴王法何能原。

閒也過一日。勞也過一日。不見閒人精力長。但見勞人筋骨實。閒人坐食錢山崩。悔而欲勞百不能。勞人雖勞有好處。女織男耕家道興。從古陶朱稱富室。算去總由辛苦積。君不見蜘蛛結網蜂釀蜜。一日不勤則無食。

敗絮與輕裘。上身同一暖。象牀與草薦。睡著都不管。珍饈錯雜供一饜。金碧焜煌徒外炫。天生物力不易得。暴殄天物天怒拂。今生用度前生積。今年寬用明年急。君不見街頭廟角藍縷身。半是當年奢靡人。勸君省口腹。周恤窮民作厚福。勸君省閒錢。義舉善事傳千年。

一言不讓訟端起。一步不讓鬭不止。一事祇有一便宜。我占便宜人喫虧。讓人一著何妨礙。過後尋思餘味在。人算乃短天算長。不義爭來生禍殃。爭來旋去招笑侮。推去還來得名譽。君不見齒牙嚼物至堅剛。百年未滿先凋亡。知苦知甘三寸舌。善用其柔老不折。

迎送上官伺應過客

公館謡

姚文焱

荆榛塞荒驛。瓦礫塡中衢。廟宇三兩楹。佛火照僧廚。前祀壽亭侯。斂錢皆野夫。昨聞繡衣過。騎馬來吏胥。吏胥下馬坐。指麾命村老。縣官朝有令。此地急灑掃。丹雘施粉墨。牆宇芟蔓草。村老方受命。縣官早親至。誅求到遠村。鞭撻無老穉。不費縣官錢。堂廡悉工緻。煌煌莊嚴像。須臾盡屏棄。繡衣剛一宿。未聞顏色異。旋諭逐苾蒭。勿復稱廟宇。上官尋當來。永永爲公府。寧逢鬼神嗔。莫逢上官怒。村老潛太息。不敢言困苦。播遷及明神。愚賤何足數。

水陸送迎曲

張雲璈

大府肅肅行兼程。百僚皇皇爭送迎。送迎宜遠不宜近。遠則抒敬近匪誠。此近彼不近。晨發宵征敢不謹。此遠彼更遠。百里踰逾安可返。望中車馬塵且囂。未見顏色先旌旄。大府車幰綠葡萄。侍中之貂元戎袍。扶輿而趨兵衞驕。長戈耀日森前茅。文吏長裾玉束腰。猛將寶劍盤花縧。車中謦咳車外應。左右讋伏寒生毛。道旁首下尻益高。頷之而已無汝曹。逢迎百計冀一當。豈識十日馳驅勞。陸亦迎。水亦迎。畫船駱驛波浪生。水迎更比陸迎苦。探刺不定心怦怦。去亦送。來亦送。送盡天涯竟何用。華筵一路換紅氍。侍從分行騎白鳳。縣官奔走不得寧。百姓待判環訟庭。訟庭萬事且閣束。但向前途問遲速。

朝迎客　又

朝迎客。暮迎客。道是客來在頃刻。供帳之盛設錦茵。廚傳之具羅八珍。探刺六七輩。吏胥相顧毋逡巡。但願客喜無怒嗔。今日曰不來。明日曰不來。傳聞遠近相疑猜。忽然消息如迅雷。道旁奔走生風埃。一宿郵亭卽命駕。清風肅肅生車下。旌旗原止一宵留。冠蓋竟無三日暇。

候差行　胡濬源

迎節度。來何暮。候人羽書馳滿路。急如星火縣令忙。太守相誡毋遺誤。候館閈閎早糞除。牧圉輿隸羣供具。高旌大纛森戟門。牽繒裂帛纏梐枑。倚几罘罳水玉鑲。幕地氍毹文繡互。爇麝金猊室滿薰。厠牏蒙錦渾不顧。一時前驅負弩臨。蹄塵蹋起如煙霧。轟豗雜遝車騎擁。道左鞠跽瞻徒御。須臾相公下高軒。輕裘俏俊簇奔騖。珍饈異饍擎上堂。駝峰燕臛羅七箸。十牛犒從猶未足。索錢叫號相嚇怒。食終相公登前程。一飯微情流水付。吁嗟奔走豈爲王事勤。逢迎自愧多世故。歸時會計費萬緡。笥衣典盡甑塵汚。

乘驛謠　管世銘

昨歲使於越。今歲使漢陽。東南兩驛堠。飛轡相追翔。肥驛富盤餐。瘠驛窘芻豆。肥瘠雖不同。情狀歸一轍。軒車自北來。偵騎卻先回。頭銜甚赫奕。牙爪何毰毸。索增夫與馬。應聲連者者。供頓少或遲。箠楚輒交下。縣吏自門東。磬折進紅封。區區爲壽意。願得賓先容。前驅聞此言。始覺有顏色。下逮圉與庖。瑣屑各有得。銀翅海鯊鑣。絲窩島燕銜。數緡羅一品。犀筯不三拈。賄賦乃得饋。車騎齊呼備。看踏錦茵升。私幸無咎恚。有亦賢士夫。守分不敢逾。從人祇四五。儉薄如寒儒。心言此下客。草草具杯炙。授舍不掃除。給馬惟骨骼。漏鼓下三撾。行人拂鞾靸。頻呼祇候隸。相與醉倡家。郵亭一老戍。漫應還徐步。問求緼火薪。答言無買處。使客意如何。於吾則已多。無言催就道。王事敢蹉跎。彼也賓豈知。此也主誰白。作歌陳兩端。敬聽願凡百。

桂超萬欒城紀事詩關城篇。見守令門。

迎大官　姚燮

江南一榜飛輕標。偵使來傳大官到。屬僚祇駕開驛門。從馬如雲肅囂叫。樓船八字銜烟道。十二艄艕兩行導。平頭奴子影絳纓。巨字官銜繡黃纛。手版答刺雜行卷。腰鼓鼕鼜促嗚皦。大官升衢來。珊冠豸服韠重臺。鞭聲呵叱驕輿儓。大官上轎去。風旌日蓋錯森布。手戟腰弓六營護。大官何所居。巍巍邸宅陵上都。燈屏桃李千花敷。爛然金綵生庭鋪。大官何所食。九江之豚洞庭鯽。縱橫方丈高一尺。奇氣芬盈盎春液。大官喜怒不可憑。明日大官還弗行。

詔媚諛頌

生祠　沈欽圻

虎丘七里塘。生祠何纍纍。榱棟高入雲。丹雘紛陸離。連牆與接牖。屹然樹豐碑。下承以贔屭。上蟠以龍螭。華文表德行。大論抒猷爲。某公居官日。曲折行其私。析利如秋秧。忘卻民膏脂。文中頌清節。飲水邁伯夷。某公居官日。斷獄無矜疑。五刑任喜怒。罔恤童與耆。文中頌仁愛。皋陶爲士師。周覽諛悅文。一例慚恧辭。舊有遺愛人。行政介且慈。行如打包僧。蕭然去官時。士民走相送。各各涕漣洏。誰爲建祠宇。惟留後人思。好官無生祠。墨吏有生祠。好官與墨吏。行人知不知。

路旁德政碑

朱樟

登登杵聲築平地。十丈長碑銜贔屭。輪蹄乾蹶牽載來。樹德銘功風有位。古稱惠化勒官箴。今拾諛詞矜美事。文章無神紙價低。杜母賈男供驅使。德政碑。考循吏。如珠有脛錢有翅。長留片石在人間。口碑傳眞石傳僞。似爲巧宦揚仁風。亦與貪人記敗類。雕鏤麟鳳徒爾爲。石雖不言人可愧。苔花未繡亭未成。早有仇家毀其字。君不見襄陽士女留餘惠。裘帶風流今不墜。縱無峴首作碑錢。當時亦墮羊公淚。

原上碑

方貞觀

原上豐碑高十尺。雙螭壓額龜趺立。銀鉤鐵畫三十行。晴光照灼龍蛇跡。翁仲威儀儼漢官。騮驪騄駿文錦鞍。琢雪鏤冰技淫巧。森森白玉蒼苔寒。一縑一字出誰手。不辭下馬看良久。特書恩眷十有九。貂皮馬潼紅毛酒。八閩開府旄節尊。更膺喉舌司天閽。回翔只在帝左右。黑衣還乞補孀孫。行人怱怱讀未竟。高樹夕陽看欲盡。僕夫控馬催向東。倉卒旋忘尙書姓。吁嗟乎。介休有道無愧詞。峴山至今人淚垂。延陵季子十字碑。紀功安用許多爲。

李調元石匠行。見擾累門。

王蘇熟竹牀篇。見貢獻門。
邵無恙市馬行。見科派門。

長官壽擬新樂府

彭兆蓀

長官壽。長官不自壽。僚吏相爲壽。酒不必東海珍。脯不必西方麟。添籌有物在囊橐。安用祝予千萬春。門前賀客會。堂上笙歌沸。百醻醉不辭。三更歇猶未。是時歲闌天雨雪。鄉亭屢報溝中瘠。

兩歧麥

李于潢

熙朝重農事。稼穡以爲寶。寶不在符瑞。而在實堅好。守令體此心。閭里無餓殍。去年春無麥。上告苦不早。今年麥兩歧。報者交孔道。兩歧豈多有。搜覓煩父老。甚且求鄰郡。聞者堪絶倒。未博大吏歡。先見下民擾。可憐逃亡戶。豐歲歸尚少。譬諸溝中瘠。形容尚枯槁。疾愈求膏粱。肌肉憑再造。何忍言符瑞。何術致康保。嗟哉麥兩歧。不如日再飽。

富貴貧賤

直溪吏直溪在太倉州北。明兵部尚書淩雲翼居之。

吴偉業

直溪雖鄉村。故是尚書里。短棹經其門。叫聲忽盈耳。一翁被束縛。苦辭橐如洗。吏指所居堂。雖貧誰信爾。呼人好作計。緩且受鞭箠。穿漏四五間。中已無窗几。屋梁記月日。仰視殊自恥。昔也三年成。今也一朝毁。貽我風雨愁。飽汝歌呼喜。官逋依舊在。府帖重追起。旁人共欷歔。感歎良有以。

東家瓦漸稀。西舍牆半圮。生涯分應盡。遲速總一理。居者今何棲。去者將安徙。明歲留空村。極目惟流水。

高門行

王熹儒

高門鬱嵯峨。旭日照畫梁。鑿石爲狻猊。爪鬣兩奮張。軒蓋豔出入。賓客承輝光。滄桑世事須臾變。空飛往日門前燕。斷礎徒纏秋草根。荒榛只掩春風院。西家巨賈金錢多。生兒衣紱鳴玉珂。歸來甲第連雲起。特建高門耀鄉里。買得東家門上柱。崢嶸丹雘臨官路。烹羊擊鼓犒匠師。還似東家初建時。

石槨行

周士彬

君不見豪家貴人作遠圖。自營石槨勞萬夫。黄金爲牆白玉壁。萬年不動託山阿。十里陰森植松柏。豫作穹碑高百尺。峰迴水抱鬱佳城。封待神仙不死客。須臾身葬骨未寒。子孫先賣墓旁田。木摧爲薪石作礎。猶負攜蒲飲酒錢。發棺改穴售新阡。鬼泣啾啾陰雨天。買主忘卻眼前事。重誇大地得山川。哀哉昔人愚可憐。何爲後人還復然。君不見要離冢畔梁鴻墓。一抔不封亦不樹。樵牧無犯幾千年。代有人神爲呵護。

廢府行

朱樟

芙蓉城南屋無主。文杏爲樑桂爲柱。聞道將軍樹戰勛。巴人烜赫誇開府。此府盛衰無十年。婦孺皆能指其處。伊昔初開版築時。青粉圍牆築射圃。蕃牛私押王陵甎。蠻女偸烝錦官土。平吞白屋敢誰何。隱估六街遂無數。堂皇欲創久長基。曲巷迴廊坐良賈。豈知造物先惡盈。廣厦落成人不住。乳鴉啼散閉朱門。畫鴿驚棲交網戶。空梁紫燕鎖春風。寶砌陰蟲啼暮雨。君不見長安曾改奉誠園。子孫竟賣平泉樹。一餉虧成自古然。何限豪華眼中取。人間何事不滄桑。傷力傷財亦何苦。

弄潮兒歌

張景崧

錢唐江上弄潮兒。放船拉槳乘流澌。短布單衫不蓋膝。科頭跣足喧朝曦。自言大父官藍田。堆金不計萬與千。阿侯年少邯鄲俠。貂衣駿馬珊瑚鞭。兒年七八掌上珠。逢人稱是千里駒。雙鬟左右列屏障。不教風著千金軀。大僚特疏上天子。剋剝脂膏飾羅綺。坐辭華屋入囹圄。一家夜哭長安市。當時珠履客三千。至今漂泊誰堪倚。洪濤江上高於天。性命換得青銅錢。豪華如電不可恃。東昇紅日西山巔。沈歸愚曰。子孫性命換錢。由祖父剋剝脂膏所致。居官者盍一思之。

煑鹽商

顧嗣立

煑鹽商。銀鞍鑿蹄出紫繮。前驅呼喝行人立。黃羅繖影隨風揚。本是西門大賈客。輸粟官高二千石。父授皇封子部曹。門楣不數金張宅。可憐南國有詩翁。蠹魚老死破籠中。敗壁酸風衣百結。半生莫送一身窮。乃知讀書縱使五車熟。不敵黃金滿一斛。

高冢歎

陳章

昔年赫赫官中朝。炙手可熱氣焰驕。死葬空山曾幾時。石獸顛仆華表墮。子孫孑遺且陵替。先賣松柏復割地。舐糠及米勢漸侵。翁仲無言時滴淚。富貴是何物。不能潤枯骨。枯骨不潤猶是可。只恐他人作蓬顆。

裘馬歎（吳中吟）

錢維喬

富者一飯費。貧者數日糧。富者一衣貲。貧者數歲裳。翩翩少年子。挾瑟求名倡。被體必綈錦。列几飫羔羊。盤羅易牙味。腰繫陸賈裝。持身豈不貴。所貴名譽芳。區區口體間。苦欲爭低昂。造物忌盈滿。暴殄恐有殃。

夜作晝

沈起鳳

朱門沈沈夜作晝。金鑰倉琅開戶牖。堂前銀蠟一半殘。主人睡起傳朝餐。左有彈箏伎。右有挾瑟倡。玉簫金管陳兩廂。銜盃聽歌樂未央。樂未央。歌聲歇。譙樓三鼓華筵徹。束炬門前出拜客。

客懷雜感

張雲璈

揚州多富賈。大廈連雲高。門前車馬盛。門內笙歌嘈。司閽六七輩。一一長襦袍。行者爲駐足。仰之如絳霄。遲之才十年。轉瞚風輪飄。昨日過東家。門巷風蕭蕭。爲言主人死。事業如冰消。今日過西家。虛館生蓬蒿。爲言有訟事。宛轉愁呼號。家家題賣帖。永閉雙鐶牢。萬事若流水。令我兩鬢搔。富貴不可恃。始覺貧賤驕。

北方地高涼。四十稱强仕。南方氣卑溼。三十衰已始。嗟哉梁帝言。其味深且旨。古今雖不同。可以通厥理。顧協三十五。帝言已如此。我年更逾之。尤足驚馬齒。星星陸展髮。茫茫昌黎視。日暮途更遠。河淸壽難俟。富貴莫太早。太早厭風波。富貴莫太老。太老惜蹉跎。梅花未免早。芙蓉未免老。芍藥與牡丹。處時方盛好。若作未開花。生來不如草。

拆屋謡　范來宗

四座且勿喧。聽我拆屋謡。造屋之始何奢豪。玳瑁爲梁翡翠巢。白玉爲砌黄金寮。前堂擊鐘鼓。後堂吹笙簫。不知夏之日。冬之夜。雨之晦。風之瀟。萬事盛衰如轉轂。於斯歌又於斯哭。銅山既倒一錢無。屋卽是錢願拆屋。動爾翡翠巢。移爾黄金寮。前堂擊鐘鼓。後堂吹笙簫。拆爾屋者學爾豪。學爾豪。計獨絶。不怕他年人再拆。

坐熱車　王蘇

海西玻瓈畫重屏。山西輪輻帶萬釘。李家青騾趙家白。騾高八尺步九尺。神行太保雙僕夫。絲鞭笑挽青珊瑚。玉河橋下御溝水。逐日西歸軟塵起。酒樓樓上傾葡萄。戲車車後擕櫻桃。路逢王孫亦衝倒。熱車行來敢爭道。熱車如風風力狂。掀翻垂柳復垂楊。

吳中吟王侯宅　周瀛

昌黎悲馬家。東坡歎李氏。峨峨甲第高。昧厥傳舍旨。高明驚鬼瞰。籍沒嗟如燬。木妖踣覆轍。大宅窮力起。泉石與花竹。一一費經理。更構生壙屋。地下求棲止。快意適當前。失勢旋已矣。門閉羅不張。蕭條貼賣紙。

跑熱車　梁紹壬

雷聲砉砉長安街。九逵大路揚塵霾。忽然到眼疾如駛。奇肱之車飛而來。車中之人美如玉。錦帶吳鉤新結束。車傍之僕秀且明。窄襟禿袖雙貂纓。執鞭者如齊越石。意氣驕人殊自得。此時可有閨門妻。窺見夫郎好顏色。試問輪蹄爾許忙。來從何處去何方。卻由羅綺開筵地。會向氍毹選色場。色團香陣銷魂劇。鎮日笙歌喧不絕。錦上繁花火裏蛾。此車亦復因人熱。熱場熱客自營營。冷眼看他褦襶行。直爲炎官効奔走。非關汗馬博功名。緇塵我亦驅馳客。敝車代步聊棲息。相看肥馬氣揚揚。自笑蹇驢行得得。

銘岳公子行。見世祿門。以上富貴。

乞兒行　錢澄之

乞食兒。勿求飽。如今惟有乞兒好。富人有糧貧有丁。羨爾不聞追呼聲。鄉里小民難到縣。羨爾不見縣官面。官家賦稅多如麻。汝徒只稅籃中蛇。君不見富家翁。朝防吏人夜防賊。通宵有眼合不得。籃中蛇去值幾錢。草堆一夜齁齁眠。

雜興　趙賓

置酒良燕會。金鑪吐香煙。氤氳白玉堂。繚繞珍珠簾。佳人唱子夜。肉聲諧管絃。十千新豐酒。珍羞供客筵。密坐傾金罍。天明指歸鞭。路旁百結子。呼號崩心肝。杯羹堪續命。誰肯擲一錢。

哀羊裘爲孫八賦　吳嘉紀

孫八壯年已白頭。十年歌哭古揚州。囊底黃金散已盡。笥中存一羔羊裘。晨起雪霏霏。取裘覆兒女。亭午號朔風。兒持衣而翁。風聲雪片夜滿牖。殷勤自解護阿婦。裘之溫煖誠足珍。不得衆身爲一身。

吁嗟乎。姓字不得嚴光比。羊裘冷落對邗水。

貧士屋以下共四詠

李孚青

焦先蝸舍相如宅。牀竈纔可一籬隔。雞行几案犬臥門。蓬蒿四圍無比鄰。瓦稀茅碎雨注面。晴時仰首星斗見。擔泥補壁自覺奢。季倫廁上乃錦紗。

貧士牀

牛衣敝棄存青氈。橫眠欹坐恆憂穿。竹鬆繩朽少顏色。似牀似榻人不識。偪仄未足六尺圍。半邊猶要容妻兒。貧士有牀如有屋。成都費生莫相觸。

貧士巾

林宗一角世所效。子夏二寸殊可笑。淒風苦雨歲月遒。多情偏戀書生頭。狂來漉酒滑不澀。鬢髮奚辭小沾溼。醉眼直視與杏嗟。何時雙插長安花。

貧士僕

視奴如視良友朋。衣食同己那敢憎。家貧諒不扞牧圉。一日勤勞但炊煮。立睡觸屏呼不應。命之他事嗔怒生。主人縱是蕭穎士。吾曹所愛非文史。

縴夫吟

許承家

客子三千道。日夕不停艫。所嗟風雨甚。赤腳弄舟苦。木板橫當胸。直與風伯忤。氣勢全用逆。鬭智還鬭武。身折常傴僂。力欲代柱礎。有錢具蓑笠。無錢鮮寸縷。況復調饑人。容色淹如土。失足深穴中。肩背淪水渚。其或仆在地。呼吸憑貙虎。嗟彼百役勞。疇堪與茲伍。如何舟中客。高坐歌且舞。所以何易于。腰笏傳千古。

杖頭錢　張篤慶

富莫富於杖頭錢。貧莫貧於嚴道之銅山。銅山鑄錢萬萬千。到頭不得名一錢。杖頭百錢眞我有。取自杖頭且沽酒。今日百錢今日醉。得錢沽酒常酣睡。君不見何曾一日食萬錢。便欲下箸心茫然。洛陽離亂救不得。縱饒沽酒無顏色。眼看荆棘埋銅駝。錢乎錢乎奈若何。

廝養兒　唐孫華

南人養兒鬻旂下。朝刈薪芻夜餵馬。羝羊可乳烏可白。此生已分歸不得。日月西出河倒流。此生辛苦無時休。一㪷黃粱不濟饑。失意動遭鞭笞。敗簀裹尸棄坑谷。爺娘在南知不知。君家有犬得人憐。朝朝食肉常安眠。爲畜翻貴爲人賤。物情顚倒誰爲辨。自悲生死草菅輕。不如作君堂下犬。

誰氏子　高岑

翩翩誰氏子。昂藏七尺軀。少年競結納。坐失居與諸。亦有膏粱味。亦有華屋居。華屋客滿座。結伴同摴蒱。夏日呼垂簾。冬夜邀圍爐。紅粉出燈下。玉手擘醽醹。千百賭一擲。那計雉與盧。顧盼但長笑。以手拈其鬚。流連日復日。酣歌無時無。羣居詎能久。囊橐將無餘。譬諸彼蟬蛻。形具中空虛。不惜計稱貸。聊且恣歡娛。矜言貴適意。寧屑爭錙銖。乃如蝸牛行。背負重莫除。良田及廣廈。先後償急逋。典鬻到簪珥。漸次捐羅襦。階塵日以積。炊烟斷空廚。賓客各散去。貸者盈門呼。妻孥間一飽。

父母常嚱吁。而彼轉曠達。强曰我丈夫。窮通偶然耳。戚戚何爲乎。閉門託高臥。解衣易殘酤。獨飲且獨樂。片席猶氍毹。兒女臥就地。遑惜寒刺膚。此則如尺蠖。壁間藏須臾。昨日有客言。遇之遊通衢。袖手頗悽慘。舉步常趦趄。偶逢舊時友。探囊索青蚨。青蚨僅滿百。感不千金殊。惟彼顧之喜。顏色旋安愉。謝去入酒市。揚揚呼當壚。當壚厭且避。自起持一壺。殘羹或冷炙。佐酒乃所須。恨不大快志。好友來與俱。得醉暫歸去。明日復如初。我聞頻歎息。一一聊具書。書示少年子。無論賢與愚。內省存入室。外交防出閭。膏粱與華屋。蹉跌須憂虞。妻孥與父母。篤念須勤劬。慎勿學蕩子。終竟將何如。

蹇客歎

朱倫瀚

秋風颯颯雨蕭蕭。霜天寒夜思迢迢。唳月征鴻飛不定。忽聞蹇客悲聲高。蹇客家本長安市。自言先世皆金紫。幼鄙詩書好冶遊。千金結客等閒耳。朝朝花底肆賓筵。夜夜吳倡樓上眠。一任冰霜風雪裏。温情熱酒不知寒。那堪景物春來變。好夢啼殘鶯轉盼。金盡顏枯美人別。勢輕氣短良朋散。鄉國從今悲寂寞。卻是他鄉遊作客。一客便經三十秋。歲歲思歸歸不得。眼前秋月與春風。燕來雁去各西東。鬢邊賸得千絲雪。夢裏都無氣吐虹。吁嗟勢力終難倚。一歲花開能有幾。試看少時嬌可憐。不道今朝愁欲死。

擊柝行

錢孫鐘

街頭月黑風淒淒。戍角吹斷行人稀。鄰翁抱柝出門去。兩腳無襪身無衣。孤燈明滅背蓬戶。卻倚喁喁訴愁苦。自言窮老無子孫。柴骨行將委黃土。日謀衣食東西奔。暮還擊柝守閭門。飄蕭素髮更誰恤。手脚僵凍眼難溫。丁丁永漏安能曉。滿地繁霜壓枯草。良田盡入富豪家。守望何偏及衰老。五更膠角雞根發。斷續柝聲飄未歇。紅樓錦帳春融融。何人知有擊柝翁。

菜羹吟 鄭少翔先生家居對客。每設菜佐酒。首唱是吟。同輩和之。　趙知希

造物貴生意。飲酒乃其常。飲食而役役。生意恐不長。富者厭珍羞。貧亦慕膏粱。可憐竭山海。都爲口腹忙。古人制飲食。而不厭其詳。菜亦可作羹。留與我輩嘗。鄭公雅閉戶。四壁擁縹緗。有文祗自貴。無肉竟何妨。折簡招同志。把袂俱登堂。塵甑藿已熟。對食坐匡牀。浩歌發清籟。終吾生徜徉。

舂米行　祝維誥

雀飛忙。穀上倉。誰家相杵聲低昂。年豐妻子飯不飽。賃舂寧惜筋骸老。從朝丁當至日晡。簸之蹂之喘未蘇。主人猶嫌力作粗。糠粃一半抵青蚨。爲言主人莫相賤。古來賢達傭中見。溷跡塵埃那得知。請君試讀梁鴻傳。

賣菜謠　又

賣菜翁。朝朝負擔來城中。日未及午筐已空。一日失利心煩忡。嚴冬紛紛雨雪作。壓破短衣赤雙脚。往來窮巷買無人。土竈烟銷喙饑鶴。天寒何處開朱門。羊羔日暮開金樽。登盤誰識藿鹽味。日食徒供萬錢費。

舂米傭　汪孟鋗

九月穀在場。家家杵臼將。舂聲近遠相和應。强半無食爲人忙。短衣不過膝。騰身高下趁徐疾。自分爲傭寧惜力。汗流浹背未遑息。酬勞珍重主情厚。提壺爲買前村酒。家中妻子方啼饑。乞得糠粃歸自負。

賣菜翁　又

老翁菜種隨時得。攜筐剛及紅輪出。脚踏淤泥苦不辭。喘吁或止窮簷側。日旣斜。雪又下。擔壓肩頭尙盈把。叫斷村莊市橋下。富兒但識羅八珍。玉盤未覩酸齏陳。吁嗟菜根亦可齩。君不見老翁菜未飽。

京師樂府 雞毛房　蔣士銓

冰天雪地風如虎。裸而泣者無棲所。黃昏萬語乞三錢。雞毛房中買一眠。牛宮豕柵略相似。禾稈黍稭誰與致。雞毛作茵厚鋪地。還用雞毛織成被。從橫枕藉鼾齁滿。穢氣熏蒸人氣暖。安神同夢比閨房。挾纊帷氈過燠館。腹背生羽不可翱。向風脫落肌粟高。天明出街寒蟲號。自恨不如雞有毛。吁嗟乎。今夜三錢乞不得。明日官來布恩德。柳木棺中長寢息。

輿夫行　謝啓昆

南方馬少竹輿輕。後先兩兩肩相幷。芒鞋赤脚踏山坑。烏蓬笠重油繖明。渴吸溪流饑腹鳴。綠荷包飯甘如餳。衣冷似鐵面黑頳。澗水冰寒浸兩脛。白霧漫空迷雙睛。前村虎嘯山魈驚。月黑無人尙宵征。不敢駐足委榛荆。憑軾覩此心怦怦。服牛乘馬聖有程。以人代畜殊不情。此亦人子嗟惸惸。況忍役使加笞搒。哀哉聽我與夫行。

貧士吟

畢沅

江城三日雪霏霏。有客雙扃白板扉。竈突無煙甕無米。淒涼坐擁青氈衣。殘年何處謀升斗。蹋屐衝風詣親友。不慣低顔訴向人。幾番欲語終緘口。薄暮依然徒手回。琴牀硯席吹浮埃。清茗一盂燈一盞。瓦缾吟對梅花開。

挑薺女

黄河清

挑薺女。鄰嫗相逢憐相語。問女生小容楚楚。乍可鳴機當窗戶。何爲野田荒荒零露湑。日炙風吹未言苦。大薺滿地嫌不取。細薺終日不盈筥。賣向豪家賤如土。豪家女兒不下堂。移步小鬟相扶將。奴子買薺連十筐。精擇細斫和餦餭。纖手不動張頤嘗。而我與爾易米雜粃糠。薺芽何曾充饑腸。爲汝太息還自傷。女謝嫗言妾薄命。人生如花飄莫定。黏茵墮溷惟順聽。織婦布裙不掩脛。耕夫脫粟不充甑。富貴于我心無競。蓼蟲習苦甘若性。低頭挑薺歸已暝。

寒士行

吳熙

寒士非無交。所交非所親。張目六合中。誰爲同心人。皦屣既決踵。緼袍不蔽身。側足里黨間。自顧覺不倫。里黨多富豪。類聚相主賓。珠服而玉饌。行樂無冬春。念彼窶人子。一步一逡巡。中心如有違。欲言向誰陳。囊中蔑由出。胯下安敢嗔。豈伊無意氣。飛揚歎無因。天意不可知。疇能無屈伸。聊爲寒士行。永厲寒士神。

典衣行

程贊和

出門苦無衣。到家苦無食。四壁悄無聲。妻孥探消息。無衣一身寒。無食一家饑。充我一家饑。典我一身衣。嗚呼此衣如故人。寒能衣我饑能飧。衣兮衣兮與我別。一夜寒風吹急雪。

縴夫行

仇養正

赤岸黃泥三尺許。兩腳埋深不得舉。反腰貼地傴僂行。聲吞力盡氣如縷。船頭大賈急歸裝。催程那得少延佇。凍脛朝涉或截冰。單衣射風忽仆土。江南行盡復淮南。寧教耕耨胼胝苦。我今對此重愴然。願天無風亦無雨。牽繩不妨步作蛇。執板還看拱立鼠。

更夫歎

吳昇

冬日苦短。得日尚暖。冬夜苦長。匪雪即霜。欲農無田。欲賈無錢。廢寢謀食。乃作更卒。柝鳴橐橐鉦鍠鍠。風蕭蕭兮裂下裳。腰彎股栗十指僵。修毫守犬不吠影。橫路惡鬼時打牆。篝燈倦向短檐歇。醉吏怒聲促開柵。踉蹌啓鑰何敢遲。有夢不知牀與席。雞三號。星一色。寒宵不放東方白。朱樓翠閣道旁連。一路甜鼾花底黑。

乞兒歎

梁玉繩

世間苦樂何不均。富者富矣貧者貧。豈知貧中猶有樂。最苦惟應是乞人。蓬頭垢面走城市。形似枯柴命如紙。日暮喉乾聲漸低。一錢不得饑欲死。手持盌杖軟無力。食店門前揚目視。況逢大雨街成河。泥滑水深將奈何。又或風饕雪肆虐。皮膚欲裂甚搒掠。夜來淒切聳雙肩。破寺檐前曲臂眠。道旁呼問汝何氏。當初本是良家子。良家子。竟如此。烏虖富貴不足恃。

過雞毛房有感　梁道兔

拾取雞毛積似山。幾人駢臥穢房間。重裀疊褥多嫌冷。豈識貧民一被難。一覺醒眠四體僵。熏蒸惡氣滿東廂。平生抱歉無他事。未作長裘蓋洛陽。

陳文述哀凍死者。見歲時門。

無居歎　許昇元

孤雲在天無與親。溝中之斷離其根。男兒骯髒不得志。寒熱都成樵爨人。長安多甲第。去傍誰家門。懷中之刺字已滅。胸中之鐵鋼已缺。吁嗟乎。蝸有廬兮牛有宮。將焉置此七尺躬。

無煤歎　又

駝峰纍纍卸黑鐵。攪水和泥印如切。高堂大屋煖生春。圓爐滿熾堆紅雪。誰憐手龜指瘃裂。破紙條條搖敗簟。此時輾轉念家山。山中木葉猶堪拾。

無米歎　又

書空日學無米帖。釜底蕭蕭響枯葉。旃檀香斗隔前塵。夢捋羊鬚珠墜粒。跳踉饑鼠過牀側。身不遑謀寧汝卹。古經空注侑飯三。祿籍翻思蠹甕百。吁嗟乎。其嗟可去謝可食。世上黔敖未易得。

無衣歎　又

無玉可懷幷無褐。朔風凜凜雪三尺。瑟縮簷前凍禽立。凍禽尚有枝可棲。貧士欲歸何處歸。君不見空牆日晚少陵泣。范叔綈袍贈有誰。

紫花草　哀貧婦也

查　揆

越中民田多種此草。夏日至而夷之。用以肥田。有貧婦日掇其花療飢。爲田丁所覺。至褫其裙。婦恥甚。解腳下行纏縊于隴畔。

紫花草。春風吹。東家花開田自肥。西鄰有婦炊扊扅。去年田中五斗穀。官租私逋償不足。兒啼飢。婦夜哭。東家飯雞呼粥粥。紫花草。春風吹。飢烏欲啄心徘徊。田丁來。布裙褫。兩字飢寒竟至此。紫花滿地貧婦死。

貧士詠

吳存楷

貧士忍修飾。上下完衣巾。清晨忍餓出。去去求所親。所親有上客。車馬橫當門。徘徊重簷下。側足立逡巡。客去主方暇。進謁通殷勤。修辭苦未工。欲語顏先赬。初言久懷憶。繼乃陳艱辛。辭若終未聽。屏息不敢嗔。但聞呼幹僕。立取錢千緡。持爲長官壽。薄獻非酬恩。

貧士歎

熊士鵬

飢必食玉山禾。渴必飲廉泉水。貧士有奇懷。膏粱齷齪何足齒。瘦妻在前泣。瘦男在後啼。地荒天黑盜蜂起。瘦尨唁唁聲何悽。室中何所有。蠹書不可以爲衣。室外何所有。石田不可以療飢。朝掐木皮。暮掘草根。道逢富人。騎馬如顛。酒肉皤其腹。泉布悍其顏。揚鞭捋鬚向我笑。書不如田。田不如錢。

哀破屋　黃安濤

哀破屋。破屋良可哀。三朝大雪蔽天來。屋梁壓重枯朽摧。西城斃妊婦。南村殤幼孩。斯人何辜罹此災。嗚呼七尺身。託處一間屋。瓦頂千爿也要福。頭頂千爿瓦。也要福來招。吳語也。

米價昂　陳德調

八月米山積。貧民出糶富民糴。三月米價昂。貧民往糴富民藏。終歲勤動事五穀。何曾半月飽糜粥。去年禾稻僅半收。輸租富戶無存留。滿望麥豆暫濟急。又苦縣吏勤誅求。脫衫典錢往入市。米價寧計一倍止。多充糠籺與草根。撑腹聊賒眼前死。須臾緩死亦何爲。其奈高年及稚齒。吁嗟天地心。一樣生烝黎。富民何樂貧何悲。我思此事不足悲。循環迭運恆如斯。君不見鳩形鵠面沿門乞食向人啼。從前半是富民兒。

朔風篇　孫吉昌

朔風吹曉日。日淡疑籠烟。衾裯如潑水。足縮同鷺拳。曉起欲呵筆。硯池冰已堅。兀兀袖手坐。方寸多煩煎。高堂垂白髮。食飲少肥鮮。老父課孫讀。几席寒無氈。阿母躬操作。歲暮百憂牽。當此沍寒日。澀縮衣猶棉。豈無百結裘。典質青銅錢。囊空未能贖。范叔誰相憐。書來慰兒念。云爾當勉旃。我喜日曝背。冬暖無今年。讀罷淚如霰。有子亦徒然。

賣菜婦　姚燮

賣菜婦。街頭行。上有白髮姑。下有三歲嬰。賣菜賣菜。叫遍前街後街無一應。昨日宜單衣。今日宜棉衣。棉衣已典。無錢不可贖。嬌兒瑟縮抱娘哭。　娘胸貼兒當兒衣。娘背風淒淒。但願兒煖兒弗哭。兒哭剜娘肉。　莫道贖衣無錢。牀頭有錢。牀頭有錢三十餘。買得一升米。煮粥供堂上姑。餘錢買麥餅爲兒餔。　得過且過。明日如何。明日天晴。賣菜街頭行。明日天雨。妾苦不足語。姑苦兒苦。

村塾

彭蘊章

天寒雞啼早。家貧兒子好。所見無異物。鉏犂及灑掃。日出抱書來。出塾送歸鳥。問童何所求。文字粗通曉。禮義可守身。力耕以終老。誰家紈袴子。聰明矜少小。嗜欲紛相攻。廉隅不可保。蹉跎久無成。門戶嗟潦倒。

賣書行

彭兆蓀

十家士八九不給。貧極捨書成慣習。萊蕪室內鳴饑腸。故紙堆中搜祕笈。當年甲乙重標題。萬卷遙知費編輯。芸葉曾防羽陵蠹。錦贉或用波斯襲。浮雲世事不可久。卻爲兒孫覓升斗。遺業曾無八百桑。舊家自有千金帚。傾筐倒篋驅鱣魚。載以兼兩薄畚車。易錢難比瑤華乘。書券分明博士驢。富兒有書不解讀。貧兒欲讀無其福。餅金輦致玩好同。插架牙籤手誰觸。白氏楊枝臨去吟。教坊後主新降曲。明珠脫手各傷心。同向豪門成一哭。平生我亦書是娛。此事寧保他年無。徑須營辦五畝區。去作識字耕田夫。穰穰但祝年屢豐。雖貧不賣杵與舂。人間長策無如農。農夫一笑稱未善。君不見鉏犂昨爲輸租典。

絮衣歎

夏之盛

絮衣薄。不耐寒。强衣究勝布褐單。連朝大雪積盈丈。幾家屋圮人傷殘。屋圮無住處。捉襟況復肘頻露。有人施衣拯爾寒。饘粥全無歲曷度。歲曷度。饑極抱衣入質庫。

車夫行

鄒在衡

趕車夫。趕車夫。騾車一輛走道途。天寒夜半聞客呼。堅冰在鬢風裂膚。四更上路行步徒。羊皮作衣還作帽。車行騰騰一鞭掉。打尖已過睡如泥。客在車中任顛倒。自言家住在天津。離家尚是今年春。妻兒翁嫗紛待哺。寄錢並少還鄉人。西行直至蘭州府。南行又至清江浦。送客行行盡到家。不管車夫路中苦。牙行投入將車卸。住久無錢向行借。出店難言尅扣多。叉手和人索車價。前途見說多火牌。安排館驛迎官差。卸車怕向拏差處。車來準捉當官去。以上貧賤。

安溪李文貞公句。富貴每因驕佚敗。貧窮半是惰游成。蔣心餘句。古來名士窮難送。天下才人貴亦勞。黃退庵句。八口無飢眞樂事。一家少病卽神仙。吳山尊句。君子處富貴。炙手中不熱。堅白惟自完。百試不磨涅。歷城楊爽山句。無人知爾方爲貴。有地容吾不算貧。順德黎二樵句。生如草木眞爲死。士有詩書亦可貧。紀文達公句。貴賤皆有營。百歲誰得閒。但使妄念淨。卽爲善閉關。

清詩鐸卷二十

忠臣

忠孝節義之什。稿集志乘所載。塞乎兩間。曾別輯錄爲國朝詩正氣集。有數十卷。擬擇其尤者選入此編。乃遭劫燬。並原采書亦全失。今覓書補選甚艱。就舊選者以僅存之書撮補。挂漏多矣。〇忠臣敬錄國朝諸公。其歌詠勝朝末年殉節者不錄。孝義節烈之人采錄亦如之。

王虎子歌　楊雍建

虎子諱起彪。錢唐人。順治丁亥進士。授江西德興令。甫涖任。鄰寇擁衆襲破被執。不屈遇害。詳本傳。

天畀完節兮毓德錢江。春秋大義兮明自雞窗。百里之寄兮身入危邦。亂賊蠭涌兮倉卒紛厖。白刃環向兮劍戟相摐。從容致命兮誓不肯降。氣塞蒼冥兮碧血滿腔。日星燦燦兮流水瀧瀧。

陳僉憲殉節詩　王士禛

諱丹赤。閩縣人。官溫處道僉事。總兵祖宏勳叛應閩變。死之。贈通政使。謚忠毅。

爭飛海水動妖氛。大節堂堂獨不羣。眞見司農生擊賊。還同車右死鳴君。赤城地遠埋殘骨。朱鳥魂歸哭陣雲。他日東甌應廟食。靈旗風雨夜深聞。

楊僉憲闔門殉節詩　　又

諱三知。良鄉人。神木道僉事。參將孫崇雅叛。同妻妾二女赴井死。贈光祿卿。

西來鼙鼓震秦川。神木城頭火夜然。直向重泉尋八口。居然一死動三邊。飛書大將論功日。嚙齒孤城入地年。髣髴井幹明月下。苔痕零落聽啼鵑。

劉富川殉節詩　　又

諱欽。廬陵人。任富川知縣。粵西孫延齡叛。罵賊殉節。贈太僕少卿。賜諡忠節。

白沙江上別蒼茫。憶爾廬陵節義鄉。萬里青燐連桂管。三年碧血照清湘。烏啼濺淚逢寒食。馬革驚心裹戰場。望斷銘旌何處是。蒼梧愁絕暮雲黃。

蘭谿丞徐君殉節詩　　又

諱喆。廣昌人。浙寇陷武康。署縣事懷印死之。贈按察僉事。

連城大帥豎降旛。獨有微官死報恩。故印猶存同杖節。巫陽無地與招魂。雙松幾歲哦廳事。大鳥何年立墓門。聞道荒城還渴葬。怒潮穿脅越江昏。

定邊堡守備劉君夫婦殉節詩　　又

諱士英。朱龍據堡以叛。與妻妾俱死之。贈拜他喇布勒哈番世襲。

河套南來花馬池。嚴城一夕滿旌旗。驚傳絕塞豺狼窟。坐失三軍熊豹姿。恤緯孤忠留婦女。成仁浩氣屬偏裨。高牙大纛工翻覆。請視劉君墮淚碑。

贈太僕卿高忠烈公挽詩　　宋犖

諱天爵。建昌守。殉難閩中。

烏石峯高穴貙虎。赤狐跳踉黃猘舞。血牙爨炙氣益粗。紅帕抹首錦纏股。妖氛一夜連汀漳。盱黎城邊波沸湯。太守弓刀夜乘障。不識眞卿作何狀。七尺誓與孤城俱。變生肘腋誰周防去聲。嗚呼南八眞男兒。壯士隱忍欲有爲。不成死耳肯作賊。銜鬚茹刃甘如飴。璽書褒忠主恩厚。汗青焯焯行不朽。顏舌段笏今有無。杏山鐵漢建昌守。

附胡高望題高忠烈公傳後詩

采風兩度經盱水。山高水淸風俗美。寒雲莽莽萬年橋。忠烈聲名照靑史。史稱大節殉此城。孽藩倣擾連蛇豕。自云守土十六年。百戰金瘡甘誓死。外援未應內訌生。遂縶南冠圜土裏。畢命從容謀泄時。顏常山舌睢陽齒。惟公起家自明經。歷典州郡民樂只。電掃黃巾定黑山。撫循到處蘇瘡痏。平生經濟本經術。正氣歌成誰與比。聖代褒忠有殊典。易名晉秩馨香祀。哲嗣趨朝相業隆。更傳世錫尚書履。文孫今又守西江。人識名駒咸志喜。共傳文武忠孝家。煌煌偉行從頭紀。

范忠貞公祠 公贈宮保兵部尙書。嗣君督閩浙。亦官大司馬。

鮑鈐

當年閩海見傳烽。犀兕室多棄甲重。大節並推顏魯國。孤忠直繼段司農。碑題峴首留殘碣。世握兵符踵舊封。應與睢陽同廟食。堂堂授命盡從容。

襄勤伯鄂虛亭中丞容安輓詩

袁枚

聽築長圍幾萬重。將軍匹馬獨臨戎。天山掃雪兵猶戰。靑海題烏帳已空。拜表淚留秋草上。彎弓弦斷夕陽中。男兒欲報君恩重。死到沙場最善終。鄂參贊征西海。歿於王事。

江西新昌典史諸公死事詩　蔣士銓

雲南反。江西亂。軍民逃。官吏竄。會稽人。諸士英。尉新昌。有妻傅。有母王。有三子一女。有僕諸福臧獲良。母年八十兒年四十九。孤城如斗兒獨守。力盡被賊縛。罵賊不絕口。啖以冠帶怖以刃。妻子悲啼一何有。賊曰降不降。公曰殺便殺。箠梃交下血肉飛。凜乎臣節不可拔。臨刑口占二十字。就義從容持定志。明日母卒列兩櫬。贈秩主簿遣官祭。妻子飢寒留異地。三年求乞骨始歸。忠臣官小傷如是。烏虖幼慕文山號文水。終與天祥同一死。咄嗟何人典史耳。典史死事懼失實。太史之書存特筆。康熙甲寅年。仲冬廿一日。

慰忠祠　吳省欽

祀戶部主事趙文哲、刑部主事特音布王日杏。重慶知府吳一嵩。候補府王如玉。府同知鍾邦任。通判汪時、吳景。知州吳璜、常紀、徐諗、彭元璋。知縣徐瓚、張世永、許椿、孫維龍、章世珍、程蔭桂及其子烈布。照磨倪鴻。縣丞倪霖、吏目羅載堂。巡檢郭良相。典史吳鉞、許濟、周國衡。祠在少陵草堂之西。顧觀察光旭倡成。王吏部昶撰碑。

太歲在癸巳。六月日初十。我軍軍昔嶺。滑澾朝徑溼。定邊印如斗。誡子預藏襲。獵獵移纛旗。未暇整伍什。將投木果旁。堅壘待重入。中道膏賊鋒。師潰咎誰執。一雙蘭署郎。機庭練批答。袴褶來從軍。併命衹呼吸。徐常司度支。吳羅備典給。隨行卽隨死。僵臥委韡鞈。以上殉難昔嶺。先時番孽降。野心欠馴習。招搖颺白旗。還往悄游諜。聊以夾霸番語強劫也。訾。各各繕槍鋏。將軍置罔聞。餘黨孰竦讋。驟窺美臥溝。朔日晚告急。提臣防禦單。倉猝毚羣噆。遂延喇嘛寺。欲向別駕脅。父子甘捨生。褫剁逮紲縺。角硐檄報同。科多火攻合。鍾程暨仙尉許濟。望救痛何及。桓桓推郭吳。半通寄冗闒。相持閱幾朝。相格斬幾級。以上糧站各員遇害。勢去終莫支。礮臺跡旋蹑。吏卒慘欷歔。商民駭駁踏。號呼赴大營。營門拒弗納。侵晨教大開。出走擁踩胛。將殞兵竄亡。瓦解浩難戢。登春驛重臣。枯朽被摧拉。且戰且退奔。矢石冒千疊。取道爭兩厓。厓上礮聲接。從官十三人。先後尸枕壓。十三人從督臣登春退師。途次遇害。肉爲飢鳥銜。骨爲訓狐攙。國殤不勝書。鬼錄不勝牒。文臣不惜死。公等更酸唈。晴沙東林脊。倡議度地協。芝栖映藻井。栗主替畫翣。慰忠祀江城。昭忠祀京邑。姓名婦孺傳。事蹟史宬輯。尚有楊酆都。轟雷運噴欱。紿賊殲數人。斯舉漏章摺。身殉衆競憐。廟食爾同愜。酆都楊令被賊慘害。請卹未及。後補奏。優卹。摳拜修瓣香。陰景燿靈煜。按楊令事見下張詩。

楊酆都殉難詩

張雲璈

楊明府夢槎。無錫人。孝廉。任四川酆都令。值金酋逆命。調赴軍營。監製礮位。屢有功。癸巳六月。大軍至木果木山。夜半半賊劫礮局。擁公去。環叩用礮之法。公陽教之而陰詭其製。反裂殪賊無算。賊酋切齒。剁公屍如泥。事聞詔贈兵備道。賜祭祭葬。蔭一子如其官。

木果山前陣雲赤。紅衣大礮轟天坼。金酋肉破飛滿空。戰骨千年不能白。楊侯手奉將軍令。一擊能殲萬人命。礮局驚傳製作精。鐵騎雖行不敢横。賊冒萬死來急攻。計劫礮局先劫公。有公不患礮不工。首崩厥角請命同。公僞大笑欣相從。教之樞紐藏其中。忽然反走軍無功。奔馬倒蹴深谷窮。狂蛟退入馮夷宮。賊如落葉隨迅風。快掃屯蟻巢爲空。殘骸賸體不見蹤。人血作雨漫天紅。賊衆恥爲公所給。露刃攢公骨俱碎。萬點寒沙萬點燐。定化陰兵成一隊。朝廷痛惜褒忠魂。贈官賜葬蔭子孫。賊雖恨公重公義。酆都嘖嘖名猶存。以賊攻賊賊不知。轉環計妙乃若斯。君不見楊侯之心本鐵石。楊侯之手眞霹靂。

哭副總戎韓公加業詩　龔景瀚

林昌彝詩話云。嘉慶元年。川楚匪熾。總戎宜綿以龔海峯先生參軍事。先生與參府韓公帶勇追殺紫陽安康境內大小米谿賊匪。賊逼沔縣。調至陽平。韓公忠勇良將也。新募兵無紀律。公獨戰無援。遂死。先生哭之。

仁嚴勇智世無倫。倉卒行師志未伸。陽平防兵皆新勇。無紀律。倉猝將之。一死自當酬聖主。九原應不愧嚴親。公尊人以把總陣亡金川。定軍山上雲常冷。諸葛祠前草不春。公死處距武侯墳僅數里。坐地彎弓猶殺賊。紛紛鼠竄彼何人。公馬蹶墜地。僕急易一馬。公揮之去。曰此吾死所也。去何之。盤膝坐地上。拈弓矢。殪賊執旗頭目一人。從卒皆先逃。

十載交情骨肉親。余令平涼。公署平涼游擊事。年年戎馬共艱辛。余隨宜制府公爲翼長。歷恆將軍松制軍幕府。傷心伯子方分袂。公兄至漢中一宿。甫去。公即遘厄。回首高堂更愴神。母年八十在堂。漢上列屯悲大樹。漢中兵民聞者無不泣下。涇陽舊部泣遺民。公任靜寧都司及署平涼。皆有惠政。裹屍馬革君何恨。我爲朝廷惜此人。

保安驛丞張煥死事詩　詹應甲

驛無守具官無兵。賊來犯驛驛馬驚。驛卒跪請官入城。官曰吾職乃守此。義與驛馬共一死。大聲一呼奮袂起。抽刀屠賊如屠豕。賊衆且潰官色喜。壯哉何官驛丞耳。驛丞手無縛雞力。能伸大義死不惜。若擁牙旗坐上頭。身先士卒軍心激。援兵不至城門開。賊怒驛丞合隊來。火礮入夜轟如雷。驛丞死事計早決。但恨羣賊未撲滅。體無完膚罵不絕。吁嗟乎。闔門衆口肉流血。破巢之下一卵完。褒忠有典加其官。官卑未有如驛吏。驛吏千秋有生氣。保安之難丁巳春。婺源張煥殉其事。

甬上哭祭提督李忠毅公祠

阮元

粤海閩天接燧烽。大星如斗墜殘冬。一生精氣乘箕尾。百戰功名稱鼎鐘。死後人知眞盡命。生前帝許得崇封。至尊震悼廷臣哭。早有孤忠動九重。

誰使孫恩賸一船。非公追不到南天。公擊蔡牽于粤海。牽惟賸單舸。逃入安南海中。遠探蛟穴五千里。苦歷鯨波二十年。隔歲過門皆不入。公連年在海不歸。即歸亦但在鎮海修船備糧。未嘗一返家署。乘潮徹夜每無眠。雅之若與牢之合。早見澎臺縛水仙。

六載相依作弟兄。節樓風雨共籌兵。手中曾擊千舟盜。海上如連萬里城。公與元所共擊滅攻散如水澳、鳳尾、補網、賣油、七都等幫。前後不下千艘。絕吭原知關氣數。寄牙早已斷歸情。公喉間被礮薨。在洋嘗封所落齒寄夫人。蓋以身許國。恐無歸櫬也。誰憐伯道終無子。好與恩勤待館甥。公無子。襲爵者族子也。女夫陳大琮從公久。知盜情。余奏留浙補寧波同知。

甬上重來特建祠。舊時部曲竟依誰。鈴轅月冷將軍樹。提督署在甬上。泮水苔深叔子碑。公修府學。自撰碑文記之。如此置身眞不恨。何爲齎志也休疑。麥城竟合關家讖。彷彿英風滿廟旗。公出師時禱于寧郡關帝廟。占得詩句云。到頭不利吾家事。留得聲名萬古傳。

洋州行弔曾大令

黃孫瀛

諱彰泗。四川德陽人。以拔萃任洋有循聲。乾隆丙寅秋。寧陝叛兵破城。曾以大義責之。賊脅之城隍廟。以沸湯灌喉。罵不絕口而死。

洋州城。堅似鐵。欃槍下墮虛隍裂。棄甲何來犀兕多。反戈忽見蟲沙滅。使君一死且不辭。口中況有常山舌。湯湯百沸倒軍持。甘似醍醐通體徹。盤旋那復畏蘊蒸。血聚丹田本來熱。一時煎炒及肺腸。百鍊純鋼留骨節。竟將糜爛作全歸。如此捐軀亦奇絕。皇威遠振刦火消。特典頻頒重人傑。復隍配食颯英姿。靈來怳惚雲旗掣。

塾江丞李宸禦賊殉難詩

徐念高

半旅提戈去。眞成革裹屍。千軍全避賊。一倅獨搴旗。主憂人先報。官忘我尙卑。功名傳史册。凜凜見鬚眉。

襄陽縣呂堰巡檢王君殉難詩 原題曰哀呂堰。從別集此題改。

劉嗣綰

君名翼孫。號聽夫。長洲人。官湖北呂堰驛巡檢。嘉慶元年二月。邪教倡亂。賊起襄陽縣之黃龍壋。君團練鄉勇。並列戰守議八條上大府。不報。賊大至。度必死。乃作家書。付弓兵劉祿間道歸。飛書告急。大府援不至。鄉兵漸潰去。君橫刀登大橋。手刃數賊。中矛投橋下。賊鉤而出之。罵不絕口。遂被害。毀其屍。事聞。卹晉武德騎尉。世襲雲騎尉。入祀昭忠祠。襄陽人於橋上立祠祀焉。事詳君兄鐵夫廣文芑孫行實中。

襄陽賊兵逼呂堰。誰守驛者王巡檢。吁嗟巡檢官則輕。以死守驛同守城。守列八議官不用。官兵縱賊賊兵衆。三月廿九歲在辰。巡檢突出奮一身。手書報家身報國。身退一步死不得。是時殺氣橫北橋。梟三賊首賊勢囂。巡檢大呼橋下墮。巡檢一死賊膽破。至今賊來不敢橋上馳。英風蕭蕭巡檢祠。

王巡檢詩　陳裴之

巡檢殉呂堰之難。民祠祀之。歲久傾圮。湖北按察使嚴公烺檄襄陽李令新之繕祠。附書寄鐵夫先生。余過淵雅堂。見嚴公書。因成是篇。

黃龍墻賊攻呂堰。拒賊獨有王巡檢。呂堰無兵復無城。巡檢立堡團鄉兵。運籌初定賊烽逼。部勒吏民出迎擊。擒賊三人斬橋側。驛在橋南橋在北。巡檢守驛急守橋。大吏護城不護驛。惟勸巡檢避入城。巡檢誓死不肯行。亟麾弓兵歸取印。附作家書報凶問。弓兵不至趣小吏。小吏方行賊來矣。陣雲壓日風蕭蕭。巡檢立馬當大橋。奮勇殺賊揮短刀。橋下戰血噴紅濤。渠凶突出俞宗武。猛舉長矛刺腰股。羣賊乘之戈亂舞。創重狂呼躍江滸。賊驚倒戈鉤出之。怒罵不屈臠其屍。賴有小吏知死地。小吏者誰廖之義。之義未見戰死時。但見水中飄血衣。死狀模糊未入告。橋頭夜夜忠魂嗁。將軍奪驛大破賊。獲賊並獲銅印一。訊官被戕事得實。入奏九重方議卹。血衣歸葬殯緡金。嗣孤八歲隸羽林。祔祀昭忠薦牲醴。褒忠勸盡卑官心。嗚呼八事煌煌計誠遠。殘兵無援事已晚。斯人自合寄封疆。可惜區區一巡檢。保障偏隅能報國。歲祀襄陽拜武德。祠楹嚴李繼修營。史乘袁枚洪亮吉載忠節。嘉慶紀元歲丙辰。日在乙亥月季春。巡檢氏王名翼孫。死年四十長洲人。

李忠毅公挽詩　潘賢

諱長庚。浙江提督。嘉慶戊辰。擊蔡牽于海洋。陣亡。賜謚追封伯爵。敕於原籍同安建祠。

海風怒號海水立。奮勇破賊追奔急。誓掃欃槍酬主知。兜擒巨憝在呼吸。突煙冒刃戰縱橫。豈料倉猝墮長城。黑水洋中遺恨在。公追蔡牽。戰歿於黑水洋。編氓部曲皆呑聲。遡昔舟師公總統。用浙用閩久倚重。髫齡自負便非常。天生我才必有用。幼入學。常書此七字一舟之主匪易勝。誰歟把柁臣也能。常於召見時。詢及海中事。宜以柁爲一舟之主。又詢能否。對曰能。鳳尾箬橫及水澳。槍礮所到同芟艻。當時海盜如鳳尾幫、箬橫幫、水澳幫皆就殲。惟蔡牽幫存。蔡逆未除恨未止。幾番血戰擢海市。逆黨聞名魄已褫。寧敵萬軍莫敵李。海盜有寧敵千萬軍。莫敵李長庚之語。貽書商榷智勇深。甘苦與共人傾心。梭船特仿同安式。指揮兩翼旌旗森。風雲沙線知之熟。月夜揚帆還坐讀。月夜揚帆坐讀書。阮撫軍贈句也。公有和詩。贈紵嘗賡伐木章。擢才不愧空羣目。助賑當年德在民。宮牆黌舍同時新。公有助賑。後倡捐重修學宮事。于今儒將推第一。一朝星隕滄溟塵。臨危授命烈且壯。執盾持刀屹相向。瞠目直視面如生。寸心耿耿何時償。方今天子褒殊忠。建祠賜謚世爵崇。九重特下悲憤詔。將士感奮氣益雄。從此合兵肆霆擊。臠割淋漓奏刀砉。轉瞬孫盧已就擒。公其慰矣同親歷。次年蔡牽伏誅。泉山峨峨廟貌光。海天渺渺靈旗颺。忠魂千載自擁護。淨洗兵甲波無揚。

八卦山行哀彰化朱明府死事　王槐

明府諱瀾。仁和人。由臺灣府經歷攝彰化縣事。乾隆乙卯正月。鳳山縣民陳周、陳光愛等聚衆焚掠。光愛被擒。周遁去。糾餘黨于三月十三日攻陷鹿仔港。乘勝至彰化。彰化無城可守。時有副將張某、游擊陳某屯兵八卦山。距縣五里。明府命子兆嗣請救。旣又自往痛陳利害。二弁不爲動。賊已蜂至。攻山兵潰。明府二弁同被害。夫人聞變。率婦𡚁女輩姑投水。遇救。復投繯。獨夫人又得救不死。兆嗣亡歸。偵知母在。奔視。而明府及婦女遺骸已爲輿夫等收殮。是役也。明府以離城守。格于例不得卹。婦與女俱邀旌典。烏虖。草竊之衆。一鼓可滅。而擁兵者逗撓觀望。重發難而惜身命。卒亦不能免。吾哀明府一門殉節。觀夫輿夫芒隸爭收骸骨。知恩義入人深已。爰作是篇。

搜羅金穴窮膏腴。鋌而走險森戈殳。倉皇勦撫俱失策。逸出旁縣遭焚屠。八卦山前列旗鼓。握兵觀望散部伍。斷指淋漓語未終。賊衆憑陵氣如虎。怪雲壓陣乘長風。將車駢首縣令同。摧枯拉朽一軍覆。握拳嚼齒眞人雄。夫人聞變起嗚咽。義激蛾眉慘無色。拼拋骨肉付波臣。忍將紅粉罹鋒鏑。宛轉波間死未能。投繯先後魂冥冥。捐軀一日靈旗動。戰血千年鬼火青。天慰孤忠留一綫。郎君母子重相見。慟哭還疑夢裏逢。急收殘骨歸鄉縣。簪筆儒臣重策勳。魚軒象服表貞魂。鄙夫誤公失死所。精靈夜夜哭幽墳。我作公詩奮直筆。紙上霜飛聳毛骨。輶軒他日采風謠。會將公事排天闕。

黔南二忠詩

吴振棫

甘忠果公文焜。祖籍江西。遷瀋陽。隸漢軍。官雲貴總督。康熙十二年。吴三桂反。以書報川湖總督蔡毓榮。趣其集兵沅州。聯黔楚聲勢。會巡撫曹申吉、提督李本深已受僞命。督標兵被脅誘不受調遣。公令妾婦數人繯死。而率數騎與子國城等疾馳鎭遠。比至。副將江義得三桂書。以兵圍公于吉祥寺。公向北再拜。自剄死。國城等從殉。寺有古柏二株。堅若鐵石。蓋正氣所結云。

狠子藏野心。一嗥乃衆應。隻手障洪河。人力安可勝。乞援謀自臧。殉國志早定。古柯寺門雙。號風肅清聽。

王忠毅公之鼎。漢軍人。襲子爵。官提督。康熙十八年。吳世璠據貴陽。賊將犯永寧。公爲四川提督。守永寧。外援絕。城陷。率兵巷戰。左腋創被執。舁之貴陽。世璠說降。不屈。賊怒。以刃擬其頸。公瞋目大罵曰。逆賊何不速殺我。遂遇害。是日大風拔木。黃塵蔽天。同死武弁十二人。

爲鬼當殺賊。豈有降將軍。嬰城復巷戰。壯氣鬱如雲。使君不負國。孰忍負使君。風霾塞天地。憤泣紛精魂。

張忠武公國樑輓詞　又

歸義尋常事。忠勳見此人。才推今大將。心擬古貞臣。殉國悲倉卒。論功劇苦辛。中朝詢訪急。噩耗願非眞。公陣亡後。奉詔詢訪。數月後始下恩卹之命。蓋猶望其遇救獲生也。

主帥何如者。眞憐乳臭兒。倚權違苦諫。失計潰全師。盜賊爭相賀。東南遂不支。如公能老壽。戡亂豈需時。

桐船行弔胡將軍和陳雲伯作　蕭掄

雲伯詩原序云。將軍名振聲。閩人。官浙之溫台鎮總兵。所乘戰艦以桐木爲之。輕而疾。出必爲諸軍先。賊畏之。將軍母每於將軍出剿。聞俘獲則喜。否則怒不見。以故將軍常力戰。嘉慶時。將軍赴閩。大府檄赴臺灣擊賊。賊方伏島中。船先至被圍。援師不至。獨率所將二百人戰。死傷略盡。賊擁去勸降。將軍怒罵。求死不食。且抉其傷而死。賊棄其屍海中。事聞。詔贈提督。官其一子。將軍之往臺灣也。與浙撫阮公書。自度必死。但恐死于海外。或有誣之以爲卸過地者。則身名喪矣。及將軍死。傳說果不一。有敗卒逃歸言死狀。人乃歎將軍之烈。且有先見云。

永嘉城頭角聲咽。大星墮地光不滅。白頭老母望兒歸。不見桐船淚垂血。桐船輕疾如游龍。將軍百戰多威風。不知乃由阿母訓。不殺賊歸母須慍。桐船昨出時。別母換征衣。只言兒向閩中去。那知陷入鯨鯢圍。鯨鯢自伏臺澎側。閩中將吏誰敢擊。幕府聞得桐船來。火急軍書催赴敵。將軍來非爲出師。國家有事安得辭。貽書中丞誓必死。要使大節千秋知。天茫茫。波浩浩。吹桐船。落賊島。矢石既盡壯士亡。將軍挺立神不撓。大呼狂賊速殺我。羣醜投戈擁公坐。抉傷且學魯臧堅。捐軀夙志今朝果。聖主酬忠禮數全。可憐讕語尚紛然。果然不出將軍料。誣作哥舒語浪傳。有卒潛歸自賊壘。自言親見將軍死。話到蛟龍食魄時。阿母聞之悲不止。母勿哭。母教兒殺賊。兒死身不辱。桐船雖敗鬼猶雄。森森直節誰能同。便是龍門百尺桐。

哭林文忠公（公奉使征粵逆。薨於潮州途次。）

陳偕燦

八桂干戈日。三朝社稷臣。登車猶力疾。拜表已忘身。出處關天下。安危繫此人。何當悲薤露。遺恨滿征塵。

天地黯無色。原頭夜落星。一身完大節。九死出邊庭。（公曾戍西域。）古驛燈微碧。芳郊草自青。故鄉遙隔處。風笛咽郵亭。

題陳忠愍公（化成）遺像

陳偕燦

昨夜將星落。吳淞水不流。忠魂蘆港月。鬼火戰場秋。鄉國同殘劫。朝廷念故侯。海邊展遺像。怒氣壓兜鍪。

射鷹樓詩話。又采晉江陳頌南給諫慶鏞是題摘句云。君不見陳老佛。手執紅旗呼戰士。以一當十皆奮起。敵聲人聲震百里。夷人當之皆披靡。火輪辟易不敢駛。自卯接戰巳不止。衆軍環視失角犄。兇復潰散無律紀。敗軍之將公所恥。整飭孤軍氣倍蓰。目眥盡裂髮上指。力殉疆陲報天子。惜未見全篇。

三將軍歌

張維屏

陳公聯陞、陳公化成、葛公雲飛。道光庚子、辛丑、壬寅間皆以禦夷寇力戰歿于陣。余聞人述三公事作歌。

三將軍。一姓葛。兩姓陳。捐軀報國皆忠臣。英夷犯粤寇氛惡。將軍奉檄守沙角。奮前擊賊賊稍卻。公奮無如兵力弱。兇徒蠭擁向公撲。短兵相接亂刀落。亂刀斫公肢體分。公體雖分神則完。公子救父死陣前。父子兩世忠孝全。陳將軍。有賢子。葛將軍。有賢母。子隨父死不顧身。母聞子死數點首。夷犯定海公守城。手轟巨礮燒夷兵。夷兵入城公步戰。槍洞公胸刀劈面。一目劈去鬬愈健。面血淋漓賊驚歎。夜深雨止殘月明。見公一目猶怒瞪。屍如鐵立僵不倒。負公屍歸有徐保。陳將軍。福建人。自少追隨李忠毅長庚。身經百戰忘辛勤。英夷犯上海。公守西礮臺。以礮擊夷兵。夷兵多傷摧。公方血戰至日旰。東礮臺兵忽奔散。公勢既孤賊愈悍。公口噴血身殉難。十日得屍色不變。千秋祠廟吳人建。我聞人言爲此詩。言非一人同一辭。死夷事者不止此。闕所不知詩亦史。承平武備皆具文。勇怯眞僞臨陣分。天生忠勇超人羣。將才孰謂今無人。烏虖。將才孰謂今無人。君不見二陳一葛三將軍。

王文瑋哀廬陽篇。見將帥門。

馬將軍歌

徐葵

諱定國。官福建南路營守備。康熙五十四年。朱一貴之亂。力戰殉難。其孫鳳池述將軍遺事。爰作歌紀之。

朝呼鴨。暮呼鴨。鴨興妖。賊擐甲。一貴幼養鴨爲業。每叱鴨皆成伍。愚民異之。遂擁之作亂。臺灣城中將軍守。臺灣城頭墮天狗。海水起立飛妖氛。將軍開城揮三軍。跳刀走戟何紛紛。十盪十決奔如雲。何事城頭鼓聲死。守陴軍爲賊人使。將軍守土關存亡。轉戰已無麾下士。白首親兵乜大成。短衣匹馬相隨行。賊人注矢弦不鳴。環呼將軍是好人。我輩戒勿戕其生。將軍聞言忽嗔喝。賊不我殺我豈活。急揮大成速突圍。他日呼兒收我骨。拔刀自剄血灑空。以血塗玦玦盡紅。手付大成成泣受。身僵直立橫屍中。賊人咋指盡羅拜。是將軍者眞鬼雄。天兵迅掃欃槍奔。大成幸保將軍門。郎君間關歷戰地。瞥見高冢嵬然存。將軍義不葬賊手。敢道骨寒今已久。啓土爭看忽大驚。異事流傳萬人口。五十三日顏如生。昔日刀瘢痂結成。吁嗟乎。將軍忠勇信無敵。將軍英烈眞如神。同時死難歐總兵歐陽凱許副將許雲馬。將軍事未聞朝野。大書特書不一書。以告采風入史者。

吉祥寺弔甘忠果公殉吳三桂之難。事見前。

葉名澧

古寺瞻遺像。孤忠弔國殤。張巡能饗士。莊蹻敢稱王。血灑滇西暗。魂依闕北長。英風吹不散。鐘磬莽淒涼。公殺妾饗士。

書滑縣令强公克捷殉難事克捷陝西進士。殉難。賜謚忠烈。建專祠。

柳樹芳

忠臣不畏死。烈婦肯苟生。一門萃節義。血濺滑縣城。滑縣令者誰。姓强克捷名。讀書志慕古。願學顏眞卿。當官不避事。人頌包公明。廉知逆匪首。密擒李文成。欲窮其黨類。明正吾典型。豈料竊發徒。操戈便縱橫。憑陵我郊壘。傾覆我棟楹。城以官爲守。官以城爲屏。城亡官與亡。氣欲吞欃槍。更有賢子婦。罵賊不絕聲。肉糜骨雖毀。奇節天地撐。長媳徐氏。賜謚節烈。建坊旌表。天子嘉忠節。賜謚褒雙旌。專祠重香火。綽楔高門庭。

關忠節公輓歌諱天培。廣東提督。道光辛丑。殉節虎門。　朱琦

颶風晝捲陰雲昏。巨舶如山驅火輪。番兒船頭擂大鼓。碧眼鬼奴出殺人。粵關守吏走相告。防海夜遣關將軍。將軍料敵有膽略。樓櫓萬艘屯虎門。虎門粵咽喉。險要無比倫。峭壁束兩峽。下臨不測淵。濤瀧阻絕八萬里。彼虜深入孤無援。鹿角相掎斷歸路。漏網欲脫愁鯨鯤。惜哉大府畏懦坐失策。犬羊易制終難馴。海波沸涌黯落日。羣鬼叫嘯氣益振。我軍雖衆無鬭志。荷戈卻立不敢前。贛兵昔時號驍勇。今胡望風同潰奔。將軍徒手猶搏戰。自言力竭孤國恩。可憐裹屍無馬革。巨礮一震成煙塵。臣有老母年九十。眼下一孫未成立。詔書哀痛爲雨泣。吾聞父子死賊更有陳連陞。炳炳大節同崚嶒。猿鶴幻化那忍論。我爲翦紙招忠魂。

定海知縣姚履堂懷祥殉難詩　又

公侯官孝廉。大挑浙江知縣。道光辛丑。英夷竄入縣。援兵未至。公投北門外成仁塘死。事聞卹廕。

定海縣濱海。地瘠民甚苦。縣小無兵不可守。縣中居民無千戶。吏民勸官去。官曰死此土。虜來益衆勢倉黃。官投之水成仁塘。如此好官我慘傷。問知侯官人。頗云能文章。一子予廕襲。我爲紀其詳。大書定海知縣姚懷祥。

又

朱副將歌 名桂。浙東副將。辛丑拒逆殉節。

將軍名桂其姓朱。膽大如斗腰圍粗。願縛降王笞鮫奴。臨陣愛騎生馬駒。傳聞寧波新失利。大帥倉皇欲走避。公横一矛跽帳前。此輩跳踉那足畏。我有勁兵人五百。自當一隊往屠賊。大兒善射身七尺。小兒英英頭虎額。鋒合頗能搴其旗。蛇鳥指畫天爲低。紅毛吽嘯番鬼啼。總戎胡爲先遁走。峨峨蛟門棄不守。槍急弓折萬人呼。裹瘡再戰血模糊。公拔鞾刀自刺死。大兒相繼斃一矢。小者創甚臥草中。賊斫不死留孤忠。是時我兵鳥獸散。月黑漫漫天不旦。中丞下令斷江皋。亂兵隔江不敢逃。敢有渡者腥吾刀。

又

王剛節公 錫朋 家傳書後 公事蹟見島夷門

皇帝廿一載。逆夷寇邊陲。定海城再陷。三總兵死之。其一鄭國鴻。其一葛雲飛。公死尤慘烈。寸礫無完屍。親軍數十騎。鏖戰同燼灰。先是裕制軍。仗鉞往誓師。余督爲犄角。三鎮受指撝。要害議分守。險艱安敢辭。甬東僻海陬。烽燧苦新罹。流亡招未復。怪鵩啼蒿藜。荒郭背厓砦。曉峯何嵚崎。竹山障其南。仄徑窮煙霏。兵法忌阻隘。技擊無所施。峨峨九安門。獨力誰能支。公率壽州兵。帳下多健兒。列柵據峯坳。彼虜潛來窺。我兵壁壘堅。無從抵其巇。賊退攻竹山。巨礮轟崩雷。相繼破曉峯。旗靡車輪摧。公乃急赴援。事已不可爲。鄭帥斷右臂。裹創強撐搘。張目猶呼公。陽陽如平時。葛陷賊陣間。血肉膏塗泥。或云沒入海。振臂登危巖。舉火發礮車。反攻欲設奇。一酋自後至。剸刃裂腹臍。惟時海色昏。頹雲壓荒陂。公棄所乘馬。短兵奮突圍。前隊既淪亡。後隊勢漸危。相持已七日。援兵無一來。公死復何憾。公名日星垂。昔年戰渾河。厥功銘鼎彞。平瑤盪蠻疆。奪蝥居前麾。鯨鯢坐可屠。何論鼠與狸。命將惜非人。措置乖機宜。傳聞祭纛日。公潛語所私。吾已辦一死。此行必不歸。後竟如公言。失策那可追。大帥奔寧波。招寶旋傾頹。同一委溝瀆。可憐損國威。颶風吹怒濤。羣鬼紛笑嬉。鈔略浙以東。比戶驚鼓鼙。挈家競竄逐。遠望氣慘悽。老弱僵道旁。婦孺走且啼。稍喜劉中丞。鎮定安遺黎。東南困征輸。江淮半瘡痍。奈何縱夷舟。順流逼南畿。用兵今兩年。我后日嗟咨。既苦經費絀。又虞民力疲。專閫成空名。文吏習罔欺。寇至軍已逃。兵多餉空糜。頗聞陳將軍。戰歿江之湄。歸元面如生。大名與公齊。世論泥成敗。事後多詆譏。若公等數輩。使建大將旗。進可殲凶鋒。退必堅藩籬。何至貽隱憂。歲幣爲羈縻。戎心戒潛啓。邊備毋遽墮。國家重武略。忠義懷前徽。死事例議卹。優與極寵綏。謚公以剛節。祀公有專祠。公名曰錫朋。傳者宣城梅。我爲補所遺。長歌告予悲。

此篇先從林昌彝詩話錄刻。後見怡志堂稿。有刪節處。

朱琦老兵歎紀林弁事。見將帥門。

孔繼鑅三總戎殉節詩同上。

葛壯節家書題後　　徐榮

公名雲飛。山陰武進士。任定海總兵。丁憂。道光庚子軍興起用。辛丑夷人竄還定海。以公復鎮。八月戰死。此書在定海與其妹壻朱世祿。略云。夷禍未發之前。文武大吏。漠不關心。失事之後。倉皇無措。遷延日久。羣議蠭起。或圖便私。或矜意氣。既無切中竅要之論。亦無公忠體國之心。余受事後。屢言犬羊之性。非大加懲創。無以善後。將剿辦機宜。條陳當事諸公。咸以爲難。自後局勢屢變。忽剿忽撫。總無定見。現雖收復。而善後事更無把握。余一武人。仰荷聖明起用。惟不避艱危。務盡我心而已。

竹山門頭月光苦。窮海精魂夜深語。國之大事在師旅。當時心肝奉吾主。可憐怙嬉相媢嫵。築室於道聚羣瞽。舉棋不定剿忽撫。陳十八策一莫取。武人惟有勇可賈。毀家助軍貸子母。堅我戈船利我斧。越八月望來舳艫。白者了鳥黑者奴。鴟張蟻附爭睢盱。茫茫天海一島孤。戰六日夜援兵無。臣力竭矣心不枯。死人如麻如葦蘆。有墨其經厥狀殊。平生言之今不渝。曰惟見危捐以軀。謂予不信視此書。

提督陳忠愍公殉節詩

王　城

按寶山王樹滋陳公殉節始末記。公同安人。諱化成。歷官廈門提督。道光庚子。英夷擾浙東。特移公江蘇。帥師赴吳淞口。據險要。列帳西礮臺側以居。三易暑寒。未嘗解衣安寢。優待士卒。而自奉甚儉。時有官兵都吸民膏髓。陳公但飲吳淞水之謠。舟山、乍浦失守。他邑皆騷動。惟吳淞左右恃有公安堵。壬寅五月。夷船至。公登臺守禦。初八日自卯至巳發礮千餘門。傷大夷船五。火輪船二。夷人欲卻。適牛制府擁兵出城。夷望見。礮擊之。牛急召總兵王志元。王已遁去。牛亦遁。衆兵隨之皆竄。公孤力無助。猶手發礮數十次。身受重傷。礮折足。槍穿胸。伏地噴血而死。年七十六。民聞公死。皆曰長城壞矣。號泣奔走。事聞。詔賜專祠。予騎都尉世職。淞江人哭公哀。作詩成帙。名表忠崇義集。

一木難支大廈傾。將軍殉節萬民驚。丹心料有天垂鑒。白日愁看鬼橫行。公已成仁甘就死。士惟見義乃忘生。怒濤夜激蘆花岸。陰雨靈旗戰鼓聲。

又摘句。上海陳培庭云。皓首不能生擊賊。丹心惟此死酬君。崇明施子良云。肘常旁掣生餘憤。掌僅孤鳴死竭忠。

絶命詩咸豐癸丑二月金陵陷作　湯貽汾

死生輕一瞬。名義重千秋。骨肉非甘棄。兒孫好自謀。故鄉魂可到。絶筆淚難收。稿葬毋予慟。平生積罪尤。

輓詞次韻　湯成烈

授命臨危日。成仁蹈義秋。全歸能繼志。絶筆見詒謀。矍鑠心仍壯。沈埋骨未收。遺命以蘆席卷埋竹園内。雙思堂下水。清冷更何尤。

陳書談要略。公曾刻金湯十二籌諸書。去歲嘗以戰守滅賊諸略上書江督陸建瀛。恐賊有猝至江寧之勢。陸不能用。劈畫已經秋。保衛乘城績。道光壬寅。英夷犯順。公與在籍紳士設保衛局。同心防堵。奉旨褒獎。艱危在野謀。燎原詎易撲。覆局竟難收。赫赫誰當路。能無衆口尤。陸帥自九江遁歸江寧。安慶即陷。復撤采石扼險之師。金陵亦因之而陷。

金陵龍虎地。一夕黯然秋。祇有聞風遁。曾無未雨謀。黃巾猶未合。赤幟已全收。白髮丹心迥。身殲孰可尤。

家國無窮恨。當茲多難秋。枕戈期遂志。投筆未成謀。莫洩心胸憤。何能涕淚收。從戎吾計決。報復庶無尤。

次韻輓章。裒然成集。未能備選。止錄是篇。

贈中丞趙公輓詩　金鴻佺

諱景賢。歸安人。拒粵逆。守湖郡。屢著戰功。久之城陷被執。不屈。罵賊遇害。公先以功授汀漳龍道。守鄉未赴任。卹贈巡撫。謚忠節。

霅川城門朝不開。上流潰師奔湍來。流民扶老攜嬰孩。哭聲震地昏塵埃。趙公奮臂登陴立。八千子弟一呼集。激發忠義咸感泣。怯膽變勇血戰急。短兵礪刃還再接。捷書繼踵摺重疊。惟公儒雅本書生。躍馬提戈爲干城。虎鈐豹韜心胸撐。不是文人敢談兵。黄封亦有香醪清。憂來詎敢深盃傾。公素豪飲。中丞薦牘達天聽。浙撫王壯愍公。數以公功疏陳。嘉乃危城克底定。監司授職宜報稱。閩南一路福星應。詔書拜誦涕痕新。臨難棄去非人臣。生靈百萬繫一身。詎忍獨活天南濱。挺身百戰兵已戢。屈指三年寇又及。包胥乞師空涕零。析骸易子悲罄缾。壞雲壓天日無色。一片孤城氣皆墨。似聞嘻嘻還咄咄。奇兵突圍月昏黑。枵腹彎弓猶殺賊。欃槍吐焰摧崇墉。火龍擺頷連天紅。萬頭亂飛如瓜割。公也巷戰戈相撥。賊酋大呼宜生擒。生擒受賞償萬金。樓船載向姑蘇臨。三薰三沐覆錦衾。欲以恩遇柔其心。酒龍病渴百壺挈。西江吸盡驚一瞥。狂吟淋漓揮醉筆。慷慨罵賊肝膽裂。滿腔熱血灑愁絕。此心欲折如折鐵。公被虜。飲酒罵賊。並作詩。並刀出鞘光晶瑩。霜鋒刮面神不驚。魂銷骨碎酬君恩。髑髏含笑還怒嗔。文山而後之一人。温公抗節亦同倫。溫太守紹原。祇少孤兒能殉親。公長子十二歲。聞父盡節。一慟而絕。九重褒忠敕立廟。日月光華爭炳耀。空帷無人鶴相弔。魂招不來風料峭。乎吁嗟。粵氛壘陷金城固。天塹長江一夕渡。公之勇鋭鋒誰攖。惜守一隅不與守金陵。

譚廷獻哀二賢詩。見將帥門。

附録徐君青中丞有壬殉節詩江蘇巡撫。諡莊愍。　張興烈

元戎戰死督師遁。十萬紅巾薄城陣。壞雲壓天天欲摧。七里長圍成月暈。城頭月黑飛震霆。風吹腥江戰血腥。登城下視心膽裂。喧闐不辨賊與兵。守陴之兵鞭不起。兵與賊通即賊耳。須臾兵潰賊入城。官吏奔逃不能止。孤臣血淚憤填膺。大局東南壞如此。臣心耿耿可告天。臣罪如山罪當死。大臣死必獲死所。清德堂前一池水。同時從公死者誰。夫人公子女公子。血肉全家葬碧流。姓名千古昭青史。上聞震悼下所部。卹禮優隆庸慰汝。褁屍幸有吳句卑。白骨長埋乾淨土。城陷時。有勸公幼子出走者。公止之。並有不如乾淨之語。吁嗟乎。朝廷養士期致身。如中丞者能幾人。吾鄉氣節邁今古。尙有雲間七品臣。公浙之歸安人。同里卞小雅大令乃譝卞婁縣事。五月間松江城陷。殺賊陣亡。

孝子

繡州孝女女李氏。志在事親。終身不嫁。　李鄴嗣

遠我父母。事人父母。誰無父母。誰有父母。一解。
少慕事親。十年不字。長慕事親。終身不字。二解。
謂我女子。謂我男子。宛然孝子。宛然處子。三解。
有父子倫。無夫婦倫。嬰兒子後。惟此一人。四解。
暮雨梨花。年年寒食。麥粥一盂。父母之側。五解。

題喬孝廉崇烈餉烏圖

朱彝尊

孝廉寶應人。居父子靜侍讀喪。每泣則庭烏盡下。禹鴻臚爲畫此圖。孝廉後成進士入翰林。

烏烏啞啞東西樹。子得食兮哺其父。于思于思淚如注。惜烏尚有反哺時。塊獨煢煢守邱墓。烏烏啞啞樹東西。迴翔下上不得棲。飢來肯啄庭中泥。日食孝子一溢米。堊廬共爾長悲啼。

打虎兒行

禹州民朱兒救父打虎。史使君廷桂獎勞之。

毛奇齡

打虎兒。乃在汴梁之禹州。禹州城外朱家樓。小兒十一隨父耕。深林有虎斑毛成。颼颼黑風吹草根。乘風攫人誰敢攖。小兒不識虎。疑是狐與貍。陡然見虎銜父肢。兒啼向風不得父。把杖打虎截虎路。三尺童子五尺杖。憑空擊去著虎臆。虎驚顧兒舍父逸。深林風草皆無色。禹州太守呼小兒。予之以帛飽以糜。余時在署識兒面。披髮跳踯眞兒嬉。問兒打虎虎何似。舉手張牙作虎勢。假虎隱幔恐小兒。小兒驚避力不支。當時見虎乃無怖。此事我亦昧其故。禹州太守省得之。是時小兒知有父。男兒七尺縱復橫。爭名攫利萬里行。高堂存沒總不問。那肯捨身戀所生。我所思。打虎兒。

贈顧孝子

孝子名棟。字工掄。代父從軍運餉贖罪。朝野稱焉。

孫宏

偉哉顧孝子。代父出邊關。輓輸萬里上馬去。鞭梢直拂寒潭山。大義從軍何勇決。少年不惜新婚別。緫童有志請長纓。不爲封侯慕投筆。絕塞重關險阻憑。嗟爾儒生弱不勝。鐵衣凍合黃河冰。三十六臺霜雪凝。惟君義氣蒼穹眷。定有神靈掣雷電。妖氛潛匿鳥獸散。威風不數天山箭。奏凱歌鐃遍朔方。王師旋報滅欃槍。爲問飽騰誰借箸。當時孝子身能當。歸來拜父成歡聚。親拂征袍馬頭住。庭前笑語更開樽。挑燈細問軍行處。

畢孝子寧古塔負祖父骨歸里詩

余京

混同江畔沙草黃。陰雲晝翳天無光。羈囚廿載老爲鬼。往往夜哭思家鄉。虬山孝子痛父戍。賫志窮荒願身赴。蕙蘭憔悴悲春暉。早向秋風委霜露。鐵嶺遼河五十秋。旅魂漠漠傷淹留。雞竿明詔下鼇禁。蒙許枯骼還山邱。孝子遺孤年已壯。望闕奔號請歸葬。西曹求檄殞故遲。躑躅京華家破喪。萬里窮阨事遠征。饕風密雪踰長城。呵冰鬚髮曉每凍。聞角區脫宵常驚。幽泉負骨旋鄉里。馬鬣齊封堂斧似。兩世精誠事竟成。不愧一門雙孝子。

王孝子詩

繆沅

丁徭日繁重。閭戶多逃亡。文安王氏子。飄泊辭故鄉。棄我舊井竈。舍我舊耕桑。甘心離匹耦。各自東西翔。一解。

故鄉不能歸。涕泣淚如雨。一燈何熒熒。健婦揞門戶。生兒在繈褓。日夜尙須乳。二解。

兒生未十期。兒志如成人。上堂見阿母。兒有平生親。兒生不知父。兒不如鮮民。阿母爲兒言。汝父久埃塵。上天與入地。欲見愁無因。孝子聞母言。含淚聲酸辛。三解。

團欒復團欒。爲兒授家室。登堂見花燭。呑聲哭不得。兒生未識爺。何以安枕席。誓辭連理枝。永遠事行役。再拜阿母旁。泣血涴顏色。四解。

出門何所之。惘惘別里門。長號感行路。天地爲之昏。日則望雲馳。夜則戴星奔。飛蓬罥天末。何處尋本根。五解。

行行大壑旁。僵臥荒祠外。精誠動木石。魂魄交冥昧。開門揖老叟。夢中與神會。午食見指南。莎虆未粗糲。當歸乃隱語。不聞附子膾。六解。

迤邐入東南。山澤形神枯。黃沙蝕顏面。瘡痍生肌膚。果然帶山下。夢覺逢精廬。佛香飄院落。有客蒼髯鬚。詢知舊鄉里。驚喜立坐隅。尋聲猶識得。精神相感孚。父子抱持哭。淚落千僧徒。七解。

慇懃勸還鄉。緇林戒行李。入門見老妻。毀顏已暮齒。新婦潔盤飧。爲翁具甘旨。至行格天地。和氣浹鄉里。高曾遺矩矱。子孫遍朱紫。至今道旁人。齊歌王孝子。八解。按秦南沙詩云。于海島夢人指往南方。得遇父。與此小異。

雪莊張孝子詩

秦道然

玉峯靈區産秀民。文章宦望何彬彬。豈知鍾靈獨厚處。乃在不學不仕尋常人。雪莊孝子世絕少。堪與人倫作師表。上格蒼穹幷鬼神。下感仇讐及禽鳥。孝子童年母病殆。叩首籲天身願代。瀝血呼號天聽卑。母命得全兒首碎。東鄰火發延高堂。火中脫父何倉皇。翻身入火負後母。火煙迷目身幾戕。忽然反風火勢轉。齊呼孝感聲洋洋。中宵侍父父醉眠。讐出牀邊白刃露。赤身徒手起禦讐。手迎白刃手指墮。還抱讐人請代死。讐人擲刀心感悟。解讐願結平生歡。有子如斯天所祜。執喪廬墓空山隈。晝號夜泣心肝摧。山靈震驚物類應。萬烏助哭聲同哀。吁嗟乎。至行惟從至性出。孝子何心表奇特。天人庶物同一根。感之卽應如呼吸。孝爲德本作人宗。八十婆娑一老農。化導鄉邦成美俗。用播聲詩待采風。

沈孝子行 爲艮思觀察子庠生斅愨作

吳廷華

我友有子稱小鳳。少歲六經熟磨礱。忘身竟以死孝傳。千古人倫作桴棟。孝子陳情救乃翁。乃翁得旨還天中。昨歲母殯值鄰火。撲滅不覺麻衣紅。麻衣紅。不可褫。寧死肯任母殯燬。頭焦額爛膚不完。殯宮獲全孝子死。孝子曾補兩笙詩。南陔白華有新詞。居身潔白守庭訓。循陔乃厄南宮離。我聞客位之殯塗且肂。攢至西序預火備。此禮廢墜千百年。致令孝子蹈炎熾。我友哭子幾喪明。邦人請旌留孝名。登危臨深古所戒。成仁取義非過情。讀書要在持大節。至行煌煌如火烈。旌廬令典金石光。精神不逐劫灰滅。別裁注。士喪禮。掘肂見衽。肂。埋棺坎下也。

桑孝子抱鐺圖

丁敬

人生失怙情難述。況復親存抱奇疾。通腸入胃百未能。除卻鐺糜無異術。豚糜羊糜漸謝功。子心如沸一鐺中。明明親在養不得。豈待皋魚撓木風。宛轉親亡腸欲裂。忍見團團煮糜鐵。抱鐺哭絕咽無聲。啾啾有耳鐺應泣。

女黔婁 嘉何汪氏作

桑調元

女黔婁。誰與儔。阿孃病。心懷憂。嘗糞甜。憂孔稠。嘗糞苦。病以瘳。宗族稱。女黔婁。時疫行。省病父。貧骨肉。藥鐺釜。母妹活。氣如縷。父弟沒。淚如雨。女汪姓。嫁于何。夫也逝。痛則那。哭父弟。雨滂沱。又哭夫。溢爲河。影矢隻。死靡他。奉君舅。舅瘴病。三年養。考終命。乳孤兒。淚交迸。手只鍼。

面不鏡。無與儔。女黔婁。

烈女李三行

胡天游

天游李三傳略云。女李三者。河南鹿邑人。父業田。與邑大豪相恨疾。豪陰謀殺之。使客陽與親。召之酒而藥以飲。遂發病。心知豪所爲。將死。女從母泣於前。父齘齒切叱曰。何泣。吾爲人殺。有兒俟壯。或能復仇。若無望也。恨終不吐矣。女時年十餘。聞父言。憤蓄報豪志。更數歲益長。挾利刃候道上。期刺豪。豪乘馬從僮奴。勢不得逞。乃丐人爲詞。愬有司大吏。數年無肯白其事者。遂辭母奔京師。將擊登聞鼓自訟。爲吏所闌。以陳於刑部與都察院。交格之。一如有司大吏在河南者。久之。有新任令於鹿邑者。頗強直任事。女乃走還。令方升車出。遮前大呼。涕陳。令受牒。縛鞫客與豪。皆窮服論罪。未決。豪死牢戶中。豪家憎女。謗爲嘗受汚。有邑公子。心知女賢。請聘之。女不許。及母卒殮埋。召族戚里鄰告之曰。吾痛父見害。幸得雪仇而名爲人垢。忍不早死者。傷無弟兄終奉老母。今吾事已。其將有所自明。室而掩之。遂自絞也。豪子暮扣之。視其面猶生。將舉刀斷之。有血激諸口。類噴怒者。豪子駭仆。負歸亦死。女死康熙中。至今五十載。予感當世無能文章揚洗昭暴之。乃撰述其事。歌而系之。

大海何漫漫。千年不能移。太山自言高。精衞銜石飛。朝見精衞飛。暮見精衞飛。吐血塡作堰。一旦成路蹊。豈惟成路蹊。崔嵬復崔嵬。女面潔如玉。女身濯如脂。十四頗有餘。十五十六時。婀娜環春風。明月初徘徊。門中姊與姑。鄰舍雜姹嫠。人笑女無聲。人懽女長啼。昔昔重昔昔。疢痛不得治。有似食大鯁。禍喉連脅臍。阿母喚不應。步出中閒闥。女身亦非狂。女心亦非癡。向母問阿爺。阿爺誰所屍。昨者門前望。裂眼寧忍窺。爺仇意姸姸。走馬東西街。我無白楊刃。鍛作雙虹蜺。磨我削葵刀。三寸久在懷。一心願與仇。血肉相齏韲。仇人何陸梁。挾隊健如犛。前者爲飢狼。後者爲怒豺。小爵抵黃鵠。徒恐哺作糜。大聲呼縣官。縣官正聾盲。宛轉太守府。再三中丞司。堂皇信威嚴。隸卒森柴崖。安知坐中間。一一梗與泥。何由腐地骨。鬼笑回牙欸。孤小不識事。聞人說京師。京師多貴官。列坐省與臺。頭上鐵柱冠。獬廌當胸棲。獬廌角嶽嶽。多望能矜哀。局我頭上髮。縫我當躬衣。手中何所將。血帛斑斕絲。帛上何所書。繁霜慘濛埋。細軀誠艱難。要當自防支。女弱母所憐。請母毋攀持。今便辭母去。出門去如遺。是月仲冬節。殺氣爭驕排。層冰塞黃河。急霰穿矛錐。大風簸天翻。行人色成灰。夜黑不見掌。深林抱枯枝。三更叫鴝鵒。四更嘷狐狸。五更道上行。躑躅增羸飢。舉頭望長安。盤盤鳳皇陴。下著十二門。通洞縱橫開。持我帛上書。韣我囊中袿。跪伏御史府。廷尉三重墀。尙書更峨峨。峨峨唱騶歸。頭上鐵柱冠。獬廌當胸棲。獬廌卽無角。豈與羣羊齊。李女倚柱嘯。白日凋精輝。結怨彌中宵。中宵盛辛悲。有地何搏搏。有天何垂垂。高城不爲崩。高陵不爲阤。爲遣明府來。明府來何遲。長跪向明府。淚落江東馳。女今千里還。女憂終身罹。女誠不敢紿。願官無見疑。父寃信沈沈。沈沈痛無期。一日但能爾。井底生朝曦。死父地下笑。生仇市中刲。顧此弱賤軀。甘從釜羹炊。語終難成聲。聲如繫庖麋。明府大嗟歎。嗟歎仍歔欷。翻翻洞庭波。洞庭非淵洄。嶄嶄邛崍坂。九折無險巇。我今爲汝屍。汝去行得知。爺仇意姸姸。舉家忽驚摧。勢似宿疹發。驟劇無由醫。同時惡少年。驅至如連雞。鋃鐺押頷頭。畢命塡牢狴。有馬空馬鞍。永別街西馗。叩頭謝明府。搦骨難相貽。昔爲羝乳兒。今爲箭還叡。遙遙望我里。我屋荒藨萊。寡母倚門唏。唏於杞梁妻。女去母啖柏。啖柏今成飴。雖則今成飴。母悲轉難裁。女顏昔如玉。女髮何祁祁。女口含朱丹。女手垂春荑。哭泣親塵沙。面目餘瘢劙。宛宛閨中存。黧瘠疑病羆。姑姊看女來。簪笄不及施。鄰姥看女來。左右相呼攜。各自流涕。一尺紛漣洏。鄰姥少別去。媒媼從容來。三請得見女。殷勤致言辭。公子縣南居。端正無匹儕。金銀列兩廂。纖紈不勝披。身當作官人。華榮灼房幃。頗欲得賢女。賢女勝姜姬。回面答媒媼。身實寒且微。無弟無長兄。老母心偎依。所願事力作。澀指縫裙鞋。安得隨他人。乖違母恩慈。母年風中燈。女命霜中葵。須臾母大病。死父相尋追。棺槨安當中。起墳遂成堆。一一營事訖。姑姊可前來。爲我喚長老。長老升堂階。爲我召鄉鄰。鄉鄰麇如圍。十歲隨爺娘。幼小惟癡孩。十五銜沈冤。灌鼻承煎醯。二十行報仇。報仇苦且危。三年走大梁。趙北燕南陲。女行本無伴。女止亦有規。皎皎月光明。不墮濁水湄。斑斑錦翼兒。耿死安能翳。長老得未信。鄉鄰莫休猜。自此旋入房。重闔雙雙扉。朱繩八九尺。挂向梁間頹。鮮鮮桂華樹。華好葉何奇。葳蕤揚芳馨。生在空山隈。烈火燒昆岡。三日餤未衰。大石屋言言。小石當連輦。蕭芝泣蘭草。萬族合一煤。燒出白玉姿。皎雪寒皚皚。玉以爲女墳。將桂墳上栽。夜有大星辰。其光何離離。錯落桂樹間。爲照女容徽。桂枝上摩天。下根深深基。中央纏悲風。聲出商陵吹。吹爲行人聽。千載長淒淒。

孝眼先生歌　　齊召南

國初金聲桓叛。南昌居人爭避出城。熊迎龍以父病留侍。父爲賊所執。將烹之。迎龍擁父頸求代。賊怒以刀刺其左目。迎龍垂死不釋手。一賊義之。父子俱獲免。迎龍死一日復甦。左目亦旋能見物。自云夢鄉先達吳公飲以杯茗。故瞳已壞復完也。鄉人稱爲孝眼先生。孫暉吉。官至大理卿。

天有眼乎應曰有。請看孝眼熊先生。異事至今在人口。當時羣盜殊縱橫。猰貐磨牙虎搖吻。白晝入市持短兵。空城出避走村塢。病翁獨留守門戶。已令江革負母逃。世寧不去隨阿父。先生侍父。其弟負母出避。辛勤求菜供晨餐。歸見霍霍刀光寒。彭修叱賊不顧死。惜無寸鐵摧心肝。哭祈餓賊身願代。叩頭千百顱將碎。賊刀刺眼血淋漓。臨危尚擁而翁背。從旁一賊憐潘綜。擲刀卻立爲改容。手揮徒黨出門去。翁翻哭子悲塡胸。創深仆地呼不起。血漬衣衫黯深紫。屬纊空餘一目瞑。詎有仙丹能返死。自來福善由皇天。人死復活眞希傳。先生復活雙瞳炯。夢中香茗貽先賢。居然秋水凝眶滑。細辨蠅頭工筆札。士燮曾呑董奉丸。張元虛説金鎞刮。可知至性通神明。匹夫決烈鬼神驚。君不見唐時敬儒斷指指復長。又不見宋時楊慶割乳乳復平。報施若道天無眼。請看孝眼熊先生。

曾孝女詩　田嘉穎

女父曾尙增。宗聖裔也。爲郴州牧。女幼。母張宜人臥病不起。侍湯藥四載。乾隆戊寅冬。宜人病劇。女亦委頓殊甚。母憐之。令少臥。命老嫗侍我。女因卽帷幕外假寐。嫗就榻前。爐火烘衣。倦臥衣燬。火及榻。女驚。以手撲火不得滅。守榻呼救。家人起撞門入。火已及帷。宜人自度不能免。促公掖孝女出。女哭挽母臂不釋。家人負公出。復奔孝女。女不許曰。速救夫人。夫人出。我乃出。時宜人已在烈燄中。猶見孝女以手捧母面哭不止。遂從母焚死。火熄求其骨。見女身抱母骸不得解。觀者皆涕泣不能仰視。時孝女僅十五歲。

宗聖古孝子。傳家多義方。承武數十世。忠孝扶綱常。篤生郴州公。作牧揚清光。有女名衍綸。十齡能文章。十二遘母疾。侍奉牀第旁。十五母疾革。日夕心徬徨。憂勞遂羸瘠。午夜遭奇殃。假寐帷幕間。老嫗事藥湯。燬衣延臥榻。孝女起驚惶。疾呼救夫人。母面尙捧將。有人扶女出。囓臂仍入房。救母竟不得。抱持同死亡。有扶孝女出者。囓其臂。仍入火欲救母骨肉旣合幷。膏血難分張。吾人丈夫子。聞之痛中腸。緬昔有曹娥。拯父溺大江。死抱出重險。血肉猶無傷。痛此母女魂。萬古兩相望。郴人感純孝。祠祀修烝嘗。安得幼婦碑。表此孝女殤。

趙孝子詩

鄭虎文

孝子名如勳。燕定州東馮村人。年十四。父爲同族宋、實、簡三人所殺。姪某首訟宋。宋賄簡承。簡坐死。姪亦坐誣得罪。釋宋及實。未幾會赦。赦簡出。母泣語孝子。孝子誓必報。母老弟幼不可死。因僞與宋結。歷十五載。母歿且服闋。爲弟畢娶。適宋出觀劇。孝子腰斧與俱。卽其後擊之。遂殺宋。詣吏請死。吏不爲白。坐辟。時乾隆十一年七月也。獄成上聞。下所司。比部知孝子無死法。仿古駁復讐議上之。制曰甚是。覆案定擬。孝子可以無死矣。夫孝子死必無恨。顧君如堯舜。臣有皋陶。而有孝子死者。如天下後世何。歌以紀之。

趙孝子。定州東馮細民耳。生不讀書不識字。父死兒年纔十四。天荒地老冤莫伸。嗚坐冤誣兄鬼薪。脅從者簡首宋實。宋實賄脫簡罪辟。簡罪未辟赦且釋。死父含冤生母泣。泣顧幼子呼如勳。汝族宋實殺汝親。汝弟幼弱惟汝身。我今語汝知。惟汝識之汝報之。報之以死兒何辭。兒待終母天年時。母亡弟長弟授室。越弟授室纔五日。乾隆丙寅七月二十三日日之夕。東馮村人夜觀劇。伺宋得隙覘宋出。別墓辭家躡其跡。腰間利斧光差差。如霜似電驚蛟螭。精誠淬厲血淚滋。一十五載神爲持。歸途陡遇格其肘。腰間出斧斧在手。力不敵宋宋欲走。蹶而復起斷其首。大呼復讐鬚眉張。日月慘淡天昏黃。狂飆動地沙礫亂。若有神助非身強。嗚呼兮孝子。今無其人古有此。兒童聚觀老翁歎。頃刻喧傳遍鄉里。束身到官官不問。謂爾殺人罪宜死。爰書具獄文下部。司命刑曹赫然怒。駁議奏上帝曰俞。死未可知生有路。於戲。我皇盛德如天仁。孝子不死萬物春。孝子不死萬物春。於戲。我皇盛德如天仁。

江孝子詩

蔣士銓

右臂之肉。不可療母。左臂之肉。不可療父。兒身親身親已亡。血肉之軀亦何補。朝視母墳。夕憑父棺。茅堂淒淒。臘日苦寒。譆譆出出妖鳥語。風捲簷茅棺莫舉。孝子拜炎炎弗許。飛廉揚揚祝融怒。抽刀斷指驚祝融。神急止火急反風。父棺不動孝子死。老翁叫孫孝子起。翁欲告人兒止止。翁拾斷指裹以紙。丹徒舍人啓衾視。右手垂垂缺小指。兩臂創痕況若此。把筆傳之淚如水。江家五世居丹徒。兒名延祚未讀書。生年二十但知父與母。不知肢體爲我有。呼爲孝子兒不受。倘以爲言兒卻走。父曰懷德祖曰珩。閭史書之存姓名。事在壬辰十二月。孝子不願朝廷旌。

躄丐行

朱璿

木則有本水有源。此意今人棄如土。恠爾躄者胡爲來。居張家橋字張五。天刖其足代以手。用達其意意不迕。嗷嗷日乞於市中。能使哀憐到貪賈。道旁見者問之詳。泣曰丐貧丐有母。丐有母兮無可養。丐惟乞兮進二餔。足折偏憂親或飢。風寒不敢自言苦。有夜行者從東來。驚聞其聲瞰其戶。一燈熒熒四壁寒。歌呼猶作嬰兒舞。嗚呼斯世孰無親。融融色養吾誰覩。請君讀我躄丐行。自反能無汗如雨。

王孝子詩　吳文倫

孝子幼失怙。母目枯。爲母舐目復明。母遘時疾。祈天願以身代。旋得無害。而臥病歷歲時。侍養浣濯。皆身爲之。母卒。營墓攀樹。哀感不止。

間氣何所鍾。乃鍾黃山麓。越國有苗裔。至性超流俗。昂藏七尺表丈夫。劬勞欲報慚慈烏。可憐失怙剛九歲。擗踊袒括空號呼。號呼慘淡風雲色。哀感路旁咸太息。嫠婦神摧身未亡。孤兒長跪心盡傷。盡傷心未休。強慰阿母憂。癯形欲朽骨幾化。老眼將枯淚不收。眼枯白日坐煙霧。手足徬徨奚所措。跽舐雙瞳暗復明。起居幸得安常度。慶雲藹藹蔭庭闈。色養無方未暫違。肝脾忽復遘時厲。醫門無術驚魂飛。魂飛願以身爲代。涕泗哀祈天鑒在。精誠冥漠信可孚。支離牀蓐欣無害。牀蓐支離歷歲時。廁牏浣濯久安之。非無臧獲承風旨。惟愛婆娑日影遲。日遲問視身常早。從茲願侍慈帷老。哽噎殷勤祝不忘。撫摩晨夕歡相保。相依相保自年年。綵服承顏阿母前。揮戈莫返西山日。銜石難填東海天。東海難填孝子恨。椎心泣血忘勞頓。望歸華表空千年。爲開窀穸營方寸。方寸縈紆只自知。幾回攀樹涕漣洏。欲靜不寧皋子淚。有聲無句白華詩。雀入鳩棲感禽族。自昔高蹤並芳馥。瑤環瑜珥滿階除。秀挺靈峯三十六。黃山昔曾產異人。似茲純孝更無倫。還徵潛德幽光發。動格蒼穹福祿申。

儀徵張孝女詩　張雲璈

嘉慶三年春。儀徵貳尹申淑泮奉檄治城河。見城西北隅菜圃中有臥石。土人云。昔有孝女被焚於此。出爲祟。石所以鎮也。申笑曰。焉有孝而禍人者。啓石視之。大書孝女赴火救父處七字。背有記略云。孝女張氏巧姑。年十四。父病不仁。兩兄業木。營作於外。惟女侍養。乾隆甲子。里人不戒于火。女救父。與廬舍同燼焉。翌日檢其屍。見女胸次有四手。蓋已負父于背而不能出也。貳尹申於上官請旌。立祠江干。徵詩文焉。

孝女赴火救父處。道旁大書事可據。五十五年蹟早湮。過者紛紛掉頭去。眞州貳尹事疏濬。短碣城隅尙堪認。問之土人語不詳。父女傳聞記同燼。冤魂往往出爲祟。此石分明遺相鎭。貳尹聞之粲然笑。孝女作殃吾不信。抉苔剔土審視之。石猶完好無缺虧。其陽有題字。其陰有銘辭。事頗具顚末。一一無所遺。孝女知父不知我。孝女見父不見火。冒火惟求父得生。負父還將火同荷。苦向炎威抵死爭。不知烈燄隨身裹。可憐塗地肉已糜。猶覺救親力逾夥。一靈幸與所生依。百骸寧共飛灰簸。女魂不作碧血燐。女心定化金蓮朵。當時赴火惟女獨。或死或生更誰告。若非四手宛在胸。安得萬人齊屬目。貳尹亟向大府陳。朝命一下無逡巡。始知顯晦事有數。出祟之說非無因。孝女魂魄未必更戀此。應是多年呵護之鬼神。吁嗟乎。曹娥十四殉父死。巧姑之年亦如此。一死於水一死火。千載遙遙兩女子。

沈孝子詩　陸元鋐

烏程沈敬齋標。性至孝。母年八十餘。色養無倦。鄰人不戒于火。母耳聾不聞也。孝子朦朧驚起。火已及簷。亟趨母榻。從烈燄中負之以出。煙迷路塞。若有神人導以前者。卒達于外。眉髮無所損。人以爲孝感。蓋乾隆癸卯四月初四夜事也。

黃風怒來亦慓烈。火龍夜半掉尾疾。摧燒拉雜無完牆。鬱攸遂及纖簾室。室中有母八十餘。宵深睡熟驚斯須。椎胸告母母尙疑。以身負母奔街衢。是時雲昏月慘黑。霹靂飛空煙四塞。人猛於火火不侵。出死入生爭片刻。神魂既定翻嗟吁。囊空甑倒居無廬。當其災患起倉卒。知有其母忘其軀。精誠格天天意厚。返風滅火亦時有。知君至孝神扶持。此事今猶滿人口。

平湖戴氏二孝女詩

李賡芸

農家戴秀山。兩女有與如。父死矢不字。撫弟十歲孤。夜織兩張機。朝耕兩柄鉏。風中同拾薪。雨中同摘蔬。兩女勝兩男。克代母氏劬。有肉果弟腹。有緜溫弟膚。弟長延厥祀。女甘爲之奴。哀哉弟再娶。短命影忽徂。遺腹幸生男。襁褓泣呱呱。呱呱豈無母。呱呱賴有姑。母老又終堂。苴杖代弟扶。頻頻舉四喪。罔廢菑與畬。辛苦卅餘載。姪已能負芻。有年已六十。如亦五十餘。至性本天成。何嘗讀詩書。昨輯邑乘稿。衆口交稱揄。今爲賦此詞。以俟旌其閭。

尊聞堂詩

俞理

范雲濤聘金氏婦三年。而雲濤與其父章玉、其孤廷樞相繼死。五年其母又亡。金氏以一婦人。始終姑之存歿。喪葬成禮。且爲范之宗建祠以祀先。序雲濤父子於昭穆。而顏堂曰尊聞。誠無愧於節孝之大者。黃緒奎記其略。

寒松有本性。淩霜乃逾堅。寡鶴一一飛。孤雲附遙天。撫琴動哀操。淒絕長吟絃。人生或榮瘁。之子良可憐。三載骨肉喪。遺孤一以殲。奉姑乃忍死。偷生非苟全。勤劬送姑歿。亟欲從黃泉。峨峨封馬鬣。纍纍歸牛眠。拮据構祠屋。廟享垂長年。凡其所經營。皆處至迍邅。豈惟伸大節。亦以光於前。自古重賢孝。柏舟胡皭然。

汪孝女歌　張駿

秀摩汪小坡女芳姑。父疾革。日夜哭禱。願代父死。已而父果愈。女病一如其父。瀕危。父泣問曰。兒悔否。女曰。幸得代矣。夫何悔。遂瞑而逝。

朝焚香。暮點燭。泥首庭前向天哭。皇天鑒此衷。破格許所祝。女哭父病起。父哭女竟死。古來孝感未聞此。曾讀曹娥碑。投江尋父屍。捐軀殉父父不活。追歡泉下空相隨。今也代死父克生。芳姑快然志竟成。此去瑤池侍王母。不死之藥般般有。玉液瓊漿。冰桃雪藕。夢裏攜來爲父壽。不願生生世世爲父女。但願今生父與偓佺偶。

讀袁孝子傳　徐濬

上虞袁翊元。字羽公。父以刲股療親疾。里黨以孝聞。母陳氏。年邁遘疾。元躬侍湯藥罔倦。一夕出延醫。家人不戒于火。子若婦號于門。門已燬。元狂奔至。從火燄中入。燄黝然黑不得入。出而復入者三。迷逕所在。則大叫曰。豈竟置母于火耶。復踏火徑。踉蹌抱母出。頭額焦爛。母竄入水。出不逾時旋卒。元痛母亡。慟哭亦卒。

父刲股。生孝子。母遘疾。委牀第。延醫歸。門已燬。子號咷。婦悲啼。母存一息孰救之。奔號赴火煙塵迷。黑風捲。烈燄飛。呼天大叫負吾母。三入三出火中走。壯哉焦灼及皮肉。此母乃免共姬續。出火中。難再生。投水中。忍獨生。三日哭。淚盈斗。兒願地下依左右。烏虖。孝烈如此古未有。身已糜。名不朽。

負姑行爲門人吳月舟祖母作　朱彭

樹頭啞啞啼白烏。堂前垂白有老姑。母偕婦周勤奉養。終宵操作忘艱劬。歲在庚辰夜將半。嘻嘻咄咄聲頻喚。俄看姑室起煙塵。一片紅光上帷幔。老姑倦臥方在牀。病軀驚起空徨徬。家無僕婢誰相將。排闥但見燎方揚。母時亡命火中走。拽衣爲姑覆其首。踉蹌負出疑有神。火已灼衣煙塞口。姑身不傷母幾焚。焦頭爛額殊酸辛。剝膚之痛豈不顧。爾時惟知姑有身。從此呻吟臥牀褥。火氣熏心苦跧跼。子婦持齋禱北辰。夢酌清泉解炎毒。始知至性能格天。母既愛姑婦亦然。嗚呼母既愛姑婦亦然。一家節孝何其賢。

番薯吟　焦循

定海諸生李巽占家亦貧。謹事母。授徒數里外。每食必歸。食已復至。主人詰其故。泣不語。久之乃曰。家貧。母食番薯。何忍獨食飯也。學使阮芸臺先生訪知。表之。給以金。不受。語以歸養母。乃感泣再拜去。

母食米。兒食薯。母心不豫。母食薯。兒食米。兒能不泣涕。海水洶洶浪拍天。中有斯人行獨賢。使君與金謝不受。無名得此身之咎。使君曰。汝勿卻。姑買市中珍。歸爲賢母樂。李生叩首納金去。兩眼紛紛淚飛絮。

宮氏雙孝娥詩　王豫

吾聞木蘭之孝代從軍。又聞緹縈之孝能雪冤。此皆血性所感發。間氣往往留坤元。宮家雙孝娥。淑靜而恭温。隨父宦八寨。讀書稱名媛。一日蠢苗作不靖。父勤厥職殞厥身。孝娥相向泣繼血。呼天幾欲以身殉。踰年厥母亦病卒。哀毀骨立殊難存。兄嫂晝夜隄防密。孝娥宛轉志不伸。阿姊顧妹言。爹死孃死我幸生。毋乃辜此罔極恩。阿妹顧姊言。爹死孃死姊死我獨生。毋乃苟活乖人倫。一燈熒熒氣慘淡。哀極發聲聲轉吞。密箐月黑天爲昏。哀猿嘯雨愁雲屯。是時兄嫂意稍懈。雙娥併繫朱絲繩。黔人聞之淚交墮。椒漿有客爲招魂。大官鐻金遣吏祭。四柩並得歸鄉園。父爲忠臣女孝女。天地正氣鍾一門。吁嗟乎。視死如歸孝且烈。草間乞活何如人。

沈孝子詩 坊者沈某。居嘉興竹林里。父患痼疾。刲股以奉親。　唐梲

嗟哉沈孝子。生性一何愚。父疾不可療。刲股表區區。子爲父遺體。焉得戕其膚。卽以父遺體。還救父病軀。揆之聖賢理。至性或相孚。吾今謂爾孝。吾今謂爾愚。孝亦不可及。愚亦不可無。

佘酉州 蜀中十一歲女子佘酉州。上書籲釋父戍。得宥赦還。人義之。　李宗昉

長天天西頭。有女佘酉州。酉州父得罪。遠戍漢江水。八十翁媪哭思子。十一女孫悲欲死。死不得父歸。翁媪心益悲。生欲得父歸。此事豈是弱女爲。告之法吏遭呵麾。謂官執法他不知。得赦會有歸來期。女曰翁媪皆白髮。待父歸來恐朽骨。我將匍匐入帝都。直叩天扃求赦書。棧雲莽蒼蒼。連山多虎狼。黃河渡頭風夜黑。勁波山立渡不得。倉皇急走脛無膚。行路之人心惻惻。登聞院鼓鳴雷聲。驄馬使君爭顧驚。觸階額血光棱棱。閽門封章奏聖主。聖主曰咨孝哉女。女之父罪可原宥之。宥之去荆門。歸向蜀江爲良民。嗚呼百男趣趣。不如緹縈。千夫優柔。不如秦休。緹縈秦休皆英流。于今又見佘酉州。

題謝孝子傳後 孝子。嘉興人。　馬錦

孝子生。無顯名。孝子死。有信史。孝子者誰謝歷山。呼天搶地嘗諸艱。母溺水。兒在岸。兒急奔救心膽亂。奮身投入洪濤中。負母出水兒之功。父病逆旅。兒往迎之。有祖在堂。兒泣告之。惡鬼揶揄不得施。神靈左右相護持。道旁眈眈猛虎飢。徒手而搏如伏雌。祝融肆虐。父驚失色。援父出火。是兒之力。孝子孺慕六十年。自始至終無衰焉。生難隆其養。死乃表厥阡。君不見煌煌綽楔榮考妣。俎豆春秋報禋祀。嗚呼謝孝子。

郯城婦

李柟

壬辰冬迄癸巳春。塡街塞巷皆流民。中有老幼來叩門。一媼鬢髮白似銀。扶以少婦無完裙。端肅之中有餘溫。得食便去言不煩。尾而覘之負鄰牆。老媼中坐少婦旁。出飯傴僂進媼嘗。次哺諸幼殊安詳。視婦所食吁可傷。棱棱穀穀充其腸。使人對此矜糟糠。問婦何來淚如霰。道是郯城舊鄉縣。去年大饑骨肉散。間關獨與老姑伴。妾夫存亡不可知。兩童丫髻相追隨。一童枯瘦一差肥。肥者小叔瘦者兒。吁嗟此婦何其仁。己子不與小叔均。何況事姑不有身。流離九死心彌純。須臾驚歎聞四鄰。糗粢餅餌投紛紛。約束兒童莫輕啖。惟道吾姑身苦辛。家鄉回首三千路。羽山沂水知何處。一身溝壑何足憐。忍使衰年飽霜露。吁嗟乎。此婦純孝今所稀。久餓不死神扶持。吾儕何以稱儒者。起坐中宵汗浹衣。

崇明老人詩

讀陸清獻公崇明老人記。演爲歌謠。便婦孺口誦也。

錢泰吉

大哉仁廟御宇萬物得其宜。胚胎元氣方荄茲。天子以孝治天下。天下婦子皆熙熙。延陵老人爾何人。適丁其盛。樂不可支。少年鬻子以療飢。分當生死長別離。四子入奴亦蚩蚩。那識古有南陔詩。一朝乞身富家兒。四間列肆如置棋。其中一間平不陂。五日十日於此進壽巵。老人九十九。妻生二歲遲。百齡夫婦猶齊眉。四子並立諸婦隨。諸孫孫婦曾孫二十餘人輩行無參差。伯子花米店。米以治飯花裝衣。有衣何必絹與絲。甯中大布仲所治。叔也醃臘堪朵頤。季則南北雜貨羅纍纍。各出其有以供老人之所思。老人飲博無不爲。一串五十錢。櫥中取錢錢不虧。取錢入市任游嬉。有時遺人錢密持。以付博徒翁不知。佯輸與翁翁持歸。烏虖。四子之孝古難得。四婦之孝古尤稀。早餐午餐晚餐以次陳盤匜。但願日日得見翁與姑。一日不見心不怡。烏虖老人爾何人。乃獲上壽又得是子是婦樂不可支。雲間佳士王慶孫。親見其事口述之。當湖夫子史筆垂。康熙二十二年十月旣望時。孤兒讀之涕漣洏。此事足沁人心脾。演以韻語譜入笙詩吹。時惟道光十有三年。天子仁孝聖母慈。郅治上媲軒與羲。萬物各得其所如由儀。願天下子事父母婦事舅姑皆如斯。

兒當歌　朱綬

紀洞庭徐金霖孝行也。母嚴有心疾。恆不寐。命金霖歌。不能。則取唐人詩句。抑揚抗墜之。又命之舞。則爲童子跳盪狀。亦終夜不寐。時孝子年五十許矣。

兒當歌。兒不能歌。母命兒歌。不歌奈何。兒歌且舞。母心歡喜。母不歡喜。兒跪不起。宵燈熒熒。街漏疾下。兒有母侍。誰如兒者。兒鬢鬑鬑。兒如嬰孩。兒不能得母心。嗟嗟生兒奚以爲。

都門對月有懷　黃紹芳

慈烏巢庭樹。啞啞啼夜闌。中庭見明月。明月何團圞。流暉共千里。游子憐獨看。清晨故人至。出見具衣冠。爲言二親健。持示雙琅玕。長跪開緘讀。語語摧心肝。不言親念苦。但道兒心寬。高堂未白髮。喜汝邀微官。非貪升斗祿。潔我苜蓿盤。芙蓉耐霜冷。松柏淩歲寒。所期報君國。勿作兒時觀。慈親示家事。宛轉含辛酸。兒勞理案牘。努力加飯餐。北方多風雪。憂兒衣裳單。語長讀未竟。涕泗何由乾。離家日已久。耿耿懸寸丹。嗟哉遠游子。悲歌行路難。遠游缺甘旨。此職誰能殫。蹉跎閲歲序。魂夢縈征鞍。不如菽水樂。貧賤無所干。微禽知反哺。出入脩羽翰。農家力田子。朝夕供瓢簞。鴻雁正南向。惻惻來雲端。懸知倚閭望。見月思長安。家園隔閩海。阻修道路漫。願言侍左右。采我陔下蘭。庶幾潔白養。藉以承笑歡。明發不能寐。惄焉起長歎。

漂婦歎　夏之盛

江濱有嫠婦。夫死。遺周歲兒。有姑年八旬餘。江漲陡發。全家漂沒。婦於水中覓得稚兒。將負之達岸。適姑呼號過側。婦惶遽。勢不能兼顧。遂棄兒挈姑出。姑得生。痛詈婦曰。吾家單傳累世。汝夫僅遺此襁褓兒。我年已垂暮。即死亦何憾。汝欲生我。不以夫嗣爲重。是斬祖宗血食皆汝也。我奚用生爲。言訖。仍赴水死。婦亦慟哭以殉。余哀之而作。

茫茫巨浸連江涘。孝婦倉皇挈姑起。挈姑轉棄兒。實出不得已。但行吾心所安而已矣。一解。

姑詈婦。婦無語。眼前嬌兒去何所。入險誰知出險苦。嗚呼兒死姑亦亡。留此殘軀究何補。二解。

無夫幷無兒。此後將誰倚。無夫幸有姑。尚可不遽死。忍心棄姑延續似。地下何以對夫子。勢難兩全總一是。不敢怨姑祇對己。三解。

盡孝姑固重。存祀子不輕。自來天理皆人情。漂婦雖死賢於生。千秋嗚咽江流聲。四解。

楊氏兩孝子歌　又

楊八。楊九。山陰人。居於杭。爲人肩輿。得傭值必以告母。無纖毫私蓄。兩婦亦恂恂承順。雖疏食藿羹。必俟姑先食。兄弟相友。不徵逐儕輩。

阿八買肉臠。阿九沽村酒。勸母盡餐爲母壽。母也忻然開笑口。一解。

兒負輿。竭傭力。兒養親。盡子職。室中啞啞無他人。兩婦團欒侍姑側。二解。

往年糴價昂。兄弟默自傷。兒婦共縮食。阿母飯有湯。三解。

兩孝子。幼讀書。大義略明能報劬。能報劬。手足俱。嗚呼遜讓慚士夫。四解。

題邱端孝先生孝行圖 先生名存禮。長洲人。雍正四年旌表。　吳嘉椿

讀經得解 先生幼孤。讀論語。事父母能竭其力句。掩卷而泣。時僅七齡。師異之。

朝入塾。暮入塾。一篇論語讀爛熟。事親竭力聖所傳。琅琅歸誦慈親前。事母未事父。掩卷心悲酸。

鮮菌奉親 母氏茹素。終身喜食鮮菌。先生親入山采取以奉。

飲冰蘖茹母之志。野菌亦爲母所嗜。入山采采盈空筐。得加餐飯兒心安。蔡順椹。孟宗筍。與此鮮菌同不泯。

遺金還主 母疾。先生延醫皋橋。路得遺金。立俟失者還之。

母疾兒煩憂。延醫皋橋頭。橋頭璀璨見何物。一寸遺金不盈笏。知爲人所遺。坐候主者還與之。嗚

呼。先生之孝衆所稱。卽此細事人鮮能。

躍浪扶舟 母櫬舟次胥江。風作幾覆。先生躍入水。風卽止。

舉親櫬。渡胥江。舟輕河廣濁浪撞。孝子拜水風不息。拚棄此身水中擲。飛廉斂跡波臣驚。一棺不動河流平。

廬墓三年 先生葬母後廬墓。並手植雙柏。至今樹茂。人謂之雙柏墳云。

安窆聊盡鮮民心。結廬傍墓師山陰。秋霜與春露。三年永孺慕。至今里黨稱道之。行人指點雙柏枝。

刻木肖像 先生孺慕終身。刻親像於堂上。朝夕侍側。

欲事親。親不存。刻木肖像如平生。出必告像前。入必侍像側。惟有色笑不可得。衣襟上有斑斑血。

友悌

吳義民詩　繆沅

稷山義民吳伯宗。世爲農。弱歲喪父母。兩弟俱幼。其少者爲人略賣。未幾其次者又失去。伯宗求之十餘年。皆得之。爲作是詩。以告世之爲兄弟者。

有弟有弟在巴巫。天寒日暮道鬱紆。山如劍鋩路崎嶇。瞿塘三峽妖鳥呼。十年不得平安書。義民思弟行踟躕。巴雲茫茫巴草枯。欲尋無計空嗟吁。誰知相逢在上都。憶昔一母生三雛。虎兒墮地雄於菟。牽衣繞膝伯仲俱。推梨讓棗爲歡娛。可憐轉鬻遭髡徒。痛定思痛心何如。兩人相弔形影孤。有弟有弟醫無閭。漆身呑炭依穹廬。朔風如刀割肌膚。馬通爇火延頭顱。自甘沒齒爲人奴。義民義激思首塗。寒江欲渡乘無桴。嚴關欲過軍無符。狐裘不煖雪片粗。何況單衫遮骭軀。含情無語泣路隅。佃田聊復爲輸租。始得伏匿藏單車。渠魁據窟同負嵎。落身陷阱非良圖。陳情憲府走檄拘。弟兄血淚霑衣襦。鞾刀帕首雖睢盱。義屈不覺辭囁嚅。玉關生入行安驅。一時高義傳通衢。至性純篤愧小夫。客言庸行徒區區。吁嗟庸行今已無。

前題　　秦道然

民名伯宗其姓吳。父母並喪遺三孤。伯宗年甫十四五。仲季孩幼聲呱呱。出則提攜入同處。哀啼中夜鄰人吁。一日幼者失所在。徧求數歲終成虛。次者無端又失去。晨夕哀痛淚眼枯。同體三人身屬長。致弟流落誰之辜。叩頭誓墓告父母。尋弟不惜捐兒軀。重趼山川歷幾載。是非錯互空馳驅。忽從京師得其季。已易數主爲人奴。主翁哀憐許相付。俟得仲弟歸鄉閭。逆旅忽逢舊都客。口傳仲信言非誣。上言身從某年月。爲人紿至東海隅。地有流人作姦藪。掠得生口如貨居。我今作奴寧古塔。朝逐牛羊暮狼貙。下言身已落陷阱。心念鄉里難逃逋。我有阿兄能救我。不異刃下完頭顱。伯宗聞語心斷絕。便與季別登長途。生偕仲還死永訣。季在不至飢妻孥。遼陽更北數千里。凝寒墮指風裂膚。郊關禁嚴以計達。果得仲所如囚拘。伯宗自念入虎穴。共塡虎口寧非愚。大帥去此僅百里。往愬倘得擒兇徒。朝廷淸明威令肅。朝投片紙暮得符。符遣將領質其事。罪人雖得情未輸。伯宗對簿忽起立。將領怒視兩目盱。鞭箠交下血被面。伯宗侃侃氣益舒。抗言奸人犯律令。卻得平立言庭除。良民寃抑就伸理。乃伏階下同囚俘。民非敢與官長抗。黑白倒置理則無。將領聞言遽愧悟。奸人氣沮辭支吾。便白大帥令歸去。死生哀樂分須臾。兄弟扶攜入帝里。共訝合浦還明珠。廟堂元老敦政本。力崇五品追唐虞。鴻文大篇紀厥事。登諸上座同璠璵。行看綽楔表宅里。永作盛世人倫模。

義卒行

客逃州有某姓卒代兄戍滇。余高其義。作義卒行紀之。時康熙五十八年二月。

周永銓

慘慘堂前紫荆。飛飛原上脊令。桓山之鳥。欲去而哀鳴。苦哉遠征人。陟山望親還望兄。嗟嗟行役萬古情。一解。

彼少年者色何黯然。娶婦未三月。昨來黃紙到官。行將出戍南滇。歸告阿母。阿母叫天。新婦口噤目眵。伥伥不能前。二解。

小弟前致詞。母兄且勿悲。阿母生我二人。兄今有嫂未有兒。何得遠去生死不可知。弟當代兄役。門戶兄自主之。三解。

阿母兄嫂聞言淚下如綆縻。大兄前致謝。此事甚非宜。感君區區懷。我心已再思。固知此別異苦樂。何乃反累弟爲。弟切切相勸止。但言兄嫂勿復疑。四解。

翻然出門去。意氣何慨慷。別我先人墓。辦我行子裝。佩刀三尺餘。挽弓三石强。弓刀及戎服。羅列東西廂。親戚走相送。酌酒歌同裳。五解。

晨興拜堂上。骨肉相悲切。臨行囑兄嫂。欲語復嗚咽。但得兄嫂一心善事阿母常喜悅。萬里羈人慰愁絕。六解。

收涙就長道。關山別思重。白日結愁雲。至情感蒼穹。之子識大義。行當早立功。歸報皇帝陛下。無煩遠顧蠻中。揚名史册垂無窮。七解。

雷門吟　蔣士銓

餘姚有余霖。四十老一衿。謁我蕺山麓。涕泣悲不任。謂公具手筆。乞爲雷門吟。亡兄名余震。雷門乃其字。霖生託遺腹。母老欲拋棄。兄嫂奪血胞。兄怙嫂則恃。母亡兒六齡。九齡兄授經。魯鈍不可狀。兄獨嘉其靈。兩姊及笄嫁。一一飛脊令。霖愚復多病。二十奄奄形。病則奪書笈。痊則還燈檠。欲繼先予業。恐傷予季情。迴憶七齡時。兄子同病殤。戒嫂善視叔。叔安兒可殤。日夕嫂抱持。兄子擲於牀。我啼嫂則泣。我笑兄則歡。三十受弟室。旋入膠庠間。看我衣上綫。嫂涙存斑斑。檢我笥中書。手澤兄黄丹。兄嫂六十歿。合葬上林村。南山宋家嶴。有我兄嫂墳。兄以貧廢學。醫藥活千人。活者慟兄死。皆欲贖其身。霖困蓬蒿中。懼掩兄嫂賢。椎心泣血辭。願公采斯言。我爲一一書。孝義可云止。愧彼尺布謡。用以光國史。

張義士殺虎歌義士鞏縣人。名繼倫。弟爲虎攫。倫奮斧殺虎救弟。康熙三十餘年事。　張九鉞

山麻蕭蕭白日昏。飢虎出吼倀攫人。村農倚壁叫號急。虎口呀呀據且蹲。東來壯士虓且武。被髮大呼揮利斧。眼中見弟不見虎。虎撲撲之如撲鼠。山搖嶽撼快一擊。陷腦碎顱猛何益。手從虎口提弟歸。天清野曠腥風息。慈母撫摩賀客擁。洗斧堂前堂欲動。豈有神靈助疾威。由來血性騰奇勇。留田之獸悲且鳴。桓山之鳥不忍聽。以茲愧彼無良者。早令撾面還搏膺。

田生行

韓崶

商州武關鎮上有田生。純若其字懷錦名。暮歸讀。朝出耕。室中黃口兒。堂上白髮親。其堂何名。前州牧鄧名之曰榮荆。同堂兄弟二十人。百口共飯無紛爭。客至則或舂、或汲。或芻、或薪。更番奔走從使令。與坐談。腹便便。史與經。古人之荆有枯榮。今人之荆鬱哉長青青。

封臂行 讀山陰潘石舟明府記其尊人占吉先生爲兄封臂事

吳上尊

嗚呼。兄死我臂寒。兄若不死寧使我臂殘。臂殘止疾苦。臂寒摧心肝。一解。

潛持匕首向高閣。默禱神明肉作藥。肉一片。藥一勺。二解。

肉豈有靈心自誠。人雖不知兄則生。但慰父母地下。不知淚血之交幷。三解。

白髮兩妯娌。遺言說如此。記中傳信不傳疑。作記者誰是其子。四解。

夫子辭讓繼產詩

閨媛 馮嫺

夫子雁行中斷。近被慈命以長房次孫偕余幼子兩續仲氏之後。夫子恐蹈自私之嫌。辭所析田爲烝嘗地。余高是舉。慨然成詠。

世風雖日降。古道當復爲。君家世孝友。及君克振之。君幸承天眷。堂有鶴髮姿。安貧耕筆墨。菽水薄無虧。稽古勝百城。世紛何足縻。鴻鵠翔寥廓。俯視空塵泥。相期固淸節。罔較是與非。敦茲廉讓行。庶使薄俗移。

附錄不悌

鬱鬱詞二章

歲荒有兄不顧弟者。爲此辭以諷之。

鄭世元

鬱鬱紫荆樹。枝條何紛紛。本是一本生。勿謂枝條分。父母生我時。止有我弟昆。與君雖分形。血氣同一源。予手若創。予足不伸。予體不伸。予心煩冤。兄兮不相關。誰知予之燠寒。

相彼鳴雁。猶同其羣。胡今之人。不知有弟昆。我視之弟。親視之子。念我父母兮心熱而顙泚。

兄告飢三章

有兄老且貧。告飢於弟。弟不顧者。傷之。作是詩。

又

弟爲大賈兄告飢。北山采蕨。南山采薇。兄乏食。弟食肉糜。食肉糜。弟口甘。兄心酸。

弟有食。食與儓。兄乏食。成枯骸。一腹之隔。不知飢腸日日如轉雷。親兄弟。救我來。救我來。末語出樂府。

兄胡獨瘦弟獨肥。弟胡獨飽兄獨飢。可憐同生不同命。不怨我弟。怨我父母生我丁此時。

東西家

方觀承

東家寡婦飢夜哭。夫死甕中無一粟。西家賓客召滿堂。選豔凝情盛絲竹。借問東家西家誰。同堂兄弟大功服。咄哉此事在衣冠。禮不云乎功廢讀。衣冠此事蓋有由。太傅東山壞風俗。君不聞宰夫揚觶責調曠。悼子在堂猶未葬。休論葛藟庇本根。鄰有喪兮舂不相。

鄭燮孤兒行。見憫孤門。

尺布謠　錢維喬

昔聞上留田。兄死弟弗顧。如何骨肉誼。視之等陌路。譬諸手足殊。特行用則互。何待相摧擊。畫守已失助。粲粲紫荆花。榮枯感庭樹。同根不自恤。安論戚與故。

貞節

阮節婦詩　程啓朱

婦夫黄岡生員程彭時早亡。阮無子。翁姑以家貧勸改適。阮矢死靡他念。翁姑無倚。生養死葬。苦節三十年。卒成厥志。六十例當旌。敘其大節於詩。

寒月照霜塗。凄風吹斷梗。弱植難久持。勁節何能永。至性在空閨。秉義獨淵靜。良人中路捐。一身罹咎疢。豈難以死殉。黄髮莫存省。以此守微軀。晨昏自勉黽。永言謝鉛華。蓬顔操臼井。生事日以零。況乃多凶眚。飢寒寧復辭。庭幃嗟暮景。長跪進藜羮。勸慰聲悲哽。鞠躬强承歡。有淚淸宵隕。舅姑相繼亡。素旐空山引。負土闢荒榛。秋墳哭月冷。茹荼三十年。孝節乃克盡。垂白守衡門。日暮酸風緊。

金環曲　洪昇

王家有女字秀文。少小綽約蘭蕙芬。項郎名族學詩禮。金環爲聘結婚姻。十餘年來人事變。富兒那必歸貧賤。一朝別字豪貴家。三日悲啼淚如霰。手摘金環自吞食。將死未死救不得。柔腸九曲斷還續。臥地祇存微氣息。詎料國工賜靈藥。吐出金環定魂魄。至性由來動彼蒼。一夜銀河駕烏鵲。嗟哉此女貞且賢。項郎對之悲復憐。朝來笑倚鏡臺立。代繫金環雲鬢邊。

李孚青棗巷。見夫婦門。

宋烈女行　朱彝尊

烈女名典姐。家于蔚州之西崖頭。父農父也。年十六許嫁千字村人藺州斷。康熙四年。甫聘而州斷暴死。訃至。女方舂穀。輟舂慟哭。欲以死殉。父母慰解之。已而乘其母出。裂藺氏所聘羅數尺縊死。

紅羅持作帕。素練持作巾。何必合衾幬。始爲同心人。宋氏有女典。生長蔚州之野。西崖之山。年紀十五餘。許配千字村。村民藺州斷。大義結夫婦。忽登泰山籙。人壽不得久。女方曬穀聞之聲悲哀。長跪告父母。兒當從黃泉下。信誓旦旦不可乖。父母向女言。尊章爾未事。愼勿捐形軀。相保親父子。各各還室中。涕淚終不止。月正三十日。其日二十三。白日從東來。奄忽墮西南。闔門夜無人。女向空庭坐。攬我素練巾。接彼紅羅帕。徘徊寢室旁。自挂中門下。父母啓視哽咽不得言。觀者四方至。歎息日暮還。童童㟓嶁側。乃有松柏林。誰言寸草荄。乃有松柏心。

沈烈女詩　又

女吳縣人。字黃于宸。未嫁夫亡。父母議改適。女即自縊。以救甦。自是縞素棲一樓。鼎革時。兄欲攜之避兵。女曰。死固吾分。遂絕粒死。黃氏迎柩合葬。

吳趨沈氏女。許嫁黃小同。墨車雖未迎。媒妁言已通。黃童抱羸疾。十九年命終。沈女得凶問。涙落如泉江。布總箭笄髽。喪服治衣工。上樓不下樓。顚頓緜春冬。含辛桂枝蠹。食苦蓼葉蟲。父母勸之嫁。女恚經樓中。須臾救復活。自誓永不雙。獨居三十年。兵革俄乘墉。全家盡逃匿。女仍守樓窗。結我裳與衣。輟彼飧與饔。一笑歸黃壚。之死何從容。層層虎丘塔。下臨松柏桐。兩家謀合葬。龜筮咸相從。小字書新銘。白石沙磨礱。雙飛化蝴蝶。並蒂生芙蓉。往來游冶女。視此馬鬣封。

割雙耳詩　馮景

閩縣諸生林國奎妻鄭。夫亡守節。夫叔文芳挑之。氏怒割左耳告於宗老。杖之。又爲謾言。投其子書簏中。氏大怒。又割右耳。氏父訟於官。下中丞杖。文芳血臀荷校示衆。時夏旱。是日大雨。俄而氏雙耳復生。蓋天顯奇節也。此乾隆間事。

五事配五行。禮聽尤所重。世人寧不聰。於挂爲耳痛。古有洗流人。恥受莠言貢。何況冰雪姿。無端集嚚訟。謾書千餘言。鴞音豺聲鬨。白刃夜飛霜。浩氣塞天空。一割復再割。雙耳棄如葑。鬼神鑒精誠。江河助悲慟。刻肌俄復息。今古誰伯仲。桓嫠王凝妻。亦爲姦所中。賴此百鍊剛。生氣肅聳動。奄蜍志輩。百骸備無用。

弔周烈婦　萬經

天地有正氣。綱常藉人扶。當其志所激。弱女勝丈夫。四明濱巨海。潢池肆樵芻。象邑當厥衝。殘賊甚剝膚。婦也冰霜志。詩禮爲楷模。倉卒走避賊。從夫出闉闍。弱質旣窘步。況負六月雛。夫婦不相保。踉蹌各奔逋。事勢在危迫。死生決須臾。舉身赴清流。不復憐呱呱。一死祗自全。含笑歸冥途。荒荒白日黯。慘慘寒雲鋪。數日俱含殮。顏色腴不枯。健兒盡膜拜。聞者咸歎吁。嗚呼烈婦心。豈爲聲名圖。巾幗留正氣。身死名不徂。會當紀彤管。國史他年書。

楊貞女詩

向璿

丈夫七尺空昂藏。不及女子多剛腸。爲看吾邑楊貞女。妙質天成無與比。少年經史嘗披閱。每見忠貞氣凜烈。父爲許字高家郎。鴛枕未諧夫先亡。氏方聞訃淚交迸。辭親欲往臨擗踊。撫屍一慟幾欲絕。宗黨傳知盡淒切。翁姑慰藉至再三。茹荼含蘗如薺甘。終身自守共姜志。血淚成詩枕間刺。朝朝麻枲不辭勞。井臼無非身自操。養生送死力不贍。竭蹶曾無毫髮欠。更念夫亡嗣未延。撫摩猶子意纏緜。一生艱苦眞備歷。鐵石心腸永不易。噫嘻大節在深閨。母儀婦道兩無虧。於今甲子餘六十。幽光直比星與日。吁嗟吾輩復何顏。碌碌虛生天地間。我爲此歌百感集。懦夫聞之應起立。

沈烈婦汪夫人輓詩

金淳

婦人不幸喪夫子。只此兩途而已矣。前年雙燕去年來。昨日孤鸞今日死。死固不易生亦難。炎風苦熱朔雪寒。忠臣殉義士殉名。意氣彌重生彌輕。君不見上爲紅鹽下爲滷。一杯可使人千古。

吳節婦詩

袁枚

郭氏女。吳門妻。撫孤中夜聞烏啼。談何容易孤成立。東風又折瓊瑤枝。一解。
上有老姑。下有孀婦。如影隨形。煢煢孤露。忽然祝融災。嘻嘻出出走無路。二解。
孺人聳肩負阿姑。阿姑頹邁驚且呼。肩重如山蹀躞趨。三解。
炙及額。燒及裳。心知有姑痛已忘。姑雖免死身亦爛。音聲啞啞若吞炭。四解。
婦乃被髮泣涕。再拜北斗旁。願活我姑賜我方。果然姑夢。若有神焉。吹以清風。飲以甘泉。一朝病已。壽考遐年。五解。

于今姑婦。皆已令終。長孫入泮。家風隆隆。似此姬姜。我聞亦寡。敬作歌詩。俟采風者。六解。

光山樂府九章爲胡母甘淑人作　蔣士銓

温温胡公。春官侍郎。賜杖懸車。歸老于鄉。三子兩婦相繼亡。蘭摧玉折公心傷。

心傷奈何。冢婦是依。曰甘夫人。寸草春暉。公有副室。夢蘭一枝。男子之祥熊與羆。

翁四載失兒兒更育兮。兒四齡無母母誰鞠兮。嫂上事翁兮。下撫叔兮。叔四齡而孤兮。嫂哀哀而哭兮。朝出負土冢纍纍。夕入翦燈影離離。叔不學。嫂心悲。周易函書翁所遺。舉以授叔從經師。

叔學成矣。叔可婚矣。叔子生矣。兒祀存矣。叔既官矣。嫂心安矣。叔祿千石矣。嫂頭白矣。

光山人。訴于官。甘節婦。守節三十年。官上其事承皇宣。峨峨坊表光山邊。節婦之心金石堅。節婦之名日月懸。

節婦死六載。覃恩大褒封。叔秉臬於吳。戚然憂見容。陳詞請馳贈。血淚達九重。壬辰六月朝命從。淑人淑人眞禮宗。

謄誥章。焚其黃。墓木拱矣奠椒漿。叔列五鼎嫂弗嘗。叔也悽惻心旁皇。松柏蕭蕭碑碣香。女貞樹接天蒼蒼。

賢哉廉使。一疏千古。可以風天下。昭來許。傳寫萬本書萬部。稽首編之新樂府。

天長江烈女歌　又

泗水嗚咽流。中有烈女魂。死立泗水中。白蓮香氤氳。烈女父江錫純。烈女夫羅維藩。夫遽夭。女未婚。雍正改元歲。天長萬戶同見聞。父家夫家無可恃。女生守貞不如死。天長之人不敢忘。乾隆癸巳詩建坊。烏虖。士未食祿可從賊。引經翻笑江家息。

黃烈婦詩　又

死爲黃氏婦。生是喬公女。妾名鍾齡郎熙宁。二十而嫁兩月寡。身入夫棺人弗許。人弗許。妾心悲。死則同穴生何爲。妾幼讀詩書。胸有經傳香。昔慕曹娥殉親于江。慕宋伯姬蹈火不下堂。妾爲處子。屢瀕于死。天留妾身。今復何俟。父官河東。母歸淮南。舟覆惠濟。盡室風潭。母弟未出妾先出。骨肉共命妾死甘。妾豈畏蛟龍。再躍驚濤中。手攬兩衣裾。餘生幸相從。父官河南。河決楊橋。危城剩三版。衆命如萍飄。妾衣已密紉。得正焉可逃。再爲河伯遺。妾命多堅牢。堅牢亦何益。妾死終莫辭。未知有生樂。不如下從曹娥宋伯姬。開我百福匳。獻我八寶簪。請翁營壽藏。下慰熙宁心。熙宁苦無嗣。當立小叔子。叔長宜早婚。庶得抱孫喜。空房計時日。夫亡閱三旬。喚婢具蘭湯。浴我松竹身。浴罷向空拜。自挂何從容。五城十二樓。笑躡雙鸞蹤。乾隆年。歲壬辰。六月十七天大暑。有司請旌朝命許。吳淞江。徹底清。上海烈婦孝且貞。詩成拂拂清風生。

張節母詩爲鉛山張湖妻黃氏作　又

生於黃。適於張。夫未冠。游上庠。年廿七。夫病尪。妻乞身代夫竟亡。投繯入井不可得。引頷觸地生何望。撫孤難。死節易。任厥難。妾無嗣。小姑有女叔有兒。妾撫育之婚嫁之。孤兒漸長老姑死。寡婦獨存復何恃。兒娶婦。婦生孫。孫殀婦歿兒亦淪。母遭此阨可以死。天殛神罰憑誰論。母不死。泣于天。妾志堅。天無權。妾夫何罪至於此。宗人有子卽夫子。繼我子。繼我孫。枯荄再穉續本根。啞啞庭中烏。頭白猶將雛。雛今返哺烏已老。七十之年心力槁。張郎有後餘生了。吁嗟乎。鄉人自請朝廷旌。節母焉知千古名。

陳烈婦吟 婦山東人。睢州守趙公起杲姬也。公卒。婦卽日殉焉。

吳鶚

青青百尺桐。枝葉空紛披。哀哀彼烈婦。視死忽如歸。憶昔離青齊。行行指吳越。當君牽絲時。是妾委身日。升堂辭阿母。再拜慘不歡。戚里共來集。遠送之河干。使君從門來。車騎何雍容。結以青玉佩。貯以綠綺窗。室中何所有。錯落難具陳。流蘇八寶帳。四角垂錦茵。頭上金雀釵。耳邊明月璫。初七及下九。挾瑟上高堂。高堂深且廣。參差蘭蕙發。浮雲從東來。白日忽西沒。之江不可逾。五馬徒踟躕。君命畢茲夕。妾生當何如。掩我妝時鏡。著我嫁時衣。渺焉一孤魂。誓言長相依。骨埋桃花塢。郡東婦葬處。血染桃花土。桃葉復桃根。誰知我心苦。

張貞女詩

韓是升

女未廟見死。歸葬女氏黨。明文載禮經。未嫁豈容往。夫死而守貞。例不旌門榜。張女秉志堅。許字姓恥兩。聞喪絕水漿。飲泣意悽惘。阿父諒女心。改節勢難強。衰絰歸陳門。篝燈事績紡。操勵清霜嚴。懷澄皓月朗。夫綱同君綱。道在不可枉。當其矢志初。焉計破格獎。始終心不更。大義炳天壤。

沈母節孝詩減膳分燈二章

金兆燕

爲沈樹聲母錢太恭人作。嘗有句云。減膳朝供飯。分燈夜課詩。紀其實也。余因作此二章

今朝幸有飯。不作無米炊。且供衰年飽。易忍季女飢。捧敦匜。具饘粥。二老歡然各饜足。獨入空房自束腹。

母縫裳。兒誦聲琅琅。虛窗共此寒燈光。書囊筆牀針線箱。一篝相伴秋夜長。他日華釭照甲第。萊公堂上堆燭淚。牆角休將短檠棄。

貞烈王仲姑詩　又

吳郎年十五。仲姑年十七。兩家結絲蘿。鴛鴦未成匹。一解。
仲姑聞郎死。衰麻欲往哭。祖母曰不然。爾身猶未屬。二解。
仲姑入室歎。顧影悲其身。身既不許往。願終往以魂。三解。
吞粉不得死。再服黃金珥。心已同金堅。身難共金毀。四解。
求死不可得。仲姑自撫膺。解我腰間絛。畢命朱絲繩。五解。
絲繩復絲繩。再結復再解。四顧無死法。安能復久待。六解。
向人求死方。日日作死計。一旦獲死所。仲姑歡然逝。七解。
逝者何茫茫。同穴歸山岡。死義非死恩。不得譏嫁殤。八解。
雙阡表墓門。大書勒貞石。吳郎年十五。仲姑年十七。九解。

徐烈婦詩　程晉芳

烈婦吳氏。毘陵徐鑑可之妻。鑑可客游溺死。祖以婦方娠。諱弗言。婦夢夫歸。對之泣告死狀。心疑之。既產一女。閱七日。鑑可柩旋里。婦得凶問。絕飲食。翁命人衛之密。卒投間自剌死。里中蔣丈東委爲立傳。並徵詩。

蟂磯水駛如弦急。昨夢尋君磯上立。惡浪黏天不見君。山峯排劍猿猱泣。連宵復夢君歸來。告我永訣沈泉臺。覺時燈火澹無影。羅幃颯颯風吹開。朝來想像心然疑。含酸未忍垂涕洟。縱教妾命薄如紙。君無死相寧遭危。君雖不諱吾難隨。腹中煢煢慮是兒。何況殘更夢顛倒。卜錢鏡聽無凶詞。可憐彌月還生女。暗祝耶歸頻抱汝。冷驛荒山返一棺。呼天泣血天無語。妾心已死安能生。鴻毛未敵身命輕。吳刀一剌委瓊玉。九泉路黑從君行。是日寒冰冱川谷。疾風怒號鄰巷哭。秋衾紅袖共孤墳。樹影連蜷雙鳥宿。吁嗟乎。撫孤守志寧非賢。勁氣所激無兩全。割膚減鼻古人事。以此較烈何愧焉。矢詩匪以垂女史。鐵石腸堪勵男子。

磨心潭歌弔三烈婦　陸以誠

諸暨顧英奇妻石氏。顧綱未婚妻姚氏。顧宗妻張氏。婢蔡氏。順治間避賊四江匯。賊及之。同赴潭中死。賊駭。驅馬返焉。

君不見。磨心潭。大阜屹立至今在。三人一心動天地。四水東西常不改。當時避賊江心灣。二人已入泥淖中。一人後至恥獨全。潭邊泥濘力扶出。月黑葦深恐復失。賊炬紛紛照如日。誓天矢志躍入潭。貞烈凜然鼎足三。相顧駭愕賊回驂。嗚呼。妾有心。終難變。磨千轉。心不轉。月照潭心心共見。

樓居吟　朱彭

吾友童鹿庵。少失怙。其母撫孤守節。不下樓者十有五年。

江干老屋樓三楹。以木支拄防攲傾。童母守節子未立。家無儲粟空瓶罌。鄰有老嫗亦早寡。惸惸都是孤寒者。爲言苦節當同貞。一居樓頭一居下。牀前設靈帷。牀後然土竈。鎮日坐樓頭。樓下跡如掃。驕陽當窗欲爍金。我心如雪暑不侵。北風中人欲砭骨。我身如松凍不折。夜來獨對青燈孤。呼兒攤書依坐隅。頻縫阿母手中綫。爲憐兒體寒無襦。一女襁褓泣呱呱。中宵遺溺相叫呼。敲冰濯遺冰刺膚。十指龜坼血模糊。起視爐中宿火無。兒呻母吟聲淚俱。獨茹荼苦十五載。吾友始得爲通儒。嗚呼此節誰能如。嗚呼此節誰能如。

石門蔡貞女辭　徐吳念

語溪水。清如醴。東流繞郭至西河。貞女特產西河里。纔協于飛卜。中道失其侶。上堂別父母。誓欲從此去。聞父母言心益苦。欲止負夫。欲去傷父。一腔熱血齊傾吐。

見廟而還方爲婦。貞女拜姑嫜。何忍分明剖。依然女子。宛然孝子。姑有慰言。寧惜一死。嗚呼。貞女不言病。不言命。但得踐姑言。未亡人事竟。

女貞枝。根忽折。望夫山。石欲裂。三年鵑血帶啼痕。清操直欲淩冰雪。嗚呼。生不同衾。死則同穴。君不見東西松柏樹交陰。至今暗抱貞女魂。風蕭蕭。雨冥冥。日出當空。照見妾心。

趙烈女詩　王德浩

女名銀姐。父母早歿。依兄以居。字同里蔣氏。甫聘而蔣病卒。女聞自經死。兄悲之。爲治殯歸其柩于蔣。惜未請旌。

雎鳩有定偶。孤鸞不重匹。惟彼烈女心。誓死當從一。或絕魯人求。乃作黃鵠歌。或無楚使符。乃浮長江波。湜湜谷湖水。天目清流漱。吾鄉趙氏女。生長兩峽岫。同里有蔣氏。足稱清溪風。一絲以爲聘。身歸太嶽東。天壽乃不貳。修短固隨化。丙辰建子月。天孫頃促駕。凶音入女閫。慘然心如擣。闔戶入房中。薄命捐草草。夫逝二十二。其日二十三。人間失鳩侶。地下隨鸞驂。丹旐明落日。驅車招貞魂。玉埋雙峽間。瑩光千古存。

武康節母吟四章

胡金題

徐雪廬母周孺人。家貧夫亡。苦節自勵。教子成名。平湖胡瘦山作詩四章。載於宋咸熙耐冷譚。

補松脂

織蒻織蒻。冬寒夜作。草屋一燈。蒻青血赤。血漉漉。手龜坼。鎔松脂。光似珀。補得松脂夜將半。十指蒸蒸氣如汗。

啜豆屑

鬻破屋。借人屋。鬻屋葬夫棺。借屋迎母同承歡。一升米。一鍋水。淅粒奉母母色喜。撥餘糜。揉豆屑。野田菜。和糜啜。但願兒飽讀父書。寧辭貼錢草屋居。

里正簿

斗米珠珍。榆皮草根。餓死猶自可。乞憐羞殺我。官家賑飢憑里正。立簿鉤稽注名姓。蒙袂輯屨。哀哀乞命。前溪一千戶。盡入里正簿。獨有徐家母。十日甑封忍餓守。

廉吏金

兒授經。多脯修。贖屋奉主徐與周。名曰重。成均貢。廉吏愛才樂捐俸。見金母色喜。色喜爲廉吏。爲我置棺埋我骨。我骨可朽名不滅。

合肥李烈女歌

李遇孫

古來忠孝節義人。其人已死靈不滅。毅魄常留天地間。靄昱波詭而雲譎。皖江烈女更爲奇。迄今追述猶嗚咽。戴生未娶病瘵亡。潛啼暗泣志已決。此身誓不字二姓。忽有妗來偏饒舌。是夜投繯氣遂絕。舊襦淚漬皆成血。妗來作弔燒紙錢。紙錢飛燒妗衣裂。家貧薄殮送郊原。不向戴家請同穴。有戚不忍擬易棺。默禱殯宮奠芳醊。歸家空梁聞嘯聲。倏有影兮供一瞥。急備衣衾無敢慢。發棺面色如生色。香風藹藹松楸間。時越廿日天更熱。嗣是靈顯不一端。豈爲神兮歸仙列。烈女姓李合肥人。彼都人士皆心折。今春來作剡溪游。果亭大令詳爲說。烈女大令之族姑。請我作歌表芳潔。芳潔錄入省志中。千秋萬世昭棹楔。古來不少節烈人。烈女之烈爲奇烈。

徐烈婦詩

徐以泰

婦蔣氏。邑中談太守家婢。配僕徐成。生一子殤。乾隆乙丑十二月夫死。爲盡償其逋而葬之郭外。逾七日乃縊死。

珠不受泥汚。金或雜沙聚。地勢豈足論。輕重在自取。矯矯蔣氏操。捐身得未睹。結褵既六年。獨結百年苦。夫在早哭子。淚流漲兩乳。子死隨哭夫。淚血紛如雨。無夫復何依。無子將誰撫。然猶殉從容。曲折安其父。賣衂償宿逋。買松種新隝。凡事夫之事。一一手自部。事完人亦完。七日身化土。烈哉談家婢。不識字猶愈。書此告鬚眉。蔣氏已千古。

巢湖烈女詩

石鈞

巢湖漁人女字李姓。未嫁夫歿。女不食數日遂投湖死。屍泝流至李氏門而止。因合葬焉。女年甫十歲。

比目不孤游。鴛鴦共棲止。妾已許字君。結髮固終始。妾未嫁。君先死。妾心日視巢湖水。奮身波濤神鬼泣。泝至夫家表貞潔。不得生相逢。所願死同穴。曹娥十二抱父屍。逆流而上眞神奇。漁家此女年更少。殉夫烈志能行之。從此節孝兩相擅。泰山之死人欽羡。銜哀不比築青陵。作誄終然愧黃絹。

割耳謠　邵南薰

吳中千戶某卒於官。妻以子幼。不獲死。割一耳納千戶手。

千戶婦。播人口。千戶死王事。攜孤哭道右。妾志何由明。割耳納君手。淚痕血痕流滿顏。從今拋卻黃金鐶。賣鐶鬻釧兒勤撫。鬖髮蓬飛敢辭苦。妾耳在君手。君心繫妾思。心耳相通不相隔。人間消息君應知。

吞金吳烈婦墓　許宗彥

烈婦之心金百鍊。七死七生心不變。膽瓶可碎腸可割。身與瑠璃同皎潔。此事距今百廿年。墓門荒草埋秋煙。清光如月不可蝕。暫晦終顯寧非天。觀者太息行者止。高坊道左還依然。前有檢討毛。銘以片石文中豪。後有學士梁。大書七字鸞鳳翔。表微自是君子性。殺身豈博姓氏香。面孤山。背葛嶺。此坊此墓合共湖山永。皇嘉慶年龍壽星。修墓者誰吳之後裔河其名。

節孝張母王孺人詩　又

楓涇水。清瀰瀰。楓涇鄉。節孝里。里中張氏有母操行甚高美。伶仃弱歲自王育於張。唐蒙寄生松柏之旁。隨大婦。奉高堂。使助箠。孝且良。敬事夫子不敢矜容光。舉子女教育有方。夫子病沈篤。哀籲乞身代。鬼伯不見省。使我寸心碎。上有白髮鬖鬖之老姑。室中女君甚矣憊。持門戶。大不易。身不可亡。忍痛強自力。黽勉有無進甘旨。姑年九十。婦心乃喜。賢哉節孝母。如古敬姜。布裳操作勤女功。撫嫡子。同所生。事亡如存。豐潔烝嘗。春秋上冢。如覲姑嫜。葬夫子。及女君。高墳若防。穿土其側自爲藏。同穴大義章章。賢哉節孝母。三十喪夫子。金玉自守。天矜苦節。報以福厚。身見五世。年過八十世希有。子孫濟濟門業茂。歸於其室。如釋重負。作歌詒之彤史傳不朽。

謝貞女詩

呂承恩

女未廟見卒。歸葬女氏黨。既未成爲婦。其鬼將安享。共姜賦柏舟。我儀髦偁兩。之死矢靡他。守志厥初仿。聖人情爲田。怨曠兩不強。既無重婚罰。焉有未婚賞。可守不守間。眞誠發慨慷。咄咄謝貞女。逸志同雲上。緬彼委禽時。津門雲莽蒼。傷懷歌芣苢。充飢拾栗橡。逝者不如今。妾身猶是曩。君舅宦粤東。南歸迎雙槳。始識沈郎門。未識沈郎像。新婦未亡人。拜而后稽顙。無何翁又隕。一落眞千丈。揭來母家居。齊篝勤績紡。卅年集荼蓼。可歷不可想。嗟哉女貞詞。讀罷心忽朗。譬如奇男子。雄心翦夔魍。方其抱血誠。天地爲震盪。譬如隱逸民。高風振林莽。方其甘肥遯。宇宙覺寬廣。譬如戒行僧。定識伏龍象。方其持嚴律。邪穢都滌蕩。又如佔畢儒。屈志守盆盎。方其績苦功。才名終骯髒。怪哉一身兼。乃在貞女榜。禮經無明文。嫺嫿競宗仰。於例未得旌。在聖必加獎。

宋咸熙耐冷譚曰。昔歸熙甫以女子未婚守貞爲過禮。朱愚庵尤悔庵兩公非之。非之是也。蓋婦人從一而終。不以死生易其志。此古今通義也。自非秉性堅定。不能有是。而世儒猶有妄訾議者。此詩持論明通。使熙甫見之。亦應首肯。

徐書受乞者妻行。見夫婦門。

劉貞女詩

吳振棫

松江劉仝姑。字徐驤雲。驤雲死。匿不以告。仝姑已知之。時母亡、父老病、妹幼。仝姑養老鞠稚。身兼其勞。父疾篤。語以壻死當別字。父歿。仝姑曰。曩所以不即死者。徒以老父在耳。今將奉我母于地下。遂自縊死。

客言有貞女。氏劉居松江。徐生昔納采。載書歷遐邦。一旦珠樹折。鸞鳥不得雙。父懼傷女心。父匿不以告。女心測其故。女面以淚沐。是時女可死。女曰死何速。女當衰親奉。女當孤稚鞠。竭蹶供一餐。十指血出漉。父病出治命。父意欲活之。青青者女蘿。曷不施兔絲。是時女可生。女曰死已遲。反袂訣阿妹。地下阿母隨。蒼天何高高。日月何晶晶。彼女何嬣嬣。貫之以精誠。貞風發感喟。幽光動峥嶸。全軀歎薄俗。仝姑仝其名。

吳貞女詩

又

吳貞女。家皖桐。字于姚。曰仲蓉。姚翁殂。蓉繼亡。女請易服往執喪。衆人尼之心回皇。東豪門。西貴裔。聞賢聲。覬納幣。女知之。絕食飲。非死非生假而寢。父曰已矣汝勿惻。余不汝強執汝逼。女聞蹶起搏顙謝。聞者感歎淚橫臆。七年閉關人不識。惟有日月照見女顏色。嘉慶歲戊寅。十有二月月上旬。素車御歸姚氏門。上堂拜衰姑。下堂撫孤兒。姑今有孫夫有子。得死亦足窮奚辭。惟山崔崔下有玉。女心視茲葆其璞。我歌此詩風肅肅。

題魏英姑截指圖　夏之盛

英姑。倉伯孝廉女。字同里李升元。李旋歿。倉伯不使女聞。而求姻者輒至。女暗截食指寸許。母見血痕殷袖。驚問之。曰。兒將長齋。故斷指自誓耳。母稔其情。保護備至。道光壬辰五月事也。至八月。女疾。誦佛而逝。倉伯命納斷指於袖以斂。並告於李。李迎柩合葬焉。倉伯繪圖徵詠。

淚眼結。血指裂。一寸瑤蔥勁截鐵。此指可折心不折。一解。
血漬襟袖紅淋漓。同穴窅冥歸何時。截指還父母。遺體原無虧。二解。
女也婦何殊。迂儒口莫哆。自來奇節本一誠。不然刳鼻刲臂胡爲者。三解。
指之截。惟義烈。子死孝。臣死忠。女子殉夫同一轍。嗚呼。英姑之行眞英絕。四解。

斷結行　朱綬

嘉慶丙子。邳州大飢。村落有刦者刦新婦車。奪釵釧衣裙盡。將去衵。衵帶爲多結。邳俗壻解結。新婦佯語。結易斷耳。畀我刃。授刃。遂揕胸洞而死。

絚爾寡女絲。彈我斷結行。斷結者爲誰。邳州新婦不識姓與名。冬十一月雞狗鳴。紅氈車子來親迎。
親迎奈何當此日。邳州大飢。人不得食。一解。
新婦辭六親。掩涕上車去。此日邳州人食人。娶婦親迎一何遽。二解。
馬在前。車在後。披紅氈。娶新婦。新婦車。大道口。民耶盜耶刃在手。夫壻倉皇棄車走。三解。
新婦前致辭。胡乃迫我爲。汝曹利我有。脫我腕釧。拔我頭上釵。虎狼眈眈。側睨人肉。新婦白璧軀。安能坐受汝曹辱。求死不得當如何。結帶解帶心咨嗟。四解。心咨嗟。新婦志已決。結帶復解帶。好言斷帶當斷結。持刃來。持刃來。白日炤耀。青天崔嵬。愍甘寸寸剉婦骨。婦身有心心有血。五解。彼飢者民何爲乎。令牧不恤災。新婦罹此辜。昨聞中丞造賑册。吁嗟乎。新婦不聞表貞石。六解。

讀歸震川貞女論　許楣

未嫁許更字。守貞任所安。先聖制禮義。不強人所難。志苟堅從一。豈在結褵閒。紛紛革除際。守死有不官。必謂女可二。遺民何稱焉。按此章持平之論。不墮一偏。與前呂承恩詩宋咸熙論合。

建陽樂府 過山　勸節也建陽目婦人再醮爲過山　鄒志路

過山非故山。莫過前山去。山上同心花。山下相思樹。相思相合年復年。同心一意金比堅。團欒明月有時缺。單鳧寡鵠彈么絃。節不可移。山不可徙。但過此山。有如白水。

雲間姜節婦詩　嚴錫康

辰山百丈勢崒屼。淞江千里水澄澈。九峯三泖名勝區。有婦偏能樹卓節。生小名門女誠嫻。二十二齡褵甫結。懿行淑德鄉里稱。自古賢媛許同列。一旦烽煙捲地來。暗泣璇閨淚如血。慷慨捐軀靡有他。瀰瀰清流葬玉骨。烏虖。庚申之夏賊至吳。迭陷五州未一月。守土殉者得幾人。爭似節婦氣烈烈。彭君伉儷情彌殷。述事徵詩徧吳越。天章指日下丹闕。咸見旌閭標綽楔。一婦殉節何足奇。斯世綱常賴提挈。辰山山高淞水深。巾幗英靈長不滅。

題李貞母像及祠堂碑記卷

吳嘉椿

貞母顧住花橋里。字者汪村人姓李。未曾清水作鴛鴦。一夕飛霜折連理。母聞凶耗心自傷。從一有志明綱常。繡襦手斷不復用。素車往弔稱未亡。康熙戊寅秋八月。貞母身歸李氏室。上堂拜姑雙淚流。以襦拭屍還自拭。母聞夫故。以手斷繡襦歸李氏。以襦拭尸。還自拭面。納之棺中。臥室與姑連腹背。侍養晨昏子職代。嗣子幼弱防愚癡。課讀以母兼父師。守貞三十七年久。笑歸地下同白首。嗚呼。生不同室死同穴。未嫁與嫁心無別。何必責刻據禮文。聚訟紛紛襲陳說。鄧尉山高香水清。烏頭綽楔朝廷旌。李家節母孝且貞。守祠況有賢雲礽。千秋遺像拂拂清風生。持論與呂許詩同

林烈婦輓詩

閨媛　陳皖永

婦曾氏。夫亡。許以身殉。家人阻之。聞於縣令。委曲喻以舅在宜養。乃不死。後三年舅歿。喪葬畢。遂絕粒十四日而卒。

盡瘁十年婦。未亡三載人。倡隨原誓死。侍養暫留身。殉節方完節。求仁已得仁。九原含笑去。無淚更沾巾。

此詩載杭郡詩輯。讀續輯又載烈婦臨終詩。其序較詳。序曰。烈婦曾如蘭。福建長樂人。同邑林邦基室。寓家仁和。婦嫁十二年無子。姑歿。夫以毀卒。許夫以殉。投繯者再。翁諭止不聽。以殉節事報縣。請存案。縣批曾氏宜代夫盡孝。速爲立嗣。翁乃爲立後。烈婦又自爲帖投縣云。夫亡尚有兄弟侍養。今立嗣。是又有子矣。前許身殉夫。乃含笑而瞑。負前言。何面目見夫于地下哉。特親叩求。縣又批宜撫孤成立。待翁壽終。乃踐前言。則所全實大。屍嗣子可取名光節。縣令捐俸十金。書孝節雙全四字表其門。烈婦不敢廢命。越三年翁歿。喪既畢。告妯娌曰。吾今可以踐諾矣。遂絕粒不食。沐浴更衣。拜辭天地祖宗。出所鎔金丸吞之。正襟坐。索紙筆賦詩。後書林門曾氏如蘭臨去題。擲筆仰項而瞑。夫亡于康熙癸未。殉節丙戌

七月。其詩附後。

曾如蘭

鏡裏菱花冷。三年淚未乾。已終姑舅老。復嘶雪霜寒。我自歸家去。人休作烈看。西陵松柏下。夫婦共盤桓。

烈女孫秀姑詩

陳皖永

烈女錢唐人。幼歸楊文龍爲待年婦。鄰有閻七積覷其貌。有鑽踰之謀。女恐甚。調鹽水中飲之而死。撫軍題旌。置七積于法。

不共春風桃李場。蘭馨幽谷隕秋霜。紅顏翻作生前累。白骨空留死後香。四海文章梨棗貴。千秋俎豆藻蘋芳。人逢聖世皆麟鳳。委巷閨娃也異常。

女貞篇

戴書芬

金山丁氏女寶蕙。字婁邑馬德璿。未婚夫歿。茹齋守貞。後聞其姑有疾。涕泣請于母。願歸馬氏。母乃告于馬備禮迎之。侍邁姑惟謹。立從子爲嗣。已能文。

女貞木。獨抱孤貞完太璞。靡他之死柏舟篇。高並懷清把芳躅。我昔悲歌黃鵠早。兒纔繞膝女在抱。懸絲一綫苦撐持。茹檗飲冰愁如擣。讀女紀略殊感傷。拜手濡墨重賡揚。女貞之花何輝光。女貞之節凜冰霜。奉姑立後持門戶。弱齡卓見高千古。守義豈必定捐生。同穴從容誓黃土。麻衣煩母親結褵。此事於古曾見之。君不見花蒂不雙鸞影寡。羅靜以身託亡者。

怨歌

闞玉

玉。仁和人。貌端麗。能詩文。父亡。與母及兄嫂居。順治初元。有桀傭以訛言還女。誘玉匿其家。事既息。母將攜玉歸。傭則曰。女已獲壻。大郎圭之矣。大郎者。玉兄沆也。初。沆父付沆百金爲玉嫁貲。沆以狹邪蕩盡。其妻慮他日妝奩費。欲藉訛言早遣之。傭因以數金餌索。求爲其子擔糞者娶玉。沆許之。母慟哭。向沆索玉。沆且以速訟恫喝母。時玉年十三。在傭家待年。號泣欲歸。傭詈曰。汝死吾家鬼。將安歸。令玉執炊、飼豕、鉏泥、蒔灌。足去纏約。頭如蓬葆。迨疾甚始放歸。玉曰。兒死願埋父棺側。不作傭家鬼也。復嚼齒曰。兄嫂陷我。語未畢氣絕。死月餘。沆妻及二子相繼死。皆見玉現形縛之去。玉之歌辭。善琴周西生譜其聲曰鬮玉操。事詳毛稚黄小匡文鈔。

父生我兮中道逝。母煢煢兮門衰瘁。兄嫂難與居兮。抉我如目中之塵沙。伊又遘此佻巧兮。胡迋我之實多。彼要予以桑中兮。夫豈其爲予之匹雙。我有母兮癙思泣血。我父而有知兮怒衝髮。我兄摩抄傭之金兮。骨肉相蔑。嫂旁睨兮。笑言啞啞。我憤氣兮如雲。指漆室女以爲正兮。又告夫司命與湘君。予不愛一死兮。又悲速阿母之下世。願死而有憑兮。爲凶之厲。嗚呼哀哉。我終死兮。魂獨歸去。明告我母兮幽告我父。匪我夙夜兮。胡然遭此行露也。縱謂多行露兮。寧能我之汚也。重曰。嘉名爲玉。父之命兮。幽辰甕壤。終保貞兮。憂思悄悄。淚淫淫兮。蒙此忍詬。日當心兮。

弔平湖劉烈女（諸生劉某女七姑。僑寓乍浦。殉夷難投水。）　俞照墉

海上捲腥波。三軍執枕戈。深閨拚一死。正氣壯山河。慷慨捐軀志。從容授命歌。三從知不朽。大節繼曹娥。

按林昌彝射鷹樓詩話云。明季賊陷京師。婦女遭辱。惟殉節之家。賊不得入。其婦女得免。似有神明護門。事見計六奇明季北略。可知忠孝節烈鬼神所護。此其明驗。林松門詩云。正氣塞天地。神明嘗護門。洵然。

清詩鐸卷二十一

義行

王澤宏捐粟行。見賑饑門。

顧景星惡溪漁父篇。見清廉門。

紀王脩五事 脩五以吉壤贈孫嘉客葬其親棺。余詠其事。　嚴槫

君不見富家子弟爭遺金。鬩牆禍起干戈尋。錙銖分寸不可奪。豈得揮金肯濟人。又不見今時黃金交貴游。樽前然諾死可酬。雨雲背面莫復保。世上悠悠盡此儔。我友向人瀝肝膽。推奉佳城動悲感。麥舟古誼久淪亡。獨行芳名誌幽坎。王侯王侯天下無。賢君賢君仗義扶。但看贈地完窀穸。愧爾見義不爲諸懦夫。

三義行　蔣士銓

克什泰。何堂堂。鑲藍旗人贊禮郎。不讀書。略識字。耳內不甚知聖賢。性中獨自有仁義。一妻二子三十餘。出入乘一馬。亦無婢與奴。凡其所行事。皆曰古丈夫。官滿當外補。送者來塞途。哭聲哀哀手執袪。古丈夫去今更無。江寧進士曰龔孫枝。歷仕到古州。官理苗同知。文士作循吏。才大而數

奇。以事鐫級走京師。眷屬二十口。孰救寒與飢。後官爾何人。是爲克什泰。前官衣食我任之。他家飽暖吾心快。如是五六年。施者受者皆自然。但曰前官是好官。龔君遙遙感且歎。及龔倅東昌。家人始團欒。一舟素旐經河干。嗚呼古丈夫。死矣身在棺。是時龔奉檄。往督糧艘還。遲遲半載。龔遊長安。訪于太常街。孤孀漸飢寒。龔哭失聲。相慰勞苦。貸錢買屋奠厥居。釃酒頻澆趙州土。二子十餘齡。當延句讀師。雖然世稟仁義性。亦須偕誦賢聖詞。嗟哉奇士適遇之。義行更爲古所稀。奇士名龔涵。是爲君從子。年二十二美且都。從君遠到長安市。涵婦翁。方應綸。丞束鹿。召涵婚。涵聞兩孤且廢學。長跽叔前流涕陳。願不負叔生死誼。涵請暫留贅壻身。斷齏畫粥偕二子。或者師弟皆成人。叔笑且悲告邱嫂。孀乃擇吉延師云。嗚呼三義士。先後同一轍。誰道今人棄如土。各以酸心傾熱血。噫嘘唏。請君讀我三義行。一死一生見交情。君不見黃金滿籯惟自固。轉眼兒孫啼道路。

汪義士歌　又

西泠有義士。姓汪名耀川。幼不習詩書。而能率性天。曾事宋令尹樹穀。結交諸名賢。槃槃才既大。觥觥志亦堅。宋公故廉吏。謫戍到窮邊。妻孥泣相顧。親朋睨不前。耀川慨然請。公行無憂煎。精衛尚填海。頑石亦補天。公雖有八口。儂豈無一肩。願以家事付。竭力爲周旋。宋公感其義。相誓爲昆弟。從此一諾終。便結千秋契。縫人將衣供。廩人將粟繼。助餋賃屋錢。爲兒辦婚費。亡何宋公亡。羇魂墮遐荒。君又駕素車。歸骨葬故鄉。于今二十霜。道路皆感傷。我聞李次孫。東漢聲隆隆。卵翼幼主人。兩乳爲流湩。身作太守歸。走拜墓門松。于今千餘載。誰能繼此風。獨行耀川子。行事將毋同。

如看西湖山。南北兩高峯。

撫孤行爲畢尚書作　　袁枚

我聞郭代公。四十萬緡脱手空。又聞魯子敬。指千囷粟作投贈。此皆周恤生前朋。不如畢尚書。待死友。有深情。諸公聽我撫孤行。一解。

新安魚門子。姓程字蕺園。平生著述千萬言。重仁襲義人稱賢。只有作家二字天性短。玉卮無當不能盛一錢。食翰林俸。逋負如山。長髯拂拂兩眉皺。急走西方求佛救。二解。

彤彤徂暑。乘弇棧車。烈火燒其心。炎風炙其軀。行年六十胸煩紆。望見畢尚書。當作菩提如。尚書迎入南衙居。只道故人來。不圖新鬼俱。奄然一病遽委化。瞑目而去片語無。三解。

尚書親視含殮。泣下數行。柎槅爲藉幹。袒免爲服喪。三桃湯。五穀囊。一一布置加周詳。柳翣駢羅。羽葆輝煌。送歸靈輀白下葬。旁人嘖嘖相誇張。道如此異鄉死。哀榮勝故鄉。四解。

死者樂矣。生者哭矣。孤兒曾曾。無棲宿矣。尚書聞之。又買屋矣。可奈尚書官大梁。孤兒居建業。昏夜乞水火。鞭長莫能及。魚門平日交滿海内空紛紛。誰管東里西華冬日猶衣葛練裙。如枚百輩何足數。只能代爲躅足。仰望高天雲。五解。

闖然明駝千里來。黄金百鎰光皚皚。交與桐城俠士章淮樹。替主進。替營財。但許取子不取母。十年以後交兒手。六解。

七月二十四日。隨園風和。章公挈孤兒。載酒相過。作畫紙劵。唱得寶歌。頃刻金城千萬丈。崽子孀孀得依傍。七解。

滿堂賓客。額手再拜。不信當今。古人尚在。一叟無言搔白頭。招阿遲來笑不休。而翁縱死汝無憂。汝不見華尚書。風義高千秋。八解。

琴堂花燭詞　徐煜

菰城姚氏女。名家女也。父母流寓姑蘇。鬻女於人。不屈得返。再鬻於上海句闌中。女年十四。以死自守。上邑簿嚴君。湖人也。得其狀。告之葉大尹。立提出之。適金陵藍君嘉瑨自江右攜丁生慶齡來。年十五。遂爲當堂配合。丁生之祖。前宰高安。左遷負累。子婦俱亡。託孤于藍。余重三君之高義。爲賦此詞。

太湖滄海相連屬。海潮浩浩湖波綠。湖波蕩漾繞金閶。姚黃一朵淩波擢。盡道姚黃富貴花。如何飄蕩落天涯。只緣根託寒檐下。父母門楣望太奢。門楣深恨牽蘿代。掌上明珠擎出賣。負氣旋成合浦回。人不憐花花自愛。誰知轉徙更風塵。誤踏句闌到海濱。錯將天上瑤臺種。認作人間桃李春。縧鏇難開毛羽弱。願禮空王聽梵鐸。并刀燕尾觸風雲。青絲亂作花鬟落。別尋覺路覓金繩。誓捨微軀恨不勝。投繯翻似連環解。血染羅襟半作冰。蒿里無門天悄悄。花枝不萎花魂裊。肯隨路柳颺飛花。要使疾風知勁草。琴堂鼉鼓響鳴雷。鐵索硃符風雨來。花骨崚嶒好調護。花身潔白脫汙埃。令威遺翮孫枝秀。十五孤生寄江右。千里帆催十幅蒲。江流東下塞潮湊。仙手提攜學弄潮。采和海上賦逍遙。翦拂孫枝求並蒂。藍衫揮手現藍橋。藍橋只在琴堂上。作合居然歌百兩。雙飛何幸展青廬。萬口爭傳誇錦障。姚黃得地冠芳叢。依然富貴倚天工。要知榮重千秋事。本在堅貞一念中。堅貞一念難移改。神物從中爲主宰。鞭策魚龍作赤繩。江湖會合歸滄海。老夫幕府養微疴。勁節奇緣驚喜多。佐成案牘書駕牒。更學香山紀事歌。

送師遠戍別友詩　夏之璜

李調元雨村詩話。盧雅雨初爲六安牧。識拔六安諸生夏湘人之璜。盧後爲鹺使。被劾戍軍臺。賓朋皆失色。湘人毅然請從行。密爲治裝。屬人繪軍臺負笈圖。妻子哭於室。親友餞於郊。湘人飲三爵飛馬去。三年始歸。有別友詩。

此身無復繫高堂。萬里何妨別故鄉。豈以激昂思厲俗。但令忠孝守吾常。眼從大漠舒遼闊。骨向堅冰鍊更剛。爲遜龍門千載筆。滿筐亘軸貯歸囊。

義米行　范來宗

熙熙攘攘何喧塡。走領義米羣摩肩。吾祖贍族創自有宋南渡前。至今遵守七百年。歲云暮矣百事煎。煢煢之族望眼穿。先日示期城莊傳。九房一十二支來者千。有貧無富醜無妍。鰥寡孤獨奇窮全。堆盤有肉白粲鮮。會食饜足腹果然。于橐于囊更有青銅錢。君不見歲荒比戶多顚連。欲乞升斗誰能憐。

義田歌爲秦蓉莊先生作　龔景瀚

三代以降廢宗法。收族無人恩不洽。各子其子親其親。百富未聞周一乏。祖宗當日本一身。其後泛泛如途人。吉凶患難不相顧。嗚呼風俗何由淳。昔聞有宋范文正。始作義田贍族姓。忠宣繼之制益詳。姑蘇事業今猶盛。此意悠悠五百年。誰將遺事法前賢。功名及遠不及近。胞與爲懷亦枉然。祖宗餘慶鍾孫子。孫子官高但爲己。倡優醉飽僮僕歡。豈識族人飢欲死。先生乃有古人風。殫力經營廿載中。千畝腴田供舉火。導源實始賡和公。尊甫賡和公始倡捐百畝。先生增至千畝。父子同心世濟美。淮海而來方有此。秦氏出於少游。此田萬載復千秋。惠水長流錫山峙。

築客墓歌

吳文溥

桐溪姜生某。葬其客某之貧無後者於某鄉。亦敦交誼事也。書以廣其風焉。

切切貧賤交。悽悽生死路。生寄伯通家。死築梁鴻墓。梧桐鄉畔梧千尋。墓門遙接梧桐林。春來細雨土花溼。壟上啼烏似相識。隻雞斗酒故人心。宿草新年作寒食。不見屠沽游戲多少年。朝盟金石暮已寒。男兒道義交可久。心跡磊落到白首。嗚呼。姜生不負死友況生友。

紅于行

梁履繩

有鳥栖珍樹。一雄復一雌。雌者守舊巢。雄者翔空枝。一朝去求食。求食忽遠飛。遠飛挾兩雛。兩雛各分離。雄歸雛不返。雌也心傷悲。四顧欲尋覓。茫茫何所之。城東有良家。門第多光輝。不幸倏中落。錯迕人世非。殉卻心頭肉。攜女出寒閨。十五固不足。十一猶有奇。有姊先鬻去。不知屬阿誰。此女更嬌小。母氏憐如兒。父作不良計。潛賣恐母疑。各各不相見。背地淚沾衣。生長在良家。轉眼成卑微。昔爲掌中玉。今爲絮邊泥。昔爲欄前桃。今爲井上葵。父鬻入我家。朝夕捧盤匜。當窗喚新名。欲應還遲遲。歲月一何速。倏焉兩載移。阿母思見女。泣問爲父欺。還家告兄弟。兄弟俱慘悽。奔走訪媒妁。言語互參差。宛轉識處所。造門前致辭。始知通家誼。說罷相嗟咨。喚出認舅氏。攜歸不取貲。羅遜焚賣券。鍾離備妝資。若女即吾女。高義世所希。富貴非常恃。欻若朝露晞。緬彼前哲風。君子恥獨爲。好去見阿母。阿母長相睎。好去見阿姊。贖歸已先期。並肩事阿母。兩雛復安栖。哀免此王孫。困苦泣路陲。

禄兒歌　黃孫瀛

洋縣叛兵之亂。權華陽丞劉錫氏死焉。其僕禄兒年十四。於城濠積屍中求其主屍不得。纔于血肉枕藉中得一身。面目糜爛不可辨。右手尚持小刃。識爲主人所佩物。遂殮以待其子來。徒步送歸潞河。噫。劉君死猶恨不刃賊。僕亦忠義哉。紀以詩。

瀧水不流血不漉。風寒白晝青燐煜。烏鳶啄肉不敢前。鬼哭聲中雜人哭。枕屍反覆血模糊。晝夜三周眯兩目。天憐節義標識奇。忽得糜軀已無肉。平生佩此百鍊鋼。既死公然刀在握。想當格鬭隕微軀。余不負丞差免辱。吁嗟乎丞也食禄死固宜。小僕忠義乃若斯。送歸丹旐嗚咽隨。試聽慷慨歌禄兒。

華亭姜氏捐田詩　張興鏞

華亭姜懷櫨以諸生應乾隆庚午鄉試。病不能致醫藥。卒于逆旅。其妻陳。苦節四十餘年。疾革。謂其子軾曰。汝父以貧故遘疾不得藥而隕生。汝他日稍能樹立。必思有以佐寒畯者。軾謹識之。而家累煩重。終不克舉。逮其孫熙。家稍裕。始捐華婁兩縣常稔田百畝爲賓興之費。呈縣立案。孫能繼志。而陳母導子孫尤難得也。

青氈一例但空囊。夜讀聊分鑿壁光。近事傳來增歎息。元鐙視映孝孫姜。
父書祖硯守窮年。負郭難謀一棱田。猶有報劉心事在。秋風目斷秣陵烟。
有志移山事竟成。蓄畬經訓十年耕。海濱正讀開科詔。願獻膏腴助鹿鳴。

此舉辛勤出孝思。焚香好報九原知。我家白下親高義。別寫賓興紀實詩。

義士行

徐熊飛

天下無義士。朋友倫乃絕。朝爲知己暮寇仇。薄俗紛紛那可說。汪君意氣何嶙峋。肝膽照人久更眞。平生獨與宋君友。如手足不離其身。宋君出宰兩當縣。遣戍新疆習征戰。全家八口苦飢寒。臨別愁看淚如霰。是時送者滿江沚。君獨旁皇拂衣起。爾親吾親子吾子。有渝此盟如白水。穹廬萬里宋君歿。匹馬西行拾殘骨。馬毛結冰馬蹄熱。往往夜墮流沙窟。生人死友同入關。葬向南屏鬼嗚咽。君行苦遠家苦貧。謂友未死猶吾存。寸心誓不負泉壤。呼以義士不忍聞。君不見南山有烏尾畢逋。梧桐搖落竹實枯。破巢完卵古不保。白頭老鴉代哺雛。義士之義今則無。嗚呼義士今已無。翻雲覆雨何爲乎。

臺灣三仁詩

陳裴之

壽先生

名同春。諸暨人。年七十二。佐臺灣淡水郡丞程峻幕。乾隆丙午冬。林爽文陷竹塹城。郡丞死之。先生糾義民復其城。遂攝丞事。明年隨官軍進駐烏牛欄逼賊巢遇伏。兵潰馬蹶被執。罵賊死。事聞敕建三仁祠于臺郡。李義士劉烈女與焉。

臺灣姦民殺官弁。草疏千言飛告變。疏言草野臣同春。郡丞程峻之故人。程峻死賊賊入署。斗大巖城賊爭據。臣率義民克復之。解圍專望馳雄師。微臣雖無守土職。郡丞一印臣擅攝。昧死陳情達天闕。神策軍來爭破敵。自願隨營殺蟻賊。烏牛欄前白刃接。賊敗大呼伏兵出。矢竭弦亡外援絕。馬蹄一蹶身被執。丁未季冬月十日。罵賊常山死不屈。事聞當宁頒尺一。廟食千秋奬忠烈。吁嗟乎。廟食千秋奬忠烈。乃是諸侯老賓客。

李義士

名喬基。嘉應州監生。林賊初亂。在彰化團練鄉勇。堅守鹿仔港。丁未正月。進大里蟄攻西門不克。二月復至牛馬莊勦賊被執。遭磔死。

老羆當道臥。貉子那得過。大軍未集孤城傾。壯士一呼賊鋒挫。貴不必横衝都。衆不必鵶兒兵。鹿仔港接彰化城。毛葫蘆卽君子營。一戰大里蟄。再戰牛馬莊。礮聲如雷地中起。殺賊不克被賊戕。賊戕眞義士。詔書煌煌傳廟祀。粵東嘉應國子生。喬基其名李其氏。

劉烈女

名滿姑。臺灣郡丞劉亨基女。賊陷彰化。女依父不肯逃。父被害。投池不死。賊引之出。女怒罵不止。遂遇害。時年十七。

戀父心甘白刃蹈。滿姑死烈仍死孝。罵賊不畏遭羣凶。滿姑死孝還死忠。三尺刀光一池水。滿姑知生不如死。君恩隆祀臺灣城。滿姑雖死仍如生。史乘千秋載奇節。劉郡丞女年十七。

前題

蕭掄

臺灣淨掃無風塵。天子下詔褒三仁。三仁何姓氏。一爲壽同春。淡水郡丞老幕賓。丞亡攝官克復城。出兵勦賊死賊營。其一嶺南客國子。生寓彰化糾義民。其姓李氏喬基名。守鹿仔港有成績。戰牛馬莊終殞身。同時見此二義士。一弱女子尤絶倫。滿姑年十七。父曰劉郡丞。賊先執丞脅誘姑。姑不受辱泣且嗔。蹈河不死罵益烈。白璧雖碎聲錚錚。是三人者微且輕。非將非吏。非守土臣。身雖死義。分甘沈淪。幸遇天子大聖明。幽遐必矚。名教是敦。曰此三人縱疏賤。磊落大節宜予旌。詔建祠宮。楹桷維新。有司歲時。祀以特牲。爲問蟻賊起事辰。士民奔走。婦女被掠。何無一人能及此三人。吁嗟乎。人人具有忠孝情。盍至三仁祠下一聽天子命祀之恩綸。

妾入門　曹宗載

吳丈兎牀置一婢。詢之爲良家子。遂撫爲義女。命與女公子齒。擇武原魏氏子。備奩具嫁之。錢唐邵徵君志純賦妾入門以紀其事。余亦數韻賡之。

妾入門。悸心魂。向隅無言淚暗吞。妾入門。銜主恩。烈冬翻作陽春温。芳蘭蕭艾殊非伍。妾賤那得比公女。胡緣伴坐畫樓中。飛絮同吟繡同譜。武原之水清且漣。弱翁之子才翩翩。結褵遺嫁情纏綿。于歸恰值桃夭妍。今古英賢幾蒙垢。誰肯憐才一援手。天蓋高。地蓋厚。罔極恩深父與母。龕門水汪洋。洪波深澤寧可量。秦駐山嵯峨。高風峻德終難磨。噫嘻。山可鑿。水可涸。此恩此誼千古卓。

張童子歌　夏寶晉

名致中。年十六得千金於路。白其母。俟訪者歸之。不受謝。余上其事於臺司。

訴牒日已多。爭奪靡不有。錐刀末已競秋毫。太息何時風俗厚。犢車僨其轅。過我大衙村。囊橐忽不見。見者不識爲金銀。是時方五月。草深坡路滑。童子行田脚不韈。舉步偶觸之。纍纍何勃窣。念此何來坐兀兀。道旁來糞車。呼而載之歸諸家。其家有賢母。謂兒此物非義取。童謝其母但守之。出門徧告村人知。有來訪者吾何私。犢車入城。失金大驚。捕者過市。衆譁不止。貲財百萬且有餘。失者之憂得者喜。回車大衢村。村人引至童子門。見母語之故。願與均分母不顧。呼兒攜還戒勿酬。事後之酬卽爲賂。拾遺非所求。乾沒乃足羞。有非所有禍必至。失者之喜得者憂。烏虖得失本如此。村豎猶能識廉恥。胠篋穿窬大有人。息爭去僞從茲始。爰表童子居。命曰廉讓里。賢哉是母有是子。我聞其風飭簠簋。

崇義行 爲陝西李公子顯作。顯父名大隴。官常德郡守。　王之棠

君子重義。小人重利。重義利自輕。重利義乃棄。我聞魯子敬。指囷傳高行。古人誠可型。猶未能憫人孤。矜人寡。謀人室。活人生。如我敏齋李公子。高義眞難名。一解。

公子之父曰大隴。居官清潔存古風。一朝出守朗州郡。身攜公子隨花驄。其時公子。尙在幼學。延訪名師。用資訓讀。惟我外家大父吳。卓齋夫子稱宿儒。遂膺太守之聘而來居。二解。

太守視師。奉若龜筴。夫子視弟。切如子姪。千里逐試艱苦嘗。果然高擷藻芹香。俊鶻摩雲健。明珠照乘光。太守感師教。慇懃隆禮貌。方期永爲好。誰知一葉催歸櫂。三解。

太守歸去卅年間。音容杳杳鱗鴻慳。卓齋夫子久辭世。惟四舅氏僅存一。誰恤桓嫠苦。誰憐趙氏孤。矧乃數米而炊。寄籬而處。長年鬱鬱氣不吐。此情此事向誰語。四解。

乙酉之冬梅花開。翩然公子襲裘來。劇訪師門走湫隘。細詢家業嗟墮頹。萬鎰賙何惜。一時力不濟。屬我明年抵京華。付我金錢三百緡無差。一百爲舅營生貲。一百爲舅賃住屋。一百買妾爲後謀。莫

使延陵一脈無人續。五解。

吁嗟乎。世人結交須黃金。疇把黃金贈故人。師與弟。合以義。茫茫道里隔山河。幾人相睽還相憶。賢哉李公子。風義眞無比。爲我舅氏謀。周詳乃如此。公子如此。太守有子。太守有子。至今不死。六解。

莎哥行

金鴻佺

莎哥姓沈。名世麒。秀水人。少無賴。咸豐十年。賊自丹陽東下。陷數郡。應募率鄉勇守平望。力戰死之。

生不願作多田翁。酒徒無賴皆英雄。又不願讀萬卷書。彎弓擊劍輕頭顱。莎哥一擲百萬賭。笑殺人間守錢虜。睚眦必報恣橫行。孝侯爲害能射虎。鼓鼙動地飛艨艟。破竹千里何人攻。子龍一身都是膽。隻手直欲攖其鋒。有如寧武忠武公。功雖不成心則同。模糊碧血灑古渡。髑髏提出無人顧。英靈應儷五人墓。

義僕行

唐員

庚申之難。閶溪沈氏老僕張大進。攜主人幼子共逸。途中被擄。泣求身代。竟獲免。後復失散。沈氏子於南匯村爲酒家傭。適與僕家近。時以衣食相貽。問其年七十八矣。余嘉其義作詩表之。

程嬰杵臼名卓卓。吾鄉張老殆其屬。獨攜幼主避戈兵。備歷艱危情愈篤。一息藐孤屬老奴。聊爲主人延殘局。那知倉猝失歧途。徧覓還疑登鬼錄。相逢忽作酒家傭。握手吞聲悲莫贖。殷勤如母亦如師。悽楚相憐復相勗。君不見落井偏多下石徒。疾風勁草愧流俗。嗚虖。疾風勁草愧流俗。人世難逢此義僕。

附錄

哭義僕陳四

張應昌

四。諸暨人。道光戊戌來余家。性忠直敦朴。無嗜好。有膂力。惟好武習拳勇弓石。咸豐癸丑。入仁和庠應鄉試。再今春浙闈馬步矢入選。未及試刀石而賊至。遂輟試。城破焚掠。四家與余家並遭厄。是時度無生理。四以同死相約。余謂吾老弱待斃而已。但吾已無子孫。生仗汝扶持。死仗汝埋斂。汝不可死也。則佯諾焉。而乘間忽攜刀矛出門殺賊。遂遇害。余走避僻所。數日兵至賊走。求其屍不得。有見其殺賊四五人者。蓋賊怒之。投於火矣。余爲作傳。

陳僕從我游。二十三載久。雖爲主與僕。若父子朋友。秉心惟正直。樹德在醇厚。九石弓可彎。百斛鼎能負。天生必有用。好武意赳赳。待奮貔虎威。肯逐牛馬走。朝夕勤股肱。餘閒練身手。兼全智仁勇。不愛財色酒。一朝升膠庠。苕發冠其偶。以此干城資。況逢戎馬糾。探囊取公矦。拾芥視組綬。而乃甘蠖屈。相依垂白叟。憐我蘭摧庭。念我雪蒙首。助我治饔飧。隨我茹藜糗。旨蓄儲晨昏。量度到井臼。出門同扶持。司夜獨邏守。紀綱倚一人。伶仃安數口。同輩皆不賤。馳騁營門柳。爾獨甘窶貧。埋才處蓬牖。鄉選非遠遊。秋風志抖擻。跂予望鴻飛。高翔離澤藪。今春浙闈中。爾已什得九。幾日宴鷹揚。側耳聽獅吼。忽然鼙鼓來。驚破湖山陡。崇朝薄城垣。八日闢鎖鈕。衢巷烏鳴火。身家魚在笱。萬事都已矣。薄命願離垢。爾以同死勸。自了全歸受。免汚賊刀鋸。毒痛忞蹢蹂。爾言誠是也。吾更分別剖。吾本旦暮人。老翁伴弱婦。咨嗟行路難。待斃如械杻。但我子孫亡。賴爾爲臂肘。吾存仗保持。吾死託身後。吾死事當然。爾死理無取。抱頭流涕說。諒爾意無狃。豈料一朝忿。獨身戰羣醜。赴火蛾翎焚。當車螳臂掊。傷哉肉成虀。壯矣膽如斗。烈士雖錚錚。故主倚誰某。誰知賊旋去。脫網吾无咎。室人均團欒。但失爾左右。大謀在小忍。一死輕培塿。爾勇誠胥沖。爾智等槃扣。爾死吾徒存。皇皇喪家狗。恐懼棄如遺。流離活亦苟。爾遇鏡中花。爾志泥中藕。傷爾名無成。傷爾骸速朽。千里我飄然。九泉爾知否。平生失意事。此僕今無有。

陳武生行 和仲甫伯父作○事見前應昌哭陳四詩題注。

張興烈

地雷一震城門開。賊欲入城兵爲媒。兵耶賊耶合而一。反戈相向轟然來。殺人縱火恣淫掠。羅城頃刻飛黃埃。千家萬家盡號哭。哭聲上天天宇摧。或降或死或出走。官民一例同草萊。吾家有人奮袂起。袒臂大呼好男子。平生有膽大於身。見賊不殺眞可恥。手攜一刀肩一槍。挺身出門莫敢止。街頭遇賊急揮刀。漉漉頭顱血如水。連殺數賊衆賊來。前有戈矛後弓矢。裹創血戰戰方酣。可惜英雄力竭矣。肝腦塗地骨肉虀。怒目炯炯猶未死。事平無處覓遺骸。里黨于今稱烈士。烈士者誰其姓陳。仁和武生諸暨人。年四十七勇絕倫。死於咸豐庚申春。吁嗟乎。匹夫之怒有如此。將帥紛紛反愛身。

附錄靈異物性吟

物非人匹。毋乃擬不于倫。顧人爲萬物之靈。秉天彝之德。而多虧慚內行者。是反不若物之能盡性者也。孔子云。犬馬能養。孟子云。人之異於禽獸者幾希。至於禽獸不若。罪慝深矣。近人詩中。有詠物之忠義孝慈者。假物諷人。亦原本風詩相鼠鳴鳩比賦之義。冀讀詩者之感愧奮興也。則固弗嫌於不倫之擬也。因就所見。采摭一二附存之。偶鈔未及備采。

烏反哺 以下共四首

顧夔璋

烏烏烏。曉夜呼。雛羽未乾。老烏飼雛。老烏力盡。雛敢離乎。烏反哺。樂于于。人生失養。子不如無。

蜂戀主

蜂蜂蜂。房如墉。善守衞。兼突衝。排衙事主。負戟分封。君臣大義。翊贊從容。凡百君子。愧爾靖共。

虎乳兒

虎虎虎。無物伍。旣愧騶虞。復異牛牯。其視眈眈。誰堪猰貐。詎意白額斑。終身不再乳。殘不傷嗣。慈將兒護。虎乳虎乳。可鑒人父。

雁巡更

雁雁雁。堪諷諫。翅雙飛。心同綰。一雄罹禍。一雌永篡。寧甘孤警。不甘渫嫚。淸夜嗷嗷。聲淒影眩。能令嫠婦。淚落如潸。

孝牛行

齊之千

康熙丁丑冬。崗前佃奴之牸牛。新生一犢。纔數月。天寒甚。又水草失時。奄奄待斃。聞母噓。張目奮蹄就母。無力倒斃。夫牛也。雖死猶不忘其母。作孝牛歌

我聞昌黎言。禽獸有人性。慈烏與義馬。異類之賢聖。虎亦媚養己。鷹能效主意。慤者莫如牛。猶知身所自。呼吸命須臾。僵蹄卓於地。欲前不得前。銜恩不忍棄。形死意還留。蹶然首丘志。牛也爲人役。曾不解禮義。可以人弗如。而不錫爾類。

前題

魏塈

婁縣天馬山北和尚濱李德明家。黄牛產犢。五歲。母老不能耕。李鬻于彭。牛子母同欄。母牛鳴。子牛應之。淚雨下。彭牽牛出。縛牛磨刀待屠。子牛齧斷繫繩奔母牛所。至彭前。銜刀徑吞。母牛向子牛鳴不已。德明心動。還金解牛以歸。其邑人楊閑庵作記。

世無介葛盧。莫識牛聲鳴。牛聲鳴。人莫應。牛吞刀而吞聲。一解。
天馬山北和尚濱。靈鍾於牛知有親。母老不復能舂耕。二解。
牛不能耕牛待死。牛待死兮幸有子。牛有子。母不死。三解。
屠牛者彭。鬻牛者李。方其吞刀時。李亦汗有泚。還金縱牛歸。牛歸樂搖尾。四解。
樂搖尾。山徑仄。樂搖尾。歡無極。昂首長鳴報主德。幷力耕田代母力。五解。
代母力。行原野。歸依母。牛欄下。子知有母物猶且。奈何人不如。請觀此耳濕濕者。六解。

吳興孝狗行　陳章

署中一狗黑如漆。孳生四子各毛質。或死或逸去其三。只有一狗不相失。日月易邁此狗老。兩眼瞙糊難了了。嘗聽人過尾獨搖。空見涎垂腹不飽。其子遑遑東復西。候筵帖耳還首低。賓客餐餘每投棄。銜致老狗骨與臠。我見謂其偶然耳。明日試之亦若此。不惟跪奉如羔羊。堅硬猶先嚙以齒。今有儼然成丈夫。華衣甘食惟自圖。老親餓死倚墻壁。遠遊若不關肌膚。此誠吳興狗不如。

義豹行　商盤

德勝鎮山中一豹。能爲近鄉禦虎。居民德之。歲時以犬豕酬賽。余聞其事作義豹詩。

南山霧濃玄豹變。七日文成人共見。此豹不與常豹同。驅逐於菟垂大功。釁村雞犬聞嗚吠。深夜不遭猛虎害。居民感德比神庥。歲歲春秋爭報賽。少陵義鶻曾作歌。義馬勒石長不磨。人生識字忘大義。不如此獸天良多。吁嗟豹兮吾遜汝。異政何時能渡虎。

義鶚篇

吳森

庭樹烏巢育二雛。一雛墮而殞。其一爲蒼鷹搏去。次日羣烏咸集。若弔唁狀。卓午雛忽歸。羽欐褷困憊。衆烏相與引喙煦噢之。無何鷹復至。羣烏號。余命童撼花鈴揶揄之。乃去。而仍日一二至。越六日侵曉。羣烏十百叫噪甚異。啓戶視。則巨鳥立喬柯。金睛翠羽。鶚也。少選鷹來。鶚乃奮翼重霄。搤其吭。礫其毛。鶚去。烏亦他徙。

春眠困慵起。烏啼聲汎瀾。烏烏爾何啼。孤雛慘銜冤。同儕唁其母。啞啞勸加餐。讙譁正未已。孤雛忽翩翾。意態似已戚。筋骨尚未殘。羣烏與烏母。煦噢雜悲歡。驚魂猶未定。貪饕復飛翻。側睨勢逾很。思痛聲益呑。主人惡不仁。撼樹暫保全。乘間屢回掠。側翅垂饞涎。侵晨聞叫嘯。驚起開南軒。軒前有高樹。大鳥立昂然。被服炫錦綺。彷彿如鴛鸞。貌閒時矯首。志決將誅奸。羣烏翔其下。儼如奉高眞。彼昏竟不知。賈勇來岔岔。羣烏咸屏息。疊疊壁上觀。須臾毛血灑。風中聞腥羶。鶚去泯爪跡。燕來賀喬遷。主人閒眺聽。倚檻視蒼天。義風在微族。能令薄俗敦。

白鴿篇

鴿爲桐鄉程氏所蓄雙禽。明義抱節。因書其事。

方薰

翩翩雙白鴿。玉立棲花房。主人殊愛惜。調護非尋常。雕籠貯深幄。紅粟開陳倉。朝放夕來歸。鈴聲隨風翔。主人一朝貧。有鴿無餱糧。衆鴿難忍飢。聯翩適他方。惟有兩白鴿。徘徊主人堂。朝飛尋燕麥。野啄充飢腸。夕歸畏貍奴。貼羽依空梁。素翰日摧頹。相顧增淒涼。恐負主人恩。他適亦不祥。雌雄不相捨。歲月情如常。虺蛇夜深至。一雄遘其殃。雌也急鳴救。力弱勢莫當。奮身奪毛羽。銜泥瘞秋塘。啄食不敢吞。先爲死者嘗。悲鳴守其側。終夜哀枯桑。淚落杜鵑赤。影比孤鸞傷。寧爲同命鳥。不作逆毛鶬。生當主人愛。死共主人旁。感此微禽義。懦士心懷剛。

烏雛行　吴鉉堂

慈烏慈烏尾畢逋。啞啞返哺八九雛。烏雛返哺爾何幸。嗟我失母徒號呼。朝呱呱。夜呱呱。報母無期淚眼枯。迴腸轆轤。泣血模糊。爾有母養。繄我獨無。

義犬行　宋咸熙

前溪之民畜一犬。出恒相隨。山行遇虎。已口銜之。犬突踞虎背齧其項。虎遂舍民逸。犬亦驚悸。力竭而死。嘉慶辛未十月間事。

犬威不如虎。犬智勝於虎。智由義生。犬亦足千古。吁嗟人兮而不知禦侮。

象冢行　吴振棫

冢在馬龍之南。田山薑爲之銘。明安邦彦奢崇明犯馬龍。象鼻吸泥水。出賊不意。躍起數丈。噴賊陣。復捲一賊。墜地蹴之如虀。賊氣奪。黔兵乘之。遂克之。明日象亦死。土人爲封瘞立碣焉。

馬龍象冢何從寵。遺聞得自山薑翁。在昔安奢恣蠻訌。喋血霑益兼烏蒙。山中一物來何雄。吸水倒噴水有鋒。咆吼作勢賊陣衝。足不踏地行如龍。怒捲一賊擲半空。將士逐北收全功。我聞有唐天寶中。舞象不舞洛陽宮。此象憤賊將無同。不惜一死成其忠。烏虖。不惜一死成其忠。我歌願託風人風。

義馬行

又

爲兢團都統雙成作○咸豐三年。都統勦北路賊。賊夜襲營。所乘馬爲礮火驚逸。賊牽馬。馬踶齧不遂行。遂獲賊並獲馬。都統義之。賊平。作圖以表其事。

礮火燄天天色赭。一軍夜驚逸其馬。馬不賊屈不受縻。擒賊馬乃從而歸。將軍喜極仰天笑。馬亦騰躍當風嘶。古來烈士誓不事二主。嗚呼此馬其庶幾。潼關百尺臨大河。揚鞭入關歌凱歌。當時共爾決死戰。不意老骨歸鞍馱。主人報爾亦何有。索畫索詩傳不朽。可惜心肝不能畫。但從毛鬣論好醜。君不見玉山之禾高於山。太僕歲耗官家錢。毛豐肉滿不思騁。天荆地棘時方艱。安得天閑十萬匹。盡若此馬能酬恩。蹴踏萬里清中原。

義驘行

戴熙

出都車下一驘一馬。馬路斃。驘哀鳴不食數日。作此記異。

驅車出都門。蹇驘兩耳銳。轅前繼以馬。頗不受控制。質性雖各殊。用力實相濟。隨行如兄弟。險阻能防衛。常見附耳語。同心若勉勵。上道未幾日。小駟忽焉斃。行旅安得帷。草草垤中瘞。迴顧轅下驘。哀號若有涕。空廄不忍入。躑躅向階砌。枵腹睨生芻。獨立若先祭。向人再三鳴。欲訴不能細。嗟爾物性微。尚克懷遠逝。寄言翻覆交。此語非余贅。

義馬行

馮詢

道光庚子。夷寇粵東。沙角失守。三汀協鎮陳公連升死之。公之子又死之。公之馬爲逆所得。悲鳴作人泣。逆飼以芻豆不食。逆乘之。馬怒踢。墜逆於地。逆恨。刃其背。棄諸野。制府祁公聞而義之。募力入賊所。以馬歸。卒不食死。林司馬福祥作詩。余和。

嗚呼公馬死不死。馬有主人公有子。一家血染三江水。戰場踏碎雄心起。我公愛馬如愛兒。馬與公子皆權奇。銅聲敲骨瘦愈健。傷哉一蹶乃不支。公子死公公死國。馬兮未死馬非弱。銜辛嚼苦不敢嘶。似爲報仇甘受縛。豆香芻滿棄弗顧。番兒墮地羞轉怒。腰下三看俠士刀。欲殺不成委諸路。祁公聞義爲馬悲。募客拾死求馬歸。豈知馬義匪獨在仇敵。但非其主粟不食。嗚呼。安得有馬如此雄。駕馭想見吾陳公。公今死矣氣如虹。馬亦上天爲神龍。

豕道人

郭儀霄

宿遷民家有大豕。夜中火作。豕狂號破門直入。主驚起。急撲滅。放此豕極樂庵中。每出聽經。僧呼爲老道。

中夜破門闖封豕。家人梦梦走驚視。但聞豕狂喊未已。視融燄燄火光起。四鄰撲救挽江水。頃刻撲滅大歡喜。主人感豕全其軀。送養佛寺益蒼肥。聽經參佛如僧徒。僧寮重之老道呼。吁嗟老豕具靈覺。一點眞心尚昭灼。世上侏儒徒齷齪。儼然爲人不如畜。

義貓行

程襄龍

家畜一貓。毛純黑。呼曰烏奴。每呼恆應。有鄰貓來覓食。即食烏奴餘食。烏奴臥視不逐。後遂並食。烏奴少食輒止。又若讓之者。是亦知恤類推恩乎。作此。

貓犬饕餮徒。食乃爭之府。當其營飽時。猜忌到同伍。而況非並畜。旁睨能無怒。異哉此烏奴。雄駿氣如虎。啖鼠不唾餘。獨解恤其侶。鄰貓鳴鳴來。索食肯推與。似憐彼鳴飢。同卓輒少取。彼貓了無驚。藹若依仁宇。物性與人殊。胡然誼猶古。族類傷秦越。簞豆動齟齬。惟貪斯寡恩。惟暴斯獻侮。吁嗟乎烏奴。人羣多愧汝。

貞雞行

祝維誥

吾宗有賢弟。居在村南街。家畜兩黃雞。乃一雄一雌。朝食或共啄。夜棲或同塒。有狸賊其雄。雌者鳴聲悲。羽毛獨憔悴。矜顧常寡儕。一雞色純白。朱冠雄綏綏。瞋睛相礫裂。終始不肯偕。童奴見之怪。欲以釋疑猜。卵生轉使伏。一一不能孳。始信微物內。有此良足奇。養逾三四年。委蛻忽如遺。主人憐其貞。掘地埋枯骴。吁嗟婦人德。從一古所推。奈何多失行。人而不如雞。短歌紀此事。聊爲苦節規。

觀鳥哺兒有感

徐善建

抱兒嬉樹下。新綠遮庭戶。忽聞啁啾聲。仰見春鳥乳。不辨誰雌雄。四翼共辛苦。一出掠春蟲。一居禦鷹虎。出憂居力單。居憂出遭罟。瘁羽豈暇梳。嬌音不遑吐。黄口快得食。那知翁與姆。感此撫童雛。何如此禽羽。上念父母恩。淚下如注雨。沈歸愚曰感觸己之哺兒。因念父母育己之恩。怵然藹然。可以敎孝。

擊鷹篇

周駿發

有鷹搏雞雛。爲其母雞抉去一目。因斃其身。是母雞切於慈伏其子之一心也。亦雄矣哉。因作是篇。

鷹鳥擅搏擊。厥性悍而鷙。寒風氣肅霜。感候愈殘恣。側腦睨星眸。摩空挺健翅。如鉤雙爪銛。如劍利吻試。淺草兔爲擒。泅淵鱗莫避。偶然飽雞肋。餘技等兒戲。今晨聚衆譁。咄咄詫奇事。走視籬柵間。鬖毿一鳥墜。搘撐敗翮張。模糊血眼膩。吁嗟爾鷹兮。殪此出不意。廚僕前致詞。告我聽詳備。捷下攫雞雛。無聲倏搶地。羣雛慘不驚。一母擊恐遲。氣猛軀可捐。事迫力全萃。痛心本切膚。快意在抉眥。立見俊厲物。失勢遭顛躓。嗚呼慈母心。殺仇保諸稚。當其擊鬭時。似奮當車臂。竟爾弱勝強。勇哉仁且智。抒毫寫作歌。擘札寄長吏。父母繫斯民。卵翼中懷摯。不能卵翼之。矧乃殘虐肆。對此擊鷹者。峨冠有餘愧。

慈猴行 三台樊燮堂述其過定遠廳贖猴事

郭儀霄

三台有樊君。爲我述往事。歸過秦蜀界。萬山立攢刺。更歷星子山。險峭路不易。仰觀雲日暗。俯視心轉悸。下馬策刀柄。曳步凜欲墜。同行三十人。路遠隔幽邃。禿兀立黃猴。手握刀柄欷。叱之乃長跪。兩目垂老淚。似覺有所求。中懷深詫異。忽聞伙伴言。猴非無因致。衆過沙河灘。曾捉小猴去。急欲取厥子。人衆情轉畏。樊君立命僕。金贖小猴至。猴見小猴喜。火急負肩臂。叩頭迅飛逸。物情如此摯。憶昔潞河歸。數月糧倉寄。夜苦小孩啼。哽咽不忍睡。問家云數里。問年今九歲。饑父咍兒來。母不知兒棄。兒願共母飢。不願稻粱飼。倍金爲兒贖。買者不允議。父子乃天性。斯人遜畜類。感此黃猴慈。爲表樊君義。

高隱

樵歌行 張祖望自號西山樵夫。嘗以漁父詞贈予。故有此答。

沈　謙

西山樵夫方壯年。手持樵斧西山邊。朝向西山石上坐。暮向西山雲際眠。行人過者問樵夫。願君共坐語斯須。美髯如戟好身手。虎狼不顧千金軀。深林杳杳白日落。請君且去住城郭。豐貂錦衣不識寒。肥肉美酒供大嚼。暫時俯仰誰復嗤。恐隨霜露塡溝壑。樵夫不答自微吟。東江漁者知我心。

漁父

邵長蘅

東湖有漁父。艇倚淸溪瀨。垂竿秋雨中。櫂歌夕陽外。九月蘆花白。西風鯉魚大。釣亦未必得。得亦未必賣。扣之默無言。鼓枻悠然邁。

曠達

麻城贈枯木大師

方　文

富貴人所欲。今人亦何偏。自少至於老。無時無糾纏。聲色好美麗。飲食求甘鮮。宮室喜華侈。車馬爭肥堅。雞鳴日孳孳。數者恆不全。名利雖殊途。其意乃獨專。獲十必覬百。獲百必覬千。獲千必覬萬。百萬猶飲然。所以終其身。困憊無息肩。名節亦可毀。軀命亦可捐。廉恥道盡喪。所嗜惟戔戔。末俗有通病。盧扁難以痊。達人非猶龍。烏能拔重泉。吁嗟槁大師。所謂眞豪賢。師本貴公子。家世甲湘川。弱冠富文采。風流復翩翩。才名馳海內。震動三十年。注官執金吾。出入禁掖前。夷然不屑顧。逸氣淩蒼元。平生好游俠。賓客常滿筵。摛詞進吳越。擊劍來幽燕。一贈輒千金。一飲動萬錢。有時涉江湖。桂楫沙棠船。有時歸里閈。寶馬珊瑚鞭。良疇被原野。廣廈通市廛。歌舞充後房。諸姬鬭芳妍。及時共娛樂。寧復知憂悁。一朝遘世變。陵谷倏以遷。師乃抱大痛。祝髮逃諸禪。他人逃禪者。尙不屏世緣。師於一切累。曠然無拘牽。有子才五齡。秀慧誕自天。厥母年始笄。嬌弱尤可憐。繼室亦蘭茂。嗣君復珠圓。師悉不介意。棄之如浮烟。芳潔且勿愛。何況腥與羶。有田八百頃。百頃遺乃傳。其餘散宗族。以半爲佛田。世間貪慳者。視此奚天淵。師悟懺悔理。自陳昔多愆。從此習苦作。不令體柔便。一笠一蒲團。行腳荒江邊。晝則倚樹立。夜則枕石眠。肘見知衲破。踵決知履穿。飢時向孤村。持鉢乞粥饘。嘑爾色不怍。呵之貌益虔。或問師名字。師默不肯宣。浮雲翔野鶴。高樹鳴秋蟬。吾從出家後。姓字遂忘焉。傍有識之者。此是梅惠連。

此身歌柬韓元少先生　吳雯

此身謂非我。居然耳目能明聰。此身謂眞我。呼吸不存俄生蟲。臂彈尻馬寧異說。蛙蠙見莊子鴟掇蟲名。蝴蝶所化。見列子。捐雷同。世人紛紛轉茫昧。因之蚓竅爭蠅蠓。逝者如斯歎川上。無言本自歸鴻濛。明明此意在鄒魯。其如雷電乘盲聾。雕刻心思養口體。尋常貪恚成伐攻。福輕於羽不知載。百年馳驟何終窮。美食投箸輕萬錢。峨冠大佩修高容。高名厚實兩俱得。聲華誰敢輕汙隆。總使千秋尙餘慮。金蠶玉盌埋邱壟。水銀池沼雜鳧雁。可憐長夜魚燈紅。以此膠擾鄙囂遝。況復先聖多發蒙。十年有學願無學。相視而笑疇堪共。先生文章具性道。使我捧讀心神融。天授鉅手闡玄化。軒轅鏡子懸青銅。昨日慈仁一握手。罘罳薄日光玲瓏。吉人藹藹見眞趣。竚令塵土開心胸。世間原自多上士。轉忘纓紱分雌雄。長而不宰果何德。從斯永擬參猶龍。

短歌行

盧存心

來日苦少去日多。雙丸頭上如拋梭。人生百年能幾何。中間百折百消磨。林無靜樹。川無停波。綠鬢婉婉。白髮皤皤。北邙蒿里催則那。地下不能將兩娑。不如且飲金叵羅。愚者不飲達者呵。來日苦少去日多。兩娑語見世說。

城西路

周大樞

城西路。秋風蕭蕭白楊樹。下有千年土骨堆。聚魄斂魂不知數。嗷嗷宵啼雜新故。高冢如山象祁連。石麟斷折埋荒煙。卑者如坯亦如堠。斷骸零齒桐棺穿。鬼伯催人入黃泉。幾人白日飛上天。彭籛壽骨終亦殀。何況富貴如秋草。君不見鳳城八十黃閣老。昨日朝中進遺表。

牽車圖歌

袁枚

許滄亭觀察繪圖。將一家人物器用盡置車上。主人負長繩曳之而走。有持鞭者。暗中箸督。亦借圖醒世之意。

全家置一車。主人牽以走。車中坐妻孥。車傍立僕婦。車頭載尊罍。車尾曳箕帚。更有暗中神。持鞭督其後。雖休勿能休。自辰直至酉。日暮途窮時。精神難抖擻。猶有眷戀心。一步一回首。試問牽車人。何如車上狗。狗態尙安閒。汝身能逸否。但願繩忽斷。牽覆車中酒。或者醉糟中。一笑且放手。

長沙老人行　傅學沆

長沙老人七十九。白髮星星未衰朽。腰繫青銅三百錢。日向街頭沽美酒。自言本是金陵人。漁船作業常苦辛。打槳每經桃葉渡。賣魚時過石頭城。有時北風動地起。漁船卻在江心裏。出沒洪濤命似絲。歸來把酒重歡喜。前年落拓入長沙。洞庭喬口便爲家。夜看湘妃踏明月。晝聞商女彈琵琶。水邊自見顏色衰。日日蒲萄添幾杯。今年此船還屬我。明年此船屬阿誰。我對老人深太息。知君不是漁船客。一語分明喚醉人。十年悔不參禪席。劉參軍。李青蓮。呼取樽前費十千。總死亦得稱神仙。君不見漢武甘泉祈不老。茂陵依舊青青草。

贅言　袁樹

人生百骸軀。本自無而有。來惟裸四肢。去仍空兩手。身體髮膚外。何物非敝帚。即此髮膚身。千霜同一塵。魄僵魂作鬼。鬼亦誰見眞。至人破玄機。超然駕仙馭。不聞羽化時。攜帶一物去。飄飄丁令威。化鶴一來歸。城郭雖已故。人民俱已非。浮雲不留影。虛花不成實。前日金張第。今日蓬蒿宅。轉足舊路迷。欠伸前夢失。愚哉牛山悲。孔劇相從泣。

放歌　沈赤然

君不見地上土。皆是古人血肉腐。又不見地下金。皆是古人埋到今。今人得之用不盡。身已黄泉伴螻蚓。何須竊笑古人愚。畢竟後人還爾哂。貧兒無一錢。有時乞食終天年。富兒米萬斛。誰能一餐五斗穀。他時相遇九原中。赤手交看彼此同。苞苴難入阿旁手。關節不到閻羅宮。豈知我富不在己。衣無求華食無旨。人間山水盡園林。天上雲霞皆錦綺。東家紅腐粟。西家朽貫錢。主守何妨暫勞彼。平生況有翰墨娛。寇盜不剽藏書廚。黠婁猗頓任來往。以我視之初無殊。持此語人人大笑。誰識此言旨趣妙。請看山下土饅頭。不葬金銀葬髑髏。

得失行　　趙嘉程

萬物得失之在人。亦有緣數爲之因。大而黃金萬鎰稱巨富。小而一纖一介依素貧。緣數已滿卽自去。知其道者誠有神。我觀人世之間概如此。人但未能釋然耳。每於一物致留連。夫何未達其中理。一物來歸信有緣。莫知其爲皆自然。一物相失亦有數。或於頃刻或朝暮。歷數平生閱歷中。約略與今情事同。今乃自招尤悔至。得毋有窒而未通。此身尚是儻來物。有無之間何所乞。一身之內難計謀。一身以外無窮訖。紛紛來者皆自來。等閒去者亦自去。愛憎不由人主持。存亡畢竟有歸處。

放言　　又

人生行樂耳。須富貴何時。去者不逢今日之昨日。來者未定此期之後期。古來聖賢皆信命。況其下者無前知。坐上有花樽有酒。雜言剩語皆爲詩。此身之外委造化。亦非在我能主持。苦憂思。徒爾爲。我既不能如我意。尙其樂此夫奚疑。

詠懷　　陳寅

人生惟百年。焉能逞所欲。何事徒營營。憂慮如不足。金貝防盜寇。鞶帶恐褫辱。富貴可長保。壽命應催促。蓋棺事已定。心多未了局。何如且放懷。一杯春酒綠。

林際飛鳥雀。山阿臥羊牛。凡物皆自樂。而人獨多憂。經營百年內。瞑目方咸休。恩怨心不死。爲鬼且啾啾。所以明道人。身外無所求。讀書養眞性。浩然與天游。

醒世詩　漆修綸

赤手空拳初生世。富貴何人是帶來。既不帶來難帶去。銅山鐵券總塵埃。

寄感　董桂敷

轉轉腸中輪。織得頭如雪。盈千新慮生。溢萬去景滅。諒無神鼇負。詎有仙鶴骨。浮雲太虛幻。愁每天邊結。天公憫其愚。霽之以日月。天公善其慧。妙運更消息。念此心目間。超然頓軒豁。

薤露歌　孫源湘

薤上露。朝易晞。昨日生人今日屍。昨日耶孃相對面。今日有目不復見。昨日妻孥相爾汝。今日有口不復語。譽汝不聞。毀汝不知。所怨稱快。所私銜悲。平時封殖心。到此百不理。但見黃者金。白者米。大者珠。小者珥。輕者紈。重者綺。一齊付與他人矣。落得灰飛半張紙。

黃金歎　又

報國効邊餉。守土團鄉兵。人生忠義事。多是黃金成。千金買顏色。萬金買肺腑。見人口樸訥。黃金自能語。一朝流光苦相逼。金高如山買不得。烏虖。功名富貴徒爾爲。不如酌我黃金罍。

赴戍登程口占示家人　林則徐

出門一笑莫心哀。浩蕩襟懷到處開。時事難從無過立。達官亦自有生來。風濤回首空三島。塵壤從頭數九垓。休信兒童輕薄語。嗤他趙老送燈臺。

力微任重久神疲。再竭衰庸定不支。苟利國家生死以。豈因禍福避趨之。謫居正是君恩厚。養拙剛於戍卒宜。戲與山妻談故事。試吟斷送老頭皮。宋眞宗聞隱者楊朴能詩。召對問此來有人作詩送卿否。對曰。臣妻有詩云。更休落拓耽杯酒。且莫猖狂愛詠詩。今日捉將官裏去。此回斷送老頭皮。上大笑。放歸。東坡赴詔獄。妻子皆哭。坡顧謂曰。子不能如楊處士妻作詩送我乎。妻失笑。坡乃出。

達人

張維屏

百年三萬日。一日十二時。達人有活法。分算乃得之。譬如昨日憂。今日我弗思。譬如來日難。今日我弗知。君看今日花。前日猶空枝。君看昨宵月。今夕雲四垂。宇宙大傳舍。去住無定期。人生貴適意。浮榮如電馳。曷爲擲心膂。易彼毛與皮。

演禽言

慧霖

提壺盧。提壺盧。有花可賞酒可娛。富貴神仙安可圖。昨日之樂今日無。萬事過如駒隙影。有花不看有酒不飲胡爲乎。

得過且過。得過且過。仙厓一別五雲墮。萬事由天不由我。進退兩難無一可。可憐多少忍寒餓。愼勿行行且坐坐。

泥滑滑。泥滑滑。上天雨不歇。失足難自拔。前車可鑒後車發。日暮途遠更愁煞。

行不得也哥哥。行不得也哥哥。山有虎兮川有鼉。山川險艱還易過。荊棘當道將奈何。雲濤變幻雨

雪多。江湖何地無風波

止足

戒貪進　魏裔介

仲秋雷收聲。孟冬地藏熱。造物有息消。運行故不竭。區區草與木。順時以歷閲。惠風方敷榮。嚴冬乃隕折。人生快意時。尤貴知所節。奈何負乘子。遂意多饕餮。富貴能幾何。變幻隨風滅。茂先空博物。不畏中台圻。士衡將三世。河橋一朝孅。蔚宗與宣明。流連復狼藉。斯輩皆名流。無計挽蹉跌。何況吮舐者。紛紛不足説。達人觀其會。寶身以爲哲。長嘯歸空山。永與世俗别。

雜詩二十首之一　朱彝尊

飛蟲揚其羽。乃爲蛛網得。白鹿遊上林。難免射人食。君子愼所趨。毋以貪自賊。不見冥冥鴻。寧受弋者弋。

低低屋周子則山所築書室　陸硎

古人築室所以待風雨。不知努力營居處。高甍連牆比如鱗。身在其中一秬耳。君何爲耶屋獨低。舉手直欲捫檐宇。雲松巢。安樂窩。君其聽我歌。人生適意在容膝。萬間廣厦毋乃多。不見如鳥如翬大道東。巍然層構碧霄中。主人不歸雙戸扃。蛛網横結蒼苔封。不聞牆邊曝日西鄰叟。指點丘墟説烏有。曾見危樓閣道來。刺眼繁華良未久。不如且入低低屋。團蒲枕瓦方牀竹。蠖屈蝸潛聊自足。詩不云乎。謂天蓋高。不敢不局。

兒輩慣葺屋宇作此戒之　　尹繼善

到處可安居。容膝不厭小。人苦不知足。營營何時了。桂柱與杏樑。結構窮精巧。大樹蔭亭臺。新花環池沼。疊石爲奇峰。呼春鳴翠鳥。室多無雷同。徑曲復深窈。絲竹日喧闐。紛黛夜環繞。古來富豪家。似此知多少。自謂享厚福。可以千年保。詎意金谷園。轉眼成荒草。每誦傷宅詩。字字堪傾倒。惟有儉樸風。守之以終老。小子既讀書。此理宜參考。百凡可類推。何須過求好。毋忽老人言。聽之復藐藐。

收租詩　　胡濤

家僮載米歸。計點六十斛。今年又歉收。歲食諒不足。轉念無田者。那得升斗粟。人飢我不飢。猶幸天所福。

舂舂杵聲急。杵多米珠白。簸揚去糠粃。光輝照吾室。自是辛苦來。顆粒皆可惜。老牙便温軟。一飽有餘適。

薄薄謠　　吴昇

薄薄酒。可適口。黄酒價貴買論升。白酒價賤買論斗。瓦瓶泥瓮稱意沽。滿酌一尊旨且有。何必巨觥雜小觛。何必碧香與紅友。君不見貧兒吻燥手無錢。道逢麴車口流涎。

薄薄棉。可禦寒。新棉色白最鬆軟。舊棉色黑須復彈。大布毛褐依樣裁。被之四體温且安。何必異產秦復陶。何必豪具貂貀鼲。吾不見西風颯颯吹窮漢。短布衫衣不掩骭。薄薄粥。可果腹。黍粥宜煖作嫩黃。豆粥宜涼泛新綠。冰虀鹽豉少許足。飽啜一盂清且燠。何必粔籹餦餭。何必牢丸佐餺飥。君不見貧家日午釜甑空。嬌兒索飯啼門東。

啜粥歌

郟談

我無良田畝。安得家穰穰。人生貴知足。粗糲聊充腸。君不見今春兼旬雨沱滂。農人驚走告年荒。搜索家無斗米藏。還有一箇啜粥方。澈底澄清波欲揚。翻空滑膩匙帶香。一盌兩盌騰騰飽。泚然額上汗流漿。側聞豪戶飫膏粱。青精白粲淨粃糠。佐以餚珍侑以觴。一日貧家千日糧。吾徒淪落在草野。炊烟欲斷人淒涼。任彼侏儒氣昂昂。士無一飯庸何傷。倒牀鼓腹歌嗚咽。窗前浪浪雨聲強。

驕倨

袁枚貴人出巡歌。見擾累門。

睢陽吟

鄭虎文

路出睢陽郊。步入睢陽城。睢城新尹吾舊識。曷往見之歡平生。殘衫破帽手懷刺。公然舉足登前楹。忽爾叱問伊何人。側身磬折陳前因。門者大笑揮手頻。君其行矣君勿嗔。我從語君請君坐。主人家住西泠渡。閥閱原非舊縉紳。詩書漸改新門戶。素諳心計析牛毛。不覺居官當奇貨。已營橘實尙嫌貧。便鑄銅山未爲富。閨中少婦覓金釵。膝下嬌兒索紈袴。猶然百計費持籌。那爲餘膏及親故。誰家少年腰麒麟。朝爲農夫暮貴臣。歸來假蹇驕其親。區區行路何足論。君其行矣君勿嗔。

侯門深　張雲璈

侯門深。深如海。沈沈之中有人在。走卒傳呼聲響高。從官驕貴容顔改。雙扉照耀黄金鐶。畫戟香凝日日看。三生未識蓬山遠。萬里眞同蜀道難。可憐手版門前客。但被豪奴雙眼白。坐來箕踞不動身。昨宵酒氣猶撲人。須臾傳出門内諭。大聲謝客教且去。請看紛紛腰笏來。此中那有君行處。昨不見主人云是趨大府。誰識金尊醉歌舞。今不見主人云是案牘勞。誰知睡起日上三竿高。豈不聞倒屣中郎謁。結襪何妨廷尉屈。人生何處無傲骨。但願懷刺如禰衡。不願掃門學魏勃。

即事　又

有客初遷官。意氣旁無人。面目既已異。冠佩亦已新。顧盼頗自喜。咳唾皆生春。舊時同流輩。强欲與之親。雖然自蹇貴。亦勉爲逡巡。旁觀有冷眼。欲障元規塵。移吾牀遠客。此語非無因。

太守怒　吴振棫

曩大學士福康安督蜀。勢張甚。鈴下厮養。恣睢搏噬。一日輿夫入人家攫釵珥。都司徐斐見而訶之。其黨伍捽徐撻辱。冠服皆毁。姚公令儀方爲成都太守。捕治之。斃其魁。公相怒曰。守敢爾。詰之則抗辭以對。時已奏擢川東道。乃遣騎追前疏還。然公直聲震蜀中矣。公歷官至四川布政使。蜀人習聞其事。因作是篇。

都司訶。輿夫怒。老拳捽胡苦枝梧。輿夫譁。太守怒。赤棒聲中一城怖。太守謁。相公怒。守不遷官守自誤。吁嗟乎。輿夫之怒速其死。相公之怒庸才耳。太守之怒强項矣。

擬新樂府　當關僕　彭兆蓀

睅其目。皤其腹。狐裘貂冠尾秃速。一刺價值千鍾粟。身是貴官親信僕。貴官如神天上坐。卑官如鬼候門左。以鬼見神勢本難。况有虎豹常當關。虎豹當關差勝若。不爲錢刀濟其惡。

奢侈

石車行　汪懋麟

四輪轟轟連二車。兩行百二青驪騧。中載巨石屹山岳。車上一人聲喑呀。手持大竿鞭衆馬。竿繩搖動如長蛇。車聲動地作霹靂。所過街市揚黄沙。試問輦石此何用。甲第新築侯王家。山上白石採已盡。城中土木方無涯。

買吳兒　吳震方

朱門大道邊。堂高鬱嵯峨。問言誰家宅。冠蓋相經過。答云作官歸。位尊而金多。前堂接賓戚。後堂羅青娥。千金買吳兒。命工誨之歌。廣曲傳新聲。朝夕奏陽阿。別館恣遊賞。園林貫清波。流光晝苦短。秉燭莫蹉跎。忽見滿鏡霜。奈此吳兒何。

吳趨吟　酒船　邵長蘅

峨峨白鷁舫。漾漾十丈餘。絲絲持作笮。木蘭持作艫。周遭紅闌干。碧紗交綺疏。吳儂大好事。用以供遨嬉叶。船船競裝束。日日追歡娛。舟人設供帳。舟婦理中廚。飲客惠山白。清醥冰玉壺。薦客吳羹味。江珧壓松鱸。纖指弄嬌絃。朱脣發清謳叶。戲具拉雜陳。投瓊列摴蒱。小娃年十五。詔慧無匹儔叶。行酒工調笑。樂方良獨殊。人言吳儂樂。我笑吳儂愚。中人一家產。酒船一日需。十船十中家。漏卮焉不枯。巷有飢餓人。晨突炊無煙。奢靡何以救。會須燔其船。念此坐太息。惜哉我無權。

周士彬石槨行。朱樟廢府行。並見富貴門。

冰鮮行

顧光

玉河冰凝吹霜風。鑿冰夜叩馮夷宮。罟師竭澤獻王鮪。截流一網纖鱗紅。誰憐白小亦羣命。雪融冰結交連簖。包茅飛騎里二百。離紅及膾晨餐充。五侯之鯖尚珍異。食單未許郇公工。紫駝紅羊出蕃外。萬錢一箸愁盤空。有時銀絲作羹品。澹泊欲擬山家翁。味腴香細弱無骨。芼以玉筍黃芽菘。綠天廳事絳炬籠。磁盆早出唐花烘。橘香泉酒蠟紙蒙。琉璃深杯百罰終。庖人行羹寘當中。銀盌盛雪若虛盅。舉匙一呷心氣融。洗盞更酌飲長虹。是時客子未座從。持杯不飲心忡忡。人生豐約原不同。二七鮭菜庾郎窮。

制府來

沈德潛

客述制府始末甚詳。因成樂府四解。誌往事儆後來也。

制府來。勢炎赫。上者罪監司。下者罪二千石。屬吏驅使如牛羊。千里輦重來奔忙。鞠膝上壽登公堂。制府賜顏色。屬吏貼席眠。破得百家產。博得制府歡。制府之樂千萬年。一解。

揚旗旌。壓三軍。制府航海清海氛。聲名所到步步生風雲。居者闔戶。行者側足。但稱制府來。小兒不敢哭。軍中隊隊唱凱還。內實百貨裝樓船。文武郊迎。趦趄不得近前。制府之樂千萬年。二解。

制府第。神仙宅。夜光錦。披牆壁。明月珠。飾履舄。貓兒睛。鴉鶻石。兒童戲弄當路擲。平頭奴子珊瑚鞭。妖姬日夕舞綺筵。賞賜百萬黃金錢。天長地久雨露偏。制府之樂千萬年。三解。太陽照。冰山傾。黃紙收制府。片刻不得暫停。軺車一輛。千里無人送迎。婦女戟手詈。童稚呼其名。爰書定在旦夕。求爲斷養。斷養不可得。盤水加劍請室間。從前榮盛如雲煙。制府之樂千萬年。四解。

青山莊歌　趙翼

毘陵城北皆平地。何許林巒疊層翠。路人説是青山莊。門帖新題官賣字。我來出郭偶經行。款戶曾無主出迎。繡闥雕甍空尚在。殘山賸水不勝情。頭白園丁老扶病。爲余縷述資談柄。園是前朝貴介爲。依稀記得延陵姓。後屬安昌相國孫。廿年行樂尤繁盛。相國勳名在廟廊。清貧未有午橋莊。令孫繼起爲方伯。分陝曾栽召伯棠。罷官歸徙常州住。百畝林扃供散步。入門便陋舊規模。大笑前人太寒素。已編錢埒買堂成。拚倒金籯將地布。不覺松杉也改觀。何曾臺榭還如故。繚垣甃巽枳編籬。砥室築臨花夾路。十馬馳毬闢作場。百牛拖石排依樹。粉本溪山似幛懸。壁衣簾溷皆紗護。一重一掩景迴環。某水某邱途錯互。倚杖疑探栗里幽。汎舟訝入桃源誤。勝賞經年興不殘。四時花鳥暢游觀。清音警露鳴仙鶴。浩態嬌春豔牡丹。西府海棠移釦砌。上林盧橘植雕闌。跳波魚婢能知樂。挂檻鸚哥解勸餐。園林成後教歌舞。子弟兩班工按譜。法曲猶傳菊部箏。新腔催打花奴鼓。反腰貼地骨玲瓏。擎掌迎風身媚嫵。阿誰棋墅伴壺觴。綈几羅幮樂未央。幸舍賓朋珠履貴。便房姬妾翠鈿香。傾城妓入籠鵝館。要路官登射鴨堂。熱客倚冰終日計。乞兒向火一羣忙。主人自顧矜豪放。揮霍不將錢簏障。博局籌償舊帑錢。纏頭錦出新花樣。茶經蟹眼淬旗槍。食品猩脣調醢醬。蠟淚成堆更爇膏。酒瓶臥壁仍傾釀。笙歌酣倚賞花亭。燈火醉歸邀月舫。自製當筵上壽詞。青山與我長無恙。豈知巵漏比泉流。猗頓潛懷折閱憂。已失又思求塞馬。未蹊輒欲奪田牛。豪名本足招人妒。禍事眞成與鬼謀。張樂正期投轄飲。叩門忽報檻車收。塡屍圜土悲黃犬。回首歡場付爽鳩。春夢一場那可再。祇今惟有青山在。青山也要屬他人。官價三千聽人貸。猶憶倉皇對簿趨。難憑複壁寄錙銖。委地圖籤爭剔玉。隨身衣履敢留珠。翻教百口求春賃。那有千金賄獄輸。籍到平泉花木簿。林霏亦似淚模糊。平生枉使錢如水。此日人情薄於紙。有誰廣柳路旁迎。幷少綠珠樓下死。老僕如今也入官。仍充園戶守荒寒。飢窮全仗遊園客。給一文錢一度看。往日監門粱肉厭。近時失路斗升難。我聞此語心棖觸。信有興衰如轉轂。重向林巒曲折尋。繁華彷佛留人目。垂楊影裏釣堪垂。秋樹根邊書可讀。愛山我乏買山貲。有山渠少看山福。畫寢香消落燕泥。空堂氣冷飛蝙蝠。平津廄庫古曾悲。華屋山邱今莫哭。梓澤風流昔未經。踏春偶到訪池亭。無端一段園丁話。說到傷心不忍聽。日暮歸途回望處。夕陽猶照晚山青。

錢維喬吳中吟裘馬歎。見富貴門。

清江行

爲福公出征後藏過綿作也。公館之盛。亙古所無。因用杜詩綿州公館清江濆句起。

李調元

綿州公館清江濆。榱題畫桷高閈閎。水晶爲柱玻瓈楹。四面光射窗櫺明。紅羅細疊氍毹平。翦錦百匹懸爲棚。兩廊陳列充琇瑩。金枝向夕飛流星。九華熠燿銅龍檠。洞房尙少卓倚屏。花欄紫檀民不寧。借問何官不敢名。田禾將軍方進城。一齊鐘鼓聲鏗訇。肉山酒海人縱橫。三聲礮作晨登程。花櫚紫檀俱隨行。

使者來

途遇榷關使者。輿從甚都。幾無宿處。局促野店中作此。

張雲璈

使者來。道旁車馬聲如雷。十輛百輛同崔嵬。十騎百騎相喧豗。一舍容不得。聯絡數舍暫休息。金鞍玉勒照街衢。使者童奴好顏色。好顏色。仗官府。叱咤喑嗚莫敢侮。敝車者誰貿貿來。彳亍門前無止所。東箱矮屋燈燄碧。四壁陰沉土氣積。臥枕蕭蕭連馬槽。颸風淅淅緣蟲隙。我方局促不得眠。起視堂上正宴然。昨宵轟飲尤喧闐。燕姬吳裝蜀國絃。左右顧而咳。臧獲之輩奔走相後先。此曹威福已如此。其主安得不帝天。君不聞一琴一鶴古所羨。清德於今本難見。人生富貴誰與儕。城狐社鼠何榮哉。榮莫榮於使者來。

廚娘曲

程晉芳

江瑤橫玉柱。猩猩點絳脣。名都豪族聚八珍。致彼難得物。奉此無用身。揭來誰擅調烹手。廚娘家家爭聘取。輕袿淡抹釵綴玉。入廚先審火候足。醯鹽蔥渫總不除。到手能令滋味殊。紛紛肉食久生厭。別開新意陳嘉蔬。來其一品費錢萬。卻用侯鯖相煆鍊。冰盤錯雜果蓏鮮。鏤枝刻葉逾精妍。銀刀善藏歸去晚。風吹鬢花香氣遠。廚娘曲。耽口腹。溺酖毒。不如老僧敲鐘煮芋粥。

觀燈行

吳錫麒

請停踏燈曲。聽我觀燈行。傳柑纔罷元宵宴。連襼來游不夜城。一條軟繡吳山路。行行不斷衣香度。

氤氳散作萬家煙。縹緲聚成三里霧。銀花火樹層復層。四圍簇擁明霞蒸。途分寶馬香車出。價合南油西漆增。銅街蹴踏喧塵土。還往渾如迷處所。竹騎爭迎太守旗。秧歌賭唱田家譜。東風吹雲雲不行。半天捲起皆春聲。樓頭幾處吹瓊管。院落誰人奏玉笙。玉笙瓊管朝朝聽。此度尤添少年興。魚龍曼衍水如飛。星斗盪搖珠不定。美人家住大道邊。晶簾乍啓側花鈿。貪看陣陣紅燈好。要祝年年明月圓。年年難得豐登樂。三五良宵及時約。比戶通明坐蜃窗。重闉詄蕩開魚鑰。武林舊事紀繁華。舞隊依然南宋誇。雪滚萬團蛾放鬧。雷轟十棒鼓催撾。蟾蜍下與燈光幷。和月和燈千萬影。徹曉安知蠟燭灰。燒空不許姮娥冷。可耐笙歌散舞筵。可堪羅綺歇華年。閏燈也慣杭州諺。買夜徒輸使宅錢。清平官長同民好。豈料窮簷轉嗟悼。枉敎皮裏竭脂膏。誰向田間照虛耗。自笑書生計已遲。夢粱一枕醒方知。卽看淚液銅盤後。何異燐飄蔓草時。駝頭雁足紛何限。牆腳塵埋難到眼。回首朱門幾椀燈。此是中人十家產。

王蘇熟竹牀吟。見貢獻門。

吳門燈船行

陳文述

晚洩瀲灩生微風。山塘幾處燈船紅。紛若流螢散秋浦。繁若列宿懸高穹。芙蓉雕舸木蘭檝。一道流紋波影接。處處清歌按柳枝。家家少婦擕桃葉。水底殘紅送夕陽。漸看列炬照明妝。迴眸脂暈重重發。壓鬢繁花冉冉香。野曠風高燈影亂。南油北燭更番換。船中沈醉冶遊人。那知絡角斜銀漢。我到吳門十五年。初來曾未見燈船。嘹嘈絲竹繁華地。競渡詩成暮感煙。年來漸漸燈船起。香囊四角嬌羅綺。但照濃歡不照愁。翠翘列坐銀屏裏。今歲燈船二十餘。蘭橈桂楹颺流蘇。九華競捧金支樹。萬顆爭浮合浦珠。君不見金蓮獨對明温室。天祿校書輝太乙。幾人封事爲蒼生。禁鐘宮樹低華月。又不見寒儒皓首尙窮經。寒女機絲夜不停。辛苦分光乞鄰壁。秋風憔悴感閒庭。吳兒輕薄眞堪哂。甘使田園殉金粉。蠟淚銅盤賸幾堆。何異黄金擲虛牝。鴆鳥爲媒最不仁。玉顏多少委風塵。燈船尙是尋常事。整俗觀風或有人。

官船行　王槐

舳艫曉動秋風生。鑼聲鼓聲百里驚。紅旗蔽江白日暗。地方大吏爭趨迎。船中何所有。金銀之氣沖星斗。樂部朝傳檀板歌。妖姬夜醉蘭陵酒。到處索牽夫。牽夫敢怨呼。新霜著地草木禿。忍飢耐凍行菰蒲。有客歸舟歌激楚。停舟借問來何所。答云來維揚。今泝浙江滸。維揚鹽鐵天下都。贏餘悉入使者廬。浙江比較不什一。商民何以供賦租。望舳艫。歌嗚嗚。爲商逐利愁剝膚。有田不耕何爲乎。

津門樂府 堆鹽坨　警侈靡也　鄭祖琛

船頭鼙鼓聲琅琅。大包捆載來蘆場。萬夫連臂如雁行。一堆兩堆作山立。千堆萬堆苦未息。赤足踏沙白于雪。海門落日寒無衣。得錢且免全家飢。東門換米西門歸。道逢主翁不相識。豪奴夜擁飛輿出。紅燈高宴梨園客。

黄金貴　張朝桂

驛騎急。制府來。江南千里飛黄埃。駊騀巨艦艤江岸。摐金伐鼓轟晴雷。負韊抱弩紛載道。奔走郡縣如輿臺。牆絺壁繡地紅錦。所至不許見莓苔。官廚八珍窮水陸。煎熬燔炙生煙炱。姑蘇臺下夜宴開。銀花火樹錯玫瑰。丞尹趨陪太守壽。鞠䠞共進南山杯。徵歌選伎樂未畢。曈曨曉日升蓬萊。曉日升。制府睡。制府一去廚傳空。閶門市上黃金貴。

寶燭篇

銘岳

貴人張錦宴。歡笑生華堂。華堂炫羅綺。寶燭何煒煌。紅袖妖姬鳳管細。綠衣童子龍檀香。豹髓凝脂鍊錫屑。驪髯繞頰飛珠光。迢迢夜色爛如晝。斜輝低射人影長。垂垂燭淚深。翦翦燭心短。燭心翦翦落花多。燭淚垂垂良夜緩。不堪夜盡樽酒闌。曉鐘初動笙歌殘。三條燄冷銀臺寂。五花堆厚春風乾。君不見短檠茅屋年年舊。鐵盌盛油生紫鏽。大婦工織縑。小姑工刺繡。機聲弄寒更。燈影耐殘漏。村翁村嫗垂百年。不解青錢買烏桕。

吝嗇

行路難

王熹儒

長安貴人富家子。金多坐使身衣紫。擁旄仗節生輝光。罷官百寶塡歸裝。子孫致產累千萬。此翁粗糲惜一飯。君不見東鄰狂客能使錢。窮年讀書惟敝氈。

雜詩二十首之一

朱彝尊

衡必錙銖爭。錢必子母權。佳李鑽及核。曲防遏其泉。不屑一毛拔。而況千金捐。舉世皆楊朱。方思墨翟賢。

賣菜傭　彭兆蓀

生不願交賣菜傭。寸絲尺粟親緘封。生不願交買人子。百歲心思在包匭。十萬一紫標。百萬一黄榜。李核須鑽篚須障。子母兼權較銖兩。世無梁伯鸞。自熱不成爨。世無季布諾。誰爲救急難。不如去逐韓嫣流。黄金尙肯輕爲彈。

屯米歎　楊鑄

江南荒旱無積穀。四野蕭條人盡哭。長艑大舸泝江來。所幸中州川廣熟。富人屯米氣益揚。市價騰貴封陳倉。且圖逐利補公賑。可憐剜肉來醫瘡。市中日午忽叫呼。貧民奪米如奪珠。俄頃百倉無一粒。白穰紅粟沾泥塗。奪者奔踣拾者吁。貪夫口噤喧餓夫。

惑溺

燒丹行　王材任

延年有何術。寡欲而已矣。如何士大夫。茫然昧此理。肉竈能燒丹。云自容成子。方士神其說。貴人聞之喜。漁色且得仙。何樂不爲此。多金買蛾眉。滿室貯皓齒。精神耗鼎器。性命付牀笫。內賊閨房招。孽風衽席起。紅粉歸他人。黄土埋自己。女禍亡國家。殞身亦幸耳。彭祖八百歲。行此不知止。晚逢鄭氏妻。敗道至於死。佳兵爲不祥。老氏有深旨。愼勿近婦人。攝生不如是。何如飮醇酒。日尋佳山水。

金丸行

顧豫

仙人不可求。仙在環瀛翠水芙蓉倒影之瓊樓。仙丹不可服。淋漓血肉之臟腑那堪金石搏。東鄰有子未三十。兩鬢青青姿玉立。偶然筋骨苦欠伸。積錢千百求仙人。仙人豈亦錢可使。仙人愛錢忽然至。金丸出錦囊。療汝不療之膏肓。食丹而瞑眩。使汝凡骨支支換。一朝三服服三朝。形神喘喘魂飄飄。跪向仙人乞無死。我方無子白頭親老紅顏驕。語未及竟聲忽落。賴有微泚神已邈。老親啼。少婦哭。莫啼哭。求仙憐。出門急急求仙還。仙人已如兔脫弦。

沈起鳳夜作書篇。見富貴門。

張雲傲倡樓行。見倡優門。

哀貪夫　懲倖也粵中吟之一

戴熙

市井渠魁創奇術。借事作鬮詭難詰。人各出錢寄巨室。託以幻名載之筆。一朝發覆消息疾。負者千人勝者一。鼓吹過衢路。主人送錢布。借問送者誰。半是主人親與故。吁嗟乎。貪夫終不悟。

銘岳公子行。見世祿門。

足可惜四章

郭儀霄

足可惜。忽聽琵琶淚霑臆。古來燕趙多佳人。桃紅李白嬌青春。纖歌曼語好顏色。過牆鶯燕來陳陳。腥風吹墮愛河水。飢寒賣入青樓裏。誰將貨貝贖娥眉。如此爲生不如死。君不見含羞姹女未肯前。

鴇母鞭笞哀可憐。

足可惜。梨園多少風流癖。不知何事趨若狂。坐使聲價奪珠璧。嘈嘈切切絃索哀。塡街車馬轟如雷。人頭簇簇多於竹。貼座百錢日不足。淫哇冶調送歌喉。色飛手拍羣昂頭。樓上官人高唱好。雷同萬口聲浩浩。須臾小史下場來。拍肩一笑顏爲開。公子迷離忽不樂。輕車延入芙蓉幙。歌罷平分白玉環。酒闌捋盡黃金鐲。玉骨珊珊絕可憐。斟觴射覆長流連。未必有情堅永好。不堪薄義失前懽。君不見牀頭金盡無顏色。幾輩英雄坐落魄。猶是當年顧曲人。忽漫相逢不相識。

足可惜。光陰拚共黃金擲。眈眈之目旁無人。不惜精神廢眠食。自言消遣此最好。不知魔障苦煩惱。徹宵煎得人眼黃。葉子紛紛亂如掃。君不見殘衫典盡誓不來。明日又擲盤中牌。

足可惜。阿芙蓉毒流中國。破產傷生害無極。不知何故甘如飴。非藥迷人人自迷。一燈偃仰百事廢。可憐銷盡英雄氣。妖香淫氣燒入髓。不戒亦死戒亦死。面青肩聳人非人。骨劍聲嘶鬼非鬼。君不見衙門胥吏查鴉片。中途過癮愁昏眩。

紕繆

東家行壬寅六月揚州事　吳嘉紀

東家錢多高興發。娶婦無端當六月。婦家愛女竟不辭。楚練齊紈日夜治。治成衣裳妝次第。上著六層下著四。綿綿纏纏直到老。風俗舊例重綿襖。一事違俗恐弗吉。阿母不肯纖毫少。女兒低頭泣無言。擁入繡輿簫鼓喧。眼視新人就火窟。安能忍死到夫門。夫家賓客集華屋。爐燃松焰几燒燭。到處骨肉皆鬼伯。忍將餘生相迫促。有生歡樂轉成悲。始悔炎天作事非。褰戶更不需繒帛。送嫁衣爲送死衣。

倪蛻頻花謠。見婦女門。

李調元石匠行。見擾累門。

武林樂府 接祖宗

陳春曉

七月新涼夜正中。家家閉戶接祖宗。接祖宗。來從何處論不通。送祖宗。去自何方問亦窮。若云祖宗須接送。巍巍祠宇亦徒崇。春秋孝享亡是公。癡男騃女多茫昧。几筵瓜果薦潔豐。魂兮歸來半疑信。搖搖燭影慘不紅。十二接兮十七送。紙錢灰起隨飄風。杭州阿獃俗尚同。

又 慶冥壽

又

椿萱茂高堂。躋堂祝眉壽。寸草樂春暉。願以兕觥侑。自賦蓼莪篇。哀哀慕昏晝。孝子事死如事生。春秋享祀盡禮誠。如何鄉里太荒謬。百年風木心不驚。欣說親年登耄耋。安稱冥壽翻歡悅。絳燭騰輝白日明。紅氍舞彩華筵設。不聞皐魚泣。重進萊子觴。梨園方奏響。菊部且登場。兒女燈前笑不止。狐狸冢上悲風起。習俗相沿已如此。更怪紅箋書一紙。紙上親題追慶子。

勇伎

戴竿行

陳章

揚州春日好遊嬉。雜技眩人靡不爲。一人抱竿走來往。裊裊亭亭長數丈。日午打圍場。擇地得平壤。頭顱樹著若有根。衝風趨赴不搖蕩。或落齒牙或在掌。一指承之更惚恍。妙在習熟無他訣。不然齒折與腦裂。何不驅去爲邊兵。國無遊手國乃清。

樂鈞跳刀行。見軍器門。

壯士行

王豫

前有一尊酒。高歌送壯士。壯士起致辭。男兒重倫理。安用盈尊酒。一諾要生死。落日慘夷門。悲風咽易水。長劍四五動。燈光爲之紫。揮杯語壯士。豪俠殊無比。有勇貴知方。捐軀徒死耳。及今川楚間。小醜尚轉徙。請從霍驃姚。立功垂青史。

龍潭水嬉歌

欽善

赤日當午潮泥翻。神龍躍浪天風寒。豎尾昂頭攫珠戲。一渦水作千百盤。西門白鱗北門黑。東門青鬣南門丹。如沸人聲繞城郭。疑有驟雨飛雲端。刺虎繡鸞列雜幟。三軍司命標長竿。遺俗南唐習水戰。壯夫短袴緊袍襴。划槳劈刀執金鼓。龍頭龍腹人蜂團。潑戲弄潮激潮怒。同聲一喊波底穿。浪花陡起三十丈。龍潭浩淼迴海瀾。酒瓶浮浪鴨撲灘。百夫齊下爭飛湍。簫管隱隱楊柳灣。釵環杳杳紅闌干。五色險竿雲外望。踏空直上如飛鳶。作跌直墜手指鉤。翻身倒挂足趾拳。以背承竿似箕簸。以臍點竿隨風旋。解帶結竿左右跳。以口銜帶身空懸。百般賭險衆目快。駭技超出都盧觀。死不自愛博一笑。其愚至此愚亦難。

凶惡

猛虎行

無名氏

猛虎當道臥。鵂鶹白晝鳴。鳴於誰家屋。魏氏三弟兄。大兒工刻剝。次兒貌廉平。小兒未有權。但願學兩兒。華身絢冠裳。藏胸排甲兵。何以耀威武。呼叱窮民驚。何以富田陌。日夜圖呑幷。何以結豪貴。匍匐慣送迎。媚一以驕百。屈伸須臾更。士人高象淵。與魏爲鄰居。世家頗豐厚。魏初愧不如。上堂拜主人。結納求吹噓。高氏不識察。往還日無虛。勸高無不爲。就中坐侵漁。三年獵其半。五年罄其餘。從此與君絕。不復談相於。士人行太息。貧富分親疏。我欲排閶闔。上帝自高居。我欲訴鄰里。十家九踟躕。一語攖魏怒。吾屬將爲魚。幽幷少年客。鳴鞭馳長安。素志耽文儒。結交披心肝。嚴冬十二月。狐裘憐高寒。解裘爲高衣。問訊求其端。高乃陳顛末。客髮幾衝冠。我家君未知。一門鵷鷺行。竊慕平原君。烈士相從將。匣有寶劍利。客有專諸強。戍樓月將落。超垣入帷房。闔門授首領。擊腦刳其腸。便足洩君憤。此舉亦大良。士人前致詞。君毋乃倉黃。正當承平時。魏惡亦未彰。殺人者必死。何不自推詳。客云旣爾爾。君可便自爲。當今邑中令。清廉復仁慈。明白訴昔冤。愼勿更遲疑。高從訴邑令。令便詳上司。上云魏氏惡。剝盡民膏脂。不堪其毒厲。衆口俱一詞。下云爲官長。沈痛民顚危。安能助凶人。坐令邑不治。上司覽大怒。拜表執法辭。傳命籍其家。田陌盡散施。騎兵三千人。快馬中宵馳。列炬棲烏鳴。門牆悉壞毀。鐵索聲鏗鏘。三人愕無語。堂室擬王侯。金玉廣積貯。輕羅斗帳黃。錦袍及珠履。爲復至一處。重門堅莫啓。啓之赫然驚。屍骸相撐拒。嚴詞訊家人。家人白官府。奴婢幾微失。刀杖此死所。官府相顧駭。軍士亦酸楚。男婦二十人。盡數赴囹圄。獄吏怒凶人。驅之汚穢處。諸囚怒凶人。恨不卽刀俎。天網烏能逃。廷命俄至矣。大兒工剝削。還施其身體。霜刀百回揮。化作俎中醢。次兒貌廉平。斷頭速棄市。小兒未有權。邊軍聊充徒。婦女十餘人。並隨此小子。兩嫂哭失聲。離禍當青年。憶昔適豪家。父母俱歡顏。寧知孽自作。舉目誰爲憐。存者往萬里。死者淪重泉。

野鷹來

邵無恙

野鷹來。百族愁。雙翅東復西。燕雀羣啁啾。百人乘大艑。峨峨水上浮。健婦立船尾。惡少立船頭。持篙叩兩舷。中籬琅璫囚。打門滿地坐。意豈升斗謀。一家米一石。言取不言求。口稱官府知。索米無罪尤。鄉農畏衆怒。瓶盎傾乾餱。斗粟那肯受。千錢尚不收。自誇東村過。錢帛盈囊投。南村亦十千。爾村寧獨不。里有解事者。斂錢亟相賙。是皆亡賴徒。不散良可憂。欲滿刺船去。呼笑過前州。田家作苦賫。索去無少留。嗟嗟耕鑿人。何以安故邱。

死囝行 痛同安惡少掘小兒墳。析骸以食而作。○囝同崽。

陳曇

死囝苦。死囝在世時。有阿姥。阿姥憐愛我。朝朝得二三錢買粔籹。病中思食。阿姥手製肉脯。五月初五頸帶長命縷。誰知死後反受支解苦。爐中火。炭正紅。將我鼎中煮。死囝何罪。小小一屍。身去頭。手去掌。足去股。弱魂無所棲。且依弱草間。夜聞風聲如撼山。飄飄欲行。山風吹倒。宛轉草間。憶生時。在襁褓。阿哥爭攜。阿姊爭抱。親戚稱乖。鄰人道好。死乃受苦。社日過。及清明。掃墳人來。五鼎三牲。死囝乞食。隨風緩行。中有慈心翁。憐我伶仃。分我半盞羹。再拜食之。然後目有見耳有聞。亂曰。悲乎哉。彼童子兮。夫何罪兮。天固不可問也。雖百千其身以誅之兮。吾安能抒此忿也。

武林樂府 破鞾黨　陳春曉

著破鞾。談道藝。入膠庠。登科第。濫廁衣冠間。自矜刀筆慧。狐狗漸成羣。植黨假權勢。公門出入頗自由。結交胥吏同詭謀。有時要挾傾巨富。有時攻訐誣良儔。虛無平地風波起。三寸瀾翻掉舌頭。鄉人求息事。解囊充欲壑。既去還復來。無厭更苛索。君不見城北有人信佳士。才華第一輩英起。一朝波累鬼蜮使。此生放廢棄鄉里。奈何破鞾黨惡不知止。

襄陽吟 裹氈裘 警惡少也　周凱

裹氈裘。持戈矛。白日入市尋仇讎。爾刃陷仇胸。仇刃斷爾頭。相殺無已怨無休。官欲貸爾死。爾生不可求。法網本寬嗟自投。蚍蜉知朝夕。蟪蛄知春秋。爾不惜身徒爾憂。曷不披蓑戴笠脫爾裘。賣刀買犢歸田疇。

劉珊看青謠。見田家門。

渡河行　沈炳垣

自王家營至京陸行。渡河處水深者雇夫前導之。於是河夫索值必取盈焉。迨得錢則別使入涉水。不應輒鞭撻。天寒冰稜刺足裂血縷縷。日不過得數文錢。夫河夫一匹夫耳。非有爪牙羽翼之寄。而肆虐已如是。

公無渡河。渡河多坎坷。公竟渡河。河夫利涉波。就深就淺能導車輪過。河夫什伍羣來前。一車索取千百錢。不則笑客徒臨淵。河夫得錢高岸坐。揮使他人氣如虎。代予前導涉水滸。問爾爲何人。欲答語酸辛。日日役河濱。一車錢一文。天寒河廣冰齒齒。彳亍而行赤雙趾。冰稜刺足血不止。烏虖。弱肉強食竟如此。此風豈獨河夫始。

清詩鐸卷二十二

家訓

尹繼善誡子葺屋詩。見止足門。

訓子詩　沈青崖

文章本餘力。品行貴先端。幼儀宜循矩。少學勿躐班。奉持遵師訓。恭順承慈顏。氣揚常自抑。性猛濟以寬。小忿逞螳臂。急恚蹴雞丸。徒開一朝釁。且貽終身訕。玩物志必喪。惜陰刻靡閒。嬉戲終無益。謔浪恆失歡。大智友木石。小慧好雕刓。所以不器品。往往鎮如山。生機濟蟻發。推己埋蛇難。宋郊、叔敖二事卽仁之發、恕之推也。仁溥因物驗。恕約反身觀。持躬寶金玉。樂羣親芝蘭。慾從乾餱起。惠結餕餘歡。卑下勿淩轢。勢燄勿援攀。自視勿驕侈。施予勿吝慳。舉止詞色婉。周旋度數嫻。言動世無阻。和平心亦安。扶風書戒子。橫渠銘訂頑。裁詩作訓語。寄汝晨夕看。盡心體父誡。承家鞏石磐。

鳳凰篇　戒子弟也古風十四首之一　陳兆崙

鳳皇雖德禽。謀身視所棲。非惟棲欲擇。無食亦苦飢。因緣得梧竹。毛羽生光輝。光輝照園池。衆鳥不敢啼。鳳老雛已長。冠距殊相仿。竹葉苦不甘。桐陰苦不爽。枳棘忿閒遊。腐鼠膾一享。文衣寖垢僘。野性重僘惘。西鄰有駕鵝。拖抄隱岩阿。生兒挺奇骨。來假碧樹柯。阿閣分餘糧。一舉橫空摩。爭誇異凡鳥。胎化良足多。回頭視老鳳。容色空蹉跎。

誡子詩

金甡

白屋倏朱門。朱門仍白屋。本自胥壤懸。興替一何速。稔惡斯取災。樹德乃致福。惴惴保其身。克家勤式穀。

芝草良有根。仙田播嘉種。如何驥德稱。生駒駕偏泛。故知紈袴習。生小慣席寵。清白猶失傳。況乃本闒茸。

家誡錄三十二首

又

立身惟樹德。大本在倫常。忠孝揭日月。豈待言說詳。其餘多節目。法戒各有當。臚舉俾聽聽。庶幾知否臧。

兄弟託分形。亦參三樂首。共戴者君親。聯行若朋友。構釁故多端。豈獨由夫婦。相好莫相尤。友恭兩無負。

相憐復相捐。恩義常不卒。夫婦朋友間。谷風怨如一。追惟致此故。未判誰得失。但教兩分過。那不人言恤。

至誠絕擬議。發策占中孚。豚魚猶可感。況乃斯人徒。五行配五事。惟信爲根株。命駕失輗軏。得騙尺寸無。

民生良在勤。惜陰自神禹。晝寢片時安。嚴師訶糞土。幸知懲惰廢。尙可就拙補。鳴雞解人意。催起續更鼓。

讀書期致用。一言可終身。博學轉多助。壓架非空陳。何物益神智。破暗資傳薪。精心窺古鑑。經濟行紛綸。

志學古今異。利重義則輕。古人爲道德。今人爲科名。天爵長自保。倍增人爵榮。相沿忘歸宿。分道不並行。

言者心之聲。詩文尋正脈。險怪與酸寒。屛棄不足惜。豈徒失體制。應亦少福澤。夫惟大雅才。誦法永不易。

富貴非吾願。未易語庸俗。隨流且平進。安分宜止足。鷦鷯與鼴鼠。薄取愜所欲。何必兩疏翁。方能辨榮辱。

曾游芝蘭室。更歷鮑魚肆。懷芳薰德深。逐臭腥聞異。親賢本無難。比匪乃尤易。鼻觀可借參。於焉審趨避。

言行總樞機。脫口勢尤急。借曰玷可磨。常苦駟不及。憑誰作監史。想像金人立。寧使誚寒蟬。無爲騁捷給。

失身在不密。疏脫惟禍梯。敬愼乃無敗。後悔徒噬臍。周防或少懈。罅漏呈端倪。驚心水工語。蟻穴潰虹隄。

曾聞謙受益。天道常虧盈。有富適招怨。有才偏致爭。重之以驕傲。厝火仍召兵。君看宥坐器。未滿終不傾。

精神貴寶嗇。財賄宜疏通。百物皆取給。專利怨所叢。周卹幸有藉。庶幾甘苦同。不思貧窶日。曾叩富家翁。

服飾表儀容。無爲尙華侈。新樣競趨時。更成輕薄子。　裘素絲詠。千載猶歸美。豹鳥與鷸冠。掇禍乃如彼。

履屐得位置。便堪覘將才。一室不掃除。天下何望哉。衛武遏蠻方。庭內無纖埃。鼠跡有何好。闒冗良足咍。

氣可塞天地。橫決徒罹憂。譬如百川漲。頓遣金隄浮。制之在斂抑。齒剛輸舌柔。忍心此爲最。好爲忠義留。

口腹小人養。已失飲食正。君子遠庖廚。用物盡物性。奈何一箸下。萬錢勦生命。後嗣被餘殃。先見猶稱聖。

犀革猶可穿。不能勝酒力。在禮失威儀。在言乖語默。聖人飲無量。所重惟溫克。莫羨竹林賢。昏酣誇頌德。

九女傳禮經。遂開漁色竇。廣嗣祇空言。召災仍促壽。何必喬知之。方踵石崇後。正恐閨門中。亂萃同鳥獸。

十愆初致儆。其一比頑童。始知造商邑。早慮有秦宮。倡優眞下賤。尊酒樂與同。徘徊歌舞地。宛轉帷薄通。

天地凜肅殺。醞釀迴春温。云何恣刻害。蓄念常少恩。及身中陰禍。流毒貽子孫。有客望其氣。徒見愁雲繁。

不亢亦不卑。持身乃無恭 婞嫛自摧屈。菱角磨成芡。本欲媚纖人。時或遭嗤點。中尉足何香。翻教罵奴諂。

卜宅獻周公。圖墓驗樗里。傳作形家言。愼重良有以。改築旣傷財。爭訟亦時起。營葬遂無期。尤爲廢喪紀。

脈理至精微。岐黃皆上聖。侍疾與衞生。正須辨藥性。於人強干預。妄語促其命。庸醫不足誅。何必子爲政。

蒙養定終身。姑息一生了。情性早調平。艱難須預曉。乖戾禍機藏。惰偸生計少。得志亦罹殃。沈淪眞餓殍。

七歲不同席。一家猶且然。況在諸姻族。幷無蘿蔦牽。有言不越閫。覿面胡得焉。嫌疑須早避。愼之笄冠年。

娶婦與擇壻。所重惟才賢。勿徒羨門閥。況乃貪金錢。一室少雍睦。兩家增過愆。旋聞責言起。如誦行野篇。

馭下必以嚴。恩慈固應有。念此亦人子。驅策惟可受。鞭笞不勝痛。狂馬時決驟。赫赫大將軍。竟斃膳奴手。

求雌亦求牡。詩詠野雉鳴。民生實有欲。貴賤非殊情。童奴及齔妾。寧待私合幷。咸使遂人道。草間無棄嬰。

教子必有成。授徒責斯大。寬縱任遨嬉。筆削聊掩蓋。良材作棄物。厥父母何賴。罪比絕人嗣。晏然忘後害。

嚴城尚重閉。況在庭戶間。外旣可禦暴。內亦可防姦。晨昏謹管鑰。權不由當關。釀禍起馳逐。非是無往還。

示兒仲方　莊肇奎

置身餓死後能生。從此淮陰悟用兵。學做英雄須豁度。要擔忠孝必癡情。便宜到手防生患。恥辱臨頭忍不爭。縱使有才謙更好。著些滿意便無成。

示家人　趙嘉程

處家惟忍字。應物在虛衷。勿以貧爲病。須知巧易窮。門衰因戾氣。第吉布和風。骨肉休生隙。房幃漫起戎。毀傷由漸積。得失察微蒙。但使心如鏡。何妨耳似聾。率勤常早起。合力倍成功。婦子同相勗。堂基自此隆。

示諸子錄五首　陳寅

履薄臨深到處逢。常思集木著温恭。富猶多怨貧何傲。善不能爲惡豈容。廿二史中懸古鏡。十三經內聽晨鐘。兒曹莫笑前人拙。一句書成百祿宗。

塵務悾惚志易煩。試將沈靜養心源。達人眼曠空無物。吉士神清妙不言。鬧市勿聞車馬過。虛堂如聽海濤喧。天懷澹定隨時合。閉戶疑遊獨樂園。

奢靡縱欲究何涯。紈袴生成豈克家。味美偏嫌無下箸。衣鮮還羨有新花。石城歌舞雲中夢。金谷樓臺塞外沙。澹泊自饒千古趣。最清涼處是繁華。

奴僕愚騃事未諳。殷勤訓誨莫相參。嚴霜烈日階簷立。冷炙殘杯涕淚含。詈罵及身情尚可。鞭箠到骨體何堪。彼猶人子當平相。好與當家說再三。

百族雖殊造物平。尋常無故莫傷生。白龜化石存良將。黃雀銜環啓大名。箭激吳唐償鹿子。刀除章道報魚羹。緣知暴殄招神怒。莫逞貪饕縱割烹。

訓子四箴　汪繼培

敬先

奕奕斯堂。世德流馨。傳紀頌賦。歌贊箴銘。乞言卌載。稽拜涕零。前芬是誦。後嗣之型。猗歟我祖。陟降在庭。繩繩勿替。敬妥先靈。

藏書

貽孫有穀。書爲良田。稽古有獲。是謂豐年。可以永世。可以樂天。儲藏匪易。賣文之錢。來無不義。

書難求全。勿散勿褻。庶永吾傳。

守身

吉士守身。嚴於處女。遠嫌愼微。動循規矩。靑蠅玷圭。辱不在鉅。寧介毋隨。勿狂與腐。小人所譏。君子所取。徇物者愚。人貴自樹。

治家

克振家聲。務本爲大。姻莫攀援。交毋向背。勿吝而鄙。勿夸而泰。重學尊師。守常遠怪。御下宜寬。睦鄰須耐。要言不煩。此其大概。

王壽康題課讀圖詩。見讀書門。

陳來泰題莎廳課讀圖詩。見世祿門。

婦誡三首

閨媛李毓清

出嫁事舅姑。恩義同父母。云何事人親。因我爲人婦。天合使之然。順逆視所受。愛子多愛媳。慈愛什八九。愛者情之常。不愛事之偶。不問慈愛無。問我能孝否。竭吾事親心。可以占无咎。出入敬扶持。奉養勤左右。祀先肅蘋蘩。宴客潔漿酒。服勞本婦職。勿厭執箕帚。姆姒須和顏。姑叔莫多口。持躬務勤儉。接物尙寬厚。三從徵婦德。百行孝爲首。作善天降祥。積慶裕爾後。

夫爲妻之綱。妻亦與夫齊。敵體均伉儷。恩愛兩不疑。紅絲一繫足。終身不更移。無違著聖訓。至順昭坤儀。男以剛爲貴。女以柔爲宜。雞鳴切戒旦。舉案思齊眉。肯效不賢婦。琴瑟乖唱隨。悍戾與嫉姤。不顧衆口嗤。常諧偕老歡。匪徇牀笫私。變守柏舟操。益堅冰雪姿。古來多淑媛。一一垂芳規。賢豪克樹立。半出內助資。翟弗荷光寵。彤管揚休辭。人生寄一世。百年有盡期。惟留不朽名。萬古恆在茲。

爲孝苦不足。爲慈苦有餘。愛而不知勞。禽犢之謂歟。女則課紡績。男則課詩書。課女與課男。父母心非殊。高樓峙平地。植基恆於初。孟母切教子。斷杼三移居。良田不耕耨。沃土成荒蕪。勿謂此父職。有咎豈在予。撫摩過姑息。玩好隨嬉娛。飾非代隱疚。揚善加虛譽。庭內日蒙蔽。鄉鄰空嗟吁。是謂賊其子。厥罪當何如。賢母篤義訓。心殫志自舒。熊丸佐苦讀。襺戒申芳模。上可答祖宗。下可光門閭。

勖恆兒　王繼藻

婦人無能爲。所望夫與子。撫子得成立。私心竊自喜。望子修令名。書香繼芳軌。爾質非愚頑。爾年雖稚齒。爲學愼厥初。成人貴在始。高必以下基。洪必由纖起。愼毋貪嬉遊。流光疾如駛。愼毋恃聰明。自作遼東豕。璞玉苟不琢。徒然負質美。所以古哲賢。競此分寸晷。如彼藝南畝。及早勤耒耜。我力既殷殷。我黍必薿薿。積土成丘山。愼毋一簣止。心專功必成。志堅事不靡。我非孟氏賢。母教成三徙。又無積累德。敢冀拾青紫。惟念祖澤存。庶幾免邪侈。男兒當自強。立志在經史。或可光門閭。得以承祖祀。負荷良非輕。毋遺先人恥。力學不早圖。悔之亦晚矣。

勖兒作　張藻

讀書裕經綸。學古法政治。功業與文章。斯道非有二。汝宦久秦中。洊膺封圻寄。仰沐聖主慈。寵命九重賁。日夕爲汝祈。冰淵愼惕厲。譬諸構櫨材。斲小則恐敝。又如任載車。失誡則懼躓。捫心五夜慚。報答奚所自。我聞經緯才。持重戒輕易。敎敕無煩苛。廉察無猥細。勿膠柱糾纏。勿模棱附麗。端己勵清操。儉德風下位。大法則小廉。積誠以去僞。西土民氣淳。質樸鮮糜費。豐鎬有遺音。人文鬱炳蔚。況逢郅治隆。陶鈞綜萬類。民功久普存。愛養在大吏。潤澤因時宜。撙節善調理。古人樹聲名。根柢性情地。一一踐履眞。實心見實事。千秋照汗青。今古合符契。不負平生學。不存溫飽志。上酬高厚恩。下爲家門庇。吾家祖德貽。箕裘罔或墜。痛汝早失怙。遺敎幸勿棄。歎我就衰年。垂老筋力瘁。曳杖看飛雲。目斷秦山翠。

示兒

襄城李氏

俗儒豔浮榮。爭先趨青紫。册惟珍兔園。高閣束經史。一旦際風雲。表見將何以。汝曹生天中。居近伊洛水。緬彼兩大賢。清風流鄉里。瓣香兼鏤膺。庶洗鮒生恥。吾雖巾幗流。懶說毛義喜。勉矣趁朝暾。駒光不我與。

示兒

莊德芬

吾聞燕國公。爨火照書策。范相未遇時。帳中盈烟迹。貴盛相門兒。貧賤無家客。青雲與泥途。勤苦同一轍。志學抱堅心。豈爲境所易。誦讀知其人。尙友若咫尺。流光駒過隙。分陰抵拱璧。毋令寡母心。戚戚憂乾沒。

閨訓篇　汪嫈

男兒希聖賢。女亦貴自立。禮義與廉恥。四維毋缺一。千秋傳女宗。在德不在色。無德才曷取。德厚才自軼。我誦三百篇。多出婦人筆。王化起閨門。性情貴醇壹。男忠偕女節。要各用其極。人生順境少。處順宜自識。家範森以嚴。主饋修內則。富貴戒驕奢。貧賤忘抑鬱。古人樂天命。無往不自得。容貌肅端莊。笑顰氣安輯。長舌維厲階。多言不如默。勤勞采藻蘋。靜好御琴瑟。舅姑比父母。孝養情汲汲。曲折體慈懷。乃能盡其力。善處骨肉間。和氣生一室。不幸失所天。無言自悲泣。生死權重輕。撫孤先務亟。坤道利永貞。固窮志不惑。避嫌嚴瓜李。防微謹門閾。保始更愼終。姓名香可襲。教子有義方。父師皆母職。一朝能顯揚。芳烈歐陽匹。女子賴師教。考亭言足述。蒙養自少時。定性嚴所習。三從義定衡。四子書洞悉。經史苟旁通。萬卷盈胸臆。偶爾歌詠志。無邪協詩律。敦厚而温柔。樸雅去雕飾。亦足抒性眞。匪求名譽溢。有女養閨中。莫使耽安逸。施衿結褵時。欲學嗟無及。

讀呂新吾先生閨範題辭　石承楣

自昔陰陽教化同。編摩何止及深宮。應知孝婦貞媛節。卽是仁人志士衷。

六經精液史膏腴。薈萃何如四子書。兩字聖賢垂訓切。修齊原不外家居。

刪書斷自唐虞始。釐降觀型有二妃。此後色荒留誥誡。興亡三代盡宮幃。

豈獨關雎譜樂章。風詩十五半閨房。卽論雅頌歌朝廟。一一鋪陳閫教良。

諷詠誰能妙義探。分明比興賦兼三。由來王化閨門始。聖訓傳家祇二南。

秦漢而還著述多。更生列傳創編摩。百家勸善懲淫語。都爲閨門釀太和。

先生學術本精純。實政呻吟著述勤。更爲閨門留懿範。六經諸史百家文。是書前爲嘉言。采六經及女誡諸編。後爲善行。女學、婦德、母道。皆經史事。

深文奧義煩音釋。棘句鉤章費削除。安得賞奇疑亦析。世間兒女盡知書。是書徵引本事。原文深奧者略爲變易。

格言名論

座右銘 張維屏國朝詩人徵略采句云。公弱冠館嘉善李氏時作。　陸隴其

洪範六極。弱居其一。所貴讀書。變化氣質。當斷不斷。爾自詒戚。

生者待汝養。死者待汝葬。天下後世待汝治。汝毋或輕爾身。以殉無涯之慾而喪厥志。

寡言　朱經

隴山多飛鳥。翺翔適其生。鸚鵡誇能言。樊籠苦拘縈。鐘鼓懸太常。考伐聲鏗鍧。不叩而自鳴。羣謂之妖聲。吉人以行重。躁人以舌輕。緬懷磨兜堅。守口心怦怦。

責己　又

勿謂寸陰短。既過難再獲。勿謂一絲微。既緇難再白。赴善登崇山。寡過掃塵積。一日省一愆。三月未盈百。責人不肯恕。責己每自匿。願言砥廉隅。此身敢虛擲。

惜日　　又

江河日流注。難挽東逝波。義和日奔馳。難回魯陽戈。終日但飽食。冉冉歲月過。此後悔失時。荒耄無如何。浮游水上萍。奄忽霜餘莎。勉旃復勉旃。愼無悲蹉跎。

立身　　沈德潛

人之立身。貴挺貞幹。素絲染黑。色難回換。未協中行。毋狂寧狷。狂可僞爲。狷能自斷。勿云混茫。躋登有岸。百里爲程。九十猶半。

謹言　　又

出言不愼。禍機所伏。良言温和。惡言虐毒。以口戕口。悖無不復。守口如瓶。防瓶傾覆。後悔已遲。前愆當贖。金人三緘。勉哉自勖。

退讓　　又

人思上人。爭端斯起。爐爐呶呶。攢如蟲蟻。明禮習讓。力行身體。同田讓畔。同行讓趾。六鷁退飛。回步準此。終身讓人。師朱仁軌。

改過　　又

盡善良難。得過偶誤。護過過積。病入沈痼。有則改之。跕回舜路。里萬路分。曩時失步。勇行勿憚。自強莫恕。秦穆榮懷。賢由悔悟。

有所思行　　趙嘉程

宇宙本勞人。吉士安所止。攘攘囂塵中。焉能有全美。貧賤不足悲。富貴不足喜。無者有之終。虧者盈之始。曾不轉瞬間。陳新相代起。我嘗愛古人。稱有榮期子。帶索而行歌。九十不爲恥。又嘗有達夫。淵明號高士。五斗不折腰。乞食向鄰里。處盛但欿然。藏深與虛似。富貴詎能淫。貧賤詎能徙。悠悠世間人。誰堪味其旨。

詠懷

陳寅

造物亦多事。萬人各其面。各面各其心。中藏不可見。當其初發時。誰不欲好善。一入名利途。瞬息雲雨變。生死情不渝。卓哉青雲彥。春夏多和風。萬物暢生意。秋冬多烈風。羣類失所庇。造化原無心。生人性遂異。緊彼暴戾人。一身盡芒刺。宇宙本有情。置躬竟無地。何不養太和。稍得春夏氣。室中一星火。能令萬物灰。口中一言失。遂致終身災。出話良甚易。迅疾如風雷。矢發在弦上。一去不可回。豈不快喉舌。無乃成禍胎。

示兒延敬

許宗彥

蚊口之利噆膚血。翼單腹壯遭指蔑。鸚口之巧善語言。翅短籢密囚煩冤。物猶如是況于人。禦人以口良不馴。一時快意逞捷給。弱者含慍強者瞋。招尤召敗豈他罪。罪口之由弗可悔。誦言如醉何其愚。聽言則對亦曰殆。小時或以辯慧誇。長者憐汝不疵瑕。大來誰肯更恕汝。惡聲還復於汝加。孔子恂恂百世師。嗇夫喋喋無所施。舉策數馬保厥位。期期艾艾名聲垂。戒汝不早我之恥。汝不我聽亦已矣。汝口呐然我心喜。

張琳陳裴之勵志詩。見讀書門。

百忍吟　朱錦琮

平生功在忍。忍性乃忍情。動忍增厥能。隱忍就厥名。忍之又忍處。寵辱皆不驚。愁城獨困汝。不妨忍而與。樂事能娛我。奚難忍而捨。所以行路難。依然安樂窩。亮哉古人語。百忍成太和。

趁早歌五首　陳其德

讀書須趁早。讀書不趁早。後來徒悔懊。精力本易衰。光陰如電掃。見人享榮華。自己惟嗟老。

孝順須趁早。孝順不趁早。高堂容易老。甘旨盡吾歡。菽水承顏好。一旦恨終天。珍羞總虛渺。

積善須趁早。積善不趁早。趨向已差了。念念貴操持。時時宜探討。方便在寸心。陰德只嫌少。

作家須趁早。作家不趁早。終身怎能了。俯仰俱吾事。衣食原非小。平生無料理。垂白徒苦惱。

教子須趁早。教子不趁早。大來多顛倒。舐犢眞可憐。佑啓非草草。蒙養是聖功。琢磨全在小。

閒居雜詩　蕭掄

自來聰明人。中必多嗜慾。要在以理閑。久乃與道熟。不爾爲文章。徒以悅時目。不爾談經史。徒以駭流俗。出卽捷徑營。處卽財貨黷。沈酣聲色中。汩沒榮枯局。物論卽相寬。內省寧不恧。閒居課道心。歌此以自勖。

閒居一室中。從遊四五人。天姿多樸茂。學治科舉文。呼之使來前。爾業宜精勤。朝右方需才。志士思立勳。昔工制義者。亦多有名臣。苟不先習此。何由得進身。語畢嗒然坐。竊自妄妄言。古人所學道。措之卽經綸。兵農與禮樂。一一有本源。降及諸子家。申韓術始分。其說雖近駁。其用亦獲伸。詎如今帖括。游談而不根。優孟聖賢語。經濟非所聞。人材坐敗壞。先生復何云。何當與諸子。經史相指陳。

袁安雪中臥。不肯出干人。梁鴻滅竈炊。不屑餘熱因。志士甘固窮。素履安其貞。云何韓退之。戚戚而憂貧。遺書于襄陽。乞彼一餐恩。無怪後世士。相率趨侯門。紛紛事竿牘。汲汲相攀援。遊子日益賤。長官日益尊。崖岸一不持。甚至等雜賓。賤子久閒居。老畏涉關津。寄聲鄒枚輩。莫戀梁園春。

我慕班定遠。倜儻多奇節。投筆一長歎。自惜封侯骨。男兒七尺軀。肝膽一寸熱。低頭作博士。毋乃非人傑。方今楚蜀間。盜賊猶未滅。登高望東南。雄心時激發。諸將擁重兵。裹糧糜歲月。不聞求奇士。良平得在列。白面好談兵。慶之將面折。磨盾作露布。此志空騷屑。但望烽煙消。四海息戰伐。江南財賦地。婦子安耕垡。閒居詠太平。擊壤自怡悅。

閒居數十載。遷變難具陳。坐見垂髫子。已作皓首人。華堂或荆杞。白屋爲朱門。更憐風俗異。耳目竟一新。樸者皆繁縟。質者亦趨文。昔時珍奇器。今乃市肆陳。昔時縉紳服。今被輿臺身。謂是民侈富。不知實窶貧。邑中素封家。十不一二存。君看婁江水。深淺非舊痕。萬事盡如此。感歎勿復云。

去者旣云遠。來者未可知。其間有一我。自待安可卑。古人未竟業。儼若與我期。今日不努力。將爲後人嗤。人事有消長。此理無盈虧。聖人不凝滯。與世相推移。浩浩隨濁流。悠悠餔糟醨。嗟予何所慕。狂士其庶幾。彈琴詠先王。懷彼軒與羲。閒居閉蓬戶。正予嘐嘐時。

卮言葆眞哀樂二首

鮑臺

虛室乃生白。明鏡不受塵。立身生之初。瑩然葆我眞。一物爲掩蔽。方寸生荆榛。痛癢不自覺。感物無由因。所以岐黃書。痲木爲不仁。

日出東方紅。日入西山黃。日出氣和悅。日落氣悽愴。乃知哀樂端。倡之自穹蒼。萬古一歌哭。範圍陰與陽。達者爲之節。反者爲淫傷。

古歌謠辭錄四

張維屏

人皆有情。天下太平。太平歌。

爾勿恃強。轉眼夕陽。北邙荒郊。上有牛羊。醒世歌。

我手十指。有長有短。如何使人。要我意滿。長短歌。

兵不在衆。在乎用命。共膽同心。寡可制勝。衆寡歌。

詠懷雜詩

温訓

論語讀終身。時時念三畏。人惟無所畏。遂至無所忌。小人知畏威。貴以刑佐治。君子首畏天。大人在其次。至於聖人言。垂訓示萬世。理本如日星。切實贊天地。古來大奸雄。亦知畏清議。三綱與五常。賴以勿失墜。言敬尙和平。言畏乃惕厲。人惟有所畏。庶幾不敢肆。

釋典千萬部。心折惟兩言。兩言曰因緣。先聖所未宣。苟無因與緣。至親亦等閒。果有因與緣。雖疏如弟昆。每有深相知。宛若舊好敦。更有未識面。愛慕縈心魂。不解何以然。此中有因緣。倫類多如斯。不獨夫婦然。

顏子三十二。壽同天地長。彭祖八百歲。此言殊荒唐。命長無可稱。雖彭亦如殤。昔者里有翁。耄耋猶康強。有口能飲食。有體能冠裳。當其居華屋。已似歸山岡。吁嗟人間世。大夢同一場。夢同中有異。各各留心光。心光死不滅。心血於此藏。大者爲道德。小者爲文章。

四箴　陸以湉

言箴

言之甘歟。徒累己德。言之直歟。或遭憎嫉。將擇人以抒誠。又患無知人之明。哲人緘口吾獨否。負氣自矜。逞才爲能。曷由守樸以保身。

行箴

百行之善。令聞未遽宣。一行之惡。已蒙厥愆。善惡之幾。辨之宜審。稍縱卽誤。敢不凜凜。勿謂善蒙垢。可弛勤修。勿謂惡無損。致招悔尤。已往難追。後來當勉。早夜以思。孜孜實踐。

勵學箴

人無賢愚。非學曷成。理無精粗。惟學乃明。譬彼嘉樹。本固斯發。又如泉流。源遠不竭。研嗜宜篤。造就乃深。古聖敬修。尙惜寸陰。矧余小子。敢逸豫小以放心。噫嘻。歲月易逝。其肯爲余待耶。今茲不力。得勿貽後之悔耶。

愼交箴

哲人求友。必尙乎德。以義以信。是當取則。衆人得朋。恆徇乎私。相優相狎。愼勿效之。親賢遠佞。爲功匪易。在持厥守。兼擴其智。昔者君子。擇交至精。結納勿濫。切磋有成。今予小子。奈何不愼。觀人無識。應物失正。悅不若己。咎將日增。庶用告誡。尙其敬承。

雜詩　吳世涵

晉人尙任達。厥風竹林始。任達特美名。其實乃放侈。伶籍雖有託。防閑固已毀。畢盜乃臥甕。謝淫竟折齒。紛紛澄輔輩。穢行喪廉恥。何物老嫗兒。捉麈尙自喜。滔滔江河下。胥溺遂不止。誠哉右軍論。虛談恐廢事。偉哉樂令言。名教有樂地。

漢代重名節。士行咸修持。好名或已甚。矯僞時有之。郭巨惜分甘。忍於埋其兒。伯道因攜姪。己子繫樹枝。茅容矜孝養。對客乃宰雞。李充以私語。稱觴去其妻。人情不相遠。情協理自宜。拂情以沽名。名得實則虧。諸君誠卓卓。捫心得毋欺。聖哲有庸德。何必矯異爲。

讀世說新語高世遠孫興公問答有感　吳國俊

松樹故楚楚。終不爲梁棟。楓柳雖合圍。又苦無所用。因悟世間人。學識須珍重。赤水騰珠光。丹山翔鳴鳳。寵辱何足驚。榮枯原似夢。但期質地佳。毋因時遇痛。

示兒　閨媛汪嫈

讀書能養氣。乃爲善讀書。矜躁不平釋。高位終難居。近道莫如靜。靜坐神安舒。何事營塵緣。逐逐追鋒車。處世心和平。自反樂有餘。敬齋兩箴銘。朱張旨弗殊。一念常惺惺。畢生無憂虞。至聖天縱姿。神明恆得主。七十始從心。仍是不踰矩。少年氣無前。臨幾輒莽鹵。一蹶不復振。餘勇安足賈。伏波誡姪書。豪俠慮畫虎。奇才若武侯。謹慎善自處。以約失者鮮。終身事斯語。

父母愛子心。何事不慮及。寤寐心皇皇。殷憂莫如疾。念兒仔肩重。保身爲最亟。寒暍須順時。兒偏畏夏日。心靜自生涼。炎歊氣都息。喜寒頻飲冷。毋乃心偏執。岐黃重溫養。陰平陽祕密。

見大則心泰。天機自然暢。菜根不肯齩。本心日益放。痛兒失怙早。孤露增悽愴。茶蘖毋備嘗。今朝得祿養。一勺皆君羹。知足無過望。循分守節儉。出入兒宜量。所貴取人廉。用之得其當。

行路難　莊　靐

君不見人生行路難。不在千里萬里遠行役。出門入門多險艱。一步一蹟生荆棘。太行未云險。孟門未云仄。誰知庭戶間。網羅日相迫。食梅自知酸。含蘖自知苦。左有猰貐右豺虎。前張勁弓後強弩。欲行不行愁奈何。山鬼揶揄陰風怒。仰羡孤鴻海上來。隨風冥冥誰敢侮。

果報

封令化虎行　王　環

容縣舉人封維翰曾爲江西邑令。後還梧州。變虎食人。宛溼王吉仲作詩紀異。余因作此。

昔時封使君。化虎食郡民。今日封明府。入山化爲虎。哀哉守令皆姓封。胡爲一旦成大蟲。多是一念貪暴之所致。遂生牙爪爲山公。曾聞弘農之虎渡河去。詎知人牧乃化兹形容。爾食人時迷爾性。山林城郭餘腥風。吁嗟乎。今人從政者。誰非猛虎坐堂中。

張景崧弄潮兒歌。見富貴貧賤門。

貴游行

黄景仁

貴游誰家子。驄馬驕馳騁。朝入銅龍樓。暮歸紫薇省。盛滿不自持。惡風吹夢醒。照鏡鏡無頭。披衣衣絕領。可憐西市中。顰容尚修整。白首誰同歸。蕭蕭看日影。生存骨髓枯。濺血不盈頸。當伊作吏時。千軍告其猛。眼見被收日。曳曳勞尺綆。觀者徒咨嗟。誰與發深警。

郭孝廉行 蕭山人。名秋水。

周三燮

丙子浙闈秋榜發。第八十四郭孝廉。文辭不自譽。孝廉何乃謙。孝廉品誼優與文章兼。今年元日旦。其鄉先兆夢。蕭山中六人。郭家必有中。孝廉陰德天所重。孝廉自知家不知。蕭山鄉人知者衆。孝廉昔行路。小憩涼亭陰。一人並坐不顧去。豈知遺卻囊中金。孝廉曠野獨沈吟。失者固自取。得者匪克任。自午至申坐待久。其人行二十里方追尋。求之不得如聾喑。孝廉詢得實。還予毫不侵。初念與轉念。危哉微哉此一心。孝廉昨授徒。村塾臨水口。一人業操舟。病愈益債負。下無子兮上有母。力竭計窮將鬻婦。孝廉聞之滿村走。爲探若事誠與否。所需雖祇二萬錢。無奈空空惟素手。亟呼徒來前。斂錢一旦有。欣然畀其人。幸哉不失耦。其人償逋更善守。兒今褓褓婦井臼。不然無室無家且無後。噫吁嘻。還金何其義。贖婦何其仁。此本吾儒分内事。難在孝廉家苦貧。孝廉孝廉無憂貧。上天豈負仁義人。丙科浙榜得君重。蕭山鄉人知其眞。我今問孝廉。覆述言恂恂。我願孝廉他日爲名臣。如烏有鳳獸有麟。一挽末俗皆還淳。區區科第未足榮君身。

李將軍行

王嘉福

嗚呼李將軍。將軍少日氣不羣。豪富烜赫動搢紳。珠履百諾爭趨塵。朝餐食品羅山珍。華鐙達旦伎樂陳。繡帷夢醒紅日昏。錦衣裲襠去踏春。連錢走馬飛如雲。摴蒱一擲千百緡。承顏猶干怒目瞋。兄不爲兄親不親。驕橫里黨鋒疇攖。窮檐矻矻嗤書生。不知何物爲功名。坐擁百萬勒田彭。謂當愉樂終其身。嗚呼李將軍。誰知天道懲頑民。祝融一炬冰山傾。鬻妻買宅成賤貧。錦衣破碎如結鶉。曩時譽者今反脣。蒙頭跣足朝汲河之濱。道旁一老哀王孫。哀王孫。昔年奔走堂前人。朅來駟馬稱高門。嗚呼李將軍。

讀書

經史法戒詩錄九首

張鵬翀

春秋見至隱。履霜防忽微。人主不早慮。因之致顚危。前有讒不見。後有賊不知。晉獻惑嬖妾。優施教驪姬。分明置堇毒。乃謂愛我爲。卒至兩敗傷。智謀亦何施。覆轍示深鑑。足爲後事師。此戒信讒人、重內寵也。

天王柄下移。征伐強侯出。伯業亦寖衰。陪臣勢無匹。強私家。弱公室。三桓六卿互分析　豈無衣。六與七。不如子衣安且吉。壞法亂紀自王朝。史書特繼春秋筆。此戒政柄下移也。

漢文恭儉最稱賢。身衣浣濯爲民先。年年禱祀祈民福。鄭重農功珍五穀。但令閭閻常富足。國家何用儲金玉。此法恭儉也。

神仙有無何恍惚。黄帝廣成但傳説。秦皇漢武慕長生。方士怪迂始百出。安期盧敖去不來。文成五利徒喧豗。神君未下鬼先集。世上烏有神仙哉。蓬萊可望不可即。但願人人足衣食。昇平樂過華胥國。此戒求仙也。

近小人。遠君子。桓靈之衰只繇此。跋扈尤嗟任宦官。一時鉤黨盡摧殘。俊廚顧及空標榜。白馬清流釀禍端。士氣衰。國運否。人才與國相終始。千古興亡鑒青史。此戒親佞遠賢。鋤正人殄邦國也。

治安共説梁天監。南北通和救塗炭。金甌無缺侈心生。白馬青絲輕納叛。薄心腸。激成變。果致紛紜滋反間。捨身同泰會無遮。血食牲牷改爲麪。貪嗔至竟未能除。荷荷空悲淨居殿。此戒棄政逃禪也。

閱武堂前種楊柳。至尊屠肉潘妃酒。祇愛蓮花步步生。曾知國步艱難否。百年南北擅風流。誰信無愁果有愁。纔見荒宮餘辱井。又看芳苑起迷樓。阿麼詎惜好頭頸。瓊花只戀須臾景。解道眞仙也自迷。不知狂魄何年醒。此戒色荒也。

臨淄英武摧羣凶。美政開元繼太宗。臺閣名臣刺州郡。人情和洽多年豐。歷年既多心漸侈。國事無端寄楊李。長安一騎荔枝紅。萬姓那知作瘡痏。漁陽鼙鼓太無情。入蜀青騾辛苦行。誰將夜雨淋鈴曲。更作朝元奏樂聲。此戒耄荒任姦邪、寵女謁也。

宋家累葉垂遺澤。求治賢君方側席。天津橋上聽啼鵑。禍亂將興任安石。相公新法執持堅。祖制詎難胥變易。忠良屏黜奸邪升。朝局如棋互廢興。千古知人誠不易。那論福建誤金陵。此戒變祖法、用言利臣也。

兎園册 吳中吟

錢維喬

南人得英華。北學窮枝葉。古語雖云然。近者益浮雜。束髮授句讀。訓詁但掇拾。小學猶面牆。老死空喋喋。百金市輕裘。千金買美妾。獨至延經師。計較及絲粒。簡編本糟粕。況復鮮卒業。縱復爲達官。吾恐書伏獵。

堂堂吟 爲友人釋愁作

程晉芳

堂堂復堂堂。青春未老白日長。雜花含煙乳燕舞。游絲落絮爭飛颺。長安少年豪且強。韝鷹牽犬趨長楊。短衣初試鸜鵒舞。細笛更進邯鄲倡。腐儒躑躅行道旁。履穿裘敝神揚揚。歸來破壁懸空囊。兒啼婦怨廚無糧。鄰翁相勸語激昂。讀書何益治生良。翁言偵矣何足臧。獨不見買臣五十歸故鄉。腰下金印懸煌煌。相如沽酒典鷫鸘。一朝詞賦獻未央。璵璠韞石豈患剖。琅玕入握終生光。仰天一笑看屋梁。丈夫未死誰能量。吁嗟乎。丈夫未死誰能量。

舟中讀書

又

家居苦塵紛。客邸困酬酢。迢迢水國程。差遂讀書樂。生無百歲期。寒暑迭相薄。顯晦隨其時。詎忍自隕穫。古人如蓍龜。簡牘恣搜索。獲我明夷心。所契在淳泊。安能手一編。空谷長棲託。

文選雖浮華。修辭得窔奧。西漢杜陵翁。勖子用垂敎。如何近代人。屏棄勿復好。淺册窺兔園。巴吟等蟬噪。吾觀上達者。下學每精到。所貴擷其英。而勿襲其貌。誰歟賞此言。流水方浩浩。

讀書四首　法式善

讀書如蓄貨。一室靡不有。瑰奇產巖阿。幽怪發淵藪。當其求莫致。豈惜跋涉走。一旦聚眼前。美者忽焉醜。人情罕見珍。炫異難持久。布帛與錦繡。卽物理可剖。六經天地心。諸史古今紐。但期鑄洪爐。毋至覆醬瓿。

讀書如樹木。不可求驟長。植諸空山中。日來而月往。露葉既暢茂。煙條漸蒼莽。此理木不知。木乃遂其養。我讀古人書。輒作古人想。掩卷了無得。心中時怏怏。忽然古明月。照見天懷朗。前境所造非。後境改觀儻。

讀書如行路。歷險毋惶惑。安保萬里程。中間無欹仄。自古志士心。往往傷壅塞。誘我復攻我。歧路況莫測。所貴擅通才。半途勿休息。手扶大雅輪。心戒虛車飾。要從實地行。直造光明域。卓哉孔孟有。不爲黄老得。

讀書如將兵。當先講紀律。將軍掃羣寇。勢若風雨疾。寸鐵能殺人。彼百我則一。卽云將軍才。有得豈無失。不聞易所云。師貞丈人吉。古人書弗多。讀之容易畢。後來著作家。千言萬言出。樹義不制勝。不如不開帙。

憶母勸學詩　謝道承

兒來前。自堯至今凡幾年。兒強記。自堯經今凡幾帝。兒時應對稍逡巡。母顏變色旋怒嗔。陳篋遜志學人責。稽古胡不如婦人。吁嗟乎。母言在耳。兒顏猶泚。安得我母常嗔兒常泚。於今勸學無聞矣。

讀書　尤興詩

古人重學問。勤讀聖賢書。云得著脚地。如木有根株。惜哉伴蠹魚。流弊失之愚。讀書不讀律。獄訟繁秋荼。倉卒艱大投。安用此腐儒。讀書泥師古。拗爲迂闊圖。紛更策富強。騷動困追逋。誤天下蒼生。謂非此人歟。讀書昧治生。不辨黍與稌。撐腸五千卷。無以療飢軀。間有狷介士。蹈矩不破觚。庸流壞舊坊。久之失故吾。翻爲讀書病。厥病非區區。故必通三才。致用秉一樞。經訓爲菑畬。道德爲醍醐。禮義爲干櫓。乃與古人符。君子貴不器。子云良不誣。

詹應甲示高安諸生詩。張履學箴。並見訓士門。

寄感 射鷹樓詩話采錄五古數首之四　董桂敷

萬物萬種色。一雲一情狀。造化眞文章。本自無定相。渾灝四代書。巍巍九霄上。羲經更四手。各各見德量。風雅正變音。分塗成絕唱。代有作者出。皆然絕依傍。胡爲後世文。愛畫葫盧樣。更於拜獻賫。一轍範趨向。天駒縱超羣。何由顯雄壯。

鱷讋潮州檄。龍求瀧岡碑。感物有眞精。豈在空文辭。如何薄識子。爭誇華藻摛。耳目愚一世。心胸積萬欺。兒童甫弄筆。粉飾遞相師。焉能當大事。開懷釋羣疑。陋哉揚子雲。篆刻後賢嗤。偉矣陸宣公。一詔天下悲。

約國有樂地。嬴界無恬機。多財石季倫。死愧榮啓期。倫通天地人。或昧心肝脾。讀書僅貪多。入世羞爲雌。不必大聖賢。有識嘲其癡。未覩秦漢庸。焉識唐虞奇。樂哉吾此遊。客問來何自。有啓牀頭書。周官卷第二。其中皆井田。桑麻徧樹蓺。原禾映溝塍。牧饁雜婦稚。牛羊墟里間。雞豚籬落際。靜聞織績聲。動見和親意。工商循法矩。士民敦孝悌。客曰樂哉國。眞勝桃源地。

勵志詩 錄六首

張琳

大道自坦夷。奚必由捷徑。君子安固窮。踐履守其正。詭遇或逢時。未敢違吾性。嗟彼行險徒。勞勞豈知命。

天序無停輪。烏兔東西走。人即壽百年。百年亦匪久。求仙思長生。金丹果何有。立德崇令名。千載長不朽。

一鑑本空明。昏乃塵堁翳。一水本澄清。濁乃泥滓累。萬理會寸心。勿受外物蔽。明性養虛靈。毋失作聖睿。

文辭本枝葉。義法爲根柢。云胡逞才華。闘靡爭俶詭。藻績掩眞意。馳騁乖名理。修辭尚體要。庶免虛車詆。

士人伏草茅。感慨嗟不遇。爲問草茅中。挾持果何具。聖賢樂天命。窮達行吾素。求志在隱居。富貴原不與。

洪由纖可積。遠即近爲推。丈夫志四海。一室宜先治。內行苟不修。焉能大有爲。所以古賢哲。行己愼其微。

讀書有所見作十六首錄九

蕭掄

人心如良苗。得養乃滋長。苗以水泉溉。心以理義養。一日不讀書。胸臆無佳想。一月不讀書。耳目失精爽。人生近中年。塵事日浸廣。姑就務少閒。攜書坐幽幌。思枯藉潤澤。理浹愜心賞。君有徑寸苗。愼勿置槁壤。

義理如山川。古今日開闢。堯舜所未言。孔孟推其極。後人治六經。亦貴有特識。漢唐宋諸儒。立說誠詳核。未必無賸義。留與更梳櫛。開口即陳言。盜竊竟何益。

三蒼漢代書。尉律學童試。昌黎亦有言。爲文宜識字。不讀爾雅篇。訓詁違經義。不觀許氏書。俗字供驅使。正可書吏牘。詎宜登載記。須知古小學。六書居一事。更有商高術。業亦宜時肄。

讀書言攷據。詞章稱著作。兩家更相笑。居然如蜀洛。注疏幾部書。文選一家學。彼固譏綺靡。此亦陋穿鑿。要是不相強。心思各寄託。水流須爲川。山挺須爲嶽。但自成高深。何用相非薄。

稽古務精詳。不專誇強記。劉向在漢時。博雅無與二。及觀所著書。中乃多可議。古書惟五經。左氏史官記。說苑所纂述。事多與互異。豈其采錄多。醇駁遂雜廁。我思昌黎言。古書識眞僞。是非明辨功。曷由臻純粹。

後世無班馬。未嘗廢文辭。後世無屈宋。亦復有歌詩。文章隨世運。各自鳴一時。古今雖云殊。義理無盈虧。譬如大海水。一任斟酌之。苟能中有得。奚問源流爲。屑屑摹古人。乃徒得糟糲。東坡言往事。鈔寫書難得。後來板本興。羅致易爲力。難故爲枕祕。研摩廢寢食。易則富收藏。縹緗委一室。此風今更甚。古書多摹刻。得者覽篇題。便如業已卒。汗牛充棟藏。於我竟何益。先儒教子弟。勿令觀世說。西京雜記文。藺成務區別。讀書必審慎。是一稽古訣。後人侈多聞。稗官供采擷。反於經史文。一二多鶻突。願言屏雜書。矩矱遵前哲。古人著述難。後人著述易。難故用思精。易故多蕪累。相如大才人。七篇盡能事。思王及康樂。文亦數可記。降及宋楊陸。卷帙動盈笥。究竟比古人。胡能及一二。君欲探驪珠。盍將鱗爪棄。

勵志詩效張茂先錄二首

陳裴之

勵志不在奇。立心貴忠孝。勿欺天可格。毋違聖所教。屋漏矢旦明。寢門侍色笑。忠勿誤激烈。孝勿飾文貌。體驗在平日。篤實先履蹈。骨肉驗性情。無惡亦無好。友朋驗交際。無諂亦無傲。動植養和平。日月爭光耀。

讀書貴經術。用世貴經濟。經濟數大端。持要略苛細。農桑與禮樂。行之有次第。治國先齊家。不在權與勢。王道本人情。不在才與智。匹夫修於鄉。閭閻敦孝弟。良士登於朝。海宇享樂利。所冀仁里仁。更師義莊義。

讀書二首

張維屏

讀書何所求。將以通事理。奈何教兒童。誘以博青紫。少年慕富貴。努力鑽故紙。想其佔畢時。意已不在此。聖賢千萬言。割裂等紈綺。一朝得志去。譬若假道爾。遠大難預期。初念要勿鄙。造士先養蒙。請自小學始。

六經闡大義。赤日行天中。諸子如衆星。經緯各有宮。羅列廿二史。治亂爲一叢。後人矜獨得。前人所旁通。後人苦艱難。前人所從容。故紙愁汗牛。新機競雕蟲。文章不適用。梨棗災何窮。一火灰百家。君勿尤祖龍。

讀書五首　王文璋

有明逮中葉。士尤尊其師。醉佛老糟粕。相率談良和。繼開東林社。天下爭奔馳。趨炎倖標榜。伐異淆公私。官常旣毀敗。民俗由澆漓。一代重科第。厥效竟如斯。

洎乎改玉後。巖穴遺老成。讀經兼讀史。務實不務名。制科召鴻博。古籍彌專精。開先閻百詩顧亭林輩。置論猶持平。惠定宇戴東原俱晚出。漢宋畸重輕。說文資訓詁。一字斷斷爭。謗傷朱仲晦。勦襲毛初晴。西河。

於文貴駢儷。集腋成狐裘。王楊盧駱體。不廢江河流。秀句齊梁摘。元音漢魏求。袁隨園吳穀人實巨擘。要自橫千秋。古文作者少。江左推方望溪劉海峯。寥寥短篇耳。頗亦邊幅修。起衰七百年。此語吾信不。

論詩輕七子。爲其摹盛唐。南施侔北宋。無礙舊冠裳。袁蔣轉風氣。新聲遂洋洋。俳優豈元白。堆垛非蘇黃。近日崇臺閣。燦然雲錦張。唐三賢昧在。終愛新城王。擾擾萬蚍蜉。撼樹庸何傷。

在宋溯學術。本自分兩途。君子亦有黨。角立程與蘇。頗覺程可厭。而惟蘇是趨。延師課子弟。則又不厭迂。求友宜坡谷。教子宜程朱。文章乃枝葉。道德其根株。芬華今已謝。努力爲眞儒。

擬新樂府讀書堂　彭兆蓀

曉升讀書堂。時藝滿屋角。諸生口嘈嘈。師長面嶽嶽。經史子集束高閣。別有眞傳博人爵。曷不飛去生處樂。胡爲東塗西抹高著眼。七略九流自纏縛。舉秀才。不知書。察孝廉。父別居。西京取士已如是。何況區區較文字。

讀書　彭兆蓀

人讀等身書。如將兵十萬。兵多行慮譁。書多語愁蔓。何以節宣之。一心制衆亂。不見陸士衡。才富轉爲患。亦有淮陰侯。多多乃益辦。要以我用書。勿爲書所絆。

齋中讀書作　彭蘊章

少小讀論語。兼誦朱子註。剖析在微茫。心知善惡路。壯而失其守。皆爲嗜欲誤。理豈反不明。明而自欺故。須下堅定力。庶不窘吾步。

賢愚皆好奇。古書率多僞。三墳既可造。九丘何難志。嗟彼崑崙山。何人至其地。徒侈域外觀。空談皇古事。讀者亂聰明。作者矜才智。我欲驅羽陵。萬蠹食其字。

論文　何長詔

文章貴生氣。變化不可測。奈何羣兒愚。迂拘守成格。腔調日以多。性情日以塞。我讀古人詩。大都少依傍。脫穎鋒爾銛。破空神愈王。莊周夢蝴蝶。栩栩而蘧蘧。列子御風行。其妙當何如。

論學問　曾世霖

學問尙精專。研摩貴純一。經學與詞章。華實本異室。許鄭徐庾儔。各具千秋筆。專力則必精。分途恐兩失。

雜詩　吳世涵

國風久不作。騷賦出靈均。寄辭寫忠愛。睠涕思美人。宋玉漸靡曼。綺語賦朝雲。逶迤逮魏晉。淫思日以新。梁陳弊已極。狎客皆詞臣。宮體旣已盛。六義委荆榛。後此香匳詠。鄙褻靡不陳。擒詞固有則。選言在雅馴。諷諭苟無取。導淫徒紛紛。先民有矩矱。大雅誰扶輪。

題課讀圖爲沈簣坡題　王壽康

生兒無多求。但願書能讀。縱使聞達難。恰已醫庸俗。羨君有佳兒。嶄然露頭角。意豈期望奢。惟受讀書福。桐陰繞屋涼。展卷日相督。不必奇字搜。不必異書蓄。能爲好秀才。心已萬事足。祝兒莫聰明。坡公意原曲。不然叔黨名。何乃繼玉局。

某鬍匠　曹德馨

兒時入村塾。先生爲某氏。架下書縱橫。鬍匠借不已。鬍匠借書何所事。答言略看人樣子。人樣子。已看廿四史。烏虖鬍匠何所事。及我有知欲訪之。鬍匠已返黃山死。

鄒志路建陽書燈田詩。見善政門。

交際

結交行

夏九敍

結交莫學三春桃。因風吐豔隨風飄。結交莫學十七月。昨日團欒今日缺。人生一世多風波。青蠅白璧當如何。君看羊左幷衣共生死。千古交情常不磨。

貧交行

顏統

君不見張耳陳餘貧賤時。結交刎頸稱心知。本期共逐秦家鹿。富貴相爭不自持。一從絳灌列茅土。一死泜水爲亡虜。遂令天下論交情。朝爲秦晉暮吳楚。漫稱角哀與伯桃。西華零落感孝標。從知悠悠勢利者。一生不及古貧交。貧交不在多黃金。黃金不多交亦深。意氣還將然諾重。得失榮枯何足論。貧交結契水與山。生死相從無留難。愧煞當時車馬客。轉眼忘情反覆間。

君子行

張實居

小人不可交。交亦勿輕絕。交之禍機伏。絕之禍焰烈。譬彼贅疣身。爲患非不切。一朝剖刮去。性命多夭折。不見幽谷蘭。荆棘生其旁。豈不欲鋤之。鋤之蘭根傷。鴟梟亦云惡。鳳皇任翺翔。魚鼈非不賤。蛟龍與之忘。所以古達人。廣道以自全。世路何紛紛。浮雲過青天。

貧交行

許自俊

囊中有錢壺有酒。如雲如虹十八九。可憐變態頃刻間。一朝金盡無朋友。平生零落兩三人。同少同壯同白首。一篇向我多古歡。百歲與君忘老醜。相知每在飢寒中。家無儋石分升斗。愁苦深於妻子心。痛快切於左右手。憶昔投簪安樂時。把臂論文若某某。兩朝相隔數年來。交情猶似當年否。

雜詩二十首之一　朱彝尊

有酒斯鼓缶。吹壎必和篪。同調定見憐。一心不相離。古人重久要。陵末非所宜。谷風思小怨。大德反棄遺。新交不如故。君子當三思。請看蘇子卿。豈絕李騫期。

君子行　陳學洙

君子畏幽獨。大廷乃敢言。小人譬稠衆。衾影不可捫。繩尺君子心。之死靡所奪。脂韋小人態。臨難思苟活。譬如丹山鳳。煌煌世之儀。蛇蝎藏陰房。白日難逞威。又如青松枝。經霜不渝色。厭彼荆棘繁。翦伐何足恤。緇素既異染。碔瑜似同形。瀉水一器中。當辨渭與涇。

息交　顧圖河

君子如春風。可愛不可竭。小人如酒顏。但得暫時熱。急絃莫浪彈。一彈絃一絕。市交莫浪交。中路難固結。惟當同心人。可與論金鐵。

結交行　陳至言

世情多結交。結交非知心。黃金與白璧。不多交不深。古人重然諾。重之如丘嶽。今人棄之若泥沙。一貴一賤恆相誇。古人貴俠腸。貴之如琳瑯。今人視之若糞土。一死一生不相顧。不見昔時雷與陳。堅如膠漆情最眞。又不見當年羊與左。併糧臥雪無爾我。近時相知何其多。對面反覆眞嵯峨。日日酬歌金叵羅。金叵羅。如斧柯。結交結交將奈何。

結交行

劉廷璣

古人結交重意氣。今人結交尙杯酒。白犬丹雞到處盟。上至貂蟬下屠狗。香煙未斷口未乾。心生冰炭雲翻手。羊左遺風邈莫攀。管鮑高情亦烏有。嗟此悠悠假弟兄。五倫忘卻眞朋友。

莫去草行

顧我錡

莫去草。草無惡。世俗紛紛情更薄。君不見竇嬰門下客如林。一朝解散同葉落。又不見翟公紅騎接朱輪。俄然大署傷離索。乃知富貴皆炙手。呼吸便覺春華灼。乃知權位一日非。不減秋風破殘籜。玳簪珠履客三千。覆雨翻雲如膈膜。莫去草。草無惡。世俗紛紛情更薄。

結交篇

劉大槐

結交結俠烈。佩劍佩昆吾。投身喧競地。反覆在須臾。昔我有好友。貧賤共相於。夜讀共膏火。晨牽共轆轤。同眠共茵席。同食共盤盂。一朝舍我去。振翼上天衢。高騫九霄步。視我如泥塗。門前足三及。未得履階除。歸來懷憤赧。頓足發長吁。語君且勿吁。何不愼厥初。丈夫譬良驥。安得侶駑駒。閭巷有義士。緩急可時須。我聞不卜日。冠帶詣其廬。長跽執恭敬。相邀入酒壚。酒酣氣慷慨。相視色敷腴。煙霞一相契。金石不能渝。不惜微軀殞。遑論傾有無。牽衣向赤水。攜手到淸都。請謝我良友。貴賤本懸殊。擔簦與跨馬。相遇各分途。

結客行

黃子雲

結客須結貧。貧者或有肝膽眞。結交莫交富。富者全無意氣親。古來世態已如此。今更異乎古所云。

鄭虎文睢陽吟。見驕倨門。

覆手雨吳中吟

錢維喬

男兒童結納。豈惟杯酒間。一朝共雞壇。死當豁心肝。自從管鮑沒。聚合如沙摶。執手作絮語。中有千仞山。殷勤爲策謀。貌熱心已寒。朱門易分潤。奔走承其顏。白屋有乞求。卻之及盤餐。寧但緩急難。排擠至無端。不如閉蓬門。獨處差自安。

客懷雜感錄五首

張雲璈

錢唐一老尉。初忤王相色。知是同年生。轉爲薦京職。建業有進士。貧作上都遊。一干韓魏公。遂得百千賙。古人於貧交。未肯輕棄置。非關市私恩。祇自傷同類。今人棄如土。往往秦越視。有所挾而求。終非其本志。欲學何元靜。齊名無不至。不如禰正平。未嘗投一刺。

梁朝有任昉。平生廣交遊。往來座上客。翩翩皆名流。號之爲任君。尊與北海儔。一旦身歿後。諸子業不修。孤寒難自振。誰爲朝夕謀。冬月尙葛練。常懷北門憂。當年舊交人。相對眼如秋。道逢劉孝標。泫然凝兩眸。作論廣絕交。疾之如仇讎。五交與三釁。足爲名士羞。遂令到溉輩。慚恨以几投。我讀南史畢。棖觸胸中愁。朝出遇貴人。氣燄如五侯。暮出遇貴人。車前鳴八騶。豈無任公子。困苦不見收。

偶有諈諉事。切切向我友。我友貌慨慷。遇事輒肯首。遲久竟杳然。所望意殊否。初謂暫遺忘。未必終負負。及其了不應。十事常八九。昨遇廣座人。道彼要平可久。頗怪此譽虛。疑蓄不能剖。細視乃恍然。所稱固某某。是皆居要津。有命豈不受。人微而言輕。宜向吾輩狃。且莫責彼諾。先欲緘我口。城東一少年。與我沾葭莩。偶然得其志。氣與儕輩殊。自誇淩雲翮。一縱翔天衢。雖然矜人地。不知藉膏腴。隔我八九坊。終歲不造廬。趣向日以異。顏色日以疏。親故尚如此。旁人那可問。此時尚如此。他日那可近。

平居鮮嗜好。乃至無一技。飲酒審琦同。圍棋葛洪比。樗蒱與蹴鞠。事事不如彼。鬭雞及走狗。尤素所不喜。哄堂撇胡荽。復不利牙齒。不能弄絃索。不能調弓矢。自問無一可。定爲人所訾。近時尚徵逐。惟此爲足恃。以之相結交。以之供指使。視我如怪物。謂世那有此。我甘坐向隅。焉足爲大恥。此而不若人。譬之無名指。

感交行　戴良

古人重氣誼。今人重杯酒。平生漆與膠。此外復何有。不知車笠詞。但作牛馬走。歡極啓猜疑。厲然責我負。是非金石堅。那同松柏久。其始旣蠅營。其終必狗苟。

結交行　王嘉福

看花當看春。結交莫交貧。春花色恆耀。貧交氣不伸。昔我同袍友。慷慨皆絕倫。旦夕相宴會。出入馳猋輪。堅心盟白石。高誼淩青雲。酒酣誓肝膽。感激輕此身。一朝處貧賤。轉眼無與親。昔爲座上客。今作車前人。入世各自謀。失意復誰陳。三復中散書。泣下霑衣巾。

讀書所見　汪大經

膠漆兩相憎。冰炭兩相愛。淮南非浪言。中有至理在。陸抗與羊祜。敵國餽問再。楊李官同朝。攻訐成大懟。相愛者君子。相憎小人輩。

論交　錄十六首　梁紹壬

人生鮮兄弟。取友道宜亟。百業皆可友。所惡無常職。匪不壎與篪。匪不鍼與石。信義皆虛懸。安能免反側。

周魯指囷情。管鮑分金德。豈爲些須財。貴此風塵識。世人惟好名。古道不可卽。區區推解事。意氣殊自得。彼亦平原賓。此亦孟嘗客。揮手千黃金。嗚呼賤如石。

故衣不如新。新人不如故。衣故外不堅。人故中益固。結客少年場。被服皆紈素。一朝判雲泥。揮鞭掉勿顧。昔爲錦上花。今爲草頭露。身入世情中。莫爲世情誤。

廣廈庇寒士。多裘蓋洛陽。儒者過分語。未免徒矜張。丈夫重意氣。口惠非所望。一飯有眞意。勝贈千金裝。紛紛好名者。相與爲鋪揚。苟非胞與懷。毋乃狂言狂。

華歆鋤下金。旣拾旋復墮。似亦遷善者。何遽割席坐。豈料龍頭士。竟啓許昌禍。乃知拾金時。其念亦已左。君子貴識微。愼交求在我。

人生秉五行。所性各分界。辨交須辨性。不爾便䆗䆗。彼或好慷慨。此或守狷介。在在欲求全。交道由斯壞。不聞宣尼聖。遇雨不假蓋。

結交貴從善。莫若先絕惡。金可以受礪。石可以爲錯。塗炭必嚴防。衆匪何所託。寧爲鳳隊鶵。勿作雞羣鶴。

結交貴肝膽。或則尙道義。次亦文字緣。下乃貨財誼。論交須辨交。勿自亂其例。易地以相處。隨在易滋戾。獲戾始歎嗟。何如愼于未。匪誇稱物權。中有全交意。

遇事剖俠腸。成事矜德色。夫豈不感恩。中心自惻惻。謂以世故交。無復眞意浹。眞意在何處。相期以金石。金有時而鎔。石有時而泐。懷中一寸心。千載永不易。

貧士好趨炎。其見固可鄙。然使過傲物。是亦其習氣。不見趙信陵。身自出華裔。衣冠簪笏中。夫豈盡勢利。杜陵依嚴武。入幕結深契。義山客茂元。且爲掌書記。不聞後世人。卻將兩公議。

身居袍笏場。結交豈能擇。胸中有陽秋。所貴持特識。汾陽見盧杞。左右屛侍妾。徐勉謝求官。終夕談風月。高懷與雅度。已足泯瑕隙。何必阮步兵。雙眼分靑白。

范張雞黍約。隔歲預相訂。匪以小節拘。卽此見大信。何期末世交。成言多悔吝。紛紛剖約劑。一笑何足證。

今夕是何夕。華堂張明燈。敞筵肴核具。列坐簫管聲。酒酣客意樂。願執牛耳盟。紅箋色如蒨。墨筆書縱橫。酒闌高會散。門前車馬盈。明朝市上遇。相與問姓名。今日爲陌路。昨日爲友生。檢點袖中刺。紙薄如人情。

沸湯一失火。俄頃若冰冷。羣卉一別夏。逾時成衰梗。座中有熱客。勿與爲刎頸。蓋其初見時。交情亦已盡。事理有固然。動極則歸靜。君子淡如水。此言發深省。飲酒須飲醇。結交須結眞。眞自在道德。非以血氣論。血氣一用事。道德俱無根。荆軻空負德。聶政能酬恩。成敗雖各異。均非吾所聞。久交無狎語。絕交無惡言。匪僅全忠厚。亦以遠禍愆。睚眦有必報。此意宜防閑。詩人諷刺意。委曲而纏緜。

結交行　張振凡

男兒結交重意氣。長者呼兄幼者弟。拔劍起舞肝膽傾。相約不敢中道棄。酒樓豪飲斗十千。人生富貴如雲煙。縱談千古薄朱郭。傑然氣誼高青天。一朝薤露無餘積。弱女孤兒竄荆棘。叩門輾轉欲何依。報道平生不相識。

寄夫子　閨媛汪嫈

古人不可作。古道長悠悠。薄俗天性漓。勢利矜交游。縞紵篤意氣。異域情相投。一朝處患難。落落無朋儔。朱陳忽秦越。袖手誰與謀。古來管鮑交。緩急能分憂。久要言不忘。如新到白頭。因不失其親。聖言良有由。

施予

紀蔡道士事　金甡

大裘如陽春。展覆杭州人。斯言何必實。厚澤留潮滑。何來蔡道士。肯念杭人冷。小試白公言。緜襦三千領。裝船若栰塞。打冰到杭州。關吏駭且疑。環視詰所由。賢哉榷關使。滿百割其二。一領酬一金。留之供代施。計值良已浮。道士辭不獲。還吳更補置。溢數乃七百。道士旣施惠。使君亦分功。遂令無衣子。不復愁剛風。我喜得聞之。低頭拜道士。黄冠能倡募。吾輩應愧死。使爾任民牧。寧復歌無襦。道士遽掩耳。儂豈名韁拘。我特有一言。誰爲致榷使。飭吏守寬平。衣被彌深矣。

鬻裘行

宋茗香助敎以衣施寒者。後不能繼。乃鬻裘。余高其義。作此詩也。

湯禮祥

朝解衣。暮解衣。三朝三暮復何有。但見眼前颯颯西風吹。西風吹。骨欲折。葛帔練裙踏冰雪。翁將何計回陽春。鬻裘不顧妻孥嗔。黄綿大布任攜取。直視衆身同一身。我對鬻裘翁。重憶披裘客。千金買裘都不惜。卻贈歌童五陵陌。道旁冷眼空歎呼。白公大裘今已無。嗚呼。白公大裘今豈無。願君此心終不渝。

石門馬氏糶粟賑饑紀事

姚清華

石門馬紀南國棠。道光甲申春糶粟一萬七百餘石賑邑人乏食者。正月至三月活七萬餘人。中丞帥公上其事於朝。賜四品銜。金山姚蘇卿紀以詩。

太歲在癸未。一雨逮三月。時當夏秋交。田禾盡淹滅。漂溺跨數郡。徧地泥滑滑。嘉湖爲尤甚。水深沒過膝。斗米五百錢。炊煙漸漸歇。卒歲已大難。入春定不活。可憐十萬戶。駢死波濤窟。馬君英雄姿。許身比稷契。大啓新倉儲。一罄舊廩積。發粟一萬石。賑飢六十日。蒼生氣稍蘇。戶戶感肉骨。君心猶歉然。恨不徧兩浙。人皆謂君愚。倉廩甘罄竭。我獨服君勇。志氣異凡質。下不顧子孫。中不謀家室。誓棄萬鍾粟。建此不刊烈。長官錫嘉賞。九重頒顯秩。嗟彼齷齪兒。眼孔細於蝨。喻利罔喻義。錐刀競逐末。鐘鳴漏盡時。猶計較屑屑。自謂億萬祀。永保可弗失。枯骨尚未朽。生計已漸絀。田園俄轉移。庭戶頓闃寂。詎無向善心。盛衰易改轍。視君天壤殊。不可相較絜。當其舉念初。赴義如箭疾。人命苟可延。余哺不妨輟。但得閭里存。敢惜甘旨缺。至於沒世稱。轉若輕毫髮。君名曰國棠。伏波其先哲。結茅走馬岡。高阜撐突兀。他年數義行。一指首先屈。

楊鑄屯米歎。見吝嗇門。

夏之盛貧米歎。見米穀門。

湯國泰八勸歌。賣穀賈篇。見災荒門。

崇儉

陸硎低低屋吟。吳昇薄薄謠。並見止足門。

贅言　袁樹

貧乃士之常。儉乃德所美。沐猴而衣冠。麒麟楦尤恥。適體自文章。充腸即甘旨。少年不解事。刻意鶩華妍。服飾異常度。風致誇翩翩。葫蘆畫未就。新花樣又鮮。徒飽工賈輩。居奇日變遷。人有幾分福。家餘幾貫錢。飾外而絮內。於身何有焉。

節飲

止酒

郭瑞齡

老翁今年六十七。生平頗有劉伶癖。學書學劍兩無成。博得寒氈分半席。官卑職散俸無多。苜蓿將來換三白。晨朝一壺晚千鍾。醉倒瞢騰百憂釋。那知藉酒欲銷愁。酒結成痂貯胸臆。恍然自悟酒無功。愁不能銷病來迫。因之止酒保我軀。善釀何須說儀狄。偶然宴賞來嘉賓。賭勝歡腸甘敗北。爲我寄語王無功。醉鄉可游不可溺。

說酒二百四十字

梁同書

天地一氣耳。我身亦如是。氣聚人則生。氣散人卽死。道家貴養氣。鍊之益精髓。直養而無害。吾儒豈二理。奈何縱飲徒。不惜身命委。保嗇之不暇。而乃爲酒使。謂能澤肌膚。表盛必瘁裏。謂能通血脈。此盈或絀彼。又謂風雅助。濫觴自文士。借作釣詩鉤。淋漓挂脣齒。不然飲戶萬。一一皆陶李。要知古達者。名不因酒滓。徒爲鴆毒媒。寧止食肉鄙。不見起酵餅。塊然彈丸比。烝之乍浮浮。肥皮成瓠子。嘘氣使之然。其中可知已。不信試剖看。童豎皆能指。粗如蠹窠攢。細若蟻穴徙。腑臟方寸地。空洞何所恃。一朝六疾侵。直入無禦抵。大則關鬲封。小亦皮骨骫。與其悔噬臍。胡不戒滅趾。斯言本意造。罕譬實取邇。莫笑桓元子。用以當監史。

說酒和山舟先生

吳錫麒

春風一紙來。霍然蘇病肺。殷勤藥石言。意乃爲我輩。平生無他腸。謬辱麴生愛。支撐小家屋。思與大戶賽。潛師入腹心。負痛夾肩背。是惟本既虧。遂令中欲潰。譬之起酵法。和麴漉成塊。籠蒸作其氣。外盛耗於內。肥皮漲膨脝。竅孔攢細碎。以此論腑藏。菁華懼先刈。空洞失所憑。不疾心亦痗。奈何沈湎徒。至死弗知悔。連岡松柏聲。風雨發感慨。糟丘步兵鍤。米汁彌勒袋。幾個土饅頭。中間酒人在。誰歟身後名。尊俎奉百代。所嗟藜藿餐。略要藉沾溉。摩挲小人腹。斟酌君子誨。舟非以溺藏。食豈因噎廢。剛制謝不能。柔克期勉逮。不爲法士拘。亦不俗客耐。呶呶戒醉言。僛僛懲舞態。提壺春鳥呼。問字門生載。禮飲或庶幾。三爵油油退。

小飲　許楣

我性不解飲。論戶則已小。然頗識其趣。偶復一樽倒。淋漓大酒場。風雅等傭保。豺號而蠭喧。一醉偃如草。問復解飲不。自己不能了。凡事沈酣餘。穠華易枯槁。澹然醉醒閒。得半固自好。蔣春霖曰。補酒誥賓筵所未及。凡事一接。尤能推廣。

步兵昔佯狂。沈湎世無對。糟邱臥六旬。典午婚自退。高才値暴主。非酒無由晦。幸茲俯仰寬。不飲可卒歲。飲亦故自佳。但勿筋脈潰。三爵而油油。不夷亦不惠。

遠色

王材任燒丹歌見。慼溺門。

救敝詩 下海子

顧夔璋

下海子。無底止。不是沈。便是死。烟花如霧薄如冰。較海尤覺深無涘。何來姊妹服鮮衣。頓使遊蜂浪蝶迷。竟如精衛思塡海。此恨茫茫何止期。傾囊倒篋復奚惜。所惜旋窩徒自溺。古來徐市去猶回。一下不上空太息。

老少年

王蘇

翁年六十姬十六。綺甲雙周介眉祝。姬年十七翁七十。倒轉年華觴七袠。矍鑠哉翁少不如。秉燭能作蠅頭書。宵飲人參葉底露。晨餌斑龍頂上珠。雛姬日肥翁日瘦。偶照清流面全皺。春深扶杖入花叢。淚眼迎風夜中嗽。君不見寒雲輕重雁來天。豔煞紅鮮美少年。莫漫秋殘誇眼福。霜中能得幾時妍。

鴛鏡詞

錢枚

王漁洋池北偶談。楚人王蘭士遊江西。一日遇風雨。投宿古祠。遂假寐。門忽洞開。見翁媼二人入祠。直據上坐。僕從旁列。復有二翁媼匍伏入。跪其前。坐者怒。數其罪。顧從者鞭之數百。跪者哀號乞憐曰。生此不孝子。不敢辭罪。祈見釋。當碎其鴛鴦鏡。事猶可及也。坐者沈吟釋之。王忽嗽發聲。遂無所覩。晨起雨霽。將行。忽有少年持一鏡入。拜祠下。某怪而問之曰。此鴛鴦鏡。漢物也。視之背作鴛鴦二頭。謂少年曰。肯售乎。少年不可。展轉間鏡忽墜地而碎。少年方驚惋。某告之曰。汝必有失德。壞人閨門事。不實相告。且有陰譴。少年懼。吐實。乃與里中謝氏女約私奔期會。祠中鏡即女所遺也。因語以夜來所見。少年大悔恨。再拜而去。王視其額。乃謝氏宗祠也。

鴛鴦生水中。各自有雄雌。野鳥飛鳴來。安能成匹妃。粲粲深閨女。生小習禮儀。容色私自憐。香纓著無期。少年誰家子。宦緣到中閨。本自性佻達。兼復習容詞。我居近同里。卿年長及笄。便可成密約。愼莫生狐疑。冶情一相蠱。遽訂桑中期。開我東閣門。黃金鎖葳蕤。攬取匣中鏡。繫以雙紅絲。背上雙鴛鴦。比翼不暫離。古花繡成采。碧綠丹黃緇。珍重漢時月。脫手竟相貽。君且持此鏡。入我謝家祠。明日人定後。誓將出中閨。便可相會面。密約無人知。其日日將夕。有客楚中來。徘徊覓旅宿。悵然入空祠。假寐不成夢。月冷陰風吹。瞥見翁與姥。上坐張兩頤。怒呼二人來。瑟縮伏階墀。汝子生不肖。陰來辱門楣。小家失敎訓。於法坐當笞。列卒如伍伯。撻背聲哀嘶。階下叩頭見。孽子罪當治。寧知亡者魂。遍體生瘡痍。願碎所貽鏡。鏡破情亦離。藉贖亡者罪。幸可免鞭笞。上坐聞此言。點首霽容威。楚客聞此言。四顧驚而嘻。毛髮森瑟縮。幽光猶閃屍。平明看戶册。知是謝家祠。祠前長荒草。祠後啼怒鴟。諒無居人至。坐待復移時。亡何少年子。攬鏡竟入祠。再拜起獨立。中心如有思。忽然鏡墮地。片片光流離。急疾不能救。少年大悲摧。楚客從旁呼。汝行必有虧。便道夜中事。冥冥誠難欺。亡者罪如此。生者行可知。少年色如土。戰慄不自持。叩頭謝客言。嗟實頗有之。不圖干神怒。誓將去前非。卻視所貽鏡。精光已紛披。散在石苔上。冷氣侵人肌。可憐雙鴛鴦。化作輕烟飛。明鏡能鑑形。灼灼辨妍媸。鬼神能鑑心。洞洞燭陰私。寄謝少年子。視此鴛鏡詞。

詠懷詩　張維屏

天心最好生。與以生生理。陰陽兩相遘。人世大歡喜。奈何圖歡娛。不顧耗骨髓。甚者如畋漁。縱恣不知止。傾國與亡身。大半因女子。天公本好生。世人乃好死。何如玩名花。以花當彼美。香國即柔鄉。吾將老於此。

戒氣

戒氣歌

尤侗

古人三不惑。名爲酒色財。我性喜豪飲。中年致疾災。因此疏麴蘖。祇勝三蕉杯。美人我所思。其奈緣不諧。一生不二色。鰥老心如灰。我口不言錢。錢亦不我來。執鞭豈可求。屢空任瓶罍。借問關西子。於我何有哉。惟有氣未除。磈壘費推排。嗟乎時不遇。慷慨以傷懷。出亦復苦愁。入亦復苦哀。所爲行拂亂。萬變多參差。事去每生悔。物來仍見乖。生平疾惡嚴。羣小相嫌猜。已厭褌中蝨。更憎井底蛙。九狐走閃爍。三狗吠厓柴。恨無尙方劍。安得浪沙椎。願置十地獄。并借六丁雷。思之忽大笑。斯言得毋獃。天地本無邊。吾生終有涯。往者不可挽。來者焉能追。世網紛糾纏。猶如飄氛埃、惡聲與惡色。何足攖靈臺。君子三自反。橫逆由爾儕。忍辱波羅密。佛言亦復佳。唾面固自乾。尊拳豈敢回。袒裼裸裎者。油油與之偕。玉皇旣可對。乞兒也堪陪。愁眉自然解。笑口爲之開。鍊此鐵石腸。庶保土木骸。勇哉氣矜隆。不過壯士材。藏身忌舌戰。學道在心齋。四端一時絕。方寸即蓬萊。

嗜古

嗜古篇

吳震方

飢來資飲食。粗糲同一飽。寒至資衣被。疏布亦自好。世人嗜古玩。風俗日浮佻。嘗游五都市。眩目誇瓌寶。周鼎及漢玉。晉唐宋眞草。書蹟妙通神。筆墨羅緗縹。珍怪遠方至。明月來窮島。問價皆千金。百鎰詫爲少。求之不論錢。云以充紵縞。豈知飢寒人。催呼迫枯槁。輟此一物資。百室稅可了。所以古聖王。賤奇異淫巧。

贋骨董　邵長蘅

閶門古吳趨。陳椽如鱗比。骨董大紛紜。請從書畫起。鐵石充逸少。朱繇作道子。用子瞻語。當時已雜糅。近來益幻詭。好手不自運。臨筆取形似。牛馬署戴韓。山水大小李。董巨至唐仇。一一供模擬。蘇黃字廓塡。唐宋碣磨洗。藏經熏煙煤。宣和指印璽。名重價易售。千金尋常耳。近派重華亭。插標遍井里。不意翰墨場。駔儈乃爾爾。次復辨鼎彝。仿佛秦漢字。藥鑄出斑駮。紅綠紛可喜。柴汝官哥定。直亦璠璵比。貴人負賞鑒。金多購未已。眞者豈能多。贋物乃塡委。徇耳不貴目。世事盡如此。

骨董　鄭燮

末世好骨董。共爲人所欺。千金買書畫。百金爲裝池。缺角古玉印。銅章盤龜螭。烏几研銅鶴。象牀燒金猊。一杯一尊斝。按圖辨款儀。鉤深索遠求。到老如狂癡。骨肉起訟獄。朋友生猜疑。方其富貴日。價直千萬奇。及其貧賤來。不足換餅餈。我有大古器。世人苦不知。伏羲畫八卦。文周孔繫辭。洛書著洪範。夏禹傳商箕。東山七月篇。斑駮何陸離。是皆上古物。三代卽次之。不用一錢買。滿架堆離披。乃其最下者。韓文李杜詩。用以養德行。壽耇百歲期。用以治天下。百族歸淳熙。大古不肯好。

逐逐流俗爲。東家宣德爐。西家成化瓷。盲人寶陋物。惟下愚不移。

贋骨董（吳趨吟）　孫源湘

青天明月不可假。其餘紛紛多贋者。秦時銅鼎漢玉斝。阿房宮甎未央瓦。戴嵩老牛韓幹馬。紙墨所爲尤古雅。山塘畫閣對水開。清陰蔌蔌搖綠槐。湘簾棐几位貼妥。香煙茗盌紛安排。千金下至百金值。索價無常視其客。十日不得名一錢。有時一錢遂獲百。塞天金銀氣。夜半入官府。大用買高爵。小用買歌舞。餘者買此示好古。不見世家舊物塵埃生。玉甖汲水當瓦鐺。沿街喚遍無人買。還付兒童去換餳。

贋骨董（燕臺樂府）　梁紹壬

世間何者爲古物。尺五青天一明月。世間何者爲眞靈。日星河嶽賢聖經。彼肉食者何傖父。以假作眞新作古。遂令市井售利徒。窮極妝點相欺誑。先秦銅鼎漢玉斝。阿房宮甎未央瓦。李斯古篆右軍書。戴嵩老牛韓幹馬。湘簾棐几清絕塵。一一帖妥而橫陳。若者商周若虞夏。平視羣材高索價。吁嗟乎。我生已後三千年。眼光那及前人前。矧乃寶物出非偶。鬼護神呵妖魅守。書言用器惟求新。當王者貴物最珍。羲王以前瓦與石。縱在人間何足惜。君不見貧兒乞食善解嘲。原憲之杖顏回瓢。又不見奇珍從古無世壽。玉甖而今已非舊。

賭博

高岑誰氏子篇。見貧賤門。

博徒 憫俗詩之一

吳文暉

博戲古亦有。迄今何紛綸。稱名日以多。制器日以新。相喚相呼日徵逐。野狐迷人無此酷。一場縱博幾家貧。後車誰鑒前車覆。長官豈不禁。遣吏布教言。諄諄勸改轍。宛若流涕宣。朝來坐衙抑何怒。捕得博徒兼博具。屢敎不悛罪難恕。後堂照耀紅氍毹。退與賓客還呼盧。

牧奴戲 吳中吟

錢維喬

一擲輕百萬。豪舉亦得名。聖賢戒冥然。博弈差可營。揆之惜陰義。要非先民程。無益害有益。勝敗徒爲爭。乞假客一錢。金注囊甘傾。中堂張氍毹。燒燭呼其朋。但云夜未艾。豈識雞將鳴。酒酣輿未已。餘貲及杯羹。鄰有餓死嫠。叩門方莫應。

洪古銓閨中花會詩。見會匪門。

打花會 潮風之九

黃安濤

儆賭博也。潮俗賭風莫盛於花會。厲禁雖嚴。旋革旋復。蓋誘以厚利。趨之者多。敗家喪身。曾莫之悔。是宜儆也。

打花會。花門三十六。三日又翻覆。空花待從何處捉。一錢之利十倍三。姦巧設餌愚夫貪。一人偶得衆人慕。坑塹長平那復悟。夜乞夢。朝求神。神肯佑汝。夢若告汝。不知廠中餓死多少人。初一起。三十止。送汝蓋棺一張紙。打花會者寫批投廠。兼按日存記廠中。故諺有紙棺材之語。謂好之者必自斃也。

搖攤 武林樂府

陳春曉

搖攤復搖攤。長夜何漫漫。釵光與鬢影。雜坐燈前歡。搖攤更壓攤。負易而勝難。孤注決青龍。詎料竟白虎。有如戰敗軍。垂頭氣彫沮。十年百萬金。耗棄等糞土。歎息銅山頹。漏巵悔莫補。已將華屋付他人。那惜良田貽祖父。室人交謫淚如雨。典到嫁時衣太苦。出門郎又搖攤去。廚下無煙炊斷午。

郭儀霄足可惜篇第三章。見惑溺門。

花會歎

黄貽楫

賭博害人心。花會爲尤毒。三十六門中。儼是銷金局。士農及工賈。顛癡紛逐欲。賭爲姦邪媒。此尤敗風俗。可憐閨閣中。貪心多被辱。誰學朱文公。治閩如治蜀。

林昌彝射鷹樓詩話曰。人心風俗之壞由於賭博。賭博之害。莫甚於花會。花會之設。聚嘯山場。不下千人。壓會之人。不必親至。著人走信通風。往返奔命。直達閨闥。士農工商棄其業而受其愚。迨虧輸累次。每輕生自盡。或有爲勢家所追。爲盜爲倡。官嚴禁而奸徒不斂迹者。罔利既多。不惜使費。衙門兵役爲之耳目。官有舉動。彼已周知。故率虛拏而不能實捕。串通勾結。日滋日盛。今欲禁之。惟先出示。著各鄉耆地保率衆擒拏。一村有匪徒聚衆掛巴則一村共舉械鳴鑼逐之。各村皆然。使無容身之處。其局不散自散矣。掛巴之處。雖在高山水面。未有不屬鄉村。如有任其聚衆。即是與彼勾通。擒其鄉長。毀其牆屋。此法去莠安良。誠保民之善政也。

附載林昌彝詩話一則〇學者知縱酒、宿娼、賭博之當戒。不知說閒話、看閒書、管閒事之亦當戒也。前三事知自愛者能決去不爲。後三事若無害。而廢業敗德生禍不異。其伏毒不覺。及覺已難追悔。此張稷若蒿庵閒話語也。布衣陳鳳翔有句云。人生不少當勤業。莫學閒人度日來。

清詩鐸卷二十三

風俗

秦鏞四誡詩。見勸民門。

商盤江右紀風詩。分見別門。

都梁山　化民俗也　朱頫

武岡接蠻域。漢時國都梁。晉武分置縣。厥名曰武剛。自古好鬬狠。梁代改武强。峯形左右峙。武岡稱自唐。公綽平蠻碑。高文繡鸞凰。宋復升爲軍。州治於以倡。巖洞紛相錯。雜處亦跳梁。攀嶺捷猨狖。佩刀肆披猖。邇來漸化久。無敢臂螳螂。高隴布麻麥。低田栽稻秧。蠻歌聽侏㒧。天籟調宮商。其俗樸而儉。可以保富穰。其性直而戇。可以免譸張。尙氣頗堅確。好義頗激昂。一言不肯食。質實無他腸。中有衣冠士。云登鼓篋堂。衆人豔且羨。悔不師文章。奬掖若有術。儼然君子鄉。此理如驅雞。此政如牧羊。去害善乃安。深山成虞唐。

朱陳村歌　吳壽宸

樂天曾賦朱陳村。我今更覩朱陳民。相違千載生苦晚。昔聞未信今見眞。衆人且莫囂。聽我歌朱陳。

我來正逢二月春。桑麻滿野青鋪棻。機梭軋軋響中屋。牛驢矻矻行平原。山深縣遠風氣古。女修織紝男鉏耘。兩姓締好傳世婚。舅弟甥舅情頗殷。有酒皆家釀。有肉皆圈豚。黃雞白菜各歡會。相要醉倒田家盆。年高似飲菊泉水。客至喜逢桃花源。不羨估客樂。豈肯丁從軍。死徙無出鄉。況乃生與存。我也暫行役。不久還鄉枌。青鞋布韈甘我貧。不信但看村中人。

戲園 京師樂府

蔣士銓

三面起樓下覆廊。廣庭十丈臺中央。魚鱗作瓦蔽日光。長筵界畫分畛疆。僮僕虎踞豫守席。主客魚貫來觀場。充樓塞院簪履集。遝珍行酒傭保忙。衣冠紛紜付典守。酒胡編記皆有章。礮刀過處雨毛血。酒肉臭時連士商。臺中奏伎出優孟。座上擊碟催壺觴。淫哇一歌衆耳側。狎昵雜陳羣目張。雷同交口贊歎起。解衣側弁號呶將。曲終人散日過午。別求市肆一飯充飢腸。我聞奢者示儉有古訓。惰游侈逸不可無隄防。近來茗飲之居亦復貯雜戲。遂令家無儋石且去尋旗槍。百日之蜡一日澤。歌詠勞苦歲有常。有司張弛之道宜以古爲法。毋令四民一一皆若狂。

唱南詞 京師樂府

又

三絃掩抑平湖調。先唱攤頭與提要。高談慷慨氣粗豪。細語纏綿發忠孝。洗刷巫雲峽雨詞。宣揚卻月披風貌。冠纓索絕共歡譁。玉筯交頤極傷悼。密意感人最慘悽。談言微中眞神妙。君不見杭州士女垂垂手。聽詞心動鸞凰偶。父母之命禮經傳。私訂婚姻小說有。

和熊蔚亭方伯虎丘覽俗詩

祝德麟

原詩以吳俗冶遊。富商大賈糜費。而無業貧民口食有賴。蓋有爲而作也。因和之。錄二

虎丘名刹古青峰。寺外山塘七里衢。百貨市廛如海幻。三春游女比花濃。珠樓繡閣憑空起。錦纜牙檣逐處逢。不是揮金買歌舞。慳囊豈易溉吳儂。

賦罷吳趨賦狹邪。十千美酒百千花。朝朝暮暮歡蹤續。歲歲年年冶興賒。但使閭閻無凍餒。未妨風俗習豪華。游民萬指閒田少。何處催桑更勸麻。

吳錫麒觀燈行。見奢侈門。

吳趨行　程際盛

吳中實名都。佳麗古所誇。闤闠連雲起。邑里紛喧譁。飛甍夾馳道。耀彩浮朝霞。高門盛豪俠。大戶矜繁華。遂令民俗媮。醵讌窮驕奢。至德仰遺徽。山水清且嘉。文學播遐邇。禮讓敦其家。所重在返樸。永言戒浮夸。懷古思士風。遠望空咨嗟。願詠山樞詩。黽勉思無邪。

陳聲和北行樂府。琵琶女、鼓兒詞。見倡優門。

吳趨行　吳翌鳳

吳趨佳麗地。長洲冠蓋區。雕甍壯華屋。鮮袿照路衢。清歌憐趙女。錦帳陋齊奴。珍肴不知名。酒上正豐腴。寧知窮巷士。時作庚癸呼。車馬何方來。挾持一何都。白壁千黃金。瑟瑟大秦珠。公孫崇節儉。此物非所須。脫粟及布被。皆言與人殊。

樂鈞嶺南樂府。分見各門。

傷侈俗 洪州吟　　羅安

物力有盛衰。世風有今古。後輩不復知。聽取老人語。老人生長洪州村。兒時所及猶能言。爲言洪俗本近古。自來土瘠兵燹繁。戊己變後創初復。父兄力穡子弟敦。車器服物有典則。婚姻戚故無繫援。客至酒三巡。不厭老瓦盆。果蔬隨時具。笑語一何温。歲時慶謁只粗服。寸絲不上腰體袢。但見華裾盛裝爭夸耀。彼此駭怪不欲相齒論。邇來風俗頗異是。太平日久漸奢靡。耕夫紅女誰憫勞。坐享租稅長驕侈。尋常作會動萬錢。山珍海錯羅都市。卜晝卜夜忞號呶。飲食糜費若流水。牆屋被文繡。臧獲飾紈綺。泥土視珠襦。縑素輕敝屣。愚夫效尤不足訶。儒生從衆胡爾爾。饕餮奇淫忘所誡。舉世同波識者鄙。昔聞儉爲德之共。高曾遺矩在孫子。是誰開導淫巧門。國絀民貧端由此。何人爲陳風俗書。使唐魏民還淳美。

陳文述吳門燈船行。見奢侈門。

男工繡 吳趨吟　　孫源湘

錦繡纂組害女紅。於今此事兼傷農。終年荷鋤不得飽。不如穿針易見巧。穿針勿學縫布裳。入時學繡雙鴛鴦。垂髫男子十四五。列坐紅窗靜如女。爲他人作嫁時衣。素手偏工壓金縷。繡袍五尺春雲疊。抖擻香風消百摺。美人玉立稱腰身。拖地長裾罩華屧。四圍蝴蝶珠穿成。十戶中人衣一襲。交龍鬬鳳色淺深。聰明費盡男兒心。閨中一度春風著。三月功夫弄繡針。繡針眼無一黍大。賴此全家衣食過。家中姊妹畫雙蛾。妝成袖手終朝坐。

潮風之二 **螟蛉子**　黃安濤

斥亂宗也。潮人以丁多爲强。乞養他人子。非獨單門然也。甚有貌爲鞠育。包藏禍心者。更多故矣。異姓亂宗。功令宜斥。

螟蛉子。多奚爲。曰以保族撐門楣。老無兒。嗣厥後。吁可怪。九子母。傷人抵罪李代桃。平時豢養同豕牢。給貲行商涉洪濤。割蜜飼蠍酬其勞。性命謬相託。恩義良已薄。一朝反脣乃交惡。此孽由來君自作。凡訟養子不肖者。指爲螟孽。

服妖　夏之盛

俗尚敝。因人心。服之邪。心之淫。始自冠履及衣衿。維鶉在梁誰與吟。一解。爾非隸回紇。爾帽胡上銳。爾非從戎事。爾衣胡短袂。金沴木兮乃生戾。二解。夾衣荷花紅。單褶茄花紫。道途屬目不知恥。甘自靦顏學女子。三解。

京師百詠 **闖將**　元璟

南京風澆多辣子。北京俗悍有闖將。甘心作孽行狹斜。大膽過人逞伎倆。裼裘乘月喜莫當。被酒攔街怒無狀。嗚呼安得都護丁。還使閭閻皆揖讓。

祭祀

江右紀風 **省祠堂**　商盤

南昌人在鄉者。多建宗祠於省。藉作舍館。訟者居之。自此故家廢宅。出售幾盡。而遠客稅駕之地稀矣。亦一敝習也。

南昌十萬戶。聚族處四鄉。如何省會區。建此昭穆堂。豈盡霜露感。徒滋雀鼠藏。訟凶古有訓。譸張難具詳。遂令俎豆地。翻作軍旅場。故居神所依。妥貲安可忘。

廢祠歎

陸玉書

前人尙義重報本。後世僅能存大略。甚且因之起爭端。良法美意變澆俗。越人忠厚念本支。一姓同居成村落。中營大廈爲祠堂。更以良田綿嗣續。每値春秋祭享時。子孫列拜序昭穆。量入爲出定豐儉。饗畢按名分祭肉。瓜瓞緜延終不紊。善哉敦本兼睦族。豈知日久弊自生。侵蝕有人入私橐。始因缺乏偶移用。久乃逡巡竟潛鬻。遂致合族動公憤。家法不行煩案牘。官呼兩造曉大義。婉轉開陳代敲扑。子孫相校有親疏。祖宗一視無厚薄。彼雖不肖公產侵。爾須明義宗支篤。後代子孫誼克敦。地下祖宗心亦足。薄罰聊爲示小懲。傷和必致爭端伏。聽者俯首可言。退商復墮他人局。藉口族衆恐效尤。必欲官爲嚴訊鞫。致令一本成仇讐。公產徒然日朘削。侵者之咎固難辭。訟到終凶何苦瀆。久之各自抱主歸。祭祀家家從此獨。春露秋霜孰致思。祠堂空鎖巍峨屋。可憐青青茂草中。新鬼淒涼故鬼哭。嗚呼。祖宗始意豈及此。人心不古乃反覆。我爲太息作長歌。孝子慈孫同展讀。

詠祀鄉賢事

陳翊勳

人生不朽三。立德爲之本。立言與立功。有本末斯顯。所以古之人。貴乎敦實踐。孝友里閭稱。謨烈明廷展。奈何小有才。便入鄉賢選。林昌彝云。祀鄉賢頗多濫廁。此詩切中時弊。

婚嫁

嫁女詞　徐倬

蔡氏妹嫁女于吳。孤嫠貧困。艱辛百倍。而婉娩柔順之教有素。爲之賦嫁女詩。

哺燕終離巢。養女終離孃。蔦蘿豈無根。因依松柏長。時俗重婚嫁。貧富各相當。富家嫁女易。羅列紫鴛鴦。貧家嫁女艱。牽犬出東廂。耀首飾明珠。不如荆釵光。明珠來海底。荆釵取路旁。道遠富能致。物微貧難將。三更秉機杼。五更織流黃。織成絲千縷。一縷一迴腸。銀燈理刀尺。裁爲羅襦裳。衣服穩稱體。嘖嘖羨新妝。誰知絡緯聲。夜夜啼寒螿。嬌女頭上花。阿母鏡中霜。嬌女足下履。阿母手內瘡。鹽豉充素盎。詩書滿竹箱。執卷相夫子。調羹奉姑嫜。堂前拜慈訓。淚落幾千行。留兒伴娘影。兒去娘空房。牽衣還繞膝。出戶更徬徨。此時母子意。惻惻向河梁。河水深可測。苦意密難量。孔雀徘徊飛。騮馬蹢躅鳴。嬌女升車去。阿母迴中堂。中堂孤桐樹。葉葉自低昂。蛺蝶飛相並。芙蓉花蒂雙。獨有嫠婦家。百年歡未央。

嫁女詞　朱彝尊

唼唼重唼唼。鴛鴦隨野鴨。誰家可憐窈窕娘。容顏精妙意難量。大姑生兒仲姑嫁。小姑獨處猶無郎。媒人登門敎裝束。黃者爲金白者玉。阿婆嫁女重錢刀。何不東家就食西家宿。

財婚　吳趨吟　邵長蘅

古人重嘉耦。今人重財婚。儷皮風已遠。兹義誰能敦。況乃吳俗奢。媒氏費較論。既須計錢帛。亦復矜高門。西家昨聘婦。千金光爛爛。紈綺三百匹。文采何爛熳。東家昨嫁女。賫送紛繽繙。繡袱冐箱筃。流蘇綴琅玕。五釵大秦珠。直可千萬緡。錦繡照塗巷。光彩溢里鄰。夫壻承咳唾。公嫗大歡欣。亦有貧女嫁。蓍簪青布裙。三日向晤壁。低頭減容顏。富女易驕妒。貧女淑且溫。富女熏香籌。貧女井臼勤。胡不此較論。富女不如貧。

顧嗣立城西嫗篇。見婦女門。

新婚樂 張鳳孫

寶應俗。女子許字。必責厚幣而後遣。壻家貧。輒相持過時。有年至三十未嫁者。邑令熊君至。令鄰里相舉報貧者。出俸錢助之。違則罰其父兄。一時怨女曠夫。遂有室家之樂。余過其地。謳歌載道。爲作是詩。以備采風。熊君名會玢。安慶人。

新婚誰最樂。相看各盛年。盛年何蹉跎。六禮貧難全。婚姻薄俗計財帛。兩家媒妁多責言。三春桃李開復落。一綫翻悔紅絲牽。前年令君來。下符責鄰里。嫁女勸及時。否者且罪爾。貧來告我我給錢。添汝一簪兼一履。滿城燈火刀尺忙。釵荆裙布催新妝。鏡臺不用求溫郎。犢車一兩相迎將。三星在戶夜未央。熒熒花燭村酤香。十年幽怨今始償。上堂拜舅姑。回家拜父母。低頭問兒夫。還拜令君否。令君慈惠天下無。完爾家室圖爾居。爾居安貧勤作苦。生男長大記熊父。

救敝詩 買寶髻 顧夔璋

買寶髻。嵌珠冠。置婢媵。飾妝匳。有錢竭篋箱。無錢棄莊田。母家不留青玉案。婆家還索金臂纏。一時道路誇嫁娶。前羅旗幟後僕御。百子輿中百媚姝。繡圍錦幄眞豪富。誰知紈袴易中落。一擲千金頓蕭索。昨朝著羅襦。今朝縛短褐。前作太倉鼠。今嗟餅粟脫。百兩相將二姓窮。只因婚嫁過求豐。論財況復古人戒。胡爲世俗羣相從。

固原樂府 閻氏女　完人節也爲固原吏目張傳心作　蔣士銓

翟家娶婦。閻家嫁女。花筵賓客洞房前。簫管聲和巵共舉。哭聲不是尋常聲。就中官爲側耳聽。窮究婚姻得其故。擲盃大罵四座驚。馬三之妻豈可奪。羅敷況恥桑中約。寬爾鞭笞罰聘錢。反踏天河半橋鵲。馬家忽慶鴛鴦飛。翟氏空房笑變悲。扶植人倫官有爲。有爲不在官崇卑。

前題和作　周有聲

前堂羅酒尊。後堂爇明燭。官人下馬來。主家歡不足。開筵宴客客勿譁。主人得婦顏如花。錦屏合沓障春晝。金杯瀲灩傾流霞。哭聲忽出重幃下。哀哀不似悲新嫁。鸞鳳誰憐玉鏡分。鴛鴦恐向青陵化。官人聽事能聽聲。何況淒酸聽此聲。當筵動色便相問。威斷不能撓强民。閻氏女。馬三婦。翟家豈合稱佳耦。黃金不惜買陽春。白璧安能著瘢垢。銀河浪靜無行露。鵲橋重喚天孫渡。紗籠夜照玉人歸。官人上馬從容去。

吳趨吟 新嫁娘　孫源湘

東家娶婦西家空。巷南巷北花幡紅。前頭笙歌喧兩部。錦蓋如雲從如雨。鏤金錯采五十箱。羅紈綺縠裁褌襠。紫金步搖九雛鳳。白玉條脫雙文鴦。小珠玫瑰色。大珠明月光。珊瑚寶石文犀瑪瑙一一塡中央。光彩照里鄰。奢華壓郡縣。瞠目走僮奴。交口譽親串。上堂翁嫗大喜歡。新婦下拜翁嫗蹙蹙不安。母雞鳴起。母供棗栗饘酏酒醴。中饋米鹽不得屑屑勞爾。爾自有鏤金錯采五十箱。開箱羅紈綺縠香。紫釵玉釧十二行。大珠小珠珊瑚寶石文犀瑪瑙一一塡中央。

源湘又有吳趨鬻女篇。見婦女門。

吳中吟 貧家女

周瀛

古人重婦德。不聞聘豪家。豪家女嬌癡。坐矜顏如花。羅綺累箱櫝。脂粉遺泥沙。盛飾壓親串。妄自服六珈。破產不足惜。破義乃足嗟。何如貧家女。淑質洗鉛華。堂上供旨髓。佐夫儀柔嘉。姆教甘食貧。十指紉窗紗。上繩賢媛風。鴻案而鹿車。胡爲議婚者。惑溺門楣奢。

閒居雜詩

陳光緒

入城買釵鈿。渡江買綺繡。問渠將何爲。嫁女已及候。薄俗重厚奩。以此密婚媾。豈無有餘家。女多家亦瘦。壻家不必貧。女家不必富。但視力所能。百備不一漏。嗟哉爾何愚。甘以奢靡鬬。嫁女盡嫁金。毋乃計太謬。不見劉凝妻。裝遣散親舊。

武林樂府 賣花婆

陳春曉

賣花婆。秋娘雖老眼尙波。時世梳妝街上走。娉婷嬝娜蠻腰傞。生來出入朱門裏。春風笑臉家家喜。賣花能得幾文錢。且爲月老全憑嘴。東家女。顏如花。西家子。才堪誇。瀾翻舌底如簧口。願作良媒定不差。主人有女求郎早。聞言道汝牽絲好。一紙紅牋往復還。三生秦晉諧偏巧。酬汝酒。酬汝金。難得花婆一片心。誰知彩鳳隨鴉度。遇人不淑遭摧挫。誤我明珠掌上拋。彼婦之言堪面唾。好姻緣變惡姻緣。賣花婆又他家過。

又擺嫁裝

又

東家娶婦樂。西家嫁女忙。三年刀尺縫衣裳。十年珠翠積盈箱。天孫雲錦何輝煌。珊瑚七尺長復長。金雕玉琢百寶裝。賓朋嘖嘖誇滿堂。女兒深閨苦不足。阿母添箱問所欲。門外乞婆來瑟縮。主人詈罵門者逐。乞婆來。前致詞。自言本是豪家女。曾憶當年初嫁時。花團錦簇亦如此。遇人不淑旋傾否。手揮百萬烟花裏。今朝行乞到君家。願得青銅一錢耳。主人聞言怒益張。揮之使去吝弗償。大呼排筵速舉觴。

又鬧房

又

賀新郎。賀新娘。新郎新娘。嬌羞在房。少年作鬧何輕狂。戲謔爲虐殊荒唐。劉楨平視苦不足。淳于執手如相忘。橫陳三兩合歡牀。斛臥顛倒角枕傍。鼕鼕街鼓夜未央。客且歸去明星煌。蘭閨深鎖雙鴛鴦。銀釭斜背解明璫用句。低聲小語話正長。畫眉之事只尋常。豈知屬耳在紅牆。曉來調笑看新妝。晝鬧房。夜鬧房。主翁無語坐畫堂。意取熱鬧兆吉祥。亦有惱羞成怒忽參商。此風可笑沿餘杭。

嫁妝

王文偉

越人重嫁女。貧富分兩途。富家衣飾易。巧匠登門俱。烏雲壓金翠。尤貴明月珠。貧家連夜製。銀釧紅羅襦。急貽券數紙。旋割宅半區。恐被衆親笑。體面爭斯須。最憐結秦晉。必欲援崔盧。此猶燕新乳。彼或牛垂胡。有時佳壻至。雞肉羅庖廚。館師餐飯薄。能分一簋無。

婚嫁

吳世涵

新婦堂前拜。阿翁一身債。女兒一頭珠。阿爺百石租。習俗使之然。諺語良非誣。東家有長男。衫履翩翩度。聘錢苦難貰。三十猶未娶。西家有老女。幽閣鬟雙眉。金奩苦未備。于歸知何時。女生願有家。男生願有室。奈何百年事。爭此一朝飾。十家九無成。成者家已貧。嗟哉兒女累。仰屋空生嗔。婚嫁苦不速。胡爲狃習俗。不聞桓鮑家。短衣共挽鹿。

荒親

又

古聖制典禮。凶嘉不相假。麟經譏納幣。矧乃事婚嫁。喪娶並聽離。先朝法毋赦。期服而成婚。識者猶驚訝。嗟哉吾越俗。荒親事可咤。厥親遘危疾。厥子迎婦姹。名之曰沖喜。飾語一何詐。更有親初沒。祕喪事迎迓。堂上肉未寒。堂下輿已駕。哭者方在寢。賀者旋盈舍。豈意衰絰中。吉服晤姻婭。豈意泣血辰。花燭問良夜。厥風沿自宋。遺俗久未化。至今人士家。紛紛相蹈藉。惜財費有幾。蔑禮罪難貰。嗚呼彝倫斁。滔滔方日下。太息作歌詩。茲事何時罷。

邵梅宜薄命詞。何桂枝悲命詩。見婦女門。

喪葬

蒿里變

徐倬

礮睒睒。弦逢逢。東鄰西鄰耳震聾。豪家蒿里事不同。麻衣榛杖恣肉食。琵琶箏笛繐帷中。名紙千張肆遠出。乘軒負販來如風。堆山縑帛歸筲篋。伸頭還望麥舟公。可憐磨鏡生芻客。質衣脱袴歸船空。細腰小兒如黄蜂。醵金奔走城西東。西城又有烏衣族。早上招魂晚就木。問白衣冠幾輩來。靈前一個青繩哭。

雜詩二十首之一　朱彝尊

東京厚風俗。士行本學校。必先親其親。使民知則傚。於時重喪紀。期功相答效。至或自解官。居憂立名教。奈何今之人。母死不作孝。舍爾苴絰製。有靦酒肉貌。首丘死者狐。首山死者豹。鮮民之不弃。曷以掩泉窖。誰哉生厲階。仕路巧騰踔。

周士彬石槨行。見富貴貧賤門。

地師　劉青藜

北邙山下鬼夜哭。地師地師爾何毒。膏脣歧舌太張皇。爭夸富貴由朽髑。寅年下葬卯年發。唾手蓬門換華屋。死者停柩謀佳城。既葬發掘更相卜。魂驚魄散骨骸析。西移東遷徧厓谷。鵲巢鳩處紛爭奪。連枝同氣競反覆。三公豈盡折臂人。九原何必眠牛域。餘慶餘殃固有由。得馬失馬誰爲福。寄語孝子與慈孫。莫信人間有郭璞。

洗筋行　陳梓

江西惑堪輿。南贛尤甚。親葬二三年。掘洗骨。紅還故冢。黑改新阡。逾年復爾。名曰洗筋。亦曰檢筋。今丙寅夏。憲司張師載奏其事。禁之。

筋何人筋汝二人。洗何人洗汝兒孫。紅者還故冢。黑者營新墳。新墳新色不轉紅。再遷再洗無終窮。紅紅黑黑究何憑。黑且達官紅作僧。天良早盡喪。地理將何徵。君不見南安九十九曲水紋縐。胡爲產此紛紛食爺獸。贛州亦有鳳皇池。生此叢叢啖母鴟。愚民但說郭璞好。郭璞頭顱赤如寶。銜刀廁間身不保。

檢金　江右紀風　商盤

悲陳死人也。贛吉愚民。葬其親。隔歲一發驗。骨黃乃掩之。白則遷焉。故有屢易其地終不封植者。

檢金黃。家之祥。檢金白。家之索。檢金不已。荒冢屢徙。設祟置娶山之麓。舊鬼愁煩新鬼哭。月落林深漆燈綠。

路山壟　息地訟也　朱頲

我昔讀周禮。冢人著遺篇。但云營兆域。族墓必相連。葬日有定制。未聞吉凶遷。青烏創何人。乃以誣高賢。景純精易數。拒敦生乃捐。忠義自不死。何必假神仙。金山拍天浪。卜穴豈其然。祟韜哭汾陽。毋乃名實懸。後世規利者。其說多狂顛。苟求富與貴。左劵操牛眠。延師破巨萬。停柩累十年。兄弟不並隧。父子不同阡。紛紛起爭競。械鬬多累牽。破額投訟牒。匍匐公庭前。一獄久不決。橫飽胥吏錢。家業蕩然盡。其愚眞可憐。死者屍委露。生者突無煙。不孝莫大是。何有福祿緣。我歌路山壟。聽者涕泗漣。陰地願勿擇。勖爾擇心田。

盲婦葬親篇　汪沆

人子之事親。卜葬事乃已。如何今之人。慢葬昧於理。邪說惑地師。遷延歲月駛。一棺寄郊原。淺土久忘矣。期愆禮經訓。律背我皇旨。憤彼風水書。一炬烈禍止。陸家有盲婦。少瞽不得視。辛苦習彈詞。素髮盈垂耳。鬱鬱不伸眉。默默不見齒。問婦何所憂。清淚落如水。三棺不克葬。抱恨入地死。聞者憫其情。醵錢忽塡委。畚築雖草草。猶勝風雨毀。揮汗赤日中。營葬在六月。埋骨橫山裏。盲婦嗟何人。我詩木鐸比。

瑞金喜訟而惑地理陰謀侵逼有禍連數十年未息者爲詠是篇　郭廷翕

謖謖澗底松。搖搖嶺上柏。中多丘與墳。閱盡幾過客。壙頭無銅牌。道陌無豎石。世遠罕子孫。髑髏誰能識。東山一丈土。西鄰爭一尺。朽骨不能言。任爾呼甲乙。不謂陳死人。懷有古刀筆。宋元舊文書。模糊朱印漬。詎此奇貨居。黠者乘其隙。獄訟此繁興。滋蔓無終極。幾傾中人產。爭之復何益。人生歸大暮。安得萬古宅。不見古帝陵。臺殿亂荆棘。漆燈見人間。玉盌有時出。何況閭閻兒。萬分不及一。肆彼陰慮險。僥倖圖饞蝕。誰謂無天理。而謂此地發。爾之祖與父。與爾眞一脈。抔土何恩怨。酌水何疏戚。年年掃墓來。各保毋旁惑。且勿忽樵蘇。等閒腰斧入。

臨喪篇　金甡

孝子哭方哀。弔者顧大悅。措語似非倫。竊疑孟子說。眞性有時現。疑義一朝決。吾杭舊喪禮。中外同慘切。詎能終日慟。哀固有其節。但隨賓進退。稽顙輒哽咽。正使淚暫乾。長號亦無輟。用假愧亂眞。猶勝禮全缺。不知何年起。此饗遂中絕。繐帳祗空懸。寂若芻靈設。我歸初見此。太息氣爲結。其來誠有自。何意染吾浙。今朝到喪次。觀聽乃殊别。號咷良僅見。庶不負縗絰。余心亦增痛。痛已喜欲咥。舊禮冀終復。譏彈盡湔雪。

憫俗二首之一。火葬詩。

吳文暉

世人執喪用浮屠。吹螺擊鼓聲讙如。親朋嘖嘖交歎息。有子如此死亦愉。旛幢導前行。靈輀從後舉。相送歸山阿。未暇封尺土。仍用浮屠荼毘法。謂令死者得入西方伍。長者鑱。短者斧。榔毁棺開速厝火。赫然焰起如流虹。驚魄暗泣生悲風。高天暗慘亦垂憫。嗟爾人子寧無恫。須臾燼滅人散去。殘齒飄零委霜露。飢烏啞啞飛下樹。

救敝詩 宴白客

顧夔璋

宴白客。釀麴蘖。濡肉乾肉几上列。讀禮無人問齒決。戚引戚來賓延賓。主人不識是何人。促席卷波復叫號。孝堂拇戰喧四鄰。酒熱脱去頭上布。載歌載笑爵無數。呼盧喝雉聲嘈雜。稍不如意徑嗔怒。帷中不暇泣。柩前酒未瀝。惟此延客歡。不敢稍吝惜。白馬素車賻漫來。蒿里薤露唱何哀。只因難供白客宴。多少停輴不得埋。

又 演靈劇

又

演靈劇。伊何闋。奠親柩。當泣血。雅樂何堪供幽咽。已將萊采換縗絰。云胡素旐飛郢雪。賓朋雜沓男女譁。笑聲翻把哭聲遮。不情絲竹攪魂魄。靈鼗路鼓手空撾。此時棺中幸瞑目。任爾游戲貽親辱。

倘教令威化鶴歸。恐依華表添憂蹙。爲人子者縱非賢。至性如何敢棄捐。君果破涕能爲笑。坐客何難悲變歡。

害冢　蔣士銓

閩客多盜葬。鉛山無完墳。長鑱斸前和。鉤骨如探丸。拋棄不知處。藏魄成游魂。櫻包納其骸。安寝前人棺。墓前立假冢。拜掃淆僞眞。鑿石埋深山。使長莓苔痕。乃造買穴券。倒註年月旬。舊尹新尹間。竊用官印文。可憐麥飯香。不辨誰兒孫。及覺而互訟。官視皆等閒。十訟不一結。結亦非所論。罰金買尺土。姑令瘞者安。豈知謀時心。已抃囊中鍰。或予笞杖罪。受之顏欣欣。敢惜敲撲細。易此牛眠眞。士人失先壟。飲泣冤莫伸。安得良有司。噓風掃浮雲。凡有盜葬者。刻期開墓門。遷之不待時。鬼魊難逡巡。誰非斯人子。罔恤戕亡親。盜葬苟不理。理之苟不遵。譴罰及有司。庶策惰者惛。君子有四端。惻隱資賢臣。

士銓又有三𦈢詩之一。見𦈢政門。

北邙山行　吳錫麒

朝望北邙山。其下有車馬。紛紛白衣冠。云是會葬者。豐碑螭首高屹雲。不知諛墓何人文。白楊樹下悲風起。故鬼啾啾語新鬼。幾家寒食奠酒漿。幾處宿草眠牛羊。華表不歸千載鶴。今古聚成一丘貉。君不見炙手可熱勢絕倫。一朝棺蓋纏其身。門生故吏各自去。誰是墳前下馬人。

崇州樂府　貍首斑　傷停棺也客通州作　趙懷玉

貍首斑。澤如沐。一棺未埋一棺續。漆闇塵凝同露宿。吾聞古人未葬不入官。葬苟踰期不除服。胡爲遺殯淹歲時。子又生孫若罔知。富者常稱地難得。貧者復謝囊無貲。君不見西鄰昨夜火連屋。孝子哀哀抱棺哭。一炬難將百身贖。

南山北山行　吳昇

南山北山兩峯高。春風吹滿靑蓬蒿。中有纍纍古墳墓。野狐蹲踞猿悲號。古墓纍纍新墓少。殯宮何處埋幽草。荒原不信一抔無。日日靈車出城早。靈車鼓吹送城隅。卻向黃泉結敝廬。不見佳城歌鬱鬱。居然夏屋詠渠渠。黃昏啾啾鬼相語。春露秋霜仍野處。故鬼驚心風雨侵。新鬼咨嗟無葬所。薄俗紛紛說地師。靑烏三卷問誰知。欲把遺骸卜榮貴。忍將朽骨置漂離。漂離不顧情何忍。搜索翻令媼神窘。越角吳根相度頻。山巔水涘蒐羅盡。足趼鞋穿數十春。相看又作白頭人。一朝抱恨長辭去。也向荒郊卜比鄰。子既不能葬其父。孫亦何知念厥祖。世間幾許有錢人。可憐無分埋黃土。感此爲君涕漣漣。與君試步南山前。但見山前築土起新阡。山後荒塋平作田。墳頭跔跔犁起土三尺。哀哉白骨查牙道旁擲。須知此冢當年新築時。也曾不惜黃金費千百。

正風水　陸玉書

仰以觀天文。俯以察地理。古聖闡精微。後人誤風水。聽信堪輿言。吉凶惟所指。一心博富貴。百計辨臧否。豈欲報罔極。徼福乃如此。富陽俗尤甚。積習不可已。因之多訟爭。案牘常纍纍。昨者俞氏族。衅因遷葬起。必求官履勘。親涖衆山裏。兩造互爭競。理各執一是。我爲察其情。笑語俞氏子。爾族數百家。塋葬數千壘。死者鱗次葬。生者聚族比。歲時伏臘閒。祠堂設酒醴。列坐别尊卑。平行序年齒。敦本兼睦族。祖宗大歡喜。生者死者心。同是此情耳。胡爲葬爾祖。忽然亂倫紀。卑反居其顛。尊乃附厥趾。爾祖苟有知。魂亦難安矣。魂既不能安。錫福何能俟。人貴培此心。陰陽那可恃。古諺曾有言。大地無庸買。白屋出公卿。草茅紆朱紫。都從積累來。豈關丘壟美。勉哉勵文行。亢宗從此始。毋再惑風水。風水半虛詭。

薤露篇 按事武林作　陳希曾

我上梯子田。頹牆墜瓦紛相連。我入青芝塢。蟻戶蜂房森可數。如此青山骨不埋。國殤公厲計殊乖。生前猶記樂土樂。死後難得佳城佳。使者來。開攢屋。新鬼故鬼同一哭。漆室殘燈有火燃。黎丘幻鬼煩刑鞫。春露秋霜空涕淚。祖宗靈爽非兒戲。富室每多祈福心。貧家誰篤通財誼。棠梨麥飯年復年。何處豐碑問墓田。搖落可堪風雨嘆。護持難恃子孫賢。

橫浦樂府 編竹籬 譏停柩也　吳照

華堂編竹籬。半截遮靈柩。先人骨肉乾未乾。幽宅十謀九不就。他鄉異縣來葬師。貌言樸訥衣布衣。青烏金鎖口爛熟。尋龍點穴爭毫氂。孝子立在旁。再拜復長跪。我家停有三四棺。先祖父母先考妣。蹉跎不葬皆有由。窮鄉難覓好風水。願躡峻嶺登高山。從師訪求敢厭艱。飽君肥肉醉君酒。富貴福澤非等閒。東原山坳得眞穴。西原峯尖更秀絶。歡天喜地券立成。瓦罌先驗猪牛骨。名爲印子色貴黃。年月孝男書石碣。孝子持家久廢書。竚望子弟光門閭。冢中枯骨一得氣。腰圍金帶朝堂趨。倉廒陳粟供飲博。福祥未降家蕭索。骷髏無知魂有知。眼眶空空淚難落。吁嗟乎。天道福禍由善淫。親骨求福無人心。葬師流毒非自今。

形家惑 洪州吟

羅安

山川而能語。葬師食無所。方回此言解人願。只有形家聞而怒。嗟哉世俗惑難祛。山崩鐘應信有諸。不思心地務種德。乞靈抔土何太誣。青囊一編貴拱璧。遺鈐所在多傳摹。形家預相佳穴。隱躍其辭。使後人按而求之。謂之鈐。郭君身且不自保。暨陽福地定屬虛。暨陽。郭璞葬母處。徒將此書誤後人。賢者不免況其愚。君不見洪州西山鬱層霧。奇氣磅礴秀靈聚。公侯吉壤如粟麻。踏破鐵鞋無覓處。但見官長來尋山。不見官長來上墓。萬金買穴竟何爲。祇爲豪家供竊據。連年訟牒在公庭。子孫零落誰能護。復聞蒿里地。停柩數十年。一朝被野火。遺骸飛冷煙。終天抱恨悔何及。至今人子淚潺湲。淚潺湲。心愴惻。呂才卓論家諭難。尙其鑒茲二事破積惑。

金罐 嶺南樂府

樂鈞

粵人尙堪輿。葬後必發視。其骨色黃者。易棺瘞原穴。色黑者。貯以瓷罌。名曰金罐。更求佳兆。有數十年未就窆者。嘉應州皆然。潮州亦有之。

金罐夫何物。羸罌貯枯骨。纍纍遍空山。荒草半埋沒。死者靈不靈。生者求佳城。處處風水惡。年年霜露零。可憐金罐苦傴仄。游魂夜夜尋幽宅。白楊蕭瑟青楓寒。舊日荒塋歸不得。忍暴親骸求福祥。忍用瓦罌同下殤。百年必盡生者死。殘骸亦入羸罌藏。形家所言理或有。覓得牛眠骨已朽。賓客吹簫盡白頭。松楸新種無人守。

哀淺厝

黃安濤

江南渴葬多。送死習俗薄。攢基一椽覆。吳下以停柩之屋爲攢基。終古淺土托。今玆夏暑雨。澤國成巨壑。生者旣流離。死者亦漂泊。我歸經吳江。晴久水始涸。村家舊漲痕。壞壁可約略。游目未忍窮。慘慘到岸脚。槅榭何縱横。顚倒沙嘴閣。想當潦盛時。出沒浪中躍。不知幾萬千。殘骴付鮫鱷。前年疫癘行。鬼伯肆横攫。豈料怛化餘。又被陽侯虐。誰歟軫仁心。掩骼高冢作。招魂問水濱。一例俱冥漠。新故但瞢然。氣類有淆錯。天陰聲啾啾。哀此一丘貉。

潮風之一 翻金罐

又

戒遷葬也。潮俗溺于風水。旣葬其親。復出土火之兵之。瘞骨以罈。名曰金罐。易其處曰翻。甚至有屢遷而卒暴露者。

翻金罐。何其愚。風水不知有與無。爾祖爾父生何辜。死後不得安其居。白鏹延堪輿。千金買山地。坏土猶未乾。掉頭旋復棄。發丘斵棺析骸骨。何異狐埋更狐搰。子孫忍爲盜賊行。富貴焉能畀凶悖。吁嗟金罐藏諸幽。夜來鬼哭聲啾啾。牛眠吉壤如可求。又有覬覦人巧偸。潮民又有以地盜換埋骨者。

武林樂府 陪喪客

陳春曉

晨曦黯無色。入門弔客盈。客去須客送。客來須客迎。孝子居苫塊。不能曳履行。賴有親故輩。敢請擯接更。向曉廳事集。古道今已傾。笑談恣謔虐。近更炎涼生。但聽門前鼓。客意殊分明。藍縷亦何恥。上堂衆相輕。紳珮素不識。降階羣相爭。日旰華筵設。人渴而酒清。那顧喪者側。豪飲有餘情。詰朝復相送。耀首皆冠纓。且喫到山飯。漸聞哀吹聲。忽忽雜拜跪。各自指歸程。澆俗已如此。執紼悲老成。

又山老虎　又

廬墓難終身。孝子出山苦。魂夢常依依。山中一抔土。一抔土。十年樹。鬱鬱復葱葱。松楸賴有主。孰爲主。山老虎。恣意樵采縱尋斧。墓前羊虎齊傾頹。翁仲無言任輕侮。游子宦成歸。清明麥飯補。大木不成陰。根株猶可數。觸目怒傷心。亟令送官府。吁嗟乎。朱門豪族尚痛嗟。何況平民丘壟耶。孤冢纍纍今不見。剷爲平地售他家。安得山君眞虎出。弱肉強食厲磨牙。

火葬歎　鄭敬懷

人死不入土。久恐委溝瀆。誰知更有慘于此。忍心火葬到骨肉。掩骼埋胔仁政急。慮其暴骨飽狸腹。吁嗟火葬出異俗。如此曷若將骨暴。骨暴猶得全其軀。焚如只存軀一掬。嗟乎兄弟本同枝。父兮母兮更將我撫育。乃竟忍心灰其軀。哀哉何異遭殄戮。雷霆罰之胡不速。多少荒郊鬼爭哭。

荒冢行　梁紹壬

青鳥哀啼白猿叫。林魈夜哭山鬼笑。老松化作魑魅形。黑月森森石間照。紅滿山花不作春。冷風如刀吹殺人。回頭俯瞰荊棘處。狐憑兔穴皆荒墳。纍纍布似殘棋局。高者如垠下如塿。欲問埋愁地下人。摩挲沒字碑難讀。楊柳桃花三月春。不知誰與奠孤魂。古來富貴如夢幻。誰非王侯將相之子孫。銀宮金屋如烟滅。換得荒山一明月。綽約非無倩女魂。風流亦有才人骨。抔土同依作棟宗。冢中可有舊冠裳。杜鵑痛哭鼯鼪弔。不値青山笑一場。君不見將軍袍笏埋荒草。帝寢燈檠迹如掃。但見金蠶冷墓門。何曾白鶴歸華表。又不見六陵寶氣照山川。虎枕雲琴盡出棺。石馬無聲翁仲淚。空教遺恨滿林巒。何如片土營安宅。長暮猶能妥殘魄。錦韉知無棃樹悲。玉簪幸免梅花劫。吁嗟乎。韋平阡碣半蒿萊。回首牛眠不敢哀。誰是千秋萬歲後。高名不與骨同埋。

閒居雜詩　陳光緒

大夫三月葬。士則僅踰月。縣封有定期。著爲春秋律。今人惑堪輿。選地葬無日。野厝苦寒暑。屋殯防譎出。日久家或落。窀穸貲已竭。郭璞造葬書。但求妥骸骨。藉以博富貴。兒罪豈容髮。棺槥未入土。譬如居無室。死不如速朽。聖言有爲發。

攢屋哀　羅以智

新鬼故鬼啾啾哭。雨齧棺朽風摧屋。埋沒草中棺疊棺。道旁行人酸心目。豈無子孫豈無知。先靈未肯窀穸卜。罪彼不孝罪焉辭。積習更痛成惡俗。一抔土乾復何求。墓門茫茫鬱松楸。紙錢一陌酒一滴。魂兮何日歸山丘。對此如何不悲憫。因循豈盡迫窮窘。無故不葬法有誅。惑於風水尤可哂。棺卽不朽屋不摧。死者未安生者忍。

攢屋謠　王乃斌

行盡山南與山北。鱗排櫛比曰攢屋。垣低似類野人家。風慘常聞新鬼哭。分廛列舍如市居。山中豪猾橫索租。子孫處之不經意。但求富貴謀堪輿。終年登陟尋吉穴。宛其死矣入此室。漂搖風雨任摧殘。惡俗相沿竟成習。吁嗟乎。一壥既受將終焉。從此逝者不得歸重泉。

金鉢 泥甕也。有蓋。俗謂之金鉢。

吳世涵

朝過北邙山。纍纍見金鉢。厥高二尺餘。平乏盈尺闊。野人負之來。幽冢恣掘撥。詢云將改葬。斵棺檢骸骨。貯之此鉢中。攜往瘞靈窟。古者不修墓。聖言揭日月。改殯必反寢。衣櫬詎敢忽。仁人受遺體。愛護及膚髮。杯棬尙珍藏。桑梓猶勿伐。奈何戕親骸。寸寸等劓刖。顧復勞其生。刳剔及其歿。忍哉人子心。厥罪勝斧鉞。況復取攜便。千山憑抓搰。往往盜人墓。姦宄發倉卒。吾聞西方教。火葬禍未歇。及茲檢骨兒。殘酷同蝮蠍。疇能亟禁止。告誡申明罰。沃澤賁重泉。荒墳免[illegible]硊。

蒿里曲

夏之盛

古者喪祭各有禮。今人越禮自親始。匪惟越禮實兒戲。那識悲哀競華靡。一解。

門外飛樓天可梯。銘旌兀兀高官題。鼓吹徹衢陌。儀衞列東西。日暮弔者且麕至。主人匍匐憊不支。二解。

昨宵罷祭天將旦。靈輀戒塗日已宴。賓友滿湖莊。粱肉都糜爛。挽郎卓午尙未來。萬人夾道睽睽看。三解。

噫吁嘻。生者慼心死者痛。窀穸杳無期。浮文亦烏用。君不見漏澤園中昨瘞棺。當年冠蓋千人送。四解。

積屍歎 嘉慶乙亥

又

鬼輿閃閃積屍氣。湖濱厝棺無隙地。舊者未瘞新續添。塡湖作地莫措置。一解。摸金校尉毒于獍。和頭燒穴圓如鏡。絞衾顚。顱在脛。紛紛南北山。搶呼幾十姓。二解。不問富與貧。亦不問舊與新。竊此何爲古未聞。吁嗟乎。賊太狡。鬼不嗔。三解。葬者藏也古之紀。曷不窀穸早盡禮。誰無父母。誰非人子。我亦聞之輒驚起。四解。

蒿里曲　曹德馨

妙選笙歌耀旗幟。忍借親喪作兒戲。靈輀峨峨遊市廛。鬻晨發引晡未至。誰謂豪華如轉燭。古苔纔遍前和綠。斲棺爲器賣入城。旁人不知誇美木。

掩埋

掩骼篇爲陳四青少尹賦　盛熿

民生榮悴本無定。博施濟衆堯舜病。但於乍見萌惻隱。豈同秦越異類並。所以古人月令篇。埋胔掩骼有遺言。西伯恩澤及枯骨。治歧餘績仁之端。淸溪累累白楊哀。天陰月黑鬼火堆。生苦飢寒死委壑。髑髏著雨長莓苔。荒原無主侯爲主。作民父母心獨苦。念彼暴露天何辜。萬物由來宜歸土。陰風獵獵野火爐。驚散蚋蛄走狐狸。支撐枕藉久捐棄。咸使一旦安其居。夜深星朗愁燐息。羣鬼啾啾叩頭泣。草莽朽腐沾恩膏。將以何者爲侯德。

紀石樓令袁梅谷瘞髑髏事　嚴遂成

石樓、古屍地。闖賊屠剿。距今百餘年。雍正庚戌夏。署西北隅露一枯髏。掘之。鱗次櫛比。斷鏃剝缺。爰瘞之義冢旁。勒石歲奉祀焉。是皆不辱于賊之勇夫義婦也。余既嘉其事。又悲死者姓名湮沒。詩以弔之。

晉封夷吾地。乃今石樓縣。縣小山爲城。居民昔逃竄。隔河近米脂。劇賊首發難。吹脣兵搜牢。獻馘築京觀。百年楂枒級。瘢痍漬刀箭。是皆恥生降。忍死就塗炭。女不受賊汚。男不從賊亂。中宵風月黑。啾啾聲達旦。里居既蕩析。子孫亦糜爛。誰復與招魂。春秋澆麥飯。袁君莅茲土。撫循法稱善。餘波澤枯骨。幽魂雪煩怨。朱囊白木柙。彙附義冢畔。而我想當時。賊氛廣延蔓。出入河南北。流毒天下遍。安得百袁君。各遂首丘願。鬼亦異遭逢。望空發遙歎。

同歸域詩　杭世駿

順治丁酉十一月。鄭成功攻澄海之鷗汀堡。鄰村入堡避賊者七萬餘人。堡破。同日受屠。有僧瘞之於隴子之原。題其碣曰同歸域。余和章純儒作。

聞道鷗汀戰火紅。萬人同日殉臧洪。游魂假息王風外。害氣禁消佛力中。日落飢鳶翻白骨。雨深冤鬼哭青楓。書生也植如竿髮。殺賊思彎兩石弓。

掩骼篇　蔣士銓

城東安化寺有廣場。爲旅櫬寄葬之所。余偕申鐵蟾孝廉兆定往游。見暴露者十有四棺。令寺僧掩覆之。答曰。需錢一萬四千。予與孝廉分任之。越五日竣事。作詩弔之。

安化寺中冢纍纍。新鬼故鬼紛追隨。生居五方不省識。死聚尺土相因依。旅人賃地如賃居。寺僧食租如食穀。棺存那管狐兔穿。冢裂寧知髑髏哭。尋秋有客聞鐘來。破墓入眼同悲哀。本無金盌鎮石槨。但有白骨生青苔。墓田何處正丘首。貧者應須死速朽。餒而寧借子孫在。廢矣難求翁仲守。兩人出錢萬四千。馬鬣十四俱隆然。生王死士終難保。柳下能經幾百年。

檢骸骨 卹死亡也。○按此詩在川陝楚軍營諸篇之中。　徐鏻慶

孟冬十月狂飆吼。平地飛沙死人走。死人萬萬來雙溝。雙溝夾河人血流。流屍浪湧有時立。烏鴉翻風半天黑。下啄死人腸腦出。荒郊野狗瘦如豺。餓與飢烏奪人食。路人過此空長吁。可憐屍骸滿路隅。誰能灑淚上枯骨。只有襄陽諸大夫。

澤骨行爲金岑齋少府作　戴蘭芬

己巳秋。邑大饑。少府奉大憲命賑卹。凡荒冢暴露者。分俸掩之。

三阿水。清漪漪。三阿城。冢纍纍。城東水漲苔痕紫。冢中棺破骷髏徙。骷髏徙。哭聲起。新鬼煩冤舊鬼愁。生者且無食。遑爲死者謀。高軒巍巍。五馬南來。使君駐節。惻然心哀。心哀哀。賑民災。出官俸。助掩埋。使君澤及枯骨。何況窮黎拜車轍。嗚呼。何況窮黎拜車轍。

萬開燧途見餓莩詩。見災荒門。

塘東辜氏義冢行　慧霖

歲維癸丑秋七月。西江大水苦難說。不獨陽侯肆虐行。道逢荆棘死生決。南州有士塘東辜。志存廊廟身江湖。道中彳亍兩無據。維桑與梓聲相呼。似聞盜賊如蜂起。上至吉州下彭蠡。洪都坐困兩月

餘。鄉里汪洋苦秋水。官軍不至義軍來。貧者出力富出財。一鄉稱善四鄉應。劍花斫地歌莫哀。上流僵臥數身手。嗟爾形狀殊多醜。泣雨漂風沈忽浮。隨波逐浪無何有。又聞羣烏呼烏烏。不葬魚腹蠅蚋趨。安得江邊一抔土。埋此濡首沒頂之殘軀。君能不惜田一區。掩之日費千青蚨。素稱仁里敦義族。此風千載何能無。噫吁嘻。此風千載何能無。

附錄 過湖上萬骨冢悲賦　張應昌

杭城兵燹。積屍如山。枯骸載路。城復。收骴骼築數十大冢於南北兩山。題碣曰義烈遺阡。春秋祭祀。

胔骼欣蒙掩。形骸慘不分。一抔同混沌。萬鬼雜紛紜。義骨成京觀。寒燐結暮雰。那堪仙佛地。罹此劫灰焚。

宋塔殘陵寢。元楊璉眞伽發宋諸陵。將以骨築塔。唐義士收骨。別葬于山陰。秦臺聳髑髏。赫連勃勃以戰場屍築髑髏臺。豈如仁政澤。慈卹義民儔。恨乏山陰客。能分涇渭流。古今千載事。涕淚滿杭州。

林昌彝射鷹樓詩話曰。多葬停棺亦禦旱之一策。南方人多厝停不葬。其甚者。以木桶瓦罐篋貯之。又有客死無人過問者。以至日久暴露荒郊。游魂無歸。往往助旱魃爲虐。皖江汪稼門先生志伊撫浙督閩。籌葬資委各州郡賢員協同地方官逐處查明。將無主及有主無力者。安葬官山。標記勒小碑。其有主有力者。諭勸依限速葬。報竣者以萬千計。先生述懷詩云。欲酬大旱雲霓望。徧瘞荒郊暴露棺。此舉實善政也。

行旅

遊子行責山西田秀才　馮景

親老不歸養。卿爲無天地。離鄉二十年。釜鍾遠莫洎。況又鮮弟兄。晨昏望誰視。曾無銜索悲。孤負倚閭淚。不見老萊子。華顛學兒戲。可憐反哺烏。啄粟迴高翅。養隆而敬薄。尙云非人類。裘馬何翩翩。音書亦懶寄。可憶出門時。慈母理衣笥。長鍼縫密線。遲汝丁寧意。故衣棄何許。新衣換佩璲。臨歧千萬言。今無一字記。草枯還再榮。人老不復穉。移汝外變心。去作承歡事。詩教本温和。巷伯有當詈。誰則生空桑。昏昏明發寐。生當懷令名。死當畏惡謚。卿能悔心萌。谷風不終棄。

黃河大風行　沈用濟

黃河之水自天落。我舟來向黃河泊。遙看雲氣如飛龍。知有東南大風作。大風一起天茫茫。排山倒海不可當。浪花捲起高十丈。虛擬沈牛截狂象。危檣大艑撼不停。霎時飄散同流星。高岸倒震鼉鼓裂。怒濤亂捲蛟涎腥。暝來打篷聲膈膊。半爲雨點半冰雹。夕陽欲下風更狂。吹落孤帆天一角。一舟重有萬鈞力。漩入泥沙脫不得。一舟觸石摧鷁尾。窺見青天在艙底。水面一舟飛鳥輕。無枝可棲心目驚。其餘溜急難鼓柁。客船十箇碎兩箇。同泊尙餘四五船。船船相觸纜相聯。長年當風立至曉。我輩安得高枕眠。近見青齊成水府。況聞中州少安堵。皇天降災良有因。汝曹定觸河神怒。不爾風濤何太苦。男兒勿恃膽氣粗。要知蹈險非良圖。新河安穩路徑直。汝何不趨趨畏途。豈惟黃河爲畏途。波瀾平地無時無。

渡河篇　錢以塏

行路難。難於臨河干。長橋蜿蜒忽傾圮。搴裳欲渡波濤寬。征夫夜半戒行李。揮鞭到此停征鞍。況逢泥滑滑。雨漫漫。長亭短亭行過半。呑風飲露朝未餐。大索渡船剛一隻。板片朽敗篙師單。前行未渡後隊至。岸南岸北注目看。驢馬雜遝忽驚起。行人排擠當危湍。斯須不可測。對此摧心肝。秋風七月尙如此。那堪朔雪流澌寒。君不見乘輿濟人無足道。徒杠輿梁政之端。胡爲乎往來過者望洋增長歎。行路難。告長官。

下灘歌

許燦

紙船鐵梢工。直下激浪衝濤中。一灘未過一灘接。迅雷轟轟振秋葉。左揮右揮面發頳。但以手語無人聲。梢工非鐵船眞紙。十人乘舟九判死。

釜有神。一船主。晨釜不鳴客莫語。客若先之當禍汝。不見後灘急浪如山來。前灘石如鋸齒排。但使人船安穩得神祜。白酒黃雞報禡祖。

去船破浪疾於駛。來船牽縴百夫曳。上灘苦難下灘易。來船雖遲常得完。去船雖疾多摧殘。下灘苦險上灘安。吁嗟汝曹且勿爭。何如不作鬬灘行。

過牐

沈德潛

截流利轉漕。險要閉版牐。奔流挂丈餘。玉虹下石硤。驚霆擺礌硠。鐘懸響鞺鞳。未到耳先震。乍覩氣已讋。客舟排檣竿。喧豗亂鵝鴨。懦者權欲弭。勇者浪堪踏。長年理颭篙。鳴金衆夫集。退行索齊挽。逆上船疑立。忘身與水鬬。性命輕於葉。人定終有濟。忽奪兩崖入。中流自在行。安危判一睫。出險更思險。心定膽轉怯。猛省戒垂堂。未敢貪利涉。前途浩茫茫。願言愼舟楫。

過灘　盛錦

重峽間百灘。一灘度一厄。江渦衆鼇趨。厓口亂石積。大石疊黿鼉。小石攢劍戟。中流若沸川。翻倒蛟龍窟。牽舟逼下流。凜若阻兵革。長篙拄峯腰。遠纜走山脊。鳴金策衆工。銳進不盈尺。一絲中迸斷。百里供一擲。觸石無完艘。沉淵有驚魄。是時雨初霽。沙石多滑澤。亡命爭上厓。匍匐落冠舄。婦孺互扶攜。雞犬任狼藉。暫脫魚腹災。波濤亦衽席。轉思斷鼇初。四極奠磐石。豈其禹力衰。此境終未闢。天宰眞夢夢。人事日偪窄。寄語營利徒。勿作遠行客。

蔣業晉新灘書事。見盜賊門。

江上見覆舟　張雲璈

江行終日居坎窞。天遣書生來習膽。江心突見有覆舟。使我魂驚顏色慘。帆摧柁折長檣撓。浪翻雨打兼風飄。不知旋轉幾晝夜。船腹尙在中流拋。此中無人有人骨。大半已飽千年蛟。先時反覆防罅漏。鐵葉連綴今猶牢。我怪舟行何不愼。人言舟行莫太迅。不愁上水愁下水。不怕風逆怕風順。逆風下水尙可留。上水順風未全趁。若教風水得兩兼。快意中問安可問。豈無千里一日還。願恐難酬事亦僅。我揆其說方喟然。中有至理存乎天。豈不見駿馬下坡猛于虎。銜橜時時折其股。更不見鷙鳥疾飛高入雲。毛血忽被罡風分。老板聞言心乍愊。遽把高帆攧一葉。

覆舟詩　徐錫禮

颶風怒捲海雲黑。噴沫鯨魚作人立。風水相迸浪走空。浪花堆出千瓊級。估舟東南來。陡然遇此風。初如江豚翻波出復沒。又如飛鴻墮箭身倒衡。帆掀舵折人束手。倏忽顛落蛟龍宮。此風亦何惡。此水亦何毒。子母蠣頭利幾多。萬里相從飽魚腹。年年水底結冤魂。鬼無新故同聲哭。吁嗟乎。人生同一死。得所乃爲是。殉利必危身。求福在知止。溺人應笑錦屏人。宦海風波亦如此。

覆車行

陶廷珍

危橋偪仄石骨頹。水聲滮滮車轟雷。兩驂窘步忽顛趾。失勢一落雙輪摧。水入空箱泥滿袴。後車奔救前車下。輿人愛馬如愛身。傷不問人先問馬。僕撫我背屈不伸。我驚不怒僕已嗔。傴僂互掖並起立。怒鞭其馬兼及人。輿人前致辭。伊慼客自貽。遇險盍避險。下車理則宜。客今自安坐。顛仆奚足奇。客身幸未傷。毀拆將咎誰。我聞斯言若聞道。始信疏虞恍年少。世路轗軻盡太行。飄蓬應歎風塵老。倏忽鴻毛性命輕。哲人尤貴知幾早。

官渡船

陳聲和

官渡船。何處艤。官能濟人客心喜。年來壟斷歸土人。其黨數十據要津。客昨停舟時。水深祇二尺。卻嫌礙輪蹄。散置嶙峋石。乘輿自濟勢不能。一船爭渡人俱登。客先過河隔河等。驅車上船船不肯。客裝雖輕客車重。如何載以一葉艇。此時客愁將奈何。土人謂客須金多。我輩馮河得熟路。百人肩可舁車渡。解衣所苦天氣寒。有酒十千爲我酤。客不言。日將暮。傾囊倒篋勿復遲。已是前途半程悞。

二把手　又

二把手。挽者在前推者後。雨天雪地不敢走。有時得意如乘艖。布帆三尺捲浪沙。仰不高軒俯不軾。坐客欠伸慮傾側。忽然壓面高車來。御者意氣如風雷。揮鞭叱汝讓中道。道左還嗔礙邊套。可憐排擠入坎中。兩人推挽力亦窮。此客張皇意消沮。道旁強就老翁語。大腹高臥車中人。得毋官長非平民。老翁笑客見何淺。世路傾欹原不免。人生貴賤視所乘。彼此易位仍相陵。

辦公館　又

辦公館。縣符下催里胥悍。店家殷勤一尊款。此店今宵客正滿。下番當差不嫌緩。東家主人不解事。官封去貼公館字。傳呼大府卽日來。一一供頓須單開。別儲酒肉犒傔從。店旁更借民房用。辦公館。張燈紅。斷木似行馬。裁布爲屏風。茅屋居然作官廨。客問雞豚不敢賣。治具連宵數擊鮮。主人守候殊可憐。縣中幹役如狼虎。敢問當官飯食錢。

灘師　李黼平

長灘三百里。一灘一洄洑。長年卽灘師。藉手延尊宿。一師當船頭。左右點篙竹。一師船尾立。把柁如槁木。半日上數灘。計里亦神速。問師技至此。毋乃巧於熟。師云心專壹。不係手與目。大石如尊官。袍笏何雍穆。小石如奴隸。環侍刀劍簇。我舟出其前。道在勿與觸。迎風漸夤緣。得水隨屈曲。要津已高據。尤宜緩相逐。總看石喜怒。以爲舟往復。譬宦海波濤。此理可照燭。狂直與戇愚。無益祇取辱。惟能柔道行。斯可千百祿。我聞味斯言。言外理悅服。再拜謝灘師。險途得平陸。

渡水沙二首　屠倬

水沙十里江一里。沙擁江平一條水。荻花吹盡晚潮枯。腳踏堅冰人凍死。是日聞死者三人。駕鵝叫空飛不落。牛領成創苦鞭捶。嗚呼。渡江先怕渡水沙。無錢不上獨輪車。

月黑沙淤不見路。五更早候西陵渡。水深沒髁不敢住。行李先催過江去。鼕鼕津鼓城頭撾。樹枝霜白啼老鴉。嗚呼。渡江先怕渡水沙。擔夫日被官差拏。

大道行　周凱

三月易道路。九月成徒杠。周十一月。王政有定時。無論大小邦。襄陽況當九省衝。秦黔燕豫多客蹤。車如流水馬如龍。胡爲崎嶇而屈曲。天雨泥濘慮顛撲。馬行沒脛車脫輻。抄徑入田疇。禾麻遭荼毒。行者愁苦耕者哭。我爲爾民計。爲利殊有四經涂。九軌環七軌。周以溝洫實古制。既可利人復自利。曷不舍爾道旁尺寸地。官道本自有定式。我今三丈以爲則。兩旁取土掘深溝。溝廣十尺深十尺。爲道必期成周行。爲溝切勿逆地防。道旁任爾各栽種。棗柳乃是易生物。一年自青。兩年何鬱鬱。亦既便行旅。又復滋稼穡。樹木可以佐棘薪。深溝可以防盜賊。每歲農隙時。不惜數夫力。挖溝翻土封爾植。不愁行人踐爾禾。何至爭競尋矛戈。居者獲利行者歌。爾民試看襄陽城。城中大道如砥平。白石鑿鑿相縱橫。爾但齊心工易成。聽我長歌大道行。

盤灘謠　姚椿

擂高金。擊大鼓。擎千篙。止萬艫。前招後柁衆力舉。縴繩百丈人蟻附。有時山頂行。有時乃以小舟渡。水勢沒石石力拒。石勢出水水力怒。失勢一漩落深處。倒空橫飛疾於羽。人不得轉瞬物不得主。坐待其定色慘沮。以十挽之一不補。吁嗟乎。上灘兮灘已勞。役夫一呼風怒號。

放灘謠　又

自蜀入楚。灘不可數。舟如飛花石上舞。猿聲悲。鳥聲苦。亂流迴漩。石齒虎距。長年三老擊木牌。衆工頓足萬橈舉。篙師當頭魚龍怒。吾欲擊之恐予侮。搖手戒弗語。强者危坐懦者色如土。前灘後灘號呼聲。古來挂骨何處所。吁嗟乎。下灘兮灘已危。客子出險涕漣洏。

馮詢石橋謠。見橋梁門。

沈起潛八拆行。見盜賊門。

倚閭歎　徐恭儉

朝倚閭。暮倚閭。倚閭不至雙淚枯。哀哉游子何其愚。失意曷弗歸田廬。一解。行路難。依人苦。倚閭人。酸肺腑。汝飢汝寒誰與語。欲往從之道脩阻。二解。獸亦知返哺。鳥亦知倦飛。悔將送別淚。灑上游子衣。西風落葉打門響。夜涼恍惚行人歸。三解。天蒼蒼兮雲脈脈。倚閭人兮痛沾臆。杜鵑啼血。哀猿叫月。悠悠天涯。魂夢斷絕。胡不思倚閭人難再得。四解。

颶風行　王慶勳

庚子十月初八日。遼陽大風。上海沙船之在洋者。覆沒七十餘舟。憫商賈之艱。爲作是詩。

吳頭一水遼陽通。舉舟航海憑神功。凍雲忽起接蓬島。那禁狂雨兼狂風。狂風吹海海水急。十丈洪濤夾船立。卸帆不及力難施。滿船性命懸呼吸。一波未平一波生。此身眞似鴻毛輕。入險出險且未暇。奚遑來救他人傾。吁嗟乎。少小離家爲謀食。未必微利營皆得。百年計較千年心。用句。人鬼無端判頃刻。人生何業不可爲。行舟奚止三分危。諺語。行船走馬三分命。古今航海幾人返。聽命向若心先癡。君不見山頭十圍老樹風拔攝。何況茫茫大海之中舟一葉。

過四天門 在井陘平定界上。卽太行支山。俗爲是名。

嚴辰緇生

舟行畏瞿塘。車行畏太行。憶昔下三巴。每戒如馬航。七年長安道。王路遵平康。忽有萬里行。取道燕趙疆。峨峨太行山。延袤千里長。到此第幾陘。起伏多崇岡。天門四方高。東與南最強。東乃上山險。我馬病玄黃。南則下山危。我車憂覆汪。御者宿戒備。喚馱分行裝。上山必打眼。車至半坡欲暫息。則以石子墊車輪。名打眼。聊息汗馬忙。下山恃挂木。下山以一木橫挂輪後。則車去較緩。否則難收繮。車制隨地殊。攷工所不詳。前軒忽後輊。人如鳥頡頏。左顚復右倒。又如箕簸揚。有時陷碾渦。宛若穿運方。車輪與石鬬。終日聲雷硠。老妻挾幼女。一手扶車箱。所慮軸或折。不死亦被創。兩僕負二女。足繭蹲道旁。我舍車而徒。一步一踉蹌。日行止半程。投宿已夕陽。骨折心亦驚。夜夢猶惶惶。山頭奉伏魔。廟貌非尋常。不覺膝自屈。懍懍祝瓣香。人生蹈險艱。不免信祈禳。出險戒心弛。後車僨康莊。平地有風波。何必馳帆檣。所以聖賢心。戒懼不敢忘。

亂離

吳偉業堇山兒。見鬻兒女門。

梁清標空城吟。見兵事門。

野店篇　施閏章

祁陽山中斷行旅。萬嶺參天天欲雨。松杉百里一茅店。椎髻老翁作蠻語。土垣半倒撐樹枝。白日空庭走飢鼠。驚看上客車馬多。卻立低頭色如土。連年此地莽邱墟。行人露宿飼豺虎。生兒箐中已八歲。不識門前樹禾黍。官來給種新買犢。臥無莞簟炊無釜。遺黎擊柝夜燔薪。防虎中宵有伏弩。客聞歎息亦吞聲。亂後天南鮮安堵。吾語老翁汝勿苦。日暮壺漿不索汝。過吏遊兵愼莫嗔。主人去此適他所。

我昔三首　吳嘉紀

我昔客途逢敗兵。弦聲旆影魂俱驚。殘騎如狼散草莽。居人雜兔奔縱橫。漁船貪利夜賣渡。金多方許載人去。暝色潛行曙則隱。口乾腸飢我能忍。

我昔攜家亟逃難。海雲漫漫晝昏晏。野空蹄響賊馬近。我船欲速行轉慢。須臾燔燒閭里紅。風漂船入蘆港中。蘆葉菰葉蔽男婦。引衣掩塞啼兒口。

我昔兵過獨還家。畦上髑髏多似瓜。空村無聲雞犬盡。籬菊自放霜中花。天南伯兄天北季。驚魂棄絕故園地。夜寒鬼語聚稍稍。細雨還聞九頭鳥。

難婦行 寅六月瓜州事

又

寧爲野田莠。不爲城中婦。莠生雨露培。婦命如塵埃。江頭六月舉烽燧。東南風吹戰艘至。官長首嚴出城禁。嬌娃豔婦縮無地。愚者爭向船艙匿。覆木覆石水關出。木下石下塡人膚。日蒸氣塞人叫呼。舟子耳聞眼不顧。往來邏卒逢無數。短篙刺刺漸離城。岸上骨肉喜且驚。夫來挈妻父挈女。開艙十人九人死。吁嗟乎。城外天地寬如此。此身得到已爲鬼。家人畏罪不敢啼。紅顏亂葬青蒿裏。

梁祉河邊行。見流民門。

贈王吴廬宗伯 澤宏○吴逆之難。宗伯捐貲贖難婦百餘。

沈用濟

紅淚千行濺鐵衣。傾家不惜拔重圍。揮金欲笑曹瞞吝。只贖文姬一箇歸。

吴遵鍈應城行。邵長蘅京口行、訛言行。並見兵事門。

歸家歎 康熙十九年。吴逆初平。

許國煥

捷書騰山谷。晨裝促雞鳴。王師夜半入。傳聞收郡城。就中招流亡。王官語分明。收淚卽歸途。負挈戰場行。迴遑望餘燼。腥血踐鮮頳。骴骼無一全。枕藉形縱橫。念之皆赤子。誰甘叛逆名。迫脅豈所欲。骨肉空伶仃。

行行識溪山。陰風吹落日。四顧無居人。荒煙羃空室。心神惕虛響。徐入疑復出。房闥交獸蹄。朝菌生牀席。鹵莽辨一炊。草草不能咽。冤鬼寒索羣。丘隴聲相迹。夜黑天容昏。妻孥悄無色。

里正聞人歸。臨門相訴責。郡帖昨夜下。誅求按遺籍。軍前供億繁。官衙急私役。恣睢鞭朴橫。喪亂不汝惜。念我去田廬。劫奪無寸積。粒食絕經年。野草無可摘。君看尫瘠形。詎足供悉索。行脫豺狼吻。且當猛虎噬。天命乃如此。痛哭巡檐隙。支離終人生。苦患何時釋。

難民謠 咸豐辛酉。賊擾西江作。

鄒端

城上壞雲似人立。淒風慘慘吹賊入。喧闐沸騰忙殺人。血飛如雨刀聲疾。刀聲疾。哭聲哀。死屍撐距腥風來。少壯繫之去。老弱靡孑遺。初時有金命可續。金盡仍然罹其梏。自辰至酉始封刀。慘呼震地哀聲肅。劇憐嬌小婦。深藏將哺子。子未離母腹。母被賊淫死。所幸城中多井復多塘。迺是烈女貞婦之首陽。紛紛逃竄死無地。死母離兮妻子棄。壯者捉之去衝鋒。幼者名之小把戲。可憐倚閭待兒歸。年年望斷解重圍。重圍未解賊又至。滅門絕戶餘幾希。烏虖。滅門絕戶餘幾希。縱有存者死有時。

塗泥逃婦歎

于慶元

盈盈浣紗溪。佼佼溪邊女。女兒生小朱樓中。嬌癡不解行路苦。煙氛起海濱。到處多橫行。白晝入人室。不辨賊與兵。女隨母走婦挈姑。出門茫茫何處趨。十步九倒足趑趄。遺簪墜舄滿路隅。行行日未斜。道逢無賴紛如鴉。匍匐飲泣何所恨。恨我父母胡爲生我顏如花。手掬道旁泥。垢面復塗體。蓬頭赤腳日夜逃。汚辱難湔泥可洗。官符來急追。問汝去何之。汝不見鴛湖三十六鴛鴦。軍門日日圍紅妝。

新樂府 諷流寓

張興烈

北風莽莽鴻雁號。銜蘆東來浮海濤。故巢回首苦矰繳。乃欲結隊棲蓬蒿。蓬蒿何長稻粱短。毛羽襳裶漸豐滿。暮燕檣烏共頡頏。鄉心無復驚蘆管。吳閶富兒雄於財。閈閎峨峨甲第開。朝歌暮舞樂莫樂。錦天繡地金銀堆。堂上何所有。遡邏紘索蒲桃盃。堂下何所有。五花駿馬金黼韍。投壺六博絲竹肉。纏頭明錦紅玫瑰。居安忘危天降災。賊騎乃自閶門來。盡攜妻子出門走。神色沮喪心悲哀。黃者金。白者玉。捆載而行滿囊匵。可憐華屋換山丘。那識宴安是酖毒。連雲市肆滬瀆城。望衡對宇縱復橫。尋源到此一枝借。依然繡闥連丹甍。人生行樂苦不足。窮途況復難爲情。蘭陵美酒玉椀盛。中山一飲千日醒。名倡宛轉調錦箏。大絃小絃變徵聲。噫吁嘻。此間樂兮不思蜀。賸有王孫道旁哭。欲求厭亂復天心。亟待還淳變民俗。公莫舞。聽我歌。我歌不樂將奈何。請看舊日監門畫。莫戀他鄉安樂窩。

疾病

麻風院

宋翔鳳

嶺表有異疾。卑溼感毒淫。始發桃李容。紅暈頰輔深。徐散成斑連。周身靡不侵。面目久模糊。語莫辨其音。蘊熱吐臟腑。出氣難自禁。親戚棄不顧。道路見悉喑。此實天所困。宜傷仁者心。聞有麻風院。養之匪自今。所恐傳不衰。流禍方駸駸。何不究視藥。更與謀刺鍼。入肆盡下醫。方孰傳千金。地氣無發斂。四時苦炮燖。庶修改火令。或者消沴祲。

痘詩付彭孫

祁寯藻

北宋前無治痘方。字書孳乳亦未詳。董君汲斑疹論已佚。周密趙賓暘數語其濫觴。斑犀玳瑁髣髴似。

陳家小兒黯花面妝。元明以後診法備。仁端錄始徐仲光。明徐謙。探索羣書著理辨。專門繼者祁門汪。機。明人。著痘疹理辨。大抵胎元主一說。歲氣之論創於黃。元御。國朝人。以上見四庫全書總目醫家類。陳黯詩載文苑英華。或云武谿蠻流毒。薏苡傳會殊渺茫。李時珍說。或云染自遼入汴。時醫口傳雜校量。人情嗜欲如沸湯。以酒爲漿妄爲常。卽謂先天氣所稟。何至近代疾始彰。若使歲氣由瘟疫。何以一發不再創。疹雖似痘痘非疹。以今攷古數典忘。竊疑古者重改火。鑽木以時傳燧皇。施諸飲食逮乳哺。繈褓或免瘠與瘍。木火究殊石火烈。縱有疾病差易防。淸明日賜百官火。古風沿襲終李唐。宋初此舉尚不廢。石泉槐火存斷章。自從石火取攜便。木乃休囚火遁藏。星吞電吸灼肺腑。冬愆夏伏乖陰陽。遂令二豎巧乘隙。出入鼻息潛膏肓。虛實攻補議蠭起。百草亂鬥誰敢嘗。金童玉女環守牀。求醫不得祈神禳。時俗。小兒出痘。必祀痘神。豈知中醫常不藥。和緩孰是古之良。仰瞻金鑑補造化。種痘有術同蒔秧。欽定醫宗金鑑有種痘一門。庶幾十全百不失。物無夭札天降康。昔我孩提今老蒼。抱孫就塾若有望。先時培植病未遑。猶幸醫藥愼所當。俸錢獨愧民流亡。保赤無力心暗傷。期爾黃犢頭角強。它日爲翁勝服箱。作詩念哉孫彭郞。

秋疫歎

嘉慶庚辰夏旱。永豐尤甚。秋復大疫。死者相枕藉。

郭儀霄

天地本好生。劫數憑誰補。陰陽一失序。造化難自主。今年値亢旱。數月失霖雨。炎敲鑠肌骨。煩毒煎肺腑。自從入秋來。大疫遍蓬戶。桁上無完衣。盎中無粒黍。殘喘豈能延。哀哉命如縷。

山墟藥石貴。典衣聊相酬。黠賈混眞贋。安望病可瘳。況無秦越人。補瀉恣誤投。病多時醫競。術淺貧家求。殺人以爲利。庸醫誠可愁。

路逢白衣人。荷鋤步層岡。逡巡草間臥。骨立面瘦黃。云是八口家。隻身未罹殃。前日老父死。昨夜阿母亡。兄弟後先逝。橐葬南山陽。庭寂不敢入。靈座纍相望。鬼氣悚肌髮。喪容悽戶堂。慘語不忍聽。欷歔向穹蒼。

江鄉重巫鬼。舍醫更問卜。日者談吉凶。廟子悚禍福。黃冠利解禳。朝暮紛相逐。曠野夜招魂。悲呼動林谷。此輩豈知道。營營飽錢肉。謬言可勿藥。求神罪可贖。鉦鼓滿四鄰。哀吟上黃牘。不見靈神來。惟聞舉家哭。

天花歌爲邱浩川上舍熙賦　張維屏

天花權輿自何時。談秦說漢多無稽。黃岐雷桐洞百病。吁嗟此事胡獨遺。何辜黃口受斯厄。天行刦至孩提危。痘苗塞鼻古有法。得失參半兼醇疵。異哉爾牛亦患痘。新方海外傳島夷。其法剔臂稍見血。牛痘之漿輕納之。由牛及人一遞百。勿藥有喜無差池。或云坤德秉質厚。或謂嗜慾惟牛稀。當時寸鐵突相向。意在取痘牛弗知。一牛轂觫萬家喜。仁術至此眞難窺。乍聞我亦半疑信。驗諸目擊言非欺。始由紅暈至痂脫。計日而愈無愆期。但看雙珠出雙臂。折肱安用誇神奇。由來種痘比種穀。茲瑞亦可名雙岐。天花嘉種肯散布。何異甘露分楊枝。乃知人事補天憾。一手可活千嬰兒。邱君習此思濟世。誠求保赤心實慈。衆人之母君克任。豈獨十全爲上醫。

知病吟　彭蘊章

知病不知藥。黃帝內經空糟粕。知藥不知病。神農本草戕性命。知病知藥求宿瘳。毒藥何異吞戈矛。元氣暗損盧扁愁。更有未病先服藥。自謂攝生莫我若。反招二豎來作惡。吁嗟乎。隔垣之技世無人。但當食粟飲水全天眞。

紀疫 辛巳六七月。江浙大疫。自夏徂秋。死者無虛日。目擊心慘。不能無詩。

柳樹芳

憶自甲戌秋。旱魃曾爲虐。是冬盛疫火。入春尙如爚。訛言兩年中。疫氣相間作。厥後亦罔驗。陰陽難揣度。比來屢豐年。戶口占和樂。尋常饜膏粱。幾不識藜藿。緣何至今夏。人死如隕蘀。始從足上起。俗名曰鈎脚。一冷脈垂絕。十指盡被縛。腸胃先已傷。肌肉登時削。往往一飯頃。便不可救藥。人言鬼作祟。縱疫爲繫縛。何弗禱於神。羣將性命託。簫管聽沸騰。鉦鼓看舞躍。奉牲極肥腯。設醴汰糟粕。朝入廟嬉遊。暮歸氣已索。方知中有數。非鬼敢肆惡。死生豈細故。究誰主冥漠。君子先愼疾。沴氣無由著。愚氓昧養身。易爲寒暑薄。聞昔乾隆初。元年丙辰。貴州訴民瘼。凶厲盛流行。老弱轉溝壑。屈指八十年。太平尙如昨。振作自天心。聾聵警木鐸。或者役人疫。以懲薄俗薄。

樹芳又有苦旱疫火吟。見旱災門。

驅疫行

吳淮

東家小兒沸若狂。西家老嫗焚香忙。六街如水疫鬼避。城隍神出驅瘟癀。紙錢堆處高於山。享鬼賂鬼鬼益頑。故鬼拍手新鬼哭。啾啾唧唧城闉間。五門太保多如蝗。口作呪語手焚牒。但教出城莫入城。城外之鬼神無涉。神若有言人不聞。一城內外何區分。爾曹遷善但改過。天怒自霽消災氛。城隍神回日未落。哭聲又聽城中作。

醫術

詠庸醫

景星杓

醫者德之宗。人命重所倚。神農味草木。軒岐通諸唯。古人惜已遠。良矩日就毀。遂令市井兒。得以變厥軌。華軒敞高楔。輕裘曳文履。出則僕從都。傾座騁談齒。睢盱紛指畫。引經出別解。聆其纚纚言。仿彿寓至理。無何造牀榻。按脈聊半指。口復敍朝事。縉紳若流水。夷然把藥籠。驕倨殊自喜。不復詳主客。何暇論佐使。衒贈多黃金。要約索券紙。徒誇起生訣。乃爲速死鬼。吾聞匕首利。濡縷試輒死。豈若庸醫速。驗在呼吸耳。不藥爲中醫。斯諺有微旨。人命非草菅。天道故自邇。殃慶以類至。愼哉懸壺子。

醫說

諸朝棟

諺云儒學醫。譬諸菜作齏。世遂謂其易。人人願學之。學之苦不精。人命等兒嬉。人身一天地。五臟應四時。疾病有標本。陰陽互推移。斯道通造化。淺學豈易爲。今之業醫者。流弊更益滋。不以古爲法。庸陋輒自師。藥性僅粗曉。脈理全未知。妄云祖河間。或說宗丹溪。詎悟大道源。發洩自軒岐。靈樞與素問。昭如日星垂。畏難置不講。古學遂淩夷。諸家如聚訟。僅各得其支。非不抒妙理。立言多瑕疵。能闡靈素祕。千古惟張機。世人徒涉獵。疇能窮指歸。一知與半解。遽誇道在茲。有時臨重證。

束手空嗟咨。虛實既莫辨。表裏猶遲疑。寒熱或倒置。攻補且誤施。一藥苟誤施。千騎安能追。強言委命數。其顏終忸怩。鄙人竊有志。頭白慚管窺。敢謂世無賢。學者慎請思。讀書貴具眼。能別是與非。治病必求本。莫尋葉與枝。執方竟何益。窮理始有裨。志欲比良相。道在燮兩儀。兩儀誠能燮。身世皆期頤。

紀醫　侯學詩

朝來體中極。兀然臥東軒。爰有綏和流。進我以苦言。其言陰與陽。偏勝乃爲患。陽偏濟以陰。要令適得均。過劑反復勝。患亦如轉環。以衡較輕重。豈可令輊軒。改絃或使急。絃絕那得彈。世人多目治。但取快一端。不如此國工。獨能知本原。

醫　徐鑅慶

醫者意而已。此論殊不然。寒暑辨庶物。陰陽應周天。靈樞橐籥握。草木人命懸。貴審受病所。纖芥秋毫顛。輾轉中腠理。骨髓詎可填。痛彼庸手醫。鍼砭法不傳。治指不顧臂。持後不計前。伏邪未盡退。交戰驅鷹鸇。引盜入臥內。閉關操戈鋋。貴人重性命。豈惜揮金錢。百萬易蔘草。坐列娥眉煎。誤投甚鉤吻。促迫鬼伯鞭。又或騁攻伐。大水灌百川。寇賊縱悉祛。城郭早失堅。人生有要道。貴操元氣全。人病脈不病。羸瘠猶永年。脈病人不病。蜉蝣暮堪憐。安得醫國手。上壽齊彭籛。

論醫錄三首　錢師曾

輓近芸芸富七情。勞生血氣少和平。書中盛盛虛虛戒。幾輩醫家認得明。

爲醫第一要心虛。其奈當場意氣粗。引入膏肓無著手。初時致誤後模糊。病者妻孥苦候門。喧呼車到已黄昏。燈前一按匆匆去。指下何曾見病根。

嘲醫　羅以智

不解庸醫輩。偏能進古方。如何投藥石。反令入膏肓。酬應名徒在。馳驅業早荒。此公聲價重。高閣合身藏。

楊瘍醫　曹德馨

兩人前導乘飛輿。譙樓紞紞三鼓初。病榻延頸醫者至。肅坐未定神他趨。楊生異乎彼鄙夫。緼袍破帽騎疲驢。藹然之氣絮然語。急人之疾如切膚。昔我患瘍正瞑眩　施我一針毒早除。畸人神技世所罕。念不求利祗讀書。

葆兒學醫詩以勉之　閨媛汪嫈

聞兒學醫。我心甚喜。古人知醫。乃爲孝子。我身多疾。今無慮矣。試兒工拙。自醫我始。聞兒學醫。我心甚憂。脈象至幻。指下悠悠。陰陽虛實。冥心索求。蒼生司命。曷以寡尤。醫並良相。功無津涯。擇我兩說。各成名家。一博羣書。折衷長沙。一師仲景。莫知其他。兒既學醫。先宜保身。此事難知。匪云救貧。慎重以往。妙手回春。膽大心細。法孫眞人。

林昌彝詩話。載祝止堂侍御德麟論醫詩云。庸醫難與謀。以藥試人疾。欲生是其心。致死是其術。似摘句。非全詩。今不得悅親樓集一證之矣。又載長樂陳賓有善醫。嘗有句云。但覺此心如父母。莫教下藥誤君臣。

清詩鐸卷二十四

鬼神

神船詞 清江縣舊俗。上元舁彩舟行地上。羅載百神。服飾甚盛。鼓吹三日。乃送而焚之江滸。　施閏章

清江江水春未生。江城滿耳棹歌聲。驚雷駭電紛縱橫。桂楫蘭舟平地行。駕赤螭兮吹玉笛。驅風伯兮抗霓旌。船中恍惚天帝居。乃是上帝百神之所都。羽衞陰森彩仗集。帆檣蜿蜒蛟龍趨。別有天妃曳長佩。篙工柁師皆好姝。靈旗風起時晦暝。仙樂要眇還有無。疏星歷歷月皎皎。夜祀明燈接清曉。牗鳧臑鼈陳酒漿。瓦卜雞占前致禱。黃冠陪坐恣盤飧。父老爭言神醉飽。願驅厲鬼屢豐年。使我百穀皆堅好。喧闐花月可憐春。送神還向清江濱。縱火燒船付江水。錦袍絳節成飛塵。塵飛處。水東去。梅花已落江皋路。年年賽社不愁貧。典衣又辦蕪田賦。

睢陽行　許纘曾

江藩云。此爲睢陽張清恪公伯行作。公撫吳時。蘇州上方山有祆廟。祀五昌。公投之水。其怪遂絕。

大江之南多木客。古樹深篁叢窟宅。禹鼎銷沈老魅驕。野火游光兆形魄。譆譆出出褆神奸。空梁夜嘯霜天碧。年年里巷攘魚腥。逡巡社公常避席。有時幻作美丈夫。烏帽猩袍服御都。山魈按拍斑狸

舞。桂棹蘭橈泛五湖。采蓮女兒樊素口。木下三郎求配偶。寶馬雲軿天際迎。傾城顰笑供箕帚。從此民間勤報賽。爟火村村凝翳霼。豪門娶婦亦危疑。先奏神絃羞沆瀣。楞伽廟貌更崔巍。繡幕珠簾霄漢開。蘭堂處處笙歌競。絲鴿朝朝鼓吹來。畫屏廣列夫人坐。淸揚妙相垂倭墮。祝史乘機壟斷張。阿母新來口哆哆。三吳今古如長夜。狐鳴篝火騰欺詐。蚩蚩不復畏三章。豚蹄斗酒求神赦。更有紅裙白面郎。踏青拾翠游芳塘。長吏催科百不應。賣得新絲往上方。數百年來尚奸宄。江河日下誰能止。淫昏牲醴埒烝嘗。跛覡妖巫饜羊豕。龍虎眞人道行高。檢校功曹山鬼號。頻年尺一到江左。揶揄玩愒如弁髦。睢陽學士金閨彥。夜深常侍明光殿。金符大旆挾風霆。冰心苦節綏南甸。長空朗月照江濤。於菟出走蒼狼逃。木石之怪夔魍魎。猶向人間索五牢。中丞飛檄榜通衢。沈其土偶廬其居。故鬼彳亍新鬼竄。陰霾掃蕩天淸虛。君不見狄梁公西門豹。水沈三老焚祆廟。又不見旌陽尹。昌黎伯。斬蛟驅鱷服以德。從來忠孝孚豚魚。千秋惇史銘金石。公今入朝帶劍履。前席殷勤報天子。璽書赫濯神祇驚。日麗中天民受祉。有道之時鬼不靈。當今海內長如此。

司徒廟歌宗梅岑屬賦 王士禄

宗生禱神脫偪仄。自撰歌詩報神德。持索衆作廣流傳。予也讀之三歎息。鬼蜮塞路無驅除。艱危那不資神力。莫怪遙遙千載下。肸蠁赫然還廟食。我聞祀事有國之所崇。嶽瀆秩視侯與公。人則聖賢或烈士。功如捍患兼除凶。皆隸祠官有常典。非同詭誕欺愚蒙。南人尙鬼足淫祀。山魈林魁憑幽宮。越巫楚覡慣靈語。寓錢窸窣爐煙紅。此事吾徒置不道。只足奔走駭兒童。我昔曾游平山東。古祠碣臥莓苔封。披讀仿彿得其概。心知不與淫祀同。能除白額禦倭亂。生誠人傑死鬼雄。拯人於厄抑其細。已驚靈響欽奇蹤。雖使狄公復起此祠不可廢。應與伍員季札傳無窮。

東嶽祠　陸韜

早登鹿鳴山。載瞻東嶽祠。青帝宰萬物。栽培洵所司。感格固至理。明晦豈有私。正月農務閒。晝暖春日遲。張燈滿祠宇。火光照離離。窈窕誰氏女。三五行階墀。桃花貼兩鬢。柳葉畫雙眉。俯仰玉座下。素手褰神帷。香煙雜蘭麝。馥馥隨風吹。再拜禮數勤。嘿嘿若有祈。拜跽歲月久。石滑如羊脂。吁嗟泰岱主。神明尊巍巍。叩禱何侮褻。風教將焉持。

虎丘迎神歌　汪懋麟

吳俗自昔稱好鬼。翦綵刻木兼縛葦。太保粉面紫遊韁。冠上金彈雉雞尾。綵輿八座齊奔忙。小兒亦作太保妝。帕首烏鞾戴假面。小旗肩上風飄颺。二十鄉中土神怪。繡服烏紗面如畫。何劉沈謝爭姓名。懷刺傳呼各相拜。公侯卿相來紛紛。就中知者春申君。死明生暗亦可惜。李園之計何不聞。此事茫昧我所疑。鬼神姓名誰其知。君不見剝落杜甫廟。後人謬作杜十姨。又不見伍子胥。後人乃作五丈夫。因以十姨嫁婁僕。荒唐怪異良可吁。先王立社寓正道。祈穀逢年憂旱潦。嗟爾吳人休好奇。試向田間種秔稻。

香會謠　吳思祖

堪駭頹風專尚鬼。香會紛紛干法紀。千人萬人競逞雄。蜂屯蟻聚徧閭里。土豪巨擘作大巫。登壇振臂一奮呼。僞言茅峯神有應。但經朝拜卽感孚。一人糾十十糾百。百千億萬將無極。科糧計日歲廿升。季秋先稅嚴徵積。瀕年發令定香期。正在春耕二月時。連村金鼓鳴不絕。豎標建長揚旌旗。儼如軍行限時刻。分行別隊刀鎗列。戎裝勢赫聲錚鏦。教師徒旅聯羣集。又道神行無定踪。必須是處創行宮。更斂民錢災土木。神祠十里一巃嵸。每逢一廟神誕節。高臺演戲燈棚結。賭場酒館亂如麻。占盡一春無虛日。可憐有土任荒蕪。貧家十室九室虛。惟有香頭及社主。抽分肥利相歡娛。因之賊盜乘間恣。老饕借端又生事。假稱防患設科條。復喝愚民做宗戲。伺茲黨羽強且多。寡弱難支可奈何。打降白古尋常事。不怕官司百度過。生平慣倚能動衆。一人倡首百人從。焚香鼓吹頌長生。常將獻媚肆愚弄。嗚呼。赤眉黃巾與白蓮。皆從此等爲之先。防微杜漸貴及早。履霜應識冰將堅。莫怪老愚多過慮。杞人自昔曾憂天。

逐疫鬼

唐孫華

仍歲罹旱潦。民物皆凋枯。害氣蒸疫癘。比戶遭毒痛。蚩氓信禨祥。安問扁與盧。謂逢梧丘鬼。爭謁桑田巫。巫言神譴怒。性命在須臾。賣我粟與布。典我裳與襦。亟往市酒肉。人鬼恣啜餔。送巫方出門。已聞升屋呼。猶言祈賽遲。神心終不愉。不悟老巫詐。惟咎失緩圖。憐此一日禱。早費十畝租。疑心畏瞰室。眩目見張弧。臺駘豈爲祟。夔罔爾何需。奔走諱伯有。叫譟驚良夫。豈眞山鬼靈。實由民俗愚。吾聞神正直。水旱有禜雩。索食嘔泄間。此理誠已誣。壽命乃由天。運盡歸黃壚。鬼豈能勝天。天閼殲無辜。詎無麴卿劾。亦有長房符。厲階首巫覡。收縛投江河。游光及野仲。次第行天誅。桃湯遍灑濯。葦索任鞭驅。蒼生得妥帖。萬物咸昭蘇。

神傘行　孔尚任

迎城隍。主壇祀。看神傘。民如蟻。俱道陰官比陽官。輿儓皂隸活充鬼。衢路香花千百羣。各羣簫鼓響不分。中爲厲鬼雜寃鬼。桁楊鋃鐺亦紛紜。一時氣陰天地暗。鬼來何早神何晏。傳說南廟拜司徒。轉來又赴東嶽宴。須臾宴罷判吏催。城門洞裏開掌扇。扇後神傘絡繹來。數記不清立者倦。大小方圓簷層層。五色間色眸子眩。或樹雀尾或翠毛。十斛明珠結作串。蜀錦吳綃龜子綾。瑣袱白氈碧鷄段。亦有毾㲪猩血鮮。宮纈繡滿雷雲電。傘傘頂上金浮屠。尙愧浮屠金太賤。試問社翁並社婆。家私値得幾縷線。吾見皇家設朝儀。擎蓋十二付所司。又見節制大連帥。皂蓋一雙夾道馳。陰官不比陽官顯。今日所見出何典。良民敬神不媚神，正神耀德不觀傘。

觀社行（武昌五月十八日。俗盛賽神。有臺閣諸戲。）　呂履恆

西山松黑雲閣雨。東鄂城中擊社鼓。翠幢金輅迓江神。華袿靈子紛歌舞。張王太保颯然至。巷遊前導魚龍戲。巧將香霧奪雲軿。幻出丹樓欺蜃氣。三山縹緲雲際開。飛仙雜沓天上來。纖索危峯步玉女。蓮房桂杪懸嬰孩。海靈百怪一時集。砰訇肆市行風雷。屈平呵壁驚僑佹。偃師鬭技生嫌猜。夾巷通逵障珠箔。但聞兒女恣歡譃。千金作社徒爾爲。紛華靡麗神何樂。轉汜紅蘭引碧車。看盡瓌奇亦蕭索。於戲。八鄉早稻未登場。急迓田祖歆豳籥。（武昌有內外八鄉。）

淫祀歎　陳沂震

吳俗事鬼神。不異事豪強。謂其暴且忍。呼吸能遺殃。民命如螻蟻。豈足供殘創。無事常悚息。疾病愈倉忙。握粟扣狂瞽。妖言僞張皇。羣神久憑怒。旦夕必汝戕。復與新故鬼。于汝乞酒漿。主名指某某。誰敢疑荒唐。祈哀惟恐後。覼縷求其詳。試復計所費。大抵終年糧。不能惜錢縛。典質先衣裳。鄰里助奔走。親戚刲猪羊。渾舍列長筵。象設輝朱黃。棘車及芻船。一一羅成行。轟然鼓吹作。巫語聲琅琅。仰覘魄已奪。伏地頭屢搶。須臾畢獻爵。徹俎酬趨蹌。老饕爭據座。厭飫撐飢腸。婦子謹酬勸。沾溉無羹湯。飲者或未散。病者身已僵。至死無所怨。服事悔不莊。他日患采新。禱賽還相望。

楚巫詞　宮鴻歷

紙錢挂樹酒盈斝。旋風陰森神下馬。一村父老趨如狂。鬼燐神燈照平野。楚巫跳踉舞且歌。楚媪擊鼓兒鳴鑼。脯修鮮薨自狼藉。烏鴉銜得升高柯。楚俗從來畏淫鬼。綷縩神衣盡紈綺。一朝堂宇野火焚。四壁猶存庭樹死。香案周遭長榛棘。盃珓筳篿一時失。天陰日暮雨淋頭。偶人猶作猙獰色。

神君篇　李粲元

有扶箕降仙者。神其術以售其詐。香既爇。箕動書云。天君降。忽爐中如裂帛聲。見金甲神長半尺許。隨香煙而上。良久乃滅。蓋硝焰煙火之類。預置爐內。人信其神而不敢疑其詐也。嗟乎。假神仙欺人者自古不少。安知方士少翁之術不出於是耶。

丹書元篆蟠蝌蚪。六丁忙如喪家狗。瑤壇夜禮香霧濃。仙人乘鸞来無蹤。須臾一聲如石裂。金甲神人煙裊出。赤電繞鞭鞭影飛。膜拜競悚神君威。眩人蜃市幻叵測。或有識者雜相欺。吾聞秦皇漢武好仙術。驪山茂陵葬枯骨。童男入海竟何求。方士招魂徒恍惚。乃知此事多荒誕。誰見淩虛羽化徒。世間不朽惟名字。莫學金丹學著書。

裕州觀禱雨　李紱

柳枝毿毿柳葉青。結柳作壇高冥冥。中有泥神吁可驚。曰孫悟空猴精靈。神或附人稱馬子。驚愚駭俗走相使。鳴金伐鼓沸如市。呵殿傳呼擬官吏。束柳作冠垂作衣。還載柳車披柳帷。旌旗翻翻書柳葉。槍棓森森皆柳枝。神怪相驚作危語。將恐雨行且兵至。丈夫變色婦孺涕。矯誣譸張有如是。大雩盛樂禮有之。境内山川侯所祠。是興雲雨見百怪。何乃恣逞淫祀爲。敬天勤民國大事。誰宰是邦等兒戲。此風相沿非一世。左道惑人禁當厲。密雲漸散清風生。杲杲紅日當空行。泥神不語馬子醒。柳枝拋擲何縱橫。對此炎炎使心痗。禱者罷壇觀者退。驅車更向襄陽去。聞道南陽雨霶霈。

賽神行　陸奎勳

戊申孟夏。疫氣流行。市民賽城隍神于西郊。繼以嶽帝霍侯四門供張。月盡乃止。

梅風吹兮作寒。戶疾疢兮蟬連。迓神駕兮厲壇。職四封兮民人。主醴粢兮牢豐。値鷺翿兮坎擊鼓。曰暘而暘兮宜雨而雨。維嶽秩兮視公。籍生死兮俗宗。與天齊兮漢制崇。呼神保兮前導。勅炳靈兮後從。霍侯行宮兮在湖之滸。輔少主兮伊周侶。靖海氛兮晏如。永食報兮斯土。神之來兮威福憑。婦孺膜拜兮觀者傾城。晴似霧兮然鼎。宵若晝兮懸燈。結綵山兮綺閣。黃金裝兮珠絡。比玉雪兮嬌嬰。飄長袖兮戌削。月鬬異兮日爭新。羅海錯兮供山珍。際時詘兮豪舉。羌不信兮俗貧。緬楚黔兮尙巫鬼。九歌宣揚兮自屈始。雲中有君兮不遺帝子。滿堂目成兮搴蘭佩芷。懲三風兮十愆。酣歌舞兮恣遊盤。蹲虎豹兮九關。爲我告皇乾兮民力殫。雞犬得寧兮災疫罔干。肯沐浴兮聖澤。無忘兮稼穡之艱難。

賽神行

戊申初夏。湖民染時疫。好事者倡驅厲之説。糜費萬金。一月乃止。歎其紛奢而作詩。

張雲錦

薰風吹柳春已酣。家家臥病同吳蠶。市魁好事欲驅厲。神道設教威靈覃。一呼而諾千百人。爐香如霧燭如薪。計戶斂錢徧婦豎。金玉綺羅備陳貯。巡部觀瞻駭十方。獄曹變相鬼卒舞。鑾仗傳呼隊隊來。龍旂豹尾駐行臺。銅鉦震天鼓殷地。節宣氣候陽和回。誰家妙手善妝束。玉雪嬌嬰上臺閣。簪組鬢眉肖宛然。美人一笑掀珠箔。綵繒錦障何陸離。神之來兮羅珍奇。汝州花瓷荊山玉。青綠寶鼎黃金卮。巫師跳後梨園唱。夾道懸燈鬭新樣。雜沓遊人如蟻旋。紙雷煙火連雲放。村農亟把鴨頭簸。挈婦攜兒入城市。斗城倏爾增萬戶。富者開筵貧者沮。酒食兼旬未具充。木棉暗典青襦袴。千人捨役崩角虔。百餅兼金頃刻完。當湖一月賽神用。耗卻貧家糧十年。

苗祭神 懲淫祀也

朱頫

沙鑼鐙其鳴。銅鼓坎其鼓。雜沓召巫覡。繽紛飾貓虎。束腰垂紅巾。齊頭裹青組。野獠擲叉跳。洞傜掉臂舞。雄猛作將軍。鬖髿跪翁姥。村女花綴釵。山童草纏股。紙旗曳簣鐺。瓦缶羅醬蒟。喧笑獻豕頭。縩綷焚雞羽。香煙鬱紫雲。符水灑白雨。侏儒語難聽。醉飽神或吐。我聞教民俗。祭法必師古。容貌肅衣冠。揖讓嚴步武。齋戒愼語言。馨潔陳酒脯。致敬無敢褻。降福斯有主。非類必不歆。失禮非所取。藴藻羞王公。蕢桴迓田祖。安得洗蠻煙。采入豳風譜。

鮑皋捨身行。見婦女門。

使舟渡海天后靈感書事　周煌

海上天后甚靈應。海舟有急。呼孃媽即速至。乾隆丙子。大司馬周文恭公偕侍讀全魁穆齋奉命册封琉球。舟至姑米山。颶大作。觸礁幾沈。皆呼孃媽。須臾一燈自遠至。遂登北岸。次年回朝奏聞。得旨加封號字。公紀以詩。

不關潮汐水添肥。半夜人呼事已非。疾痛尋常呼父母。一時回首籲天妃。

上方山詩　王會汾

山舊有淫祠五郎廟。愚氓謹事之。湯潛庵先生撫吳日。親詣此山。仆其像。投諸湖中。民惑稍解。近聞復有祀者。心用閔然。爲道湯公事以諗邦伯。

葑溪走笠澤。支港百重繞。風土號清美。窮年無旱潦。霜苞洞庭橘。香箬漚谿醥。水豐菱蓮芡。陸有秔稌稻。居人厭魚菽。禮路陋榛蕀。西南峯伍伍。蒼崖映白鳥。東上曰上方。雲水相媚好。叢祠起何年。五郎娟且狡。饕淫迨子女。牲幣走翁媼。常時度絲管。夜火照林杪。巫覡憑其奸。紛紜遞昏曉。或云洪武初。禡師親醮禱。血食許忝竊。瞽說久相勦。得非中葉後。士氣競嫖嬈。政頗苛慝作。人餒淫昏飽。英英睢陽公。直氣排秋昊。羣妖悉破碎。義烈日杲杲。男耕女織紝。少壯無瘥夭。邦人爭涕淚。微管幾蠻僚。迨公騎箕去。理行尙端好。後三十年來。巫風進稍稍。念此心煩紆。負痛若疝瘝。我欲呵雷公。徑須煩電掃。作詩諗邦伯。俗化事無小。從令泥在鈞。示民期不佻。聰明歸正直。夷愉絕驚擾。用心功過外。昔賢行可紹。朱墨徒紛挐。吏能安足了。

大巫歌

楊　泰

大巫搖頭鬢花顰。小巫向空口哆哆。入門作態致張皇。家鬼不如野鬼大。牲牢酒醴黍稷馨。棗栗餦餭雜蔬果。紙錢甲馬煙騰空。神之來兮巫許可。吳俗尙鬼好淫祀。禱祈迎賽疲愚愞。烏虖。醫和巫咸不復見。小技無傳甚么麽。賣田鬻宅償欠逋。不顧一朝家產破。

女巫

沈德潛

愚民好事鬼。性命託女巫。女巫昏夜至。披髮當筵趨。神絃奏神鼓。吞刀復吐火。紙錢窸窣鳴。旋風入窗戶。巫言神君來。絳纛驂赤貍。巫言將軍來。髑髏懸纍纍。巫言夫人來。冠帔紛陸離。山魈寒狐輩。䰡䰡軒車隨。澆酒薦血肉。滿案堆如山。遙見雲霧中。隱隱歆杯盤。巫傳衆神命。神君大歡喜。豈獨疾病消。吉慶更福汝。女巫饜錢帛。笑語忙出門。女巫乍出門。翦紙悲招魂。

神君曲

又

荒祠入夜神鼓鳴。神君騎馬空中行。神馬降處霜花靑。女巫通神作神語。鸞車今夜迎神女。祀神不虔衆當死。我爲汝祈神恕汝。神帷開處歆蒸肴，陰氣著人森寒毛。雄鷄一聲天欲高。旋風吹馬上神樹。老鴉啞啞銜肉去。

迎神歎

吳　森

街頭金鼓聲錚鏦。婦豎奔駭車鬭風。迎神神出嬉巷陌。前遮後擁牙旗紅。巫覡橐肥神醉止。里老洗刀猪羊空。夜半前村虎捉人。呼號訴神神不聞。

驅巫　蔣士銓

巫覡紛紛行鬼教。可憐不遇西門豹。呵神叱鬼啼復笑。病者驚疑醫莫效。東鄰夜半擊巫鼓。擾我酣眠魂夢苦。披衣踏月登鄰堂。妻孥含泣翁臥牀。老巫搖頭作神語。手持龍角呪白虎。猙獰醜怪神數層。雜以淫娃眞可憎。木鸞金帖隱旗幟。高爇本命符牌燈。我裂神像付一炬。腳踐餘灰折弓弩。吹燈罵巫巫疾走。賓客循牆皆舌吐。巫神巫鬼紛竄逐。明晨病者起食粥。胡生師楷爲作驅巫詩。三日傳誦城鄉知。前聞太守召巫召己魂。鼓樂送巫歸廟門。吁嗟乎。妖由人興胡不聞。

固原樂府 張打邪　懲妖巫也爲固原吏目張傳心作　又

龍神不聽風雷使。卻聽馬甲作行止。秦人不知繁露法。手布廿霖憑馬甲。馬甲本是無賴人。吞刀吐火作龍神。妖由人興事竟有。風伯雨師歸一身。州囚脫械來行雨。公猝禽之加箠楚。笑縛乖龍四十鞭。龍神逃竄囚無語。官乃登壇默致詞。眞龍滿天雨淋漓。邪不勝正馬甲散。官能打邪百姓歎。君不見西門沈巫河伯鰥。吏目乃是打邪官。

紗箱歌鄉俗。中元節設楮陌冥衣。祭畢燎之。已嫁女父母亡。翦紙爲廚。籠紗具百物。名紗箱。　孟超然

七月十五中元節。盂蘭勝會琳宮設。施食壇高鬼火青。搖鈴擂鼓聲嗚咽。街前街後送紗箱。云是女兒孝思切。四條柱作碧紗幮。三層架護紅羅纈。有袍有笏有冠帶。或輿或馬或筐篋。排衙器仗列威儀。居室錢刀到瑣屑。望去眞愁五色迷。擘來細數千絲結。有牲在俎酒在壺。瓜藕堆盤照冰雪。買得朱書變幻符。神醉止兮俎未徹。童子相呼燒紙衣。紗箱一例洪爐爇。尋思鄉俗有由來。嫁女不惜傾

金穴。綺羅釵釧迄器皿。倒篋傾箱無一缺。異時欲報耶孃恩。賴此紗箱資冥業。生前冠帶未曾看。死後紙衣空補綴。君不見街前街後迓紗箱。屋裏停棺仍不絕。死人不得歸黃泉。紙灰紅帶啼鵑血。

淺淺子紀事

龔景瀚

平涼府之北。距城七十里。兩山夾一溝。地名淺淺子。周迴百餘頃。其中皆積水。傳聞廿年前。峽口山初圮。壅水匯深潭。幽暗不見底。是夕潭有聲。一夜吼不止。從茲長怪物。聚族居於是。每當夏雷鳴。輒有妖雲起。白雲布空中。散漫及遠邇。大雹如盤盂。小雹如桃李。高禾皆摧折。弱植亦披靡。可憐終歲勞。徒灑一日涕。租稅既無出。衣食更何以。去年害尤烈。人畜或傷死。至今東北鄉。十室九如洗。始余聞是言。頗疑非常理。風雷各有司。降福豈在彼。乃茲訪輿論。兼復考書史。歷歷皆有徵。衆說如一軌。作文告城隍。縷縷陳原委。首言民困窮。此日宜安敉。中言天子聖。法不容奸宄。終言神聰明。捍禦民所恃。猶恐隔幽明。或未達意旨。三日齋沐浴。六往勤拜跪。五月日初八。告祠薦牲醴。靄靄如有聞。彷彿具鞭弭。凌晨集吏民。移檄調兵士。大礮間長鎗。強弓兼毒矢。成敗逆不計。咎殃甘如醴。誓將活萬民。義不顧一己。行行至中途。父老環跪俟。請官且回車。怪物已他徙。昨宵潭有聲。聲與前相似。狂風忽大作。眯目不容視。滾滾向東南。陰若有驅使。聞之不敢信。輕騎至涯涘。四山氣若喪。一水清如泚。因令具畚鍤。聊復開山嘴。十年鑿不通。頃刻流若駛。始信神有靈。寸衷交懽喜。今茲麥豆收。野積如櫛比。秋成知可期。微神不及此。降祉告吾民。無忘春秋祀。

蓋神廟

楊芳燦

匠人來。築臺觀。連甓磨甎二年半。匠人朝不來。太保行相催。廟中夜掣鋃鐺鎖。廟令大呼神怒我。觚稜金爵高刺天。一臺築就十萬錢。搥肥牲喧紙爆天。平明蓋神廟。明神坐中央。廟令羣趨蹌。布商米估爭解囊。解囊來。記誰某。貧人錢落富人手。布五尺。米一斗。入市嗷嗷求速售。一貫蚨錢九十九。富人萬金賤如粟。貧人一錢惜如玉。抽得貧兒手內錢。施向神祠種神福。九級階。十丈廊。裁金嵌碧光熒煌。土馬泥人立階戺。夜聲啾啾衆鬼喜。廣廈萬間有如此。何不移來庇寒士。

路引篇　楊揆

舊傳陣亡將士。凡軍事未竣。其魂氣不能先歸故土。凱旋時須焚給路引。如官符然。茲當撤兵。大將軍令爲文以祭。因作歌紀其事。

歲次壬子。維月在酉。三軍鼓舞奏凱歸。番民夾道。載拜稽首。綏我邊土。胥藉戰勝功。感且不朽。一解。

旌旗何繆繆。征騎趨趬趯。將軍下令告將士。曰惟余馬首是瞻。二解。

櫜爾弓。戢爾矢。詰朝成行。萬踵咸跂。有生再生。喜極而涕。三解。

詰朝欲行夜不眠。連營鼓角聲闐闐。三更月黑起瘴煙。陰風蕭瑟。豎人毛髮吹盤旋。是胡爲乎心惻然。四解。

洒詢軍吏。軍吏前致辭。三軍奏凱歸有時。向聞生者歸未得。死者不敢歸。風啼雨泣。恐是強魂毅魄之所爲。吁嗟乎噫欷。五解。

王師于來。汝賈其勇。斬將搴旗。義不旋踵。暴骨原野。身輕恩重。六解。

纍纍戰骨血未乾。經秋雨洗金瘡寒。青燐飄泊天漫漫。望鄉不到摧心肝。七解。

豺狼狺狺。鋸牙鉤爪。甘人肉以爲飽。汝奚不歸。縈此蔓草。云墮九幽。昏暗無所告。非奉將軍符。不得拔苦惱。八解。

是耶非耶不可知。壯士涕泗同漣洏。將軍起歎息。謂宜急喚巫陽翦紙爲招之。九解。

吹蘆笳。酌竹醑。左陳餦餭。右薦粔籹。流沙千里。不可以久居。解脫罣礙。人天上下隨所如。顧戀骸骨寧非愚。十解。

予汝路引挈汝行。斷槍折戟徒縱橫。山川神祇毋或稽汝程。一紙謂足通幽冥。十一解。

山深深。石皓皓。釃酒臨風天欲曉。萬馬回鞭度林杪。魂兮歸來胡不早。十二解。

君恩恤汝孥。官騎弔汝廬。揚靈旗兮乘雲車。隨我部伍。各返鄉曲毋踟躕。嗟我戰士其鑒諸。十三解。

龍燈行　顧敏恆

孟冬之交九月尾。井邑洶洶羣言訛。具曰有鬼鬼爲厲。簸揚毒燄相噓呵。株連蔓及八九病。親故裹足愁經過。賣田質子市魚肉。盈筐蔬果紛駢羅。迎神拜跪走巫覡。欲以默相回沈疴。周官方相救民疾。呵禁不祥揮盾戈。愚民不復見古禮。乃以嬉戲爲鄉儺。鬨然金鼓贋龍出。頭角突兀形委蛇。盤旋左右掉修尾。塡街溢巷來奔波。聖朝幽明愼職守。百靈坐鎭綏江河。大驅魑魅屏荒裔。詎有跋扈蒙譴訶。青天高高日杲杲。跳梁睒睗理則那。

杭城賽神會五月十六日

宋鳴琦

火雲行空日亭午。雄鎮樓前擊鼉鼓。傾城士女走若狂。神衛森陳儼官府。一人前導擎朱牌。斗印全銜細字排。居然玉簡金繩式。無異三槐九棘偕。旗槍標展來中鎮。靺鞨弓刀肅堅陣。是誰姓氏作銜官。咸知刁斗嚴軍令。金光晃射霏雲衣。天風馥郁吹芳緋。明靈都水三江使。奮迅哪吒八臂威。對對驊騮態超越。華軏浮軒行蹀躞。連鑣爭看羽林郎。驍駿何殊隴頭傑。綵繒聯綴團寶鑪。鼇山負戴惟一夫。盤旋故作柘枝舞。狡獪詎讓波斯胡。就中奇特稱未有。十丈長旛摶隻手。弄潮妙技得未曾。隨身竿木應無偶。紛紜百戲難具陳。摩肩頂踵人上人。裝成畫虎屠龍樣。依舊嬰兒姹女身。喬妝弱息耽游戲。兩木支撑足離地。若擬淩波便欲仙。偏教揮扇皆如意。仙童縹緲下蓬萊。翠袖明璫一色裁。耳邊細樂雲璈奏。眼底涼飆鶴馭迴。須臾獵騎衝塵起。弰彎弓鳴若流水。容服都誇麗且妍。輿徒競獻多而旨。執把人曹換地曹。鋃鐺祓體形悲號。若無察罕蛇鞾異。底用曹瞞羯鼓操。市聲雜沓通衢下。百工居肆疑眞假。擔簦負販理行縢。盡是江湖趁墟者。忽聞鉦鼓喧隆隆。之而拏攫游羣龍。赤帶騰身作霖雨。蒼鱗矯首蟠虯松。剎那見首不見尾。載得冥頑一車鬼。歡呼雷動神駕來。英姿颯爽諸魔靡。曜靈西頹結璘出。火樹星橋鬭殘日。十門徧踏香塵飛。寶炬琉璃漾璇碧。有人發願懸明燈。瓔珞千頭兩臂勝。終朝自信膚堪剜。到此方知物或憑。我聞功德在民則祀之。鄉儺古禮豈以游戲爲。繁華若此毋乃金錢糜。漫歌巫覡迎神曲。試補輶軒訪俗詩。

乙巳六月書事

劉鳳誥

江鄉好鬼兼好巫。土風不與荆楚殊。天中節過暍暑徂。居民疫癘氣弗蘇。遂有好事闔閭徒。排門競率官錢粗。富室不惜捐錙銖。貧家典鬻搜簪襦。倡言羽士齋筵鋪。醮請預免罪疾虞。鼕鼕椙鼓喧街衢。大擊鈴鈸吹笙竽。旗纛羽衞爭前驅。金輿咿軋迎神趨。雄毅黝古將軍呼。皙少者郎容者姑。紙人竹馬手執俱。龍舟尾後雙夾扶。采棚燈戲窮笑娛。道流誕怪爲神諛。降神十日忘晨晡。村風效尤耳目濡。舁神出入城廂隅。走聚童孺攢妖姝。十十五五騰讙呼。神紘一散寂若無。安居祈號誠何須。但聞病者仍嗟吁。不務其義傳曰誣。昏越求福民則愚。東鄰老翁垂白鬚。出語動足砭凡夫。謂今炎夏澤偶枯。鬱及腑臟淫肌膚。旱魃一死辜祟誅。禁令須發郡縣符。亟懲壞俗非拘迂。一日之費萬口餔。盍惜物力如金珠。社田膢臘供神腴。保汝壽富歡妻孥。赤日祓舞何爲乎。

賽神會

顧敬恂

絲竹聲滿堂。木偶不解歡。錦繡衣滿身。木偶不解寒。寶殿連雲起。金碧高巉岏。日暮賽神會。井邑何喧闐。前驅盛珍麗。遊人夾道觀。摐金伐大鼓。絡繹出廟門。霓旌何搖曳，芝蓋如飄雲。隊隊鵲尾爐。獸炭香氤氲。四角垂瓔珞。珍珠一一穿。團欒雀羽扇。婀娜鳳子旛。鼓吹相追隨。清音激雲端。市中簇仗齊。寂靜無敢喧。黃紙斜封敕。馬上七寶鞭。穩舁沈香輿。廟貌何巍然。日盡繼以燭。華燈尚蟬聯。翡翠琉璃盞。絡索垂青蓮。但誇器物麗。遑計財帛艱。入廟更排班。廟令自居尊。何以犒執事。請徹堂上筵。何以肥囊橐。請捐里巷錢。牲牷何腯肥。廟令恣飽餐。土木豈有知。感此爲長歎。

端公謠　趙雷生

周官設男巫。招弭兼堂贈。端公胡爲乎。曰能揣疾病。其法以鷄卵。遍身轉不定。剖而視其黃。所言輒相應。閭里愚夫婦。敬之如神聖。結徒或五六。村寨爭延請。傀儡互登場。喧闐間鐃磬。以茲驅鬼厲。自詡無不勝。是公名曰端。得勿類邪徑。況逢全盛日。百神稟皇命。袵席登萬民。何爲惑無證。此間本鬼方。導之在以正。

杭城賽神　梁玉繩

江城五月多炎熇。溽暑熏蒸癘所伏。一國之人走若狂。歲歲迎神事敺逐。鐃鼓聲喧列畫旗。雲仙導引乘丹轂。府史分曹半孺童。篷輿坐擁司文牘。執戟郎趨武衛森。華裀吏捧衣冠肅。亦有行廚備綺筵。玉盃象箸紛肴蔌。繡蓋新張色樣鮮。珊瑚翡翠團文縠。大纛高牙取次搴。朱旛十丈連雲矗。寶鼎龍文健獨扛。衆中賈勇誇賁育。負戴嬰兒百戲陳。隨身傀儡持竿木。或崩厥角稽首齊。千夫頂禮偕匍匐。或支雙臂蠆鉤懸。香爇旃檀燎肌肉。左右威鷲對簿嚴。于思肝目皤其腹。小部笙歌入耳淸。兩行宮監移絲竹。舞袖輕裾接膢嬉。氤氳夾道爐煙馥。迤邐傳呼仙仗來。神容晬穆臨黃屋。媚神惟欲迓神庥。疾疫潛除還降福。我聞神異本天生。照夜光芒下魁宿。但修明德神所歆。底用奔忙恃巫祝。

年來里中賽神事事競勝較十年前費已百倍感而賦此時七月中元節也　洪亮吉

令節尋常事。奢風幾歲開。綺羅裁幟翣。金玉裹輿儓。神豈餘威及。人爭謦欬來。徒充里胥橐。一日醉三回。

迎神謳　　石韞玉

粤人好鬼。楚人好巫。吳人迎神。觀者塞途。朱斿旆旆圖豺貙。弓刀千騎擁武夫。黃羅爲繖九曲柄。二四健者舁綵輿。美男兩行洗馬驅。絳脣綠鬟嬌如姝。此隊行裝最俏僻。短後之衣雙窄袪。亦有鹵簿行康衢。辟人于道聲傳呼。金字如斗署僞爵。王侯將相信筆書。輝煌滿路旂旐旟。綵絲金縷蟠氍毹。提攜傀儡若兒戲。詭云朝覲之玄都。傾城士女如風馳。交鈿接烏出里閭。金錢壽神曰天餉。倒篋不惜千緡輸。問神正直聰明無。遭此戲弄不少詛。毋乃淫昏之鬼乎。偶憑土木殃羣愚。

里巫行　　凌廷堪

巫鼓一擊靈旗開。踏雲天馬從天來。神絃再調萬靈塞。金支翠羽紛如織。爭言神來人莫覩。老巫傴僂代神語。刈穀多晴種多雨。神鑒汝誠當佑汝。數言未畢男婦欣。呼兒酹酒酬謝神。神歸無聲山悄悄。家家殺雞供巫飽。巫飽日暮攜錢歸。前村後村蝗亂飛。

橫浦樂府 打老虎　譏信巫也　　吳照

嗚嗚吹角雜鐃鼓。夜半喊聲打老虎。老虎不是山中獸。病者呻吟牀蓐苦。握粟出卜卦象凶。太歲沖犯鬼有五。是宜禳解宜驅除。況兼冒觸竈神怒。大巫昂然先入門。小巫荷擔背若僂。鋪陳几筵設神像。諸天大帝五方主。南斗北斗兩星君。一切神明雜天府。降眞香焚燭滿紅。先畫朱符貼門戶。令牌一聲默無言。伏地追摹傳法祖。法是茅山步是禹。運用元神手摩肚。忽又宣科搖動鈴。忽又捻訣噀成雨。雲旌桂旗駕風輪。恍兮惚兮目若覩。温關馬趙都降壇。本坊土地隨部伍。齊來護法驅鬼邪。三尺木劍跳且舞。紙船紙馬紙錢飛。送罷諸神飽酒脯。藥不沾唇符不靈。病者氣微絲斷縷。吁嗟乎。嶺北信巫不信醫。病人已死病不知。

燒紙歌

袁壽齡

世間第一可怪事。鬼神亦受飢寒累。年年七月送紙錢。人到重泉猶嗜利。金銀衣裳幷宮室。一身所須共一紙。深山窮谷人不到。此中想亦開墟市。鬼神貧富之權操人間。祖宗貧富之境隨孫子。豪家紛紛信僧道。堆聚如山煙焰起。老年寄庫數百萬。臨終送錢布大地。人世富貴有代謝。冥漠富貴無窮已。古人一事有一義。致死致生非仁智。神明之道惟明器。報本追遠敎萬世。今日孝子無忝不匱心。祭葬盡禮乃在是。

紙錢行

又

生民以來便有鬼。三代而上原無紙。蔡侯造意爲紙錢。從用乃自魏晉始。古人理帛今燒紙。變通其法意良美。如何鬼神視之若奇貨。往往以此爲憂喜。人事倘然有缺略。竟向夢中索不已。田園廬舍幷衣履。器用玩好兼奴婢。化爲灰燼終不改。紙何有靈至於此。乃知世無此鬼神。此鬼神自人心起。人心之巧奪造化。世間萬事皆如是。

跳神巫揚州新樂府錄三首

汪　坤

可禳災。可致財。鼓聲鑼聲何喧豗。酒陳几。肉陳簋。鼓鑼忽斷歌聲起。嘔啞嘲哳難爲聽。此聲不道爲神喜。楮旛颯颯吹天風。若疑若似虚無中。蒨裙更作婆娑舞。神忽憑之作人語。明晰禍福垂精誠。雲車風馬如有聲。噫嘻。果然爾術神如此。相將請卽施諸己。可保不貧亦不死。

里巫行

袁棠

賽神會。廟門開。男和女。雜遝來。焚香各就座。老巫語瑣瑣。昔我病將危。夢神來救我。命我度世人。許我證善果。惟神最靈。賞罰分明。慢之者死。奉之者生。敢告衆善信。各各致誠敬。神能錫福延爾命。排門突入一狗屠。張目向巫大叫呼。妖言惑衆千刑誅。妄論禍福尤虚誣。吾毁汝神逐汝去。汝與汝神其奈吾。言未絶。倏僵蹶。面死灰。口流沫。陰風颯然來。燈火翳欲滅。鬼聲隱隱人聲寂。滿堂兀立森毛髮。有婦長跪哀老巫。狂夫無知望憫恤。儂願享神連夜宰猪羊。月米香金不敢缺。援手一救勝念千聲佛。巫變色。厲聲叱，汝夫觸神遭神殺。何與我事相喧聒。況今神怒不可回。豈有死人能再活。回家火急市棺來。淨土難容凶穢骨。婦悲啼。衆愴悽。環叩巫前共禱祈。巫之一身神所棲。巫能緩頰。神當霽威。惡人死固不足惜。可憐此婦無罪爲鬼妻。老巫一笑回陽春。令婦稽顙自訴神。巫傳神語。神許自新。戟指書空作符籙。口含法水頻頻噴。相與待良久。仆者忽微呻。躍起作兒拜。僕僕如癡人。衆前問所以。喘息聲猶吞。言一青面鬼。縛我如雞豚。有神峨冠高處坐。威儀整肅無其倫。謂巫實奉吾教令。梗化何來爾頑民。厥罪宜付阿鼻獄。剉燒舂磨立化爲飛塵。鐵鞭後驅索前曳。足不容駐呼不聞。將入未入酆都門。忽傳神赦邀殊恩。不知何以故。乃得令返魂。今日始知神威尊巫言眞。身罹陰譴幾莫保。合掌皈依悔不早。餘生願作巫弟子。仗神力懺諸苦惱。禳禍災。求福田。人有同情爭乞憐。轉移禍福在頃刻。大衆目擊心茫然。此有亡靈求薦拔。彼有老病祈祝延。不惜金帛。祇論後先。老巫指神對衆言。我且不愛錢。神豈貪華筵。止因善男子善女人。借此神前結善緣。慈悲安忍相棄捐。荒雞叫。天欲曙。座客紛紛出門去。狗屠夫婦獨遲留。笑向老巫索錢布。

疫鬼　又

疫鬼即災黎。流離到泉路。行乞久飢疲。道死無墳墓。骨肉散四方。孤魂焉所附。同類漫相依。牽連雜新故。異物有同情。枵腹急含哺。呼籲人不聞。搏噬人不顧。偶逢人氣衰。宇下或暫駐。豈必藏禍心。爲祟亦無具。陰陽舒慘分。雜居易相蠹。況値寒暑交。時沴遞傳互。藥餌出庸醫。性命多自誤。動稱爲鬼殺。寃獄誰辨訴。或者延道流。考劾逞毒詛。冥王哀此輩。特爲弛禁錮。罪在有無間。安能遽收捕。又或事禱祈。合樂陳酒脯。主人嚴拜跪。盛服俟諸阼。儼然肅大賓。乞兒敢下箸。恩威俱失中。輾轉反激怒。我今揣鬼情。待之要平恕。但須多作飯。飢腸令飽飫。隨意焚紙鏹。行李聊資助。勿誦瑜伽經。梵語卒難諭。開譬宜質言。祭畢送之去。當門縛草船。江湖祝穩渡。傳食早還鄉。無爲久霜露。

盂蘭盆會歌　許乃濟

鑪煙四漲香濛濛。齋盟絡繹輸梵宮。蓮蕚銜燈墮青雀。寶幢蔽日蟠金龍。結束高臺淩百丈。蝌文晻揭通衢榜。黃冠羽士燒朱符。碧眼吳僧揸錫杖。茫茫孽海招游魂。彈指恍惚開天門。法鼓千聲急如雨。愁燐萬點青無痕。一日千金用不足。三日啾啾呼滿屋。紙錢十里陰風吹。吹入高堂滅華燭。嗚呼。鬼神歆祀各有主。胡乃享厥異族爲。但求死者知。不見生者悲。何如因衆力。一賑窮乞兒。

武當歌　周凱

武當峨峨柱插天。有眞武神棲其巔。黃金爲殿玉爲宇。七十二峯相鉤連。九泉灌注通沔漢。八宮來往皆神仙。銜風踏雪我曾到。未登絕頂心缺然。聞說春風三月三。此山士女爭喧闐。祈福獲福壽益壽。求子生子錢得錢。羽流經聲徹霄漢。旃檀香氣噴雲煙。黃龍洞名賣藥誇神效。烏鴉得食侈高騫。焚頂先拜老君廟。問心獨怕靈官鞭。吁嗟乎。問心獨怕靈官鞭。曷不歸循爾分耕爾田。酒食跪進父母前。

白石土地在蜀棧中。祈者報者輒刊一二尺許短碑嵌山脅。鱗次櫛比有幾千百。　吳振棫

土地土地。石其質。白其諡。雲霧霧。神所次。似聞不聞石夜語。驅逐魍魎護行旅。東村暮立碣。西舍晨刊碑。琢者斤。鑿者椎。石髓竭。石骨摧。人壽幾何石壽長。作爲靈怪以召殃。吁嗟白石不自保。路人焚香向石禱。

燒燈歎　金奉堯

吳俗七月晦。衢巷然燈殆徧。謂之地燈。鄉愚或跽神前。支兩臂鉤懸然燈。熖迫體膚。曰肉身燈。陋習不知移易。詩以喻焉。

七月月晦夕。吳俗競賽神。賽神何所爲。燃燈各紛紛。炳燿同白晝。煇煌無黨昏。貲耗不可計。好奇而爭新。亦有孝者愚。願捐以肉身。纖鉤懸其肘。蠟燄騰氛氳。云照阿鼻獄。以報母氏恩。汝母氏何

辜。不隨入轉輪。生養未能報。那補暉三春。奈何毁遺體。重傷泉臺人。

朝坊神　郭儀霄

鄉村八月朝坊神。火器烈烈鑼喧闐。燒檀灼蠟香滿天。童子跳躑來馬前。紅袴袒腹豎兩肩。刀光掠雪揚雙環。忽然破頷開顖門。淋漓碧血胸臆斑。模糊口齒含語言。傳神號令無留連。口嚼水椀芒稻吞。里人屏息叩神恩。談災説禍然疑間。割牲薦醴誰敢延。須臾擁護謁名山。幨帷彩鏤珠翠填。神坐其中厥腹胖。壯丁肩轎翻復顛。豈有功德及吾民。天高氣烈秋如焚。火龍燄燄焦平田。民飢民病神罔聞。

符辟惡　郭儀霄

黄冠作法舌齾翻。仗劍跣足髮散肩。鉦鼓烈烈雷火掀。觀者屏息罔敢喧。颸颸硃篆高堂懸。半夜燈青鬼矚門。

閒居雜詩　陳光緒

越人多信鬼。此風盛今日。居喪延浮屠。因鬼乃及佛。釋氏有何能。云有懺悔術。置親於有罪。子罪先可殺。近來取悦耳。簫管雜鐃鈸。黄冠更狂誕。上表達天闕。吾徒讀儒書。覩此憤難遏。伊川程夫子。遺言當載筆。

盂蘭盆會歌　王嘉福

荒郊月黑天雨燐。紙花紅插秋原墳。天涯風物變悽懍。佛會競設盂蘭盆。荆楚歲時沿古俗。目連救母相傳聞。香燈共縣市一鬨。竹竿雜貫錢千緡。寸人豆馬紛翦刻。以綵畫木蠟代薪。經臺高築盛佛事。旃檀香氣繚氤氲。寶旛中供觀自在。金杵旁立韋馱神。老僧唪經俟夜靜。低眉卷舌聞哀呻。鼓鐃鐘磬衆樂備。迸作厲響招幽魂。魂之來兮恍有形。灰衣窣地風旋輪。鐵丸銅柱彼何道。紅男綠女斯何人。酸灑澆土土氣腥。卻愁一滴難沾脣。纍纍紙鏹徒爾睨。生前安用山金銀。我聞功德佛無量。楊枝廣灑甘露門。兩年江南苦疫癘。扁靈縮手難回春。豈知今歲更阨水。蛟龍怒挾江湖奔。漂流萬竈不知數。慘見白骨塡𣽂淪。頌冤新鬼夜深哭。誰能披髮叫帝閽。蟲沙小劫佛應憫。漆城蕩蕩超煙沈。慈悲更祈發猛願。苦海飢溺拯斯民。我歌告哀半人鬼。萬燭綠炧幢幢痕。

迎神曲

許乃穀

余於戊子六月涖環邑任。爲文率丁胥誓於城隍神前。嗣有禱祈。罔不立應。己丑孟夏。檄調皋蘭。士民攀轅泣下。且乞留於上臺。余曰。余無德以裨一邑。其鑿山得煤。浚井得泉。雨以時降。狼不入境。物植都活。皆神庇也。余何力哉。且官如傳舍。不克長守玆土。神則祐爾邑民。千百年如一日。但能事神。則此心可質天日。神之福爾者正未有艾也。城北有厲壇地一區。而無壇廟。每値祀節。迎神曠野。雨淋日炙。心竊不安。瀕行捐俸建壇。撰迎神曲。使童子歌之。以酬神佑云。

雲油然兮甘澍足。畦麥青兮原樹綠。木棉實兮山遶屋。衞金城兮調玉燭。泉生斥鹵兮石炭出谷。荷神力兮賜以福。思報德兮起夏屋。念前此兮荒涼。神今出遊兮庶幾徜徉。吏及瓜而代兮爲日不長。惟神是賴兮永佑玆鄉。崇其墉兮浚其隍。春秋冬兮陳腯羊。清明、中元、小春、月朔祀節。驅厲鬼兮障一方。善降祥兮惡降殃。環水浩浩兮環山蒼蒼。靈旗彷彿兮臨於斯堂。

仙姑行　又

仙姑。漢人。西夏時封賢覺聖光菩薩。甘州府志載仙姑修道合黎山。見黑河橫溢。誓建橋以濟行人。曰。橋成卽我道成日也。旋投水中。起坐片木而逝。羣瘞之。得鐵片。有字曰平天仙姑。因爲立廟。霍嫖姚西征迫於虜。及河得浮橋逕渡。追者至。見仙姑立空中。橋遽陷。虜憤焚廟。人畜盡疫。乃重建以懺焉。乾祐七年。李仁孝勅云。哀愍此河年年暴漲。浮蕩人畜。故以大慈悲興建此橋。蓋指仙姑靈蹟也。迄今祈禱輒應。邊外各部尤尸祝之。歲獻羊以萬計。以羊首之值爲丹雘之用。起仙橋數里而遙。跨於長城內外。余於廟後北山闢荒地七萬畝。督夫開渠。引河灌之。去水患而收地利。仗神力也。事垂成。余奉檄從征回疆。畫地百畝爲廟祀產。歌以紀之。俟繼判斯土者善厥後焉。

天山皓皓太古雪。下爲黑水淩寒月。月黑水深人徑渡。云此千秋葬金骨。金骨未朽廟貌隆。仙橋宛轉長城通。䍦牂歲獻以萬計。蒙番羌回都從風。風漂搖兮颺靈旗。金支翠珮來遲遲。神仙傳說徒妄爾。惟有功德則祀之。建橋卻虜仁心溥。生死一心救諸苦。聖光賢覺錫嘉名。平天仙姑鎭西土。我來展拜爲窮閻。欲去水患開新渠。渠成灌田千頃腴。士敦詩書農菑畬。藉神力兮蕆功速。神其慰兮民果腹。闢地溉種奉祠事。籲神永賜邊隅福。方今西域天戈揚。安得神力禽封狼。欃槍夜落日月白。功與烈士爭低昂。

焰口　王文焯

懸鐙分兩棚。衢路明秋星。居中設高座。其後圍短屏。老僧面黔色。瘦類猿玃形。吾道在粒米。急呪搖銅鈴。紙灰飛熠熠。鬼火來熒熒。吾思里巷間。強半頑不靈。如何委化後。翻若大夢醒。鬼魂歌醉飽。一判燒猙獰。怪哉箏笛耳。乃從香界聽。更深串繁響。曲豔逾雛伶。寒閨髮新沐。雜坐花冥冥。中元宜野祭。胡勿移郊坰。

毀淫祠　　何倓

人道判男女。婦以靜爲貞。如何閨閣侶。野祠拜神明。桂管俗尚鬼。香火宵滿城。爰有九娘廟。紛紛薦粢盛。兒女償私願。姊妹結新盟。相習不知非。禁之反若驚。適有陳牘者。營廟訴不平。察言窮黨類。乃盡得其情。各令厥夫子。毀像拆廟楹。導爾母若婦。歸去織與耕。

沖天王廟　　姚燮

小戶烹嫩鴨。大戶宰肥羊。斗尺紅燭金爐香。升殿來拜沖天王。上馬下馬鬧螺鉦。羽扇繡蓋花鮮明。胥長抱王煖輿坐。里役舁王街市行。廟巫狂揖作王語。某萬某千索民戶。大戶糶穀米。小戶鬻絲紵。殿角金錢積階礎。保爾年年樂安堵。吁嗟乎。伊誰啾啾道旁哭。謂饑無食。寒無衣。居無屋。曷不拜王乞王福。

天餉行　　又

吳俗畏神逾畏官。恐益冥譴違神歡。天餉之制肇何自。遵爲歲例長不刊。道人絳袍七葉冠。執符來自三茅壇。稽查口數造編册。量貧酌富求疵瘢。村坊有首里有長。各司其地催納完。楮皮市價同羅紈。金模銀範高堆槃。分頭齊赴社神廟。稽顙焚告歡聲攢。霧車隱隱天門端。華旗五丈螭虬蟠。眞皇撚鬚降顏色。空煙迴舞雙青鸞。歃牛炰鹿迎上鑾。琢玉爲俎珍珠簞。燭屏華茜交紅珊。香毬百綹芙蓉搏。覡姑鳴螽喚陰月。呪辭祕密無譴讕。或作狡獪藐科律。遲迴抽減來觸撣。籍爾家室戮爾嗣。泥犂五獄刀鑽屼。斯民戒懼應唯唯。擔筐接踵爭囂讙。一傳萬鬨若狂醉。典物鬻器忘衣餐。道人豐頤垂兩髖。弟子執拂童司鞶。巍峨紫館壓朱邸。暮擁勺藥朝斟蘭。奈何當道痞且智。聽其妖惑民受剜。化工大造納羣有。奚賚瑣細彌歔單。卓哉文正毀淫祀。整飭薄俗今所難。何當痛洗眞宰辱。鞭龍遠吸崑崙瀾。

吴淮驅疫行。見疾病門。

鬼神篇

袁　棟

鬼神事幽遠。世人多惑之。趨避或紛紜。禍福相參差。淫祀希邀澤。祝史勤禱祈。避忌乃多端。甚至蠱巫師。舉世紛狂鶩。誰能正其非。

吳門新樂府

程寅錫

完神糧

神道廟門設長櫃。神道廟官當買賣。鑼聲鏜鏜催四村。黄阡元寶登廟門。明朝賽會上天府。楮帛燒來皆阿堵。吁嗟乎。官糧莫要欠。欠糧受鞭笞。神道愛民如愛子。神道要糧祗要紙。

借陰債

陰間借債陽間用。兩手空空受愚弄。雞豚酒果謝神爺。年年月月利息加。神爺神爺大起家。君不見袖中兩箇乾癟紙元寶。賺得愚民好東道。

聽宣卷

聽宣卷。聽宣卷。婆兒女兒上僧院。婆兒要似妙莊王。女兒要似三公主。吁嗟乎。大千世界阿彌陀。香兒燭兒一塔拖。

還受生

不見借得來。只見還得去。何物受生沒憑據。蓋庫須一千。贈庫要八百。惟有庫官還做得。不如省卻受生錢。將來買箇庫官缺。

附錄 紀許眞人江西破賊保城事

張應昌

神功妙濟宋封號旌陽眞人許。歷三千年靈爽佑鄉土。斬蛇滅蛟當日靖江瀾。救劫庇民于今馨豆俎。咸豐癸丑粵賊至南昌。圍城三月歷夏至徂暑。燎原虐燄一炬滿江紅。糗糧軍實持久難撐拄。疆臣爪士竭盡心與力。籲神迎駕登陴助靈武。英威赫赫護國保庶民。賊礮箭火吹落如霰雨。賊徒驚竄億兆樂康寧。稽顙崩角頂禮虔婦豎。迎祀神于德勝門城樓。賊火箭礮子落如雨而不傷一民。圍解。奏請加封神號。我來豫章距昔越七載。邦人讚歎依瞻如母父。今春盱江圍郡又兩旬。糧盡軍孤火烈亦莫舉。圍城已破彼虜忽倒戈。吉報傳來欣躍慶安堵。繼讀我友盱江一紙書。乃知保城敺寇皆神祜。城南賊礮毀垣七八丈。北風大起反礮猛於虎。騰煙走石向外飛過壕。斷胸陷脰擊殺數百虜。翼日守城老民竹匠黃姓仆而言。吾是玉隆宮中許福主。統帥神兵三千拯爾郡。昔夕之風乃吾揮白羽。今宵四郭速樹許字旗。吾當掃逐么麼厲一鼓。其時武弁來訪未到門。千總楊葆清。門內先已呼名示神語。詰朝賊果出境遠遁逃。

咸見朱袍白髯氣驚沮。所獲賊如是云。三軍拏醜衆耳衆目同。赫濯聲靈昭昭在聽覩。一再呵護保此危亂邦。擎天之柱乃是眞鐵柱。憶昔乾隆庚寅章門災。以身代民願毁祠像宇。示夢道人句曰其事符。紀實歌詩使者東吳褚。長洲褚筠心學士廷璋視學西江時。有詩紀事。見集中。今日二事目擊手書者。番禺馮君我友山陰杜。癸丑之事。子良司馬詩集中紀之。無憂無荒故老傳遺言。信斯言也實惟神恃怙。相傳眞人上昇時遺語云。天下大亂。江西無憂。天下大荒。江西薄收。萬壽宮前泥首矢精忱。願神永永靈衞洪都府。是詩咸豐辛酉年作。後段所紀是年建昌府事。乃山陰杜君葆恬所目睹者。

燒香

燒香客

吳蔚光

燒香客。燒香客。白布襆作裙。紅羅緣作幗。銀鈴壓背搖丁東。鳴金打鼓雙腳赤。面目如鵠形如鳩。遠來聞自無爲州。一船十人又其一。老僧薙頂爲香頭。朝插旗。行江邊。暮點燈。泊江口。叫宣佛號聲啾囉。大家南無重稽首。煙青瓦爐灰氣涼。隔船問客之何方。共言九華山中有菩薩地藏王。蓮花寶座浮金光。青獅白象伏兩旁。面前雙峯蠟燭長。八九十月齊燒香。善男信女如堵牆。燒香來。燒香去。手捻念珠口持素。地藏王。保佑我。年年歲歲一家平安。有牛有羊。有雞有魚。有豆有麥。有瓜有黍。土音嘈雜十得五。付之不答黯淒楚。佛生西方死西土。有力不能禍福汝。汝家活佛翁與媼。望汝歸兮立而僂。

拜香婦　汪坤

拜香婦。拜香去。功德山前宵達曙。何辭蔓草行多露。短袖單衫結束輕。長途細喘聞嬌鶯。揚州此俗相沿久。六月年年逢十九。道上金生步步蓮。陌頭春困纖纖柳。消魂茉莉香偏好。宜人風月知多少。夜度還疑北里娘。蛇行卻類蘇卿嫂。蹣跚雜遝紛在途。歸去私憎繡襪汚。明日再煩鄰家姑。

拜香歌　朱實發

三步一拜香影紅。五步一拜香梟風。新城舊城路十里。拜徧南北仍西東。時屆六月苦炎熱。額爛頭焦膚燥裂。流汗如雨欲成血。此苦難向菩薩説。中有一人事更奇。徧體肉皆鈎鈎之。鈎上掛香如盤螭。祇留兩手相撐支。彼何爲者我不知。問之云報阿母慈。旁有識者聞之嘻。此子曾將阿母笞。拜香歸去敲外戶。阿母聞聲色無主。望見阿母氣如虎。今日辛苦皆爲汝。

進香謡　黄承吉

六月十八功德山。萬人焚香光燭天。沓來如霧去如煙。或乘輿馬或趁船。徒行晝夜跰累連。或披青襦跣而前。三步兩步跪拜虔。一人一導紅燈然。鎗鎗輅輅鉦鼓喧。揚幡飛蓋迭後先。倀男童女著兩肩。縷金絡綵霏珠鈿。雲流電激隨花鬘。紛紛遊騎錦鞍韉。晨梟往來絹寒川。一舟價值一萬錢。是日雜猫舟盈千。前艕槳著後艇舷。波中蕩漾相迴旋。新聲曼曲來無邊。火樹輝煥龍纏聯。十里五里觀駢闐。漿酒霍肉極肆筵。翩如飛鴻矯如鳶。終宵得意不肯還。意謂此樂終千年。亦有琴彈三峽泉。湖中靜女歌採蓮。中流一棹去若仙。深林獨往聽鳴蟬。飄飄寂坐心悠然。中天一月獨自懸。轉看淨界虛無間。色聲香味何因緣。如是塵世相率牽。一切可愛胥棄捐。聳身直到靈巖巔。

戒殺

和東坡岐亭勸戒殺詩三首　程嘉燧

宰割性命軀。烹膲膏背汁。嗜欲逐羶腥。如以水就溼。衆生造殺業。果報自招得。人死復爲羊。佛戒此甚急。豪門榜殺戒。繞市收鵝鴨。萬錢衆指揮。兩耳自遮冪。不見屠沽林。哀號日流赤。雖云五淨肉。不礙淨業白。酬償恐不免。毛角出冠幘。食肉乃食人。此理宜悲泣。況茲水陸產。甘芳豈云缺。果茹充伊蒲。亦可羞上客。堅持淸淨戒。普願洗結集。

餓鬼咽火燃。洋銅迸鐵汁。一聞設淨戒。遂受甘露溼。若人求解脫。非戒不可得。是如少水魚。救燃頭最急。姑援羊易牛。月攘一雞鴨。尙循有漏因。終怙無明冪。當護淨摩尼。遠朱自免赤。當止妙吉祥。空虛自生白。慘毒回慈悲。髠鉗化巾幘。永無相吞啖。何用遽悲泣。宿障自屏除。戒珠元不缺。若人三緣斷。是出三界客。非遵決定誨。何由離苦集。

西北罹兵難。千里塗血汁。東南汔小康。尙思避燥溼。同此刼運中。幸免何以得。風氣感生殺。報應分緩急。一爲几上肉。剟斫等雞鴨。一如幕上燕。炎暑傍巢冪。北人逞射獵。孤兔膏野赤。吳地倡放生。魚鳥江湖白。不見畿甸郊。虔劉盡冠幘。忠臣百口殉。官家九重泣。當此兵難熾。殺戒豈容缺。心爲大慈父。永無遇暴客。卽入軍陣中。所在吉祥集。

悲野雀沂州人捕雀爲業。作詩示之。　施閏章

枌榆繁羽族。瑣細無定名。所謀非稻粱。不與雞鶩爭。張羅始何日。遂使風俗成。機發盡揜覆。一羅殲羣生。持此飲啄具。充君鼎俎烹。苦噉託體微。不足一杯羹。同類爲啾啾。失侶長哀鳴。君輟筵上箸。請聽簷外聲。

悲老牛　又

老牛躑躅心悲酸。上嶺下嶺走新安。新安諸嶺石齒齒。淚盡蹄穿鞭未已。吁嗟力不勝驅使。行行入肆充甘旨。此邦百萬多豪家。炊金饌玉紛如麻。一臠不備亦何憾。相沿成俗無咨嗟。君不見黃衣入夢語爭傳。又不見救母藏刀尤可憐。殺業相尋緣食肉。爾有大功人不錄。昔時力盡爲君耕。今時忍棄供鼎烹。不辭刀俎吞聲泣。請君看取盤中粒。

長齋歌　王士祿

我從憂患來。每食惟茹素。敢希次道佛。此事蓋有故。念我與四生。各是生機寓。置身砧几旁。呼天苦無路。茲意渠所同。寧不軫羣趣。那須介葛盧。方解犧牛訴。烹葵啜藜羹。吾腹亦可飫。胡取恣炮炙。冥然不相顧。一人戒饕餮。萬物息憂懼。所抱區區心。詎止吐吾哺。尚欲告哲人。罷此畋漁具。鮿脯與糖蟹。居士毋乃誤。

和東坡岐亭戒殺詩四首　嚴我斯

舉世如青蠅。營營求肉汁。亦復如枯魚。吐沫安能溼。循環俄頃間。孰失而孰得。念此發深省。慽慽

中腸急。昔聞天隨子。欄中養鬬鴨。鴨能作人語。一切同覆幕。堂上張華筵。廚中刀俎赤。不見長城邊。戰骨如林白。我命同爾命。但少頭上幘。驚麑顧母悲。哀猿抱子泣。物情豈無知。天網不少缺。感涕書之紳。敬告堂前客。君子遠殺機。道心日以集。

余性寡所嗜。終朝弄墨汁。晨雨打窗楹。破屋經旬溼。飽食據繩牀。閒居無一得。坐對此茫茫。百感來何急。清池戲羣鵝。沙堤睡乳鴨。物各安所生。世眼自蒙幕。街頭尺半魚。掉尾籃中赤。何如翦園蔬。矮黃菜名與韭白。鄰家貰濁醪。陶然一岸幘。我醉作長歌。憂來可當泣。人生如顧兔。一月一盈缺。草草百年中。孰者爲主客。持此淡泊心。高齋日可集。

人生鐘鼎貴。徒誇禁臠汁。時時封肥鮮。僅博寸喉溼。豈知貧家兒。食薺苦亦得。所養有大小。曾不知緩急。何曾食萬錢。不數鵝與鴨。柳玭不二羹。蔬食安用羃。二公身名殊、較若黑與赤。閒居俯仰餘。斗室生虛白。羨彼祝雞翁。粥粥呼絳幘。朝聞南舍歌。夕聽西鄰泣。浮生本何常。過分卽爲缺。蓬門常不關。每來不速客。爲君釀松花。共讀香山集。

抱膝坐南樓。花甆供茗汁。旭日照晴湖。煙樹迷曚溼。眼前飛躍多。此樂了可得。少陵解縛雞。憐彼喧爭急。東野游戲人。竹枝聊射鴨。羣物得所歸。世網任如幕。湖邊老漁翁。蓬頭雙腳赤。呼來買魚蝦。柳穿時裏白。魚名。投之淸泠淵。鼓掌忽墮幘。因憶疇昔夢。郭索釜中泣。侵晨果見之。呼童擲壕缺。我無佞佛心。愼勿語癡客。所願同心人。白社時來集。往予夢蟹匡數十。乞命湯釜中。早見一筐如夢中。因斷此種。

戒殺歌　彭定求

我生夙世山澤臞。茹芝餌朮依丹鑪。無端一念墮塵濁。人間臭帑紛相汙。猶幸弱齡半齋食。隱隱舊夢煙霞孤。偶然置身鼎俎側。鼓鐘空爲爰居娛。洊歷幽憂更猛省。道在藜藿良非誣。躊躇入山願未遂。或愁衰病蔬腸枯。枯魚乾肉佐飽飯。食單一例肥熏無。徐無鬼已厭葱韭。盧懷慎但蒸壺盧。未忍肥嚼稻田雀。不須生斫蓴江鱸。蛙當鼓吹憐就捕。蛤現梵相悲遭刳。人言釣弋聖弗廢。五辛具戒非吾儒。要知疏水本常味。推廣仁術由庖廚。逢著便喫誤人語。漫作達觀嗤拘拘。宛銜刀几了不畏。萬錢一箸供䐪腴。賤子自知福命薄。斂手敬謝郇公徒。君不見受羊李相崖州逝。啗牛杜叟方田殂。富貴貧賤均一慨。老饕之賦何爲乎。

和東坡岐亭戒殺詩二首錄一　尤侗

衆人溺於口。譬如蠅嗜汁。挾彈逐黃雀。不知衣露溼。天道本神明。獨殺豈可得。盤餐何雍容。誰念銜刀急。嘗笑孟東野。食薺猶射鴨。不思人與物。同游在覆幕。一朝解十牛。慘於渭水赤。提網魴尾赭。彎弓烏頭白。可憐鶴投毛。忍見雞墮幘。君聽釜中聲。游魂繞湯泣。試問萬錢翁。箸下尙何缺。我有咄嗟粥。以供倉卒客。鼓腹且行歌。目送飛鴻集。

叉魚謠　金張

捕魚獨嗟法網密。匪夷所思思不及。更有舉叉是酷刑。直使枯魚過河泣。叉製排列如利齒。倒竪鉤連入骨髓。揚鬐鼓鬣血漂流。苦哉不生又不死。入叉之痛猶較可。出叉之痛痛殺我。數罟尙然不入池。誰作俑者地獄墮。丁山河口朱老翁。自誇得儁窺魚矼。偶然信手無虛發。豈但絕叫尺鯉雙。尋常背坐載叉出。竿餘船尾叉身側。寧料後船狹路窄。撞叉刺腿有大力。號呼欲絕屢一慟。姑息把叉不許動。進時容易出時難。今日纔知魚負痛。

歲晚古詩　又

抵租一雄雞。文哉美羽儀。入門無死理。向有此語。凡贈遺鱗介之微亦放生。舊誓天久知。獻神僅魚肉。亦足申其祈。誠全物不備。未必便吐之。喈喈試半夜。鄰舍聲唱隨。殘曆行漸少。此聲聽漸稀。獨逃刧數外。判然禍福移。

朝聞

陸洽原

朝聞屠市聲正哀。暮聞華堂歌吹開。朝聞暮聞日未歇。生死哀樂何紛哉。華堂盛賓客。豪貴多赫奕。五侯盤餐競珍怪。一食萬錢猶不惜。易牙調鼎伊尹烹。封飢割肉霜刀輕。丹椒紫蘭芍藥醬。煎熬臑臑辛酸平。主人爲客薦嘉旨。東方欲白歡未已。絲管嘈嘈鼓田田。喧聞南鄰與北里。不知屠肆鼓刀人。剛向重闌逐羣豕。死聲蹙縮叫欲絕。偏與歌聲同入耳。

放魚歌

錢肇修

小奚擕錢入城市。買得擔頭雙赤鯉。鱗摧鬐脫不得死。有時對人還躍起。庖人霍霍磨霜刀。主人顧之心煩勞。物命當爲天愛惜。豈倖他日身相遭。神物從來多困抑。市上眞龍人不識。須臾放入江水中。霾霧秋天雲墨色。

巴江觀魚打歌　張衍懿

楚人捕魚多用叉。巴人捕魚兼用獺。小舟驅獺疾于飛。不怕巴江水浪惡。沿江張網截上流。大魚小魚紛騰投。狡獺擒魚翻網出。錦鱗帶血皆垂頭。兩岸挺叉逐轉急。鱣魴潑剌躍舟入。舟人提尾擲艙中。敗鬣殘鬐猶戢戢。須臾船滿江水渾。雲雷慘澹天地昏。海若揚威河伯怒。暴殄物命非仁恩。況今旱潦遍寰宇。蒼生處處遭邅迍。吾曹何爲圖快意。一朝饕餮戕鮞鯤。請君開網并放獺。江湖浩蕩無相呑。

釋羊詩　戴永椿

丁副戎饋羊一牽已付屠者。俄而奔歸原處。殊可念也。釋縛就畜。志之以詩。

餽歲舉鄉風。蠻方乏縞紵。元戎辱見存。投我以肥羜。柔毛黑而文。厥角利若斧。毆之日成羣。飼之月逾五。拜登欲朵頤。將以速諸父。何期是物黠。脫繫竄林莽。捕者求之急。一躍出環堵。循牆諜來踪。歸仍伏圈所。意本在求生。跡似同戀主。卽此物情善。殺機頓消阻。追擒請就烹。余笑未之許。年來亡羊慣。所爭不在汝。宥茲一命微。生意盎然普。豈惟卻脂膏。兼亦飭簋簠。偶動不忍心。夫豈待牢補。馳詩報軍門。嘉惠存五羖。

和岐亭戒殺詩　張鵬翀

四首錄二

吁嗟嗜味人。染指一嘗汁。豈知趨殺機。不異水流溼。大鈞本無私。生理物共得。羅張衆禽駭。叉挺萬魚急。漫驚仆鬼鵝。肯赦能言鴨。乾坤自淸夷。慘氣日蒙冪。鑊深沸湯煎。爐熾煉炭赤。取味競新奇。熊黃配魚白。犀匙久饜飫。歡笑落巾幘。快我三寸喉。致彼一家泣。靜念疏水風。盤餐未云缺。以吾不治庖。待茲不速客。饋至雖不足。幸免愆尤集。魚游沸鼎中。烹燖化爲汁。何似一蹄涔。呴沫互相溼。祗緣香餌侵。坐受漁父得。貪生意無厭。濱死神始急。磨刀向豬羊。圍柵縛鵝鴨。哀哉聚而殲。彌天網爲冪。揣渠飢理肥。攖此鋩刃赤。人禽雖並生。靈蠢判黑白。幾希倘不存。所異特冠幘。同根或相煎。煮豆釜中泣。至人遂物生。一補黥劓缺。寄形大化間。同爲逆旅客。胡乃恣貪饕。百冤致叢集。

放羊行爲改堂先生作　陳　章

雉城南去羣山荒。孳生獾兎鹿與麞。獵人獲羊不敢私。繩牽後鞭輸黃堂。黃堂太守非不愛。血染鸞刀家所戒。豈因口腹累先規。笑謝來人餽毋再。此羊偉腯如雄騤。左角屈斷右彎弓。蒼毛毿毿纓胡同。老翁傳說明季時。跳擲嘗見深山中。太守聞之詫至夕。亟修尺書走赤幘。令放幽林邃谷間。我爲汝匄應不惜。縣令承言莫敢留。墮牢破檻如縱囚。已分方爲几上肉。忽然復得山中遊。焉知不是初平叱石左慈化。來試仁公肯相赦。歸叩谿陰石洞門。仙人拍手長松下。余嘗暇日讀史書。塵編紀載何事無。采花飫雀有楊寶。臨水放龜聞孔愉。玉環金印報自有。我所太息非區區。要識吳興寬大政。物命猶憐況民命。

觀打魚行　沈德潛

鱄鮃門外稱水鄉。今年水漲流湯湯。田疇漂沒水畜盛。多魚何必占豐穰。漁舟連翩破空入。喧聒聲如亂鵝鴨。四圍設網中鳴榔。挺叉齊向船頭立。江湖有路難潛逃。羣鱗未死神暗泣。須臾收網動盈萬。滿載輕舠雙目眩。花光雪白堆如銀。團聚洲渚來稗販。剖魚納鹽入魚腹。血色殷紅染沙岸。中有金鯉魚。尾赤雷火燒。失水偶遭罟罶制。厥勢猶欲興波濤。雖未成龍有神氣。勸君莫漫揮雙刀。將錢買魚付湍瀨。瀲波如風去何快。前途祝汝愼出入。禍患更須防意外。過河從古泣枯魚。威鳳祥麟盡可虞。危機到處皆碪俎。愁煞神龍遇豫且。

捕魚歎

程尚濂

大釣無空網。小釣無空鉤。來者成禽往者赦。寧復有意相虔劉。截流而漁聖所歎。況乃密網勤誅求。微波涓涓初赴壑。乃以百囊之罟承其流。小魚如鍼不盈寸。么麼僅可儕蚍蜉。糾紛雜沓悉籠罩。江湖咫尺皆罾罤。霜鱗一斗不可算。笭箵直欲盈筐收。䲛頭之利曾有幾。錙銖櫛比勞爬搜。鯤鮞盡取澤可竭。慘礉至此眞何由。嗟乎。慘礉至此眞何由。

滄浪亭放生歌爲潘功甫作

韓崶

舍人翩翩佳公子。少小席豐厚是履。胡爲終歲太常齋。淡泊自甘屏肥美。近且刑于化一家。魚蝦不入門以裏。豈惟五戒學浮屠。實本一仁及蟲蟻。吾吳善緣亦多門。恤嫠掩骼堂長存。獨於口腹縱貪欲。刀碪匕箸纏冤魂。沿街溢巷體骸撐。挂牀堆案戶陀村。多生惡業半坐口。下入寸喉亦何有。生老病死只須臾。胎卵溼化皆吾偶。舍人低眉淨眼看。可憐可憫亦可醜。斡旋造化非舌爭。激勸良知在善誘。時維余月之廿七。令節瞬當端午日。貴人豐膳佐蒲觴。必倍尋常恣宰殺。滄浪之水深且寬。南達葑溪波翻闊。於焉藉草補祓禊。詢訏且樂盡往觀。片紙飛來一傳百。不集衆賓不速客。不論潛鱗及翔羽。各隨各便攜各物。滿城擔市一朝空。盡入慈航普度中。法雨繽紛祇樹叢。人言公現居士身。煦煦乃爲婦寺仁。我謂公才不世出。英雄菩薩并一人。

賣牛詞　端木國瑚

朝向隴上去。千犂隨身走。暮向市上來。千刃隨身受。旣困牧兒鞭。又苦屠兒手。命盡主人心。肉盡忍人口。異日要扶犂。隴上還憶否。

放生招同志用東坡岐亭詩韻　吳鼒

羣命畢杯羹。一飽求多汁。奚翅草菅人。酷吏方束溼。春風回枯荄。生理須臾得。請充不忍心。延此殘喘急。命畜鄭國魚。看放唐亭鴨。方乳矢勿發。已漏網不羃。亦有姥好善。食報龜眼赤。亦有雀受飼。來獻白環白。臨池浴鵝衣。開牕對雞幘。時悟濠濮樂。罔聞芒碭泣。蓏兒芥有孫。足補給鮮缺。好善誰不如。廣告大羅客。朝入功德林。謝者夕已集。用曾魯公放生事。

袁承福老翁賣牛行。見田家門。

放雀行用坡公岐亭詩韻家人爲放生小會作　陳文述

紫琅閟寶典。金壺書墨汁。萬物合生氣。胎卵化燥溼。川泳而雲飛。鳶魚各自得。末俗機心生。束縛每太急。羹臛盡鷇雛。曾不異鵝鴨。樊籠聚千羽。加以疏布羃。靜坐聞啁啾。寸慈動保赤。不惜青蚨青。赦此白翎白。彷彿樂翳薈。快極輒岸幘。免使湯火魂。都向釜中泣。放者六百餘。一一數不缺。放生願得生。送爾如送客。他日倘相報。亦許銜環集。

放牛行同前韻　又

吳門董君个亭。憫牛之有功於農而老病不得其死也。集爲放牛會。得隙地於胥門日暉橋。飼牛有芻。宿牛有欄。牧牛有人。瘞牛有坎。其所以重農功而培仁心者甚至。家大人出貲佐成之。命作是詩。

牛耕始中古。種米復釀汁。食報曾幾何。一束生芻溼。不見太倉粟。非此曷能得。二月買黃犢。事比水火急。老病付湯鑊。宰割等雞鴨。豈知大典禮。太牢用巾冪。奈何縱口腹。不畏官符赤。董君性仁慈。胸懷亦坦白。聞善卽起行。不暇裹冠幘。技廢庖丁愁。感極老農泣。各勉慈悲願。庶補造化缺。春意滿桃林。美德歎行客。農重歲必豐。飛鴻永安集。

藥魚歌　周際華

藥魚歌。邇來湘水絕清波。大魚已死小魚多。羣兒游手無職業。夜半裹衣聲相呵。長罛大網不稱意。燒天炬火星駢羅。藥汁淋漓石骨損。赤浪騰沸炊丹河。陰風吹轉月光黑。蛟奔蜃走飛靈鼉。可憐白小亦有命。銀花翻迸飽鴛鵝。一番斷送數十萬。幾番淘汰羣銷磨。馮夷屏息不敢出。眞宰聞訴皆滂沱。嗟乎。竭澤而漁古所戒。藥魚聚殲將如何。

和坡公岐亭戒殺詩　閔名世

聖人貴食精。世人但啜汁。譬彼劇飲徒。僅取喉間溼。禁臠及矦鯖。求之未必得。得亦纔一飽。烹庖有底急。不見郇公廚。縱橫薦鳧鴨。霍霍磨刀聲。殺氣紛如冪。翻令玳瑁筵。慘作甲裳赤。果報雖難言。黑業何有白。念此毒中腸。驚呼墮冠幘。盈盈盤中餐。哀哀釜底泣。飯糗與羹藜。七箸何所缺。一尊遺令辰。五簋遲嘉客。此樂頗無窮。開徑望來集。

和坡公岐亭戒殺詩　梁齡增

衆人尙膏腴。斟酌調鼎汁。嗜欲日以深。有如水就溼。上天德好生。生趣各自得。戕物何不仁。生死隨緩急。豈以人爲貴。藐茲鵝與鴨。刀割分所應。焉逃羅網羃。何知菩提心。憫彼族盡赤。赤族無已時。此冤長不白。人禽辨幾希。外貌異巾幘。所貴一念炯。省此釜中泣。菜根滋味長。給求本無缺。何必羅珍羞。晏然始對客。用是戒貪饕。哀感心交集。

戒食牛歌　陳廣寧

老牛別主去。躑躅雙淚垂。君家倉中粟。老牛力所爲。黃粱備宿舂。香稻供晨炊。雖蒙豢養恩。報君良不貲。盛夏烈日中。桔槔灌東菑。毛焦氣喘促。蹄蹶行步遲。鞭撻尙不忍。宰割安可施。如何筋力疲。鼎鑊旋及之。主人力雖衰。猶願登期頤。老牛獨何罪。性命不自知。我願世間人。對此一深思。

捕魚歎　吳振棫

捕魚不用艄與舠。編竹作筏何堅牢。一頭貼水靑拖梢。一頭縛急軒然高。厥長三丈闊踰尺。兩腳以外飛波濤。波濤漱石白齒齒。撇漩更比挂帆駛。狂呼拍手下前灘。烏鬼驚飛冷煙裏。一人筏巡百匝。百筏百人圍忽合。纖鱗巨鬣無處逃。日暮人聲水聲雜。嗟哉竭澤古所訶。今人巧取術轉多。魚兮魚兮可奈何。何不舍此東入海。出沒萬里之洪波。

禁屠謠　陳裴之

朝聞禁屠。暮聞禁屠。不屠羊豕。但聞覰覰㸚㸚聲哀呼。朝聞開屠。暮聞開屠。達官有子新娶婦。期會賓客供柈壺。古禮裁荒則不舉。後世禁屠義有取。由來造物稱好生。願乞甘霖潤禾黍。鵝鴨給諫不易逢。噉猪腸兒將毋同。朱門酒肉快下箸。肯信枯瘠塡溝中。米價江鄉貴珠玉。雲漢詩成萬家哭。書生無力可回天。愧煞朝朝飽虀粥。

觀毒魚　　阮文藻

火傘燒空水如沸。游鱗吹沫柳陰避。毒草投江紛竄跳。洲上腥風含藥氣。前灘罾兮後灘網。人雜如鳧拍水響。小魚戢戢波面浮。大魚跋扈高一丈。魚郎翻身沒水中。腰裹疏巾赤手空。須臾踏浪如梯立。雙擎尺鯉掀鬐紅。不知何罪魚當死。機心暗動狂波起。試看古來沽清流。一朝流毒盡如此。

湯國泰八勸歌賣牛農篇。見災荒總。

柳樹芳苦旱吟斷屠、淨河篇。見旱災門。

愛物

騾車謠　　徐倬

捶馬勿傷面。捶騾勿傷背。傷背烏啄瘡。後日難重載。八口安食騾奔波。騾若不行誰能那。爲語役夫愛爾騾。

老牛歎　　葉士鑑

炎炎酷日正當午。老牛車水不辭苦。骨出猶然鞭兩股。主人不恤老牛憊。只怪老牛筋力敗。夫婦諵諵商早賣。老牛代耕年已久。自問此身亦無負。但願賣牛心莫起。老牛不死耕不已。

飼羊菜

金　張

羊圈在鄰房。時聞蹄角觸。一日一換新。性命輕且速。忍哉爾羊屠。寸草不塡腹。一刻未絕喉。空腸攪轆轆。徹夜飢號聲。宛如幼兒哭。初憫後復驚。震動嚙牆屋。是時醃冬蔬。庭日致幾束。或要當風乾。或要趁日曝。方法製多般。嫩老市陸續。老妻遵成規。一一手自匊。黃葉及老根。收拾裝滿盎。忍寒大清晨。飼羊謂小僕。亦知死須臾。死且飽其欲。斯言何淒然。勝把蘇詩讀。里人如岐亭。永可斷其肉。昔聞錢太母。慈悲有遺躅。身貴飫肥甘。嗷嗷念窮獨。更傷囹圄人。長飢無所告。每早米作糜。分給大小獄。屆此冬至時。決囚漸待戮。尙傳銜感聲。百身恩莫贖。誰疑天道遠。報之計燭燭。六代八進士。至今冠邦俗。爾我踰艾年。曾未試生育。偶然見牛心。非以妄求福。天理所不安。可援手肯縮。惠不論洪纖。德何分人畜。莫輕飼羊菜。直同施監粥。

馬耕田

陳　皋

余於葛沽道中見一馬。服轄牽犂于田間。骨高形毀。無復躡雲追電之態。且撾策頻加。而躑躅不進。爲之太息。爰賦長歌。用告世之役物者。

燕郊二月興農工。有馬服軛行田中。宛轉局促似不進。夕陽影瘦如山崇。回毛在膺已無取。神駿沮喪韓盧同。萬里有志不得騁。四蹄空說能追風。道旁側聞聯騎過。昂首振鬣明雙瞳。誰知牧者不釋手。控羈收勒鞭無窮。長嘯一聲蹶耒耜。平生夙志疇能庸。噫呼嚱悲哉。吾聞錦不作帢稻不蘁。以鳳司晨不若雞。世無通材胡能全。用違所長適足憐。君不見馬耕田。

烹珠歎

袁枚

廣州漁人烹蚌。蚌躍起三丈許。諦視之。墜徑寸珠。爲火所傷。作車渠色矣。余哀之爲作詩。

漁人烹蚌蚌忽怒。飛上青天如欲訴。須臾明月一丸沈。滿江船戶都生怖。諦視乃是牟尼珠。團團一寸寬有餘。可憐炤乘驚星色。已作焦桐爛梓枯。我聞珠能辟火災。豈知火爲珠禍胎。萬物各有遇不遇。人世原無才不才。又聞鮫人採珠苦。拋擲千夫性命取。豈知費盡驪龍求。一旦混同魚目煮。怪底珠猶憤氣含。銜煙跋浪飛再三。玉呈楚國冤難雪。劍化延津死未甘。從此漁人生悔心。撈蚶不敢付釜鬵。奈他堆積如山蚌。一點珠光沒處尋。

騾夫行

張雲璈

騾夫養騾如養兒。騾飢騾渴心自知。常將人語向騾語。等閒不肯鞭箠施。日行百里程。夜食兩斗豆。人皆羨騾肥。己尙嫌騾瘦。以恩酬力求無苛。用力不報今何多。我願愛人如愛騾。

歸馬行

宋大樽

方青門仕甘肅。免歸。顧所乘馬曰。騎已數年。舍去賣脯矣。挈歸杭。見者義之。

明府忽然作馬語。馬首就戮猶人苦。明府有功法不誅。生隨明府歸田廬。江花江草娛人老。馬亦踏花復嚙草。人貧馬賤誰能憐。人歌馬舞非偶然。他邦赤子願爲馬。安得如此牧馬者。

騾馬市謠　馮培

市在都城宣武門南。每日先活市。後死市。騾馬衰疲者多會集於此。競赴屠宰。予哀夫老盡其力而不免湯火。爰作是謠。

騾馬市中日兩市。晨市者活晡市死。活市騾馬供鞭箠。死市騾馬鼓刀耳。活市爭價昂。毛骨誇騰驤。圉人販夫雜塡咽。此間那有眞孫陽。死市可哀湯鑊近。尾梢翦斷髀鍥印。道旁落日氣慘悽。命懸一縷如驅雞。兀立欲踣吞聲惻。老乞帷蓋那可得。君不見錦韉珠汗驕生風。千羣蹴踏紅塵中。行行過此應躑躅。愁看一跌果人腹。屠沽之手爾何酷。

病馬行　林則徐

生駒不合烙官印。入皁乘黃氣先盡。千金一骨死乃知 生前誰解憐神駿。不令鏖戰臨沙場。長年驛路疲風霜。早知局促顚連有一死。恨不衝鋒突陣裹血創。夜寒廏空月色黑。強起哀鳴苦無力。昔飢求芻恐不得。今縱得芻那能食。圉人怒睨目猶側。欲賣死皮償酒直。馬今垂死告圉人。爾之今日吾前身。

轅馬歎　戴熙

轅馬轅馬。爾何不幸。牽車泰山下。泰山一何高。牽車一何勞。三日上道皮肉盡。瘦骨杈枒摩兩靭。摩兩靭。血模糊。郎當鈴鐸走長途。鞭絲搖搖攘其臂。車蓋一軒復一輊。攢蹄奮鬣越重岡。夜半呼聲動天地。山村日落風蕭騷。解鞍入廏聞哀號。枯荄芻盡苦不飽。強者乃復爭其槽。我爲爾歌。爾當傾耳。吁嗟乎。壯士那可已。會當一日走千里。

質牛行

陳來泰

穀皮食盡人無糧。屠牛或可充飢腸。持刀向牛牛涕滂。泣告主人淚承眶。今年不耕種。來歲力待用。捨身飽主人。牛心痛復痛。主人食盡無可求。餓死必以身殉牛。牛救主人難自謀。觳觫不已多煩憂。牛逢葛盧相告語。又逢丙吉知其故。此間不少多牛翁。象犀金玉滿質庫。既有子母牛。不計子母錢。試驅犉九十。各質錢三千。礪角古城下。齧草荒亭邊。邑人之災殊可憐。禴祭之福降自天。春風吹轉綠滿田。家家贖牛左右牽。一聲牧笛歌喉圓。

清詩鐸卷二十五

商賈

邵長蘅估客泣篇。見盜賊門。

朱樟蠻賈行。見懷遠門。

估客行

饒學曙

析津置郡天都南。地富蜃蛤多魚鹽。燕齊幽幷此都會。海王之國無江潭。熬波出素雪花積。平沙百尺如山尖。富商大賈多晉魏。吳儂越儈或兩三。曰操奇贏計什一。耳目所見窮芳甘。彈弦跕躧市門倚。目成眉語歌兒憨。不節之嗟非所識。漏巵無當誰能堪。擁貲或論數千萬。負債忽已窮石儋。吁嗟估客之樂樂至是。盈虛轉瞬爲常談。君不見西莊古邱壑。文酒翕集如春蠶。只今樹石捆載去。過客好事空停驂。

豫章樂府 質肆平

蔣士銓

官街蒯卒大索人。質肆晝閉市儈奔。械之廳事脱布褌。方伯怒罵吏朴臀。不仁者富剝我民。按簿示罰民欣欣。失重失輕權異衡。一正銖兩毫釐分。金準一兩錢一緡。反質勿阻其有遵。大書警誡縣肆門。持錢入肆來紛紜。小兒襁褓妻釵裾。負歸茅屋傳公恩。君不見一牒遄郵十三郡。萬世西江著爲令。

米商歎　范來宗

子年大水沒隴畝。米商居奇金滿斗。丑年春夏二麥無。米商販載盈江湖。嗟哉若輩心計甚。但願年饑怕歲稔。詎知天運轉如環。變歉爲豐戶高枕。舳艫銜尾吳門來。十隻船來九不開。陳陳相因米價落。商人愁煞民人樂。

嶺南樂府十三行 海賈列肆在廣州城外。昔本十三家。今存數家。　樂鈞

粵東十三家洋行。家家金珠論斗量。樓闌粉白旗竿長。樓窗懸鏡望重洋。荷蘭呂宋英吉利。其人深目而高鼻。織皮卉服競珍異。海上每歲占風至。天子神聖海內足。不貴遠物遠人服。萬國梯航奉職貢。八荒舞蹈稱臣僕。此非外藩非內附。互市常來澳門住。魚目換將南海珠。木蝨苗蝗復誰悟。昔時勾致由貪民。大舶滿載波斯銀。豈知番人更狡詐。洋貨日貴洋行貧。囮鹿闌牛豈足載。海市蜃樓多變態。南山白物見無時。蕩盡私囊欠官債。

質庫謠　夏之盛

哀質庫。生計艱難迫歲暮。懸鶉衣。叱犢袴。庫中不顧質者怒。質者爾勿怒。富民更比窮民苦。一解。約劑求息亦甚微。質庫便民如取攜。輸息而贖三年期。滿質而售半載遲。市儈貧且狡。售值何時歸。二解。

嗟哉質衣庫。近作賣衣局。質衣自滿仍自鬻。鬻物得錢還待質。挹彼注茲如轉轂。溝澮之盈亦易涸。三解。

十載兩勸賑。輸將金千百。待哺方嗷嗷。稱貸敢不亟。逋券如蝟毛。欲歸歸未得。幸而稍有贏。先急償官息。四解。

鐵鑪

吳世涵

栝州無大賈。大者推鐵鑪。鐵鑪利亦細。其害乃堪虞。千夫荷鍤來。架屋蒼山隅。鑿厓以爲道。決水以爲渠。洗沙必洗山。豈第在平蕪。伐木必伐根。豈第取薪芻。朝陶萬斤鐵。骸骨盈中途。暮鑄萬斤鐵。千山盡焦枯。冢墓既被掘。地脈亦劚鋤。亂石塞溪間。泥沙塡通衢。一旦山漲發。遂以壞田廬。往者遘水患。村舍成陂湖。長吏懲禍本。豎碑禁此徒。近復蹈故習。徇利若鶩趨。若不重爲禁。厥災勝剝膚。作此告仁人。勿謂吾言迂。

估客苦行

樂府有估客樂。變爲苦。述所見也。

無可

昔言估客樂。今言估客苦。昨日泊舟楓林下。左右舳艫盡商賈。見彼哽咽當風餐。爲言作客江湖難。江湖近年多盜賊。布衣夜脫安可得。徵賤鬻貴雖不貧。風波萬里眞辛苦。更逢當關多暴吏。欲浚錙銖加重罪。可憐曛黑不開關。苦守巨浪危檣間。恨不載金長安買都尉。等閒見汝一官何足貴。

淘金

田雯淘金謠。見稅斂門。

張鳳孫金牀行。見貢獻門。

采礦

閉礦行　　潘耒

潮郡綿萬山。客程傍山行。路逢采樵者。略說諸山名。指點最深處。云中有銀坑。盜採昔無禁。贏糧走疲氓。尋苗斸巖腹。排砂出精英。鎔冶爛成餅。朱提遜光晶。貧兒可暴富。利源起紛爭。攘奪或相殺。盜賊滋縱橫。小利乃大害。官長豈不明。處脂有餘潤。欲禁焉得成。賢哉今太守。張拗齋。清廉莫與京。始至啖以利。峻拒如堅城。決策遣封閉。塞穽銷姦萌。居民始安堵。桴鼓寂不鳴。我聞重太息。斯人信邦楨。遠宦在天末。雅操能冰清。或言山澤藏。天地之奇贏。方今急治財。百計謀金生。何不條便宜。官采輸額征。嗚呼此厲階。毒蠆不可嬰。地產有時盡。國課恆取盈。前朝礦稅禍。糜爛如沸羹。丁男化亡命。去弄潢池兵。富國在本計。錐刀非所營。端人恥言利。宏羊竟當烹。此語合洗耳。勿令賢守驚。

礦洞開采即事康熙庚子奉命勘驗山東礦務　　陸師

皇帝膺大寶。五十有九年。梯航來山海。曆數追羲軒。蠢爾西域醜。恃遠外陶甄。皇帝赫然怒。西顧每睠焉。命將肅天討。出師屯窮邊。健兒馬騰躍。轉粟車聯牽。九牧胥貢金。虞衡爭輸錢。開府紆籌策。入告啓長箋。岱嶽昨效靈。銀甕出重淵。緬惟神禹制。三品貢荆蠻。太公表東海。九府通財源。流傳逮敬仲。府海兼官山。不勞耕與織。有利如流泉。持此佐大農。歲可致億千。皇帝聞之吁。天語遲未宣。咨爾六卿長。愼選郎官前。地果不愛寶。潔齋告山川。期年試無益。遄歸莫遷延。朝奉丹闕詔。夕跨郵亭鞍。是時五六月。暑雨方連綿。鬱蒸肌理炙。沾溼衣裳單。駐足渤海郡。結茅嵩峯巔。屬臨朐縣。投林同鳥雀。宿野伴猴猿。飢餐脫粟飯。渴飲潢流湍。小臣佔畢士。白首攻陳編。將事滋戰慄。讀史多憂煎。未精貨殖傳。忝竊中官權。山骨巧匠斲。汞訣丹仙傳。穿洞黑穴地。削嶂青摩天。時防海眼裂。復怕陰火然。深阱設桔槔。宛轉車輪翻。一夫操短綆。百丈互迴環。失足落坑塹。枕藉屍難完。民命良可痛。銖錙奚足言。經國有訏謨。大利在桑田。陰陽洵時若。萬寶自騈肩。烏用山澤竭。迺令府庫塡。所以孔桑輩。靑史多譏彈。矧茲京左臂。血脈相蜿蜒。豈惟洩地氣。亦恐搖天關。皇帝至神聖。憂勤益恭虔。水旱廑上念。蠲賑無中慳。和氣格上下。不日靖西番。可笑海塡石。枉教山受鞭。恨無折檻力。排闥回天顏。昨聞擲奏牘。兩浙叨安全。侍御有請開浙礦者。命擲還原奏。乾坤自默運。日月長高懸。小臣體明詔。敬獻采風篇。按公行狀載公駐臨朐三月。遠近若不知有官者。旋與同事五人暨中丞合疏請停。事遂得寢。詳馬長淑礦洞小記。

采銅鉛鐵

銅山吟

王太岳

滇南僻絕徼。百貨稀關津。惟有林麓富。到處䁬嶙峋。時於瘴氛外。光氣疑金銀。銅山列坑阜。盤盤鬱青雲。靈苗吐一綫。中有不貲珍。湯丹最雄厚。竦處諸峯尊。茂麓及落雪。燦列三星文。其餘復間錯。寶藏紛崑嶙。青金次三品。譁嚻陋瑤琨。元氣盛扶輿。鍾此洱海濵。神皋與天府。寧復夸蜀秦。粵稽此何始。中天際昌辰。皇風美沕穆。民俗崇龐淳。維茲天末產。遠近初未聞。取攜既不禁。有無亦能均。采爲冶鑄用。利澤通無垠。資此錢布饒。償彼萬用屯。遂令荒瘠區。熙熙日如春。問此遵何術。清靜無紛紜。後始置官廠。僅亦云司存。偸奪豈不懲。寬大固所敦。征商比市易。已責同芻焚。在綱誠有條。網漏舟還吞。受値未及半。奇贏已多門。公私兩給足。懽然意交忻。豈惟寬得衆。洵亦均無貧。大均有斡運。時事旋飆輪。赫赫李少保。閎議排因循。輟彼海道販。易以滇產殷。轉輸供九府。歲倍百萬鈞。下以減商負。上以賚俸緡。滇銅從此著。乞求斷戶鱗。近疆逼黔粵。遠通漢渭濵。各購巨萬計。符牒日委塡。滇中官吏懦。應命如響臻。竭澤取鯤鮞。非時窮斧斤。日給恆不暇。仰屋空吟呻。譬如百金產。飯飽衣粗溫。那堪一家食。分減贍四鄰。絣罍日以罄。脂膏日以朘。坐看好家室。終窶不自振。官司勇從令。疾苦誰咨詢。鞭箠到斑白。逋逃動成羣。大吏號曉事。封章徹天閽。皇仁沛豐澤。稠疊施醲醇。三五老商客。感泣沾裳巾。皮骨幸猶在。誓當輸骸筋。四遠召工匠。要約爲弟昆。晨朝集洞口。亦立褫衣裙。篝燈戴其首。千仞窮冥昏。銛鋒石齒觸。斷壁苔斑捫。當暑苦疫癘。毒霧雜炎雰。冬寒體生粟。手龜足亦皸。洞中況偪側。氣噎不得伸。上如緣垤蟻。下如負山蚊。傴僂如腫背。慘黯如幽魂。作勞豈不劇。未死期酬恩。昊天誠罔極。軀命何足云。礦路日邃遠。開鑿愁堅珉。曩時一朝獲。今且須浹旬。材木又益詘。山嶺童然髡。始悔旦旦伐。何以供樵薪。以茲艱採錬。動遭官府嗔。假貸息倍稱。剜肉猶瘡痕。程課歲難賦。逋累陳相因。路窮思變計。由舊兼圖新。窮山走暗夜。望氣覘紛緼。龕緣循礦脈。斧斵聲礮礮。始焉見雞窠。微茫辨胎渾。進步阻石峽。縮手呼蒼旻。幸而得堂礦。室家象溱溱。鼓銳更采入。氣奪千人軍。豈知涌水出。大隊驚淵淪。前勞付一擲。千萬爲沙塵。況復山腹空。崩頽斷雲根。劃如土委地。一斃數百人。叢骸埋亂石。隱隱成丘墳。獸死息猶茀。鳥死哀鳴頻。如何此奄忽。寂寂聲響泯。窮泉閟幽翳。終古冤沈湮。深宵聞鬼哭。寒風閃陰燐。吁嗟人命賤。曾不如雞豚。利普徧億兆。不能庇一身。山海殖財貨。豈以災芸芸。陰陽有翕闢。息息歸陶甄。盡取不知節。力足疲乾坤。周京制圜法。斯亦關經綸。生民共日用。所貴利溥存。多寡有分數。遠邇無畦畛。劑量一失理。悲樂區以分。八政首食貨。邦本念尤廑。百姓苟不足。何資奉君親。我願司計吏。治絲愼無棼。錢弊誠所重。民勞亦堪懂。忍待盈科進。長養庶物芚。阜成庶可致。藉以答聖君。

銅山行

陸元鋐

惟金三品一曰銅。四百六十山崇窿。南番色青滇色白。出蜀者赤光熊熊。辨銅官廢許民采。爭思驅石煩神工。靈苗既得寶氣出。產銅處先有銅苗。怯膽變勇生歡悰。廣招砂丁邀萬指。入山采銅者曰砂丁。但有少壯無耆童。踐蛇銜虎莽呼喝。山鬼彳亍逃無蹤。初猶登登事鍬鍤。片片削落青芙蓉。披荒鑿險漸幽峭。沈沈漂黑成硿礲。取精在骨不在肉。不入其穴難爲功。瓦燈熒熒承以頂。轆轤縋達泉三重。螺旋蟻折窈而曲。踏著卽是稜稜峯。千搜萬索日劚削。菁華漸竭根虛空。砉然崩奔石怒落。疾雷破壁驚魂從。有時潛蛟忽起舞。失脚遽逐奔流衝。亦有毒淫積肝膈。出竇便已無人容。罡風一吹頓僵仆。窮山乾死隨飛蓬。以身試險險難測。性命往往輕沙蟲。我聞邛筰古荒土。作息今已多耕農。爾食爾力樂終歲。何爲入坎忘終凶。利市三倍已太苦。況有大賈專其雄。可憐砂丁出死力。赤手依舊爲人傭。人生豐嗇要有數。神不福汝徒沖沖。不見黃頭郎爲漢大中。銅山不救飢時窮。

鉛廠　趙雷生

黔陽舊產鉛。黑白有二種。深谷潛韞藏。高山森巃嵸。開闢煩五丁。混沌現竇孔。兩手持斧鑿。兩足撥荒茸。一火銜口內。閃爍微風動。曲折入幽深。巖竇泉溶溶。破頂下水車。雪珠天半湧。嘆其洞中泥。燦似沙裏汞。熬以榾柮爐。居然祥金踊。上者運神京。報最邀天寵。邇來耗黠商。國課缺承奉。遂使有用資。慨遭居奇壅。安得能事吏。善爲斯廠董。

鐵廠詠　嚴如熤

史公載平準。大書桑孔事。上佐軍國需。資賴鹽鐵利。爨釜耕以刀。厥功同陶埴。古聖前民用。貨惡人地棄。南山當坤維。金精靈氣積。處處興鼓鑄。民命亦所寄。當其開採時。頗與蜀黔異。紅山鑿礦石。磈磊小坡巋。黑山儲薪炭。縱橫排雁翅。洪爐兩三丈。傑然立屓屭。風箱推連宵。燭天紅光熾。高匠看火色。渣傾液流地。鉎板堆如屋。範模成農器。黑溝黃花川。家具頗堅緻。鎚鍊工良苦。鑄鎔資不易。老林連坡陀。匠作採取恣。奈此旦旦伐。年來賸山翠。一廠指屢千。人皆不耕食。豈豈無業氓。力作飽朝饍。上天不愛寶。助我太平治。豈無逋逃猾。雌伏屏鼻息。豈無透漏奸。譏禁嚴關吏。地利有時盡。生計以憔悴。乃知宏羊法。病國非爲義。

廠述四首

吳振棫

華楹具百戲。雕俎羅八珍。指使諸僮奴。佩服麗且珍。問官所職掌。曰鐵錫銅銀。朝上一紙書。暮領十萬緡。會稽足課額。可以娛嘉賓。勿謂官豪華。視昔官已貧。頗聞有某某。憑陵居要津。巨僚日相狎。小吏不敢嗔。積金北斗高。歌舞難具陳。歌舞豈不歡。事勢如轉輪。朝廷固寬大。國法亦以伸。事過三十年。殘魄含酸辛。官今當黽勉。富貴天所命。鴆危與漏脯。智者終逡巡。哀哉銅山下。乃有餓死人。

滇廠四十八。寶路區瘠肥。媼神豈愛寶。苗脈有盛衰。攻采況歷久。造物亦告疲。寧台與湯丹。銅廠之最大者。今亦異曩時。比資烏坡銅。鎚鑿逮窮夷。滇銅不足。以蜀之烏坡廠銅濟之。廠在夷地。小廠益衰竭。徵課檄如馳。何從獲硬硤。硐謂之礌。礌石堅爲硤硬。可獲大礦。間或得草皮。浮淺而少者曰草皮礦。雞窩不滿萬。此諺語。雞窩礦出銅之少者。餓鞘亦奚爲。餓鞘有苗無礦。長菱入龍窟。水洩費不貲。硐有積水。百計涸之。謂之拉龍。費曰水洩。年年苦缺額。呵譴安敢辭。我聞古銅官。坊冶各有司。方今吏事繁。難理如亂絲。況復畀廠政。最殿較銖錙。既耕復使織。蹙蹙安所施。誰能劑虧盈。法美用意微。上贍九府供。下給家室私。官私兩不病。治術其庶幾。

受事平其爭。廠長凡有七。客長主官事。課長主納課。爐頭主爐火。鍋頭主役食。鑲頭主鑲架。硐長主礌硐。炭長主薪米。鍾手與砂丁。是皆長所帥。有犯則挾之。如奉令甲乙。背荒何勞勞。開硐負土也。晝夜戒無佚。帕首縛一燈。行若緣縫蝨。仰攻亦俯入。但懼引綫失。風穴竅谽谺。入深苦悶。鑿風洞以疏之。廂木架疏密。硐底下陷。支以木。間二尺餘支木四。曰一廂。洞之遠近以廂計。龍驚地軸裂。一入不復出。悲哉乾蠟子。枯腊黑於漆。洞陷、則死者無算。或爲寶氣所養。屍不腐。名曰乾蠟子。更聞扯火勤。爐罩難畢述。煎礦曰扯火。煎紫板用美人爐、將軍爐。蟹殼用紗帽爐。啞銅用火風太極爐。銅夾銀用推爐。鉛夾銀用蜈蚣罩。黑銅用蝦蟇罩。罩者爐之別種也。金銀發猛氣。浸淫爲癘疾。去此憂飢寒。一死豈自恤。爭尖與奪礌。刀劍鬬狂猘。東西異綫開采而同得一礦。則有爭尖奪礌之事。一朝鳥獸散。探胠入人室。索之籍無名。山箐費窮詰。持以問長官。塡撫用何術。

廠主半客籍。逐利來窮邊。出貲開廠者曰廠主。率皆客籍。其自稱曰客民。入官報試采。自竭私家錢。欣然大堂獲。繼以半火煎。礦最旺曰大堂。晚煎曉成謂之半火。抽課得羨餘。三倍利自專。百貨日麕集。優倡肆妖姸。荒荒蠻蟑中。聚若都市闤。泥沙快揮霍。變化出汞鉛。卅鑪鑄橫財。陶猗不足賢。聞者饞涎垂。擾擾蟻集羶。儼然師故智。謂命豈在天。叩囊出黃金。一擲虛牝塡。所願倘不償。室家徒蕭然。妻孥鄰存活。伴侶空相憐。不如扶犂好。猶得守薄田。請看足穀翁。飢飯飽卽眠。

鉛運篇

瀘州謁林菊史觀察。指示鉛運之利弊。述其語以告來者。

俞汝本

林公昔在滇。運銅至京邑。爲言運利弊。使我心感泣。公未出省垣。先有板主卽。板主卽攬頭。許以八百鍰。闟者爲引汲。公早知其姦。屛之勿與入。輕車而簡從。所役皆樸直。公令先下渝。易服乃敢出。爰有日者徒。驛舍相與値。自言僱舟便。萬得無一失。公言出省時。令親信家人作商人狀。先至重慶僱客舟。有一星命術士相値。力言板主之害。代爲僱舟。彼僕入其中。事事商密勿。所營悉妥貼。價廉更什伯。公後見之喜。

卽令任其職。誰知柄在手。敢將舟舵匿。聲言必加補。方克行至北。公乃赫然怒。一牒入州宅。琅璫曳以來。相見面無色。但求赦其罪。敢效此心赤。公命書狀來。免爾再反側。斯人愧無語。一路安且默。彼言板主惡。此卽板主賊。百計務鑽謀。焉知心黑白。勸君再勿用。當防彼姦慝。我聞夢初覺。謹自爲譬畫。與受若輩愚。寧受百艱厄。黽勉告同儕。凡事宜親歷。剛斷操自心。小信誤人國。

采石

汪沆鑿石謠。張鑑石船行。並見擾累門。

朱寶發前溪樂府禁石宕篇。見善政門。

采木

木廠詠

嚴如熤

岐豐治西伯。道通化斯行。作屏詠周雅。伐木聲丁丁。終南勢蜿蜒。接連太白橫。千里蔚蒼翠。參天灌木縈。名材挺杉栗。松柏冬青青。採之利民用。販運遍兩京。鉅者作梁棟。細亦供爨楨。商人厚貲本。坐籌操奇贏。當家司會計。領岸度工程。書辦記簿册。包頭夥弟兄。森森連抱材。縱斧牽以繩。天車輓坡嶺。天橋度澗阬。背板力任重。強健驟爲名。積聚待漲發。水腳趲溪泓。猴柴堆谷口。嵯峨排木城。一廠萃工備。大者千百丼。以漸開而進。約束似行營。西通棧壩奥。東接商郇陘。工徒半流徙。

億萬倚以生。前年生萌蘖。不遑潢弄兵。扼吭仗健將。元惡戮鯢鯨。民利詎能禁。患生亦可矜。開採資商本。實賴時屢亨。糧賤生計易。坐貪歲功成。商利大於母。工徒聚如蝱。旱潦事難定。豐歉倏變更。一年食已貴。再歲遂難撑。斗粟值千錢。商絀工亦停。紛紛食力傭。何自供使令。况復牛山美。光濯乃常情。雖云老林僻。壤地還可耕。詎知採運時。一木百人轟。蟠根地尋丈。種穀能幾莖。高寒賸磽确。五種異郊塍。曲突苦無計。上座屢舉觥。安危邊亦腹。撫馭誰其能。綢繆謀應預。稽防慮貴精。天作太王荒。岨矣路平平。祥和慶盛世。屢豐卽永寧。自注。俗稱當家、領岸、書辦、包頭。均木廠小彩名色。廠中背板健夫號某縣子。運木過山用天車。過澗坑用天橋。皆架木爲之。又木料積山中。俟山漲大發始能放。往歲岐、郿、盩厔廠徒因停工滋事。總兵吳廷剛領兵徑趨厚畛子巢穴。縛首逆萬五。故迅速完事。

采薪

賣薪謠　王敬之

野人賣薪曉入城。半擔百錢買者爭。今年入夏三尺雨。蘆洲沒盡湖波平。窮檐乞米謀熟食。一日一度炊煙生。束薪比桂忽爲怪。歲暮還愁無桂賣。君不見村村拆屋償前債。

採薪女　嘉應民俗。男逸女勞。採薪之役非止健婦。深閨弱質。懼有强暴之辱焉。詩以警之。　黃安濤

採薪女。多辛苦。三朝入門便卸妝。短衣結束持樵斧。上山朝採薪。山頭霧雨淋滿身。下山暮負薪。山脚虎狠驚煞人。那得避霧雨。亦莫怕狠虎。只愁道旁惡少年。牽衣草寮爭數錢。

采煤炭

采煤曲　鈕琇

雲根斸盡龍山拆。轆轤深綆垂千尺。額燈蒲伏漆爲膚。飢軀貧子齊肩入。朝入還期夕數錢。忽逢崩石生長捐。千村土銼炊烟出。中有民命如絲懸。

掘煤歎　程夢湘

湖南多山恆產煤。千夫萬夫爭向開。居人擔荷出地底。有似白晝山魈來。運載入城難論直。一斛五錢休歎息。窮民盡力掘山根。奔走依然乏朝食。吁嗟此產日用所必需。何況利之所在人爭趨。無如蠢爾民至愚。不知山頭冢纍纍。悉是爾民祖父之身軀。爾貪微利昧天性。忍將白骨棄路隅。朝掘煤。納官租。暮掘煤。養妻孥。朝暮掘煤煤已無。吁嗟乎。爾祖爾父骨未枯。

采煤歎　王鳴盛

小車軋軋黃塵下。云是西山采煤者。天寒日暮采不休。面目黧黑泥沒踝。南人用薪勞擔肩。北人用煤煤更難。長安城中幾萬戶。朱門金盤酒肉腐。吁嗟誰憐采煤苦。

擔炭行　李調元

路入睢水關。巑岏通一線。詰曲遇來人。背挑無非炭。斑白亦負戴。單衣纔至骭。任重杖乃興。浹髓皆流汗。滿面烟火色。十指黑如澱。問翁炭何爲。答言衣食衍。關內有黃敞。記里三舍半。山高多杍櫟。伐薪利用煆。其地鮮稻秔。斗粟百斤換。炭賣復易錢。錢復易米爨。以此老筋骨。顧口復顧眷。豈無高岸坑。屢蹪脛輒斷。豈無蛇虎傷。見則奉頭竄。隆冬雪霜天。努力尤不倦。豈不畏饑寒。但憂炭值賤。去年成都府。錢小不堪貫。私鑄塞其間。甚爲民不便。大吏聞當宁。行文各州縣。盡繳青蝦蟆。洪爐重鼓煽。開局摩訶池。催炭急於箭。睢水炭所出。奉令孰敢謾。老少俱供役。牽挽走山棧。十日一往還。得鍰甫一串。燒木罄南山。尚不輸鎔鍊。公鑄私又攙。新錢舊復揀。今年府東南。民好又改變。只用辮子錢。一概斥爲贋。官禁抗不從。那復懼鼎鑊。漸至錢不行。貿易只米麪。以此代憂天。常抱杞人患。斑白何足惜。疲癃亦已慣。今年復來年。聊借炭爲豢。但使不擇錢。溝壑塡不怨。

哀中山采煤者　姚椿

五行火無質。乃自他物掇。油與薪炭外。煤賤利莫奪。惟患伐取艱。山根恣搜刮。洞深杳無底。洞口丈餘闊。墜落泥海中。側足無路達。斧斤聲丁丁。地脈刻意割。十步置一鐙。照見腓無胈。冥行歷寒暑。食盡耐飢渴。掘久山骨空。當頭壓肩骱。生埋獨何辜。一崩百夫闕。或鑿水脈通。橫流勢莫遏。受此地水災。九死或一活。面目誰復識。皮骨便疑脫。可憐黧黑軀。歷劫不能拔。錢刀亦錙銖。性命竟毫末。

瘠土貧民

平涼新樂府　龔景瀚

甘肅民皆貧苦。而平涼尤甚。作令三年。耳目所及。有不忍見聞者。作新樂府四章。烏虖。司民牧者。患於疾苦不知。知之矣而不能爲之所。徒託詩歌以自解免。罪可逭乎。

平涼民。居何所。此身未死先入土。蟻穴憧憧自往來。蜂窩處處分門戶。炕前列釜竈。炕後聚男女。牛羊在屋上。雞犬在屋下。於時言言於時語。於斯歌哭於斯聚。自從子孫溯宗祖。數輩不識瓦與柱。昨聞張家莊。滂沱三日雨。崖傾牆壁崩。壓死不知數。嗚呼。平涼之民何太苦。

平涼民。身何衣。背上一塊花羊皮。白布三尺蔽前後。手足凍皴如裂龜。十三女兒議嫁娶。縮手窰中尙無袴。一家團坐薰馬通。但擁殘氈與敗絮。客來賣布不索直。秋量米穀夏量麥。傾囷倒廩不敢辭。身上有衣口無食。昨聞官府出明示。嚴禁客民索重息。民愚深感縣官仁。卻恐今冬賒不得。牀頭餘粟幸不飢。妻子相顧寒無衣。北風刺骨冷欲死。豈能待至夏秋時。

平涼民。耕何田。賦籍沿自明中年。民監更屯目有四。輕重相去如天淵。民田什一古所定。科則況分原與川。監田牧地賦更薄。每畝不過十餘錢。獨有更田本王府。昔日私租今作賦。屯田大半民棄餘。溝底山頭多瘠土。當時屯政隸軍官。緩急操縱猶等閒。今日司農有定額。取盈歲歲誰能刪。豐年畝登禾數束。盡納官糧尙不足。聖恩浩蕩大如天。二十年間詔屢蠲。歸家感泣告妻子。依舊新糧完不起。纍纍鞭扑滿公堂。官府但道民無良。

平涼民。讀何書。師一弟子百有餘。古寺團欒高下坐。閧堂一樣聲葫蘆。讀罷依然不識字。何況通文曉大義。今年荏苒復明年。多少英才皆暴棄。就中敏者十餘人。學臣草草與衣巾。出入鄉閭耀親戚。

何殊威鳳與麒麟。大雅沈沈久不作。浸淫何怪民風薄。文翁蜀郡潮陽韓。誰與斯民作木鐸。柳湖高柳碧參天。壞壁殘垣冷暮煙。顧榮去後風流絶。絃誦無聲二十年。顧太守光旭建柳湖書院已圮。近始興修。

周錫溥蓬草篇。見樹藝門。

挖蕨根施州樂府 憫窮黎也　詹應甲

客民買田起莊屋。土民典田賴耕牧。田不能耕賣黃犢。且向山頭種苞穀。隔年苞穀苦陰寒。瘴雨蠻烟蒸不熟。穀不熟。蕨頗肥。賴有此物能療飢。老稚腰鐮婦背簍。施州人以竹編簍。負於背上。謂之背簍。取其輕便。遙指西山比南畝。青青不見蕨苗抽。下有蕨根大如斗。蕨根大者其苗細。如枝葉蓬生則根不能食矣。鐵鋤斫斷絲虆虆。山骨還凝土花厚。輪囷大束帶雲歸。杵響深宵搗茶臼。漉以清泉澄盎中。色白居然調雪藕。冰霜歷盡春風來。一日能儲三日糗。還怕長條密葉生。根深難覓千金帚。嗚呼。蕨根挖盡石亦枯。民苦併無蕨可鋤。

婦女

季麒光田婦行。見田家門。

茂苑花　吳震方

古言生女好。猶得嫁比鄰。吾言生女好。不如嫁遠人。閭門佳麗地。綠水環鄰鄰。生女勝生男。黛眉朱點脣。十三不織素。十四不烹紉。自小習儀態。度曲彈箏纂。盈盈十五六。見者驚若神。千金詎肯顧。十斛未爲珍。青鳥通意指。鄭重說良因。不惜道里遠。彩翼騰青旻。翩僊輜軿去。珠翠光照塵。富貴過故鄉。榮光被六親。嗟嗟蓬窗女。窺戶空長顰。終歲績麻苧。不能煖一身。折蒿以爲簪。頭上無金銀。豈乏窈窕姿。可以供采蘋。嫁爲田家婦。沒齒甘長貧。試歌茂苑花。芳菲亦同春。菀枯各自異。始知貴緣貧。

侯門妓　唐孫華

吳娃十四好腰身。纖白娉婷結束新。父母相矜指奇貨。許聘當須予貴人。紅顏誤盡爲黃金。輕車北送侯門深。便如嫁女與河伯。不是波濤亦陸沈。侯門鎖閉教歌舞。日久飄零配廝豎。縱令士骨颺爲塵。塵飛不到江南土。死別生離遠鄉井。音書長斷飛鴻影。不如嫁與比鄰兒。時餽耶孃一筒餅。

棄妾篇　張鍔

有女字阿貞。生小昧來歷。疑是北方人。流離認親戚。長成十四五。姣好兼敏捷。已知兒女情。嫁爲劉氏妾。良人雖無子。未敢戀枕席。大婦不能容。妒心日以積。憶昔初來時。罵言有鬼物。相將作聲響。無計可除祓。狂童肆讒口。彼此懷疑惑。愈久事愈多。見怨不見德。亦曾下疋縑。謂不勤紡績。亦曾供三餐。謂不辨飲食。可憐嫁時衣。至今猶穿著。垢汚類油煎。零落同鼠嚙。綺羅非所望。與郎索布补。自分無罪過。詎意有啾唧。惡聲作長談。毒手更淩虐。夜中願投繯。日間思仰藥。可憐三四年。養成青絲髮。欲摘繫梅仁。愛惜不忍伐。蓬鬆難再梳。恨深已到骨。一朝付翦刀。休嫌太倉猝。良人見此狀。不寒而自慄。治法旣已窮。實乃膏肓疾。遣歸乃無所。容留懼有失。再三自躊躇。遠計莫如出。夫婦集鄰媼。成羣互覺察。劉郎有外母。女中最狡猾。巧言謂阿貞。於此日相軋。何如居我家。眼丁聊暫拔。攜手同歸去。多端布心腹。善死寧若生。佯笑猶勝哭。一碗不作聲。兩甌卽硈硞。古今賢夫人。幾人稱雍睦。婢妾多幽閉。衾裯怨孤獨。我女實鴟梟。視汝几上肉。黄泉路非遥。青春去不復。汝當聽我言。我當爲汝卜。近地有少年。大約廿五六。生計亦豐腴。秉性尤善淑。生平未得妻。得妻必憚伏。懸知日相對。相對不出屋。果能結親婚。因禍以致福。阿貞默無語。悲啼經再宿。開言告阿母。凡人非草木。阿母爲兒計。兒已籌之熟。念兒無父母。更鮮親與族。日後常往還。雖死亦瞑目。阿母旣主張。不敢有翻覆。外母謂女夫。此事已妥帖。乘彼未轉移。疾忙整行笈。去期定十月。月之二十一。良人痛别離。珠淚滿眶溢。中廚出酒餚。杯盤案上列。舉杯欲飲酒。相向各嗚咽。阿貞旋起身。斂衽向前說。夫君昔娶我。本意延瓜瓞。生則願同衾。死則願同穴。誰知僅三載。恩情中道絶。出戶卽天涯。須臾成永訣。最苦是生離。生離當死别。回身復斂衽。容色愈慘切。念妾失教訓。性情實乖劣。主母罵阿貞。心中偏喜悅。阿貞忤主母。愼勿記饒舌。夫君將五旬。膝前無嫡血。主母幸留心。當令生萌蘖。夫君與主母。各自修名節。他日念阿貞。歲時一相接。大婦聞此言。掩面若涕雪。良人聞此言。撫心似刀截。傍人促登車。燈火轎前設。女伴牽衣裳。不能久周折。一步兩回頭。寸腸千個結。

女耕田行

滑汝謀

四座且勿喧。聽我長歌女耕田。妾家無子姑已老。夫壻能養死復早。薄田數畝舊所遺。耕耨無人半荒草。族中子弟氣食人。欲佔此田逐妾身。其人金多輔者衆。佃戶逡巡不敢種。老姑嗽嗽待朝餔。含羞出門親荷鉏。可憐耕田腕無力。安得將來覯秀實。未終半畝苦不勝。淚灑麻衣重歎息。不歎一死向九泉。念我老姑倚望柴門前。誰家遊女相擁簇。滿頭翡翠雜珠玉。暖風吹衣香襲人。道傍老幼目相屬。妾容憔悴塵土中。野田幸免狂且辱。但願耕田勞且安。種得升斗先了官。自炊餘粒勸姑飽。誓不將田與凶狡。我聞其語心傷悲。人生無良不畏天。作事橫肆何不然。女耕田。勤且賢。

吳趨吟　冶遊　邵長蘅

吳峯如點黛。吳溪如染藍。吳娃豔妝裹。冶遊心所炊。玉腕黃金釧。鴉鬟琥珀簪。月華白褶裙。杏子單紅衫。二月春始半。踏青邀女伴。小桃虎丘紅。新柳山塘短。燒香覲音山。絲繡三丈旛。拔釵供佛會。共郎遊梵天。五月胥江怒。水嬉讙競渡。團扇薄不遮。故教冶容露。六月荷花蕩。輕橈汎蘭塘。花嬌映紅玉。語笑薰風香。中秋千人石。聽歌細如髮。十八楞伽山。湖亭待串月。何處更登高。吳山黃花節。冶遊春復秋。婉孌不知愁。西鄉大養蠶。東鄉種棉花。養蠶姊條桑。種花妹紡車。儂自袖手坐。衣著綾羅紗。

石砫行　朱樟

秦夫人良玉。忠州人。掌石砫宣撫使印。明季屢立戰功。莊烈帝嘉之。賜詩四章旌其功。流賊入川。夫人以精兵扞夔巫間。軍聲大振。蜀亡後。張獻忠招之不屈。固守石砫終其身。其大節有足多者。蜀人能言其事。

巴東健兒談石砫。秦夫人系儒家女。一朝冠帶領蠻酋。娘子軍容壓谿部。弟兄分將白桿兵。良玉及弟名屏。皆將白桿兵。見明史。豈獨夔巫鍵門戶。憶昔援遼破虜功。內家妝束驚秋鴻。綠沈槍舞春星轉。花桶裙拖錦帶紅。昂藏綽有丈夫氣。帳下粉黛多雄風。雕面侍兒工走馬。繡巾小妹解彎弓。水赤岷江徧流毒。天墮妖星蟲入腹。黃虎所過殺氣腥。張獻忠面黃。川人謂之黃虎。見本傳。枯骸髑髏饜人肉。可憐開府不知兵。用秦夫人語。謂邵中丞。失爭蹊要爭平陸。孤軍事急無奈何。箸調帚驅空迫促。蠻府家法。以箸調兵則能飯者畢至。以帚驅兵則全營悉出。坐見東西蜀翦屠。抽營臏有蛾眉哭。孱婦當年受國恩。璽書頻下懸軍門。龍顏尚隔平臺見。鳳紙親題尺綍溫。窈窕丹青人不朽。試看他年麟閣上。丹青先畫美人圖。見思陵賜詩。肯使勳名婦人有。一時巾幗盡鬚眉。馬下紅旗馬前酒。蜀亡不肯樹降幡。此身未死殘疆守。大節英鋒未渺茫。青史流傳挂人口。成都顛覆燄熏天。邛筰皆稱大順年。張賊僞號。一婦嬰城勤保障。蠻夷君長韜戈鋋。夫人生長青閨裏。不願低眉嫁鄉里。請借刀劍立邊功。誓抛白骨沙場死。迷離兔走木蘭詩。玲瓏玉刻琬炎字。寧南大帥忝同名。忠勇何曾及女子。秦夫人。遭逢國步何艱難。僰童能歌女能舞。編入樂府朱絃彈。一彈再唱聲嗚咽。海棠花謝春風寒。將門新婦誰最賢。至今傳有沈紅蘭。夫人子婦沈氏。繼掌石砫印。

城西嫗

顧嗣立

城西路上風蕭蕭。攔街痛哭聲號啕。就中一嫗聲更哀。上前問哭緣何來。官司誤傳點繡女。家家婚嫁不擇主。爆竹終宵響遏天。輿馬喧闐無空土。我女閨中十五年。眉如柳葉顏如蓮。怱忙錯信東家女。細馬馱歸紅錦纏。入門結髮堂上坐。膝下兩兒年已大。側目追隨婢妾班。夜抱衾裯和月臥。可憐嬌養蕙蘭姿。忍淚吞聲從此畢。聽嫗言。且勿哭。君不見趙家女。年十六。昨宵花燭照顏色。夫壻今朝作八十。

頳花謠　倪蜕

紛藉此羣婦。判押顴頳交。或荷蔫與钃。或負桶與瓢。或平治道路。努力把钁鍬。或汎掃行館。摳衣事藜苕。羞面怕向人。抑抑不自聊。試問路旁子。爲我言叨叨。鄧川地褊小。戸口實摧凋。近復因備兵。供億多差徭。每一遇擡送。用夫如牛毛。排門苦未足。婦女安可逃。昨日新官到。吏役方參朝。忽聞使節涖。火票騰四郊。沙村三十戸。夫男傭富豪。紛藉此羣婦。橫被官吏抄。復恐有竄逸。判押顴頳交。誰家無婦女。此厄眞慘遭。新官有新令。忍辱候回銷。然非舊時例。創見從令朝。我聞三歎息。抱憤心搖搖。大夫風化主。權柄手自操。卽使俗習陋。尙當迴狂飆。況導以無恥。寧不成教猱。政理途既失。鸞凰變成鴞。培護道或謬。蕙草化爲茅。羞惡心共有。坐惜廉恥消。既爲賦稅民。敢辭執役勞。奈何押婦頳。遂成千古嘲。老夫未經見。頳花爲新謠。

江右紀風放野贛俗。樵蘇多需粵女。女行不戒。主亦利之。名曰放野。　商盤

采薪復采薪。粵女養贛人。但飽贛人腹。不惜粵女身。朝亦去采薪。暮亦去采薪。朝亦不采薪。暮亦不采薪。得錢買乾柴。豈必由斧斤。君不見吳家之姬鄭家婢。磨墨知書不入市。

斷針吟爲李景山母夫人作　陳章

兒讀書。母縫裳。寒燈一盌冬夜長。布澀指僵針易斷。積久星星匣中滿。一針度千絲。十針度萬縷。不知許多針。穿盡人間苦。針可爛兮心不腐。開匣看時淚如雨。

姑惡篇　鄭燮

小婦年十二。辭家事翁姑。未知伉儷情。以哥呼阿夫。兩小各羞態。欲言先囁嚅。翁令處閨閣。織作新流蘇。姑令雜作苦。持刀入中廚。切肉不成塊。礧磈登盤簋。作羹不成味。酸辣無別殊。析薪纖手破。執熱十指枯。翁曰是幼小。教導當徐徐。姑曰幼不敎。長大誰管拘。恃其桀傲性。將欺頹老軀。恃其驕縱資。吾兒將伏蒲。今日肆詈辱。明日鞭撻俱。五日無完衣。十日無完膚。呑聲向暗壁。啾唧微歎吁。姑云是詛呪。執杖持刀鋸。汝肉尚可切。顱肥未爲癯。汝頭尚有髮。薅盡爲秋壺。與汝不同生。汝活吾命殂。鳩盤老形貌。努目眞兇屠。阿夫略顧視。便嗔羞恥無。阿翁略勸慰。便嗔昏老奴。鄰舍略探問。便嗔何與渠。嗟嗟貧家女。何不投江湖。江湖飽魚鼈。免受此毒荼。嗟哉天聽卑。豈不聞怨呼。人間爲小婦。沈痛結冤誣。飽食償一刀。願作牛羊豬。豈無父母來。洗泪飾歡娛。豈無兄弟問。忍痛稱姑劬。疱痕掩破襟。禿髮云病疏。一言及姑惡。生命無須臾。

捨身行　鮑皋

揚州城內商人婦。婦人尊貴自作主。大婦捨身嶽廟裏。中婦腰牌印累累。小婦儜弱不任事。隨駕最得娘娘喜。揚州少男故多女。生女多居大門戶。女不縫紉不機杼。但坐飽食談鬼語。隨駕上天樂不苦。釵廚黃金太倉糈。畫旂繡傘應官府。十人爲什五人伍。嬌羞各自命伴侶。東家西家好鄰里。問我諸姑及伯姊。十十五五一張紙。生不同生死同死。房中乳保羣婢子。平常束溼荷驅捶。上下一牌同列取。他日左右相依倚。茶姥酒媼何能爾。可憐貧家亦如此。日日從夫索錢使。吳人淫祀楚巫鬼。揚跨吳頭蹈楚尾。岳祇尊嚴媲后土。敬之且審敢玩侮。汝干以邪赫然怒。不以福汝以禍汝。婦人不知道義故。家翁癡聾奈何許。吁嗟乎。家翁癡聾奈何許。

縫窮歎

祝維誥

縫窮婦人家何方。提兒挈女輕故鄉。粗知刀尺能裁量。遠來餬口逐隊行。無家客子衣服破。呼攜皺席檐前坐。縫來縫去針縷煩。猶道工夫不多作。北風夜起天乍寒。塵沙滿鬢生計難。可憐十指僵且乾。自顧瑟縮衣裳單。不見長安富家女。手織不動無針瘢。年年被服羅與紈。

紀事

莊綸渭

前溪作吏久。蚩蚩半熟識。姓名記不眞。面目尙能憶。一日初放衙。有人向予泣。咄哉彼何人。自言籍安吉。本是儒家子。生涯寄耕殖。娶婦自康山。兩月佐紡績。歸寧阿母留。姑亡不見媳。稽首啓婦翁。往返空如織。予迅傳里正。里正詣前述。遲歸非女心。有淚滴母側。阿母憎婿貧。匿女辭以疾。何物此老媼。我聞怒於色。黔婁亦窮士。妻賢締膠漆。冀缺一農夫。妻敬饁耨食。樂廣契衞郞。蘇家憐子立。豈有向子平。嫁畢仍不畢。此風不亟除。窶人盡無室。好語安吉氓。肩輿詰朝覓。爾其竚俟予。予言愼勿洩。晨起集傔從。茫不知所適。趣之西北行。州里只瞬息。到門闃無人。聞風已潛匿。來一白顚叟。問年踰八十。積懣因比鄰。一一訴其實。斧伐門之樞。門闢阿母出。母出阿女隨。愁顏半羞澀。予曉以大義。情至而理極。阿母俯無辭。阿女涕沾臆。鬱鬱久居此。苦被父母逼。願從夫婿歸。永永諧琴瑟。阿母謂阿女。畜汝乃不卒。目逆就筍輿。觀者驟雲集。媚依宛如初。此夕是何夕。女不詣公庭。官不行勾攝。作合惟斯須。需者事之賊。六載無他長。遇事傾悃愊。立懦兼維風。此事乃其一。

縫婦怨

王鳴盛

縫窮婦人走路旁。提攜黃口來殊鄉。爲客補綴十指忙。得錢不足一日糧。東家女兒時世妝。可憐傅粉復熏香。針線不拈衣滿箱。

京師樂府縫窮婦

蔣士銓

獨客衣單襟露肘。雪中凍裂縫裳手。檐風吹面身坐地。兒女爭開啼哭口。夫難養婦力自任。生涯十指憑一針。狂且或動桑濮想。蕩子戲擲秋胡金。君不見紅粉雲鬟住深院。雙手不親針與綫。笑他女兒性癖習女紅。窮人命薄當縫窮。

寒女吟

畢沅

桃實初黃梅已摽。寒女深居人未曉。悅禮明詩操作工。祇餘阿母憐嬌小。東鄰嫁女歲纔周。已見歸寧抱阿侯。西鄰小妹年十四。又說冰人來問字。阿母相看常惘然。蹉跎吉日復經年。蹇修叩門忽致語。昨日襄陽來大賈。爾若能趨時世裝。不吝金錢便相取。寒女殷勤笑相謂。雞逐雞飛各從類。女蘿平地微賤姿。無因結託珊瑚枝。

梳頭曲 刺妖冶也。與李昌谷詩義不同。

吳蔚光

日挂榑桑紅十丈。頗黎窗暖流蘇響。海棠春睡未足時。殘夢如煙碧空漾。八寶匳開鸞鏡光。燕支濃和宮粉香。三𩟔三傅浹肌肉。臉霞嬌壓芙蓉塘。掃眉宜長不宜短。點脣喜深不喜淺。生來髮要養孃梳。委地披披綠雲輭。雙盤蝴蝶辮玲瓏。新興元寶樣尤工。蟬鬢蓬成含孕蚌。鴉鬟扡變繫書鴻。銅絲倒裊百花媚。北京籦草花新異。罷戴近珠小步搖。古式安能及今制。長裙紺黑廣袖黃。雀翎翡羽繡裲襠。顧影自覺可憐愛。何況少年紈袴郎。鈿車畫舫樂游玩。千人手指萬人看。誰家美女獨倚樓。尙是空心桃子頭。

汲水婦

陳聲和

汲水婦。官道傍。黃塵滿蓬鬢。卻有靑臚光。客行日中正苦熱。詩脾乞沁珍珠涼。如何一勺雜泥滓。水中鹽味難爲嘗。未能便解長卿渴。一笑不是雲英漿。婦言此客殊不省。此間那得淸泉影。半杯涼酒賣三錢。十里炊烟爭一井。此井深深逵路間。只愁提甕力難肩。數升水飮全家共。一滴何曾肯棄捐。

乞人婦

又

乞人婦。微有姿。向客乞錢暮夜時。狂且窘辱不敢辭。厥夫可憐顏甲厚。日拾馬通逐車走。黃昏歸來欣得錢。一飽嘖嘖稱婦賢。爲婦拭啼痕。勸婦開笑靨。明朝向人莫羞澀。媚態從來須慣習。吁嗟乎。古之乞人不使妻妾知。今之乞人那忍用妻妾。

江北婦女歎

蔣知廉

婦女生田家。辛苦多備嘗。自小習耕種。老大謀稻粱。短巾不掩鬢。野服難爲妝。置身塗泥間。容色風吹黃。春來事犁鋤。秋至築圃場。秉穗無遺滯。饁餉還相將。豈不樂膏沐。歲苦歎無常。豈不圖安居。何以籌資糧。如何揚州人。百里共此鄉。風俗迥然異。苦樂殊不當。生小閨閣中。出入羅綺香。日旰臥未醒。月上方酒漿。猶嫌寂寞居。絃索招歌盲。那知盤中餐。粒粒辛苦償。

瘦馬行吳下奸媒。收養貧家女。居爲奇貨。謂之養瘦馬。作詩傷之。　沈清瑞

養馬不要瘦要肥。養女不怕妍怕媸。馬瘦尙可騎。女媸不可醫。一解。奸媒前致言。吾有一術可以易媸爲妍。爾女寄育吾家。傅脂粉。著綾羅。學管絃。一年二年。定然有好容顏。亭亭裊裊能得官人憐。珍珠十斛黃金千。未嫁噉我飯。既嫁償我錢二解。官人來買妾。車馬闐溢喧路衢。入門上坐。女出再拜起居。問年紀。十五不足十三頗有餘。奸媒誇說好姿首。村姬妝束也復神仙姝。奸媒一何詐。官人一何愚。無鹽西施目不辨。千金揮擲輕斯須。三解。父母前取金。奸媒突而前。未嫁噉我飯。既嫁償我錢。子母相權盈盈百且千。亟須償我。償我不得暫延。四解。奸媒取金去。父母血淚落。眼看鬻女錢。盡飽奸媒槖。五解。

觀繩伎諸戲　周鍔

垂髫女子十三四。窄袖弓鞋逞奇技。最小更有七齡者。亦復蹣跚助情致。氍毹貼地鋪錦紋。承肩反踵紛接替。翻弄柔腰類研棉。顚倒雲鬟如轉縈。皓腕乍舒始向下。人面反從胯間覿。纖足故交文項前。左右輕掮鴉掠翅。故教累席狀層臺。捨身一擲胸貼地。依然起立忽飄揻。反作善才龍女勢。就中小者更奇絕。伏地仰翻手足捩。有人拾之拋向空。輕若彩雲墮簷際。堅似蛞蜣抱泥丸。屢屢擲之等

兒戲。大者更以首抵腹。翻身倒立更無忌。半晌乃稱一劇畢。穉齒跳躍起踔厲。少焉更呈走索能。坐客羣起各翹企。長竿持向空處來。弓彎瘦削與繩例。坦然履之更不疑。儌倖於險似居易。有時獨立用一足。故作嬌行纖步滯。有時如飛縱往來。仙乎仙乎有其意。忽然失足及中間。衆目同凝衆心悸。豈知笑作楊妃舞。橫臥朱繩展半臂。兩足左舒右方屈。憨慵作態弄嬌媚。撒手容易起立難。無可藉手鮮奇計。悄偸左足比於索。以右及之立如植。一竿握手平如衡。雙翹緩踏自佁俐。舞罷輕身始下來。心好其奇口不啻。主人勸我醉一觴。舉杯不覺生嘅喟。人生好奇乃見此。理之所無事難旣。夫非盡人之子歟。矯揉筋骨鑿險祕。細推其故頗不得。少成若性階之厲。得錢論鈔不嫌多。毋乃終爲口腹累。安得黃金變爲土。男也服田女主饋。

汾州觀太平村婦甕戲　顧我樂

甕高五尺脣徑尺。腹大可容粟兩石。質重詎等浮水瓠。中空不類支柱碣。灌叟手抱艱課功。擔夫肩負悵疲役。曾資酤吏施毒刑。閒傍糟牀貯清醳。新年廟會百戲陳。搬演牛鬼兼蛇神。陡見平地累几案。鳴鉦四顧招遊人。何來村婦儉裝束。皁羅紮頭布纏足。不持門戶把鉏犂。不習謳歌侑醽醁。慣攜竿木戲當場。登臺不用人扶將。以背貼案雙足舉。先弄革鼓聲礌硠。須臾舁甕夾股際。乘勢瞥向纖趺綴。盤旋轉側總麗空。高撐只以足爲蔕。徐踹甕口仰射天。卓立不動無頗偏。玉女一見定含笑。謂可分植華池蓮。似此位置穩不落。已令觀者神錯愕。決起忽疑兩翼添。飛回仍在雙翹著。戲畢翻身下地行。鬢髮不亂顏不頳。衆口嘖嘖歎神妙。巧耶力耶難爲名。吾聞段師琵琶公孫劍。絕藝由來女子擅。翹關扛鼎氣並雄。吐火呑刀術徒炫。所嗟此婦眞拙謀。絲牽傀儡何時休。得錢僅博夫醉飽。獻伎終貽己恥羞。何如早歲事本業。嫁與比鄰議酒食。提壺遠餉陌上耕。弄杼近理窗前織。曷爲游手專以捷足誇。終身墮落隨泥沙。客謂此論大迂謬。覓食豈顧生計差。君不見汾河營卒千萬家。就中有女顔如花。良人征戍久不返。土室寒餓長咨嗟。

走索行　梁玉繩

誰家女子顔如蓮。全身裝束爭鮮妍。鬢插簪花額遮帕。蹁來試技平橋邊。橋邊絲繩爭牽引。約以銅鐶束縛緊。纖柔兩手執沙囊。步武安閒初不窘。一往一來快於馬。或前或卻捷似猱。忽然倒挂恣輕矯。鉤住絲繩腳尖小。移時復見騰空來。微微輕汗暈紅頰。從容旋把雲鬟整。欲下不下還徘徊。爲憶當初纔學步。旦夕耶孃勤愛護。爾期走索向長街。性命羞慚都不顧。嗚呼。性命羞慚都不顧。

解馬行　李芝

十三女郎柔且倩。髻梳墮馬搖金鈿。康衢明日走青驄。當筵先試長所擅。凝眸簇步往復還。隨風跳躍華雲旋。香唇覆地嘯疑猿。錦鞋掠棟飛成燕。踏繩舞罷舞穿梯。衣衩層分藍與茜。忽然橫木挂中央。身似金錢臂爲線。蕩搖未落鐃鼓停。雙眸微動歌喉轉。一女衣紅減一齡。偶閒且拂輕紈扇。連朝官柳正青青。昨夜剛逢微雨濺。纖埃不動曉氣清。市中一望遊人遍。聲聲銅鼓催金鈴。人能拏雲馬追電。蕭梢俊尾去此煙。翻身笑見春風面。乍驚墮地忽據鞍。遊絲粘起落花片。揚鞭斂態欲下時。袖中暗響玲瓏釧。他年莫再逐浮萍。年漸長。則有流娼之目矣。今日堪憐比蓬轉。

瘦馬行

石韞玉

養馬長苦瘦。養女長苦醜。駿馬一匹千緡錢。富人金多易嬋娟。吳趨女兒歲三五。剪趾修眉態楚楚。千錢放客窺春妍。萬錢行酒長筵前。爺孃論財不論耦。嫁作邯鄲賈人婦。邯鄲賈人斷養材。鴉挾彩鳳鴆爲媒。吁嗟兔絲心。願託高樹枝。引身附蓬麻。轇轕終奚爲。

鄉婦歎

劉侃

道遇鄉閭婦。前後來相續。敝衣不掩膚。面黃瘦無肉。旁人前致詞。婦皆予鄰族。今歲逢荒飢。田家貧無粟。男子遠力食。遺此閨中獨。飢來驅出門。忍恥甘奴僕。見人強舉顏。沿門丐饘粥。婦人拙謀生。那能辭踧踖。嗟哉君勿言。予欲吞聲哭。

豔火行

胡本

己巳秋。演目連劇於城東之石牛舖。綵樓高結。俯臨人海。婦女垂簾聚觀者不下千人。因不戒於火。燬焉。閨幃弱質。顛倒於濃煙烈焰之中。市井狂童。狎侮於白日青天之下。其折肢體、焦髮膚、棄釵釧、裂衣裳者不知凡幾。有慚而自經者。因作豔火行。以爲閨媛觀場之戒。

湘煙蒼蒼湘水綠。湘潭女兒美如玉。繡戶紅窗深護持。十里長衢列華屋。瀏陽女兒解績麻。安化女兒能采茶。獨有湘潭無所事。指爪纖纖但繡花。一日繡花三日坐。三日繡花纔一朵。何處絃歌咽畫樓。金針抛卻心如火。況復希奇如目連。頓使幽冥在眼前。鋼叉劈面信手擲。頎然之鬼冠觸天。張家阿姊笑相迓。李氏諸姨復勸駕。明朝早起但梳頭。翠鈿金環都許借。崇臺連延人海旁。駢肩爭上如驅羊。疏簾欹側半遮掩。高髻弓鞋那復藏。謹厚誰爲柳士師。狂蕩都如杜牧之。蒼鶻參軍都不問。儌眼惟知彼孟姬。祝融驟見赫然怒。卽遣飛廉作前部。須臾燭龍含火來。一掃妖氛與冶霧。麗華焉得胥井避。綠珠紛向樓頭墜。黃塵撲面紅粉消。頃刻姬姜化蕉悴。來時楚楚好裳衣。慚愧焦頭額爛歸。來歲目連還救母。紅妝愼勿出深閨。噫吁嘻。來歲目連還救母。紅妝愼勿出深閨。

走索行　朱彭

一夫導前鳴銅鉦。有婦結束肩隨行。三叉路口喚戲索。兒童拍手歡相迎。好事鬭場斂錢急。堵牆觀者羣爭集。衆中側出掠雲鬟。勢欲騰空翻卻立。回眸躍上神力超。兩傍齊駭聲喧囂。娉婷意態獨整暇。垂楊閒擺風中腰。高步堂堂一徑拓。此時眼底如無索。往來絡繹驚飆馳。失勢一蹶力不支。翻身倒垂猿挂樹。半寸腳尖鉤索住。旋空忽作轆轤轉。亂捲煙雲目爲眩。人羨精能伎倆無。我獨相看爲嘆吁。耕耘紡績棄不事。輕身重利寧良圖。答云尊官莫嘲讓。行乞由來非所尙。江田米少征稅無。衣食翻懸一繩上。頻年踏偏天涯路。泣下吞聲難盡訴。譁然擁隊人競呼。鳴鉦又向前村去。

姑蘇船娘曲　又

綠漲山塘春澹沱。布幔紗窗漾輕舸。不趁商人挂席行。只供蕩子銜杯坐。中有嬋娟翠袖單。淩波作態偏婀娜。弱纜閒依燕影斜。華筵低唱鶯聲墮。急管哀絲暮復朝。別離情緒愁無那。君不見江頭船戶炊蘆火。兒女終宵浪中簸。蓬鬢飄蕭風露天。四更自起先扶柁。

嶺南樂府 聯袂輕生　樂鈞

順德縣處女多訂爲異姓姊妹。少者數人。多者十餘人。或相約不嫁。或依次而嫁。或同日嫁。或共嫁一人。一女見梗。則衆女死之。官按其事。謂之聯袂輕生。一歲多有。

姊妹生不同耶娘。十人五人盟寸香。同心共命過夫婿。冷煖不肯私衣裳。相誓不嫁嫁亦異。或同時日共夫婿。天地鬼神同鑒之。耶娘可背盟難欺。深院重簾春悄悄。姊妹歡多愁怨少。雲間時見青鳥飛。私情密事誰能曉。三月夭桃花灼灼。家家屏風畫孔雀。可憐姊妹聞媒來。聯袂翩翩死香閣。生爲姊妹花。叢蕊嬌春華。死化姊妹鳥。羣飛墳上草。但見嬌鳥一雌隨一雄。那見百花共蒂同時紅。世間兒女爲情死。龍江女兒乃有此。

摸魚歌

又

按廣東雜記云。粵俗好歌。其歌之長調者。如唐人連昌宮詞、琵琶行等。以三絃合之。每空中絃以起止。蓋太簇調也。名曰摸魚歌。今廣州所唱皆盲詞。盲女沿街夜唱之。

珠江潮水無清波。盲女能唱摸魚歌。繁音促節那可聽。鬻歌乃比雍門娥。苦無金篦刮眼膜。何曾對鏡自梳掠。青春不嫁弄潮兒。身世生涯寄絃索。飛鳥已棲譙鼓鳴。手扶老嫗肩背行。街長巷曲是何處。幾家燈火門將扃。門外人呼盲女止。一歌再歌歌不已。三絃嘈切檀板急。市人拍手主人喜。可憐摸魚歌。不訴中心悲。不唱薄命詞。殘花落溷弄餘姿。聲聲猶說長相思。

盪湖船　吳趨吟

孫源湘

盪湖船。一生不出白公堤。清晨泛月采香徑。日午載花香水溪。四角紅絡索。八扇青玻瓈。中間畫簾捲銀押。陳設玉爐金盌文犀棋。桐橋日落煙波膩。放手輕搖疾於轡。但聽雙橈劃水聲。居然走馬看花意。狐裘蒙茸坐誰子。白皙長身美鬚紫。當筵鼻息干虹蜺。一見美人心肯死。美人家住桃花隖。金鎖葳蕤閉朱戶。誰將小字說郎聞。苦要移船就儂語。樓頭飛落一片雲。照水六幅湘江裙。郎飲同心杯。妾歌同心曲。一杯未竟一歌續。沈醉不妨船裏宿。

又當壚女　又

十五十六妖嬈姝。春風吹酥玉雪膚。門前繁花壓朱楯。屋後竹石交綺疏。鸜哥玲瓏喚人住。石鼎松聲靄香霧。畫眉妝罷膩春纖。偷掠雲鬟理茶具。何用別顏色。霽紅定白哥窯青。何用別春味。虎丘龍井及鳳亭。湯成細吹粥面聚。點法別擅蘭膏馨。銀船鑿落香一琖。直費中人半家產。

又冶游女　又

吳山如黛螺。吳女善畫雙翠蛾。吳水如羅縠。吳娘慣拖湘裙幅。二月踏青至虎丘。春風顛殺春雲羞。桃花見儂學笑口。楊柳見儂學垂手。燒香拜上觀音山。采絲親繡觀音幡。拔釵與郎祝富貴。脫環與郎祝平安。五月龍舟早。胥江水嬉好。六月荷花香。新波蕩新妝。中秋約伴湖心宴。雪白玲瓏月一串。一團鏡裏一嫦娥。箇箇團欒似儂面。春亦不知愁。秋亦不知愁。上頭金珠翠。壓體綾羅綢。東家新興百葉髻。西家鬟作盤龍勢。阿儂不隨女伴來。那得梳妝入時世。

又鬻女兒　又

生男不樂生女賀。全家衣食賴奇貨。十三教畫雙翠蛾。十四絃索調新歌。十五夭桃好時節。桃花顏面光如雪。阿母歡笑眉眼開。羣媒如蝶鬧香來。五陵貴客願求見。門前立馬空徘徊。鸚哥頻催進茶熟。隔戶香風透羅縠。開簾錦韈露雙鉤。不動湘裙仍六幅。悤悤下拜玉釧鬆。偸掠雲鬟指如玉。日光一線射眉間。四面紗窗紅映肉。問年年可憐。手指明月三五圓。問名名若仙。簪花楷格書紅箋。低頭私弄合歡帶。迴身戲撥琵琶絃。客喜語阿母。千金不爲多。翡翠雙條脫。明珠壓綺羅。淸晨與郎見。日暮與母別。骨肉自東西。何煩淚嗚咽。阿母思女心。開眼但見生黃金。女兒思母意。上頭只見新珠翠。

送嫁娘　潘際雲

顏貌平等聲音柔。生來精熟女應酬。富耶貴耶無不知。裊娜入門先叩頭。三年前。百里內。東家小姑長。西家奩目備。探聽每先期。伺候弗稍怠。綵輿未至笙歌陳。閣中裝點新人新。姊妹通稱貼身婢。賓客先看簪花嬪。俗稱喜嬪。兩日花筵侍。三朝餪女至。慧巧能知初嫁心。去留還視新郎意。夫人呼與金。未受先斂襟。前年朱門賞玉釧。今年豪宅施金簪。男家賞。女家添。意氣伸詘隨妝奩。萬錢嫌少猶詁詁。

張燈曲　嘉慶庚午自跋語云。紀二十餘年前事。　單可惠

上元張燈奪月彩。古時姮娥應好在。手攀桂樹看人間。春燈萬點春如海。衣香人影何紛紛。車如流水馬游龍。百戲魚龍爭變幻。千家樓閣高玲瓏。高樓有女桂爲字。碧玉芳年嬌春思。身是仙人萼綠華。誰爲漢代金吾壻。平原公子果盈箱。樓頭車上遙相望。美人手擲金橘子。天外飛來赤鳳皇。笑乞風

月作盟主。世世生生吾與汝。爲郎膝上宛轉歌。爲郎掌上驚鴻舞。定情香火鑪煙綠。並蒂芙蓉春睡足。鏡臺雙影映青山。枕痕一綫園紅玉。暮爲行雨朝行雲。朝朝暮暮態更新。誰謂名香疑賈午。忍教恨血同阿甄。嫁衣焚罷饒激烈。熟思生離輸死別。從容再拜無愧辭。士死爲知女爲悅。南山可移志不移。重重密誓兩心知。不得跨鳳隨蕭史。肯再將身逐子皮。阿郎題贈香羅帕。送我悠悠即長夜。可惜風流放誕名。留與千秋作談話。玉貌如生喚奈何。生生死死爲情多。太息玉京仍絕豔。難邀崔護活青娥。返魂無術闔棺後。泰山鴻毛復何有。柩出尙有神君風。珠銷頓白阿爺首。深深埋玉青楓林。漆燈黯黯月沈沈。獨有阿郎呼負負。澆酒墳頭夜夜心。墳頭春草秋聲起。猶似喁喁綠窗裏。生時手刺百花衣。化出愁紅與怨紫。留香無夢哭香聲。點點青燐作送迎。六州有鐵鑄不得。一錯須教誤一生。自來尤物傾家國。男有奇才女奇色。不有福德何以堪。福倚禍伏安可測。無復豪華舊卓家。壞道陰房啼鬼車。至今花市燈如晝。共惜當年第一花。有客省識春風面。持杯相勸寫哀怨。與譜上元張燈詩。碧落黃泉君不見。上元張燈自年年。依舊姮娥到曉眠。爲問情癡兒女子。紫玉韓童總化煙。

舟人婦

吳慈鶴

常山買舟下杭州。舟中有小婦。年二十許。平湖人。夫死歸母家。母聽媒氏言。得錢三百千。展轉鬻於舟人。舟人買以娛客。而色與藝俱不能。遂日受其虐。余閔之。爲製樂府。

舟人婦。詞太苦。妾本當湖小家女。家貧夫死不能存。歸向蓬門守阿姥。阿姥誤聽媒氏言。賣妾得錢三百千。誰知嫁作舟人婦。欲教日換纏頭錢。妾本小家女。豈識歌與舞。既不能伴嬌勸客傾百觴。又不能浪飛飛作野鴛鴦。此身不合非錢樹。彼怒安容薄言訴。晨昏操作豈敢辭。大婦能爲姑勃谿。晝遭鞭笞夜訶罵。妾身雖存存亦乍。妾豈不願死。妾有襁褓子。寄語世間未亡者。請抱女貞木前死。勿傍他枝強違理。得錢阿姥亦聽此。

襄陽吟大堤花　勸婦女也　周凱

大堤花映女兒肉。女兒顏色美如玉。襄陽估客來。女兒競絲竹。朝樂銅鞮舞。暮歌銅鞮曲。銅鞮不歌亦不舞。大堤寂寞今非古。女兒把鋤犂。日墾山頭土。西風瑟瑟吹衣裳。割麥插禾年復荒。箱無寸縷絲。屋無升斗糧。日堤大隄空斷腸。何不分種南陽桑。襄陽婦女多從其男子耕種。無蠶桑者。

賣茶娘女越人。父爲縣令。父沒。流落嫁農家子。以賣茶爲生。　趙澄鑒

當爐好女烹春芽。風神閒靜羞鉛華。過客停鞭休浪譁。願客聽我歌賣茶。阿儂幼是金閨女。骨肉淪亡歎黃土。父官不足庇兒身。親串衰微有誰主。零丁嫁與賣茶兒。茶苦不如儂命苦。含笑含顰無一可。汲得寒泉愁照我。罡風吹鳳化寒號。得過且過隨坎坷。調羹糝蓼豈未諳。茶事專司一鑪火。火活水清茶色鮮。芳心與水同熬煎。誰家富兒太齷齪。德色向人酬百錢。君不見東鄰有女面如玉。日高繡榻鑪煙綠。鸚鵡呼茶睡初足。

珠江樂府十姊妹　袁翼

不願同日同時生。祇願同日同時嫁。縑盟鈿誓星辰前。並枕喁喁語深夜。黃姑七夕催渡橋。守宮點臂猩痕嬌。姊妹恩深壻恩淺。窮袴不解芙蓉絛。檀郎巧合氤氳玉。媚蝶神迷夢雙宿。姊妹恩淺壻恩

深。雷電繞身月入腹。春光洩漏姊妹嗔。申申來詈寒盟人。犀漿一勺不蠲忿。荳蔻胎裂珠成塵。吁嗟乎。地老天荒萬年久。此事人間眞罕有。

又秀才田

又

舉秀才。不知書。秀才無田食有餘。夫作秀才婦作僕。百里擔簦繭雙足。秀才今年舉孝廉。秀才無田今有田。宗祠合食踞上座。妯娌避面慚無顏。嗟哉巾幗重科第。羅隱方干盡流涕。

李梅鄭城婦篇。見孝行門。

姚燮賣菜婦詩。見貧賤門。

妬婦篇

夏之盛

願煮大海水。烹作梟鳥羹。徧餉人間世。妬婦不復生。妬婦無時無。豪門更橫行。可憐絕代姝。生自詩書族。十三學翦裁。十五工詞曲。對鏡頻自憐。宜貯黃金屋。使君持節來。一見神魂逐。神魂且勿逐。使君有妬妻。今幸隔鄉縣。遣媒前致詞。媒來告阿母。閥閱當共知。陳倉積朽粟。巨篋儲新衣。況復新貴人。騶從列旌旗。覔壻得如此。豈不誇門楣。阿母老且瞽。拜諾良不疑。媒來復使君。何以慰殷勤。洞房窈且深。裯幔沈檀熏。匳中七寶釵。篋底百褶裙。卜筮得良日。親迎盼合昏。新人剛入門。妬婦同入門。使君顏色變。鼓舞寂不聞。妬妻睨之笑。爲儂何殷勤。洞房窈且深。裯幔沈檀熏。奩中七寶釵。篋底百褶裙。咄咄釵與裙。不爲儂殷勤。妬妻肆悍虐。新婦增觳觫。郎來私相窺。吞聲不敢哭。風雨夜如年。花月春秋促。對鏡頻自憐。何堪伍奴僕。地下多恨人。悽絕終埋玉。妬者不可醫。死者不可作。迢迢薄命星。終古閃涼緑。

棄女篇　又

嫋嫋雙丫髻。豔豔五紋袴。女年纔七齡。鬻爲養媳去。養媳何足嗟。憐女自有家。堂上有後母。膝前有親耶。生母昔見背。女生祗三歲。父業託紉針。鞠女頻年瘁。前年後母來。父愛漸以衰。母有前夫女。提挈與女偕。女心隱自慟。烏鴉敢追鳳。妹幸親愛憐。勝姊耐飢凍。閉置深深帳。風吹猶覺痛。美衣讓妹著。美食讓妹餐。願得父母歡。憔悴亦平安。父母終不歡。兒身安所置。昔也盟山海。今拚棄孤稺。可憐心頭肉。翻成眼中刺。諸暨有窮鄉。鬻女遠寄將。女家縱飲博。姑惡翁強梁。甘撫他人女。親女徙遐方。煢煢離骨肉。妮妮居閨房。含淚別親耶。親耶默無語。拭淚拜後母。後母悍如虎。回顧賣父妹。對我匿笑噱。葭玉妹快依。連蘖我獨茹。嫋嫋雙丫髻。豔豔五紋袴。女年纔七齡。鬻爲養媳去。去去首頻回。行行難重來。追思失母日。繈褓臍孤孩。桐棺長此別。攢屋漫蒿萊。出門嗚咽去。不敢邀父顧。父心憚後母。丁寧恐逢怒。不恨人情惡。祗傷兒命苦。桑上寄生根。依附緜絲緍。房中女貞木。挫折甘爲薪。人生非草木。胡不共陽春。父也尙棄女。淩辱況他人。

縫窮婦歎　鄒在衡

縫窮婦。縫窮婦。攜兒挈女沿街走。衣裳破碎鞋底穿。霜天凍裂縫窮手。含辛向客前致詞。上有翁姑年力衰。丈夫久病責婦養。一家全仗十指支。朝縫一件衣。暮縫一件袴。瑟縮畏風在當路。天寒日短心手忙。掙得靑錢幾十數。買米歸家常恐遲。兒要乳。女要哺。屋內翁姑飢日暮。煮一溢粃。和一溢粞。老不苦飢幼不啼。牀頭半飽夫與妻。怕聽向夜攪飛雪。明朝愁殺街心泥。多少紅樓帷不捲。美人抹額豐貂煖。玉蔥懶去撥熏爐。繡牀兩月閒針管。作婦莫作窮人家。今歲窮人尤可嗟。只恐縫窮沒縫處。君不見山東千里無棉花。

在衡又有江南行篇。見兵事門。

題清風店

閨媛 宋娟

妾命如湖風。飄然振落葉。不入郎羅幃。乃逐塵沙陌。妾本良家兒。流落平康刧。十三工秦箏。十五好筆墨。武林遇公子。知心不徒悅。忽爾天地崩。干戈作長別。塞馬嘶寒風。皴肌冷如鐵。誰謂文姬哀。猶得過漢闕。誰謂明妃怨。猶能封馬鬣。而我薄命妾。終當染鋒血。胡不即就死。心爲公子結。公子爾多情。豈忘西湖月。公子爾多智。豈不諒我節。公子爾任俠。忍委妾虎穴。公子爾多交。交豈無豪傑。媒妁扇上詩。顛沛不忍撤。忍死一相待。悲酸難再說。

薄命詞 錄八首

邵梅宜

按無名氏傳及蘆中集所載。邵飛飛。福州人。色藝俱絕。康熙中。耿精忠反。有姚總督幕員羅御史者。隨王師入閩。羅見而悅之。賄媒氏。佯云娶繼室。其父母得千金焉。既嫁。隨羅北歸。大婦妬悍。以配一奴。乃作薄命詞以寄其母而死。

煙樹關山幾萬重。殘妝零落爲誰容。如何的的親生女。只愛金錢不愛儂。

無端遴埒慕金珠。堪痛雙親一樣愚。寄語故園諸姊妹。荆釵裙布好歡娛。

師子容他吼獨尊。卻將奴去嫁司閽。兒郎薄倖眞堪恨。不記添香枕畔温。

憶昔雙雙倚畫欄。名花曾對並頭看。何期棄置如秋葉。忍把琵琶別調彈。
挑燈含淚疊雲牋。萬里函封報可憐。爲問生身親父母。賣兒還剩幾多錢。
想後思前恨轉加。誤人多是浣溪紗。既然負卻當年意。何必尋春到若耶。
丰韻全消病已生。人人猶道妾傾城。郎心何似春江水。一任桃花逐浪萍。
不須重賦白頭吟。入骨憂煎死易尋。贏得芳魂歸去好。一丘黃土百年心。

悲命詩

何桂枝

六月六夜雨聲急。有女不眠悲思集。側耳東方人睡酣。倚牀低首羅巾溼。有恨無可伸。有語向誰陳。坐對中宵雨。長嗟薄命身。我本廣西城裏女。此處爺娘非我親。暗想八九年前事。寸心耿耿獨傷神。憶我六七歲。父母雙拋棄。寄養向貧親。貧親無好義。檮梧將軍門下客。一時假虎烈威勢。與得金錢知幾何。甘心鬻我作人婢。爾時幼小只從他。薄命飄零可若何。當年攜到揚州地。山程水程萬里多。揚州一入主翁宅。年復一年誰愛惜。朝捧茶飯暮捧湯。寒缺衣裳飢缺食。主翁有時稍見憐。主母鞭箠那禁得。忽然年來情意改。當作親生女兒待。許我呼爺與呼娘。梳頭裹足勤勞倍。不知奸計險於坑。謾道厚恩深似海。簫管琵琶學已終。牙牌雙陸亦教通。纔延李姐傳歌曲。又向張姑習繡工。事事求全勤督責。朝謀夜議誰能測。春來秋去時忽忽。道我長大好顏色。嫁得富翁貴公子。終身享用無盡極。昨朝客到敞華堂。逼我堂前見客忙。不識誰家輕薄子。周身上下細端相。但見爺娘喜滿面。我正無顏歸繡房。驚猜不敢問。自知徒自恨。耳聞堂上言。贏得心中悶。方知堂上賓。乃是浙中人。工科給事宦名重。六十無兒娶妾新。豈是尋常行禮節。只聞次第講金銀。怪殺爺娘心慘絕。千金百金爭未歇。我生時日我不知。朦朧造作與人說。初五聘定初七嫁。卻道行程圖快捷。可憐我貌空如花。可憐我命眞如葉。今日人家呼作兒。來日人家呼作妾。以此傷心怨復嗟。夜深掩涕肝腸裂。早知粉面換黃金。悔不當年墮江月。已矣哉。且莫哀。不見揚州舊風俗。親生兒女嫁天涯。天涯復海角。骨肉之間豺虎惡。我復何須淚零落。淚零落。情未休。長江之水無西流。風俗不改古人愁。寄語紅顏綠鬢閨中女。來生誓莫生揚州。事詳何偉然廣快書。後載所養父母家陵替。欲往桂枝處有求。而得桂枝書。侍給諫公不一年。公歿。桂枝無出。其嫡憐之。留以爲伴。姬遂長齋奉金仙矣。

北地佳人行

梁德繩

北地佳人少小時。養成性格含嬌癡。閨中行樂隨年換。世上閒愁百不知。日高睡起心情倦。草草綰雲盤翠鈿。玉裹珠圍替月姿。粉妝香砌呈花面。三春淑景麗桃花。百兩盈門御鳳車。舅姑貴顯通侯宅。親串經過衞霍家。麝帳雲深棲並翼。相愛相憐復相得。十三箏柱緩秦絲。八九鴛鴦圖繡幞。夫壻豪奢貴有餘。入園歌舞出瓊輿。吐金祗解憐含利。識字從來惱蠹魚。高會晨朝連日積。瑪瑙杯深浮湩酪。刻漏徐看玉帶圍。貂蟬低映寒鴉色。華堂歡笑趁芳辰。頤指微聞促酒頻。侍女不曾拈繡譜。兒家那復羨針神。洞房宛轉連雲第。雕欄花鳥供流睇。無香最愛鳳僊嬌。多語生憎鸚鵡慧。紅肥綠膩裹香酥。舉動人扶忒自憐。綺閣莊嚴長似佛。瓊窗窈窕恍如仙。少愁多病長倚枕。五葉人蔘當茗飲。青鳥丁寧浪自傳。銀缸深祕誰能審。無限繁華難具陳。酣眠薄醉過青春。寒門不少傾城色。翠袖空悲薄命人。

林昌彝射鷹樓詩話云。海口不靖以來。定海寧波婦女被毒最慘。有帶至鬼國者。有鬻與他人者。有肆淫後投之于水者。有贈與漢奸者。陳少香偕燦詩所以有紅粉千行航海去、白旛一片上城來之句。然各口官兵之害。猶之夷醜也。

清詩鐸卷二十六

夫婦

槖巷行

李孚青

養蠶猶未周。朱符忽下鄉。朝催雞豚盡。夕催老弱亡。一解。
槖巷貧夫婦。鬻兒來市城。人情皆愛子。其如完官糧。二解。
中道飢不行。委頓心怦怦。店餘兩煮餅。破衣持抵當。三解。
夫悲傷我意。兒啼斷我腸。餅讓夫與兒。我則何敢嘗。四解。
無兒宗嗣絕。無夫身零丁。婦人忍飢慣。不畏枵腹鳴。五解。
徐語紿阿夫。父子姑前馳。道旁好桑葉。小摘當後追。六解。
夫諾攜兒去。相待一里程。向暮杳無跡。踉蹌返趨迎。七解。
迤邐至故所。亦不聞人聲。樹中有鴉噪。婦已懸絲繩。八解。
悽惶抱孤兒。無語淚淋浪。三人遽同歸。共挂桑樹傍。九解。
在天爲比翼。在地爲連枝。精魄不相失。殊勝生別離。十解。

紀歲珠

汪洪度

歙吳某。娶婦甫一月。即行賈。婦刺繡易食。以其餘積。歲置一珠。綵絲繫焉。日紀歲珠。夫歸。婦歿已三載。啓篋得珠。已積二十餘顆矣。

鴛鴦鸂鶒雙雙逐。柔荑慣繡禽丹綠。幾度拋針背人哭。一歲眼淚成一珠。莫愛珠多眼易枯。小時繡得合歡被。線斷重緣結未解。珠纍纍。天涯歸未歸。

棄婦行爲友人作

陳德榮

桃花何灼灼。爛漫迎風開。春歸紅已歇。鶗鴂莫相催。憶昔蓬門同食力。蕭蕭絡緯霜中織。佐君夜讀買蘭膏。典盡釵鈿無怨色。今君已貴妾已老。紅顏那比新人好。避賢不敢妬蛾眉。何須定刈當門草。野徑雲低樹色微。樹頭鳩婦已分飛。也知性拙應遭逐。風雨飄搖何處歸。

賣婦行

鄭世元

結髮爲夫妻。本願諧百年。兔絲附蓬麻。託根本不堅。邛邛與蟨駏。命實相倚然。詎謂同林棲。中道忽相捐。自我歸君室。靡勞嘗憂煎。私心恐育鞠。生理難保全。胡憯天災行。性命如絲懸。前年五月旱。龜兆河底穿。去年六月雨。高岸淤爲田。蘆灰曷由止。軨軨空桑間。蛙鳴土竈側。荇浮桑樹顛。顆粒秋無收。米價高如山。糠粃等秬秠。榆根剝成斑。太倉十萬粟。人給糜一簞。飢人隨路死。白骨滿渠塡。東鄰聞唧唧。賣兒緡半千。西鄰哭號咷。夫死沈深淵。勢既迫於此。骨肉難獨完。誠知相守死。生別非所安。賤軀亦何惜。願以備饔飧。朝辭夫出門。日暮仍獨還。泣涕向行路。穿市人來觀。觀者雖有人。買者那得錢。還且暫時聚。何以飽我歡。可憐人命賤　不如牲與牷。此是誰家婦。令我心鼻酸。我歌賣婦行。敬告諸長官。江南百萬戶。民命實已殫。

去妾歎　陳梓

男兒多薄倖。婦人等雞狗。入門三十春。生兒娶新婦。兒死妾何罪。驅迫嫁鄰叟。憶妾初來時。愛妾顏如花。牀頭結私誓。生死無參差。一朝負前恩。棄擲輕泥沙。鄰叟憎我老。輾轉向西家。朝爲秦。暮爲楚。嗟哉妾身果誰主。恨不從兒還九原。誰令頭白結新歡。噫吁嘻。誰令頭白結新歡。

江右紀風　棄婦歎　江人鬻妻不惜。都昌甚焉。　商盤

紫藤絡蒼松。松死藤不移。夫婦共衾穴。胡乃輕別離。娶婦不須好。嫁夫莫嫌老。溝水東西分。遠近難自保。不怨故者棄。但願新者憐。請看吳蠶絲。一斷不復連。

寧夏采風　醮婦辭　牧靈武作。靈武隸寧夏。　楊芳燦

衞燕甘獨栖。陶鵠無再偶。高節照千秋。從一義不苟。大哉夫婦倫。斯爲風化首。奈何此邦人。嫁娶忍含垢。結髮諧百年。阿夫不中壽。骨肉猶未寒。求婚來某某。料理嫁衣裳。仍復操箕帚。媒氏有讕言。持家須舊手。郎如欲娶妻。女兒不如婦。阿婆重錢刀。母家索羊酒。共忘天屬親。均爲利所誘。士族且復然。蚩氓更何有。復聞東家婦。良人別來久。迢遙萬餘里。西出玉關口。自從絕音書。今已五年後。田間無秉穗。室內乏升斗。親屬兩無依。門戶詎能守。里正代陳詞。去留聽自取。竟不念故雄。居然擇新牡。不觀嶺上松。乃作道旁柳。亮由軀命重。弗耐飢寒受。但願禾黍豐。比戶康且阜。生者

不相棄。死者不相負。

乞者妻行 為新安孟世超妻王氏作　徐書受

生世不諧為乞者妻。豐年無所得食。況遭連歲饑。嗟來終日不能飽。入室相對惟嗟咨。其夫從外來。背負斗米千錢持。呼婦前來炊。我今與卿共餔糜。婦心懷疑。請試言之。乞者欲言先淚垂。無已譬汝村之西。飽此一飧各分離。婦聞哽咽氣若絲。寧甘餓死不忍別雙飛。白日奄奄口絕穀。妻寧斷腸夫果腹。可以敦女節。可以勵澆俗。我欲揚之力不足。為此長歌能當哭。

潮風之三 女兒布　黃安濤

傷乖離也。潮俗嫁女以葛布辦裝。稱家多寡。其極精細者名女兒布。所以遺藁砧者。婚姻道衰。夫婦相棄。布乎布乎。非結綢繆者乎。是可傷也。

女兒布。產棉陽。采葛澡絲凝雪霜。細如鮫綃薄蟬翼。非煙非霧含風涼。富家嫁女多越好。貧家嫁女一匹少。為郎製衣穩稱身。服之無斁期偕老。可憐一朝恩義疏。夫棄婦兮婦棄夫。猶是箱中一匹布。誰道新人不如故。

鬻婦行 乙丑六月作　何其偉

去年平地水盈尺。萬頃汪汪耕不得。今年暮春天氣寒。浙西一月雨未乾。養得新蠶不作繭。八口相對愁眉攢。愁眉攢。執婦手。夫想鬻妻難出口。婦欲問夫先掩泣。豈願汝妻作人妾。作人妾。妾恥之。活我夫。妾豈辭。貧別不足惜。生離何足悲。但得十千之錢數斗米。夫眉頓舒夫心喜。喚妾出門妾行矣。

雙烈行

周三燮

按雙烈冢在武林萬松嶺下。祈禱輒應。築祠祀之。兵後燬。

道旁見此三尺墳。傳聞雙烈事果眞。有崔名陞婦氏陳。飢驅遠來投所親。所親不遇疇可因。旁人解慰增煩冤。謂男傭保女效顰。性命豈遂難苟存。崔生悲憤妻哀呻。誓不降志不辱身。夫妻畢命共一巾。志懸日月身泥塵。當時失路殊艱辛。乞食近前人怒瞋。死後正氣泣鬼神。反有無窮求福人。烏虖。太平之世謀生拙。心苦難爲俗人說。兩身無倚骨如鐵。四目相看淚成血。貧則所甘賤不屑。生則異鄉死同穴。一貧致死長鬱結。一死守貧眞決絕。錢塘江水表汝潔。嶺上萬松表汝節。徇名徇夫總一轍。士與女兮視雙烈。噫吁嘻。士與女兮視雙烈。

兩月婦

袁翼

生男力耕不逢年。生女織縑不值錢。繡窗飢鳴轆轤腹。迴身淚落桃花前。爺娘各自飢。兄嫂不相顧。布裙椎髻奔夫家。舅姑煩言夫婿怒。淒淒復淒淒。嫁雞當隨雞。唧唧復唧唧。惟聞女歎息。問女何所悲。黄金入門妾身出。妾身已鬻豪家奴。願以妾價養舅姑。蛾眉託身未兩月。反覆羞更新故夫。

浣衣嫗

曹德馨

浣衣嫗。蔣瞽妻。蔣既瞽。妻浣衣。得直具粗糲。蔣瞽坐以嬉。北風獵獵手皸瘃。恭敬持杯飼瞽粥。瞽曰飢哉食無肉。君不見朱門日午夫娘起。餐玉衣珠猶不喜。

憫孤兒

孤兒行　　鄭燮

孤兒躑躅行。低頭屏息。不敢揚聲。阿叔坐堂上。叔母臉厲秋錚錚。阿叔不念兒。叔母不念嫂。不記瘦嫂病危篤。枕上叩頭。孤兒幼小。立喚孤兒跪。牀前拜倒。拭淚諾諾。孤兒是保。　嬌兒坐堂上。孤兒走堂下。嬌兒食粱肉。孤兒競競捧盤盂。恐傾跌。受笞罵。朝出汲水。暮莝芻養馬。莝芻傷指。血流瀉瀉。孤兒不敢言痛。阿叔不顧視。但詈死去兄嫂生此無能者。　嬌兒著紫裘。孤兒著破衣。嬌兒騎馬出。孤兒倚門扉。舉頭望望。掩淚來歸。　晝食廚下。夜臥薪草房。豪奴麗僕。食餘棄骨。孤兒拾齧。并遺賸羹湯。食罷濯盤浴釜。諸奴樹下臥涼。　老僕不分涕泣罵諸奴。骨輕肉重。乃敢淩幼主。高賤軀。阿叔阿姆聞知。閉房悄坐。氣不得蘇。終然不念煢煢孤。　老僕擔紙錢。出哭孤兒父母。頭觸墳樹。淚滴墳土。當初一塊肉。羅綺包裹。今日受煎苦。墓樹蕭蕭。夕陽黃瘦。西風夜雨。

孤兒行　　李化楠

孤兒早起行采薪。手皴足凍鼻酸辛。上山多虎狼。下山多惡狗。孤兒了不畏。但畏家中兄與嫂。浩浩風雪。枯葉蕭騷。一束不成悲且號。腹中飢餓身上單　雖有捶楚安得逃。但免腹中飢餓身上單。雖有捶楚安得逃。

袁枚撫孤行。見義行門。

孤兒行　　朱棫

生我育我。忽焉棄我。天高地厚。惸惸者我。一解。
我豈無父。我竟無父。謂他人父。靦顔往顧。二解。
心造目形。孤兒夢父。孤兒無父。孤兒有父。三解。
樓頭一聲鼓。孤兒不見父。孤兒有父。孤兒無父。四解。

孤兒行 有孤兒不得於後母。作詩憫之。　　黃燮清

孤兒苦。兒父母在時食魚肉。衣羅綺。冬不得寒。夏不得有暑。一解。
父母既沒。食無脯。髮蓬蓬垂面。衣垢不得浣。綻不可補。顧視姊妹兄弟。各淚下如雨。二解。
往訴後母。母怪兒忤。目他視弗顧。兒不得竟語。三解。
不得竟語。走告阿舅。後母雖好。不如兒生母。四解。
舅語兒。兒勿傷悲。善事阿母。慎勿參差。兒無失。母無不慈。五解。

戒溺女

江右紀風 莫生女 戒溺女也　　商盤

莫生女。生女不舉。女不能言。腹汨如雨。田不種禾。安得有食。人不育女。安得有室。在昔淳于曹盱花弧有女。上書投瓜執殳。女亦何負。乃棄諸塗。

蔣士銓西江三善詩之一。見善政門。

萍鄉行　　何琪

江右多溺女。余弟子王生善甫爲萍鄉尉。嚴禁之。且告邑之富人捐貲建育嬰堂。又設質庫。以所入資其生。小吏行善政。賢哉。余寄詩更勖其毋怠於後。

朝登繡裀上。暮投滄波中。河伯娶婦將毋同。吁嗟習俗堅難攻。豈弟從來神所勞。一夕居然化兇暴。紛紛免葬江魚腹。嬰婗有知應一笑。長生庫。育嬰堂。兒今有託兼有糧。升堂立召耶與娘。敢蹈故轍施桁楊。憶昔而翁處衡宇。心懷利濟如杜甫。可憐有志不得申。前人留與後人補。願爾有初克有終。強弩之末吾勿取。善甫。茨檐先生子。

崇明風俗有生女即委棄者感賦　　秦智錤

上帝本好生。陰陽同秉受。男則志桑弧。女則司箕帚。方生彼何辜。棄置如雞狗。清夜各捫心。試問死誰手。

今日爲人母。昔亦爲人女。舉女卽棄捐。此情足悲楚。無父則不生。無母則不育。生男與生女。一體同顧復。女生卽屏之。人道卽日蹙。徧告爾閨中。勿剜心頭肉。

橫浦樂府　一盆水　譏溺女也　　吳照

啼聲呱呱一盆水。胎髮茸茸目未啓。膚紅皮皺手足拳。生女何心致之死。請君聽妾言。鄉風實可鄙。女兒長大時。待字深閨裏。親戚嘖嘖誇。議配東家子。門戶旣相當。豈復較財禮。吉日一有期。事事先料理。頭上何所須。兩鬟金珠垂至耳。身上何所須。衫裙時樣皆羅綺。百事偶然一未周。親家議論切切起。置之不聞待親迎。鼓樂喧闐動鄰里。三朝三暮送茶湯。伴娘更有赤腳婢。郎來反馬女回紅。月內女返母家。謂之回紅。親賓款接布筵几。肩挑果盒簇擁歸。分遺諸親老姑喜。一年三百有六旬。月無大小牙祭頻。奉郎肥甘勸郎酒。郎來我家是上賓。端陽午日炎。中秋天宇碧。節物催人又除夕。擔筐挈榼應時忙。餽送未豐姑不懌。女來歸寧瑣瑣陳。晝簾相對淚珠滴。回思少小鞠養勤。反爲嬌兒氣哽逆。忍心決意初生時。不望門楣光外宅。客聽未終三太息。家家女生墮地滅。吁嗟乎。大官告示通衢張。誰遣里甲稽村鄉。

溺女哀

陳偕燦

生男勿歡喜。生女胡悲傷。貧家溺女間亦有。富家溺女歲爲常。今日女初生。他時議婚緊。貧家納聘類多金。富家嫁女傾箱笥。傾箱笥。耶先愁。聲呱呱　賦河洲。河洲啄肉來山鳩。可憐骨肉已浮漚。阿耶不顧先回頭。吁嗟。阿耶阿耶忍爲此。但願人間都生子。生子行須娶婦歸。請耶娶向東流水。

憫婢 錮婢虐婢附

老女行

施閏章

傷女奴也。海陽俗用女奴樵汲。或終老不字。敢告主人。年二十以上俾爲婦。怨庶可已。作老女行。

老女髮黃赤雙腳。敝襦掩淚千行落。夙昔紅顏不嫁人。今朝衰鬢將誰託。憶渠三五如春花。道旁見者爲咨嗟。木有連枝烏有匹。女兒那得長無家。杏花月。楊柳春。使我上山行負薪。豺狼厲齒爲我鄰。暮歸不敢言苦辛。宴高堂。舞霓裳。梁間燕子飛雙雙。主人歡樂夜未央。我獨何辜宿空房。君不見蕩子婦。望遠不歸悲獨處。老女吞聲更誰語。

老女行　　林雲銘

徽俗多買於外。婦持家政。以男僕入室爲嫌。畜婢無配。甚至終身不字。此風休寧爲最。古詩云。老女不嫁。蹋地喚天。怨而必怒矣。述所見以歌當哭焉。

海陽曉發女方汲。身無完裙露足立。手持綆練倚轆轤。潸向寒泉垂頭泣。停鞭問女何所悲。自言我是良家兒。十三賣與主翁後。朝朝出汲供晨炊。晝負樵薪猶未歇。助織飛梭夜矻矻。可憐蓬鬢三十年。更殘獨伴空牀月。憶昔主翁方在家。主婦嗔我整堆鴉。年年許我嬌夫壻。遲得春風又落花。花開花落如流水。鄰女當年齒未毀。昨夜良媒催靚妝。鵝黃滿額躡絲履。願爲巢梁燕。雙雙入高殿。願爲傳沫魚。出沒同泥淤。願爲人間木與土。無情不識傷心苦。語罷哽咽淚沾巾。勞人馬上眉爲顰。九年不調堪比倫。安得相對哭十旬。休寧一名海陽。

景星杓鄰家婢吟。見鬻兒女門。

貧家女悲虐婢也　　黃璋

貧家女。五歲喪母。六歲喪父。遺命阿兄阿嫂好噢咻。連年水旱仍。十日難一餔。阿嫂謂阿兄。何不將女富家去。可以換升斗。且救眼前餓。阿兄聞之亦謂然。牽衣握別淚如雨。富家買此女。朝夕多捶楚。朝捧水一盂。夕煮飯一釜。主母早眠晏起。稍不如意。申申其詈汝。雞豚惟汝飼。柴薪惟汝斧。誰謂汝幼小。件件要次序。盛冬手皸裂。酷暑膚汗注。汝食惟糠覈。汝衣更藍縷。不言主母惡。自謂生薄祜。有時掩面啼。主母聞之。謂汝呪詛而大怒。面青眉豎撐秋睜。指汝庸奴乃敢爾。及今不整治。後來將予侮。阿翁稍勸諭。便罵老昏虜。妯娌來致辭。好言空慰撫。鄰里來致辭。佯諾心不許。百般淩辱心狠毒。只因塊肉非我肚。人爲萬物良。主母如豺虎。但願主母富千年。生女長與裹綺組。嗚呼。當今女教固不修。男兒乞面倉皇更無主。

蔣士銓三善詩之一。見善政門。

嫁婢

沈赤然

人生無貴賤。昏嫁當及時。豈因使令之。老彼青春姿。憶昔入門日。短髮纔覆眉。蒲伏拜階下。頑騃一無知。教養歷歲月。始解烹與炊。爾來益曉事。百役隨指麾。尤善伺茶酒。頗於衰病宜。已了十年債。爲脫雙足縻。願爾宜家室。願爾無非儀。迎輿在門久。去去莫涕垂。

老婢歎

吳昇

十三賣入城。十五習操作。十六始梳頭。十八尚赤脚。忽忽過三十。負此顏沃若。父死母早嫁。誰復議媒妁。竈下人攘攘。堂上人嗃嗃。賣我索錢多。役我遇事虐。呼詈無昏朝。蓬跣任嘲謔。鄰家蓄嬌鬟。及笄踐昏約。新歲挾雛歸。懷中能笑躍。主母抱膝上。愛玩自捫摸。易以花繡褓。繫以金纓絡。旁視涎垂垂。背坐語各各。問我近狀佳。姑言此間樂。人前面已癡。暗裏淚空落。不怨主恩難。但嗟奴命薄。

負薪行

毛國翰

鄉人買婢不買奴。荆釵赤脚青布襦。入門到老不得嫁。三十四十長無夫。朝朝腰鐮入巖谷。負薪日暮歸城隅。可歎此輩亦人子。坐令怨曠非良圖。閉塞陰陽失物理。致戾和氣成偏枯。古來良賤豈有定。仁者自合憐無辜。東鄰有婢身手粗。主人似許歸以須。豈知因循逐風俗。終日無媒長伴姑。

買婢示內

何長詔

侍兒新買得。舊是益州民。舉目無親戚。相憐望主人。事繁聊復懶。身賤只緣貧。彼亦猶人子。誰堪夏楚頻。

憫婢篇和楊姬韻芬

夏之盛

嫁婢殊嫁女。既嫁我難主。嫁婢同嫁女。縱嫁願得所。措置必周全。一般縈心緒。婢也昔侍我。歲枝在巳午。屈指十餘年。隨夫居村墅。今秋喪所天。窮愁增萬縷。病姑強咳欶。稚兒未斷乳。戚黨少因依。矧迫頻歲窶。哀籲舊主家。手援望恤撫。箟室昨告我。婢苦誰噢咻。勢難來省垣。力莫搘門戶。譬如吾有女。顛連仰恃怙。目擊此時形。可紓必代紓。易地則皆然。何庸區爾汝。嗚呼菀枯理。天必審所處。彼生本薄植。究非閨閤伍。春風豔紅紫。常自被和煦。秋卉寄籬樊。爭能禁風雨。命稟實主之。誰貽此厄苦。人生缺陷多。安能一一補。獨念婢幼時。服勞力爭努。推烏有餘愛。周乏惟我佇。涸鮒倘可活。亦可安鄉土。願廣慈惠情。全體一端舉。箟也代致辭。仁心實可取。

訓婢示子婦暨姪女孫女等

閨媛 李毓清

貴賤固有異。賢愚亦有分。若從一律觀。詰責徒紛紛。此輩多拙蠢。任事常畏勤。鞭扑直忍受。詰誡如不聞。厥性本重濁。燕雀非鸞羣。譬之樗櫟材。匠石費斧斤。矜愚加訓誨。赦過策勞勛。自然久與化。瘠土堪耕耘。寒冬擁薄絮。暑月愁飢蚊。殘羹與冷炙。竈下潛悲辛。誰無父母恩。愛之如掌珍。家貧兩不治。棄置難相親。念此愴我懷。彼亦人子身。爾曹須體恤。愼勿輕怒嗔。

訓媳

紀瓊

按瓊孫陳蘇繡餘草跋略云。先王母嘗獨坐堂上。見一婢有所挾。逡巡中門外不入。先王母卽趨入先慈室。先慈愕然。迎曰。姑來何急。先王母曰。外廂碾米。一婢自外來。負重窺探。必有所竊。故避之。先慈曰。盜者誰。姑不察而避之何也。先王母曰。米失幾何。若廉得其實。彼終身難爲人矣。且既隱其事。焉用識其人。吾家忠厚世傳。汝輩不可不體此意也。因爲詩歌四章。蘇退筆之於書。

我聞仁厚。齊家之樞。小人多怨。其可深誅。昔賢有言。水清無魚。
我坐中堂。婢來庭曲。負重竊窺。逡巡其足。我不避之。進退維谷。
相彼小人。寧晰禮義。懼罪包羞。貪茲小利。我如核之。終身是愧。
松柏之下。可以息陰。察察爲明。福豈來臨。告我後人。勿替仁心。

馭僕

馭僕篇

陳寅

造物生人原一脈。貴賤何時判門籍。同此形骸具五官。爲奴爲婢曰臧獲。一旦文憑入主家。終身手足供人役。子孫奕代還因仍。氏族官書例禁格。蒼頭得志雲從風。霍家子都氣豪雄。髯奴才調頗桀黠。侯門倚勢羣尊崇。下僚鮮得謀其面。睥目皤腹眼界空。招權納賄無饜足。起家千萬侔王公。命途霄壤異泰否。貧家廝僕安足比。半飽當門黃臉童。敝衣行市赤腳婢。最憐箠楚切身軀。愛才不捨蕭穎士。何況豪家僕從多。踐踏如泥聽生死。吾家昔日清江濱。先人防工役三人。一人被褐隨馬足。一人擔水兼負薪。一人好酒值書室。各執其事供晨昏。粗糲爲飯腐一角。並無懟怨惟謹馴。時移境易三十載。東海繁華見奴輩。鴉片洋標束錦裝。鮮衣怒馬浮雲隊。新官接篆蟻附來。失職閒居蛇引退。自古如斯奚足論。描摹不盡小人態。長隨稱號何曾長。世家舊僕斯紀綱。噫嘻彼亦人子耳。莊涖慈畜無乖方。

寅又有示子詩五首之一。見家訓門。

應澧堂官歎。見用人門。

彭兆蓀當關僕篇。見驕倨門。

責僕詩

周三燮

用人道最難。將兵與馭吏。下逮臧獲輩。使令亦不易。穎士奴愛才。君實僕守義。賢愚或判然。嚴家有餓隸。苦曹固賤傭。畜產同一類。其人小有才。勢必多黠智。若但取樸誠。病且入痿痺。居上患不寬。寬則生妄覬。陽奉實陰違。積久斯縱恣。驅策倘加嚴。嚴又起怨詈。轉背卽離心。甚至暗攜貳。恩威兩難用。投鼠反忌器。我占隨出門。旋笠旅卽次。幸哉交有功。未得童僕利。癡若吳牛喘。瘦若國狗噬。養癰爾終潰。贅疣我益累。僮約既未明。罵僮亦罔濟。小人信難養。君子原易事。星陷奴僕宮。姑且一笑置。

蕩子狎客

張南山聽松廬詩話曰。順德羅仲恭寧默句。賤交貴。莫到門。門前列坐三五閽。欲起不起半吐吞。寫惡閽狀如繪。因憶施愚山詩云。公卿雖吐哺。候閽已顏赤。蓋公卿賢而其閽不惡者鮮矣。

老蕩子失意行爲漢陽李雲田作　方文

八年不見漢川老。今日相逢秋浦道。其容憔悴齒凋零。卻有詩篇字字好。君詩古健霜柯撐。獨於閨閤多柔情。牀頭一册更珍異。乃老蕩子失意行。誰其作者龔司馬。麗藻妍詞妙天下。吳詹事與曹侍御。亦復魚魚而雅雅。從此繼作皆豪賢。長歌短詠何紛然。李生大笑向予說。此册待君將十年。夙聞君有寶鐙氏。蕙質蘭心稱女士。豈甘通德伴伶元。誤學文君歸犬子。斯人才色斯世無。寒酸攫得分已逾。便得琴瑟長相守。安忍舟航又在途。飢驅出門猶可恕。再娶茂陵天所惡。莫怪閨人含怒嗔。尙冀狂夫當悔誤。那知野性同飛花。南北飄搖不憶家。曾游燕塞迷倡女。又向蘇臺買俊娃。黃金用盡轉多累。雖云得意終失意。所以名爲老蕩子。蕩子伶仃何足異。獨憐思婦守空房。春日遲遲秋夜長。

吟成紈扇先垂淚。寄到雙魚每斷腸。羣公題贈詩非一。大約勸君歸去疾。人生半百成老翁。愚夫亦解謀家室。何況君家有異人。合師梁孟敬如賓。餔糜啜茗天然樂。絕勝窮途多苦辛。張司業有傷心句。但願在家相對貧。不願天涯金繞身。

狎客　唐孫華

何來此狎客。拍肩自紛紛。眼不覷文字。手不把鉏耘。踉蹌沐猴戲。猱雜子女羣。叫譟沸螻蚓。毀譽隨牙齦。變態早暮異。眉睫暄涼分。朱門附翕熱。如蠅集羶葷。膏拭唇與舌。磬折骨與筋。或於蒱博場。點籌效微勤。或爲花鳥使。設餌鈎紅裙。或能傳是非。貝錦工織紋。或時傅紛墨。蒼鶻隨參軍。或時事僮隸。低顏結歡欣。喧呼日嘈嘈。諧笑方云云。玉斝罄殘瀝。洪爐借餘熏。蹻足跳山鬼。騈頭走飢麏。戢戢附羣蟻。殷殷聚飛蚊。吾門自清肅。勿使雜蕕薰。二三老儒生。偕我共論文。糲飯亦可飽。濁酒亦可醺。正變考雅頌。淵源泝皇墳。高談豁滯累。抗志淩青雲。清吟勝絲竹。陶然竟朝曛。囂聲正讙咋。我耳如不聞。爾曹謀作適。自詣左阿君。

高岑誰氏子篇。見富貴貧賤門。

串客班　潘際雲

獸鐶深掩密不通。三更堂上蠟炬紅。弟子傳呼曲師至。登場未唱笙歌濃。始拍子母調。繼學優孟冠。姑蘇織袍千金值。一夕買至眉眼歡。生旦淨丑兼末外。曼聲闊口隨分派。有時主僕或倒呼。不然叔姪同交拜。演之數月登高臺。或誇鄰境名班來。主人殷勤再三請。歌喉一串氍毹開。拋黃金。塗粉面。下場拭洗重相見。旁人莫言工不工。卽非公子亦富翁。

潮風之八 阿官崽

黃安濤

諷游冶也。潮俗。富家子弟習於浮蕩好弄。門靡爭姸取憐。恬不爲怪。士人目之爲阿官崽。俗以物之小者爲崽。阿官者。少不更事之稱。是可諷也。

阿官崽。荒於嬉。趙先生。難爲師。搔頭弄姿兀自喜。柳巷穿來又花市。千金結交游俠兒。六篷密昵嬋娟子。香囊紫。袴褶紅。金環飾耳搖玲瓏。危哉呼娘復呼妹。潮俗。小名率以某娘、某妹相呼。幾忘其男也。惑色寡人防擁背。

串戲

陳春曉

衣冠輩。優孟技。學梨園。誇彼美。踏紅氍。著翠屣。態輕盈。飛燕比。忘卻是鬚眉。巾幗聊復爾。朱門海様深。絲竹中宵起。堂中夫壻舞腰柔。簾底佳人笑臉喜。弟兄戲謔已堪嗤。更有而翁狎其子。蕩湖船。唱不止。問是誰家好喬梓。調笑當場至於此。不知人間有羞恥。

倡優

秦淮河歌

晏維旭

金陵城內秦淮水。不減當年曲江涘。曲江三月多麗人。秦淮兩岸誇羅綺。十里珠簾挂玉鉤。舞衣歌扇爭侈靡。水邊綠柳帶榴紅。掩映豪家朱幙起。新妝炫服在樓頭。嫣然一笑如仙子。連舟宴集蒲酒香。笙歌不輟煙花裏。平民士女亦相招。習慣嬉游在寰市。噫嘻。秦淮密邇烏衣里。王謝風流今已矣。當日六朝金粉地。而今盡付東流水。

幼伶 補吳趣吟 補邵青門詩　李必恆

鬖髿束髮兒。白皙乃無比。疏疏眉眼好。粲粲唇齒美。五歲教識字。從師按宮徵。手口兼授受。辛苦肆鞭箠。技成鄰里賀。父母為色喜。挾之走四方。飄然離桑梓。登場傅粉墨。當筵矜爪嘴。參軍與老鶻。靦顏不知恥。本心漸放失。垂老悔莫徙。先王分四民。農工商賈士。各各有常業。服習自幼始。所以風俗完。淳悶臻上理。梨園肇李唐。近代益波靡。吳儂慣成習。比閭莫訾毀。生兒教義方。罟擭陷童稚。隸籍齊教坊。編戶弗與齒。若為急謀生。所獲寧有幾。輪輿與梓匠。執一亦足恃。或云此有由。豪門及王邸。千金裝傀儡。樂部購聲伎。豈忍捐骨肉。乃為重貲餌。上好下必甚。此論誠近理。愚氓固難喻。陋俗會應洗。何當設厲禁。是用勸君子。

唱檔子 京師樂府　蔣士銓

作使童男變童女。窄袖弓腰態容與。暗迴青眼柳窺人。活現紅妝花解語。憨來低唱想夫憐。怨去徵歌奈何許。童心未解夢為雲。客恨無端淚成雨。尊前一曲一魂銷。目成眉語師所教。燈紅酒綠聲聲慢。促柱移絃節節高。富兒估客偍豪俠。鑄銀作錢金縷屑。一歌脫口一纏頭。買笑買嗔爭狎褻。夜闌卸妝收眼波。明朝酒客誰金多。孩提羞惡已無有。父兄貪忍終如何。君不見鶯喉一變蛾眉蹙。斜抱琵琶定場屋。不然去作執鞭人。車前自理當年曲。

所見三首錄一

祝德麟

薛家有車子。見之繁欽牋。史妠與謇姐。其名因附傳。率緣歌曲妙。非慕容體妍。文人類跌宕。紅搴侑賓筵。優伶亦此例。取樂杯柈前。謝公東山興。絲竹陶中年。寓物不留物。如賞瓶花鮮。國初有王郎。三十面似蓮。羣公借口頰。高價張詩篇。後來逢直指。棓殺無人憐。生遭太平世。燕樂盛笙絃。楚材及蜀產。鬭麗誇嬋娟。如何公卿貴。避席加擊拳。其他顛倒者。奉事如神仙。飛蚊一响聚。安計纏頭錢。結歡恐或失。體察在意先。但郎所居處。市巷車輪塡。但郎所到處。羣蟻爭逐羶。廣庭張衆樂。冠珮方雲聯。公然指所歡。怨詈聲連連。以此爲榮寵。笑樂翻喧闐。父母加譴怒。赧色形頰顴。友朋或調笑。辭氣難帖然。甘心受嘲弄。非狂又非顛。此風奚自始。此習胡可沿。曷不移此心。友仁兼事賢。

倡樓行

張雲璈

閶門楊柳大道旁。高樓中有邯鄲倡。行人過者增太息。等閒不上盧家堂。裘馬翩翩貴公子。金鞍玉勒來遊此。生處原從紈袴生。死來只願温柔死。誰言公子好容色。除卻倡樓人不識。誰言公子意氣高。除卻倡樓不是豪。由來身世居華膴。笑擲黃金賤如土。已將心力盡梟盧。更遣閒情事歌舞。歌舞場中歲月賒。倡樓久住欲爲家。不見美人心似棘。但見美人顏如花。願將身作韓熙載。但向人誇綠萼華。幾度綏歸忘陌上。居然蕩子落天涯。公子頻年得美宦。共說纏腰十萬貫。入座都無北海樽。壓裝但有南山絹。鑪開金獸麝蘭煙。地疊錦衣紅繡段。燒殘絳蠟淚三升。聽徹嬌喉珠一串。不識閨中少婦愁。那知門外貧兒歎。歸去徒看私橐肥。興來盡作纏頭散。人生富貴是逢場。眼底年華竟虛換。

秋月春花樂不支。牀頭金盡未歸時。漸教粉黛回眸懶。更覺紅羅出手遲。從來樂事原難再。六州鑄錯應生悔。依然心性愛頻華。前途恃有高官在。

小檔子 寧夏采風

楊芳燦

近時有歌兒。其名曰檔子。郡中產尤多。挾技走都市。便串出新變。頽波何所底。公餘集賓僚。百戲盛豪侈。當筵召之來。婑婧齊稚齒。巧學內家妝。垂髾釵鳳紫。偏諸小紺袖。纏臂金約指。氍毹置正中。步搖行且止。老郎抱琵琶。對客據髹几。玉撥風中挑。腕下何奔駛。維時綺席間。橫斜不盈咫。鶯喉澀初轉。鷺頸延而跂。三聲歌未畢。擊節爲驚起。上客覩點籌。斜行白團紙。曲終索纏頭。四座紛塡委。更鼓夜將闌。主賓情未已。或爲連臂歌。或如坐部伎。翩翩主觴政。宛轉接簪履。一樽侑一曲。心醉甘於醴。頳頰樺炬燃。峨峨玉山圮。吁嗟乎此時。幾欲爲情死。我本非解人。隨衆聊諾唯。擬將紅豆記。謾以香奩比。豈知舉其辭。嘔噦逼心髓。詩騷逮樂府。不盡删淫靡。要知作者心。雅鄭各有體。金元諸院本。存眞汰其俚。不圖玩侏儒。直欲窮猥鄙。禁之固無庸。狎之良有泚。奈此嗜痂人。饞餂著瘡痏。徒令兒女嗤。豈惟壯夫恥。歌調譜六州。音節何清美。胡不唱伊涼。澆撥留犂七。胡不唱隴頭。梅花吟驛使。黃華一嗑然。古調嗟已矣。

琵琶女 北行樂府

陳聲和

趙懷玉崇州樂府連珠池篇。見鸞兒女門。

琵琶女。年紀方纔十三許。斜抱琵琶到席前。俏眼橫波眉解語。琵琶揞處手還生。紘索玲瓏調始成。

生來未識相思意。唱煞朝雲暮雨情。含情相訴眞煩惱。匽湢飛花原草草。去年娘自教清歌。歌成教取金錢多。客不聽歌猶自可。歸去娘須笞罵我。薄命先同陌上塵。相逢誰是有心人。蓮雖泥重難移性。絮幸風輕未失身。君不見媳婦兒山東人呼土妓。絕可憐。土牀夜伴驢夫眠。又不見縫窮婦。非紅顏。提籃苦立茅簷前。

鼓兒詞北行樂府

又

鼓兒詞。何自始。鼓形八角彈以指。誰與擅場唱檔子。鼓兒詞。我聽之。詞亦古意兼淫思。曲終爲汝傾金卮。白皙雛兒年十五。不必紅裙裝蝶舞。禿襟小袖侍瓊筵。歷歷歌珠串金縷。可憐眉目太聰明。未必詩書學不成。爲有千金人買笑。拚將此技博聲名。

趙女清音吳吟

孫源湘

豐容大辮誰家姝。窄袖禿襟如子都。小妹十三尙不足。阿姊十六頗有餘。客無生疏見面熟。伎師催奏新聲曲。曲終願客且斯須。酒炙紛綸習遲速。探鉤射覆無不精。承顏伺色尤聰明。離之忽近卽之遠。情無情處鉤人情。眉眼能分客高下。親疏還覷金多寡。常妝處女十年貞。慣作乾兒一分假。東頭客去西頭來。貴家夜讌還傳催。明朝日高起梳洗。妝成旋抱琵琶理。昨日客來今不來。阿娘怒詈何曾已。張燕燕。李鶯鶯。歷一處。更一名。門前三日車馬稀。一帆又向他州飛。

又名優伶

又

生不識布與粟。膏粱文繡金珠玉。生不識耕與犢。摴蒱腷膊絲竹肉。雛喉宛轉學出聲。嬌若處女淸如鶯。登場結束備妖態。春風一日馳歌名。五陵年少誇游冶。爭願結交致門下。春花秋月賞讌同。入則連牀出連馬。堂堂使者持節來。高牙大纛城門開。太守除道迎中丞。晉謁局促不自寧。百官肅告退。使者坐鬱艴。俳兒優子各以雜劇進。獨見此子大歡悅。傳呼飭中廚。咄嗟辦果酒。引吭發新聲。按拍姸素手。此曲京師未曾有。吾願得子以爲友。明朝飭縣令。爲製紫貂裘。賜以款段馬。綠袴眞珠韉。出門導從滿街路。馬前行人爭卻步。故人相遇金閶門。揮鞭掉頭不肯顧。

花鼓戲

潘際雲

村落鼕鼕花鼓戲。千人萬人雜遝至。臺高八尺燈四圍。胡琴一響心乍開。韡帽何所借。里中富戶分高下。裙襦何所求。前村少婦多綾綢。姊妹哥郎更迭唱。半是歡娛半惆悵。宛轉偏工濮上音。纏緜曲肖閨中狀。酒席半夜闌。風月今宵好。亦有女郎側耳聽。反說不妨年紀小。誰禁之。有縣官。昨夜優伶賞果盤。幕友點燭三更看。

武林樂府 唱南詞

陳春曉

唱南詞。三五逐。廢詩書。工絲竹。鬅面而熏香。年少好裝束。結隊到人家。新詞雜絃索。妙手彈箏第一流。歌喉合拍無雙曲。鬢影釵光列後堂。兩行熠燿輝紅燭。絳紗不隔倍分明。驚鴻翩若時游目。不博錦纏頭。但期餐果腹。歌罷快行觴。主人償酒肉。堪嗟子弟等優伶。漫說豪家與世族。君不見破琴對使眞清流。王門不入名千秋。鬱輪袍唱終貽羞。

郭儀霄足可惜篇第一、二首。見惑溺門。

燕臺樂府梨園伶　梁紹壬

軟紅十丈春塵酣。不重美女重美男。宛轉歌喉裊金縷。美男妝成如美女。樓臺十二醉春風。過午花梢日影紅。此際香車來巷陌。此時脆管出簾櫳。簾櫳掩映嬌妝束。場屋頻頻滚絃索。須臾照眼花枝明。飛上九天歌一聲。歌聲未罷歡聲滿。就中誰得秋波轉。曲罷翩然下座旁。猶留紛暈與脂香。憑將眉語通心語。好把歌場換酒場。酒樓擕得人如玉。自占藏春最高閣。閒泛鵝兒弄斝尊。不容鸚母窺簾幙。承顔伺色最聰明。射覆藏鈎靡不精。欲卽偏離拋又近。情無情處動人情。情多不及黃金貴。幾束吳綾謀一醉。夢裏溫柔鏡裏人。甘心竟爲他憔悴。憔悴青衫興已闌。一鞭又跨別人鞍。試看花底秦宮活。誰念車傍范叔寒。

大市行　姚燮

長蘆倡女大市行。步搖琵琶羅裙聲。風鬟疏裊煙蟬輕。冰紈斜障雙睇青。向人送笑相目成。儂家住何里。第一城南古瓦子。西營軍頭持門戶。不畏州官索錢紙。檳榔新紅蘋婆紫。沽酒留歡醉忘死。君不見江南蕩子無家歸。墊氈作枕蘆爲衣。城門獨宿風淒淒。

三里灘謠　張際亮

林昌彝詩話。三里灘。卽常山也。江山船名茭白。船戶凡九姓。皆桐廬嚴州人。不齒編氓。老婦曰同年嫂。少婦曰同年妹。同年者。桐嚴之謠也。相傳陳友諒敗將九人逃此。其裔爲九姓。船客載其船者。江山絲竹。畫舫笙歌。每墮其術中。彼賣笑者不知己身之賤辱也。昔人江山船曲。多賦豔情癡態。未克維持風化。余無取焉。吾友張亨甫此詩。溫柔敦厚。關係民風。深得三百篇之旨。

積水僅浮舟。畫船高過屋。粉黛映江山。風雨雜絲竹。朱欄小垂手。二八顏如玉。往往三五夜。華月照眉綠。目成通一顧。買笑千金逐。雞鳴歌未闋。曉日移銀燭。東行到錢塘。或泊蘭谿曲。可憐少年子。銷魂在水宿。借問此誰氏。九姓自嫺族。匹夫爲厲階。百世猶鴆毒。自注陳友諒將後裔。嬌蚩小兒女。未解淫賤辱。凝妝揀珠翠。衣被厭羅縠。朝懽匿貴游。夕狎任厮僕。零落秋扇捐。春心付骨肉。造物汝何意。苦畀斯人酷。老死異編氓。偷生寄洄洑。請看茲灘頭。終古波斷續。流脂變芳草。斷腸不盈掬。羈孤觸臨眺。慷慨憫衰俗。沙邊雙鴛鴦。哀鳴羨黃鵠。

鴛湖蒲鞋船歌　于源

蒲鞋船。馬頭住。船娘一笑能値錢。不載行人走長路。湖作鍋子金可銷。細火夜爇罌粟膏。野鴛鴦戀野灘宿。一萬錢買春一宵。插旗打鼓成幫泊。醉柳眠花估客樂。日斜簾幙盡低垂。水調歌圓雜絃索。誰家年少紈袴郎。鷗鄉認作温柔鄉。黄金抛盡氣易短。夢囘酒醒殊淒涼。五更風露船頭別。篷隙燈光紅未滅。空囊羞澀客衣單。蒲塘寒墮波心月。

無錫花蒲鞋船歌　吳淮

錦帆三月江南曳。海棠爲楫蘭爲枻。問渡誰將桃葉賡。呼船競說蒲鞋麗。蒲鞋一女貌如花。歌作新鶯鬟作鴉。碧玉佳名人共贈。綠珠小字客先誇。煙花看慣揚州景。江面往來逐蓬梗。密地傳情蹴鳳頭。無言送媚流蛾影。翠螺一斛黛如煙。殿脚分明吳絳仙。玉貌暗宜窺月下。雪膚明恰照筵前。筵前綠蠟凝花處。低唱淺斟奈何許。切切年華問破瓜。箜篌斜抱嬌無語。清歌一曲淚成行。小袖青衫易斷腸。花月新聲憐子夜。琵琶幽怨續潯陽。斂衽曲終陳姓氏。自言儂是良家子。連理枝頭花不開。飄萍水面身如此。水面飄萍命不猶。此身幾度木蘭舟。桃花渡口誇人面。飛絮天涯惜盡頭。守風去歲瓜州口。舊侶相逢各招手。也是停橈喚渡人。可憐老作長年婦。

雛伶篇

夏之盛

五紋袴。雙丫髻。嫋嫋婷婷十三四。不嫻針黹但嫻歌。專憑絃索爲生計。一解。名不隸樂部。身不歸青樓。春風一曲彈箜篌。見人嬌癡掩口笑。蘼蕪生小安知愁。二解。去年厲禁申官府。驚鴻瞥逝紛無數。事定還復來。朱門侑芳醑。兒童蕩心目偸覷。嗚呼。童牛之牿教宜豫。三解。

渡江瀕淮途中所見

鄒在衡

捆起來。捆起來。論貫青蚨賃女孩。雛鶯年盡十三四。大艑載自鹽城回。鹽城女到青江浦。更換衫裙學梳裹。好將夜合博纏頭。墮入青樓爾何苦。耶娘愛錢不惜小。忍使嬌娃墮塗潦。豈無雙淚背人彈。若個淤泥拔根早。

宦寺

勅毁明魏忠賢墓紀事

張璦

按王漁洋香祖筆記云。御史張瑗疏。臣奉命巡視西城。往西山一帶查閱。至香山碧雲寺。寺後峻宇綠牆。覆壓數里。鬱葱綿亙。金碧輝煌。詢之土人。乃是故明逆璫魏忠賢之墓。上有穹碑。臣觀覽之下。不禁髮指。忠賢在故明天啓時。竊操國柄。屠毒忠良。惡貫滿盈。一時羣小。皆出其門。德碑生祠。幾徧天下。神人共憤。道路以目。至崇禎初。罪狀發露。押往祖陵。潛行自盡。磔尸河間。迄今公論在人。尙恨戮尸不足以蔽厥辜。乃畿輔之地。尙留此穢惡之跡。僭越之制。何以儆巨慝昭大法哉。況當奉旨纂修明史之時。凡明季忠良被禍諸臣。無不立傳表揚。以彰公道。光天化日之下。豈容奸孽餘黨膽大潑天。目無三尺。仰祈天威乾斷。勅地方有司。立仆其碑。剗平其墓。俾天下後世知凶惡之徒。不能逭憲典於身前。並不能保墳墓於身後。其於聖明癉惡之義。不啻炳如日星。嚴如斧鉞矣。云云。奉旨。魏忠賢碑墓。著交與該城官員仆毀、剗平。該部知道。瑗因賦詩紀事。一時賦詩者甚衆。按工部郎中萬公熾疏稱。臣過香山碧雲寺。見魏忠賢所營墳墓。碑石崢嶸。隧道深閟。翁仲簪朝冠而環列。羊虎接駝馬以森羅。制作規模。仿彿陵寢云云。則閹擅國柄時。自營生壙巳久。特旣誅之後。未有建議毀之者。故倖存至今耳。

彰癉表天道。誅賞昭王綱。伊誰實職之。蘭臺凜秋霜。道惟鋤姦宄。庶以全善良。攬轡出都門。陟睎西山岡。廬舍匝阡陌。各各營農桑。厥俗一以樸。民氣尤悅康。榛莽化蘭蕙。無復嗥豺狼。尋憇古佛刹。紺碧何輝煌。背負諸墓碣。封樹皆貂璫。逆閹冢踰制。陵園相頡頏。穹碑矗霄漢。長松繞垣牆。以彼稔凶惡。萬死奚足償。搏噬縱鷹犬。湯鑊烹鸞凰。天地盡瞑晦。白日無晶光。古多寺人禍。茲禍踰漢唐。國步倏臲卼。社稷旋淪亡。彼身已寸磔。墓胡留山陽。我見髮上指。衝冠心激昂。及此不鏟薙。無乃忤蒼蒼。拜疏請明旨。聖德奮乾綱。碑仆墓亦毀。狐兎將安藏。堯舜除四凶。海宇稱平章。誅惡及勝國。來者心自臧。岧嶤湔穢濁。草木回芬芳。聊以佐史筆。憲紀于焉張。

快聞毀明逆閹魏忠賢墓

唐孫華

明運昔標季。椓人亂紀綱。振瑾煽其焰。流毒極魏璫。時主聞蛙鳴。奸閹任鴟張。國柄倒太阿。祖訓裂隄防。發憤批逆鱗。倡勇左與楊。赤車徧收捕。緹騎走四方。鉤黨悉名賢。錄牒紛刊章。黃門北寺獄。沈冤塞穹蒼。彭考具五刑。畢命隨土囊。孤忠歸視死。慷慨悲膺滂。回天兼獨坐。妖孽踰悺璜。誰爲陽司隸。城門磔豺狼。百官供指麾。鞭策如驅羊。或願充義兒。螟蛉附末行。軍政自掌握。奴僕羽林郎。聖嬈互連結。中宮搖玉牀。累朝遺帑藏。盜用揮秕糠。祠廟徧天下。金碧爭煒煌。街坊伏邏卒。偶語死道旁。法官任心膂。攘袂何虎倀。乾坤同墋黷。日月淪精光。三臺坐呼召。六璽行自將。居然僭帝制。但未坐明堂。擢髮數其罪。轘裂豈足償。繼照明未融。國殄由人亡。風煙石馬泣。荆棘銅駝荒。爰書久昭灼。餘孽猶披猖。西山擇爽塏。衣冠掩黃腸。鯨封未築觀。狐窟虛蘊藏。白玉刻柱碣。丹雘潤彫牆。豐碑湧贔屭。松柏鬱相望。過者皆憤歎。恨不縱斧斨。矯矯張侍御。正論排天閶。千牛倒亘碣。萬鍤鏟崇岡。赫赫行雷火。豐隆助奔忙。瀦此凶穢地。蕩爲樵牧場。跛牂任踐踏。野燎當祓禳。獨恨窮奇骨。不隨灰燼揚。易代示明罰。作戒垂百王。有明任閹宦。末禍同漢唐。諸陵遂邱墟。秋草空茫茫。

薊州城

高其倬

于役季冬月。東入漁陽城。城圮五十載。奉詔新經營。墉堞一云具。築作工遂停。胡不事宏麗。役物勞皇情。此州實險要。世界方昇平。長馭控八極。內地固所輕。昔當明之季。置鎮藩神京。高起兩重郭。徧徵九州丁。城中貯芻粟。城上羅旍旌。薊門大帥任。鄭重屬老成。高議百僚會。推轂千人英。且復命丙魏。不啻求韓彭。陛辭涕汍瀾。密詔言丁寧。志嗚伊吾劍。意洗魚海兵。長計一蹉失。塞馬仍縱橫。連營一日潰。列嶂同時崩。塵飛白日匿。燒猛蒼天赬。九門戒樓櫓。六府嚴關扃。平安一星火。重比千金瓊。傳呼達禁闥。夜寢始不驚。外召勤王師。內辦遷都行。下詔責專閫。幕府空搶攘。搶攘讀傖獰。見前漢書賈誼傳。擁兵不敢救。閉壁如聾盲。偵敵已出境。追騎甫及坰。殺人取其元。受賞都堂廳。纍纍鞍上級。一一田間氓。更奏塞外勳。肯恥城下盟。懦帥肆欺謾。勍敵生門庭。既以殺其軀。患亦貽朝廷。嗚呼厲有階。夫誰滋亂萌。或云右文士。誤國由書生。或云吝邊餉。飢卒難力爭。南史與董狐。百喙同一聲。敢獨曰不然。奄寺實彗熒。監軍專將柄。司禮爲阿衡。衆賄水輸海。百度禾生螟。榜笞殺壯士。羅織戕名卿。剛鯁靡孑遺。媕婀忌忠誠。肯效鷙鳥擊。轉畏走狗烹。潢池弄兵者。竟射承天閎。緬維開創初。明祖垂家型。內官止四品。灑掃供使令。外事付卿貳。著戒在扆屏。孰俾鐵牌毀。坐見九鼎傾。惜哉輿戎首。未正司寇刑。我皇法殷鑒。典制原六經。寺人無官階。置員有定程。衣冠帶履外。越者誅竄并。皇皇一王法。萬世其勿更。願獻五百字。勒作城隅銘。沈歸愚曰。軍政之壞。至殺百姓以獻級。大帥猛於盜賊矣。而實原於司禮監監軍。尅兵餉、戕名卿、冒戰功。至於蟻賊蜂起。而宗社亦隕焉。明祖初制。誰實毀之。至于此極也。末歸美本朝典制。禁戢寺人。眞可垂法萬世。

古北口　又

九邊雄寰中。古北乃其一。北顧瞰居庸。南境抵遼碣。屹然介其間。長垣兀積鐵。作備趙與秦。流弊及明末。貂璫秉國成。書生總戎律。志擬封狼胥。兵不踰房闥。颯沓西風來。萬騎射南月。騰淩在俄頃。若蹴蚍蜉堞。深源竟喪師。無忌空抱節。可憐邊沙中。青燐照白骨。城同夏鼎傾。事與秋煙滅。齷齪何足論。階厲病前哲。不見張韓公。築城門不設。從來守邊術。能戰守可說。更有必勝方。千古同一轍。赤子付龔韓。白麻命蕭葛。沈歸愚曰。奄人秉成。豎儒總戎。猳貑狒狒。驅赤子爲白骨矣。未見能戰方許能守。而要歸於循吏之愛民。賢臣之執政。誠拔本塞源之見也。

碧雲寺 又

崔巍碧雲寺。壽安山南陬。前貌衆龍象。後植千松楸。規制駭心目。宏麗無匹儔。近屏羅翠嶂。遠勢交迴洲。石室窈中空。繚垣屹外週。鏤階鳳欒樅。琢壁龍蚴蟉。僭侈陋陵闕。豈止逾王侯。當其繕構際。乾坤困徵搜。攻石千仞岡。輓材萬里舟。蒼生莽奔竄。四海輸琛賕。卿相稱義兒。穢名豐碑留。刑餘胡敢然。童昏寄垂旒。紾臂奪之柄。蠱腹心舌喉。鉗鑽殺喬固。軒墀延其兜。上擅天賞罰。下快私恩讎。敵張寇盜熾。木蠹禾生蝨。罪雖淪一族。禍乃延九州。高廟血祀斬。泗鳳狀松楸。思陵葬無所。麥飯矧可求。昌平寒食日。春慘風颼飀。民家敗紙錢。吹挂陵樹頭。窮奇舊衣冠。乃得歸巖幽。百年有餘恨。烈士涕橫流。偉哉張侍御。一洗異代羞。仆碑剗名字。伐冢爲平疇。茲事良義舉。我更借著籌。聖賢律既往。褒罰語不浮。善固揭百世。惡亦昭千秋。誅姦賴直筆。不繫冢去留。上世戮鯨鯢。封骨高崚嶒。請肆彼遺骼。存此招魂邱。用之作京觀。事異理亦侔。覆轍留眼前。後車庶迴輈。殷墟歌離黍。鑒之者有周。作詩述胸臆。以俟采風輶。沈歸愚曰。張祁門請削魏閹墓事。諸名家詩多詠之。詳盡無如此篇。

閱三朝要典　　陳睿思

明熹宗時朋黨盛。君子小人互爭競。小人道長君子消。宦官乘時盜國柄。委鬼茄花互連結。賜睒跳踉意氣橫。朝拜假父夕拜官。山鬼晝出白日暝。顧命元臣憤不平。羣賢交章以死諍。宮中府中羽翼成。涕泣青蒲血空迸。深居九閽啄天下。收縛清流納諸阱。狂瀾已將砥柱摧。疾風那怕秋草勁。紅丸梃擊連移宮。三案手翻亂廷評去聲。公然撰刻示天下。正者曰邪邪曰正。吁嗟朝士蒙惡聲。楊左諸臣一網盡。轉瞬烈帝登明堂。黑白分明是非定。小人束手空怨嗟。君子彈冠更相慶。所憐姦慝暫退藏。天下紛紛終不靖。譬如癰疽生腹心。毒氣爍體亡身命。藥石雖能潰腐肉。瞑眩不救膏肓病。我思其殃誰所致。終之者魏始者鄭。謀危太子心計深。挾狡矜兒口語佞。光宗即位不永年。太平天子生難更。後來邦國日殄瘁。蟻賊縱橫徧梟獍。要典雖焚事已遲。廟堂空見憂心怲。九州龍戰血玄黃。其先履霜陰早凝。後世人君其戒之。莫使女子奄人與國政。

前題　　沈德潛

熹廟御極頹乾綱。疏遠保傅親貂璫。茄花委鬼互糾結。熏天勢燄何披猖。守原之問史貶斥。況令婦寺紊朝常。顧命老臣半誅戮。朝衣血裹投圜牆。清流白馬禍更慘。一網盡矣空巖廊。顛倒是非著穢史。手翻三案詞侜張。詞云梃擊陷國戚。追論可灼誣先皇。移宮噦鸞肆迫脅。康妃八妹奔倉皇。更云筆削繼孔聖。大書特書明王章。永爲人臣不忠戒。冠以御製文煌煌。黨與秉筆亂忠佞。霾閉日月無晶光。同文館獄書黨籍。元祐君子遭摧戕。二蔡二惇恣兒戲。竟使二帝幽窮荒。此書千古同繆戾。力鉏忠耿扶姦彊。從來事往有定論。青蠅白璧終顯彰。刑餘死骨斲身後。正士祀典修烝嘗。所惜國本旣剝喪。再傳宗社旋淪亡。小人勿用著聖訓。承家開國須周防。

題張侍御奏毁魏忠賢墓碑疏後

陳浩

朱明季世頹無光。璫豎竊柄移天綱。從來閹禍此爲極。勢燄歊灼燔忠良。推崇自號九千歲。客氏助煽同椒房。紛紛羣小逐臭腐。熏心黨附爲兒郎。樹碑頌德徧州邑。生作隧道侔君王。一時義憤動朝野。摧鋒奮擊連彈章。六君子獄五人墓。二十四罪那足償。盛朝畿甸有遺址。墓碑儼峙西山岡。侍御巡視碧雲寺。遠眺嶙峋雄繚牆。雲松黛柏聳蒼翠。繪雕滿目輝琳琅。捫碑剜蘚識名字。衝冠猛氣盈剛腸。歸朝白簡奏天子。風馳電騖速毁將。繡衣持斧董厥役。百夫趠叫走不遑。穹碑曳倒震巖谷。山精穴魅都遁藏。奸名剗削無一蹟。曠盪不識堂與防。洋洋奏書七百字。辭嚴斧鉞淩秋霜。幺魔身後痛懲創。殘魂餒魄猶怯恇。秋宵展讀和遺韻。華星的皪森寒芒。

西山碧雲寺

沈廷芳

西山金銀五百寺。烟霞列峙齊峥嶸。碧雲之寺特輪奐。士人猶以中涓名。俗稱于公寺。在昔明季亂天紀。君王深拱居九閽　坐令逆閹竊國枋。九千歲欲臣公卿。高楊周左一網盡。清流黨禍悲縱橫。當年突兀構此寺。寺後此輩爲墳塋。鑿山劖石築幽室。巧匠雕鏤光晶瑩。老姦誅死骨不瘞。翁仲華表空恢宏。表忠述祖誰作記。穹碑並立深鐫銘。途人憤結思掊剝。神怒欲將雷斧轟。聖皇在宇作正氣。宵小絶迹巖廊清。峨峨張公列臺諫。巡視郊外慼慨生。皂囊疏入制曰可。旋發其穴夷其坑。三丈之碑百尺繩。磨治踊躍趨村氓。吁嗟乎。汝曹遺臭安足數。德昏轉益悲亡明。作歌俯仰浩惆悵。空山雲暝陰風鳴。

西廠歎

朱依真

前王親宰執。後王便近習。藥石言難投。簧鼓聽易入。大臣作心腹。近臣作耳目。視聽既已獘。肝膈豈相屬。稽之周官列閽寺。職在掃除司啓閉。是誰作俑封五侯。騬馬之禍無時休。小平津渡少陽院。漢唐宗社成墟邱。濠梁天子期復古。鑄鐵宮門防內豎。無功畏法誠至言。目蔽心聾戒庸主。胡汪誅後等一噎。何至雄猜疑政府。中書省廢鼎趾顛。左右密勿多中涓。錦衣東廠復誰立。禍機已伏洪宣前。王家授教挾天子。孤注何能贖千死。兒孫未肯鑒前車。花面獠奴承指使。商公項公難回天。西廠重開成化年。手持兩鉞汪太監。勢逼乘輿饒氣焰。貂璫牙爪任縱橫。鐵甕鑪鉗恣排陷。紛紛劉魏傳家風。朝宰居然拜廠公。東林鉤黨最慘烈。國家元氣斯焉窮。嗚呼此儕奴隸耳。何可位置樞機中。嗟哉。何可位置樞機中。

異民

畬民畬音蛇

秦瀛

温有投牒者。自署稱畬民。其名初未識。呼吏前致詢。吏云甌括間。厥種類頗繁。齊民所弗齒。罔或通昏姻。輒受鄉里侮。構訟良有因。既向橫陽道。按部來周巡。每見男與婦。阡陌走詵詵。頭戴狗頭帽。衣冠殊編氓。謂卽畲民是。雜處山海濱。我思聖王世。蠻傲歸陶甄。畲民豈異族。不與民等倫。使君布德化。坐令風俗醇。鞠䐟歌且舞。何弗人其人。

章大奎佘民行。見畲政門

釋道

雜詩二十首之一　朱彝尊

佛法西域來。道里實遼遠。其徒祇比丘。馬馱經數卷。至晉始有尼。入梁俗莫挽。此輩僧易狎。爲態亦婉娩。一入富家門。內言出於梱。挾伴湖山游。積金寺塔建。精舍累百區。有司豈能限。宣淫青豆房。飽食香積飯。因之壞風俗。詎可偕息偃。婦人有婦功。蠶織乃其本。如何水田衣。娑拖出祇苑。跪拜學男兒。對客不自忖。誰修鳳樓識。絕此毋往返。

馬維翰大喇嘛寺歌。見懷遠門。

仙佛吟感漢武梁武事作　陳熙

昇仙成佛豈是帝王事。帝王治世非度世。天生烝民立之君。一人本爲億兆計。若論仙佛祇自了。問與蒼生有何利。漢武欲昇仙。梁武望成佛。二帝非常人。如何皆惑溺。王母與張筵。誌公爲施食。雄才大略竟何成。宮體家風亦無益。建章是營柏梁災。方朔未去江充來。巫蠱獄興滋詛呪。集靈臺變望思臺。短腳長圍老公餓。花雨不飛紙鳶墮。同泰贖歸國步艱。臺城謁見天威墮。玉箱金盌茂陵空。

湘東沈書殘局終。長生亦與無生等。寢樹秋風江雨中。

贅言　　袁樹

蓬島神仙窟。多在波濤間。秦皇與漢武。殫力思追攀。神山不可見。安論山中仙。古來神仙跡。多是未死事。及其羽化後。了不與人異。小說事穿鑿。妄誕著神奇。徒能駭世俗。傳信空傳疑。佛教驅邪魔。道法鍊眞性。借以斂侈心。亦可守正命。聖人謹幽獨。明衣愼齋居。名教有樂地。吾自安吾儒。

顧豫金丸行。見惑溺門。

揚州樂府站關僧　　汪坤

立地何難成佛去。乃向人間覓苦趣。或磚或木囚其軀。名曰站關給聾愚。憑此色相示行苦。其如於世無所補。但欲黃金滿願心。可憐白足空摩撫。嗟乎。蒼生食力咸艱辛。爾毋梆聲佛號徒營營。近日田家牛價貴。背犂曷不爲人耕。君不見昔時老佛多慈心。投崖飼虎肉餵鷹。

嘲朝山　　羅安

時人奉仙靈。請述撝堂遺語君且聽。郡諸生譚牧字撝堂。撝堂昔日性奇特。歷覽前史多譏評。見人朝謁旌陽子。幢幡寶蓋隘山陘。乃遂張頤發笑謔。公等求福何營營。公謂福可邀求得。宋室至今宜未傾。往昔徽宗崇道教。奉祀旌陽何其誠。歲時致奠走內豎。虔如祝史祭宗祊。九樓十閣起天末。帑藏不敵糞土輕。榜曰萬壽比宮禁。欲誇千載以令名。厥後香火無虛日。實自宋主啓之今相仍。此其福報當何等。天人不遠豈懵懵。何爲一朝烽煙起。兀朮長驅至汴京。堂堂宋天子。迫脅歸邊庭。貶爲昏德公。幽死五國城。是時旌陽果安在。惝怳荒忽呼不應。崇侈如此弗保佑。矧爾區區禱媚情。吁嗟乎。世人幻妄奚足憑。况乎聰明正直非可瀆。徒令神仙笑爾心頑冥。

老師父 武林樂府

陳春曉

老師父。號庵主。禪房白晝常扃戶。夜深不聞鐘與鼓。香積廚中作酒脯。客來亟向誦彌陀。一領袈裟躬傴僂。大家婦。小家女。各有心香爇一縷。合十皈依儼佛祖。佛祖公然敢倨侮。開口布施閉口苦。大家婦不惜黃金捐。小家女願解青銅錢。老師父猶嫌不足。到門托鉢還需索。歸去依然在壑谷。飲食男女恣所欲。隔院枯僧啖薄粥。別有蒲團清淨樂。後世因皆今世作。

臺灣行

姚瑩

生平常怪方士言。蓬壺方丈瀛海間。謂是大言誑人主。世豈眞有三神山。幾年作宦來臺灣。東過滄海窮煙瀾。扶桑枝紅挂朝日。珊瑚樹綠充庭藩。澎湖時時出琪樹。高者盈尺聲璆然。四時花蕊開未歇。夏梅春桂冬桃蓮。長年暄暖無霜雪。老死不著棉裘氈。山中之人木末處。下者亦在蒼厓巓。食無烟火況炊爨。男女亦足垂雙環。頒律不到周夏正。豈有隸首窮其年。洪濛以來到唐宋。不與中國人通船。漢初倘未開閩粵。此乃荒島盤雲煙。或者昔人偶泛海。飄風一至疑神仙。愚民自誤誤世主。妄想人可壽萬千。豈知世果有此境。何無藥草能朱顏。若令皇武在今世。不待晚歲憬然翻。我爲此歌傳世俗。沈迷聊破千年關。

醮壇行

王衍梅

三元一卷醮有儀。吾於通志嘗見之。要亦賑窮救絕法。以明測幽統所治。古來豈無得道者。一一廿露皆心施。流傳既久失精意。乃以狡獪爲神奇。海內此法遞相演。詒神惑民靡不爲。夏五六月秋八月。四達衢通九達逵。築壇多至百十所。其下可建五丈旗。有蕡其燭火樹枝。蒿燈絡索光閃屍。熊貙之皮靺鞨巋。高坐長者尸陁尼。黑風慘䬈陰雲垂。旋蠡鳴咽四面吹。金鐃銅鈸急雨隨。沸入空闊圜雷追。須臾壇上燭盡滅。若有鬼伯森指麾。靈官攫人捋其髭。曰赤熛怒下上馳。長者合十作手勢。聲如鶂鴂頸縮龜。傍有侍者暗進卮。濯齒一灑花雨披。大衆脣吻連尻脽。間以妙竹彈輕絲。抗者雲璈王母奏。墜者羯鼓明皇搥。嘽者琵琶烏孫主。噍者鸞棄花門夷。此時壓場各讚歎。圜吭百囀春黃鸝。咥然一聲鬼亦笑。梨園紅粉顔忸怩。玉雞三唱石雞應。天門詄蕩懸艴曦。吾聞周官養萬民。閒民執事常轉移。此輩豈不足衣食。步神合錢供細嬉。先王至樂通厥政。默感天地來神祇。不聞宣豫到佛曲。魑魅魍魎爲面欺。整飭風俗此其一。安得聞之良有司。

昇仙引

王嘉福

神仙不可求。榮名豈終享。富貴立人極。世緣生妄想。方士一丸藥。主人千金賞。歌舞娛心神。珍饈備頤養。黃金不駐顔。奄忽歸泉壤。生前無不有。一瞑即長往。漆燈冷墓田。頹陰暗榛莽。魂魄所結依。繁華徒想像。古今同一轍。含悽憶疇曩。不如學隱居。躬耕脫塵鞅。

西藏樂府　佛轉生

夏尚志

班禪佛。達賴佛。生生世世西方佛。各云釋迦大弟子。分主詔藏超生死。超生死。忽已死。轉生之說因此起。冥然一臥入長夜。託生自言在何所。班禪生。達賴認。達賴生。班禪認。豈有卍字眞心印。斯愛斯憎惟斯言。斯言一出羣僧信。佛生其家。父母榮華。王侯比貴。金玉泥沙。我聞佛法不生亦不滅。何由煩惱頻饒舌。樓臺七寶戀莊嚴。世尊逝矣心猶熱。

募緣歎

羅以智

三間兩間破廟古。無賴聚徒僧爲伍。僧欲結緣先結交。攫取人財猛如虎。一僧合掌拜門前。一僧嗚魚佛號宣。菩薩不勞僧不飽。僧募得錢菩薩惱。一願十願百願書。從此菩薩常奔趨。幾見菩薩相莊嚴。歸廟趺坐露屋隅。

西僧坐牀歌

吳世涵

天竺印度降釋迦。東連衞藏佛子多。紅黃二教生派別。黃教之盛尤靡加。達賴班禪兩大弟。初祖並屬宗喀巴。別立宗乘異服色。黃冠黃履黃袈裟。六十餘城唐古忒。唐古忒卽蒙古。唐時爲吐蕃部落。統轄胥歸大普陀。西僧所居寺名普陀宗乘之廟。不生不滅滅復生。呼必勒罕延多羅。呼必勒罕。華言轉世化生人也。宗黨姻婭遞傳襲。年深代遠滋僞訛。聖皇披圖鑒積弊。特施神力息紛譁。異僧出世自有眞。佛前簽掣庶無差。從茲喇嘛或示寂。番兒羣集笑啞啞。鈴杵搖鼓與佛尊。眞假並設任摩挱。一一能認不錯謬。斯爲靈異可崇嘉。金奔巴瓶貯名姓。製得活佛咸矜誇。教有主持衆心悅。名藍供養堆香花。擇日坐牀演眞訣。男女嗔咽翻雷車。福壽廟前競匍匐。須彌福壽、亦西僧所居寺名。梵頂燒指誦摩訶。抽釵脫釧獻金璧。布施有願甘傾家。誰謂黃口尙乳氣。坐令萬里來奔波。伊昔有元崇佛法。皈依西僧八思麻。八思麻。元時西僧名。大元帝師西方佛。曲庇諂敬多所阿。皇朝柔遠有深意。非爲邀福禮僧伽。振興黃教安蒙古。因地立制無偏頗。威德所被一中外。政不易俗民乃和。徼外化人効職貢。數珠藏香駿馬馱。恩禮既優益嚮化。豈與佞佛同其科。下士觀歎作此詠。他年應補職方歌。

物產

採蔘行　　陳之遴

神農嘗草累千百。惟有人蔘益神氣。宋時頗貴上黨產。前代清河亦其次。邇來晉中鮮遺種。遠者多自朝鮮至。質雖瑩潔味頗薄。不若遼山土膏異。紫花碧葉玉作根。人形食之仙可致。春秋擷取獻所司。上供御藥次頒賜。遼左貧人競偸採。弱者徒步強者騎。官府法令頗嚴峻。乃有巨猾董其事。今年解網不窮竟。明年羣出勢彌熾。榆關守將職譏察。大車小車過如戲。吾聞古者弛山澤。惠此小民事亦易。不然稅若鹽與茶。長使大官擅其利。

田雯采砂淘金謠。程夢湘采蕈歌。並見稅斂門。

高詠李中丞歌。見貢獻門。

食黃精歌　　陳皋

太陽之草名黃精。餌而食之可長生。尹軌用服得沖舉。此語吾聞之仙經。蓮坡居士寡世營。繡佛自愛長齋淸。淩晨邀客過飣盤。纍纍走送明元瓊。一笑靈藥異。舉椒芳津傾。形如薑芽差斂小。軟勝桃棖棗脯添幽馨。茵蔯春藕香不敵。地黄首烏功用難爲爭。爲言寄自盤山巔。山僧珍重封題堅。細述炮製法。效在百藥先。三春劚鎡基。午夜濾瀵泉。九蒸幾費煬竈煙。一餐生羽毛。再餐回童顔。不飢復不老。身輕冉冉可以成飛仙。聽罷心爲駭。釋棪意卓然。我亦不願作飛仙。我亦不願返童顔。但願五畝之餘遍種此。即有雨暘不若穀不熟。大地盡產賴爾終古無饑年。

李調元擔炭行。見采煤炭門。

食燕窩作　吴壽昌

燕窩來番舶。壘片如羹匙。售自遠賈手。錦匣光離披。稱量付饔人。沃湯初沸宜。密理分縷縷。柔膩吴蠶絲。亦名金絲。食單充上品。登盤首陳斯。本草昔未載。厥性無由知。相其清虚質。益肺扶尫羸。閩小紀。紅者難得。益小兒痘疹。白者愈痰疾。實乃味淡泊。膏膳需他資。坐客問所從。傳説殊狐疑。謂是海燕蟄。養羞寒冬時。銜物吐口中。凝結精華滋。纖魚與螺肋。分別難爲施。生蠶螺臂之兩肋。見香祖筆記。采小魚營巢。見湖海搜奇。海人苦探取。絕島窮險巇。窩失燕則亡。利在誰生慈。取直日翔貴。倍兩酬朱提。徒以世人重。購之申饋遺。豪家食萬錢。老饕未足奇。奈何中人產。效顰不顧嗤。竭情謀供具。或致傾家貲。古來美腴胸。方法中華垂。芻豢足悅口。寧藉珍錯爲。海西射利徒。希物工相欺。舍雞愛野鶩。我國人誠癡。彼中貨盡然。一食吁堪推。

周錫溥蓬草篇。見樹藝門。

栽絨毯　楊芳燦

常聞古豳原。裘褐皆有事。聖人盡物性。因土布其利。斂皮始周官。貢毳較精細。大旅設旃案。特用贊般祭。然猶令考工。淫巧防其纖。漢武定西域。方物入圖記。紫毯紅氍毹。氀毼百種罽。至今資服用。寧人便體氣。朔方有栽羢。毯中最珍異。吾嘗稽其法。乃古氍毹製。工欲操奇贏。增妍出新意。經以耎脆絲。緯之木棉縷。或又朱其組。杭產乃最貴。屈蟠龍鳳文。花樣四時媚。購者動千緡。巧宦與豪隸。日索日不供。尺幅萬指萃。厥用在何許。不中衣與被。但逢園墅勝。華堂作高會。胡牀藉綺羅。重褥薦珠翠。別有大地衣。弓笏準規制。紛排亙若雲。輦重不易致。土木被文繡。侈靡蕩心志。五載窮塞垣。民瘼多於蝟。底將有限供。趁此無窮費。寄謝三數公。無爲棄菅蒯。

靈藥篇

管世銘

人葠精與搖光通。昔推上黨今遼東。地靈默隨王氣轉。用合眞有回天功。四方價購尊耆朮。銖兩相當逾百笏。貪夫競利身命輕。願得投官備刨揠。官許充夫先責狀。攬頭具保登紅檔。給票還聞借整裝。卡倫層驗挨名放。年年四月入山來。滿眼蓬蒿雜草萊。獨身繭足走千里。曉夕望氣尋根荄。登高乍見三椏短。疾走而前睛不轉。回頭但一少低迷。如入桃源棹空返。矍然得寶寂無聲。遠覓幽厓自煮蒸。焙乾祕瘞作私記。恐被攫取遭奇肱。山中亦有時誋惡。猰貐封狼擇人肉。出山九月集刨夫。物故瘡痍十全六。偶然額外富餘參。縱博狂饕百不禁。衣裘立盡復露肝。恃有來歲仍揮金。百方采參參日稀。百計苛夫夫日疲。掉頭莫肯應官募。惟恃稱貸爲羈縻。吉林刀布饒閭左。近値連年燬於火。參稀復窘採參資。舉步先愁缺裝裹。但聞官借未官償。參票年窩幾百張。參票無人承領者謂之窩票。賦夫不足向夫賻。變計乃復謀諸商。官與夫商俱困憊。交參秤倍收參大。茶庫千金論贈遺。貴游別索文貂褂。重購充官力已殫。那堪例外費紛紜。若非虧帑將焉出。此義何人敢直陳。止沸添薪堪一噱。更思刨採驅耕作。主計惟營目睫謀。將軍竟鑄恆河錯。羣情弗順謗聲喧。洶洶如疑叩九閽。幕府始驚前計失。亟追票返息民言。民言雖息飛章至。詔書嚴切將深治。獄具猶稱用法平。挪移得免論奸利。額票雖裁缺帑賠。究無良策善將來。仙山應悔生靈藥。本爲長生乃作災。

翡翠玉效樂天樂府　阮元

古有驃國樂。今有驃國玉。（翡翠玉來緬甸。緬甸。卽唐驃國。）朝廷不寶之。此玉入流俗。色不尙白青。所貴惟在綠。炫以翡翠名。利欲共爭逐。佳者比黃金。價更倍五六。滇關駝玉來。粗皮皆碌碌。貪綠在皮中。若可見其腹。或以千金享。或判卞和足。及剖乃異色。（今多淡紅色。青蓮色。卽報春花色。）幾于抱玉哭。或見綠一斑。喪斧少償贖。若得綠一拳。卽能潤其屋。緬夷賴爲利。斷之彼窮辱。此貨走東南。徇之意殊惡。貴賤有何常。好尙誰反覆。所寶若青紅。綠璞成賤璞。

嶺南樂府　斷腸草　樂鈞

一名胡蔓草。葉長尖條蔓生。近人則葉動若歡喜。人食之卽斷腸死。粵人多以此輕生。急以生羊血或金汁灌之可解。此草諸郡皆生。有司歲課民除棄之。

斷腸草。生炎荒。炎荒地德何其涼。不產靈草益人壽。生此毒草斷人腸。見人搖動意歡喜。使人爲汝斷腸死。疑有鬼物憑爲妖。不然狡獪那如此。粵人輕生比塵土。刎喉絕脰不勝數。此草殺人尤如麻。

地下應知斷腸苦。吁嗟乎。窮愁怨恨寧汝獨。何爲甘心殉草木。匪草之毒汝自毒。汝腸已斷誰能續。父母生汝願汝長壽考。勸汝莫食斷腸草。

高令其垣諭閩人采餌松花事效浙人作糗餅　黄伯穎

曾聞竹米堪充饌。不道松花可療飢。早使夷齊知此法。何愁採盡首陽薇。
恥隨凡卉笑春風。落地松花雨粟同。樑棟他年知不忝。在山早解濟民窮。

炭貴謠　魏謙升

天大雨雪臘向殘。敝裘無温難禦寒。呼僮入市買獸炭。三百青蚨十觔換。問僮炭貴何因緣。答云海澨騰烽煙。舟運甬東易官鈔。熾炭洪鑪鑄銅礮。百物價昂費不支。炭其一耳他可知。冬烘頭腦烘不得。買炭賫徵炭昂直。三軍挾纊吾皇仁。島夷梗化行就馴。欃槍淨掃如天福。大地陽春回黍谷。香山昔歌賣炭翁。我歌此詩告采風。

鴉片煙

阿芙蓉歌俗名鴉片煙。見李時珍本草。　李光昭

熏天毒霧白晝黑。鵠面鳩形奔絡繹。長生無術乞神仙。速死有方求鬼國。鬼國淫兇鬼技多。海程萬里難窺測。忽聞鬼艦到羊城。道有金丹堪服食。此丹別號阿芙蓉。能起精神委憊夕。黑甜鄉遠睡魔降。晝夜狂嬉無不得。百粵愚民好肆淫。黄金白鏹爭交易。勢豪横據十三行。法網森森佯未識。荼毒

先深五嶺人。徧傳亦不分疆域。樓閣沈沈日暮寒。牙牀錦幔龍鬚席。一燈中置透微光。二客同來稱莫逆。手執筠筒尺五長。燈前自借吹噓力。口中忽忽吐青煙。各有淸風通兩腋。今夕分擕明夕來。今年未甚明年逼。裙屐翩翩王謝郎。輕肥轉眼成寒瘠。屠沽博得千金貲。遞來也有餐霞癖。漸傳穢德到書窗。更送腥風入巾幗。名士吟餘烏帽欹。美人繡倦金釵側。伏枕纔將仙氣吹。一時神爽登仙籍。神仙杳杳隔仙山。鬼影幢幢來破宅。故鬼常擕新鬼行。後車不鑒前車迹。

郭儀霄足可惜詩第四章。見惑溺門。

閒居雜詩

陳光緒

海外罌粟膏。色如烏鴉烏。因曰名鴉片。論值非錙銖。初來到閩粵。漸漸及九區。吸食有定候。不可一刻踰。山肩日以聳。凍棃日以癯。彼方與友共。人已將鬼呼。療病或有驗。采入醫家書。豈知能毒人。毒深形遂枯。人生也實難。嘗毒身自痛。

嶺南樂府 鴉片煙

樂鈞

或曰媚藥。或曰非也。食久且斷人道。食至數月遂不可輟。每日有定候。名曰上癮。必枯槁不壽矣。

鴉片煙。來自西洋船。濃於膠漆毒於酖。一丸價值千銅錢。得錢不惜買鴉片。但云服之體輕健。彭祖祕術不足羨。牀頭一燈光熒熒。兩人長枕同横陳。竹管製作卜字形。管穴中容煙一粒。一粒一人相遞吸。吸煙人如蟄蟲蟄。日日吸之時弗失。飯必甘肥飲醲汁。勞力勞心無不可。彷彿丹砂燒伏火。少年那待老見侵。面目枯黧形攣跛。雖有盧扁焉能醫。囊槖已空身命危。晝長宵永臥敗架。鼻觸煙香涎尙垂。嗚呼。殺人之物人爭惑。利重民貪禁不得。

鴉片館　　宋翔鳳

浮生無所事。相與逐嗜好。旨酒腸胃腐。美色神氣撓。爲害亦已深。從古比寇盜。誰知有更烈。意擬所不到。中土植罌粟。作花滿堂隩。忽使海外人。乃識取其膏。呼以啞芙蓉。欲令變厥號。同心契臭味。羣輩爭趨蹈。羅幃閉房櫳。銀釭照綺縞。珠槃一一陳。角枕雙雙倒。寸田任呼吸。男女相引導。謂可散鬱紆。又足平輕躁。更云去夙疾。精神振衰耄。此言始有驗。忘死盡輕冒。久之侵骨髓。其先入孔竅。終成柴瘠形。失時涕泗悼。百事無不廢。千金坐可耗。人生衰弱源。不塞禍難料。敬陳勸戒言。爲彼父兄告。

鴉片煙　　陳文述

鴉片今鴆毒。來自利末亞。厥種倭芙蓉。區植若穲稏。一從通市舶。流播徧區夏。泥客醉醇醪。熏人馥蘭麝。妖姬與蕩子。顚倒忘晝夜。癖好等嗜痂。餘味勝啖蔗。蓼蟲與桂蠹。積久困漸化。心竅作蟲窠。癮至蟲出罅。惓曲若尸厥。厥狀殊可詫。漸染及輿臺。辛苦百錢貰。寒餓任妻孥。曾不相假借。中土近亦多。罌粟色嬌奼。天台近海濱。種植代耕稼。年來更蔓延。幾欲數州跨。官府設科條。犯者罪無赦。愈禁犯愈衆。鞭笞曾不怕。彼國懸令甲。厲禁一何霸。食此必誅殛。嚴過十字架。明知流毒甚。以禍遠相嫁。奈何酣豢者。戀此若姻婭。貨幣不能易。質劑不相假。交易必精鏐。彎弓巧持弝。巨艦壓滄溟。險浪平如砑。嶽貢與川珍。消若堰啓壩。我有苦口藥。厥性兼補瀉。龍宮出禁方。仙翁勞鶴駕。刊刻藉流通。數百件書帊。所願惡習除。稍冀善緣迓。無如痼疾深。溺人甚瀍灞。諱疾等拒諫。甚或劉四駡。豈眞代兵刼。孽重積嵩華。要本邪氣耳。嘗試事猶乍。所賴粤榷廉。事權勿逮下。譬若淬銛鋒。太阿持其欛。内地積弊久。去之宜示暇。任其渡關津。亦聽設館舍。不必拘文法。但須定官價。貴貿而賤易。有利無可射。販者既不行。嗜者將焉藉。如嗜口腹人。空羨牛心炙。疲俗與頽風。庶幾久自罷。通洋始前代。萬里雲帆卸。金錢耗中國。夷情實狙詐。至今澳門居。金碧煥臺榭。其人可耕牧。其地宜桑柘。正本與清源。所宜閉關謝。

潮風之十　罌粟癉　歎鴉片也。由西洋來。以罌粟花脂熬膏成。流毒日甚。　　黄安濤

罌粟癉。難醫治。黄茅青草衆避之。中此毒者甘如飴。牀頭熒熒一燈小。竹筒呼吸連昏曉。渴可代飲飢可飽。塊土價値數萬錢。終歲但供一口煙。久之黧面聳兩肩。眼垂淚。鼻出涕。一息奄奄死相繼。嗚呼。田中罌粟猶可拔。番舶來時那得遏。

鴉片行　　王衍梅

鮑魚之臭不可嘗。蝮蛇之毒不可當。此輩何爲自作孽。黑入肺肝青兩睚。淡巴菰出呂宋國。辟惡止煩須撙節。鴉片流傳誰作俑。其力殺人過盜賊。蘭膏一燧銅盤燒。純紅血竹滑洞簫。剔撥釵頭顫金粟。微煙納鼻升蜂腰。三沐三熏肩上聳。一噴一醒搜百孔。朝生暮死寄蜉蝣。雨碓風舂飛蠛蠓。乍陰乍陽昏晝迷。咫尺亦類嚴裝齎。有時館轂忽斷絶。蝦蟆卷舌寒蟬嘶。王孫金貲日蕭索。壯士髀肉空剝落。可憐天生好身手。松喬之材隕秋籜。水莽根株宜痛拔。荼蠱公行十七八。蠢爾頑軀自送生。若

論按抵眞當殺。

嘲張四 張四。吾鄉人。游嶺南。嗜鴉片煙。衣食盡耗。癮至。窘不自支。舐他人煤灰以稍存活。 又

文章不掩孔翠毒。鴉片之煙誰所蓄。來從何國市何人。榷關使者畏認眞。畏認眞。紛䢣弊。煙去煙來鴉有翅。野田之雀但啄粟。郵亭之烏但銜肉。惟有牀頭煙老鴉。銜汝心腸啄汝目。黑者十兩百花錢。紅者白者忌勿煎。匣裏朝朝短鎗倚。盤中夜夜明燈然。烏者爲上。紅白爲下。管謂之鎗。燈謂之盤。明燈然。死人橫陳相對眠。妻妾不如棄道邊。密攜煙友歸黃泉。吁嗟乎。汝勿謂一莖之草一滴煙。銷我中國之銀歲萬千。損我中國之民七八而殲旃。閉關禁使煙勿至。我非抱關非我事。但願煙視媚行人。哆口勿爲煙所刺。君不見張家四。

笠舫又有鴉片五古佳句。如對眠牢閃屍。溫語密姻婭。未死已如歸。雖生亦暫貫。寧可萬事忘。弗容一刻卸。厭聽師友箴。甘受妻孥罵。我躬且不恤。人事可永謝。濃雲眉下垂。槁葉舌上哆。蹲如碧睛貓。立作腫背馬。乾瘍向西風。黃泉鬼見怕。皆可誦也。以篇長不復錄。

鴉片　范元偉

有鬼有鬼日之夕。兩肩高聳骨如腊。倒身徑上榻旁眠。袖中管竹橫三尺。一燈熒然大於粒。挑煙入管向燈吸。是煙非墨亦非漆。如塗塗附膩而澀。大口小口妃呼豨。覆手翻手身交敧。不知白日是何樣。俾晝作夜天旋移。可憐萬錢一兩土。令人食之如食蠱。始則精力頓充盈。繼乃形神日消沮。如潮之信來有期。如痁之作候無差。不則其死可立致。請看涕泗先橫頤。屋梁有鼠環而伺。每遇燈開亦

吸氣。昨宵此處無人來。早起開門鼠墜地。

鴉片煙歎

阮文藻

鴆酒不能止渴。漏脯不能充飢。胡爲乎甘毒如飴。熏灼肺腑焦肝脾。敧枕橫眠管倒吹。兩目昏眵筋骨疲。一朝斷癮如蠅癡。謾言一雄將十雌。房中祕術倒好嬉。有限精神預抽支。甘心便死擕鍤隨。可憐如玉美丰姿。轉瞬凸肩若行屍。安得青囊出天醫。滌胃浣腸將爾治。

鴉片篇

梁紹壬

窄衾小枕一榻鋪。陰房鬼火紅模糊。中有鳶肩鶴背客。夜深一口青霞呼。非蘭非鮑氣若草。如膠如餳色則烏。或云鳥糞或花子。運以土化搏泥塗。加之水齊㷟製法。文火武火煎爲酥。清光大來渣滓去。鍊金而液成醍醐。此物來自西域地。居奇者誰番賈胡。朝廷嚴禁官曉諭。捆載來若牛腰粗。關津吏胥豈不覺。偷而賂者千青蚨。況復此輩盡癖嗜。一見寶若青珊瑚。近聞中國亦能製。其物愈雜毒愈痛。吁嗟黃金買糞土。可爲痛哭哀無辜。頗聞此品妙房術。久服亦復成盧無。其氣既窒血盡耗。其精隨失髓亦枯。積而成癮屏不止。參苓難起膏肓甦。可憐世人溺所好。寧食無肉此不疏。典衣質被靡不至。那顧屋底炊煙孤。噫嘻屋底炊煙孤。牀頭猶是聲嗚嗚。

珠江樂府相思土

袁翼

相思土。纏緜偸食金蠶蠱。芙蓉帳裏長命燈。蘭麝煙中並頭語。銀鐺活火煎鸞液。擲盡黃金筒一尺。三眠三起蠶無力。粉頤蝕淡臙脂色。相思一日如雨潮。藥店飛龍骨漸銷。

誰氏子

朱穀昌

非鬼非人誰氏子。滿面塵灰色如死。肩高於頂楚子輿。銳頭小兒秦白起。有時欠伸不遂意。鼻涕一尺淚如水。問君形貌何拘拘。此病得之等噬膚。白日在天光在地。泥犂自墮人難扶。泥犂在何所。一榻青瑩然漆炬。妖花作土土可茹。餓鴟欣欣得腐鼠。左轉右側互吞吐。鬱攸之氣煎肺腑。能令健者孱。四體無所主。能令智者昏。晝夜易寢處。能令憂者忘其憂。亦使苦者莫名苦。醞釀五內日益深。一覆不支如壞廡。吁嗟乎。銀鞍馬上郎。皓齒邯鄲倡。人生百年自可樂。胡爲甘飲鴆毒如酒狂。以死爲戲身爲債。不念父母骨肉心悲傷。

哀痿人　痛溺也粵中吟之二

戴熙

熬花作膏膏有毒。裝以陶坯吸以竹。精氣耗盡臟腑腐。漸剝爾飢銷爾肉。安用肉。安用肌。髑髏之樂世人那得知。謂醉非醉夢非夢。奄奄待斃其樂不可支。可以渴。此愛最難割。可以飢。此道最難離。昨聞南鄰誅死北鄰械。今日飽餐明日戒。

哀鴉片

胡琨

鴉片入中國。於明季濫觴。云自暹羅來。厥名爲烏香。又名阿芙蓉。價共兼金昂。亦名合浦融。煎用腐觚良。瓜哇汗以進。皺嚠巴以亡。邇來十餘年。吸食人如狂。最甚閩粵境。因地通外洋。閩則門五虎。粵則城五羊。通都及大邑。到處奸徒藏。精鏐潛貿易。歲耗千萬強。數大夫之富。家蓄若桿槍。至乞兒之賤。亦丐餘瀝嘗。即如浙溫台。花競栽米囊。製成名土煙。利遠勝稻粱。邑宰例打花。些少推路旁。謂眞芟刈之。租賦無由償。果否前數紀。斯郡皆抗糧。任投時俗好。忍令田疇荒。他省種亦然。民歛官讐盲。我聞鴉片販。捆載盈筐箱。來源在番舶。轉市徧遠鄉。賄賂之所通。關隘兼津梁。又聞鴉片館。深邃營廊房。供給貯妖娃。偃息羅匡牀。紈袴之所游。消息通微茫。護持有役隸。聚散猶麕麞。官訪欲追蹤。彼聞早遠颺。耶娘苦相戒。偸吸同瓊漿。妻孥轉相效。姿吸同渴羌。豈知是腊毒。甚赴火蹈湯。豈知罹慘禍。勝刀鋒劍芒。刀劍避可免。嗜此身必傷。湯火瘵可痊。嗜此命必戕。鳶肩削而聳。鳩面黧且尫。雖生入鬼錄。不死嬰朝章。國家設庶僚。均宜守官常。奈何參佐輩。結習成膏肓。居然開煙盤。醜面臨公堂。爲官尙如此。何況獲與臧。國家設武備。本倚爲干將。奈何營卒輩。逐臭逾蜣螂。適然值煙肕。束手赴敵場。爲兵尙如此。何況優與倡。涓滴成江河。累塊成山岡。因循致貽患。此咎應誰當。侍臣請申禁。抗疏陳大綱。九重赫斯怒。敕下諸封疆。命各抒所見。爲下民除殃。敷奏小異同。持論皆精詳。聖心仁如天。法外垂慈祥。寬之以日期。活之以醫方。自後倘不悛。哀哉此愚氓。止辟期用辟。法準虞夏商。勉旃羣有司。奉詔毋疏防。

宋咸熙耐冷續譚載海寧應笠湖茂才詠烏煙一聯云。黄金灰裏盡。白日夢中過。切中時弊。惜未載全詩。

罌粟花

林壽春

罌粟花。三尺高。花開紅白顔色嬌。種花不貪囊結子。但取囊汁煎爲膏。煎膏私賣官民食。一食此膏抛不得。白銀一兩膏五錢。種花勝種米與麥。花田種花花日多。食者何異投網羅。朝朝買食不自覺。食久不食嬰沈痾。貧人失業富蕩產。面目枯槁魂魄散。蠻煙瘴霧臭熏天。從此無心計飽煖。吁嗟罌粟爾何妖。非蔬非酒非美餚。味如嚼蠟毒如蠱。殺人不異劍與刀。嗚呼。殺人不異劍與刀。罌粟花。名米殼。花開一囊千粒粟。近年土貴因官禁。日日吏胥挨戶捉。東鄰子弟多黃金。里正不言飽需索。可憐貧戶囊無錢。捉向公庭受鞭扑。小民犯罪無可逃。同罪如何異苦樂。君不見侯門朱戶翠櫳簾。煎膏日夜煙熏天。明知官吏不敢捉。何畏法令森且嚴。又不見囚徒笞杖無虛日。大吏但知官奉職。外堂聽訟內堂眠。誰信職官亦私食。我願大吏心。化作鐵與石。先褫官紳富豪魄。勿使網羅倖漏脫。烏虖。勿使網羅倖漏脫。

鴉片釐　高望曾

鴉片本夷產。厥名阿芙蓉。中原懼流毒。例禁勿使通。煌煌法令下都市。食此者徒賣者死。關津偸漏且不容。胡爲釐捐竟及此。況乎鹽有買、茶有商。國家稅課歲有常。例所不載莫敢昉。縱然江浙連年荒。勸捐籌餉日不遑。區區何足充軍糧。或者猾胥藉此充私囊。猾胥貪賂不足怪。獨怪有司不知戒。漠然忍視王章壞。正供幾同鹽與茶。試看列肆當官賣。

洋煙八首錄五　何春元

便辭覺岸入迷津。廢物先輪到此身。領略本無眞趣味。支持偏有假精神。連宵小住能留客。幾日初嘗尙避人。熏徧佛香中戒誓。剛纔相懺又相因。

錦衾亂疊繡幃遮。愼卹神膠祕漢家。煆煉已成傷性藥。彌縫猶當助情花。借他倚玉談私曲。添箇銷金與狹斜。夜半文園生渴疾。一鉤明月索煎茶。

冶遊勾引五陵豪。里巷參陪日幾遭。萬事都如冰解釋。一身竟付火煎熬。腰肢屈曲時橫臥。指爪纖長每亂搔。聽說寒天風雪重。范睢又典到綈袍。

腸肥腦滿漸摧殘。顑頷相逢詫改觀。直使鬼裝青面目。能令人變黑心肝。孤燈照處留宵伴。冷枕醒時報午餐。銀盆分來煤數點。淮南雞犬舐餘丹。

別開利藪委狠貪。法令空勞禁再三。誰解詰姦從左右。獨憐流毒遍東南。紙窗癡立蠅俱醉。紛壁潛窺鼠亦酣。牽得絲來身自縛。半牀僵臥冷春蠶。

戒洋煙詩

吳鍾嶽

斷癮多方亦切求。聞香其奈口涎流。一燈不悟焚身禍。煎盡精神死便休。

侯官林昌彝射鷹樓詩話曰。中國以大黃茶葉救夷人之命。夷人反以毒物賺中國財寶。害中國人民。且其國禁食有誅。乃流毒于內地。此爲天理所不容。人情所共憤。眞堪切齒。余嘗有句云。但望蒼天生有眼。終教白鬼死無皮。延平曾雨蒼孝廉世霖句云。黠哉英吉利。變幻似狐鼠。洋煙毒中國。生靈付一炬。吳縣張儀祖茂才鴻基句云。斷無邊衅啓崇朝。二十年來養有苗。萬姓脂膏由土化。百官氣骨爲金銷。

作　者　索　引

在作者姓名前的粗體數字，指此人在本書卷首的“詩人名氏爵里著作目”中的序次。姓名後的數字，指見於本書第幾頁。

十 畫

十一畫

十二畫

十三畫

十四畫

十五畫

十六畫

十七畫

十八畫

十九畫

二十畫

二十一畫

二十二畫